U0115628

最强辅助

砚楚 著

湖南文艺出版社
HUNAN LITERATURE AND ART PUBLISHING HOUSE

博集天卷
CS-BOOKY

目 录
Contents

最
强
辅
助

初1入

第一章

冉骐一脸"生无可恋"地从模拟对战室里走了出来，手腕上的光脑已经收到了成绩单，大大的红色"12"字样刺痛着他的眼睛。

"冉骐，你没事吧？"他的好友顾乐快步走上前扶住了他。

"没事，只是头有点晕。"冉骐苦笑着说道，"这次运气不好，抽中了最难操作的 R 型重机甲，这次的实操课分数比上学期更低了，我可能又要垫底了。"

"没事，反正我们是勤务系的，机甲方面只要理论成绩及格就行了。"这种事情也不是第一次发生了，顾乐只能这样安慰好友。

他们勤务系，本来就是干后勤的，大部分人都只有 D 级的身体素质，冉骐更是只有 E 级，能顺利操纵机甲就不错了。至于拿到高分，只有机甲系那些拥有 A 级以上身体素质的天才才能做到。

"哼，废物，只是模拟对战就差成这样，要是真的上了战场，还不直接完蛋？可真是给你的家族丢脸。"一道充满嘲讽意味的声音从旁边响起。

顾乐和冉骐一侧头，就看到了站在不远处的穿着特战制服的机甲系学生张烁。

张家和冉家同为民营营养液生产商，两家之间的竞争非常激烈。冉家开发出的营养液品种更多，市场占有率比张家要高，因此张家看冉家特别不顺眼。

冉骐是冉家家主最小的儿子，但是和在军部担任要职的两位哥哥不同，他的体质和精神力等级都是最低等的 E 级，这样的资质，连进军校的资格都没有。

最后还是冉骐的父亲花了大价钱，才想办法将他塞进了首都星第一军校的勤务系，而这个系的学生，是出了名的弱，常常被其他系的学生戏称为"打杂的"。

第一军校是首都星排名前列的学校，身为张家四少爷的张烁自然也在这里上学，还是最受重视的机甲系的学生。他比不过冉家的老大老二，却在"废柴"体质的冉骐面前很有优越感，每每见到冉骐，都会对冉骐冷嘲热讽一番。

他这些挑衅，冉骐听得太多，都快要免疫了，顾乐却是听一次炸一次，当即怒气冲冲道:"张烁!你不要太过分了!"

"哟,又来一个小废物,不爽的话,不如我们去对战室打一场啊。"张烁冷笑,根本不把他们俩放在眼里。

"你……"顾乐气得脸都红了,却拿张烁完全没有办法。

冉骐将好友拉到了身后,蹙额看向张烁道:"你一个机甲系的学生,向我们勤务系的学生发起挑战,你也不嫌丢人。"

"哼,我丢人?你所有战斗课程都是不及格,理论课也只是勉强过线,文不成武不就,你说说,你还有什么拿得出手的本事能和我比?"张烁说话越发毒辣,每一句都是在往冉骐的心口插刀。

被人一而再再而三地当面挑衅,冉骐又不是圣人,怎么可能不生气?只是他很清楚,论武力的话他绝对不是张烁的对手。他咬紧牙关,满心怒意却无处发泄。

他一转头,正巧看到了走廊投影墙上滚动播放着的《魔域》宣传视频,顿时有了主意。

"那我们就比比玩游戏,你敢不敢和我去《魔域》里决一胜负?"冉骐的手指向了投影墙。

数千年前,蓝星爆发全球性灾难,蓝星人只能驾驶飞船逃入广袤的宇宙。在那场灾难中蓝星文明遭受了毁灭性的打击,出现了极其严重的文化断层。就算如今蓝星人已经在星际联邦中站稳了脚跟,并且建立了庞大的蓝星帝国,可是他们依旧没有忘记自己的母星。

尽管蓝星已经不适合人类居住,但帝国依旧不断地派遣出科研团队,竭力找回失落的文明。

而《魔域》就是帝国政府倾力打造的一款全息游戏,游戏是以政府从蓝星上搜集到的残余资料为基础打造的。政府花费了大量的人力物力,力求最高程度地还原蓝星全貌,拟真度高达99.99%,无论是嗅觉、味觉、听觉、触觉还是视觉,都极真实,让人有如置身于现实世界中。

在这款游戏中,人们不仅能够重新见到失落已久的蓝星文明,还能够亲口品尝到那已经成为传说的蓝星美食,这怎能不让人趋之若鹜?

这款游戏刚开始宣传,就已经在蓝星人中引发了轩然大波,短短一天之内,预约购买游戏舱的人数就已经突破了300亿,并且还在不断地上升。

《魔域》官方还给予玩家一系列丰厚奖励,只要能达成游戏内的各种成就,就能够获得各种超稀有的实物奖励。比如第一个达到10级、第一个通关副本[①]、达成首杀成就之类的,都能够获得奖励!第一个满级的玩家更是可以获得1亿星币的巨

---

① 游戏为玩家设置的私人游戏区域,可供玩家进行探索、冒险。

额奖励!

奖励中甚至还有政府前不久刚刚研发出的强化药剂，这种药剂能够极大地提升人类的潜能，像冉骐这样体质和精神力都只有 E 级的"废柴"，也有机会进阶，但因为制造这种药剂的材料极其稀有，所以药剂数量极少，属于有钱也买不到的东西。

因此被吸引来的人就更多了，几乎达到了全民参与的地步，不管是生活中还是星网上，这几天所有人的话题都围绕着这款游戏。

冉骐当然也购买了游戏舱，他上辈子可是专门靠游戏吃饭的职业玩家，赚钱游戏两不误。

既然《魔域》是根据蓝星文明所构建的，他这个从 21 世纪穿越过来的游戏达人，自然是占据了绝对的优势。什么超曲型线性代码，什么空间扭曲第三定律的内容，没有基础的他是完全看不懂也学不会，但是比玩游戏，那他绝对是这群未来人的祖宗!

而且他的大哥前不久还参加过《魔域》的内部测试，跟他说了不少关于游戏的内容，他感觉这游戏和他上辈子玩过的那些游戏非常相似，所以他向张烁发起挑战的时候底气十足。

冉骐忍了张烁太久，是时候让他尝尝被打脸的滋味了!

"哈哈哈哈，行啊! 你也别说我欺负人，等我们都到了 45 级之后，咱们找个地方好好地打上一场! 到时候你可别被我杀到连游戏都登录不了哟!"张烁大笑着答应了下来，根本不将冉骐的挑战放在心上。他是参加过游戏内测[1] 的玩家，所以对游戏规则非常了解。

《魔域》70 级满级，而 45 级是游戏的一个重要分水岭，到了这个等级，玩家们的技能和装备差不多都好起来了。选择这个时候 PK 看似很公平，但实际上，张烁这一次是准备带着他在学校里培养的一群小弟一起在游戏里大干一场的，毕竟官方给出的奖励实在丰厚。有那么多人帮他打装备打技能书，他的战斗力绝对会比冉骐高出许多，到时候冉骐只有被他压着打的份儿。

这个游戏的拟真度非常高，痛感不能被屏蔽，最多只能下调 50%，所以如果在游戏内死亡超过 3 次的话，就需要休息 7 天才能再次登录，否则可能会对大脑造成负担。

显然，张烁的意思就是要在游戏里将冉骐杀到无法登录游戏为止。

"那就试试吧。"冉骐冷声说完，拉着顾乐离开了。

"冉骐，你真的要和张烁在游戏里对决啊?"顾乐担忧地问道，"《魔域》里每个人的账号都是和生物基因信息绑定的，一人一号，不能转让，也不能代玩的。"

---

[1] 游戏开放前内部小范围测试。

"我知道啊！小乐，你对我有点信心好不好？"冉骐无奈地看向好友。

"好吧……"顾乐叹了口气，"我们一起努力，我会陪着你的！"

冉骐立刻要好地搭住顾乐的肩膀："好兄弟！哈哈哈，到时候哥罩着你！"

顾乐无奈地看他一眼，对他的话并不抱期待，于是转移话题道："对了，《魔域》一共有法师、战士、刺客、弓箭手和牧师五个职业，你打算选什么职业呀？"

"应该会选法师吧。"冉骐玩游戏一般都喜欢玩辅助职业，但是这一次他要和张烁约架，所以还是玩个攻击力高的职业比较好。

"那太好啦！我打算玩弓箭手，到时候我们可以一起组队！弓箭手也是远程职业，攻击力高，跑得也快，不容易死。不过不同职业好像出生地不一样，我们估计没办法一起。不如先分开各自玩，等到了主城之后再会合吧！"

"行啊。"冉骐笑着应下。

"你游戏里打算用什么名字？"顾乐问道。

"叫白染吧，我喜欢白色，'染'又是'冉'的谐声。"这是冉骐用惯了的 ID①。

"那我就叫可乐吧，听说可乐是蓝星上非常有名的一种饮料呢！"

冉骐："……"

行吧，"肥宅快乐水"，挺好的。

之后虽然还有课，但勤务系的氛围特别宽松，老师都不怎么管学生，就算旷课也没人管，只要记得参加期末考试就行了。所以"学渣"冉骐果断决定放飞自我，沉迷网游了！

终于，到了《魔域》游戏开放登录的那天。

可能是对游戏太过期待，冉骐前一天晚上失眠了，快凌晨了才好不容易睡着，结果等他再醒过来的时候，游戏已经开服②两小时了。

"完了完了！睡过头了！顾乐一定会杀了我的！"冉骐赶紧简单地洗漱了一下，然后快速躺进了游戏舱中。游戏舱里已经灌满了营养液，让他不需要担心饿肚子的问题。

【系统】欢迎玩家登录《魔域》，脑电波扫描完毕，基因信息采集完毕，身份信息绑定完毕。

【系统】检测到已存在的角色，跳过创建角色的步骤。

冉骐："什么？"

这是啥意思？他这明明是第一次登录，怎么就有已存在角色了？

---

① 游戏中角色的名字。
② 指游戏服务器例行维护后，可以开放游戏。

还不等冉骐想明白，他已经进入了登录界面，然后就看到了一个十分眼熟的白发牧师。

冉骐："……"

这不是他穿越前正在玩的一款魔幻背景的RPG（角色扮演游戏）游戏里的角色吗？而且那款游戏也叫《魔域》！

这款游戏应该是他玩的时间最久、投入心血最多、"氪金①"也最多的一款游戏了。

牧师的那头白发是他参加抽奖活动的时候，花了好几千才抽到的。那一身镶金边的看起来就非常奢华的银白色月光牧师法袍和那根自带华丽特效光环的月光法杖，都是他花了大半年的时间，拼命打副本，收集各种掉落率低到极点的稀有材料，好不容易才制作出来的顶级橙装。不过那张脸倒不再是系统自带的模样，而是变得和他本人有七八分相似。他的五官本来就长得很好看，在白发和那一身华丽的橙装的衬托下，更为他增添了一种不食人间烟火的神圣感。

这两款游戏同样都叫《魔域》，而蓝星人所说的蓝星就是地球，难道说帝国的科研团队根据从蓝星的废墟里找到的资料，还原出了《魔域》这款游戏的数据库？

所以他不光人穿越了，连游戏角色也跟着穿越过来了吗？

这算不算是系统Bug②啊？

可是他和张烁约定了在游戏里对决，现在游戏突然硬塞给他一个牧师角色可怎么办？牧师这种纯辅助职业，几乎没有攻击技能，难道让他一边给自己加血一边慢慢用普通攻击把对方给杀死吗？

每个账号只能拥有一个角色，除非冉骐把这个牧师角色给删了，否则他是绝对没有办法玩法师的。

删号他是真舍不得，毕竟这个角色是他的心血结晶啊！

冉骐思来想去，决定还是先进游戏里看看。

【系统】游戏接入中，请稍候……

第二章

下一刻，冉骐就出现在了牧师新手村中，周围密密麻麻全都是人，不断有白光闪烁，接着就有更多的人被传送了进来。也得亏星际时代的科技足够发达，能够容

---

① 特指在网络游戏中的充值行为。

② 程序漏洞。

纳数百亿人同时登录游戏，还一点也不卡，要是换成上辈子，多少个服务器都不够炸的。

【系统】等级不足，装备无法穿戴，已收入包裹。

耳边响起系统提示，冉骐愣了一下，才发现自己身上那套"闪瞎人眼"的橙装已经被脱了下来，身上换成了朴素的新手法袍和灰扑扑的新手法杖。

他不由得松了口气，要是他真的穿着那么一身显眼的套装出现在一堆新手中，恐怕他系统有 Bug 的事情，第一时间就暴露了。

不过因为他特殊的发色，还是会有人时不时向他投来好奇的目光。

冉骐赶紧找了一个角落，查看起了自己的角色信息。

角色信息

昵称：白染

职业：牧师

等级：1

经验值：0/100

生命值：100/100

法力值：100/100

体力值：100/100

基础攻击力：10（+15）*

基础防御力：10（+0）

属性：力量 1（+0），智力 1（+0），敏捷 1（+0），体质 1（+1）

隐藏属性：超级幸运星

* 括号内数值为装备属性加成；玩家移动、战斗以及使用生活技能都需要消耗体力，当体力为 0 时，玩家将会丧失行动能力，可以通过原地打坐、下线休息或使用回复类食物及药剂进行恢复；基础攻击力和基础防御力都是装备的固定属性，不分魔法还是物理；力量对应物理攻击；智力对应魔法攻击和治疗；敏捷对应移动速度和命中率；体质对应生命值和防御力；等级每提升 1 级，生命值、法力值、体力值各增加 10 点。

果然是他的账号，只不过所有属性都被初始化了。看着那清一色都只有"1"的基础属性，冉骐嘴角忍不住抽了抽。他记得大哥说过，这款游戏里角色的数值会与玩家现实的情况挂钩，像他大哥这样体质和精神力等级都是 A+ 的人，基础属性基本上都是两位数起。

不过那个隐藏属性，他记得是穿越前《魔域》有一次搞充值抽奖活动，抽奖送各种时装和幸运大礼包，大礼包里有幸运星道具，可以给自己加幸运状态。他为了打副本时能增加极品装备的掉落率，可是花了好几万，一口气抽了七八十个幸运星放在自己的身上，然后误打误撞地开启了"超级幸运星"的隐藏属性。

之后他的运气就一直很不错，想不到居然连这个隐藏属性也跟了过来。

随后他打开了系统包裹，发现里面除了那套月光套装，还有不少杂七杂八的高级材料，都是他放在身上备用的。

《魔域》里用生活技能制作出的手工装备属性会比打怪掉落的装备好得多，而且手工制作出的极品装备上都会写上制作者的名字。所以冉骐把所有生活技能都练到了满级，然后亲手打造出了这套不管是外观还是属性都是极品的月光套装，装备评分位列全服第一。

之后便有大批客户挥舞着钞票来请他帮忙打造各种装备，让他赚了个盆满钵满，在财富排行榜第一的位置上待了大半年，就算他不断地把游戏币卖了换成钱，也没有掉下去过。

幸好扩容包裹是没有等级限制的，否则系统要是强制让他把扩容包裹也脱下来，那他就只有新手包裹自带的 10 个格子了，他的全套装备和他的那堆高级材料根本塞不下。那些材料没了也就算了，万一要是弄丢了月光套装，那他绝对会心疼死的！

这个扩容包裹也是他手工制作的橙色装备，10 级扩容，一共有 100 个格子，每个格子可以叠加放入 99 件同样的物品，非常好用。

接着，冉骐又看了一下自己的技能面板，发现他的技能树也跟了过来。虽然技能等级同样被初始化了，但所有的技能都已经被激活了。只是由于等级不足，除了最基础的治疗术图标亮着，其他的技能都呈灰色不可使用的状态。

不过这对冉骐来说是一个天大的好消息！要知道，《魔域》的游戏技能是出了名的难以获得，只有通过击败野外的精英怪或者副本 BOSS[1] 掉落的技能书才能学习，而且就算得到了，还不一定会是本职业的。冉骐那个时候拉着室友一起天天打各种副本，靠着卖技能书也挣了不少钱。

如今技能树也跟了过来，他可就不需要再为技能书犯愁了。虽然现在能用的技能只有一个治疗术，但他至少可以给自己加血，不用担心会随随便便死掉。

治疗术

技能等级： 1

法力消耗： 10

技能说明： 吟唱 2 秒，冷却时间 1 秒，可恢复指定玩家"基础攻击力 +10%

---

① 指游戏中首领级别的怪物。

（治疗加成）"点生命值，随着技能等级提升，治疗效果提高。

冉骐把包裹整理了一下，忍不住联想到，也许他应该去仓库NPC[①]那儿看看，说不准连仓库也跟过来了呢？要知道，他当初为了提升生活技能的熟练度，大量囤积各种材料，于是干脆把仓库升到了满级，可以存放上万种物品。作为一个职业的生活玩家，他囤货的习惯相当疯狂，仓库里囤有不少材料和宝石，还有一些用来增加技能熟练度的手工装备，那可都是价值连城的宝贝啊！

想到这里，冉骐便急忙往仓库的方向赶去。

在打开仓库的一瞬间，冉骐有种被巨型馅饼给砸中的感觉。他的仓库真的跟了过来，而且得益于他的囤货习惯，仓库满满当当的，里面不但有大量的高级材料和许多中高等级的手工装备，还有非常多的高级道具。

高级材料的价值就不必多说了，那些高级道具才是最值钱的，比如能够瞬间将血条（生命值）和蓝条（法力值）补满的药水，能够给装备增加额外属性的附魔材料，能够封印魔法并发起一次性攻击的魔法卷轴，还有对牧师来说无比重要的魔石。

牧师有一个非常重要的技能，叫作"复活"。在《魔域》中，玩家死亡后只有两种复活方式，第一种是回到绑定的复活点，第二种就是由牧师用复活技能把人给拉起来。

如果选择第一种的话，玩家的装备耐久度会大幅降低，并且还需要花不少时间在跑路上，万一绑定的复活点太远，那真的是要跑很久的。选择第二种不仅省时省力，装备耐久度的损耗也会减少。

不过现在的《魔域》毕竟是一款全息游戏，死亡3次就要休息7天，不知道牧师的复活技能会不会有什么特殊的效果。

看着自己满满当当的仓库，冉骐忍不住想要仰天大笑，莫非他就是传说中的天选之子？

冉骐当即决定，不玩法师了，还是牧师更好！

拥有全系技能树和全部满级的生活技能，以及一仓库的高级材料和珍贵道具，他还有什么可担心的？

攻击技能少又怎么样？游戏技能书的掉落率那么低，说不定张烁的攻击技能比他还少！

基础属性差又怎么样？他可以用各种极品装备把属性叠加提升起来，就算是只用普通攻击，也能给目标造成巨大伤害！

更不用说他还有那么多魔法卷轴了，砸都能把张烁砸死。

---

① 非玩家角色。

别问卷轴是怎么来的，问就是老子有钱！

只可惜，仓库里低等级的装备都被他分解了，剩下的都是40级以上的中高级装备，以他现在的等级肯定是用不了的。

冉骐把包裹里的S级月光套装和那些用不上的材料都放进仓库，只拿了几瓶恢复药水和几张魔法卷轴防身，至于装备……就只能用系统赠送的新手装备了。

系统赠送的新手装备真的很寒碜，一共只有两件，还都是最普通的白色品质。

新手法杖

限制等级：1级以上

职业要求：牧师、法师

物品等级：D级 *

耐久度：20/20

属性：基础攻击力 +15

* 物品分级 S= 传说（橙色），A= 稀有（紫色），B= 精良（蓝色），C= 高级（绿色），D= 普通（白色）。

新手法袍

限制等级：1级以上

职业要求：牧师、法师

物品等级：D级 *

耐久度：20/20

属性：体质 +1

*D级物品仅有单一属性，C级物品为双属性，以此类推。等级越高的装备，拥有属性种类越多。

他身为牧师，前期属性不高，几乎没有多少攻击力，如果能多几件装备，就能多一些属性加成，升级的效率也就能更高一些了。

目前他想要获得装备有四种方法：第一种是去道具商店购买装备；第二种是打怪掉落；第三种是手工制作；第四种是完成新手任务，获得任务奖励的新手装备。

第一种方法需要花钱，他玩游戏的时候喜欢囤货，当初为了买那些高级材料，他把身上的钱花了个干干净净，这会儿连一个铜币都拿不出来。而且道具商店内的装备基本上品质都不高，价格还特别贵，实在是不划算。

第二种方法太累，毕竟他只是一个牧师，还没有攻击技能，只能用普通攻击。人家战士或许能两刀砍死一个怪，他估计要打上个半天。而且装备的掉落率不高，就算掉出来了也不一定是适合自己职业的，"性价比"同样不高。

第三种方法有点麻烦，虽然他的生活技能满级，武器防具的图纸也全都学了个遍，但是材料不好弄。与其花时间收集那些低级材料，还不如老老实实地做任务，虽然给的都是新手装备，但用来过渡一下还是可以的。

所以冉骐最后选择了第四种方法，他找到头上顶着一个硕大问号的新手引导者，从他那儿接了一个杀死 10 只魔化蜜蜂的任务。

【系统公告】恭喜玩家［夜枭］第一个到达 10 级，获得称号［先驱者］，以及［实物兑换券 ×1］。

一条系统公告在全服玩家的耳边响起，同时还有金色的立体大字从他们的眼前飘过。

冉骐："……"

他只是迟了两小时进游戏，怎么好像错过了全世界……

这么快就已经有人 10 级了？这升级速度未免太快了吧？

在《魔域》中，只有达成了某些成就才能够获得称号，而且不同称号的属性可以叠加，对玩家来说帮助是非常大的。像"先驱者"这个称号有着基础攻击力 +10 的附加属性，攻击力大大提升，对练级很有帮助。

而实物兑换券就更是玩家们梦寐以求的东西了，可以兑换到许多珍贵的现实物品，比如最新型的机器人、最新型的飞行载具、最新型的战斗机甲等等，甚至还有根据资料还原出来的蓝星美食。

游戏界面右上角的兑换商城简直像是吊在骡子面前的胡萝卜，吸引着玩家们不断地努力升级。

冉骐很有自知之明，在政府的大力推广之下，肯定会有许多实力强劲的高手进入《魔域》，这些人的初始属性要比他高出好几倍，比升级速度他肯定是比不过别人的，但要是比生活技能和赚钱速度，那肯定没人是他的对手。

他打开好友面板，打算通过搜索的方式来添加顾乐为好友，可是系统提示他等级不足，得等到 10 级以后，才能使用搜索功能。冉骐无奈地关闭了面板，看来只能到主城之后再说了。

当来到新手村外的花田时，冉骐就看到了密密麻麻的人头，至于蜜蜂则是一个也没见着，这里的人真的是比怪物还多。

幸亏怪物刷新的速度并不慢，只要玩家们眼疾手快，还是能完成任务的。

由于牧师的初始技能只有一个治疗术，所以大家只能把手里的法杖当木棍来用，靠基础攻击来杀死蜜蜂。

以前隔着电脑屏幕玩游戏的时候不觉得哪里奇怪，但现在亲眼看着一群牧师拿着法杖围着蜜蜂咚咚乱敲一通的画面，真是莫名有些好笑，让他忍不住想笑。

"嘿，朋友你一个人啊？要不要组队？组队打怪，任务可以共享，队员每人杀一个，任务就完成了，效率比较高。"就在这个时候，一个昵称为"奉天"的人走过来对冉骐说道。

这人脸蛋圆圆，头发微鬈，天生一双笑眼，看起来脾气就很好的样子。

"好啊。"冉骐爽快答应了下来。

两人握了握手，便成功组队了，这种交互式的组队方式是全息网游所独有的，特别方便。

"对了，你这白头发是怎么弄的？我创建角色的时候，可选发色只有红黄蓝黑四种啊。"组队完成后，奉天忍不住好奇地问道。

怪不得周围这么多人，奉天偏偏来找他组队，原来是注意到了他的发色。

"我是内测玩家，从内测礼包里开出来了一个染发剂。"冉骐已经为自己与众不同的发色想好了借口。

"嘻，人比人，气死人，我其实也是内测玩家！我就只开到了一双力量 +2、敏捷 +2 的绿色靴子，属性和品质都那么差！"

"绿装在游戏前期其实也不算差了，你要是用不上可以拿去卖钱，我看这个属性挺适合弓箭手的，估计挂到交易行立马就会被抢走。哪像我的染发剂，是不可交易物品，唯一的作用也就是好看了。"冉骐安慰道。

"哈哈，你说得有道理！"奉天顿时高兴起来，"等我升到了 10 级，我就去交易行把这个挂上。"

交易行只有主城里才有，玩家必须升到 10 级，才能够离开新手村，前往最近的主城——塞隆城。

《魔域》中一共有四大主城，每个主城都有着不同的准入标准。比如塞隆城的准入等级是 10 级，纳西城为 30 级，奥托城为 45 级，霍普城是 60 级。

倒不是没有达到等级就一定不能进入主城，而是每座主城的野外都有相应等级的魔兽和副本，10 级以上的野外魔兽都是会主动攻击玩家的，如果玩家等级不够的话，会直接死在半道上。

"喂，别聊天了，先把任务做了行不行？"队伍里的一个队员有些不耐烦地说道。

"对不住，对不住。"奉天好脾气地道歉，然后就抡起手里的法杖开始打怪了。

这个游戏的拟真度真的是高，当刮风的时候，玩家真的能感受到微风拂面的凉意，还能闻到花田里传来的淡淡花香味。有些玩家还试图采花，但没能成功，因为采花需要先学会采集技能。

蜜蜂的个头非常大，比篮球还要大上一圈，可以清楚地看到蜜蜂身上的绒毛和翅膀的纹路，用法杖击打蜜蜂时的手感特别逼真。不过被这蜜蜂叮一下也是真的疼，就好像被人用毛衣针给狠狠扎了一下。

冉骐龇牙咧嘴地打开了系统面板，把痛觉下调到了 50%，虽然还是会疼，但已经是可以忍受的程度了。

很快，蜜蜂被杀死了，只掉了 2 枚铜币，冉骐不禁撇撇嘴，这些小怪也太抠门了吧！

组队的效率确实很高，每个人只需要杀死一只蜜蜂，任务就直接完成了。

除了冉骐，其他的队员在任务完成后，都毫不犹豫地退出了队伍，匆匆跑去交任务了。

奉天也并不在意，反正只是临时组的队伍罢了，不过他见冉骐没有退队，便提议道："新手任务里有不少需要打怪的任务，每次都要重新组队太麻烦了，不如我们两个合作吧。"

"行啊。"冉骐痛快地答应下来。奉天看起来性格不错，又是内测玩家，对前期的任务是很熟悉的，跟他组队，效率肯定比自己一个人要快上不少。

两人一起回到新手引导者那儿交了任务。

【系统】恭喜您成功完成任务［消灭魔化蜜蜂］，获得任务奖励：［新手宽边帽］，铜币 +10，经验 +100。

【系统】恭喜您升至 2 级，获得可支配属性点 2。

冉骐毫不犹豫地把属性点都加在了智力上，毕竟智力决定了牧师的加血量和魔法攻击力。至于奖励物品，新手宽边帽同样是白色品质，属性是基础防御力 +10。虽然作用不大，但总归是聊胜于无吧。

接下来他们又接了一个"击杀魔化兔"和"击杀魔化鼠"的任务，两人配合非常默契，很快将等级给升到了 4 级，并且得到了"新手手筒"和"新手长裤"，现在就差一双鞋，就能够凑齐一整套了。

"啊！我的法杖耐久度快没有了！"奉天突然惨叫一声。

"我的法杖也是。"冉骐叹了口气道，"我们先去维修一下，再继续任务吧。"

用法杖直接打怪的后果就是耐久度噌噌噌地掉，要是不及时维修，耐久度掉到 0 之后，就会直接报废。他们现在可没有备用法杖，所以必须赶紧去道具商店的武器商人那里进行维修。

"奸商！这么个破法杖修一下居然要 10 铜币！我做了半天任务，一共才挣了 30 铜币啊！"从道具店出来，贫穷的奉天忍不住抱怨。

"还好我们身上的防具耐久度掉得不算快，要不然连装备都修不起了。"空有一仓库宝贝，身上却没有一点钱的冉骐也感叹道。

"唉，等我们到 10 级就好了，到时候可以去主城做任务，奖励更丰厚，还能够下副本打装备！”

玩家角色到达了 10 级之后，才是这个游戏真正开始的时候，大部分游戏功能开启，比如进入主城、使用交易行、进入副本、学习生活技能、建立和加入公会等等。

两人又继续勤勤恳恳地做任务，终于升到了 9 级。

第三章

“啊，好累，做完这个'清剿野狼王'的任务，我们也可以升到 10 级啦！”奉天高兴地说道，“10 级之后就可以去主城了，也可以进副本了，如果通关可以得到不少好东西呢！”

“是啊！说不定我们还有机会拿到通关成就呢！”冉骐也跃跃欲试，他现在几乎可以肯定这个《魔域》和他上辈子玩的那款《魔域》是一模一样的了，以他对副本和 BOSS 机制的熟悉度，想要拿到通关成就可以说是易如反掌。

嗐，这“挂^①”开得太大，他都有点不好意思了呢……嘿嘿嘿……

“哈哈哈，有梦想是好的，我们还是先升级吧！走走走！打野狼王去！”奉天握拳做奋斗状，“野狼王是精英怪，算是个小 BOSS 了，我们最好买上一些恢复药剂备着。野狼王的攻击带撕裂效果，被扑咬到的话会持续掉血，而且它在血量掉到 30% 以下的时候会狂暴化，到时候万一来个暴击，把我们秒杀了就完蛋了，死亡的滋味可真的不好受。”

奉天在内测的时候就吃过野狼王的亏，所以这次特别谨慎。

牧师虽然拥有治疗技能，但一方面施法前需要时间吟唱，另一方面技能也有 CD（冷却时间），万一野狼王刚好在他们技能冷却或者正在吟唱的时候来个暴击，那他们可就只有死路一条了。

“你说得对，我们去买一点备着吧。”冉骐很赞同奉天的想法，毕竟这游戏的死亡后果实在严重，还是小命要紧，稳妥为上。

两人来到道具商店，找到药剂商人，打开购物页面就忍不住咋舌。药剂商人这里一共出售“初级红色药剂”“初级蓝色药剂”“初级体力药剂”三种恢复药剂，每种药剂的价格都是 20 铜币。

“天啊，怎么这么贵！”奉天忍不住哀号道。

“唉，买吧，小命要紧。”

---

① 指作弊程序。

两个穷鬼咬牙把每种药剂都买了两瓶，虽然每瓶初级红色药剂只能恢复30点生命值，但至少是瞬发的，关键时刻用来保命是足够了的。至于冉骐包裹里的高级恢复药剂，那价格可是初级药剂的几百倍，当然是不能随便浪费的了。

两人检查了一下身上装备的耐久度，确定没有问题之后，便按照任务的指引前往野狼王所在的山脉。

来做清剿野狼王任务的人同样不少，但野狼王每次刷新的位置并不固定，与其跑来跑去和别人争抢，倒不如守株待兔。

冉骐和奉天找了一个人少一点的位置，耐心地等待了一会儿，一只新的野狼王就突然出现在他们的附近。

巨大的野狼王体形快赶上一头犀牛了，巨大的嘴巴里满是锋利、闪着寒光的牙齿，冉骐甚至觉得自己能闻到野狼王口中传来的血腥的气味。

与在电脑屏幕里看到的平面BOSS不同，近距离直面这样一头栩栩如生的恐怖猛兽，冉骐受到的震撼是非常大的。

然而奉天丝毫不受影响，举起手里的法杖就迎了上去，对准野狼王的脑袋狠狠地砸了一下。

"嗷！"野狼王怒吼一声，仇恨[1]被奉天所吸引，朝他发起了猛烈攻击。

野狼王毕竟是精英怪，血条（生命值）是普通怪的好几倍，攻击力也高得可怕，随便一爪子就让奉天的血条下滑了一大截。

冉骐赶紧给奉天加血，然后一起加入了战斗。

由于这是一款全息游戏，施放技能的方式当然和传统游戏是不一样的。玩家有两种施放技能的方式，一种是将手中的武器面对技能施放对象，然后喊出技能名称，就可以成功施放技能了；还有一种也是将手中的武器对准技能施放对象，然后左手简单地做一个手势，就可以直接施放技能。

两种方式都非常便捷，全看玩家自己的喜好了。冉骐觉得每次施放技能都要喊出技能名的方式会让他联想到一些动画片，会让他莫名觉得羞耻，而且如果是PK的话，喊出技能名就会让对手有所防备，所以他使用的是第二种方式。手势是可以在技能面板里自己设置的，非常方便。

奉天一边挥舞着法杖攻击野狼王的要害，一边走位闪躲野狼王的攻击。他的基础属性比冉骐要高出许多，再加上有加力量和移动速度的绿色鞋子，给野狼王造成的伤害比冉骐大得多，他将野狼王的仇恨拉得稳稳的，让冉骐可以安心输出[2]。

---

① 怪物根据玩家造成的伤害判定攻击目标。
② 进行攻击，也指对怪物造成伤害的角色。

不过冉骐在攻击野狼王的同时，也一直注意着奉天的血量，看准时机给他加血，保证他的生命安全。

两人的战斗意识都不错，配合起来非常默契，稳扎稳打地把野狼王的血条给消耗到了30%以下。

"小心，野狼王狂暴化了！"看到野狼王的眼睛突然变成了血红色，奉天立即高声提醒。

狂暴后的野狼王仇恨变得混乱，丢下奉天朝着冉骐扑了过去。

冉骐躲闪不及，肩膀上挨了一爪子，他疼得倒吸了一口凉气。还好游戏虽然力求逼真，但也没有完全照搬现实的设定，所以冉骐只是疼了那么一下，肩膀上留下了一个看起来有些可怕的伤口，衣服被血迹染红了一大片，实际上这并不会影响他行动。

狂暴后的野狼王攻击力直接翻了倍，那一爪子就让冉骐去了半条命。

冉骐迅速灌了一瓶红色药剂，然后又给自己用了一个治疗术，等血条补满之后，又举起法杖冲了上去。

他和奉天两个人打得险象环生，好不容易才把这只野狼王给打败了。

"嗷——"

野狼王不甘地叫了一声，庞大的身躯轰然倒下，尸体上飘起了一个木头色的宝箱。

"出宝箱了！我们的运气可真不错啊！"奉天高兴地说道。

10级以下的小怪几乎不会掉落物品，也就偶尔会爆出几个铜币或者一些低级材料。但野狼王是精英怪，所以有一定的概率掉落宝箱。

"只是个木头宝箱，估计开不出什么好东西。"见惯了好东西的冉骐有点嫌弃。

"那也比没有强啊！"奉天看向冉骐，"兄弟，我运气向来不太好，要不然还是你来开吧。"

"行啊。"冉骐有幸运星，因此也没有推辞，直接上前打开了宝箱。

10级精英怪掉的木头宝箱的确是开不出什么好东西，就算冉骐运气好，也只得到了一个苹果和一颗狼王牙齿。

苹果

等级：D级

说明：可口的水果，食用后可恢复少量生命值。

狼王牙齿

等级：C级

说明：材料，可用于制作武器。

"啊，是苹果！"奉天激动得差点跳起来，"我内测的时候吃过一次，是蓝星的一种食物，特别特别好吃！"

看到奉天激动的样子，冉骐便笑着说道："那苹果就给你吧。"

当初蓝星人逃离蓝星的时候，确实带了不少种子和用来繁育的牲畜，但可能是因为无法适应星际的环境，大部分都灭绝了，幸存下来的种类极少。后来的蓝星人基本上只能以人工合成的营养液为生，他们的生活中几乎没有水果这种概念。

冉骐好歹是来自 21 世纪的人，苹果对他来说并不算是什么稀罕的东西。这么一想，冉骐还真是有点同情星际的蓝星人了。

"真的吗？这……这不太好吧……"从游戏角度来说，苹果绝对算不上什么有价值的道具，但是从蓝星人的角度来说，这可是消失已久的蓝星美食啊！相信挂到交易行里，会比装备还要好卖的！

"当然是真的，我打算学生活技能，这个狼王牙齿我正好用得上。"冉骐的生活技能全部是满点，当初他为了拿"工艺大师"的成就，不管等级和品质，把各种配方和图纸都学了个遍，这会儿刚好能派上用场。

"那……那好吧，下次我打到苹果的话一定送你一个！"游戏毕竟是游戏，道具不能切一半分给别人，要么就一口气吃完，要么就吃一半，然后把剩下的部分丢掉。剩余的部分会被系统判定为破损道具，落地就自动消失了。

"好啊。"冉骐直接把苹果给了奉天。

奉天一拿到苹果，就迫不及待地咬了一口，清甜的汁水瞬间溢满口腔，果肉甜脆，实在是太美味了。

为了能享受得更久一点，回去的路上奉天一直在捧着苹果咔嚓咔嚓地小口小口咬着，跟个小松鼠似的，一直嚼到再尝不到味道才咽下去。

看到奉天用一脸陶醉的神情吃了一路，冉骐的心情也有点复杂。以星际人对蓝星美食的渴求程度，也许烹饪技能会比锻造技能更受欢迎吧。

或许等去了主城之后，可以试着做一些简单的食物放到交易行卖卖看。

这样想着，两人一起回到新手村，交了任务。

【系统】恭喜您成功完成任务［清剿野狼王］，获得任务奖励：［一级扩容包裹］，［面包］，银币 +2，经验 +1000。

一级扩容包裹

等级：D 级

说明：扩容道具，装备后可增加 4 个储物格。

面包

等级：D 级

说明：食物，食用后可恢复 50 点体力值。

"真不愧是精英级别的任务，给的奖励可真丰厚！刚好我的体力剩得不多了！"奉天高兴地把奖励的扩容包裹给装备上了，并拿出面包啃了起来，然后再度露出一脸陶醉的表情，"啊！这个叫面包的东西好好吃啊！吃起来松松软软的，还带着一股特别的香味！"

"对，味道不错。"冉骐对这个容量超级小的扩容包裹没有兴趣，只拿起面包吃了起来，虽然面包只有巴掌大一个，但松软可口，味道确实不错。

蓝星的食物还真是让人怀念。全息游戏的拟真度真的很高，食物无论是味道还是口感，都和真的一样，只不过不会让人产生饱腹感罢了。据说有不少玩家来玩这款游戏，就是为了能够在游戏里大吃特吃。

【系统】恭喜您升至 10 级，获得可支配属性点 2，黄金宝箱一个。

又一条系统提示响起，两人的包里都多了一个金灿灿的宝箱。黄金宝箱可比木头宝箱要高级多了，能够开出好东西的概率也更高。

"哇！是黄金宝箱啊！游戏可真大方！"奉天激动地搓起了手，"老天保佑，一定要让我开出个好东西啊！"

说完，他迫不及待地打开了宝箱，只见白光一闪，奉天的掌心就多出了一枚戒指和一把匕首。

铁戒指

限制等级：10 级以上

职业要求：所有职业

物品等级：C 级

耐久度：50/50

属性：体质 +5，基础攻击力 +10

铁纹短刃

限制等级：10 级以上

职业要求：刺客

物品等级：C 级

耐久度：50/50

属性：力量 +5，基础攻击力 +12

"啊，我的天，我拿到饰品和武器了！"奉天激动地让冉骐看自己开出来的东西，那神情简直就像是中了彩票。

这两件东西虽然只是绿装，但属性很不错，在前期属于实用性很强的装备。而且戒指、手镯、项链之类的饰品掉落率极低，参加内测半个月，奉天连饰品到底是什么样子的都不知道，也难怪他会这么激动了。

"恭喜啊，你今天运气可真是不错。"冉骐笑着说道。

"哈哈哈！我把我的好运气也分你一点，你赶紧也把宝箱打开吧！"奉天抓着冉骐的手搓了搓，好像真的要把自己的好运气分给他。

冉骐拥有一仓库的好东西，其实对宝箱里的东西并不是很在意，不过见奉天这么期待，他也就将宝箱打开了。

然后他看着宝箱里的东西，陷入了沉默。

"怎么样？开出什么了？"奉天好奇地探头。

冉骐便将宝箱里那本薄薄的技能书给拿了出来。

回复术 · 技能书

可学等级： 10 级以上

限制职业： 牧师

使用说明： 打开即可学会技能 [回复术]。吟唱 3 秒，冷却时间 2 秒，每 3 秒可回复指定玩家 20 点生命值和 5 点法力值，持续时间 180 秒，随着技能等级提升，回复效果提高。

这是一个非常好用的技能，相当于一个持续的 BUFF（增益状态），既能回血又能回蓝。别看加的血量不算多，但游戏前期装备还不是很好的时候，大家的血量都不高，因此拥有这个技能的牧师，不管是下副本还是团战，总是被别人抢着要的。后期随着等级的提升，技能效果也会随之提升。

奉天顿时流下了心酸的泪水："欧皇①，请收下我的膝盖。"

冉骐也没有想到自己的运气会这么好，一下子就开出了一本技能书。要知道技能书的价值可比什么饰品和装备都要高得多，拿出去绝对会遭人哄抢的。

只是他升级之后，技能树中符合等级的技能会自动点亮，所以他现在已经可以直接使用回复术了，这本技能书他其实根本用不到。不过转念一想，这样也好，他就不需要为自己多出来的新技能多做解释了，这本技能书留着以后还能拿去卖钱。

"乖儿子，等我下次再抽到技能书，一定给你留着。"冉骐也跟着调皮了一下。

---

① 指运气极好的玩家。

"喂！说你胖你还真喘上了？"奉天没好气地瞪他一眼，根本没把他的话当真，"技能书这种稀有道具，是你想抽就能抽到的吗？"

不过等到以后，奉天真正领教了冉骐的好运体质之后，他恨不得冲回来给此时有眼无珠的自己几个大嘴巴子。

冉骐把技能书收进包裹里后，就和奉天一起离开了新手村。

村口面相和善的老村长 NPC 笑容温和地对他们说道："亲爱的勇者，感谢你们赶走了凶恶的魔兽，维护了村庄的安全，愿神明保佑你们。"

【系统】恭喜您获得村长的感激，在 30 分钟内，移动速度加快 20%。

"嘿，这倒是内测的时候没有的新功能啊。"奉天对冉骐说道，"趁着现在有增益状态，我们赶紧去主城吧。"

第四章

新手村是没有传送阵的，所以冉骐和奉天需要穿过两张地图，才能够到达塞隆城。全息游戏的地图很大，如果没有加速的增益状态，以牧师的速度，恐怕还真是要走上一段时间了。

虽然偶尔会遇上一些四处游荡的主动攻击玩家的怪物，但有能自动回复气血的回复术和加速增益状态，打得过的就打，打不过的就赶紧跑，一路上都还算顺利。

升到 10 级之后，冉骐的生活技能也解封了，只不过受自身等级限制，他暂时只能制作与自己同等级的装备，但冉骐对此已经非常满意了。

不过他在看到遍地的药草和矿石的时候，总是会习惯性地产生想要跑去采集的冲动，但都被他努力给压制下去了，毕竟奉天还在旁边，他没法解释为什么他还没去过塞隆城就已经学会了生活技能的事。

他只能在心底安慰自己，等到了塞隆城之后，就不必再遮掩自己的生活技能了。

很快，两人看到了塞隆城高耸的城墙，顿时都精神一振，正高兴地加快脚步，却突然被不知道从哪里冒出来的四个人给包围了起来。

两个法师，一个弓箭手和一个刺客，基本上都是 10 级的高攻击力职业。

他们的 ID 全部都是红色，显然是已经开启了屠戮模式，而且这几个人的 ID 旁边都有一把血淋淋的大刀标记，代表着他们已经杀过好几个人了。

"把你们身上的钱和 D 级以上的装备都交出来，否则就只有死路一条。"为首的那个刺客冷声说道。

"你们疯了吗？游戏刚开始，你们就敢红名？不打算升级了吗？"奉天觉得非常不可思议，要知道红名可是不能进城的，否则会被守卫击杀。游戏初期可是升级的关键时期，不能进城对玩家的影响还是很大的。

"废什么话，不想死的话，就赶紧把东西交出来！"四人都举起了武器，摆出了攻击的架势。

冉骐算是看出来这几个人的目的了，这里是塞隆城的北门，是牧师新手村到主城的必经之路。这几个人就是故意守在这里，盯着那些刚刚从新手村出来的落单的牧师。

一般玩家完成了所有新手村的任务后才会离开新手村，也就是说他们身上的钱至少有 2 银币，再加上升级赠送的黄金宝箱，里面也能够开出不少好东西，他们这些血少防低又没什么攻击力的牧师，对那些心术不正的人来说，可不就是最好的肥羊了吗？

这些人又大部分都是远程高攻击力职业，敌众我寡的情况下，被盯上的牧师根本没有反抗的能力，为了不被杀死，也就只能忍气吞声地把东西交出去了。

但冉骐是这么尿的人吗？他可是天选之子！他包裹里的魔法卷轴可不是吃素的！

"打吗？"奉天迅速切换成队伍频道与冉骐对话，"我戴上戒指后攻击力不低，再加上你的新技能和加速 BUFF，我觉得打起来不一定会输。"

"打！"冉骐立马回复。

奉天二话不说就冲了出去，举起法杖对准其中一个法师就狠狠地敲了下去。别看牧师是法术系职业，但基础攻击可不分法术还是物理，奉天刚拿到的戒指加体质和基础攻击力，而法师又是出了名的"脆皮①"，他这一法杖下去，那个法师的血顿时就没了一半。

"小心！这个牧师攻击力特别高！"这个法师反应过来后转身就逃，嘴里还一个劲地大喊，"快点杀了他！"

只可惜法师和牧师一样都是"短腿②"，奉天和冉骐却有 20% 的加速状态，那个法师哪里跑得过他们？被两人追上，两法杖捶下去，那人就直接仆街了。

剩下的三个人此时都惊怒交加，他们怎么也没想到这两个牧师居然会有胆子对他们动手，而且那个叫奉天的牧师不仅攻击力高，移动速度也非常快，他们还没反应过来，同伴就已经死了。

不过三人回过神来之后，就第一时间对攻击力更高的奉天发起了攻击。奉天能

---

① 游戏中形容角色血量少，防御力低。
② 游戏中形容角色速度慢。

躲过法师的魔法弹和弓箭手的箭矢，却躲不过刺客的穿刺，血条如溃决般下滑。还好他早有准备，打开一瓶红药一饮而尽。冉骐的治疗术和回复术也立刻跟上，他的血条瞬间就被补满了。

"先杀剩下的法师！"奉天在队伍频道喊了一声。

"好！"冉骐应道。

谁也想不到奉天居然会选择硬扛刺客的攻击，转而对法师下手。

"脆皮"法师哪里扛得住两个人的攻击？很快也步了他同伴的后尘。

眼下四人队伍转眼就没了两个，刺客和弓箭手见状，心生退意，立刻想要逃跑。这两个职业都是敏捷和力量加点，移动速度是非常快的，他们两个牧师就算有加速状态，也不一定追得上。

"想跑？"冉骐冷笑一声，对着他们使用了魔法卷轴。

魔法卷轴·冰冻术

等级： A 级

说明： 封印着强大法术的卷轴，使用后可施放技能［冰冻术］，让指定目标在一定时间内动弹不得。

刺客和弓箭手的身体表面立刻凝结起了一层冰霜，两人只觉得手脚像是灌了铅一样，沉重到完全无法动弹了。

这到底是怎么回事？！

两人惊慌失措。

这时候，奉天和冉骐上前，在他们惊恐的视线下，毫不手软地将他们送去和同伴团聚了。

这几个人恐怕做梦也没有想到，他们居然会栽在两个牧师的手上，在他们看来，四个高攻击力职业对上两个没什么攻击力的"奶妈[1]"，就像是四只老虎围剿两只兔子。

可谁知道兔子急了居然会咬人，而且兔子的手上还有魔法卷轴这种特殊道具？

这下阴沟里翻船，他们的肠子都悔青了。

《魔域》游戏对红名玩家的惩罚还是很严重的，普通玩家死亡只会掉装备耐久度，但红名玩家是会掉落装备和道具的。所以几人的尸体消失后，地上就立刻出现了几件装备和道具。

奉天顾不上捡东西，直接心痛地数落起了冉骐："天啊，魔法卷轴，那可是 A 级道具啊！你怎么就这么浪费在这几个小喽啰身上了啊？！"

---

① 指游戏内恢复治疗角色。

"为民除害。"冉骐笑着回答，那几个红名玩家复活后会直接被传送到监狱，在那里待够足够的时间，消除了所有罪恶值才能重获自由，这样一来就避免了接下来有更多的新人玩家遭遇打劫，还挺符合他这个"为民除害"的说法。

奉天噎了一下，又好奇地问道："那你这个魔法卷轴哪儿来的啊？"

"其实刚才开箱子的时候，除了技能书，我还打到了魔法卷轴，怕打击你，所以没说出来。"冉骐只得用宝箱当借口了。

奉天顿时泪流满面："当我没问……"

明明玩的是同一款游戏，为什么人与人之间的差别那么大？

冉骐不好意思地摸了摸鼻尖，其实他拿出来的这张魔法卷轴已经是他包裹里等级最低的一张了，他还有好多 S 级的大范围魔法卷轴，不过这就没必要让奉天知道了。

两人把那几人掉落的装备和道具给捡了起来，发现其中有两件 C 级和一件 B 级的装备，还有一个 C 级材料狼王皮。野狼王是牧师新手村才有的小 BOSS，一看就知道这些东西不是他们自己打来的，真不知道那几个家伙打劫了多少个人了。

"分赃了，分赃了！看你要哪个？"奉天把捡到的东西都亮出来给冉骐看。

"我要狼王皮。"冉骐毫不犹豫地说道，这可是做法袍的好材料。

因为起了大作用的魔法卷轴是冉骐的，所以奉天坚持把那件 B 级装备也给了他。

两人进城之后，直奔交易行，把身上用不到的装备都挂上去卖。虽然交易行会收取 5% 的手续费，但比自己摆摊叫卖可要方便多了。

现在是游戏初期，装备紧缺，绿装只要属性好，有的是人抢着买。两人才把东西挂上去，一眨眼的工夫就被人买走了。两人一下子赚了好几十个银币，简直高兴坏了。

"哈哈，我有钱啦！我要去餐厅大吃一顿！兄弟，要不要一起去？"奉天真不愧是吃货，有了钱之后想到的第一件事就是吃。

"行啊，我也去看看吧。"冉骐倒不是为了吃，而是想去看看行情。

在上辈子的《魔域》中，餐厅是非常没有存在感的地方，出售的都是一些最简单的食物，用以回复生命值和体力值等，价格还不便宜，性价比很低。而且玩家们学习了烹饪技能后，完全可以自己制作出品种更丰富、增加属性更多的食物，所以压根没有人会去光顾。

可是换成全息游戏之后，餐厅的地位可就变得完全不一样了，不仅从犄角旮旯搬到了中央大街最中心的位置，店面还扩大了好几倍，店里人头攒动，看起来生意很不错。

两人刚走到餐厅门口，就被穿着服务生制服的 NPC 给拦了下来。NPC 笑容满面地对他们说道："不好意思，两位勇者先生，店里已经客满了，两位可以在我这里领取号码牌后，去周围逛逛，轮到你们的时候再回来就行了。"

倒是非常人性化的操作，他们拿到号码牌后，就自动进入了排队系统。冉骐看了一眼，发现他们居然排在六千多位，而且后面还不断地有人过来领取号码牌……

冉骐内心默默流汗，自己真是低估了星际人对美食的热爱。

"我可以看一下菜单吗？"冉骐询问服务员NPC。

"当然可以，就在门口的墙上挂着。"

餐厅门口挂着一块大大的黑板，上面只有七个选择——熏猪肉三明治、熏牛肉三明治、熏鸡肉三明治、煎牛排、煎猪排、煎鸡排、水果沙拉。

冉骐："……"

还能更敷衍一点不？就这点破东西也好意思卖5银币一份？！简直是黑店！

不过没有品尝过蓝星美食的星际人都表现得非常激动，就连奉天看着店里，也是一脸向往："好多好吃的啊！真想全部吃一遍！"

行……行吧……

"三明治是可以外带的，但是其他食物需要在店内食用。"服务员又笑眯眯地补充道。

"那三种口味的三明治都给我来一个！"奉天豪爽地说道。

"好的，请稍等。"

没过一会儿服务员就拿来了一个纸包，里面放着三种口味的三明治。

"请问还需要保留您的排号吗？"

"当然！我还有好几种东西没吃呢！"

冉骐："……"

"我想去生活技能区那边转转，你是在这里等着，还是跟我一起去？"冉骐看向奉天。

连餐厅卖的这种简单的食物都能让人趋之若鹜，那他亲手制作的食物一定能够卖出更高的价钱吧？冉骐仿佛看到了一条致富之路出现在面前，顿时跃跃欲试。

"我对生活技能没什么兴趣，我就在附近逛逛吧。"生活技能学起来太麻烦，奉天还是更愿意买现成的。

"行，那一会儿见。"

于是，冉骐就自己一个人去了城东的生活技能区。

一路上冉骐遇到了不少来学习生活技能的玩家，只不过想要学习技能得先经受技艺师的考验，完成一串烦琐的前置任务，最后按照技艺师教导的方式，将物品做出来，得到技艺师的认可后，才能学会该技能。

之后玩家可以在技艺师那里购买到一些简单初级图纸和配方，但只能制作出D

级和 C 级的物品，那些更高级的图纸和配方只有通过打怪掉落和副本奖励等方式获得。

不过那些参与过内测的玩家都很清楚生活技能的好处，只要克服困难把生活技能给练起来，现在投入的，之后都能十倍百倍地挣回来！

第五章

冉骐先去了烹饪区，不出意外地见到了许多想要学习烹饪技能的玩家。毕竟烹饪得到的食物在满足食欲的同时，又能增加属性，还能卖钱，简直是性价比最高的一项生活技能了。

但是学习技能之前还得先通过考验，烹饪技艺师给出的考验是烤面包，玩家需要先去城外打一种大嘴鸟怪，收集它们掉落的鸟蛋，然后用鸟蛋和面粉等材料，制作出烤面包。

游戏可能是为了让玩家能够更真实地体验到制作食物的方法，所以这里要求的烤面包是必须由玩家亲手制作出来的，而不是简单地将食材准备好之后，直接站在灶台旁等它自行生成。

只有成功制作出烤面包，并在烹饪技艺师给出合格的评价后，玩家才能学会烹饪技能。

烹饪技艺师给的制作方法非常详细，详细到了每一个步骤和环节，连面粉的克数和糖的克数都标明了。随便一个来自 21 世纪的人，估计都能照猫画虎地做出来。

然而这些星际人几乎都是喝营养液长大的，连做饭是什么都不知道，所有的东西对他们来说都是非常陌生的。

兴高采烈地打了鸟蛋回来之后，一群人就开始陷入了痛苦的煎熬。不是把蛋壳一起打进了碗里，就是搅拌的时候弄得到处都是，简直是鸡飞狗跳。

因为游戏是西方魔幻背景，所以游戏中的食物基本上以西式餐点为主，而面包是西方食物中最常见的一种，对烹饪技艺师来说，这应该是最基础的东西，随便谁都能做得差不多才是，可偏偏这群人就跟智障似的一再出错。

烹饪技艺师的脸色已经黑如锅底，若不是受到程序限制，他都想要抄家伙把这群人给赶出去了。

冉骐的生活技能已经全部激活了，所以他并不需要再次经受 NPC 的考验，而且如果光从技能等级来看，他比这位初级技艺师还要厉害许多。只是受到自身等级的限制，他现在的技艺等级也被压制在 10 级，只能制作一些最简单的食物，比如蜂蜜馅饼、红豆面包等等。

既然可以自己动手制作食物，冉骐就很想试试可不可以制作系统程序以外的食物，比如中式料理。

他穿越之前父母早逝，成年之后一直是自己一个人住，上学期间经常四处兼职，在一家饭店里工作了好几年，慢慢地也学了一些手艺。他的厨艺算不上多么出色，但基本上常见的家常菜都会做，比起西方的食物，他还是觉得中式的美食更加有让人饥馋难耐的诱惑力。

若是能够成功……冉骐脸上不自觉地露出略显狡黠的笑意，那就是时候让星际人提前见识一下曾经驰名全世界的中式美食的魅力了！

在烹饪区附近有专门出售辅助食材和调味料的商人NPC，冉骐从他这里购买了面粉、葱、油和调味料。烹饪区的右侧有好几排公共灶台，可以供玩家随意使用，冉骐随便选了一个空位，开始做起了葱油饼。

周围的玩家一开始还以为他也是来做烤面包的，但是到后来才发现他的做法和他们完全不一样。

"傻子吧？步骤都是错的，还有那个绿色的东西是什么啊，一股怪味。"刚好站在冉骐右侧灶台的一个红发玩家忍不住和同伴抱怨道。

"那个绿色的东西叫葱，我刚才在材料商人那里看到了，应该也是一种食材，而且我看他动作挺熟练的，说不定是在做什么其他食物。"另一个金发玩家开口道。

"怎么可能……"

不管这人信不信，反正冉骐的葱油饼已经下锅了，被滚油一激，面饼和葱的香味顿时被激发了出来，一下子吸引了周围人的注意力。

"天啊，闻起来好香啊，他做的到底是什么呀？"

冉骐是按照自己的喜好做的葱油饼，差不多两个巴掌大小，面皮比较厚，这样做出来的葱油饼吃起来有一种外面酥脆里面绵软的口感。可惜没有鸡蛋，要不然一定会更好吃。

将葱油饼煎至两面金黄后取出，耳边就响起了系统的提示声。

【系统】恭喜玩家自主开发出新类型的食物，请进行命名。

"葱油饼。"

【系统】命名成功，[葱油饼]配方已添加，玩家享有配方所有权，可将配方导出进行售卖，稍后将发布系统公告，是否需要匿名？

冉骐不由得笑了，这游戏的自由度还真是相当高的。他稍微考虑了一下，选择了匿名，他可不想被各种私信骚扰，还是"闷声发大财"为好。

【系统公告】恭喜玩家［匿名］开发出新品种食物［葱油饼］，获得世界声望100点，以及［实物兑换券 ×1］。

系统公告一出，世界频道顿时炸开了锅。

【世界】该隐：我去，是谁这么牛？连食物都能自己开发啊？

【世界】最爱吃吃吃：听名字就好像很好吃的样子！我要去买！！！

【世界】烟箬：属性看起来也超好！又加血上限，又加力量，简直是物理攻击类职业打怪和下副本必备的利器啊！

【世界】无欢：大哥，卖不卖啊？高价收啊！

【世界】拉斐尔：求上架！想尝尝看 B 级食物的味道！

…………

冉骐的嘴角无法控制地疯狂上扬，"葱油饼"带给他的惊喜实在太多了。

"葱油饼"被系统评定为 B 级，食用后生命值上限增加 50 点，力量增加 10 点，持续时间 15 分钟，属性相当不错。这对物理攻击类职业来说，拥有极高的吸引力，轻而易举就能卖出高价。

而他还拥有了"葱油饼"配方的所有权，他不光可以卖食物，还能连配方一起卖。

除此之外，他还获得了系统给予的奖励，实物兑换券就不必多说了，世界声望可以购买许多珍贵道具和材料，都是很有用的东西。

而葱油饼不过是最简单的一种食物，中式美食那么多，光饼这一类就有掉渣饼、老婆饼、馅饼、烧饼、千层饼等几十种，完全不用担心会有食品品种不够的问题，也就是说，他以后完全可以通过"自主开发"出更多的食物，来获得更多的奖励。

别人想破脑袋也难以获取的世界声望和实物兑换券，他通过做饭，就可以持续不断地获得。

学会了烹饪技能后，玩家就能够开启简易制作功能，也就是像传统网游那样，直接打开技能面板，选择已经学习了的配方自动生成，省时又省力。

葱油饼的配方是冉骐自创的，但是已经录入了数据库，也出现在了技能面板的配方目录中。因此冉骐趁着周围的人还没反应过来，利用简易制作功能，快速地自动生成了 20 个葱油饼，然后迅速地打包转身离开。

烹饪区里的玩家同样也在讨论这个突然出现的新品种食物。

星际都多少年没有人会做饭了，居然有人能一上来就开发出新食物？而且看这属性这么好，想来味道也会很美味。

一群也想学烹饪技能的人都不由得羡慕起来。

要是自己也有这本事就好了……

"等一下……刚才系统公告说的葱油饼，该不会就是那个人做的吧？"之前的金发玩家是最先反应过来的，毕竟刚才那个人在众目睽睽之下做出了一种从未见过的食物，而且他这边刚做好，系统就发布了公告，未免太过巧合了。

"也不一定吧……咦？人呢？"红发玩家狐疑地一扭头，却发现冉骐已经不见了。

冉骐在向外走的时候，听到不少人都在讨论葱油饼的事情，还有越来越多的玩家朝生活技能区这边赶过来。冉骐不由得暗自庆幸，幸亏他机智地先溜走了，要不然被人堵住可就麻烦了。

他直接去了交易行，把新鲜出炉的 20 个葱油饼用匿名的方式挂了上去，定价 20 银币一个，只留了一个，准备一会儿送给奉天。

葱油饼的定价是有点高的，毕竟餐厅提供的食物也才 5 银币一份，但冉骐制作的葱油饼是 B 级食物，有额外附加的属性，与那些只能恢复少量气血的低级食物是不一样的。更何况目前整个游戏中，葱油饼只此一家，别无分店，相信总会有人愿意买的。

事实证明，冉骐的想法完全没有错，他刚把葱油饼挂上去，人还没走出交易行，就收到了一连串的售出通知。

冉骐顿时双眼发光，早知道刚才应该再买一些材料，多做一些葱油饼出来的。

【系统】恭喜玩家进入财富排行榜前十，在榜期间可使用称号［小土豪］，是否需要匿名？

冉骐二话没说就选了匿名。

开玩笑，他前脚卖了 20 个葱油饼，后脚就突兀地出现在了财富排行榜上，傻子都知道卖葱油饼的人是谁了……

进入排行榜并不需要发布全服公告，冉骐打开排行榜看了一眼，发现除了等级排行榜、装备排行榜和财富排行榜前列的大部分玩家都选择了匿名，看来财不露白的道理大家都是懂的。

在等级排行榜排名前列是实力的象征，加上玩家的 ID 旁边就显示着等级，根本没有匿名的必要。之前那位率先达到 10 级的玩家夜枭现在已经升到了 17 级，以高出第二名两级的优势，稳稳占据了等级排行榜第一的位置。

"啧啧啧，真是练级狂人啊。"冉骐觉得这个夜枭应该是参加过内测的玩家，这么拼命练级应该是有筹建公会的打算。

基本上玩家都更愿意加入高手所在的公会，三大排行榜就是招人的最好广告平台。

不过想要建立公会，需要先得到稀有道具"公会召集令"，这玩意儿只有深渊副本的 BOSS 才会掉，而且掉落率简直低到极点，估计等级排行榜前列的各位，现在都正在孜孜矻矻地与副本死磕。

这时，队伍频道里奉天的消息跳了出来："白染，你在哪儿呢？"

"我在交易行。"

"我也在交易行！看到我了吗？"

交易行里人实在太多了，冉骐抬头张望了一下，就看到有个眼熟的牧师举着手里的法杖拼命挥舞。

"看到你了。"冉骐好笑地回了一句，然后关闭聊天界面，快步朝他走了过去。

"白染！你也是看到系统公告之后来买葱油饼的吗？"奉天皱着一张脸对他倒苦水，"我可是看到通知的第一时间就赶过来了，这葱油饼卖得也太快了，我还没来得及付款，就被人买光了……"

冉骐很无语，又道："你一个牧师，为什么要买葱油饼啊？"

葱油饼明显对物理攻击类职业更有作用，对牧师来说只能增加一点生命值上限而已。

"因为好吃啊！"奉天理直气壮地说完，表情又垮了下来，"那可是 B 级的食物，味道一定特别好！可惜没能抢到……"

对吃货来说，错过美味的食物恐怕是最让人伤心的事了。

冉骐无语又好笑，发了一个交易请求过去，把特意留着的那个葱油饼给了奉天。

"啊！是葱油饼！天啊，你居然抢到了！"奉天不禁张大嘴巴，反应过来之后立刻激动得不行，扑上来就给了冉骐一个熊抱，"好兄弟！一会儿哥们儿带你下副本去！"

"我们两个牧师下副本？"冉骐嘴角微微抽搐。

"有什么关系，我有认识的强力输出，已经 12 级啦！是内测的时候认识的，很靠谱！"奉天拍着胸脯跟他保证。

奉天既然这么说，冉骐也就答应了下来："好的。"

10 级以后就脱离了新手范畴，做任务给的经验就很有限了，所以玩家们需要依靠下副本和野外打怪来升级。有靠谱的强力输出在，下副本练级还是很快的，而且有两个牧师也更安全一些。

第六章

很快，有一个 12 级的弓箭手风无痕和一个 10 级法师花鸢加入了队伍。

"副本门口见。"风无痕言简意赅地说道。

"好的！"奉天应了一声，便和冉骐一起朝着城外走去。

10 级副本阴影森林的入口就在城东门外不远处，两人只走了一会儿，就已经到了。

《魔域》游戏的副本主要分为经验副本和挑战副本两种。

经验副本顾名思义，就是能够获得大量经验的副本，怪物等级固定为副本等级，较易击杀，非常适合新人练级，只不过 BOSS 装备的掉落率非常低。

而挑战副本，就是经验副本的困难版，怪物的攻击力和防御力都大幅提升，同时 BOSS 的等级会根据团队成员的平均等级来安排。虽然挑战副本给的经验很少，但 BOSS 容易掉好东西，是玩家们获取装备的重要来源。

如果有队伍拿到挑战副本 BOSS 的首杀，或者是第一个通关副本，系统会进行全服公告，并给予全队成就奖励。

经验副本每天可进 5 次，挑战副本每天只能进入 1 次，每天上午 8 点重置。

"阴影森林经验副本，有 T[1] 有奶，随便来两个输出！"

"阴影森林，内测老手带队，随便来一个输出！"

"经验副本，菜刀队[2]！来个奶妈加血！"

开服到现在已经七八个小时了，有不少人都达到了 10 级，因此来打副本的人非常多，几乎把副本入口给围了个密不透风，附近频道更是不断地有人在喊人组队，刷屏速度飞快。

不过这会儿组队的都是去经验副本的，挑战副本的难度太高，一般都要 15 级以上，并且装备齐全的情况下才敢去挑战，要不然绝对是团灭的节奏。而现在等级在 15 级以上的，一共只有三个人，所以一直没有看到关于挑战副本的系统公告出现。

"我们到了，你们人呢？"风无痕在队伍频道中问道。

"我们也到了。"周围的人实在太多，根本就看不到队友，他们只能在队伍频道交流。

风无痕道："那就随便再叫两个人，然后直接进。"

阴影森林是个六人简单副本，有一个负责加血的牧师，其他随便来几个职业，

---

① 游戏内指伤害承受者。

② 由单一类型近战伤害的职业组成的队伍。

只要不偷懒，都能顺利通关。

"稍等一下，我问问我朋友来不来。"冉骐总算是想起了自己的小伙伴顾乐，赶紧打开好友列表，搜索昵称为"可乐"的玩家。

只是他搜索到的"可乐"职业并不是弓箭手，而是战士，并且等级已经达到了14级。

这是被人抢先占了ID吗？

冉骐犹豫了一下，还是先申请添加了对方为好友，然后发了一个私聊过去。

【私聊】白染：顾乐？

【私聊】可乐：好啊你这个家伙！怎么才出新手村啊？我等你等得快要成化石了！

冉骐心虚地摸了摸鼻子，他可不敢说自己睡过头，晚了两小时进游戏的事。

【私聊】白染：有事耽搁了，经验副本来不来？差两个。

【私聊】可乐：我打完了，找了个队伍在野外打怪，你们自己打吧。

【私聊】白染：好吧，不过你为什么玩的是战士？不是说要玩弓箭手吗？

【私聊】可乐：嘁，别提了，进游戏的时候，我是想选弓箭手来着，但是系统分析说我不适合弓箭手这个职业，推荐我选战士，我也是没办法……

【私聊】白染：……那行吧……我先去打副本了……

身怀巨"挂"的冉骐有些心虚地结束了和顾乐的对话。

"我朋友打过了，咱们喊人吧。"

"行。"

奉天在附近频道喊了几句，没多久就有一个叫八哥的11级刺客加入了队伍。

八哥："我还有个朋友，叫月娜，可以带她一起吗？"

"当然可以啊。"

没多久，月娜也加入了队伍，是个10级的女牧师。

"三个牧师……"花鸢忍不住开口了。

三个牧师虽然是安全了，但如果输出伤害不够，就会打得特别慢，很耽误时间。

"对不起，我加血的技术不太好，但是我有加攻击力的武器，我会努力打怪的。"月娜的声音很甜美，语气听上去怯生生的，令人不忍心拒绝她的请求。

"没事，反正经验副本简单得很，不行我也一起打怪好了！"好脾气的奉天站出来当了和事佬。

既然月娜和奉天都主动表示了会帮忙打怪，花鸢也就不再多说什么了。

"走走走！进副本啦！"作为队长的奉天上前开启副本，正在副本附近的队员们就跟着一起传送了进去。

进入副本之后，冉骐终于见到了其他几个队友。风无痕是个长相和性格一样清冷的帅哥，花鸢是个成熟的御姐，八哥穿着一身黑，看起来酷酷的，月娜则是一个气质清纯的漂亮姑娘。

众人互相简单地打了个招呼之后，就准备开打了。

"白染，你负责治疗吧，抽空给大家补个回复术就行，忙不过来就喊我。"奉天对冉骐说道。

阴影森林里只有一个BOSS，其他都是成群结队的小怪。虽然小怪的攻击力不高，但数量不少，如果被集中攻击的话，还是很危险的，毕竟现在大家等级不高，血少防低，一不小心就有可能仆街。

在副本内玩家们也同样受死亡限制的约束，谁也不想被强制下线7天。冉骐有治疗术和回复术两个技能，绝对算得上是强力奶妈了，再加上奉天从旁辅助，安全性还是很有保障的。

"好的。"冉骐痛快答应了下来。

"这么快就有回复术了？"风无痕听到他们的对话，不由得露出了诧异的表情。

"是啊，我兄弟运气超级好，回复术的技能书是我亲眼看着他从宝箱里开出来的！"奉天特别自豪地说道，"大家加油，咱们队伍的'奶水'充足，可以保证大家的生命安全！"

回复术每3秒可恢复玩家20点生命值和5点法力值，持续时间180秒，相当于每个人都多了一个3分钟内自动回血回蓝的BUFF，真的是很能给人安全感。

"回复术好厉害啊！真羡慕呀！我也好想要新技能。"月娜看到回复术的效果后，忍不住羡慕地说道。

"没事，以后我给你收一本技能书去。"八哥闻言立刻向她拍胸脯保证。

"真的呀？谢谢八哥！"

月娜甜甜地笑起来，八哥也回以宠溺的微笑。

冉骐猝不及防地被塞了一口"狗粮"，感觉有点齁，他面无表情地给每个人都用了一个回复术后道："可以打怪了。"

众人一拥而上，开始清剿小怪。奉天和月娜的攻击力虽然没有风无痕他们那么高，但也还算过得去，清理起小怪来也不算太慢。

经验副本里的怪物经验真的很高，只杀了三四拨小怪，冉骐的经验条就已经上升了40%。后面BOSS的经验更丰厚，估计五次副本打下来，他应该可以直接升到13级了。

"马上就要打BOSS了，我把分配模式改成队长分配，你们没意见吧？"奉天开口问道。

"有那个必要吗？这副本几乎不掉装备啊。"八哥诧异道。

"我兄弟运气好得很，说不准就掉了呢？反正万一真的掉了装备，我们就按各自的需求分吧。"奉天这也是先把丑话说在前头，免得到时候真的出了好东西，几个人争抢起来就不好了。

"行。"虽然几人觉得掉装备的可能性很小，但还是都同意了。

BOSS 是一个高大的兽人，皮糙肉厚，还拿着一把大锤和圆盾，进可攻退可守，攻击力高不说，还会用大锤敲击地面给玩家造成集体眩晕效果，因此打怪时候的走位就很重要了。

按照正常的打法，需要有一个人吸引兽人的仇恨，然后带着它满场跑，其他人趁机输出，先打坏兽人的盾牌，再打兽人就会变得容易得多。

不过现在大家仗着有 BUFF 和两个牧师加血，连跑都懒得跑，就直接站桩（不移动）输出，被打晕了也不要紧，只要冉骐站得离 BOSS 远一点，能及时给他们加上血就行了。

当然，这是经验副本他们才敢这么干，如果是挑战副本，站桩输出的下场绝对是死路一条。

不用走位，打怪效率就会高很多，哪怕主力输出的四个人里还有两个是攻击力不高的牧师，也很快就打死了 BOSS。

经验副本打起来真的没什么难度，六个人一口气就把五次副本给打完了。

只是最后一次的时候，兽人 BOSS 倒下后，在地上留下了一个灰扑扑的木头箱子。

"居然真的掉东西了？"众人都非常震惊。经验副本 BOSS 的物品掉落率那是简直低到极点的，没想到他们居然真的能打出宝箱来。

虽然是一个木头宝箱，但那好歹也是宝箱啊！

"哈哈哈，我怎么说来着？我兄弟的运气很不错吧！"奉天高兴极了，然后拍了拍冉骐的肩膀，"兄弟，你去开箱子！"

冉骐很是无奈地走到了宝箱面前，然后从里面摸出来了一张薯饼配方。

薯饼·配方
等级：C 级
说明：使用后可学会薯饼的制作方法，食用薯饼后可回复生命值和法力值各100 点。

"这是一张食物配方，能够回蓝回血，你们看看谁想要吧。"生活技能全部满级的冉骐是不需要任何配方的，更何况是薯饼这种基础回蓝回血的食物。

在队长分配模式下，捡到的物品会暂存在团队包裹里，队员们打开团队页面就可以查看里面的东西，如果有人想要的话，队长就可以直接进行分配。

"我对食物配方没什么兴趣，我只喜欢吃，不喜欢动手做。"奉天直接地说，"你们如果谁想要的话就说出来。"

"我想要。"两道女生的声音同时响起，显然是花鸢和月娜。

月娜咬着唇，怯生生地看了花鸢一眼后说道："花鸢姐姐，我已经学会了烹饪技能，我真的很想要这个配方。"

花鸢微微皱眉，月娜这种说话态度，让她非常不爽，于是她语气强硬地回答："我也学了烹饪技能，这个配方我也想要。"

女孩子嘛，对生活技能有兴趣也是很正常的事情，但没想到两个人都已经学会了烹饪技能。

月娜垂下眼帘，抿着唇不说话了。

冉骐虽然看不上这个基础配方，但是对其他玩家来说，这个配方还是很有用的。

10级之后想要再依靠做任务升级是不可能的了，玩家只能通过打副本和野外打怪来升级，这种能够快速回血回蓝的食物就变得很有用了，不仅味道好，还能快速回复状态，做出来之后肯定不愁卖。

眼看两个女孩谁都不愿意放弃，气氛渐渐变得紧张起来。奉天赶紧出来打圆场，他想了一下便道："这样吧，我改成掷骰子分配模式，你们两个人 roll 点（掷骰子）吧，谁的点数高，配方就归谁。"

掷骰子分配模式下，队员可以点开团队包裹里的物品进行掷骰子，每个人的点数会在队伍频道显示出来，当所有玩家掷骰子结束后，系统会自动将物品分配给点数最高的人。如果是不需要这件物品的人，可以选择放弃。

见众人都没有异议，奉天便修改了分配模式。

花鸢掷出了 74 点，而月娜掷出了 63 点，事先说好其他人是不参与 roll 点的，这样的话，配方就要归点数更高的花鸢了。

冉骐正准备点放弃的时候，就看到队伍频道里又刷新出来了一条信息。

【系统】八哥掷出了 81 点。

"八哥，你这是在干什么？"奉天也皱起了眉。刚才问大家需求的时候，八哥没有说自己需要配方，这会儿两个姑娘在公平竞争的时候，他突然跳出来，未免不太厚道了。

"我和月娜是一起的，她的运气一向不太好，我帮她争取一下。怪是我们一起打的，我应该也有参与分配的权利吧？"八哥摸着后脑勺，表情有些尴尬。

"那我和花莺是一起的，我应该也有参与分配的权利咯？"风无痕冷笑一声。

气氛顿时又变得尴尬起来，最后还是奉天无奈地站了出来："既然这样，干脆我们全员掷骰子，大家都有参与分配的权利，谁点数高这个配方就归谁，这样总能确保公平了。你们觉得呢？"

刚才说大家都有权参与分配的人是八哥，所以八哥和月娜都没有办法表示反对。

于是剩下的三人也分别掷了骰子。

风无痕是 51 点，奉天是 11 点，冉骐则是 99 点。

【系统】玩家［白染］获得了［薯饼·配方］

冉骐："……"

他真的不需要这个……

第七章

有句话叫旱的旱死，涝的涝死。

这张引起两个女玩家争抢的配方，在冉骐这里真的是一文不值，可偏偏就进了他的包裹里。

冉骐正不知道该如何处理这个配方的时候，突然见月娜走了过来。

"白染哥哥，我真的很想要这个配方，能不能转让给我呀？"月娜眨着一双明亮的琥珀色大眼睛，双手合十，语气软和地说道，"拜托——"

八哥在旁边一脸不爽地看着。

冉骐："……"

月娜确实挺漂亮，声音也好听，一般男玩家被这样恳求，恐怕都不好意思拒绝，但冉骐这会儿只觉得浑身鸡皮疙瘩都要起来了。

这个配方对他来说，的确是毫无用处，他当然可以转让给别人，但他不太想给月娜。

毕竟按照一开始说好的条件，应该是月娜和花莺两个人一起掷骰子，谁的点数高就给谁，但八哥半路跑出来捣乱，这就是非常不要脸的要赖行为。他不能确定这是八哥自己的想法，还是月娜授意的，可如果不是他的好运气，恐怕还真的会被八哥截留成功，而最终受益的人肯定是月娜。

冉骐以前是职业玩家，这样的事自然也遇到过很多次，所以他其实是很反感这种行为的。如果他真的要转让配方，也应该是转让给花莺才对。

不过对方毕竟是个女孩子，冉骐也不想太让对方丢脸，于是斟酌着用词，看要怎么委婉地拒绝她的请求。

"不好意思啦，美女，我兄弟也学了生活技能的，这个配方他刚好可以用。"大约是看出了冉骐的为难，奉天笑呵呵地走过来帮他解围。

"可是刚才白染哥哥不是没有要配方吗？"月娜咬着唇，有些委屈地说道。

冉骐也顺着奉天的话开口："刚才你们两个女孩子都想要，我就没好意思开口，其实我也挺想要的。"

她哀怨地看了一眼不解风情的冉骐，求道："可是我真的很想要这个配方，我的技术不太好，是想要做纯生活玩家的……白染哥哥，求求你啦，转让给我吧！我愿意出高价！"

作为职业玩家，冉骐见过的套路太多了，女孩子装乖撒娇卖萌这一套对他来说并不管用，月娜这种死缠烂打的方式反而让他很反感。

"不好意思，我刚才已经学了。"面对月娜的不断纠缠，冉骐也没了耐心，直截了当地表示了拒绝。

意思是配方他已经学了，想转让也没法转让了。

月娜闻言一愣，然后漂亮的脸蛋上顿时涌现了怒意。这配方才分到白染的包裹里时，她就已经提出要买了，可这个人一边和她说着话，一边就把配方给学了，他肯定是故意的！为了帮那个女人抢配方！

"哼，我明白了，你们几个是一伙的，故意欺负我们两个人！"八哥满脸怒意地站在了月娜的身后。

冉骐等人："嗯？"

大哥，你有没有搞错？本来就是 roll 点分配，你们自己不守规矩，现在跑来胡搅蛮缠什么？

"你们给我等着！我们不会就这么算了的！"丢下一句狠话后，两人便退出了队伍，消失了。

副本里只剩下他们四个人面面相觑。

"这两个人是不是有病啊？"风无痕这种话不多的人，都忍不住爆了粗口。

"唉，不管他们，反正副本也打完了，咱们回城去吧。"奉天无奈地说道。

"行。"

"花鸢，等一等。"冉骐叫住了花鸢，然后发送了一个交易请求过去。

花鸢收到交易请求的时候还有点疑惑，但是当看到交易界面上的"薯饼·配方"后，她不由得露出惊喜之色，但她没有马上选择接受，而是开口问道："你不自己留着吗？"

"我用不上。"

"谢谢你。"花鸢认真地道谢后，在交易界面里加了 50 银币，"我不知道这个配方值多少钱，但我现在身上只有这么多了。"

"没事，也不是什么特别稀罕的配方，这些钱也够了。"冉骐毫不在意地说道。

两人一手交钱一手交货，直接完成了交易。

只是当退出副本后，他们却看到月娜和八哥在世界频道里发起了悬赏。

【世界】月娜：白染、花鸢、风无痕、奉天组队黑食物配方，大家小心，千万不要被他们骗了！

【世界】八哥：出1金币悬赏击杀白染一次！凭击杀视频领取！

他们不仅在世界频道喊了，还在附近频道和地区频道都喊了一遍，游戏刚开服没多久，还是第一次有人发悬赏出来，自然很引人注意，这下子冉骐他们真的是出名了。

"我去！这两个人怎么脸皮这么厚？这不是在颠倒黑白吗？！"奉天气愤不已地说道，"这样让我们以后还怎么组队啊？！"

如果其他玩家受月娜和八哥的误导，认为他们是专门黑东西的队伍，那么他们以后恐怕就很难组到人下副本了。

【世界】奉天：月娜和八哥！你们两个不要在这里颠倒黑白了！明明是你们想要耍赖抢配方！

【世界】花鸢：掷骰子分配，点数高的人获得配方，公平公正，不存在黑东西的说法。

【世界】风无痕：我这里有所有聊天过程的视频录像，马上整理下来发到论坛，是非曲直，看了就知道。

奉天他们都气不过，直接在世界频道和他们吵了起来，万幸的是，风无痕很有先见之明地在月娜和花鸢抢配方的时候，开启了游戏内的录像功能，不然真的会被他们污蔑。

冉骐也有点生气了，月娜和八哥颠倒黑白败坏他们几个的名声也就算了，居然还花钱雇其他玩家来杀他？

估计是他们身上的钱不够悬赏四个人的，所以就针对丝毫不给月娜面子的冉骐了。

还真把他当软柿子捏了？

【世界】白染：悬赏击杀月娜和八哥，10个葱油饼击杀两人各一次，凭击杀视频领取，本悬赏长期有效。

冉骐素来是人不犯我，我不犯人，但若是被人欺负到头上，他也绝对不会忍气吞声。既然月娜和八哥用重金悬赏的方式来对付他，那就不要怪他以同样的方式报复了。

冉骐的这条消息一出，世界频道顿时炸开了锅。

【世界】该隐：我去！杀两个人就给 10 个葱油饼，还长期有效！那杀三次岂不是就给 30 个葱油饼吗？这么阔气，莫非是自己开发新品种食物的大佬？！

【世界】无欢：刚才我在交易行抢到了一个葱油饼，超好吃！为了葱油饼，冲啊！

【世界】拉斐尔：2 银币收月娜和八哥的坐标！

【世界】烟箬：哈哈，我看到了，那两人正往主城逃呢！快追啊兄弟们！

葱油饼在交易行卖 20 银币一个，10 个葱油饼就是 2 金币，和八哥的悬赏一样，也是杀一个人一次 1 金币。但是葱油饼不仅有特殊的属性增益，而且味道特别好，那价值可就比单纯的金钱要高得多了，更何况葱油饼无论是加价转卖还是留着自己吃都是很不错的选择。

尽管冉骐没有明说，但能够一次性拿出 10 个葱油饼，还能长期供应，那么他就是那个能够自主开发新品种食物的隐藏大佬，和他搞好关系，绝对有百利而无一害。

因此他的悬赏一出，立刻引起了大家的热烈反应，不少人都直接丢下手里的事，跑去追杀月娜和八哥了，这大概是那两个人无论如何也没有想到的。

"天啊！"奉天看了世界频道的发言后也是怪叫一声，两眼亮晶晶地看着冉骐，激动又期待道，"兄……兄弟，你怎么有这么多葱油饼？你你你……你该不会真的是开发出新品种食物的大佬吧？"

在用葱油饼悬赏的时候，冉骐就做好了暴露身份的准备，他一开始选择匿名是想要低调而已，可惜现实不允许他低调。

"是的。"冉骐也没有欺瞒奉天的意思，爽快地承认了，"回头再给你多做一点好吃的。"

"好的好的！哈哈哈，我真是太幸运了，居然认识了一个隐藏大佬！"奉天顿时兴奋地扑上来，给了冉骐一个熊抱。

"白染，我们送你先回主城，野外不太安全，说不定有人会为了八哥的赏金来追杀你。"花鸢开口对冉骐说道。

"好，多谢。"冉骐也觉得应该先回城，他得去把作为赏金的葱油饼给做出来，另外他还打算去做几张回城卷轴，以后遇到危险的话，就可以撕开卷轴，直接返回最近的主城。

"客气什么？应该是我们谢你才对。"花鸢摆了摆手道，说到底冉骐会被人悬赏追杀，也是因为她，他们护送他回城是应该的。

五次经验副本打下来，他们几个都连升了好几级，冉骐和奉天已经升到了13级，花鸢是14级，风无痕是15级。

可能是见他们四个人一起，并没有人跑来偷袭，他们很顺利地入了城。

"兄弟，我明天上午有实战课，今天得早点下线去训练室，明天我们再一起打副本吧。"奉天对冉骐说道。

"好的。"

花鸢和风无痕也准备去做其他任务了，几人互相加了好友之后，便解散了队伍。

冉骐刚走到烹饪区，就看到世界频道又刷新出了好几条信息。

【世界】拉斐尔：白染大佬！我成功杀掉了一个！击杀视频发你邮箱了！请查收！

【世界】烟箬：啊，我的击杀被抢了！好气，明明是我先看到那两个人的！

【世界】无欢：哈哈哈，我抢到了第二个人头，真是好运气！大佬，我的击杀视频也发你邮箱了！

【世界】月娜：白染你这个臭不要脸的！

【世界】八哥：出1金币悬赏击杀白染一次！凭击杀视频领取！！！

冉骐没想到这些人效率这么高，连忙打开邮箱，看到邮箱里有许多未读邮件，基本上都是交易行物品售出后的款项，最上面的两封新邮件的寄件人是拉斐尔和无欢，他点开一看，果然是月娜和八哥被击杀的视频录像。

也是月娜和八哥运气不好，这几个人刚巧在主城附近，月娜和八哥在回城的路上就被他们给堵了个正着。

两个人被三个人围攻，八哥勉强还能和对方周旋一会儿，但月娜就真的是拖后腿的"典范"了，走位一塌糊涂，加血还会被打断，除了呼痛和哭泣，完全帮不上忙。偏偏这三个都不是怜香惜玉的类型，动手丝毫不带犹豫的。

拉斐尔是弓箭手，看起来装备不错，几下就把八哥给干掉了。烟箬是个女法师，魔法弹一个接一个。无欢是刺客，追着月娜砍，抢在烟箬之前把月娜给杀死了。

月娜和八哥被杀之后，看着有点恼羞成怒的样子。不过那也是他们自找的，谁让他们先颠倒黑白，还用悬赏的方式想要杀冉骐呢？

冉骐对这个结果很是满意，他去买了烹饪材料之后，一口气做了100个葱油饼。

拉斐尔和无欢各自杀了一个，所以冉骐给他们分别寄了5个葱油饼，另外他也给烟箬寄了2个，算作她的辛苦费。

他还给奉天也寄了10个，剩下的依旧标价20银币，然后都丢到了交易行里。

第八章

等级上来了，装备也得想办法跟上，总不能一直就这么穿着新手套装。

目前冉骐的手上有狼王牙齿和狼王皮，是制作武器和装备的主要材料，但矿石和亚麻之类的辅助材料需要去野外采集。

月娜和八哥都被杀了一次，这会儿肯定不敢离开主城了，毕竟冉骐的悬赏是长期有效的，他们要是敢踏出主城，估计又得死一次。同样被悬赏的冉骐却是一点也不担心这些，他的包裹里有上百个中高级的魔法卷轴，他怕什么？

不过回城卷轴还是要做一些的，他包裹里那些魔法卷轴都是价格昂贵的高级卷轴，能不用就尽量不用吧。

回城卷轴属于最基础的炼金产物，也是玩家们学习炼金术的考试内容，冉骐来到炼金区的时候，就看到许多玩家正在愁眉苦脸地研究魔纹的绘制方法。

炼金技能的考核比烹饪技能更严格，画出来的魔纹必须和NPC教的一模一样，否则制作出来的魔法卷轴等同于废纸。没有点"艺术细胞"，恐怕是学不会这个技能的。

还好冉骐没有这个烦恼，他的炼金术早已满级，可以直接使用简易制作的方式，而不需要自己动手绘制。

他来到出售炼金辅助材料的商人处，购买了50份初级的空白卷轴和魔兽血，然后打开技能面板，选择回城卷轴的配方，直接自动生成了50张回城卷轴。

回城卷轴

等级： D级

说明： 使用后可将玩家传送至最近的主城。

冉骐自己留了10张，剩下的都以30银币一张的价格挂到了交易行。这个价格其实也算高的了，空白卷轴和魔兽血都是5银币，成本只有10银币，收益比成本多了足足一倍。

现在学会炼金术的人还寥寥无几，会制作回城卷轴出售的就更少，冉骐就是打算趁着现在学会制作回城卷轴的人并不多，赶紧捞上一笔。

之前说过，全息《魔域》的地图很大，玩家初期没有坐骑，也没有加速技能，全靠两条腿走路，实在是很浪费时间，有了回城卷轴，能节省许多时间。

除了回城卷轴，还有一种定向传送卷轴，可以记录指定位置的信息，下次使用时就可以直接回到指定的地点。

野外打怪练级的玩家是最喜欢这种卷轴的了，回城补给完后，直接使用定向传送卷轴，就能瞬间回到打怪地点，继续开开心心地练级，非常省时省力。

不过冉骐现在的等级还太低，还无法制作这种卷轴。

他从杂货商那儿购买了各种各样的工具后，就出城采集去了。

因为还有悬赏在身，他特意避开了玩家集中的东门，选择从西门出城。

西门外是枯木湿地，这个地图里的怪物都是15级以上的主动怪，因此来这里练级的玩家会比较少，他可以专心采集，而不用总是担心被人偷袭。

虽然这里的怪物会主动攻击玩家，但他一个能自己加血的牧师，只要怪物的数量不是太多，他还是能够轻松解决的。

枯木湿地阴森森的，给人一种不寒而栗的感觉，但是这里可供采集的材料可不少，冉骐给自己加了一个回复状态，就开始专心采集了。

但凡所到之处，他都充分遵循了"雁过拔毛"的原则。不管是能用来配制药剂的药草，用来锻造武器的矿石，能合成纺织材料的植物，还是能制作饰品的宝石，甚至是树上的果子，全都收入囊中。就连打死的魔兽，也要物尽其用，一把采集小刀挥舞得虎虎生风，剥皮拆骨切肉统统一气呵成。

也幸亏冉骐的包裹格子多，换成普通玩家的包裹，没一会儿就会被各种各样的材料给塞满，动不动就得回城去整理一番。

一路采集，不知不觉间冉骐已经走到了枯木湿地的深处，刚收集完一株亚麻，就听到打斗声。

他好奇地探头张望了一下，就看到一个法师正在和一群凶猛的魔化野猪战斗。

法师是出了名的脆皮，因此那人始终与野猪群保持着一段距离，施放魔法弹的动作干净利落，每一下都正中野猪的要害，打出一次次暴击，显然是个技术过硬的玩家。

冉骐看了一眼他的ID，正是那位等级排行榜第一的夜枭，这会儿他居然已经19级了。

冉骐看着对方干净利落的走位和动作，只感慨地想，怪不得对方升级那么快，有这么好的技术，可以一个人打怪，不仅效率高，经验也多。

不知道他学了生活技能没有？要是他没学，这些野猪的尸体说不定就能便宜自己了。

没一会儿工夫，夜枭就把这群野猪给清剿干净了，他立刻坐下回复状态。却见白光一闪，又一头野猪突然出现在他的面前。

这头野猪比之前的那些要大三倍不止，鬃毛是火红色的，头顶写着硕大的五个字——爆炎野猪王，等级20级。

很明显，这是一只精英级的小BOSS，也不知道夜枭是打了多久的野猪，竟然把野猪王BOSS都给打出来了。

野猪王一出现，毫不犹豫地朝着离他最近的夜枭冲了过去。夜枭虽然反应极快地起身，但还是被野猪王给撞了一下，血条瞬间下降不少。夜枭却丝毫没有慌乱，掏出红色药剂喝了下去，一边拖着野猪王绕圈，一边不断寻找时机进行攻击。

野猪王的体形庞大，速度却很快，攻击力也高。夜枭虽然技术过硬，但他只有19级，想要单挑20级的BOSS还是有些勉强了。

眼看着夜枭又被野猪王给拱了一下，冉骐便使了一个治疗术过去，又给他补了一个回复术，迅速将他岌岌可危的血条给拉了起来。

就当结个善缘吧。

夜枭立即朝冉骐这边看了过来，声音清亮："那边的牧师，组队吗？掉落的东西我们一人一半。"

"好啊。"很划算的买卖，BOSS的经验丰富，说不定他能直接升到14级。

刚才没注意，这会儿一看，他才发现这个夜枭长得可真好看啊！

身高腿长，五官极其俊美，一头如墨般的长发随意地散落在肩头。明明穿着朴素的法师长袍，却好像穿着什么华贵的礼服一般，就连他闪避BOSS攻击的动作，都显得那么优雅从容。

只是他抬手发起攻击时，却是毫不留情，一双好看的眼睛中流露出的狠戾，令人丝毫不敢小觑。

"开打了。"

夜枭话音刚落，就发出了一个魔法弹，准确命中野猪王的要害，打出了180点的暴击伤害。

刚才冉骐没有和他组队，看不到他的具体伤害数值，只知道他的攻击力很高，这会儿看到了攻击数据后，不由得咋舌，这人的基础数据一定高得离谱。

毕竟是20级的BOSS，一个人打起来还是相当费力的。冉骐是牧师，没有攻击技能，野猪王攻击性太强，不适合近战，所以也就只能靠夜枭用"放风筝①"的办法，远程输出了。

还好夜枭的走位相当好，攻击伤害够高，加上有冉骐从旁协助，他们与这只野猪王奋战了将近20分钟后，终于顺利将它给杀死了。

【系统公告】恭喜玩家［夜枭］第一个到达20级，获得称号［初露锋芒］，以及［实物兑换券×1］。

冉骐羡慕地看向夜枭，这人的升级速度简直像是坐了火箭一般。

"加个好友吧？"夜枭主动开口道。

夜枭觉得冉骐的技术真的非常好。为了躲避野猪王的攻击，夜枭全程都在高速

---

① 游戏中远程角色对抗近战敌人时利用射程优势及减速技能，边跑边打。

移动，冉骐是非常难以瞄准的，但夜枭的血条全程没有跌下过50%，根本不需要担心自己的安全，可以全力输出。

游戏里不缺牧师，但技术又好，战斗意识又强的牧师就不多了，这样的牧师显然是非常值得交好的，以后不管是打副本还是团战，都可以合作。

"哦，好的！"两人握了握手，互相加了好友。

如果夜枭的队友们在这里，绝对会被这一幕给惊呆的，毕竟不熟悉的人夜枭是从来不加的，更别提主动去加别人了。

此时野猪王的尸体上出现了两个白银宝箱，刚好一人一个。

夜枭率先打开宝箱，然后得到了"隐匿斗篷"和"红宝石"。

隐匿斗篷

等级：A 级

说明：特殊装备，穿戴后可以隐藏玩家信息，并降低使用者的存在感。

红宝石

等级：B 级

说明：生命宝石，可以镶嵌在防具上，增加额外的生命属性。

这两件物品对夜枭来说，是非常鸡肋的存在，作为等级排行榜第一，他根本不需要隐藏自己的信息。至于红宝石他需要先找到学习了宝石工艺的玩家，请对方帮忙进行镶嵌。这样的生活玩家不好找是一个问题，镶嵌的时候，需要把装备和宝石都交给对方又是另一个问题，谁也不能保证对方不会直接黑了他的装备和宝石。

所以对夜枭来说，最好的办法就是把红宝石卖掉，但就目前的情况来看，也卖不出什么高价。

不过冉骐倒是对这两件东西都很有兴趣，穿上隐匿斗篷之后，别的玩家就看不到他的 ID 和个人信息了，非常适合正在被悬赏的他。到了游戏中后期，具有这种隐匿功能的斗篷、面纱和面罩等，很多人手上都有。

不知道夜枭会不会愿意转让。

这样想着，冉骐漫不经心地打开了宝箱，然后开出了一本"火球术·技能书"和一条"爆炎项链"。

火球术·技能书

可学等级：10 级以上

限制职业：法师

使用说明：打开即可学会技能［火球术］。吟唱 3 秒，冷却时间 5 秒，发出火球攻击敌人，并附带爆裂效果，攻击力增加 11%，随着技能等级提升，攻击伤害提高。

爆炎项链

限制等级：10级以上

职业要求：牧师、法师

物品等级：B级

耐久度：100/100

属性：基础攻击力+20，智力+15，火系重击+30（使用火系法术攻击时，自带燃烧效果）

夜枭："……"

这对比实在是有点惨烈了……

夜枭艰难地开口问道："技能书和项链，你打算卖吗？"

"卖！"冉骐果断说道，反正法师技能书他留着也没用，这条项链的属性也不适合他。

"开个价吧。"

"我想要你刚才拿到的隐匿斗篷和红宝石。"

"就只需要这两样？"夜枭有些诧异地看向冉骐。

虽然说隐匿斗篷是难得的紫色装备，但没有附加特殊属性，跟法师技能书的价值根本无法相提并论，红宝石更是无法和那条属性极佳的项链相比。

"那再加一件B级装备吧。"

"两件。"夜枭不是那种厚脸皮喜欢占便宜的人，直接自己加了价，"能稍等一下吗？我东西没带在身上，需要回城一次。"

"可以。"冉骐拿出了一个回城卷轴给他，"你直接用卷轴回城，会快一点。"

"好，谢谢。"夜枭也没有客气，接过卷轴就直接撕开回城了。

冉骐没有在原地干等，他拿出采集小刀，蹲下开始分解起野猪王的尸体来，这可是20级的小BOSS，身上可以利用的材料不少。可惜打BOSS花费的时间太久，之前被夜枭杀死的那群野猪的尸体都已经自动消失了。

猪皮可以用来做防具，猪牙可以用来做武器，猪肉可以用来烹饪，简直浑身是宝。

分解完野猪王，他又继续去采集其他的材料了。反正他和夜枭是组队状态，夜枭只需要打开地图，就可以看到他的位置，他不需要担心夜枭会找不到他。

冉骐正高高兴兴地把一块赤铜矿石收入包裹中，下一秒却突然遭到了偷袭。

一个红名刺客不知道什么时候出现在他的身后，直接一刀刺穿了他的后背。

得亏这是游戏，不存在什么一刀毙命的设定，但被攻击到要害是会出暴击的，所以他的血条一下子掉了一大截。

冉骐急忙就地一滚，躲开红名刺客的第二刀，紧接着给自己用了一个治疗术，却又被不知道哪里射来的箭矢射中了腰腹。

冉骐咬牙切齿地灌下一瓶红药："被埋伏了。"

此时最好的选择当然是撕开卷轴回城，但是就这么灰溜溜地回去，总觉得很窝火。

他当然也可以用魔法卷轴还击，可是杀死刺客简单，那个躲在暗处的弓箭手却是个麻烦，毕竟敌暗我明，对方又是个远程攻击职业，他必须先找到对方，然后再消耗一张魔法卷轴杀死他，危险性高，代价也大……

对方的攻击再次连续地落下来，冉骐只能狼狈地躲闪。

就在冉骐支撑不住打算选择回城的时候，一发魔法弹飞驰而至，击中了那个红名刺客的头部，打出了一个 270 点的暴击，竟将那人给直接秒杀了。那刺客倒在地上，留下了一个绿色手套。

来人正是去而复返的夜枭，他如今已经 20 级，攻击力又大幅提升了，这两个红名玩家根本不是他的对手。

"我去，是夜枭！"等级榜第一的大佬几乎是尽人皆知，躲在树后的弓箭手只来得及惊呼一声，就被夜枭用两发魔法弹给杀掉了，同样掉落了一件装备。

"你没事吧？"夜枭没有看那些装备，径直走向了冉骐，将他从地上扶了起来。

冉骐站直了身体后摇了摇头："我没事，这次真是要多谢你，你回来得太及时了。"

"那些人为什么要杀你？"夜枭皱眉问道。

刚才那两人都已经 15 级了，特意跑来野外杀一个牧师，实在是有些奇怪。

冉骐叹了口气，将事情简单地说了一下。

"早知道应该先把斗篷交易给你的。"

"我也有点大意了……"冉骐不好意思地摸了摸鼻子，刚才是真的很危险，他差点就栽了。

两人进行了交易，除了隐匿斗篷和红宝石，夜枭还给了冉骐两件 B 级的装备——"修复之戒"和"皮质长靴"。

修复之戒

限制等级： 10 级以上

职业要求： 牧师

物品等级： B 级

耐久度： 100/100

属性： 治疗效果 +35，体质 +10，智力 +10

皮质长靴

限制等级：10 级以上

职业要求：牧师、法师

物品等级：B 级

耐久度：100/100

属性：基础防御力 +30，敏捷 +10，智力 +10

这两件装备的属性都非常适合牧师使用，但蓝装可不容易获得，戒指应该是夜枭回城之后买来的，那双鞋更是夜枭直接从自己脚上脱下来的。之前他的鞋是蓝色的皮靴，但现在换成了新手款的布鞋。

夜枭为人真的很实在，这么做显然是为了不占自己的便宜，而且他刚才还救了自己一命，冉骐觉得有点过意不去，于是便开口问道："你缺扩容包裹吗？"

"你有？"夜枭的眼睛一亮，他一直都觉得系统给的包裹太小，想要换个大的，但是都没有在交易行看到有扩容包裹卖。

"我会做二级扩容。"扩容包裹的扩容空间越大，需要用到的材料等级越高，他目前最多只能做 20 个格子的二级扩容出来。

"可以，你开个价吧。"夜枭依然还是那么干脆。

"不用，就当是你刚才帮我的谢礼了。"冉骐笑着说道，"不过我得回城之后才能做出来，晚点邮寄给你吧。"

"行。"

两人一起把那两个红名玩家掉落的装备分了，就各忙各的去了。

第九章

冉骐穿上了隐匿斗篷，整个人从头到脚都被裹在了黑色的斗篷中，头顶的 ID 也消失不见了。

如果是现实中有人这样打扮的话，那他在人群中其实是非常显眼的。可这是在游戏里，而且隐匿斗篷还有一个降低存在感的作用，会使得周围的人不自觉地忽视他。

接下来的路上，冉骐就变得轻松许多，一路上再也没有遇到偷袭的人，偶尔有人路过，也不会注意到他。他一边采集，还一边抽空看一眼世界频道。

那两个红名玩家被夜枭杀回去之后，就找上了月娜和八哥，两人认为月娜和八哥隐瞒了白染和夜枭认识这个重要信息，才导致自己被杀，还损失了装备，要求月娜和八哥必须给予赔偿，弄得月娜八哥两人焦头烂额。

鉴于白染很有可能是葱油饼的制作者，财大气粗，再加上夜枭这块金字招牌，月娜和八哥最后灰溜溜地撤销了悬赏。

这对冉骐来说算是意外之喜，毕竟他也不愿意过那种需要时时刻刻防备着被人偷袭的日子。

虽然不再被悬赏，但冉骐还是没有把隐匿斗篷脱下来，毕竟这个斗篷真的很方便。

游戏内的时间和游戏外的时间是同步的，所以当天色暗下来之后，野外变得漆黑一片，冷风伴随着怪物的叫声，那种氛围让人觉得胆战心惊。

冉骐看了一眼自己快要见底的体力值，决定回城去了。

对，是因为体力值，和黑暗的环境没有关系。

采集的时候难免会遇到一些怪，冉骐断断续续地打着怪，此时不知不觉地竟也升到了 15 级。他又有一个新的技能激活了——净化术，这个技能可以去除负面状态。

冉骐撕开回程卷轴，带着满满一包裹的材料，回到了塞隆城内。

夜晚的塞隆城非常美丽，到处都亮着灯，中央大街上有不少 NPC 在自己的店门口摆摊，打折出售各种各样的商品。玩家们也有样学样，蹲在地上摆摊出售他们今天打到的装备和道具。

这种摆摊不需要缴纳手续费，比挂在交易行划算多了，还能够讨价还价，众多玩家在摊位前驻足。这种热闹的氛围，让冉骐有种回到上辈子逛夜市的感觉。

冉骐稍微逛了逛，发现有人在摆摊出售初级体力药剂，价格比道具店还便宜一些，便直接将这些药剂全都买了下来。

药剂的制作方法比起食物的要简单得多，又不需要追求味道，备齐材料后按照 NPC 给的配方和步骤来制作就行了，所以学会制药技能的玩家有很多。从技艺师那里可以购买到一些低级药剂配方，这些药剂在道具商人那儿有出售的，所以玩家做出的药剂不可能卖出比道具店更高的价格。

喝下了两瓶体力药剂，将体力补满了之后，冉骐就径直去了生活技能区，利用背包里的物品，开始制作各种装备。

他最先制作的就是扩容包裹，毕竟是答应了要给夜枭的，刚好材料足够，便一口气做了 10 个。

然后是防具，过了这么久，他身上的这套新手装备耐久度早就掉得快没了，真的应该换一换了。

反正从那只野猪王身上剥下来的猪皮足够大，完全可以把他从头到脚都"武装"一番。

【系统】玩家［白染］成功制作［猪皮法袍］，缝纫熟练度 +0。

猪皮法袍

限制等级：15 级以上

职业要求：牧师、法师

物品等级：B 级

耐久度：100/100

属性：基础防御力 +15，智力 +6，体质 +12

冉骐的生活技能已经全部满级了，所以不管他怎么制作，熟练度都不会再增加。得亏系统提示只有他自己能看到，否则其他人一定会发现不对劲。

玩家的缝纫等级以及技能熟练度决定了制作出来的装备属性的优劣，因此他制作出来的猪皮法袍属性相当不错，正适合现在的他使用。

虽然名字难听了一点，但冉骐对这件法袍还是比较满意的，于是他又继续制作。

【系统】玩家［白染］成功制作［猪皮护手］，缝纫熟练度 +0。

【系统】玩家［白染］成功制作［猪皮兜帽］，缝纫熟练度 +0。

…………

【系统】恭喜您成功制作六件猪皮防具，是否组成套装？

"是。"

【系统】套装组合成功，稍后将发布系统公告，是否需要匿名？

"是！"

冉骐深知闷声发大财的道理，毫不犹豫地继续选择了匿名。

【系统公告】恭喜玩家［匿名］成功制作出第一套防具套装，获得世界声望 100 点，以及［实物兑换券 ×1］。

这才过了这么点时间，居然就有人能够制作出套装了？

一看到这个消息，世界频道顿时又沸腾起来，不少人都重金求购。冉骐把聊天界面给关了，他的全部注意力都在刚得到的新套装上。

套装中的装备生成时会有一个未激活的套装属性。当玩家穿齐两件时，会激活第一层套装属性；穿齐四件时，会激活第二层套装属性；穿齐全套六件时，所有套装属性就会自动被激活。

套装属性

（2件）额外提高生命值上限 60 点

（4件）额外提高基础防御力 80 点

（6件）额外提高基础攻击力 20 点

当冉骐把全套装备都穿上之后，他的属性顿时大变样，血条都比一般人要长上许多。

角色信息

昵称：白染

职业：牧师

等级：15

生命值：310/310

法力值：310/310

体力值：250/250

基础攻击力：190（+40）

基础防御力：250（+80）

属性：力量 1（+6），智力 29（+26），敏捷 1（+14），体质 1（+40）

隐藏属性：超级幸运星

除了属性的增加，套装的外观也还不错，是非常鲜艳的火红色，立刻就把他和周围那些还穿着新手套装以及东拼一件西凑一件的混搭玩家给区分开了。

还好冉骐有隐匿斗篷，把他整个人都包裹得严严实实的，任谁也看不出来刚刚被系统发了世界公告的那套套装就穿在他的身上。

他的背包里还有许多动物毛皮，冉骐干脆把这些也一起都给做了。可惜这些毛皮都不是像野猪王皮那样完整的大块毛皮，只够制作成零碎的散件，没有办法组成套装，但做出来的质量都还算不错，四件蓝装，七件绿装，挂到交易行应该能卖不少钱。

除了远攻（远程攻击）职业的软甲，他还做了几件适合近战职业的硬甲，反正只需要在制作的时候额外添加一些矿石和金属就行了。

就在这个时候，冉骐突然听到了私聊的提示音，他为了清净，是把陌生人的私聊信息全部都屏蔽了的，这会儿能给他发消息的也就只有他列表中的好友了。

【私聊】夜枭：阴影森林的挑战副本，缺个牧师，来吗？

【私聊】白染：好的！不过能稍微等我一下吗？我去清理一下包裹。

【私聊】夜枭：可以，先进队。

【私聊】白染：好的！

很快夜枭就发来了组队邀请，冉骐同意后，就进入了队伍。队伍里已经有四个人了，加上冉骐就是五个，还有一个空位。

作为队长的夜枭已经21级了，另外还有两个19级弓箭手追魂和翎墨，还有一个18级刺客剑指流年，队伍的配置看起来很好。

"15级牧师？能不能行啊？"追魂在看到冉骐进队后忍不住问道，语气里满满都是怀疑。

刚满15级的玩家算是勉强够到了挑战副本的门槛，但挑战副本的难度很高，牧师对于队伍来说非常重要，可以说直接决定了队伍的命运，牧师的等级越高，加血的效果也就越好，所以追魂觉得他们应该找等级高一些的牧师。

"他没问题。"夜枭一说话，队伍里就不再有人质疑了，显然他在这些人中的威信很高。

"那我们就只缺一个扛怪的战士了，江南临时有事，没办法过来。"追魂继续道，战士先天就占据了血多防高的优势，而且技能都附带增加仇恨的效果，只要战士给力，他们就可以全力输出不需要担心OT①的问题。

"要不然我们在世界频道喊一个？"剑指流年问道。

"别，谁知道靠谱不靠谱，最好是叫认识的。"翎墨连忙阻止。

"你们谁有认识的战士啊？15级以上装备不是太差的就行，别把今天的挑战副本CD给浪费了。"

这会儿很多人的等级都提升了，但装备还没能跟上，挑战副本的难度比较高，如果战士装备太差，肯定是扛不住怪的。

冉骐听了心中一动，连忙打开好友列表，看到顾乐还在线，而且已经16级了，立刻疯狂戳他。

【私聊】白染：顾小乐！挑战副本去不去？五缺一！

【私聊】可乐：哇，冉小骐你居然已经15级啦？升级还挺快啊！

【私聊】白染：少废话，去不去？等级排行榜第一带队！

【私聊】可乐：我的天！难道是夜枭大佬？冉骐你出息了！你居然趁我不注意和大佬勾搭上了！

【私聊】白染：呸，你什么用词啊！到底来不来？

【私聊】可乐：来来来，马上来！不过我得先去交易行买点装备，我还穿着新手套装呢……

【私聊】白染：别去了，我这里有，你等我和队长说一声。

---

① 仇恨失控。

正好他刚才做了几件硬甲，虽然除了一件蓝色护腕，其他的都是绿装，但属性都还过得去，给顾乐刚好。

"我有个朋友是 16 级战士，装备都是绿装以上，可以让他进队吗？"得到顾乐肯定的回答，冉骐连忙在队伍频道中问。

夜枭很快回复："可以，让他进来试试。"

"好。"

【私聊】白染：好了，进队吧！

【私聊】可乐：真的吗？太好了！冉小骐，你真棒！

【私聊】白染：少贫，快点我进组。

"人齐了，副本门口集合。"夜枭说道。

顾乐加入了队伍后，看到队伍里的大佬们，立刻激动地戳着冉骐发了一连串的感叹号，仿佛成了一只尖叫鸡，但在队伍里却是完全不敢吭声。

冉骐也没有管他，快速冲到锻造区，用野猪王的牙齿、铁矿石和能够增加治疗属性的血精石打造了一把法杖。

【系统】玩家［白染］成功制作［智慧法杖］，锻造熟练度 +0。

【智慧法杖】

限制等级： 15 级以上

职业要求： 牧师、法师

物品等级： B 级

耐久度： 100/100

属性： 基础攻击力 +15，治疗效果 +20，智力 +16

冉骐对新法杖非常满意，并且庆幸了一下系统没有给这个法杖起名叫什么猪牙法杖……

【系统】恭喜玩家进入装备排行榜前十，在榜期间可使用称号［坚不可摧］，是否需要匿名？

新的套装和法杖直接让冉骐的装备评分提到了 3500 多，一跃进入了装备排行榜的前十名，这次他同样选择了匿名。

接着，冉骐顺路又去做了些葱油饼和红蓝药剂带在身上，挑战副本还是有点难度的，多做点准备总是没错的。

第十章

由于冉骐组完队之后又跑去做了法杖、药剂和葱油饼，所以稍微耽搁了一点时间。

【私聊】可乐：冉小骐，你在哪里啊？怎么还不来？我都快要尴尬死了！

【私聊】白染：怎么了？

【私聊】可乐：他们嫌外面吵，我们就一起先进副本了。

【私聊】白染：那不是很正常吗？哪里尴尬了？

阴影森林的挑战副本和经验副本的入口是同一个地方，所以这会儿副本门口聚集了成千上万的玩家，在用附近频道找队伍的人不少，其他人嫌吵也是正常的。

反正进入副本后有一小片区域是安全区，只要玩家不走出安全区，就不会有怪出现，所以很多队伍都会选择在那里等人集合。

【私聊】可乐：因为我的装备……

这下冉骐明白了，他答应要给顾乐的装备还没来得及给他，这会儿他的身上还穿着新手套装呢……

【私聊】白染：别急，我马上到！

冉骐加快了脚步，用最快的速度冲进了副本。

一进入副本，冉骐就看到队友们分成了泾渭分明的两边，夜枭他们坐在地上讨论着战术，而顾乐可怜兮兮地缩在另一边，根本就没有底气过去搭话。

"来了？"夜枭站起了身，之前冉骐就已经和他打过招呼说需要一点时间清理包裹，所以他对冉骐的晚到并不在意。

追魂紧跟着也站起身，他非常高大，手里拿着一把黑色长弓，皱着眉，看起来一副脾气不是很好的样子。

追魂的身边站着的是翎墨，他和追魂的长相有六七分相似，两人现实里可能是兄弟，但两人气质完全不同。翎墨眉眼弯弯，脸颊上还有两个浅浅的酒窝，很容易让人产生亲近感，跟追魂简直形成了强烈的对比。

剑指流年则是有着一股书卷气，感觉他的手里不应该拿着匕首，而是一本书。他的长相是很耐看的类型，第一眼不会让人觉得特别惊艳，但是会让人感觉很舒服。

在看到冉骐进副本后，追魂很是怀疑地问道："这两个人……真的能行吗？"

也不怪追魂会这样想，实在是顾乐身上的装备太差，看着就不像是扛得住

BOSS 的，而冉骐的等级最低，进来的时候浑身又包裹着黑色的斗篷，让人不免觉得他和顾乐半斤八两。

夜枭抬眸看了过去，追魂立刻一激灵，站直了身体，嘴巴也紧紧闭了起来。

冉骐笑了笑，并没有在意追魂的话，他快步走到夜枭的面前，将刚做好的二级扩容包裹交给了他。

"多谢。"夜枭也没客气，直接收下了扩容包裹，并且装备到了身上。

接着冉骐又走到了顾乐的身边，拿出一件又一件装备递给他。没一会儿，顾乐就"鸟枪换炮"，变成了全身绿装，还有一件蓝装的强力战士了。

"冉小骐，你是不是去抢劫了？怎么突然这么大方？"顾乐真没想到他能有这么多好东西，这才开服多久，冉骐居然就能弄到这么多好装备？

"抢你个头，你抢一个给我看看？"冉骐没好气地瞪了好友一眼，又拿出几个葱油饼塞进了他的手里，"材料不够，没能给你做武器，你先吃点葱油饼将就一下吧！"

葱油饼可以增强玩家的生命值上限和力量，并持续 15 分钟，非常适合近战职业。

顾乐顿时无比震惊："我去，那个做出葱油饼的大佬难道是你？！"

"你没看世界频道？"冉骐还以为这已经是众人皆知的秘密。

"那时候我忙着打怪呢……根本没空看那些啊……"顾乐有些不好意思地挠了挠后脑勺。他是战士，要负责引怪，一刻也不能放松，的确是没有时间去世界频道看八卦新闻。

"没事，现在知道也不迟。"冉骐说完便把隐匿斗篷给脱了，反正副本里只有他们六个人，不需要再遮遮掩掩的了。

看到冉骐身上那套火红色的 B 级套装，顾乐的眼睛都快要惊掉了："你……你……你……别告诉我这套套装也是你做的！"

这套套装刚刚上过系统公告，制作者是匿名的，就算冉骐靠卖葱油饼发了财，也不可能在那么短的时间里买到这套套装。再回想刚才冉骐说的话，信息量有点大……

"对啊，我学了很多生活技能。"冉骐很爽快地承认了，反正他和顾乐关系那么好，也没什么可隐瞒的。说着他又摸出了几瓶红药和蓝药塞给了顾乐："有备无患，你一会儿看着用。"

"哦，好。"顾乐整个人已经震惊到麻木了，现在不管冉骐掏出什么东西来，他都不觉得奇怪了。

震惊之后，他没忍住，拿出一个葱油饼开啃。

因为是在游戏里，葱油饼还保持着刚出炉时候的状态，热腾酥脆，带着浓郁的葱香，是他从来没有尝过的美妙滋味。

"我去，这葱油饼的味道也太好了吧！再给我几个呗！"顾乐还是第一次吃到这么美味的食物，激动得不行，真恨不得一次吃个够。

"行。"冉骐大大方方地又拿了10个葱油饼给他，然后转身对夜枭说："队长，我们准备好了，随时可以开打。"

旁边围观的追魂、翎墨、剑指流年："……"

莫名觉得脸有点疼……

"好。"夜枭冷静道，"追魂去拉怪，可乐负责接应，一个一个打，求稳不求快。"

阴影森林的小怪都是成群结队的，如果让只能近战攻击的战士去引怪，会直接引来一群，很容易翻车[①]，所以让攻击距离最远的弓箭手把小怪一个个引过来是最稳妥的。

顾乐就在半道接应，先拉住小怪，其他人再一起集火[②]输出，很快就把小怪给消灭掉了。

虽然是一个一个打，但因为集火的攻击力高，几乎是一次秒杀一只，配合熟练之后，与成群开打的速度也差不多。

几人一路高歌猛进，无比顺利地打到了BOSS前一关。

"大家原地休息一下，回复到最佳状态，等一会儿准备打BOSS。"夜枭沉声说道。然后拿出买来的驱散药剂分发给众人："这是驱散药剂，可以去除各种负面状态，要是被BOSS震晕了，就赶紧喝一瓶。"

"我不用了，我有净化术。"冉骐摆了摆手道。

驱散药剂的价格还是挺高的，能用技能又何必喝药呢？

夜枭顿时惊讶地看向他，如果没记错的话，白染已经有三个技能了吧？这还只是开服第一天而已啊！

仿佛看出了夜枭的震惊，冉骐有些心虚地摸了摸鼻子，"我运气好，开箱子的时候，又得到了一本技能书……"

为了转移大家的注意力，冉骐拿出了葱油饼，给每个人发了5个："葱油饼能加生命值上限和力量。"

"好，谢谢……"追魂几人恍惚地接过葱油饼。他们之前看可乐吃葱油饼的时候就看得嘴馋，只是拉不下脸去讨要，没想到冉骐居然会主动给他们。几人顿时都有些不好意思，毕竟他们一开始还嫌弃人家等级低、装备差。

虽然知道吃葱油饼是为了加状态，但他们都舍不得一口气吃掉，只因为他们

---

① 发生意外。

② 游戏中形容集中火力攻击一个目标。

长这么大都没有吃过这么美味的食物，他们只想让这美妙的味道在口腔多停留一会儿。

"我是法师，不用吃这个。"夜枭把葱油饼还给冉骐，他也同样清楚葱油饼的价格有多高，他一个远程法师，吃这个实在有点浪费。

"这个可以加生命值上限，而且葱油饼的味道真的很不错，尝尝也挺好。"冉骐却不肯收，压低声音对夜枭道，"葱油饼是我自己做的，成本还不到 1 个银币。"

夜枭："……"

冉骐的话都说到这个份儿上了，夜枭只得收下来。他咬了一口酥脆的葱油饼后，眼睛顿时亮了，他费了很大的力气，才控制住自己，没有再拿出第二个葱油饼吃。

冉骐注意到了夜枭吃葱油饼的时候，速度虽然快，但依然优雅，和旁边狼吞虎咽的那几个简直形成了鲜明的对比。不过很显然，他也是喜欢吃葱油饼的。

他顿时觉得吃不到蓝星美食的星际人真是可怜，看来等有空可以多做一些别的食物给他们尝尝。

等到大家都吃完了葱油饼，体力和状态都恢复到了最佳后，众人就开始打BOSS 了。

威风凛凛的兽人 BOSS 手持大锤和盾牌出现在众人面前，顾乐率先上前，手中一把巨剑挥舞得呼啸生风，等到他将仇恨拉稳，其他人才开始攻击。

夜枭的攻击力是所有人里最高的，为了防止 OT，他把攻击节奏控制得非常好，使用一次火球攻击后，就立刻改用魔法弹，确保 BOSS 不会转头来攻击他的同时，又能保证连击数不中断。

玩家的技能连击数决定了最终的副本评分。由于 BOSS 具有范围性攻击的技能，用大锤敲击地面把人震晕的同时，还会用大锤横扫，会造成玩家大量掉血，所以众人必须分散开来，免得被波及，如此一来连击就难免会出现中断。

但夜枭对 BOSS 的技能预判得特别准，总能以最快的速度离开 BOSS 的攻击范围，并且在移动过程中不断地进行攻击。追魂和翎墨也是一样，他们的箭准头非常高，他们一边快速移动，一边还能准确地拉弓射中 BOSS。

看着他们利落的操作，冉骐倒是似乎有点明白为什么系统会推荐顾乐玩战士了。

顾乐是有点一根筋的类型，根本没法一心两用，每次上机甲模拟对战课的时候，一对一模式下顾乐总是能拿到不错的成绩，但敌人的数量一多，他的成绩就会飞速下滑。相较于需要一边闪避，一边观察怪物的位置并攻击的弓箭手，还是只需要拉住怪物的战士比较适合他。

刺客剑指流年将"敌进我退，敌退我扰"实践得相当到位，只要看到 BOSS 一举起手里的大锤，他就快速退出 BOSS 的攻击范围，等 BOSS 放完大招，他又会立刻上前拼命输出。

在众人齐心协力输出下，他们只花了 15 分钟，就把兽人 BOSS 给击败了。

【系统公告】不鸣则已，一鸣惊人！恭喜玩家［夜枭］［追魂］［翎墨］［剑指流年］［可乐］［白染］完成阴影森林挑战副本首杀！获得称号［无人能挡］，以及［实物兑换券 ×1］。

【系统公告】恭喜玩家［夜枭］［追魂］［翎墨］［剑指流年］［可乐］［白染］以 25 分 22 秒 87 的成绩通关阴影森林挑战副本，并获 SSS 级评价，额外奖励［黄金宝箱］一个。

【系统公告】玩家［夜枭］手起刀落，兽人战士查尔曼丢下［勇者头盔］狼狈逃走。

连续三条系统公告，让世界频道顿时沸腾起来。

【世界】该隐：我去，不愧是夜枭大佬，开服第一天就拿到了挑战副本的首杀！

【世界】三言两语：给大佬跪了，25 分钟就打完了，还是 SSS 级的评价，牛 ×！

想要通关副本容易，但想要拿到 SSS 级评价可不容易。

通关副本后，系统会根据全队成员的表现来结算评分。在 BOSS 战的时候使用大量连招，保证攻击不停顿，就能够将分数不断地翻倍叠加上去，还有通关时间长短、战斗闪避、牧师治疗，都会一定程度上加分，但是 BOSS 造成的伤害过高和成员死亡则会减分。

副本结算评分越高，通关获得宝箱的品级也越高。最终评分在 S 级以上，有一定的概率出现黄金宝箱，但如果是 SSS 级评价，出现黄金宝箱的概率是百分之百。而黄金宝箱能够开出极品装备和极品道具，这是每个人都清楚的事情。

现在他们不仅拿到了通关奖励的黄金宝箱，系统还额外奖励了他们一个黄金宝箱，这怎么能让人不眼红？

更不用说 BOSS 还直接掉了一件 A 级的装备。挑战副本的 BOSS 会掉装备这件事，大家都知道，但 BOSS 掉落的装备等级和属性都是随机的，一般以绿装和蓝装为主，像紫装这样的好东西，掉落率自然是非常低的。

【世界】暮光：我去！BOSS 居然掉紫装了！运气怎么会这么好？这是要上天啊？！

【世界】夕阳红：我看大佬队伍里的牧师才 15 级，战士也才 16 级，难道挑战副本的难度调整了？我记得内测的时候，第二天才有人通关吧？突然很想去挑战副本试一试了……

【世界】山河不破：挑战副本约起来！来 15 级以上的攻击职业！

【世界】不夜天：16 级法师求组队下挑战副本！

眼看着夜枭他们又是拿 SSS 级评价，又是拿黄金宝箱，还得到了紫装，玩家们一个个都眼红得要命，纷纷摩拳擦掌，想要去挑战副本闯一闯，毕竟黄金宝箱和紫装这样的好东西，他们也想要！

既然别人 15 级可以，那他们 15 级肯定也可以！

追魂和翎墨他们看着世界频道的玩家们发的信息，陷入了沉默。

这些玩家都以为他们能这么快通关是因为有夜枭等高等级大佬带队，又或者是副本难度调整了，但只有他们自己清楚，副本难度并没有降低，首要的功劳也不是他们的。

实际上，能够那么顺利一次就通关挑战副本，功劳最大的人其实是白染。

白染穿着一身 B 级套装，同时拥有三个技能，治疗能力极其强大。他们被 BOSS 打掉血了也不用担心，只要没有当场被秒杀，白染一个治疗术就能把他们的血给补满。而且白染还有回复术，可以不断地让他们回血回蓝，令他们完全没有后顾之忧，可以无所顾忌地输出。净化术更是可以去除他们的负面状态，让他们不会被 BOSS 的控制技能影响。

内测的时候，他们也是跟今天一样的配置，还带了 18 级的牧师和战士，却是接连打了两三次才通关，最后还只拿到了一个 A 级评价。

其中固然有他们是第一次打副本不了解副本机制的缘故，但战士拉不住怪，牧师加血跟不上，才是根本的原因。

然而这次，他们却打得无比轻松，只要稍微对比一下，就很容易发现这个改变是谁带来的。

他们此时总算是明白了，为什么夜枭会主动邀请这个只有 15 级的牧师加入队伍。

组2队

第十一章

打完了 BOSS 就是分赃……哦不，是开宝箱和分装备的时候了。

勇者头盔

限制等级：15 级以上

职业要求：战士

物品等级：A 级

耐久度：200/200

属性：基础防御力 +45，基础攻击力 +12，体质 +17，力量 +11

兽人 BOSS 掉的紫色头盔一看就是战士用的，而队伍里的战士就只有顾乐一个，所以夜枭直接把头盔分配给了顾乐。

"天啊！紫装！我有紫装啦！"顾乐激动得不行，当即把头盔给换上了。

"恭喜。"冉骐也替好友高兴，紫装在低等级副本里十分罕见，更不用说第一次打挑战副本就出来了。

"希望宝箱也能开出好东西！"顾乐苍蝇般搓手，用热切的眼神看着不远处的两个黄金宝箱。

没错，是两个。

"要不然我去开？"追魂挠了挠头，"总不能让老大去开吧？"

"呸，你的运气和老大半斤八两，我看还是让流年去开。"翎墨没好气地说道。

"同意。"剑指流年言简意赅。

被众人嫌弃的夜枭："……"

夜枭这个人不管干什么都特别厉害，但只有运气特别差，开宝箱从来都得不到什么好东西，永远都是各种他根本用不到的材料或者装备。

这大概就是"人无完人"吧！

夜枭微微眯起眼睛，视线冷冷扫向了追魂他们，三人顿时乖乖闭上了嘴巴。

"白染，你去开吧。"夜枭深吸一口气，提醒自己不要和那群傻子计较，转而对白染说道。

"我？"冉骐一愣，想不到夜枭会让自己去开宝箱。

"我记得你运气不错。"夜枭还记得之前在野外与冉骐一起开宝箱时的残酷对比。

"行。"冉骐也不推辞，他可是有着幸运星属性的人，开宝箱什么的自然不带怕的。

【系统】恭喜您获得［三连射·技能书］。

三连射·技能书

可学等级：10 级以上

限制职业：弓箭手

使用说明：打开即可学会技能［三连射］。吟唱 0.5 秒，冷却时间 3 秒，连续三次发射强力箭矢，射程增加 5 米，技能附带击倒效果。

"我的天！是技能书！"追魂顿时双眼发亮。

"弓箭手技能书！"翎墨也露出激动的神色，这个时候两个人的表情一致，倒是能看出他们是兄弟了。

技能书是可遇不可求的好东西，让白染去开真是太对了！

不过，他们两人都是弓箭手，但是技能书只有一本。

两人对视一眼，那一瞬间仿佛有闪电带着火花骤然出现在两人之间。

冉骐："……"

"roll 点。"夜枭适时开口，成功制止了两人略显幼稚的对峙。

其他人逐一选择放弃，由追魂和翎墨进行点数比拼，追魂丢出了 24 点，翎墨丢出了 26 点，最后翎墨以多 2 点的微弱优势，拿到了这本技能书。

"哈哈哈哈！真是天佑我也！"翎墨激动得又蹦又跳，简直像是买彩票中了几千万一样。

"哼！狗屎运！"追魂嘴上咒骂，但实际上没有半点恼怒的意思，反正他们几个是固定队伍，这次开出来的东西给了翎墨，下一次要是再有弓箭手的装备或技能书，肯定得分给他。

"那我继续？"冉骐问道。

"好。"

冉骐便缓缓走到另一个宝箱面前，伸手将其打开。

【系统】恭喜您获得装备［烈焰法杖］和特殊道具［深渊碎片］。

烈焰法杖

限制等级：20 级以上

职业要求：法师

物品等级：A 级

耐久度：200/200

属性：基础攻击力 +35，智力 +19，体质 +11，火系重击 +20

"我去！"追魂忍不住爆了粗口，这是什么样的运气，才能开出这种极品武器？

"我去！"翎墨也忍不住惊呼，连续开两个宝箱，继弓箭手技能书之后，居然又立刻拿到了紫色武器？不知道的还以为他们这是"开挂"了呢！

几人对白染这运气已经是心服口服，这哪是 15 级的菜鸟啊？不说他那些牛气的生活技能了，就是这运气，那也是专门远渡重洋来拯救他们这群非酋①的绝世欧皇啊！

这武器是法师专用，夜枭作为全队唯一的法师，武器当然是应该归他所有，但是深渊碎片……

实不相瞒，他们也想要……

深渊碎片的掉落率倒是比技能书和高级武器高一些，基本上通关挑战副本都有50% 的机会获得一块碎片，集齐五块深渊碎片，就可以开启深渊副本。

深渊副本是团队副本，有 10 人的，有 20 人的，难度极高，等级最低的深渊副本也要 30 级才能进入，当初内测的时候他们团灭了好几次，也只杀死了第一个BOSS。不过深渊副本中能够得到的奖励非常丰厚，BOSS 会掉大量的珍稀材料、道具甚至顶级的橙色装备，吸引着无数玩家前赴后继。

要不是内测时间实在太短，他们一定能够通关那个副本的。所以这会儿再看到深渊碎片，他们依旧是忍不住心动了……

然而宝箱一共就出了三样东西，他们要是全拿走，好像太厚脸皮了。

夜枭开口问道："白染，深渊碎片你有兴趣吗？"

"有一点兴趣……"冉骐实话实说。

30 级深渊副本会有 A 级套装以及 S 级制作材料，集齐材料可以制作 S 级的套装，虽然难度比较大，但是套装的属性那绝对是没话说，强化一下就可以直接用到45 级。

---

① 指运气极不好的人。

他可没忘记和张烁之间的约定，等到45级的时候，他一定要让那小子知道他的厉害！

夜枭又问道："你是散人（无固定队伍的人）吗？"

"对。"冉骐顿了顿道，"我和可乐是同学，一起来玩《魔域》的就我们两个。"

学校里根本没人愿意和他们勤务系的一起玩，就连同系的学生也因为顾忌张烁而不敢和他们亲近，更不用说和他们一起玩游戏了。

"那不如和我们组个固定队，到时候一起下深渊副本？"夜枭和追魂他们几个私聊了一下，征询了他们的意见后，向冉骐和顾乐发出了邀请。

他们四个是纯输出，刚好缺少辅助，而冉骐他们一个牧师一个战士，技术靠谱，人品也不错，刚才和他们一起打挑战副本，轻松默契得很。

"我没意见！"冉骐当然是巴不得能找个靠谱的固定队下副本了，野队容易遇到坏人，比如月娜和八哥那样的，有固定队就放心多了，有了默契，效率也会提高不少。

"我也没有意见！"顾乐也立刻表态。

说定了之后，夜枭才把烈焰法杖和碎片分给他自己。

【系统】玩家夜枭向队伍贡献了5金币，您获得了分红1金币。

冉骐："啊？"

"辛苦费。"一般副本出极品装备或道具之后，拿到东西的人都会给队伍里的人一点辛苦费，免得让人家白白出力。

翎墨也有样学样，连忙往队伍里交了5金币，"欧皇千万别客气，下次再接再厉开个紫色武器啊！"

冉骐："……"

兄弟，您的节操呢？

不过冉骐突然想起来一件事，给夜枭发了私聊。

【私聊】白染：之前你说你们有个朋友叫江南，是不是你们固定队成员啊？

【私聊】夜枭：不是，是打算一起建公会的朋友，之前想叫他一起来打副本，免得浪费CD，他有他的固定队。

听到夜枭的回答，白染就放心了。

【私聊】白染：那就好。

【私聊】夜枭：你们要下线休息吗？

【私聊】白染：不下线，怎么了？

【私聊】夜枭：要不要去黑暗墓穴经验副本试试？免得浪费CD。

黑暗墓穴是 15 级准入的副本，但是副本难度比阴影森林高了不止一星半点。黑暗墓穴一共有 3 个 BOSS，技能都相当让人头疼，但是相对来说，给的经验也非常丰厚。

如果和他们组队的是一般的路人，夜枭根本不会提出这样的邀请，CD 浪费就浪费了，总好过跑去送死。但经过刚才的组队，夜枭对冉骐的操作还是很有信心的。

副本早上 8 点重置，趁着还有时间，赶紧把副本给通关了，打到的经验就都是赚的。

【私聊】白染：好。

副本外喧哗声此起彼伏，到处都是喊人组队去打挑战副本的，一个个全都被紫装和黄金宝箱给晃花了眼，不管不顾地往里冲，等一下不知道会死得多惨烈。

【附近】剑指流年：挑战副本还是有一定难度的，奉劝大家最好做足了准备再进。

剑指流年好心在附近频道提醒众人，但他的发言很快就被各种组队信息给淹没了，根本就没人在意他的话。

他又去地区和世界频道上都发了一遍，见实在无人理睬，便只得作罢。

黑暗墓穴真是无愧于它的名字，位于一处阴森的黑暗森林之中，时不时还有蝙蝠拍打着翅膀飞过，充满了恐怖的气氛。

一些胆小的玩家估计会被这里的气氛吓到，但夜枭他们显然不受影响。

几人穿过森林，很快来到了黑暗墓穴的副本门口，与阴影森林副本门口的人头攒动相比，黑暗墓穴的门口可以说是很冷清了。

现在一些玩家的等级只是勉勉强强达到了 15 级，在技能和装备都没有提升的情况下，玩家们情愿去野外打怪，也不愿意来打这个副本。

"进副本了。"夜枭说完，便直接开启了副本。

第十二章

黑暗墓穴的副本地图就和它的名字一样，是一处封闭的墓穴，一进去，出现在众人面前的就是一条狭窄昏暗的甬道。到处都是脏兮兮的灰尘和蜘蛛网，石缝中生长着乱蓬蓬的杂草，充满了恐怖的气氛。

不过几人都是男人，也没有怕鬼的，众人只是皱了皱眉，就往前走去。

推开第一个墓室摇摇欲坠的黑色大门，迎接他们的就是成群的吸血蝙蝠和丑陋的皮肤青灰的僵尸，要是换个胆小的来，睡觉时肯定是要做噩梦的。

吸血蝙蝠的速度极快，如果被它们咬到的话，会出现流血的负面状态。僵尸虽然行动缓慢，但血多防高，身上还有尸毒，被抓咬到的话也会出现中毒的负面状态。

这两种负面状态不仅会使玩家不断掉血，同时还能够叠加，当负面状态叠加到三层以上的时候，这血掉得就跟溃堤似的。现在玩家们的血量普遍不高，在严重的负面状态影响下，不用10秒就会直接团灭。

还好他们有冉骐，用净化术能够去除负面状态，这样一来，这群怪物最强大的攻击手段对他们也就不构成威胁了。

而且因为是经验副本，难度并不高，他们只要和小怪保持好距离，一起集火输出，想要把这些小怪全都一下干掉还是很容易的，难的是后面的三个BOSS。

第一个BOSS是一个僵尸巫师，法术防御力非常高，还会瞬移和群体沉默技能。玩家们的技能随时可能被封禁，有时候技能施放到一半还会突然失去攻击目标。这是个非常棘手的BOSS。

"追魂和翎墨负责远程输出，分散站立，如果BOSS瞬移，你们就立刻朝反方向跑，BOSS放沉默的时候，翎墨负责打断。流年负责近距离输出，可乐拉住BOSS的仇恨，白染注意他们的血。"夜枭简单地讲了一下打法，众人就直接开打了。

这个BOSS的法术防御力实在太高，夜枭的攻击落到它的身上，伤害量会被抵消掉70%以上，所以他只能当助攻角色了。

依旧是顾乐上去拉怪，他嘴里还在嘀嘀咕咕："哎哟妈呀，这怪物长得也太丑了……"

僵尸巫师怒吼着追了上去，面目愈加狰狞，不知道是不是因为被嘲讽了而愤怒。

顾乐将BOSS拉到了中间的位置，扛着怪物的技能奋力输出，冉骐的治疗技能立时跟上，迅速将他的血补满。

等顾乐拉稳了BOSS的仇恨，其他人也立即开始动手了。

剑指流年率先冲了过去，跟顾乐一起近距离输出，却也忍不住开口道："妈呀，这凑近了看，还真是丑到哭啊……"

冉骐闻言忍不住想笑，也不怪他们都被怪物的容貌给吓到了，实在是这个僵尸巫师的长相太吓人了，皮包骨头宛如骷髅不说，皮肤还是诡异的绿色，一双眼睛黑洞洞的，凹进去，就跟刚从恐怖片里走出来似的，惊悚十足。

以前冉骐隔着屏幕打游戏的时候，从来没有仔细看过这个BOSS的长相，如今身临其境，受到的冲击那绝对是巨大的，令他不由得庆幸自己的职业是牧师，不需要跑过去和BOSS近距离肉搏，否则恐怕打完之后什么都吃不下了。

此时BOSS开始施放大招群体沉默技能，如果技能成功施放，他们所有人都会陷入沉默状态，5秒内无法使用技能。然后BOSS会立即瞬移，对其他人发起攻击。

众人当然不会给它这样的机会。

几乎就在BOSS开始吟唱的同时，翎墨也抬手发出了三连射，将僵尸巫师给打退了几步，硬生生将它正在施放中的大招给打断了。

他刚刚获得的三连射技能附带击倒效果，和玩家PK的时候，可以把他们击倒，但放到BOSS身上，就只能把它击退了，不过这样也已经足够将BOSS的技能打断了。

"干得好！集火输出！"趁着BOSS技能被打断的这几秒钟，夜枭立刻带着其他人奋力输出，BOSS的血量开始快速下降。

每每BOSS想要施放群体沉默的时候，总是会被翎墨用三连射给打断。之后BOSS便开始频繁瞬移，并对其他队员发动攻击。

这种情况，如果换成其他的队伍，可能就会出现伤亡的情况，毕竟BOSS的攻击力不低，被攻击的人若刚好是非满血状态，很有可能会被秒杀。

但在冉骐这里，是绝对不可能出现这种情况的，因为他很清楚这个BOSS的攻击机制，它看起来是在随机选择攻击对象，实际上是有规律的。它每一次攻击的都是队伍中血量最少的一个人，只有所有人全部是满血状态，它才会进行随机攻击。

冉骐有意识地控制着夜枭的血量，甚至没有给他加回复状态，就是为了确保他的血量永远是队伍中最少的一个。夜枭和BOSS一样是法术系，虽然他的法术防御力没有BOSS那么高，但也能够抵消一部分的伤害，而且他的生命值上限是队伍中除顾乐之外最高的一个，总之他是不可能会被BOSS给秒杀掉的。

而且BOSS的攻击动作落下时，冉骐的加血也会同时赶到，保证第一时间把夜枭的血条重新拉回安全线。

如果只是一次两次，大家或许还以为是巧合，但次数多了，发现BOSS每一次瞬移后攻击的都是夜枭，众人也就明白了这个BOSS的攻击机制，对冉骐的准确预判和血量控制十分赞叹。

终于，BOSS发出一声凄厉的惨叫，化作丰厚的经验值。

"厉害啊，白染。"追魂大步走过来，拍了拍冉骐的肩膀。

他们几个都是内测玩家，知道这个BOSS有多难打，以前都是仗着等级高，硬扛伤害，如今有了翎墨的击退和白染的精准控制，居然打得那么轻松。

"白染，你也参加过内测吗？"翎墨问道。

"没有，我是第一次玩，不过我哥参加过内测，我听他说过一些打法。"冉骐再次把自家大哥给拉出来做了挡箭牌。

"原来如此！你哥一定是个很厉害的玩家，我们之前打过这个副本那么多次，都没有发现这个 BOSS 瞬移的攻击机制。"

"还好啦，反正你们都是暴力输出，硬扛都能打过去。"

"那第二个 BOSS，你还知道什么其他打法吗？"剑指流年忍不住好奇地问道。

冉骐也没有隐瞒，直接把自己知道的都说了："第二个是蜘蛛 BOSS，血量每降低 20% 就会召唤一次小蜘蛛，一共会召唤四次，同时还会喷射黏性很大的蛛网，如果被粘住就无法行动。小蜘蛛的攻击力不高，但架不住数量多，而且带毒，战士一个人肯定是扛不住的，所以等小蜘蛛出现后，其他人最好马上把它们拉走，一边'放风筝'一边慢慢杀。"

"如果有人被蛛网喷到，夜枭马上用火球烧掉蛛网。不管是大是小，蜘蛛全都有毒性，中毒了不要慌，轻微中毒掉血有限，等到中度中毒的时候立刻叫我帮你们净化，不要等到重度的时候再喊我，那个时候可能就来不及了。"

"好，明白了。"

众人稍微休息了一下，把血蓝都回满，便继续起程，去打第二个 BOSS 了。

穿过第一个墓室，他们沿着墓穴的甬道继续往里走，很快来到了第二个墓室。

这个墓室里布满了蜘蛛丝，而第二个 BOSS 巨型蜘蛛就栖息在一张巨网的中央，它浑身长着灰色的绒毛，头部前端长着八只眼睛，配上长长的螯肢，让人看着就感觉到毛骨悚然。

在众人进入房间后，他们身后的大门关闭了。

"上！"随着夜枭一声令下，众人便一拥而上。

这个蜘蛛的法术防御力很低，可能是在上一个 BOSS 那里憋狠了，夜枭再次展露自己恐怖的攻击力，把蜘蛛 BOSS 的血条打得快速下降。弄得 BOSS 直接一口气召唤出两拨小蜘蛛，追魂和翎墨一边吱哇乱叫，一边快速把这些小蜘蛛给拉走了。

很快，第三拨小蜘蛛又出现了，还好他们队伍里有三个敏捷高的职业，剑指流年也拉了一拨小蜘蛛走了。

"老大！你控制一下啊！再来一拨小蜘蛛就没人拉了！"追魂一边"放风筝"，一边高声喊道。

夜枭这才勉强把攻击速度放慢了一点，等到翎墨把他屁股后面的小蜘蛛杀光回来之后，再开始暴力输出。

夜枭是等级排行榜第一，自身的初始属性就极高，现在又有了紫色武器，配合加攻击力的戒指，还有火球技能，以及各种称号的属性加成，综合来看，他的攻击力高到了一种令人匪夷所思的地步，简直像是个移动炮台。

很快，第二个 BOSS 轰然倒地，也不知道它有没有撑过 5 分钟……

"那些小蜘蛛跑得很慢，下次可以试试让一个人拖着全部的小蜘蛛走，只要我们输出得够快，说不定都不需要浪费时间去打这些没有经验的小怪。"夜枭说道。

众人："……"

你强，你说什么都对。

这种极端暴力的打法估计也就只有他们的队伍敢用了，毕竟他们有四个战斗意识超强的暴力输出，还有一个超级大"奶妈"辅助，换成其他队伍，那无疑是自寻死路。

不过也就是简单的经验副本他们才敢这么大胆，换成挑战副本，还是得乖乖按部就班地打才行。

短暂地休整之后，众人便再次动身，推开了第三个墓室的大门。

第十三章

最后一个 BOSS 是一个物理攻击力和防御力都非常高的僵尸王，打怪主要依靠法术系职业。当血量分别降到 50% 和 20% 的时候，BOSS 会放大招旋风锤。BOSS 抓着手里的两把大锤，进行全地图旋转攻击，在攻击的同时进入霸体[1]状态，30 秒内任何攻击都对它无效，只有它能够攻击玩家。

这个时候，牧师的压力会比较大，因为队员们为了躲避 BOSS 的攻击，会四散奔逃，万一离得太远，加血跟不上，就有可能出现伤亡。

而且这个 BOSS 还时不时会发出怒吼，每一次吼叫后，BOSS 的仇恨值就会归零，这个时候谁第一个攻击它，它就会盯着谁攻击，所以战士必须第一时间接过 BOSS 的仇恨，其他人也必须同时停手，否则可能会引起团灭，这就很考验战士和其他队员的战斗意识了。

不过这些问题对夜枭他们的队伍来说，就根本不是问题。

大家的战斗意识都非常好，一见那 BOSS 抬头准备怒吼，立刻就停了手里的动作。顾乐则继续挥舞着大剑，稳稳地拉住 BOSS 的仇恨，根本没有出现 OT 的情况。

而且有夜枭这个极端强大的法师在，一个人就能顶其他队伍的三个，打得 BOSS 血条极速下降，效率奇高。

很快，僵尸王的血量就降到了 50%，开始放大招旋风锤了。

"散开！"夜枭一声令下，众人赶紧四散开来。

只是顾乐运气不好，他跑到哪儿僵尸王就转到哪儿，偏偏他的速度还没有僵尸

---

[1] 游戏中指一种无法被攻击到的状态。

王快，一不小心就挨了好几下，弄得他一顿吱哇乱叫。

"冉冉救命啊！"

"我给你套了回复术的，不会死的，不要慌。"话虽如此，冉骐还是走上前，在顾乐从自己面前跑过的时候，给他补了一个治疗。

冉骐的回复术效果随着等级的提升而提升，每3秒能回复30点生命值，而且有装备和属性加成，冉骐一个治疗术就能把顾乐的血补满。所以顾乐虽然被BOSS追着跑，但血条始终也没有跌下过80%，可以说非常有安全感了。

不到5分钟，BOSS就轰然倒地。

【系统公告】恭喜玩家 [夜枭][追魂][翎墨][剑指流年][可乐][白染] 在20分钟内通关黑暗墓穴经验副本，达成极限速度成就，获得称号 [比风更快的]。

因为是普通的经验副本，通关也没有首杀奖励，但由于他们是在副本的极限时间内通关的，所以还是达成了一项成就。虽然奖励的只有称号，但附加的属性还是非常不错的，可以增加6点敏捷，对冉骐和顾乐这样移动速度较慢的职业而言还是很有帮助的，起码逃跑的时候会快不少。

而世界频道的玩家们都被这条新的系统公告给震惊了，在他们还在刷阴影森林经验副本的时候，人家已经通关了挑战副本还拿了首杀；在他们和挑战副本死磕的时候，人家又跑去通关了黑暗墓穴的经验副本，还达成了极限速度的成就……

真是人比人，气死人啊！

【世界】该隐：真不愧是大佬带的队伍啊……

【世界】伽途：夜枭大佬又升级了！这升级速度真是让人望尘莫及！求带！

【世界】大橘子：黑暗墓穴也就只有大佬们才能去了，我们现在去都是找死……

【世界】四时冷暖：我有一个大胆的想法……

【世界】无欢：不，你没有！少想那些乱七八糟的，快拉怪去！

不过冉骐他们根本没有去世界频道看热闹，只径自出了副本，继续打起了第二次。

距离早上8点只剩不到一个小时了，他们必须赶在副本CD重置之前，把剩下的几次副本给打完。

一回生二回熟，这回他们打怪的速度变得更快，15分钟就通关了整个副本，之后速度也一直在提升，总算是成功在早上8点之前把5次副本机会都给用完了，获得的经验更是相当可观，基本上每个人都升了3级左右。

"是休息一下，还是等CD刷新之后继续？"夜枭问道。

"我想继续。"冉骐想了想之后回答。

他现在已经 18 级了，这个副本再通关 5 次，肯定能过 20 级，就又可以激活一个新技能了。

"那我也继续吧，就快 20 级了！"顾乐也是跟好友一样的想法，他们现在正是状态好的时候，不如一鼓作气把今天的进副本次数用完。

"那就继续吧。"夜枭他们也想继续，他们有着非常明确的目标，就是尽快升级。

他们又继续打了 5 次副本，这次效率更高，一小时不到就解决了战斗。

黑暗墓穴副本的经验真的很丰厚，夜枭直接升到了 26 级，将其他玩家远远甩在了身后，追魂和翎墨紧随其后，升到了 25 级，光是他们三个人就包揽了等级排行榜的前三名。剑指流年 24 级，顾乐 21 级，冉骐也顺利升到了 20 级。

"要不然我们把挑战副本也打了吧？"追魂兴奋地提议道。

"行啊！"顾乐也觉得状态正好，说不定能再拿下一个首杀，"冉冉，你说呢？"

"我……"冉骐正要答应，却听到了系统的提示。

【系统】您已持续在线 24 小时，为了您的身体健康，请于 30 分钟内下线休息。

游戏舱确实能够让玩家们长时间进行游戏，并且不需下线进食，但是多多少少会对身体和精神产生一些负担，玩家需要下线休息一下。游戏会根据玩家的体质和精神力等级，限定相应的在线时长，并适时发出健康提示。

像冉骐这样双 E 的"废柴"资质，24 小时就得下线休息至少 1 小时，否则会被强制下线。资质好的那些玩家可以持续在线更长时间，不过最长也不能超过 7 天。

"我突然想起上午有一节课，得先下线一会儿。"冉骐不太好意思说自己收到了系统的健康提示，这样夜枭就会知道他是个"废柴"了……

虽然事实的确如此，但他也是需要面子的嘛！

"行，那我们晚点再打。"

"哦对，要上课，那我也下线了！"顾乐一开始还有点蒙，但他很快猜到了冉骐要下线的原因，立刻就跟着打掩护。

作为同学，他当然也要跟着一起下线了。

顾乐的体质是 D 级，稍微比冉骐好一些，最长可以在线 40 个小时，时间还充裕得很。不过冉骐不在，他一个人也没意思，还不如也下线休息一下。

下线之前，冉骐打开了兑换商城，里面有着各种各样的现实物品，简直琳琅满目。

冉骐现在只有 3 张兑换券，能够兑换的物品非常有限。最便宜的是苹果、橘子、草莓、土豆、西红柿之类的水果和蔬菜，1 张券就可以兑换 1 斤，肉类就要 3 张券才能兑换 1 斤了，而冉骐最想要的那种强化药剂，需要整整 500 张兑换券，真不知道要攒到什么时候去了。

不过他倒是并不算太担心，反正他有独特的拿兑换券的方法。

想着好久没有品尝过水果，冉骐想了想，用 1 张实物兑换券，兑换了 1 斤草莓犒劳自己。

【系统】恭喜玩家成功兑换草莓 500 克，扣除 1 张实物兑换券。

星际快递的效率真不赖，冉骐下线之后，从游戏舱里爬了出来，然后去浴室冲了一个澡，光脑就接到了收货提示。

冉骐套上睡衣，打开阳台门，就看到阳台的小平台上停着一个粉红色圆滚滚的机械小章鱼，看起来特别可爱，据说是为了迎合广大女性和孩子的喜好，毕竟这些人才是购物的主力军。

"您好，章鱼快递为您服务！"小章鱼两只圆溜溜的大眼睛对准了冉骐的脸，进行了快速扫描。

"验证完成，这是您的货物，欢迎再次使用章鱼快递。"小章鱼的身形突然变大了一点，然后它用粉嫩嫩的小触手从肚子里掏出了一袋草莓。

红艳艳的草莓个儿大又新鲜，看起来分外诱人。

冉骐把草莓倒进碗里，用水简单地冲洗了一下，然后就用光脑给顾乐发去了通话请求。

铃声只响了 1 秒，顾乐就接了起来。

"我兑换了 1 斤草莓，要不要尝尝？"

"好啊好啊！"顾乐兴奋不已，"不过我刚洗完澡，要不然你来我房间？"

他们在学校都是住的宿舍，一人一个套间，空间算不上太大，但从厨房到浴室还有阳台，一应设施非常齐全。和冉骐上辈子住过的学校宿舍相比，简直是一个在天上一个在地下。

学校的宿舍是光脑随机分配的，所以冉骐和顾乐没能住在同一栋宿舍楼。不过顾乐的宿舍楼就在隔壁，稍微走几步就到了，倒也不算麻烦。

"行，马上到。"

只是冉骐的运气恐怕都用在了游戏里，他刚走出宿舍楼，就遇到了刚刚下课的张烁等人。

"哟！这不是我们的废物小少爷吗？怎么没在游戏里练级，下线跑出来乱晃啊？"张烁一见到他就立刻来劲了，大步走到冉骐面前，用夸张的语气问道，"该不会是被游戏强制下线了吧？"

"哈哈哈哈。"他身后跟着的几个小弟配合地大笑起来。

冉骐无语地翻了个白眼，觉得这群人真是幼稚极了，他可没心思和他们打嘴仗，便直接道："好狗不挡道。"

"你说什么？"张烁的脸顿时就沉了下来。

"怎么？想打架？"冉骐一点也不怵地瞪了回去。学校到处都有摄像头，禁止同学之间发生肢体冲突是校规的第一条，张烁要是敢动手，学校就会立马让他滚蛋。

"呵呵！"张烁显然也是知道的，他冷笑一声，"你给我等着。"

冉骐懒得搭理他，不屑一顾地从他旁边走过。

几人还在他身后嘀嘀咕咕。

"那小子手上拿的什么？"

"好像是草莓？"

"他用兑换券换的吗？"

"怎么可能？就他这个废物怎么可能弄到兑换券？肯定是他爸花高价给他买的！"

"哼，真是会投胎。"

第十四章

冉骐来到了顾乐的宿舍门口，按了门铃之后，门立刻就开了。

两人窝在顾乐的沙发上，快乐地一起分享这些新鲜的草莓。

草莓果然一如他记忆中那般美味，鲜嫩多汁，甜中带着微微的酸，让他的口水疯狂地分泌。

"啊！太好吃了！原来这就是蓝星水果的味道！"顾乐还是第一次吃草莓，这会儿只珍惜地小口咬着草莓，享受着甜美的汁水充溢口腔的感觉，脸上露出陶醉的表情来，"我决定了，我要努力攒兑换券，换更多的蓝星美食来吃！"

"我支持你。"冉骐笑着说道。真正的食物肯定比那种人工合成的营养液味道好多了，顾乐的反应完全在他意料之中。

冉骐一边吃着草莓，一边打开了游戏论坛。游戏论坛是一个专供玩家交流的地方，不管是玩游戏时还是不玩游戏时都可以登录，账号与玩家的个人信息绑定，里面的帖子基本上分为攻略、心得、流言、灌水、记录、出售和求购等。

虽然游戏才刚开服一天，但论坛里的帖子已经有好几万个了，刚发的帖子和热度最高的帖子排序都会比较靠前。

热度最高的帖子居然是一个资料整理帖——《蓝星资料大全》。

楼主把他走过的每一个地方、每一种植物、每一种动物，都录了全息影像，并配上了文字解释。据楼主自己说，他是学蓝星史的，来玩游戏主要就是为了亲眼见一见那些史学馆中记录的蓝星。

这引来了一群人在下面大喊"牛"，希望楼主能多发一点关于蓝星美食的内容。

1L：楼主牛×啊！真是长见识了！

2L：终于把书上的内容和现实结合起来了，真不愧是号称还原度最高的全息游戏，感觉真的到了另一个世界一样！

3L：楼主可以多记录一些蓝星美食的内容吗？那些水果和植物看起来都好好吃！

4L：好吃有什么用……不会做啊！

5L：那个葱油饼有人吃过吗？听说超好吃的！

6L：我买了一个，特别好吃！又香又脆，那滋味真是没法形容！！！

7L：可以了，楼上可以停止你的描述了……我快要控制不住我的拳头了……

…………

997L：有人看过兑换商城吗？用实物兑换券可以从商城里兑换到这些食物！

998L：看过有什么用，我们没有兑换券啊……

999L：好羡慕夜枭大佬啊，就数他的兑换券最多了吧？

1000L：也不是，还有个叫白染的，他的兑换券应该也不少，葱油饼就是他做出来的，以后他说不定能做更多的食物出来！

1001L：大佬果然就是会和大佬做朋友，刚才你们看系统公告了吗？首杀就是夜枭和白染一起拿下来的，他们又各自得了1张兑换券！

1002L：跪求夜枭大佬创公会，我一定第一时间冲过去报名！

…………

虽然到后面歪楼①歪得厉害，不过楼主整理的内容确实挺有趣的，冉骐就点了收藏。

游戏角色的容貌是直接扫描本人的长相输入系统的，但游戏允许玩家在这个基础上进行适度的调整，看似可操控程度不高，但是其实有时候只要稍微调整一些小地方，容貌就会大幅改变，跟上辈子的微整形差不多，因此也有大批女玩家不断进入这款游戏。

不得不说，女玩家的创造力是无穷的，比起男生单调的升级路线，她们直

---

① 指网友评论从一个话题转到另一个话题。

接把这款游戏玩成了免费微整形效果测评游戏、恋爱游戏、模拟经营游戏、旅游游戏、换装游戏等各种奇奇怪怪的游戏，尤其热衷于收集各种各样便宜的服饰，进行不同的服装搭配，然后截图下来发到论坛，也吸引了不少男生的回复。

除此之外，还有一些求购和出售装备的帖子，游戏刚开服，有些玩家弄到了不错的装备，但是想要省下交易行的手续费，除了在世界频道叫卖，他们也会在论坛发帖出售，希望能够尽快出手。毕竟时间长了，大家等级都提升了，这些现在看来还很难得的装备可就一文不值了。

有些玩家很难获得心仪的装备，也会到论坛来求购，碰碰运气。

【出售】法师 15 级 B 级法杖，带价私聊。

【出售】猫眼石一块，带价私聊。

【求购】刺客手套，最好是 B 级加命中率的，价格好商量。

除此之外，有用的干货帖也有不少，比如副本的通关攻略和视频记录等，有十万名玩家参与了内测，他们的总结还是给了其他玩家很多帮助。

冉骐还看到了风无痕发的帖子，就是关于月娜和八哥诬陷他们队伍黑配方的事情。只能说风无痕不愧是内测玩家，知道防人之心不可无，所以在月娜和花鸢争抢起那张薯饼配方的时候，就开启了视频录制功能。整个过程都录得清清楚楚，大家一看就知道孰是孰非。

1L：我去，这倒打一耙的嘴脸也太恶心了吧？

2L：是啊，居然还好意思发悬赏呢！这俩人脸皮够厚的……

3L：哈哈哈哈，最后反被白染大佬杀了，真是爽！

4L：虽然是用葱油饼当酬劳，但葱油饼又能吃又能加属性，可比单纯的 1 金币值钱多了，我更愿意帮白染去杀他们，更何况他们根本就不占理！

5L：还有后续你们知道吗？我之前看世界频道，有人真的为了钱去杀白染，结果遇上了夜枭，直接被秒杀，简直偷鸡不成蚀把米！后来那人去追着月娜和八哥要补偿了，好惨！

6L：也是疯了，连夜枭大佬都敢惹？

…………

"哈哈！冉小骐，你现在也是名人了嘛！"顾乐好奇地凑过来看了一眼，然后笑了起来。

冉骐无语地白了他一眼，继续往下翻，然后看到了几个公会招人的帖子。

【招人】盛世王朝公会招募职业生活玩家，月工资 30000 星币，有意者私聊。

【招人】琉璃月公会深渊副本固定队诚招 20 级以上的玩家，内测玩家优先。

"现在应该没有公会成立吧？这些公会是哪里冒出来的？"顾乐诧异地问道。

冉骐解释道："可以提前组织，很多玩家是线下认识的，一起进的游戏，等到他们得到公会召集令之后就可以直接成立公会了。"

这种方式其实在传统网游里是挺常见的，所以冉骐已经习惯了。

"原来如此。"顾乐点了点头，"不过一个月开30000星币招个生活玩家，简直比上班的工资还要高，这样不会亏吗？"

"不会亏的，生活玩家能够做的东西有很多，有一个职业的生活玩家可以稳定提供装备和各种道具，能够帮助公会成员增强实力。越到后期，越能看到生活玩家的价值。虽然游戏没有开通现实货币和游戏货币的兑换，但是通关深渊副本能得到实物兑换券，用兑换券兑换到的东西，轻轻松松就能卖出高价。要是公会的人足够多，能够换到的东西就更多了。"

看到他侃侃而谈的样子，顾乐的目光顿时由惊讶变得促狭起来："你怎么知道这么多？小样儿，提前找你哥问过了吧？"

"是啊……"冉骐顺水推舟地承认了。

"哈哈哈，那你要不要去应聘啊？一个月30000呢！"顾乐掰着指头，"说实话，比毕业出去工作强多了，只用玩游戏就能拿工资，多爽啊！"

"你看我是缺钱的人吗？"冉骐微微抬起下巴，故意摆出不可一世的骄傲样子来。

"哈哈哈，冉小骐你这话实在很欠揍啊！"顾乐笑着把手搭在好兄弟的肩膀上，"不过好像没有看到夜枭老大发的帖子，他不是说也要建公会吗？"

"他还需要打广告吗？"冉骐反问道。

"这倒也是！"顾乐点了点头，毕竟夜枭的名气在那里，只要他的公会一建立，肯定立刻就会有很多人申请加入，根本没必要在论坛发帖。"话说夜枭老大看起来就特别厉害啊，你说他会不会是军部的人？"

"你这么一说，我也觉得有点像。"冉骐回想起夜枭和追魂他们的相处，与其说是朋友，倒不如说是上下级，只要夜枭发话，其他人就不会有任何异议，简直是令行禁止。

"哈哈，不过军部的人应该不会闲得跑来玩游戏吧，估计夜枭老大他们是军校的学生。"

冉骐看着他这一说起夜枭就两眼放光的样子，不由得好笑道："是是是，你分析得有道理……不过你什么时候跟夜枭那么熟了？老大叫得很顺口嘛！"

"哈哈哈，这不是看他厉害吗？"顾乐挠了挠头，"他的攻击力真的太高了，我敢打赌他的初始属性绝对超高！资质至少也得是双A吧？说不定会是S……反正就是牛！"

"我才不和你赌，长眼睛的都能看得出来他厉害！"冉骐推开顾乐的大头，趁机拿走了碗里最后一个草莓，塞进了嘴里。

"啊啊啊，我的草莓！"顾乐抓住冉骐的肩膀大声哀号起来，"你给我吐出来！"

冉骐好笑地回答："我真的吐出来，你敢吃吗？"

顾乐气呼呼地瞪着冉骐，好半晌才道："哼，回到游戏你得补偿我！给我再做五个葱油饼！"

"只要葱油饼吗？我本来想给你做点别的呢……既然你只要葱油饼，那就算了吧。"

"爸爸我错了！"顾乐迅速低头认错，"赏我点好吃的吧！"

"乖儿子。"冉骐满意地点点头，然后两个人一起笑成一团。

他们两个人关系好得很，开玩笑开惯了，经常轮流做对方的爸爸。

两人笑闹够了，顾乐开口问道："对了，你怎么会做蓝星食物的啊？"

"大概是天赋吧。"冉骐耸了耸肩道，"你知道我爸，他最爱享受，有时候会弄一些星兽肉之类的回来换换口味，我就学了一点做法。"

"哦——"顾乐拉长了声音，双眼流露出艳羡的目光，"哼，万恶的有钱人！！"

第十五章

冉骐算着时间，两小时后才再次上线，学校一节课90分钟，加上走路和洗澡的时间，差不多两小时。

冉骐一上线，就听到队伍频道里追魂他们正在激烈地讨论着。

他和顾乐下线之前没有退出队伍，《魔域》的设定是除非队伍里的其他人也全部下线，否则队伍是不会解散的，所以他们上线时还保持着组队状态。

"不行，不可以，让江南自己找个奶妈不就行了？我们的牧师不外借！"追魂扯着嗓门在队伍里嚷嚷。

"就是就是！我们的牧师凭什么借给他们啊？！让江南那家伙有多远滚多远！"翎墨立即附和道。

"自己的挑战副本自己打！昨天我们说清完CD，一听我们找了个15级的牧师，那个家伙怕死就找借口不愿意来，现在看我们过了就想要自己去打，还想借牧师？门都没有！"剑指流年显然也很不满意。

虽然之前他们的确是对白染大佬有点误会，但是在通关副本之后，他们已经完全被折服了！

白染大佬，就是他们的幸运之光、希望之火！谁都不能抢走他们又牛又软的白染宝贝!

"我说要借了吗？就算真的要借，也必须经过白染自己的同意。"夜枭瞥了这边情绪激动的几人一眼，淡淡开口，"我只想知道，到底是谁跑到江南面前嘚瑟，炫耀我们队伍里的牧师有多么了不起的？"

队伍频道骤然安静。

冉骐此时已经通过他们的对话，大概了解了现在的情况。

昨天夜枭他们不想浪费 CD，想要去下副本试一试，就去找了那个叫江南的战士。可江南听说他们找了自己这个 15 级的牧师，怕副本过不了会死，所以借口有事下线了，今天上线却发现他们这个临时拉起来的队伍不仅拿下了阴影森林挑战副本的首杀，还用极限速度通关了黑暗墓穴经验副本并拿到了成就，于是跑过来问情况。

然后队伍里就有人忍不住炫耀了一把牧师有多厉害，江南听了就厚着脸皮想借自己，也想要去打挑战副本。

"嗯？"夜枭的语调微微上扬，这下子其他人就不敢再装死了。

"我就……稍微说了一下……我们牧师有三个技能……"追魂心虚道。

"我就……说了我们牧师会自创食物……"翎墨也吞吞吐吐。

"我可能不小心说了我们牧师会做装备和扩容……"剑指流年小声道。

"呵呵。"夜枭冷笑了一声。

"老大我们错了！"三人齐声大喊，鞠躬的姿势极其标准。

不过夜枭心如铁石，根本不为所动："回头下线休息的时候，你们每个人和我对战一小时。"

"不要啊——"

三人顿时鬼哭狼嚎般求饶，仿佛和夜枭对战是非常恐怖的一件事，但这只换来夜枭的一声冷哼，真是十分冷酷无情。

冉骐忍不住轻笑出声。

不过他忘了自己一直开着队伍频道，所以队伍里的其他人都清楚地听到了他那一声笑。

队伍频道再次陷入尴尬的沉默，最后还是夜枭率先开了口："下课了？"

"是啊。"

"可乐呢？"夜枭他们刚才都分散在野外打怪练级，没有看队伍面板，所以没有注意到冉骐上线了，这会儿打开队伍面板之后，发现可乐还没有上线。

"我也不知道，可能是有什么事耽搁了吧，应该很快就会来的。"冉骐也有些惊讶，按道理顾乐应该比他先上线才对。

几人没在这个问题上多纠结，又回到了刚才的话题。

"别听他们瞎说，江南昨天是真的有事，不是找借口。"夜枭不知道白染听到了多少，便特意解释了一句，"他人其实很好，以后你就知道了。"

"对对对，我们是瞎说的！我们太熟了，才会这样的！"追魂也赶紧道。

冉骐点点头，应了一声："好的。"

看来他们几个和那个江南关系的确很好，要不然也不会特意为他解释了。不过一想也对，要是没有足够的信任，也不会想要和对方一起建公会了。

夜枭道："一会儿等可乐进来之后集合，我们去把两个挑战副本都打了。"

"好。"众人齐声道。

听说江南的固定队缺牧师，冉骐就想到了奉天，便打开了好友列表，果然看到奉天在线，而且等级已经16级了，想来他是把阴影森林的经验副本给通关了。

【私聊】白染：嘿，副本打完了？

【私聊】奉天：啊！！！

【私聊】奉天：兄弟你终于上线了！

【私聊】奉天：我收到你的葱油饼了！好好吃！我爱你！

【私聊】奉天：我上线时看你已经20级了，去10级副本没经验了，所以才没有等你！你不会怪我吧？

当玩家等级高于副本等级时，得到的经验就会少，比如高出1级，经验减少10%，高出2级，经验减少20%，以此类推。像冉骐20级了，再去打10级的阴影森林的经验副本就根本得不到经验了，所以奉天就自己找了个队伍把经验副本通关了。

【私聊】奉天：对了，我还看了论坛，你是怎么和夜枭大佬认识的啊？居然还一起拿了首杀！你们简直太牛了！飞扑抱大腿！

【私聊】白染：……

冉骐还来不及说什么，就被奉天机关枪似的消息给砸晕了，不由得好笑地摇了摇头。

【私聊】白染：你现在装备评分多少了？

【私聊】奉天：2800多。

冉骐现在的装备评分在3400以上，匿名爬上了装备排行榜前十。奉天的分数当然不能和冉骐的比，但目前也算是中等偏上了，应该至少是全套绿装，可能还有一两件蓝装，看来奉天有很认真地在给自己做装备的搭配。

【私聊】白染：想不想去打挑战副本？有个不错的队伍缺一个牧师，队长是夜枭的朋友。

【私聊】奉天：哇，当然想去！但是……我怕我治疗量不够……我只有一个治疗术……

挑战副本的难度还是很大的，对牧师的要求也更高。之前玩家们看到夜枭的队伍轻松拿到了挑战副本的首杀，有不少人都组了队伍跑去挑战，虽然也有成功通关的，但还是被团灭的队伍更多。很快这消息就给热血沸腾的众人泼了一盆冷水，因此冷静下来之后，大家在组队的时候就都不禁变得更加谨慎起来。

进挑战副本队伍成员都需要在 18 级以上，牧师的等级倒是可以低一些，但是装备评分必须高于 2500，而且最好有两个技能。

奉天听冉骐说那个队伍的队长是夜枭的朋友，顿时就怂了，大佬的朋友肯定也是大佬，他怕自己去了之后拖了队伍的后腿。

【私聊】白染：看看你的邮箱吧。

冉骐把之前得到的那本回复术的技能书寄给了奉天。

【私聊】奉天：啊！

冉骐从他一连串的感叹号中感受到了他的激动之情，轻笑着回复他。

【私聊】白染：你忘了？在新手村的时候我就说过，下次得到技能书一定给你留着，这就是给你留的。

【私聊】奉天：呜呜呜，好兄弟！下次我得到技能书也一定给你留着！

【私聊】白染：行了，你快把技能学了，我和夜枭打声招呼，一会儿喊你。

【私聊】奉天：好！

于是冉骐开口问道："江南的固定队是不是缺牧师？"

"白染大佬，你可不要去江南的队伍啊！他们的队伍哪里有我们队伍靠谱啊！"追魂立刻按捺不住地跳了出来。

"对啊对啊！白染大佬，江南那个人一板一眼的，没劲透了，你过去肯定不合适！"翎墨也赶紧劝，丝毫不顾刚刚还特意解释过的"友爱"兄弟情。

"我没说我要去……"冉骐好笑地摇了摇头，"我有个朋友也是牧师，参加过内测，技术很不错，装备评分 2800 多，学了回复术，也想打挑战副本。"

"行，我问问江南。"夜枭道。

过了一会儿，夜枭回复："他说可以，让你朋友加他好友，ID 是风波江南。"

"好的！"冉骐把消息发给了奉天。

这个时候顾乐终于上线了。

"抱歉来晚了，刚才家里突然来了通信，就多聊了几句！"顾乐有些不好意思地说道。

"没关系。"夜枭通知众人，"人齐了，需要清理包裹的赶紧去清，装备注意维修。20分钟后，阴影森林副本门口集合。"

他决定先打阴影森林，毕竟他们已经通关了一次，再次通关没什么难度。黑暗墓穴的难度较高，不需要担心会被人抢了首杀。

"收到！"

趁着距离集合还有20分钟，冉骐穿上隐匿斗篷，又去了一趟生活技能区。他打算多做几种新的食物，一方面是想多攒一点实物兑换券，另一方面也是为黑暗墓穴的挑战副本做准备，希望能够做一些加法术攻击力或者防御力的食物出来。

冉骐去杂货商那儿购买了面粉、糯米粉和调味料，然后就直接开始揉面。为了节约时间，他这一次准备做馅饼，用三种不同口味的馅料，这样一来系统就能算他做了三种饼，毕竟游戏餐馆里提供的三明治也有多种口味，都是算作不同食物的。

他要做的馅饼的三种口味分别是鲜肉味、南瓜味、韭菜鸡蛋味，这样一来甜的和咸的味道都有了，总有一个能加法术属性。

食材都是他之前从野外采集的，现在想来确实是有点浪费时间了，以后还是尽量直接从交易行买，这样比较划算。之前是没钱，现在他也算是有钱人了，能用钱解决的事根本没必要花时间。

鲜肉馅饼被冉骐用小火把表面煎成金黄色，外脆里嫩，肉香四溢。冉骐做肉馅的时候，还特意放了一些肥肉进去，这样多一些油脂和肉汁，吃起来味道会更好。反正全息游戏中不需要考虑什么卡路里和身材，往死里吃也不会胖，当然是怎么美味怎么来。

南瓜馅饼的做法稍微复杂一点，需要先把南瓜蒸熟，然后加少许糯米粉和水捣成泥状，再放糖和蜂蜜搅拌，这样调制出的南瓜馅口感更加细腻，味道更加清甜。

韭菜鸡蛋馅本来就是传统馅料，吃起来自然也是格外地香，松软的鸡蛋和香滑的韭菜完美地结合，加上冉骐把馅料放得特别足，一口下去别提多满足了。

在野外看到韭菜的时候，冉骐是非常惊讶的，因为他以前玩《魔域》的时候是绝对没有见过韭菜这种食材的。但是考虑到这款全息游戏是依照《魔域》的框架，并根据从蓝星搜集来的资料进行改编的版本，出现韭菜似乎也就说得过去了。

而且既然有韭菜，那其他蔬菜应该也会有，还应该会有野味、香料等。

冉骐很期待以后能够见到更多食材，这样他就能够做出更多中式的美味了。

虽然说全息游戏拟真度非常高，但游戏也不会要求做饭的过程和现实中一模一样，毕竟这样太浪费时间了，所以中间很多步骤都被简化了，尤其是馅饼下锅油煎的时间被大大缩短。

三个香喷喷的馅饼很快出锅，同时响起的还有系统的提示。

冉骐按照流程给这三种馅饼分别命名，然后和上次一样选择了匿名公布。

反正只要他不承认，就没有人能够发现他的秘密！

【系统公告】恭喜玩家［匿名］开发出新品种食物［鲜肉馅饼］［南瓜馅饼］［韭菜鸡蛋馅饼］，获得世界声望 300 点，以及［实物兑换券 ×3］。

这条公告一出，世界频道顿时又热闹起来了。

【世界】该隐：居然一下子做出了三种食物？ 大神受我一拜！

【世界】无欢：其实也不是三种，我看都叫馅饼，做法应该是一样的吧？ 不过馅饼是什么？ 好吃吗？ 跟葱油饼一样吗？

【世界】烟箸：重点难道不是这些食物的属性吗？！ 简直都是极品啊！ 高价求购啊！！！

【世界】小手微凉：这次做出来的大佬和上次的葱油饼大佬是不是同一个人啊？ 这要是同一个人的话未免太厉害了吧？ 达者为先，那我先叫声爸爸不过分吧？

【世界】夕阳红：不过分！ 爸爸你看我一眼！ 我想吃馅饼啊！

【世界】头毛卷卷：你们节操都丢了吗？ 爸爸务必多做一点！ 我已经在交易行里蹲着了！

…………

冉骐顿时很无语，他可没兴趣给一群陌生人当爸爸。

不去搭理那群抛弃节操在世界频道鬼哭狼嚎的人，他赶紧把这些馅饼进行批量制作。

这三种馅饼都被评为 B 级，鲜肉馅饼可以增加防御力 5%，南瓜馅饼提高基础攻击力 3%，韭菜鸡蛋馅饼则是每秒可回复法力值 4 点，持续时间都是 15 分钟。

这些属性简直太棒了，是无论打怪、练级还是下副本都可以使用的好东西，冉骐对此相当满意，三种属性都比他想象中的要好上太多。他已经可以想象到当这些馅饼在交易行上架的时候，会引起多么激烈的哄抢。

冉骐一口气把身上能用的材料全部用完了，制作出了 36 个鲜肉馅饼、41 个南瓜馅饼、38 个韭菜鸡蛋馅饼。

每种他拿出 20 个以 60 银币一个的价格挂到了交易行，这个价格是葱油饼价格的三倍，但绝对不会有人嫌贵不买，毕竟这可不仅仅是加属性的道具，还是人们从未品尝过的美味。剩下的他当然是留着自己吃或者是送朋友了。

当然，他也没有忘记去锻造区给顾乐打造一块盾牌。他现在已经 20 级了，生活技能也同步升级，所以他这一次可以直接做 20 级的盾牌了。

他从交易行买了一些黑铁矿石，用简易模式一口气制作出了三块盾牌，将其中属性最好的一块留下，然后把另外两块盾牌按照市价挂到了交易行里。

冉骐还没有走出主城大门，就已经收到了货品全部售出的通知，看来随着等级的提升，玩家们的钱包也变得鼓起来了。

而此时的世界频道再次一片鬼哭狼嚎。

【世界】不夜天：我第一时间冲去交易行，却发现已经被抢空了……你们这群禽兽啊！！！

【世界】拉斐尔：啊啊啊，鲜肉馅饼实在太太太好吃了！跪求大佬多做一点啊！

【世界】无欢：我看到旁边有人在吃韭菜鸡蛋馅饼，闻起来好香！流下了羡慕的泪水……

第十六章

阴影森林副本门口的人比昨天要少了许多，经过了一天的时间，大家的等级都提升了不少，也就不需要再跑来打这个 10 级小副本了，大家情愿组队去野外打怪升级，那些技术好的高手更是可以自己带着药剂去野外单独打怪。

不过来组队打挑战副本的人还是有不少的，毕竟挑战副本给的好东西多，除了装备，还有技能书和各种有用的道具。反正已经有玩家研究出了"猥琐流①"的打法，见势不妙，赶紧退队退副本，只要手速够快，就能保住一条小命。

冉骐本来以为自己是最后一个到的，结果一看地图，发现追魂和翎墨还在后面，也是刚刚从主城那边过来的。

又等了几分钟，夜枭通过地图看到了代表队员的蓝点已经到齐，于是直接去开启了副本："人齐了，进副本。"

进入副本之后，冉骐正打算将自己做的馅饼拿出来，却见追魂和翎墨两个人献宝一般凑到自己面前，拿出了好几个热腾腾的馅饼。

---

① 形容满场跑等非正面对抗的方式。

追魂得意扬扬地说道："幸亏我们两个看到公告之后第一时间就回城了！成功抢到了10个馅饼！"

"可惜南瓜馅饼被抢得太快，我们只抢到了一个，另外两种倒是多一些。"翎墨很是遗憾地说道，不过很快他又高兴起来，"但是我们抢到了绝大部分！这个馅饼是真的很棒，又好吃属性又好！这个南瓜馅的就给老大吧！可以加3%的基础攻击力呢！"

"不过韭菜鸡蛋馅饼真是太香了，刚才来的路上我就忍不住吃了一个！"追魂意犹未尽地舔了舔嘴唇，"为了不浪费增益状态，鲜肉馅饼我等会儿再吃。"

食物和药剂都可以给玩家添加增益状态，但是同类型的增益效果不能共存，就比如追魂刚才吃过了韭菜鸡蛋馅饼，拥有了15分钟内自动回复法力值的BUFF，如果他继续吃鲜肉馅饼的话，那么新的BUFF就会覆盖掉之前的BUFF，韭菜鸡蛋馅饼的BUFF就等于浪费了。

"来来来！大家都尝尝！别客气！"追魂特别豪爽地招呼众人，然后往白染的手里塞了一个鲜肉馅饼和一个韭菜鸡蛋馅饼，"白染大佬，这个鲜肉馅饼可以加防御力，你先吃这个，等会儿再吃韭菜鸡蛋的！"

冉骐看着手里的馅饼，心情很是复杂。

"白染，你怎么不吃呀？这个鲜肉口味的特别好吃，刚才我就吃了一个，味道不比葱油饼差呢！"翎墨信誓旦旦地说道。

追魂也看过来："对对，做这个的也是大佬，说不定你们可以成为朋友呢？以厨会友？快尝尝吧，说不定能有新灵感！"

他们丝毫没觉得做出馅饼的人会是冉骐，按照他们的想法，白染大佬能做出葱油饼就已经很不可思议了，怎么会这么快又做出新食物呢？

不过，事实往往就是这么不可思议。

想想自己定的60银币一个的价格，冉骐就替他们心疼："不用了，你们自己留着吃吧。"

"不用和他们客气，他们有钱着呢。"夜枭开口道。

翎墨道："对对对，我们有钱，买这个本来就是为了给队伍提升实力的，白染大佬你放心吃就好了，吃完了我们会再去买的。"

冉骐犹豫了一下，最后还是选择残忍地揭开真相："其实这些馅饼都是我做的……"

追魂和翎墨同时一僵，然后都用不可置信的目光看着他。

冉骐挠了挠脸颊，从包裹里掏出了一摞馅饼："我也给你们带了不少，三种口味都有，你们自己选吧。"

"哈哈哈！我看到公告的时候就在猜想是不是你了！你真是太棒了！"翎墨和

追魂目瞪口呆，顾乐却是高兴得很，乐呵呵地扑了过去，毫不客气地从他手里拿走了六个馅饼，每种口味都拿了两个。

"对了，这是你的盾牌。"冉骐接着又拿出了那块他刚做好的黑色盾牌。

黑铁盾牌

限制等级：20 级以上

职业要求：战士

物品等级：B 级

耐久度：200/200

属性：基础防御力 +60，力量 +12，体质 +20，生命值上限 +114

"哇，这块盾牌真是太好了！"顾乐张大嘴巴，接过来之后立刻就装备上了，还嘚瑟地摆了几个 Pose。

"大佬，我真是给你跪了。"追魂崩溃道，"你还有什么不会的？"

冉骐认真地思索了片刻："大概没有吧。"

众人："……"

求你做个人吧！

不管怎么样，好吃的馅饼是不能错过的。快速接受了事实后，追魂、翎墨还有剑指流年一拥而上，把他的馅饼给瓜分了，那架势简直跟抢没什么两样了。

夜枭原本还想着要给钱，但冉骐坚决不收。别看这些馅饼售价那么高，实际上成本最多也就两三银币，给自己人吃没什么可心疼的。

"冉冉啊！想不到你还有这种天赋！下次换点食材，咱们下线后做点好吃的呗？"顾乐一边拿着鲜肉馅饼狼吞虎咽，一边笑眯眯地揽住冉骐的肩膀。

虽然在游戏里能尽情品尝美食真的很不错，但总归和现实中吃到的感觉不一样，少了那种饱腹感和满足感，既然冉骐在游戏里能做出这么好吃的东西，在现实里肯定也能。

"好。"冉骐其实也有同样的想法。

而追魂他们都露出了"羡慕嫉妒恨"的表情——他们如果也是白染的同学就好了。

"哥！我无所不能的染哥！求你也给我做一件武器吧！"追魂恨不得扑过去抱住冉骐的大腿。

"喂，你的节操呢？"翎墨一边吐槽追魂，一边也凑了过去，"染哥，我也要！"

"还有我！"剑指流年不甘落后地道。

"行啊。"冉骐非常痛快地答应了下来。

夜枭无语地看着这群厚脸皮的家伙，实在不想承认自己和他们是认识的。

"材料让他们自己准备。"夜枭叹了口气，看向冉骐，"你未免也太好说话了。"

"举手之劳嘛，再说我们不是固定队吗？大家的综合实力上去了，能进的副本更多，对我也有好处对不对？"

"嗯。"夜枭眼中忍不住露出了一些笑意，忽然有些庆幸自己当初眼光好，招到了这么一个性格好、技术好，辅助更是堪称王者的小牧师。

夜枭慢条斯理地吃完手里的南瓜馅饼，把剩下的都塞进了包裹，然后提醒道："好了，准备开打吧。"

"好！"

追魂本来还想像上次一样，用箭把小怪给单独引过来，却没想到直接一箭就把小怪给秒杀了。

这一次他们的等级都比上一次来的时候高了许多，连装备和技能也有了提升，更不用说他们还都有增益状态了，这些小怪根本就不够他们砍的，之前的方法自然也不适用了。

"可乐干脆过去把怪全部引过来吧。"既然可以秒杀，就没有必要再浪费时间一个个地杀了。

"行！"顾乐当即冲了出去，直接引了一堆小怪回来，然后大家一拥而上，风卷残云般把小怪全部干掉了。

不过就在他们准备继续往前推进的时候，头上却弹出了一条新的游戏公告。

【系统公告】恭喜玩家［风波江南］［拉斐尔］［四时冷暖］［烟箸］［无欢］［奉天］以20分11秒5的成绩通关阴影森林挑战副本，并获SSS级评价，创造全新纪录，额外奖励［黄金宝箱］一个。

【世界】阡陌：哇！夜枭大佬的纪录被破掉了！

【世界】一叶孤舟：有什么好大惊小怪的？夜枭大佬拿首杀的时候，才只有21级，这支队伍里大部分人都已经上20级了，肯定会更快一点。

【世界】雾里看花：我又觉得我可以了……阴影森林挑战副本5缺1，来个强力牧师！

…………

夜枭微微挑眉："他们动作倒是快。"

冉骐也有些惊讶，想不到江南的队伍里，都是熟人啊。不说奉天，就说拉斐尔、无欢和烟箸，可都是接过他悬赏的人，他还给他们寄了葱油饼呢。

"可恶，拉斐尔那个混蛋居然给我发消息炫耀！"追魂气呼呼地说道，"我们必须把纪录抢回来！"

"问题不大。"翎墨拍了拍追魂的肩膀。

他们现在的增益状态时间还剩下一半，说明他们打前面的小怪只花了七八分钟，只要在 10 分钟内干掉 BOSS，就能打破江南他们的纪录。

"嗯，准备打怪了。"

几人没有耽误时间，迅速朝着 BOSS 跑去。

由于现在他们等级高了装备也好了，BOSS 对他们造成的伤害也不再像之前那样致命，所以这次打 BOSS 的时候，众人干脆都不闪避，直接原地输出，有冉骐在旁边负责加血，他们的血量甚至都没有低于过 80%。反观兽人 BOSS 的血量，却是哗啦啦地往下掉，不知道的还以为他们是在打经验副本的小 BOSS 呢。

冉骐看到夜枭一个火球直接打掉了 BOSS 一千多生命值，才注意到这个家伙居然已经 27 级了，顿时咋舌。

夜枭简直是一个没有感情的练级机器！自己不过才下线休息了两小时，他怎么又升了一级？不是说等级越高升级越难吗？

不过因为"移动炮台"夜枭的出色发挥，他们最终成功地在 10 分钟内干掉了BOSS。

【系统公告】恭喜玩家［夜枭］［追魂］［翎墨］［剑指流年］［可乐］［白染］以 16 分 07 秒 22 的成绩通关阴影森林挑战副本，并获 SSS 级评价，创造全新纪录，额外奖励［黄金宝箱］一个。

"唉，要不是前面耽搁了一点时间，咱们还能更快。"翎墨装模作样地叹了口气，实际上满脸写着得意。

"哈哈哈，我要去好好嘲笑一下拉斐尔那个家伙！"追魂大笑出声。

两个人对视一眼，都看到了对方眼里的恶作剧意图。

世界频道这下子彻底炸了锅，那支新队伍刚刚刷新了夜枭的纪录，没过几分钟，夜枭就又带着队伍把纪录给抢了回来，而且一下子就提升了 4 分钟！

【世界】安之若素：牛×牛×！

【世界】晴空万里：其实我们队伍也通关了，不过花了半个多小时，只拿到了 A 级评价，最后给了一个白银宝箱，只得到了一双绿装鞋子。

【世界】嘟嘟：大佬能不能把开宝箱得到的东西发出来看看啊？

…………

剑指流年也很关心宝箱里的东西，他一脸期待地看向白染："欧皇！到你发挥的时候了！"

他们现在已经无比相信白染的欧皇属性了，遇到需要开宝箱的时候，当然要让白染去开了。

冉骐神采奕奕地走上前，伸手打开了第一个黄金宝箱。

【系统】恭喜您获得装备［神圣风衣］和特殊道具［深渊碎片］。

神圣风衣

限制等级：15级以上

职业要求：弓箭手

物品等级：A级

耐久度：400/400

属性：生命值上限 +182，物理防御力 +24，力量 +22，敏捷 +23

"啊！染哥你就是我亲哥！"追魂看到弓箭手的上衣之后，激动得差点当场跳起来。

虽然装备的等级低了点，但毕竟是紫装，附加的属性可比他身上20级的绿装要强多了！

上一次翎墨拿到了弓箭手的技能书，这次弓箭手的上衣自然是属于追魂的了，追魂高兴得恨不得晕过去。

"染哥加油！还有一个宝箱！"

冉骐又打开了第二个宝箱，这一次他开到了两样东西——一枚戒指和一本技能书。

【系统】恭喜您获得装备［血色戒指］和［回环剑·技能书］。

血色戒指

限制等级：15级以上

职业要求：所有职业

物品等级：B级

耐久度：200/200

属性：物理攻击力 +29，敏捷 +15，体质 +11，致命一击 +4

回环剑·技能书

可学等级：10级以上

限制职业：战士

使用说明：打开即可学会技能［回环剑］。瞬间施放，冷却时间5秒，产生少量仇恨值，能同时攻击目标及其周围6个敌人，攻击伤害增加1%，随着技能等级提升，攻击伤害增幅提高。

戒指虽然只是蓝色品质，但属性绝对是物理攻击类装备中的极品，尤其是致命一击的属性，可以增加暴击的概率，在实战中是非常有用的。

追魂现在有了紫装，翎墨也已经有了三连射技能，那么这枚戒指自然就应该分给剑指流年了。

至于那本战士的技能书，当然是非顾乐莫属了，毕竟他是他们队伍里唯一的战士。

"哈哈哈，我把我们开宝箱得到的东西都截图发给江南和拉斐尔了，他们简直是正宗非酉，两个黄金宝箱，只开到了一件绿装和一件蓝装！"追魂毫不客气地嘲笑起来，丝毫不记得自己的队伍之前也一直是这么不走运。

现在还是游戏初期，其实绿装和蓝装都不算差了，但是凡事就怕对比，江南的队伍得到的东西和冉骐开出来的东西比起来，那就是一个在天上一个在地下了。

"我也把戒指截屏发给无欢和小四看了。"剑指流年的脸上挂着微笑，无欢和他一样是刺客，四时冷暖是战士，这枚戒指对他们来说，绝对是令他们眼红的存在。

翎墨更是直接到世界频道嘚瑟去了。

【世界】翎墨：听说有人想看我们开到了什么？嘿嘿嘿！"神圣风衣""血色戒指""回环剑·技能书"……

【世界】无欢：做个人吧！

【世界】拉斐尔：做个人吧！

【世界】四时冷暖：求求你们做个人吧！

【世界】风波江南：夜枭，你也不管管？

【世界】安之若素：这是发生了啥？

【世界】晴空万里：两支队伍的队长看起来是认识的……果然大佬的朋友也是大佬……

【世界】一叶孤舟：这是两个宝箱开出来的？一件紫装，一件饰品，还有一本技能书！都是出现概率超低的好东西啊！这运气未免太好了吧？！流下了嫉妒的泪水……

【世界】嘟嘟：这个语气……我感觉另一支队伍一定是比较倒霉……（捂嘴表情）

【世界】雾里看花：大佬们，做个人吧！

第十七章

等追魂他们几个嘀咕够了，夜枭才开口道："走吧，去黑暗墓穴挑战副本。"

"好好好，我们走！"追魂等人立即来了精神，迫不及待想要再拿下首杀。

黑暗墓穴的副本门口依然没有什么人，这个副本的难度实在太高了，对牧师的要求也非常高，一不小心就容易死人，组野队的危险性太大，因此玩家们宁愿去野外打怪升级。

至于挑战副本就更没有多少人来了，要知道挑战副本的难度是经验副本的数倍，小怪对玩家的伤害也同步提升。在黑暗墓穴的经验副本里，中了低级中毒状态可能每秒钟只会掉几点生命值，但到了挑战副本里，低级中毒状态每秒钟就消耗玩家十几点生命值了，更不用说负面状态叠加之后的掉血量会有多么惊人了。

驱散药剂确实有用，但药剂使用是有 30 秒间隔时间限制的，万一负面状态叠加，能不能撑到 30 秒都是个问题。

光是小怪就足够难打，更不用说那三个十分棘手的 BOSS 了，弄不好就得当场死掉。也就是夜枭他们艺高人胆大，又有冉骐这个强力牧师在，他们才敢率先过来挑战。

每当这个时候，追魂他们就会格外感激白染的存在了。

要知道白染的净化术冷却时间只有 5 秒，不仅能去除负面状态，还能使目标保持 3 秒的净化状态，不用担心受到负面状态的影响，再加上他穿着全服第一套手工牧师套装，治疗效果甩普通牧师好几条街，光是回复术的持续回血效果就已经很惊人了，更不用说治疗术可以一下子把血回满，超大的治疗量简直让人充满了安全感。

"进去之后小心，小怪一个个打，千万不要引太多。"尽管对自己队伍的实力有信心，夜枭依然采取了非常谨慎的策略。

就算他们有白染这个强力牧师在，也不能打得太过激进了，否则牧师的压力会很大。

"没问题。"

众人的攻击力都不低，小怪基本上只要集火就能秒杀掉，他们很快就掌握了节奏，开始稳扎稳打地推进。

只是打僵尸巫师的时候，他们遇到了一些麻烦。之前在经验副本里的时候，翎墨可以用三连射直接打断 BOSS 的技能施放，但到了挑战副本里，BOSS 的技能施放速度加快了，它的群体沉默很难被打断，众人不得不改变打法。

他们决定由顾乐吸引 BOSS 的仇恨，带着 BOSS 站在墓室最中间的位置，其他人分散到两边输出。BOSS 施放群体沉默之前会举起手里的法杖，然后冲着它的正面施放法术，它的施放范围是扇形，这也就给了众人反应的时间，只要看到它抬起手，第一时间用最快的速度绕到它的身后，就不会中招。

但由于 BOSS 的伤害也提升了很多，这一次再让夜枭一个法师担当吸引 BOSS 火力的肉盾[①] 就有些不合适了，所以冉骐干脆自己上了。

他有一身厉害的套装，基础属性加上套装属性，法术防御力比夜枭高多了，绝对不是普遍意义上的"脆皮"，不可能被秒杀。他控制着自己的血量，保证 BOSS 瞬移的时候，首先攻击的是他。

而且他的预判做得极好，基本上 BOSS 的瞬移发动时，他的治疗术也开始施放了，BOSS 的攻击落在他身上的下一秒，治疗术也生效了，直接无缝衔接，好像根本没有受到过攻击一样。

"漂亮！"追魂忍不住赞叹了一声，"老大，虽然你的运气不行，但招人的眼光还是很好的！"

"滚。"夜枭笑骂了一句，冲着 BOSS 又丢了一个火球。

尽管众人配合得很是默契，但这个僵尸巫师动不动就群体沉默，动不动就瞬移，实在是够烦人的。他们打了足足 17 分钟，才算是把这个烦人的 BOSS 给击败了。

【系统公告】玩家 [夜枭] 手起刀落，僵尸巫师痛呼一声丢下 [骑士战靴] 后狼狈逃走。

骑士战靴

限制等级： 20 级以上

职业要求： 战士、刺客、弓箭手

物品等级： A 级

耐久度： 200/200

属性： 基础防御力 +74，生命值上限 +138，敏捷 +17，力量 +11

"哇！紫色品质的鞋子！"追魂第一个蹦了起来，"我们这是走什么狗屎运了吗？居然第一个 BOSS 就掉装备了！还是紫色的！"

"一定是我们染哥的运气爆发了！"翎墨也激动得两眼放光。自从白染加入了他们的队伍之后，他们终于时来运转了。

至于会不会是夜枭本人转运了？

他们用他们前十几年的经验打包票，绝对不——可——能！

顾乐有气无力地倒在地上，刚才打 BOSS 的时候就数他最累，别人可以躲避

---

① 游戏中负责承担伤害、吸引敌人的角色。

BOSS 的攻击，只有他必须站在 BOSS 正面拉住 BOSS 的仇恨，于是 BOSS 施放群体沉默的时候，中招的就只有他一个人。他无数次被迫站在原地，近距离观看僵尸巫师狰狞的脸，堪比遭受了精神暴击。而且每一次 BOSS 瞬移走之后，他还得第一时间冲过去把 BOSS 给拉回来，后期他几乎一直被 BOSS 带着满场跑，实在是心烦无比。

"你们四个 roll 点吧。"这双鞋子，除了冉骐和夜枭，其他人都可以穿，所以为了公平起见，夜枭让他们直接 roll 点决定这双鞋子的归属。

也许是老天心疼顾乐的遭遇，最后 roll 点的胜利属于他。

"哈哈哈，我又觉得我可以继续了！"有了紫装，顾乐顿时如同打了鸡血一般精神抖擞。

"我也觉得我可以！"追魂目光充满期待地看向第二个墓室，刚才还令人厌恶万分的 BOSS，现在在他们的眼里，就变成了发光的宝贝一般。

【世界】影寒：啊，物理攻击类极品鞋子啊！好羡慕！

【世界】清风不解：好想加入夜枭大佬的队伍啊！

【世界】阿斯帕西娅：牛 ×！这才开服第二天吧？我的队伍连黑暗墓穴的经验副本都打不过，大佬已经去打挑战副本了……怎么总感觉和大佬玩的不是同一款游戏……

【世界】一笔一画：我有预感，夜枭大佬又要拿下一个首杀了！

稍微休息了一下，众人雄赳赳地冲向第二个墓室。

"老大，这次你可千万悠着点……"剑指流年提醒道。

巨型蜘蛛 BOSS 会不断召唤小怪，它可没有僵尸巫师那么高的法术防御力，夜枭的攻击伤害太高，如果出来太多小蜘蛛他们可对付不了。

"知道了。"

由于小蜘蛛的毒性伤害变强了，这一次他们没有再采用拉小蜘蛛的办法，而是按部就班地将刷新出来的小蜘蛛一批一批地解决。

只可惜这次的巨型蜘蛛 BOSS 是个吝啬鬼，倒下之后除了少得可怜的经验值，什么也没给他们留下。

不过众人也不觉得失望，他们只需要干掉最后一个 BOSS，就可以拿到宝箱了。

最后一个 BOSS 是机制最为复杂的一个，而且物理防御力很高，所以对追魂、翎墨还有剑指流年这样的以物理攻击为主的职业而言限制很大，输出主要得依靠夜枭了。

当然，夜枭在输出方面是从来不会让人失望的，他的魔法弹和火球每一下都准确命中 BOSS 的要害，暴击一个接着一个。顾乐必须拼命使用技能来抢仇恨，才能牵制住 BOSS 使它不去攻击夜枭。

当 BOSS 的血量降到 50% 之后，它就挥舞着大锤开始满场转，接着整个队伍的人都开始满场跑，因为挑战副本的难度提升，BOSS 的攻击对玩家造成的伤害也成倍增加。BOSS 的旋风锤只要挨上一下，血条就差不多没了一半，连续挨上两下，就必死无疑了。

冉骐觉得自己这辈子从来都没有跑得那么快过，而且他一边跑，还一边观察周围的情况，尽己所能地给其他人加血，真的是恨不得长出三头六臂来，仿佛在死亡边缘徘徊。

"不用管我们，顾好你自己和可乐就行。"夜枭高声对冉骐说道。

追魂他们几个本来就是敏捷高的职业，只要全神贯注地应对 BOSS，基本上不会中招。而夜枭虽然身为法师，可他认真起来的时候，速度丝毫不比追魂他们慢，他总是能在千钧一发之际迅速反应躲过 BOSS 的攻击，自始至终都没有掉过血，也难怪他会出声让冉骐不要管他们了。而看着几人的情况，冉骐也知道这不是逞强，自然立刻改变了策略。

只需要管自己和顾乐两个人，冉骐的压力就大大减轻了，有惊无险地躲过了BOSS 的几次攻击，BOSS 在他们的猛烈攻击下不甘地倒地。

【系统公告】不鸣则已，一鸣惊人！恭喜玩家 [夜枭] [追魂] [翎墨] [剑指流年] [可乐] [白染] 完成黑暗墓穴挑战副本首杀！获得称号 [墓穴征服者]，以及 [实物兑换券 × 1]。

【系统公告】恭喜玩家 [夜枭] [追魂] [翎墨] [剑指流年] [可乐] [白染] 以 45 分 19 秒 02 的成绩通关黑暗墓穴挑战副本，并获 S 级评价。

【世界】北山长尾：给大佬跪了，黑暗墓穴都这么快就打通了！

【世界】夕浔：求大佬分享一下副本攻略……有偿也行啊！

【世界】风落无声：同求副本攻略，我要求不高，能打通阴影森林的挑战副本我就很开心了……

副本内的众人却是颇为失望，可能是他们为求稳妥，通关的速度慢了一些，评分没能达到 SSS 级的标准，没有额外奖励的宝箱，连原本的黄金宝箱也变成了白银宝箱。

"没事的，我们白染运气那么好，就算是白银宝箱，也能开出好东西！"顾乐率先打破了沉默。

"对对对！到了我们染哥发威的时候了！"追魂和翎墨都把期盼的目光投向了冉骐。

现在他们的队伍已经默认宝箱都由冉骐来开了，毕竟他的好运气从来没有让他们失望过。

【系统】恭喜您获得［爆裂箭·技能书］和特殊道具［深渊碎片］。

爆裂箭·技能书
可学等级：20 级以上
限制职业：弓箭手
使用说明：打开即可学会技能［爆裂箭］。吟唱 0.5 秒，冷却时间 3 秒，向前发射强力的魔法箭矢，击中目标后会产生剧烈爆炸，对 3 米内的其他目标造成伤害。

"我的天！居然是技能书！还是群攻（群体攻击）的！"追魂的眼睛都要瞪出来了，"这次轮到我了！"

翎墨虽然也很想要，但他已经拿到过一本技能书了，所以这本技能书就被分给了追魂。

这样一来他们队伍的输出终于有了群攻技能，以后打怪的时候，效率就更高了。

"走走走！去森林墓场！"追魂有了新的群攻技能，便迫不及待想要去打怪试试身手了。

森林墓场是 20 级准入的副本，地图非常大，小怪一拨接着一拨，给的经验相当丰厚。

"等等。"夜枭突然叫住了他们，将一个截图发到了队伍频道。

众人点开一看，发现是 GM（管理员）001 发给夜枭的邮件，说是希望他们作为拿到首杀的队伍，能够发布挑战副本的通关攻略或者通关录屏到论坛上，系统会给予他们队伍每个人 2 张实物兑换券的奖励。

估计是世界频道玩家们的呼声太强烈，GM 才会找上他们。如果玩家们一直不能通关副本，其游戏积极性会受到打击。

游戏才开服两天，他们就连续拿下两个副本的首杀，已经足以说明他们能力出众，他们写的副本通关攻略可比那些难辨其真假的"内测玩家"发的乱七八糟的攻略有用多了。

"如果你们都没意见的话，我们就整理一份攻略发上去吧。"录屏肯定是没有的，毕竟副本都打完了，想录也没有办法录了。

"当然没有意见！"六人全票通过，这样天上掉馅饼的好事，他们自然是不会拒绝的。

第十八章

剑指流年自告奋勇地接了写副本攻略的任务："攻略不如就让我来写吧。"

"行啊，你小子写报告最在行了。"追魂笑着捶了他的肩膀一下。

其他人都乐得清闲，当然没有意见。

"走吧，先去森林墓场，打完了再写。"夜枭不愿意耽误升级的时间，便开口道。

"好。"

一行人便前往了森林墓场副本，这个副本的场景是一大片森林，但由于被魔气环绕，整个副本给人一种阴森的感觉。几个人经过了前面黑暗墓穴的洗礼，自然是不会怕的，顺着地图标出的道路前进，他们不断看到一排一排黑色墓碑，散发着不祥的气息，这就是他们要打怪的地方了。

当玩家们进入墓碑的范围时，墓碑会发出红色的光，不断召唤小怪过来消灭入侵者。小怪一共有三拨，第一拨是吸血蝙蝠，第二拨是腐烂的僵尸，第三拨是食尸鬼。

吸血蝙蝠和僵尸都与黑暗墓穴的一样，小心对付就行了。但食尸鬼是新出现的怪物，浑身漆黑，面目狰狞，一双眼睛血红，看着玩家们就和看着送上门的大餐一样。因为设定是吃尸体的怪物，所以它们身上甚至还散发着一股令人作呕的味道。

"啊啊啊……这个游戏还能不能玩了？这些怪物也太吓人了！"顾乐有了回环剑的技能，可以直接拉回来一群怪，加上追魂的爆裂箭，打怪的效率提升了许多。但同样的，他直面怪物时受到的冲击也是呈指数级增长。

到后来他几乎是闭着眼睛冲上去一顿乱砍，然后吱哇乱叫着把怪拉回来。

"哈哈哈！"追魂他们现在也和顾乐混熟了，一边打怪一边向他发去嘲笑，"想想这些怪物的丰厚经验，你就能忍受了！"

冉骐也忍不住笑了起来，他的队友们实在太有意思了。

把所有墓碑召唤出的小怪都清剿了后，副本的BOSS就出现在他们面前。

那是一朵巨型食人花，它的攻击手段非常多，十分难对付。

食人花的根茎生长在土壤中，会伸出无数藤蔓捆住玩家，将藤蔓的尖刺扎进玩家的身体，吸收玩家体内的血液，一旦被它抓住，玩家本人是无法逃脱的，必须由同伴将藤蔓打断，否则玩家将成为食人花的养料。所以玩家们最好两个人一起行动，这样藤蔓只会攻击其中一个人，而另一人则可以趁机将藤蔓弄断。

除了藤蔓，食人花还会喷大量毒液，一旦有毒液沾到身上，玩家就会进入中毒状态，持续掉血。不过得益于冉骐可以去除负面状态的净化术，这个问题也就能轻松解决。

当血量持续下降的时候，食人花还会喷出红色的浆果，里面包含着种子，落地后就会迅速生长，变成小一些的食人花，必须在它们长成之前，用群攻技能将它们全部剿灭，否则这里就会变成恐怖的食人花海。

这个BOSS最后的也是最让人头疼的技能，就是整个身体钻入泥土中，快速瞬移到任意一个玩家的面前，用藤蔓将对方捆住，然后张开大嘴撕咬。隔着屏幕看的时候，真不觉得有什么，但是换到了全息场景里之后，这种被食人花啃咬的感觉绝对不是玩家们想要体验的。

简单地讲了一下打法和注意事项之后，夜枭把大家进行了分组："所有人两两一组，可乐和翎墨，追魂和流年，白染跟着我。"

顾乐是负责拉怪的，他是最容易遭受藤蔓攻击的人，所以需要一个强力输出随时帮他打断藤蔓的攻击。

追魂拥有群攻的技能，由他来负责清除小食人花是最好的，流年则负责配合他的行动。

夜枭有自信自己不会被食人花抓住，并且他的火球是食人花最大的克星，由他来保护没有什么攻击力的白染，是最合适不过的了。

"等等！开打之前，先吃点东西吧！"追魂说着，就拿出了一个韭菜鸡蛋馅饼咬了一大口。

"对对对，虽然经验副本的BOSS比较好打，但小心一些总是没错的嘛！"翎墨立即附和道，然后也拿出一个鲜肉馅饼吃了起来。

"真是信了你们的邪，你们两个弓箭手吃什么加防御力和回复法力值的馅饼啊？嘴馋了就直说。"剑指流年无情地揭穿了他们的小心思，然后也拿起一个鲜肉馅饼吃了起来。

"那你吃鲜肉馅的干吗？说得好听，你不也是嘴馋？"翎墨很不服气。

"对啊，我就是嘴馋，但是我诚实。"剑指流年理直气壮地说道。

夜枭没有加入他们幼稚的斗嘴，但手不自觉地也拿出了一个南瓜馅饼吃了起来，不知道他是为了加攻击力，还是单纯地偏爱甜食。

冉骐想着下次或许可以做点红豆糕、炸糖糕之类的食物，看看夜枭到底是不是喜欢甜食……

等到大家吃完了之后，众人便正式开打了。

顾乐一马当先地冲上去拉怪，食人花受到攻击之后，就朝着他疯狂喷毒液，那感觉像是被人当面吐口水一样，感官体验实在是极其恶心，顾乐只能拼命举高手里的盾牌挡住自己的头和脸。

和顾乐一组的翎墨则是非常机智地躲在顾乐的身后，拿他当盾牌使，食人花的毒液喷了好几次，翎墨愣是一点毒也没沾到。

"喂！过分了啊！"顾乐扭头抗议。

"嘻，谁让我是身娇体弱的弓箭手呢？我没你能扛啊！能者多劳，你就多担待一点吧！"翎墨振振有词，还不忘给顾乐来个马屁。

顾乐还真就吃这一套，继续兢兢业业地扛怪去了。

追魂和剑指流年在外围快速移动，一旦食人花喷出红色的浆果，他们会第一时间在小食人花长成之前将它们全都杀死。

夜枭带着白染在靠中间的位置移动，既不耽误他打BOSS，也不耽误白染给其他人加血。当藤蔓从地底钻出，准备缠绕住他们时，夜枭的火球就会立刻将那些藤蔓给焚烧殆尽。

相较于其他四人的狼狈，只有夜枭和白染身上始终干干净净的。

食人花很快在众人的奋力攻击下倒了下去，化作丰厚的经验值，同时有一张纸张一样的东西晃晃悠悠地从空中落下。

"那是啥？"顾乐仰着头，一头雾水地看着那张缓缓飘落的纸片。

食人花BOSS的体形庞大，足有四五米高，这会儿这张纸从高空慢悠悠地飘下来，被食人花倒下时的气浪冲击，刚好就被吹向了白染和夜枭。白染和夜枭同时下意识地伸手去抓纸片，发现是一张破旧的羊皮纸，上面画着复杂的地图，看起来像是……

【系统公告】恭喜玩家［夜枭］［追魂］［翎墨］［剑指流年］［可乐］［白染］在20分钟内通关森林墓地经验副本，达成极限速度成就，获得称号［辣手摧花］。

【系统公告】玩家［夜枭］［白染］成功击杀食人花，夺得它珍藏多年的［神秘藏宝图］。

神秘藏宝图（已绑定）

等级：高级

说明：一张古旧的图纸，上面似乎绘制了一个地图，前往标记的地点，或许能有意想不到的收获。（所有者：夜枭、白染）

这张纸其实就是寻宝用的，根据地图可以挖到金钱、装备、配方、技能书等好东西，但也有可能触发一些奇遇，比如夺宝盗贼和秘境副本。

夺宝盗贼身怀至宝，将它击败后，有概率获得A级以上极品装备或者技能书等珍贵物品。秘境副本中埋藏着大量的珍宝和一头守护宝藏的凶兽，击败凶兽后就能获得它守护的宝藏，里面可能有S级装备、宠物蛋或者是高级技能书。

【世界】安之若素：我去！高级藏宝图！

【世界】夕阳红：羡慕啊……高级藏宝图，会有不少好东西呢！

【世界】头毛卷卷：啊啊啊，我怀疑夜枭大佬是天选之子！

【世界】玖月：我记得藏宝图是拾取绑定的，怎么所有者会是两个人呢？

藏宝图的确是拾取绑定的，但冉骐和夜枭同时抓住了这张藏宝图，使得他们同时成了这张藏宝图的主人。

冉骐倒是觉得挺不错的，虽然触发奇遇的概率非常小，无异于中彩票，但是藏宝图品质越高，触发奇遇的概率也会随之提升，所以这张高级藏宝图到了冉骐这个超级幸运星的手里，还真说不定会成功触发奇遇。遇上夺宝盗贼或者秘境凶兽，他一个没有攻击技能的牧师，真不知道要和怪物耗到什么时候去了。有夜枭这个移动炮台在，他可就安心多了。

"一会儿我们打完这个副本就去挖宝吧。"冉骐看向夜枭，他很想试试这张高级藏宝图能挖出什么来。

"好。"夜枭没有丝毫犹豫地答应下来。

"哈哈，原来是挖宝用的藏宝图啊！那幸亏是染哥你和我们老大一起拿到的，万一这玩意儿绑定在他身上，那可就白瞎这张高级藏宝图了！"追魂不怕死地揭夜枭的短，"内测的时候，老大打怪打到了一张中级藏宝图，结果老大跑过去就挖了50铜币和一把没有属性加成的破匕首出来。"

"没错没错！老大的运气实在太差了！哈哈哈！"看着不明真相的玩家们在世界频道吹嘘夜枭是天选之子，翎墨和剑指流年也忍不住大笑出声。

冉骐："……"

冉骐看着夜枭阴沉着的脸，在心里默默地给这三个队友点了蜡烛。

"下个月有比赛，太久不练习不太好，明天早上训练场集合。"夜枭淡淡地道。

"啊？不要！"

"不要啊！老大我们错了！"

几人顿时如遭雷劈，当即开始哭号，然而夜枭根本不理睬他们的求饶。

"老大，距离下个月还早呢，而且我们前天才刚刚集中训练过啊……"

"对啊老大，比赛还早呢，如果我们明天下线会影响染哥和可乐练级的。我虽然很想去训练，但是不能耽误队友啊！"

"对啊老大！现在可是升级的关键时刻啊！千万不能浪费时间！"

动之以情失败，几人垂死挣扎般试图晓之以理。

顾乐笑眯眯地"落井下石"："没关系，千万不要顾及我们！我们明天早上也要去上课！"

"不会吧？"翎墨和追魂不敢置信地看向冉骐。

冉骐摸了摸鼻子，不好意思地道："是的，我们每天上午都有课……"

他也不想下线……可他的身体素质就是这么差，游戏不允许他连续在线超过24小时啊！

"那刚好明天可以一起下线。"夜枭唇角微扬，愉快地做了最后的决定。

追魂和翎墨他们顿时变得垂头丧气，看来明天早上来自夜枭的魔鬼训练是无论如何也逃不过去的了。

真是自作孽，不可活啊……

可能是将悲痛化成了力量，接下来的四次，几人都非常努力地输出，大大提升了通关的效率，很快就把四次副本都给打完了，他们的等级更是也蹿升了。

【系统公告】恭喜玩家［夜枭］第一个到达 30 级，获得称号［勇敢者］，以及［实物兑换券 ×2］。

夜枭靠着多次通关副本的丰厚奖励，已经成功升到了 30 级。

30 级也是《魔域》的一个重要分水岭，到达 30 级后，玩家可以前往新的主城，可以转职拓展技能树，可以创建公会，可以拥有进入深渊副本的资格，可以说一直到了 30 级，游戏的许多内容才正式开放，因此作为第一个达到 30 级的人，夜枭获得的奖励也有所提升。

不仅是实物兑换券的奖励数量增加，"勇敢者"的称号属性也大幅提升，给夜枭的全属性加了 20 点。加上他之前获得的称号属性、自身属性和装备属性，各种属性叠加起来，已经成了一个非常恐怖的数值。

在玩家们的血量普遍还在 300 左右的时候，夜枭的血量已经快要突破 700 了，而他的攻击力更是普通玩家的三倍，要不是他的防御力比不过顾乐，恐怕队伍的坦克[①]可以直接换个人来当了。

【世界】该隐：哭了，大佬的升级速度简直惊人，我们还在阴影森林副本挣扎的时候，人家已经去打黑暗墓穴了；我们还在 20 级左右徘徊的时候，人家已经 30 级了……

【世界】暮光：夜枭大佬牛 ×！（声嘶力竭）

【世界】山河不破：夜枭大佬什么时候建公会？我第一个报名！

【世界】霜迟飞晚：那恐怕得先得到公会召集令……

【世界】头毛卷卷：我们夜枭大佬可是天选之子，一个公会召集令怎么可能难倒他？

翎墨看到世界频道的消息之后，真的很想吐槽一下，运气好的人是白染而不是夜枭，否则光是凭夜枭的烂运气，这个公会召集令恐怕这辈子他们都别想见到了……

不过为了小命着想，他还是很识趣地保持了沉默。

---

① 指游戏中防御力高，在前面承受伤害的角色。

"刚好白染也 25 级了，要不然我们去把 25 级经验本打了？"追魂跃跃欲试。

"打了一天副本了，要不然我们歇会儿呗？"顾乐提议，他从上线到现在就不停地在打副本，真的是需要休息一下。作为拉仇恨的战士，他受到的精神伤害绝对是其他人的几倍还要多。

"行啊，刚好我去把副本攻略写了。"剑指流年附和道。

"那我们去交易行逛逛。"

几个人很快就把自己的行程给安排好了，只剩下夜枭和白染两个人。

"那我们去挖宝？"夜枭看向白染。

"好。"

第十九章

因为藏宝图的所有者是冉骐和夜枭，所以只有他们两个单独组队的时候，他们才能解开藏宝图的封印，看到宝藏的坐标。于是他们两个就暂时退出了队伍，单独组了一个队伍。

此时两人再将那张藏宝图拿出来，羊皮纸上的地图就变得清晰起来，并且可以看到一个清楚的坐标点出现在地图上。

两人跟随地图的指引，穿过了传送门，来到了埋骨之地。

埋骨之地是 30 ~ 40 级的中级地图，这里的怪物等级都很高，对冉骐来说还是有一定危险性的，所以夜枭直接对冉骐道："跟紧我。"

"好的！"

夜枭虽然也才刚 30 级，但他的属性已经超出寻常的玩家很多了，因此他并不将这个地图中的小怪放在眼里，几乎是一路直接朝着坐标点杀过去的。

冉骐则是寸步不离地跟在夜枭的身后，乖乖地蹭经验。这里的怪物不但等级高了，也变得富有了，基本上都会掉一些铜币或者材料。冉骐仗着自己的包裹够大，一点也没浪费地把小怪掉落的东西都给捡了起来，蚊子腿好歹也是肉嘛。

夜枭看他时不时就要跑出去捡东西，然后又小跑着回来跟着自己，跟个有囤积癖的仓鼠似的，不由得浮现出一抹笑意："你好歹也是财富排行榜前五的大富豪了，怎么连这些垃圾都不放过？"

冉骐没想到夜枭会注意到他的小动作，脸顿时就红了。

"我习惯了……多多少少的也是钱嘛……"冉骐赶紧转移话题，"我们好像快到了！应该就在前面了！"

夜枭便很给面子地没有再说什么，带着冉骐继续朝坐标点走去。

很快，他们就来到了坐标点所示的位置。

冉骐身上带着采集用的小铲子，他主动承担了挖土的任务，可是他在原地挖了好久，都挖了一个深深的坑出来了，也没有挖到什么东西。

"要不然我们一起挖？"冉骐觉得可能是因为藏宝图是他们两个人共同拥有的，所以必须由他们两个一起挖才能挖到东西。

"我没有铲子。"夜枭想了想又道，"我让追魂给我寄一把来。"

"好。"

追魂和翎墨回主城逛交易行去了，让他们帮忙寄过来是最快的方式。

没多久，追魂的邮件就发了过来，夜枭拿到了铲子之后，也开始挖宝了。

这次，两人只挖了两下，就听到金属撞击的"当"的声响，两人都感觉自己挖到了什么东西。

他们加快了动作，将周围的土挖开，然后一起挖出来两个巴掌大的小宝箱。夜枭挖到的是个光芒暗淡的青铜宝箱，冉骐挖到的却是个光芒璀璨的黄金宝箱，两相对比，更显得夜枭手里的小箱子砢碜、破烂。

夜枭："……"

冉骐忍住笑意，开口道："那我们把宝箱打开吧？"

夜枭抿了抿唇，将自己的青铜宝箱给打开了。

【系统】恭喜您获得了 [遮羞布]。

遮羞布
等级：D 级
说明：小妖精围在腰间的布片，破破烂烂没什么用，卖给商店吧。

"扑哧……"冉骐忍了又忍，但实在是没忍住，笑出了声，看来追魂他们说的还真没错，夜枭在开箱子方面的运气实在太差了。

夜枭无奈地看了他一眼，催促道："该你开了。"

冉骐这才止住脸上的笑，将手里的黄金宝箱给打开了，然后得到了一把锈迹斑斑的钥匙。

【系统公告】玩家 [夜枭][白染] 在寻宝途中发现了开启龙魂秘境的钥匙，秘境重宝即将现世，请玩家速速进入秘境探索。

系统公告发出的同时，地面突然塌陷，露出了一个阴森黑暗的地道。

夜枭和冉骐对视一眼，一起走了进去，地道的入口在两人进入后，缓缓地合拢然后消失了。

"天啊,我真的是要给染哥跪了,居然真的出奇遇了!还是秘境副本!"追魂看到系统公告后激动不已。

"淡定点,都是基础操作。"翎墨冷静道,"我有预感,染哥这次绝对能开出更好的东西!"

"染哥一定是 GM 的亲儿子!"

******

入口在两人的身后关闭,本来从上面投下来的一点光也跟着消失,地道内就变回了漆黑一片的样子。脚下的路面坑坑洼洼,有些地方还有青苔,又湿又滑,难以行走。

夜枭的身体素质非常好,进入游戏经过数据转化后,他的实力依然保留了,所以他的五感要比一般人敏锐得多,这样的黑暗对他造不成什么影响,但是对冉骐这个"废柴"来说,就很是遭罪了。

在冉骐继踩到自己的法袍下摆,又差点滑倒之后,夜枭无奈地伸手拉住了他:"我带着你走,小心脚下。"

他有些不好意思地开口道谢:"谢谢。"

"不客气。"

夜枭清亮悦耳的声音从耳边传来,因为离得近,冉骐甚至能感受到夜枭说话时喷吐在他耳畔的气息。

夜枭的火球术是攻击技能,并不能像动画片里那样抓在掌心当照明工具来使用,但是可以用来烤干地面上的积水和清除青苔,顺便照亮一下前方的路。因此他每走出一段距离,就会丢出一个火球。

这条地道真的非常长,足足走了 10 分钟,两人才终于来到了一个开阔的地方。

夜枭再次掷出火球,照亮了前方。出现在他们眼前的是三扇雕刻着古朴花纹的大门,大门是青铜材质的,看起来很重,上面锈迹斑斑,应该是有些年月了。

三扇门从外观上来看是一模一样的,所以选择走哪扇门真的只能凭直觉了。

"走哪个门?"夜枭毫不犹豫地看向冉骐。

"左边?"冉骐不太确定。

其实他也不知道该走哪条路,只不过有句话叫"男左女右,人妖站中间",所以他才选了左边……

"那就左边。"夜枭看了一眼自己想选的右边那扇门,然后果断放弃了,又丢出一个火球,照亮了左边那扇门前面,"去开门吧。"

冉骐赶紧快走几步,拿出刚才开宝箱时得到的钥匙,打开了左边那扇门的锁。

然而当他伸手去推门的时候,大门却纹丝不动。

冉骐:"……"

体质只有 E 级，真是对不起了……

夜枭轻笑着上前帮忙，轻而易举地将门给推开了，大门因为生锈的关系，发出"嘎吱嘎吱"的令人难受的声音。

推开大门之后，冉骐伸手想要将钥匙给拔下来，却无论如何都没成功。

夜枭道："没事，就这么插着吧。"

大门之内依然是一条黑漆漆的通道，夜枭再次拉住冉骐，带着他小心翼翼地前进。

不过这一路上既没有什么机关，也没有什么暗器，两人竟然顺顺利利地通过了一道石门，来到了一个宽敞的房间，简直顺利得有些不可思议。

房间内的墙壁上镶嵌着夜明珠，散发出的晶莹光芒照亮了整个房间。

整个屋子显得空荡荡的，除了中间摆放着石桌和石凳，就只剩下墙上的壁画了，但是屋子各处都蒙着厚厚的一层灰，看不清墙上到底画了什么。

夜枭正在思考要怎么把那层灰弄掉的时候，冉骐已经开始掏包裹了。

刚才冉骐捡了一路的垃圾，他的包裹里什么乱七八糟的都有，然后夜枭就看到冉骐拿出了一块眼熟的布片，开始擦墙……

"这是……"夜枭有些不敢置信地开口。

"啊，这是你刚才得到的那块遮羞布，我想着卖给商店也能换 99 铜币，所以我就捡起来了。"冉骐说着说着觉得有点尴尬，"现在用来擦灰倒是刚好呢！"

夜枭："……"

不管怎么样，这块遮羞布当抹布倒是意外地好用，墙上的灰很快被擦掉了，底下的壁画便露了出来。

这幅壁画大致讲述了一条龙与一个人类女孩之间的故事。龙还是一颗蛋的时候就被小女孩捡到，它和女孩一起长大，结下了深厚的友谊。然而亡灵法师组建了亡灵军团，攻击了女孩的国家，女孩的家园尽毁，龙带着女孩从战火中逃离。多年后，女孩长大，成了一名光明法师，带着龙一起杀了回来，夺回了她的家园，成了一个女王。

龙与女孩感情深厚，就算女孩死去，它也一直守护着女孩的坟墓。只是数千年过去，就算是龙也同样会死去，但它依然留下了自己的魂魄守护着女孩——也难怪这个副本会叫龙魂秘境了。

不过虽然副本的故事背景他们是搞明白了，但接下来该做什么呢？

房间里除了桌凳和壁画再无一物，也没有看到什么通道之类的。

"应该有机关，我们好好找一找。"

"好。"

两人绕着屋子找了一圈，真是恨不得把地板也扒开来看一看，但还是一无所获。

"把你之前擦灰的那块布给我。"夜枭突然道。

冉骐微微一愣，然后把那块脏兮兮的布交给了夜枭。

夜枭用布擦了擦桌子上的灰，然后他们就清晰地看到桌子的中央有一个锁眼。

冉骐："……"

行吧，找了半天，机关居然就在这么明显的地方。

"用钥匙打开应该就行了吧。"夜枭道。

"但是钥匙还插在门上啊……"刚才那把钥匙根本拔不出来。

"回去拿吧，总有办法弄下来的。"

"行吧。"两人只能重新回到大门外。

只是这把钥匙似乎是铁了心要和他们作对，开着门的话，不管怎么拔都拔不出来，但是把门关起来，钥匙就能很容易地被拔出来了。

"要不然再试试其他门？"

"也只好这样了。"

两人又打开中间的那扇门，门被打开后钥匙同样拔不出来，而且门一开，立刻有大量的骷髅咆哮着朝大门的方向扑过来，看起来足有上千个，密密麻麻的一大片。就算夜枭再厉害，也没有办法同时应对这么多骷髅的攻击，他们只能赶紧将门重新关上。

骷髅军团扑了个空，将门敲得砰砰作响。

唯有右边的门，开门后钥匙能直接被拔出来，只是这条通道内到处都是机关，他们只往里面走了一步，就差点被从上方飞下来的箭矢射成刺猬。

夜枭如今对冉骐的运气是真的服气了，冉骐选的路安安全全，直通目的地，他选的路却是危险重重，堪比传说中的西天取经之路。

"要不然你还是走原来的那条路，我带着钥匙走这路过去。"夜枭说道。

"不，你一个人太危险了，我跟着的话，至少还能帮你加血。"冉骐坚持道，"反正被箭射中的话，也只是掉点血，不会立刻死的。"

夜枭思考了一下，觉得冉骐说得有道理，便答应了下来，但还是坚持让他躲在自己的身后。

两人各吃了个馅饼，补上状态，就冲了进去。

一路上危机重重，还好有冉骐这个牧师在，两个人总算是有惊无险地回到了之前那个房间里，只是十分狼狈。

冉骐将钥匙插入桌上的钥匙孔内，地面震颤着又裂开了，出现了一个通道。

然后他们就看到一只半人高的蛤蟆从里面蹦了出来，伸长了舌头对他们发起了攻击。

夜枭立即将冉骐护到身后，然后用魔法弹和火球将它给击杀了。

只是打开了这个通道，他们就像是开启了潘多拉的魔盒，不断地有怪物从那个通道里跑出来，从蛤蟆、蝎子和蜈蚣等体形不大却带有剧毒的魔虫，到豺狼虎豹等体形巨大的猛兽，再到能够使用魔法的精灵和花妖，总之各种各样的怪物层出不穷，几乎叫人筋疲力尽。

还好这些怪物是根据冉骐和夜枭两个人的等级生成的，全部都是27级的精英怪，夜枭打起来还不算太吃力，而且冉骐能够不断地帮夜枭加状态加血，还有许许多多回复法力值的蓝药供应。饶是如此，两人也打了足足半个小时，才总算将这些怪物全部给解决了。

经历了持续的高强度战斗，就算是夜枭这样的狠人，也得坐下休息休息。

而冉骐看着一地的怪物尸体，忍了忍，还是默默地拿出了自己的采集小刀，开始了扒皮"大业"。

夜枭无奈又好笑地看着冉骐，觉得他上辈子一定是个有囤积癖的仓鼠。

"走吧。"夜枭休息得差不多了之后，就准备继续闯副本了。通道内的怪物应该已经全部被剿灭了，直接下去就行。

"等等！"冉骐拿着采集小刀，把墙上的夜明珠也全部撬了下来，然后塞了一个给夜枭，"嘿嘿，这下子我们有照明的啦！"

夜枭笑了一声，率先走进了通道。

有了夜明珠照明确实很方便，他们赶路的速度加快了不少。穿过通道，他们终于来到了女王的墓室。

墓室非常大，被分为三个部分，入口处是堆积如山的黄金和珠宝，接下来是一个大型的石棺，而最里面是一座巨龙石雕，虽然闭着眼睛，但庞大的身体和锋利的爪子让它看起来栩栩如生。靠墙的是一排排用石头雕刻出的兵将，姿态勇武，冉骐觉得看起来有点像兵马俑。

"小心一些，跟紧我。"夜枭提醒道。

"好。"

两人刚踏入墓室，距离他们最近的石雕兵将的外壳开始寸寸碎裂，一个个浑身散发着黑气的骷髅兵将显现。

第二十章

骷髅士兵们的行动速度不快，但是物理伤害很高，就算是把痛感下调了，被砍到的时候依然会觉得不太好受。

夜枭带着冉骐，一边快速移动着，一边伺机进行攻击。这边只有他和冉骐两个人，怪物等级也提高了，想要再像之前那样打怪是不可能的，他们只能靠着远程"放风筝"的打法，慢慢地将骷髅士兵给一个个干掉。

冉骐也没闲着，一边给夜枭加血，一边时不时从夜枭身后探出身体，用法杖敲两下离得近的小怪。他虽然没有什么攻击技能，但基础攻击力和属性叠加起来，一法杖敲下去也还是可以打掉小怪不少血的。

两人合力输出，终于将墓室里的那些骷髅士兵消灭了，接下来就该收取战利品了。

冉骐乐呵呵地小跑着去捡地上的那些黄金和珠宝，然而他的手从这些东西中穿了过去，他的笑容顿时僵在了脸上。

"扑哧。"这次没能忍住笑的人变成了夜枭。

冉骐垮着脸转过了头，眼神哀怨地看着夜枭。

夜枭笑着劝道："好了，游戏的小气劲你还不了解吗？怎么可能给你满满一屋子的宝贝，肯定都是迷惑人的摆设，真正的宝贝要打败了BOSS才会给我们。"

冉骐其实也清楚这个道理，但不试试总觉得不甘心，他又哀怨地看了地上的珠宝一眼，才回到夜枭身边。

两人又继续前进，来到了那个石棺前面，下一秒他们两个便动弹不得了。然后眼前一花，他们两个人就已经置身在另一个场景之中了，周围尸骸遍地，看起来像是一处战场。

冉骐很快反应过来，他们应该是被拉入了幻境。

一群浑身冒着黑气的骷髅士兵在一个穿着黑袍戴着黑色面具的法师指挥下，正在与一条蓝色的巨龙战斗。

巨龙的口中能喷出雷球，四爪也带着蓝色的电弧，看起来它应该是一条雷龙。雷龙的攻击力极强，轻而易举就能将骷髅士兵轰个粉碎，但是骷髅士兵的数量实在太多，雷龙没法全部消灭，它身上已经伤痕累累了，伤口处不断涌出的鲜血，染红了它脚下的地面。

一个穿着白色法袍的少女站在巨龙的身后，闭着双眼祈祷，圣洁的白光落在巨龙的身上，减缓了鲜血的涌出，但对它伤口处萦绕的黑气没有效果。

终于，在巨龙拼尽全力的攻击下，黑袍法师的亡灵军团全军覆没，而黑袍法师和巨龙都身负重伤动弹不得，少女也因法力耗尽，失去了行动能力。

此时，黑袍法师和白袍少女都同时朝冉骐和夜枭看了过来。

黑袍法师："尊贵的冒险者啊，请帮助我吧，我将赋予你们永生不灭的力量。"

白袍少女："勇敢的冒险者，请帮助我们打败黑暗亡灵的侵略，光明将永远陪伴你们左右。"

这显然是一道选择题，他们两个可以在黑暗和光明中选择一方进行帮助。

这还需要选吗？黑袍法师那话听起来就跟传销似的，一点也不靠谱，既然他们是勇者，那当然是应该站在光明的一方。

冉骐和夜枭对视一眼，同时行动起来。

冉骐直接将治疗术、回复术、净化术，全部对着巨龙使用了。巨龙的血止住了，那如同附骨之疽的黑气也如烟气消散，看着这一幕，少女顿时喜极而泣。

而夜枭则是向黑袍法师发动了攻击，火球毫不留情地砸到了他的身上。

"你们会为此付出代价的！"黑袍法师吐出一口黑血，发出不甘的吼叫，双眼变得血红。接着，他的身体突然爆开，一团黑烟从他的身体中钻出，然后朝着夜枭和冉骐以骇人的速度冲去。

"小心！"少女高声提醒。

在她出声的同时，夜枭第一时间就将冉骐护到了身后，然而他自己却被黑烟包裹住了。黑烟没有实体，就算夜枭再厉害也是无法反击的。

黑烟从夜枭的口鼻处疯狂灌入，随后迅速消失不见了。

"你没事吧？"冉骐见状吓了一大跳，一边询问他的状况，一边把自己的所有技能在夜枭的身上使了一通，那黑烟一看就不是什么好东西，不知道会有什么负面影响。

"我没事。"夜枭也很谨慎地检查了一遍，但没有感觉到什么异样，就连血也没有掉一点。

此时，恢复行动能力的巨龙和少女一起走了过来。

"勇敢的冒险者，非常感谢你们的帮助。"

雷龙从身上拔下了一片尖利的龙鳞，递到了冉骐的手中。

"这是雷龙的谢意，请你收下。"少女说着，也同样拿出了一块白色的石头送给了他，"你的朋友中了亡灵法师的诅咒，你们需要前往奥托城，寻找光明祭司莱斯利帮忙解除诅咒，这是含有光明之力的白水晶，可以压制住他体内的诅咒。"

少女的话音刚落下，两个人同时接到了一个任务。

【系统】隐藏任务：请前往奥托城，寻找光明祭司莱斯利帮忙解除诅咒。任务奖励：未知。

冉骐："啊？"

他玩《魔域》那么多年，还从来没有听说过什么隐藏任务！这应该是帝国政府另外添加的设定，但是这个任务奖励未知又是什么情况？

不过奥托城是45级才能去的主城，对现在的他们来说，还为时尚早。

接受了任务之后，两人重新回到了那个墓穴当中，同时响起的还有系统的提示。

【系统】恭喜玩家获得特殊道具［雷龙之鳞］和［光明祭司的白水晶］。

雷龙之鳞

等级：A级

说明：雷龙身上的鳞片，似乎有什么特殊的作用。

光明祭司的白水晶

等级：A级

说明：含有光明之力的白色水晶，对黑暗力量有一定的克制作用。

冉骐看着这两件物品的说明，感到无语。

好不容易触发了奇遇，却不知道奖励是什么。给了个龙鳞，又不知道干吗用的。夜枭更是莫名其妙地中了一个诅咒，也不知道会有什么负面影响。

他们辛辛苦苦打了半天怪，好像都是白费功夫……

冉骐叹了口气，把白水晶给了夜枭，龙鳞则自己留着了。

"这就结束了吗？"冉骐问道。

"应该还有，我们不是还有第三个墓室没有去吗？"

"那我们去看看吧。"

两人又继续往里走，来到了那巨龙的雕像前。

左看看，右看看，两人在墓室转了一圈，也没发现什么特别的。但是当冉骐的手摸上巨龙雕像的时候，他就见到一道蓝色的光芒突然从他腰间的包裹中飞出，直接飞进了石雕中。

石雕的双眼亮了一下，然后庞大的身体整个碎裂开来，噼里啪啦地碎了一地，露出了深藏在石雕中间的一颗圆滚滚的蛋。

"原来那龙鳞是用在这里的啊……"冉骐恍然大悟。

不过眼前的这颗蛋长得实在不太好看，白底黑斑，就像是放大了几十倍的鹌鹑蛋。

"你说这个蛋是干什么的呀？总不会是送给我们吃的吧？"冉骐看向夜枭。

"应该不是吃的。"夜枭走上前，试着伸手敲了敲蛋壳。

然后就听咔嚓一声，蛋壳上出现了一道裂纹。

夜枭："……"

"里面好像有东西！"冉骐兴奋地凑了过去。

裂纹变得越来越大，然后蛋彻底地裂开，一黑一白的两个肉乎乎的小东西从里面钻了出来。

冉骐仔细一看，发现居然是两只小龙崽。

两个小东西只有巴掌大，小脑袋圆溜溜，腿短短的，挺着个肉乎乎的小肚子，背后还有两个小小的翅膀，实在是可爱极了。

两只刚诞生的小龙崽口中发出叫声，然后拍打着小翅膀，摇摇晃晃地飞了起来。

冉骐和夜枭生怕它们摔了，赶紧伸手去接。白色的那只小龙崽扑打着小翅膀，飞进了冉骐的怀里，而黑色的那只则是落在了夜枭的掌心。

【系统】恭喜玩家成功孵化宠物龙蛋，请为您的宠物命名。

冉骐顿时不敢相信地瞪大了眼睛，想不到这个"大型鹌鹑蛋"居然是个宠物蛋！

"就叫小白吧。"冉骐向来是没有什么取名天赋的，没有丝毫犹豫就确定了宠物的名字。

夜枭也有样学样，给自己得到的那只小黑龙起名叫小黑。

【系统】命名成功，恭喜您率先成为拥有宠物的玩家，稍后将发布系统公告，是否需要匿名？

"是！"

【系统公告】玩家［匿名］和［匿名］成功孵化第一只宠物蛋，获得世界声望100点，以及［实物兑换券×1］。

【系统公告】玩家［夜枭］［白染］成功通关龙魂秘境，获得龙族好感度+500。

冉骐和夜枭："……"

这坑人的系统公告啊！这样的两条公告内容一起发，岂不是所有人都能猜到他们两个就是孵化宠物蛋的人了吗？！

果然，下一秒世界频道就炸开了锅。

【世界】不夜天：不愧是夜枭大佬，挖宝触发了奇遇不说，还拿到了第一个宠物蛋！这也太厉害了吧！

【世界】阡陌：能不能请大佬把宠物属性发出来看看啊？

【世界】一叶孤舟：对对对！超级好奇啊！到底是什么宠物？

【世界】头毛卷卷：日常羡慕大佬的队友……我也想抱欧皇大腿……

追魂和顾乐他们几个也看到了系统公告，然后轰炸般地发来了私聊消息。

【私聊】追魂：染哥真不愧是欧皇！连宠物蛋都能拿到！连队长都跟着沾光！

【私聊】追魂：是个什么宠物啊？能不能发出来看看？

【私聊】可乐：冉小骐！快把宠物给我看看啊！

【私聊】翎墨：大佬，想看宠物……

冉骐和夜枭通关后就被自动传送出了副本，他们索性把队伍解散了，重新回了追魂他们队伍，然后使用回城卷轴回到了塞隆城，找了个没人的角落，把小龙崽放出来让追魂他们自己看。

宠物信息

昵称：小白

等级：1/90 级（达到最高等级后外形会发生变化）

基础属性：生命值上限 +185，智力 +13（出战时加成于玩家）

宠物技能：光之祝福 Lv.1（被动技），主人光元素亲和力提高 1 阶。

特殊功能：自动拾取道具。

补充说明：可以在通关副本时获得经验值，无法在竞技场内使用。

宠物信息

昵称：小黑

等级：1/90 级（达到最高等级后外形会发生变化）

基础属性：基础攻击力 +24（出战时加成于玩家）

宠物技能：厄运诅咒 Lv.1（被动技），降低目标 10% 攻击力，持续 15 秒。

特殊功能：自动拾取道具。

补充说明：可以在通关副本时获得经验值，无法在竞技场内使用。

"啊啊啊！小龙崽啊！可爱又帅气，可以帮忙捡东西，还可以加属性，简直完美！"追魂真是羡慕极了，"可恶！这样的宠物我也好想要一只啊！"

"这是欧皇才有的待遇，你就不要想了。"翎墨毫不留情地吐槽道。

"我偏要想！"追魂扑向了冉骐，在冉骐的身上狠狠地蹭了两下，"染哥，求你借点运气给我，我也想要奇遇和宠物啊！"

冉骐哭笑不得地将追魂推开："这可不是我说了算的……"

冉骐的小白龙特别受欢迎，不仅肉乎乎的，摸起来手感好，而且脾气也好，不管谁抱都乐呵呵的，还会奶声奶气地撒娇。

夜枭的小黑龙就完全是另一种性格了，不但脾气坏，还会龇着牙咬人，除了夜枭和冉骐，谁都不给抱，众人也只能"望黑兴叹"。

"攻略写完了？"夜枭让发脾气的小黑龙趴在自己的肩膀上，然后问剑指流年。

"写完了。"剑指流年把自己发在论坛上的两个帖子发给了夜枭，"GM给我发消息了，说明天早上8点之前，会通过邮箱把奖励给我们发过来。"

剑指流年也没有隐瞒什么，把阴影森林和黑暗墓穴BOSS的攻击机制和一些注意点都一一列出。两个帖子一经发布就引起了玩家们的热烈讨论，如今帖子下都盖起了高楼，论坛管理员还给帖子加了置顶和精华。

剑指流年又道："对了，GM还说，如果我们打深渊副本的时候，愿意开星网直播的话，就给我们队伍每人5张实物兑换券。"

夜枭以绝对的优势始终占据等级排行榜第一的位置，并且他带领团队多次拿下挑战副本的首杀和经验副本的极限速度成就，已经在游戏玩家眼中成了标杆式的人物。

对于这样的玩家，游戏官方当然是非常看重的，希望能让他们当活广告，好吸引更多的人来参与游戏。

"到时候再说，先不急着回复。"夜枭不怎么喜欢直播，而且深渊副本是大型团队副本，直播起来有点麻烦，但是官方给出的奖励又确实很丰厚，所以他没有一口回绝。

反正要等队伍所有人都上30级，还有很多时间，到时候再说吧。

第二十一章

"老大，我们去黑石矿洞副本不？"追魂开口问道。

冉骐和夜枭这一趟去挖宝的时间比他们想象的要长，追魂他们已经在主城待了快两小时了，休息得都快要长毛了，现在特别想去打副本升级。

黑石矿洞是25级的副本，正适合他们去挑战。

夜枭回道："行。"

冉骐心想，夜枭可真是个练级狂人，刚才在龙魂秘境副本里打了那么多怪，还以为他会需要休息一下，没想到他又准备直接带着队伍去打副本了。

这时夜枭仿佛感受到冉骐在心底吐槽他，突然回过头看向冉骐，轻笑着问道："你要不要去清理一下包裹？"

冉骐看出他眼底的戏谑，本想硬气地说不用，但想到自己在龙魂秘境中一路收集来的那满满一背包的"垃圾"，顿时又把话憋了回去。他的包裹虽然容量很大，可必须是同一种物品才能堆叠，龙魂秘境中怪物掉落的物品品种太杂乱，再加上他采集了不少材料和食材，不清理一下的话，恐怕真的要塞满了。

"冉冉你顺便多做点吃的啊！我的馅饼都快吃完了！"顾乐大声道。

冉骐无奈地回复道："知道了。"

"黑石矿洞门口有不少小怪，我们可以一边打怪一边等你，你慢慢来，不用急。"夜枭眼里的笑意加深。

"好……"

因为宠物不能离开主人太远，所以冉骐把小白从顾乐的手里接了过来，揣进怀里之后，才穿上了隐匿斗篷。

"乖乖的，别闹呀。"这是全游戏最先出现的宠物，可想而知是多么惹人注意，冉骐可不想被人堵在路上围观。

小龙崽的智商不低，能听懂主人一些简单的话，还真就乖乖地窝在他的怀里不动了，肉乎乎的一小团，黑亮的大眼睛看过来，看得冉骐心都要化了。

他忍不住伸手揉了揉它肉乎乎的小肚子："等会儿给你做点好吃的。"

"唧唧！"小龙崽奶声奶气地叫了一声，仿佛在回应一般。

冉骐先去了一趟商店，把包裹里乱七八糟的东西清理了，没用的直接卖给商店，用得上的就自己留着或者挂到交易行卖掉。

当然，他也把交易行里的那些便宜的食材给"扫荡"了一番，然后他就直接去了烹饪区，准备做点新品种的食物出来。除了让顾乐那个嘴馋的尝尝鲜，他也准备给小龙崽做点吃的。

隐藏任务是游戏后来添加的设定，但宠物系统不是。以前他玩《魔域》的时候，养过一只狐狸作为他的战宠，它有个火系群攻技能"烈火燎原"。

可惜他穿越之前，把那只狐狸借给朋友了，要不然也能一起带过来，那样他就不需要烦恼没有攻击技能的问题了。

那只狐狸最喜欢的食物是烤鸡，虽然他不太清楚龙喜欢吃什么食物，但应该也是肉食类的，所以他这次准备多做几样，看看小龙崽喜欢哪一种口味。

这次材料很多，冉骐也就不打算再做饼了，他准备先做一些肉类的荤菜，比如蜜汁肋排、蘑菇烧仔鸡、番茄炖牛腩和辣椒炒肉，甜酸咸辣的，各种口味就都有了。

猪肉、鸡肉、牛肉都是他采集得来的，蜂蜜、蘑菇、番茄和辣椒都是在交易行买的，再去杂货商那里买一些调味料，就可以开工了。

因为这一次做的食物比较多，而且香味也比较浓郁，不适合在露天的灶台区做，所以冉骐花了 50 银币，找烹饪技艺师 NPC 租了半小时的厨房，这样能起到一定的隔离作用。

"乖乖待着，一会儿就有好吃的了。"冉骐把小龙崽放在了灶台的边上，点了点它的小鼻子。

小家伙奶声奶气地应了一声，然后乖乖地趴着不动了。

游戏中的肉类都是没有腥味的，干净又卫生，肉质也好，所以替他省去了许多麻烦。

接下来的事情就很简单了，冉骐给大块的肋排刷上用蜂蜜和多种调味料调制出来的酱料，然后放进烤箱。不过三五分钟，他就收获了一大块颜色鲜艳、肉汁饱满的烤肋排。

【系统】恭喜玩家自主开发出新类型的食物，请进行命名。

"蜜汁肋排。"

【系统公告】恭喜玩家 [匿名] 开发出新品种食物 [蜜汁肋排]，获得世界声望 100 点，以及 [实物兑换券 ×1]。

【世界】该隐：什么？又有新品种食物？这是怎么回事？开发新食物这么容易吗？要不然我也去学一个烹饪技能？

【世界】伽途：我仿佛猜到了是谁做的，但是我不说。

【世界】暮光：猜到有什么用？人家把陌生人私聊和好友请求都给关了，根本联系不上！

【世界】安之若素：你们说的到底是谁？敢不敢告诉我一个名字？

【世界】无欢：既然人家匿名就说明不想让人知道，当然也不会告诉你名字了，否则惹大佬不开心，以后就吃不到好吃的了……

【世界】雾里开花：求大佬赶紧上架，我已经在交易行面前摆好姿势了！

"天啊，听名字就觉得特别好吃，我都忍不住开始流口水了！"追魂在队伍频道里说道，"白染大佬，我想吃两份！"

"冉冉！多做几份带过来啊！"顾乐也大声喊道。

冉骐拿这些吃货没办法，只得应道："知道了！"

不过蜜汁肋排的味道实在太香了，作为厨师，冉骐觉得自己应该先尝尝味道。

他用刀将肋排切开，可以看到内里还是粉红色的，十分鲜嫩，浓郁的香气伴随着热气一起涌出。一口咬下去，肉汁满溢，咸香的瘦肉和肥厚的油脂一同在口中化开，甜蜜的酱汁一秒就俘获了味蕾。

"唧唧！"一直乖乖窝在灶台边上的小龙崽被香味勾得忍不住站了起来，看着冉骐在吃，急得直叫，跌跌撞撞飞过来，拍打着小翅膀，发出奶声奶气的叫声，"唧唧！"

冉骐一边吃，一边打开技能面板，通过简易制作，一口气做了三十几盘蜜汁肋排出来，然后将其中一盘放到了小龙崽的面前。

"吃吧。"

小龙崽眼睛一亮，扑了上去，一口牙尖利无比，连骨头都一起嚼着吃了。

冉骐把自己的那份肋排吃完，擦了擦手就又开始继续做蘑菇烧仔鸡、番茄炖牛腩和辣椒炒肉了。

像蘑菇烧仔鸡和番茄炖牛腩，本来都是很花时间的菜，要大火炖烂再慢煨，放在现实里怎么也得烧一小时，但游戏里煎炒烹炸煮的时间都大大缩短，三份新菜也很快就做好了。

按照常方式进行了命名并选择匿名后，接连三条系统公告再次在玩家中掀起了惊涛骇浪。

【系统公告】恭喜玩家［匿名］开发出新品种食物［蘑菇烧仔鸡］，获得世界声望 100 点，以及［实物兑换券 ×1］。

【系统公告】恭喜玩家［匿名］开发出新品种食物［番茄炖牛腩］，获得世界声望 100 点，以及［实物兑换券 ×1］。

【系统公告】恭喜玩家［匿名］开发出新品种食物［辣椒炒肉］，获得世界声望 100 点，以及［实物兑换券 ×1］。

【世界】不夜天：嗯？GM，我怀疑有人开了烹饪挂！除非你给我尝尝！

【世界】该隐：你开一个我看看？我觉得这一定是在自然星做星厨的大佬！要不然怎么会这么厉害？肯定是已经成名的大厨吧……

【世界】晴空万里：是不是那位做葱油饼的大佬啊？

【世界】三言两语：我觉得不是，葱油饼的制作难度其实不大，我们队伍已经有生活玩家摸索出做法了，只是因为熟练度不高，经常失败而已！现在这位大佬做的都是肉类，等级也高，看物品信息就知道不是一个档次的！

【世界】桃天天：同意，我姐姐也尝试着自己做过葱油饼，虽然做出来的大部分都是糊的，被系统判定为偷工减料，但也成功过一次！像这样能一下子做出四种 A 级食物的，肯定是自然星的星厨！

【世界】乌牛：有道理，肯定不是同一个人，要不然也太不合常理了！这才多久啊，就从简单的小饼进化到了 A 级全肉宴？

看到世界频道的对话，冉骐这才发现，他这次做的这些食物都被系统评为 A 级，属性也有了极大的提升。

蜜汁肋排可以提升法术攻击力 80 点，蘑菇烧仔鸡可以提升物理攻击力 80 点，番茄炖牛腩可以提升治疗效果 80 点，辣椒炒肉可以提升 20% 的移动速度，持续时间都长达 30 分钟，是 B 级食物的两倍。

四盘菜的属性加成几乎能满足所有职业的需求，只要他把这些食物挂出去，绝对会引来无数人的哄抢。

至于玩家们对于制作者的猜测，冉骐乐得他们误会。星际时代资源匮乏，99% 的人都是以营养液作为食物，但还是有 1% 的人可以吃到自然食物。自然星上就有科学院专门培育的自然食材，还有星兽肉等，只是因为数量极少和价格极高，很少有人可以买到。

而星厨就是专门烹饪这些自然食材的厨师，冉骐的爹是个富可敌国的商人，会偶尔买一些自然食材回来，请星厨上门做，如果他说自己是吃得多了自己摸索出做法来，也算是合情合理。所以冉骐其实并不怕暴露，他只是怕麻烦，不想应对其他人别有用心的接近和拉拢。

反正任谁也不会想到，他其实是来自几千年前的蓝星人。

不过他倒是没想到会有这么多人模仿做葱油饼……

但他也不算太意外，因为制作葱油饼实在没什么难度，吃过几次就大概能猜到配料，慢慢摸索总能制作成功的。

他到交易行搜索了一下"葱油饼"，还真被他发现了一些"有点煳的葱油饼""没放盐的葱油饼""咬不动的葱油饼"。

这些奇奇怪怪的葱油饼等级都是 C 级，在物品说明里都统一被标为残次品，属性只有正常的一半，持续时间也缩短到了 8 分钟。冉骐做的葱油饼 20 银币一个，这些残次品就只要 2 银币一个。所以虽然味道很差，但价格便宜，还有一些属性加成，因此也有不少人会买。

冉骐也不在意这些，反正能学会就是人家的本事。

只是他这次做出的这些食物属性出乎意料地好，冉骐实在不知道该如何定价，干脆每一种都拿出 5 个，直接挂到交易行里进行拍卖。

交易行有两种交易方式，一种就是直接明码标价的寄售，还有一种就是拍卖。卖家可以把物品放在交易行，然后定一个底价和时限，然后在这段时间内出价最高者就能得到这件物品，交易行扣除 5% 的手续费后，会将剩余的钱通过邮箱结算给卖家。如果没有人出价，物品也会通过邮箱退还给卖家。

冉骐标了 1 金币的底价，然后规定了 12 小时的拍卖时间，就离开了交易行。

******

冉骐来到了黑石矿洞的门口与夜枭他们会合时，那几个正在打怪的家伙连怪都不管了，直接扑过来讨要食物。还好夜枭靠谱，直接把那些残血的小怪都给杀死了。

冉骐自己留了一部分给小龙崽当口粮，剩下的全都给他们分了。

"啊，这也太香了吧！"

美味当前，大家吃的时候也就完全不去考虑什么属性了，先吃个过瘾再说！

冉骐发现夜枭这一次选择了辣椒炒肉，也不知道他从哪里弄来的勺子，就这么直接舀着吃了起来。辣椒的香与辣完美地结合，肉片香嫩，鲜美而不腻，如果能配上米饭，那味道绝对更好。可惜冉骐没有在杂货商那里和交易行看到有卖大米的，也许可以去下一个主城找找看。

闻着辣椒炒肉的香气，蹲在夜枭肩膀上的小黑突然叫了起来，小翅膀拼命拍打着，要不是游戏没有食物分享的功能，恐怕它会直接扑进装着辣椒炒肉的盘里去。

冉骐好笑地走上前，将小黑从夜枭的肩膀上抱下来，然后拿出四种食物放在它面前，任由它选择。

小黑没有丝毫犹豫，当即把小脑袋埋进了辣椒炒肉的盘里，飞快吃光之后，又开始吃起了蘑菇烧仔鸡。

小白刚才已经吃了一份蜜汁肋排了，这会儿正在吃番茄炖牛腩。

显然它们兄弟两个的口味是完全不同的，小黑喜欢咸辣的口味，而小白更喜欢酸甜的口味。

"我的天，这两个小家伙食量不小啊！"翎墨注意到小黑惊人的进食速度，不由得感叹道。

"这些可都是 A 级食物，就用来喂宠物啦？应该吃生肉也可以的吧？"追魂一边啃肋排，一边口齿不清地说话。

小黑抬起小脑袋，冲着追魂恶狠狠地龇了龇牙。

"哈哈哈，居然还生气了，真是好可爱！"顾乐忍不住笑了起来，"冉冉，还好是你孵出来的宠物，要不然这么能吃又挑食，谁养得起啊？"

众人聊天说笑也没耽误吃东西，夜枭此时也吃起了蜜汁肋排，看来他是真的挺喜欢甜味的食物。他用修长的手指将肋排撕开，然后快速而不失优雅地吃了起来。明明都是大口吃肉，可夜枭就是能吃出和别人不一样的感觉来。

再看同样在吃蜜汁肋排的追魂，直接一大块放嘴里啃，弄得满脸都是酱汁，实在是让人没眼看。冉骐只看了一眼，就毫不犹豫地把目光转回到夜枭身上。

等到大家满足了食欲之后，众人才一起来到了黑石矿洞副本的门口，由夜枭开启副本。

黑石矿洞副本里地形比较复杂，除了进洞之后看到的主路，沿途还有非常多的岔路，那些蝙蝠和地精就隐藏在黑暗处，伺机对入侵者发起攻击。

如果按部就班地一点一点往里推进，清剿一拨一拨出现的小怪，那真不知道要打到什么时候去了。不过蝙蝠和地精除了速度快，血并不算多，还是很容易击杀的。

所以最好的办法是由两个移动速度最快的玩家跑去将犄角旮旯里的小怪全都给引出来，然后一锅端。

弓箭手和刺客的速度都很快，所以引怪的任务就落在了翎墨和剑指流年的身上。追魂和顾乐有群攻技能，由他们来接应会更好。

翎墨和剑指流年刚好有理由再吃上一盘提升移动速度的辣椒炒肉，引怪的时候，那速度简直媲美飞毛腿，二人神情更是餍足。

追魂和顾乐也趁机吃起了蘑菇烧仔鸡，美其名曰提高攻击力，但冉骐觉得他们就是单纯嘴馋而已。

不过加了状态之后，两人的攻击力确实有了很大的提升，小怪一被引过来，很快就被他们给击杀了，几人因此更加理直气壮。

"打起来可真轻松，染哥你做的食物真是绝了！这个好习惯一定要保持啊！"

第二十二章

黑石矿洞副本的怪物等级都是 25 级以上，因此也比较富有，倒下的同时，掉了不少铜币和材料出来。

这次不等冉骐过去捡，小白就已经拍打着小翅膀飞了过去，瞬间把地上的东西都给捡走了。

"小白的这个自动拾取功能真是厉害！好快啊！"翎墨等人顿时目瞪口呆。

小龙崽仿佛知道他们是在夸奖自己似的，骄傲地挺着小胸脯飞了回来。

"干得漂亮。"冉骐笑着伸手揉了揉小家伙的脑袋，有了小家伙的帮忙，他就不需要亲自去捡东西了，这样一来，除了夜枭，再也没有人会知道他白染大佬是个"捡垃圾大王"了！

当然，冉骐自认为他只是比较勤俭持家罢了。

"唧唧！"小龙崽高兴地蹭了蹭他的手。

一直蹲在夜枭肩膀上假寐的小黑龙抬了抬眼皮，仿佛嫌弃一般扭过了头。

冉骐："……"

难道真的是什么人养什么宠物？连明明拥有自动拾取功能的小黑都嫌弃捡这些"垃圾"吗？

众人一路朝着矿洞的深处推进，很快就来到了副本的第一个 BOSS 魔化变色龙所在的洞穴，可以看到一只三米高的巨大的变色龙正趴在地上闭眼睡觉，一旦他们接近，变色龙 BOSS 就会立刻对他们发动攻击。

"打变色龙的时候要小心，大家尽量分开站在不同的方向，不要离得太近，也不要离得太远。"开打之前，夜枭对众人叮嘱道。

变色龙的移动速度非常慢，但它的攻击方式是利用自己的舌头攻击敌人。它舌头的攻击速度非常快，如闪电一般，如果站得离它太近，恐怕连反应的时间都没有，就会被它的舌头给扎穿。

变色龙的攻击力很高，如果被攻击到要害，出现暴击的话，是必死无疑的。它还有两个大范围攻击的技能，也非常让人头疼。

当变色龙的肚子鼓起来的时候，它就是要喷毒液了，它不仅是朝着自己的正面喷，还会摇头摆尾地绕着圈喷，毒液喷到空气中后，还会在空中停留几秒钟，形成相当大一片范围的毒雾，沾到毒雾的话也是会中毒的。

BOSS 级的毒当然和小怪的毒不一样，一旦中了毒，掉血速度那是非常快的，一个普通玩家 5 秒内就会因血掉完了而死。

冉骐的净化术确实能解毒，但净化术也是有冷却时间的，如果两个人同时中毒，冉骐也只能救一个人而已。

所以当变色龙准备喷毒之前，包括顾乐在内的所有人都要立刻绕到它的背后，并且随着它摆头的动作同时进行移动，以免被攻击到。

另外它还会跳起，落地的时候产生巨大的震动，所以在 BOSS 快要落地的时候，他们必须同时跃起，不然就会被震晕在地，5 秒不能动弹，而 5 秒时间已经足够 BOSS 把他们团灭了。

虽然经验副本的 BOSS 难度不算高，但架不住这个 BOSS 出暴击的概率实在太高。小心驶得万年船，谁也不想在这么一个简单副本里翻了船，因此打的时候他们必须小心再小心。还好他们大部分都是远程职业，只要保持快速走位躲避 BOSS 的攻击即可，近战职业需要注意绕背（绕到背后）攻击。

最后这只变色龙还有一个保命的绝招，就是它能够通过改变身体的颜色，与周围的环境巧妙地融为一体。矿洞中光线昏暗，它改变身体颜色后，看起来就像是凭空消失了一样。它会趁着伪装的时候，快速回血，这个时候玩家们就需要迅速找出它所在的位置，打断它的回血状态，否则他们之前的攻击就都是白费功夫了。

"明白！"

众人检查了一下各自的状态，确认没有问题后，顾乐才上前打怪。

变色龙在顾乐走近的时候，瞬间睁开了眼睛，一双突出的眼珠上上下下地 360 度转了一圈，最后才以居高临下的姿态看向他们。

"啊！为什么这些 BOSS 都这么恐怖啊！"顾乐一边攻击，一边忍不住发出了哀号。

变色龙的外表确实有点恐怖，一身黄绿色硬皮长满了颗粒状的疙瘩，眼珠很大，瞳孔却很小，被它盯着的时候，有种被冷血动物盯上的感觉，而且它的两个眼珠还能同时朝不同的方向转，那种诡异和危险的感觉，让顾乐浑身的鸡皮疙瘩都起来了。

"哈哈，胆子这么小还玩什么战士？"追魂发出无情的嘲笑。

"又不是我想玩的，都是系统坑我……"顾乐撇嘴抱怨，但攻击一下都没停，很快就把仇恨给拉稳了。BOSS的舌头如同弹簧一样不停弹射出来，但是每次都被顾乐用盾牌给挡住了。

其他人也趁着这个机会开始输出，在众人的协力攻击下，BOSS的血条很快开始下降，当血条降到80%的时候，它的肚子渐渐鼓了起来，嘴巴微微张大，显然是要开始喷毒了。

"绕背！"夜枭高声提醒。

除了顾乐，所有人都立刻往变色龙的身后跑，冉骐当然也不例外，只是因为他是牧师，加上他自身基础属性中敏捷极低，他的移动速度是众人中最慢的。当他快跑到BOSS身边的时候，BOSS突然转过头，张大了嘴巴朝冉骐喷出了深绿色的毒液。

"白染！"众人万万没有想到BOSS会突然改变攻击的方向，局部中毒和全身中毒的情况当然是不一样的，如果正面被大量毒液喷遍全身的话，那绝对会陷入重度中毒的状态，到时候冉骐恐怕连净化术都来不及用，就要直接死掉了！

说时迟那时快，夜枭朝着BOSS的嘴巴准确地甩出一发火球，硬生生将它喷毒的动作延迟了1秒。

而冉骐也趁着这一秒钟的时间，给自己用了一个净化术。净化术除了能够解除负面状态，还可以赋予玩家3秒的净化状态，也就是3秒内免疫负面状态。

下一秒，BOSS的毒液毫不留情地喷洒下来。然而此时的冉骐已经有了净化状态，并不会中毒。

利用这3秒的时间，冉骐拼尽全力穿过毒雾跑到了BOSS的身后，彻底脱离了危险。

"漂亮！染哥你这个反应力真是绝了！"追魂立刻赞道。

冉骐却只是勉强挤出了一丝笑容，他到现在还觉得脑袋充血，心脏跳得极快，仿佛要从他嗓子眼里蹦出去一样。

虽然知道这只是游戏，但是全息模式下的代入感实在太强也太逼真，冉骐有种自己刚才真的是在生死一线间挣扎的感觉。

"没事吧？"夜枭注意到了他的不对劲，轻声询问道。

"没事，刚才多谢你了。"冉骐很清楚，要是刚才没有夜枭及时用火球攻击

BOSS 的嘴巴，给他争取时间的话，他绝对会被毒液喷洒全身，到时候可就是死路一条了。

"不用谢。"夜枭说完就拉着冉骐一起随着 BOSS 摆头喷毒的动作进行移动，还不忘继续进行攻击。

很快，BOSS 开始放第二个大招，它整个身体以一种非常不合常态的姿势突然起跳，足足蹦起两米多高，也幸亏这个矿洞够大……

"跳！"夜枭当即提醒道。

所有人都立刻起跳，避开了 BOSS 落地时引起的地面的剧烈震动。

当 BOSS 的血条下降到 40% 的时候，它再次开始喷洒毒液，在众人忙着躲避毒雾的时候，它皮肤的颜色开始加深，快速地变成了黑色，巧妙地与矿洞融为一体。

等到毒雾散去，原本无比显眼的变色龙 BOSS 已经消失不见了。

不过他们都很清楚这只是一种视觉欺骗罢了，众人完全没有受到迷惑，快速举起武器，齐齐朝着刚才变色龙消失的方向发动攻击，成功把它的回血状态给打断了。

最终，BOSS 不甘地倒地，掉落了一件蓝装。

只是还不等众人看清楚那件蓝装是什么，就有一道黑影如离弦之箭一般蹿了出去，然后那件蓝装就消失不见了。

众人："什么？"

"东西呢？是我眼花了？我刚才好像明明看到 BOSS 掉东西了啊！还是一件发着蓝光的蓝装！"顾乐瞪眼道。

"唧唧！"正在众人面面相觑的时候，蹲在夜枭肩膀上的小黑龙得意扬扬地扬起小脑袋叫了一声，一副"我超棒，快点夸夸我"的样子。

"……"

夜枭看着自己包裹里突然多出来的"骑士长靴"，忍不住陷入了沉默。

按理说副本掉落的装备拾取后是应该进入团队的公共包裹里的，可小黑龙捡的东西，似乎直接进入了主人的包裹。

副本掉落的装备都是拾取绑定的，进了他的包裹，他自然是没有办法再拿出来给别人。

不过他终究是没有忍心呵斥自己的小宠物，只是伸手按了按它的小脑瓜，然后无奈地道："不好意思，刚才是小黑把东西捡了，我也没想到会直接进了我的包裹。"

他把"骑士长靴"的信息发在了队伍频道里："刚好我也能穿，就当是我买了，交 2 金币到队伍，算作大家的辛苦费。"

骑士长靴

限制等级：25 级以上

职业要求：法师、牧师

物品等级：B 级

耐久度：200/200

属性：基础防御力 +75，敏捷 +22，体质 +17

【系统】玩家夜枭向队伍贡献了 2 金币，您获得了分红 40 银币。

"没关系，反正我有套装了，就算小黑不捡，这双鞋子也是你的。"冉骐笑着说道，"还好提早发现了这种情况，我也把设置改了一下，以后副本里的绿装以上的装备，宠物捡了都会进团队包裹。"

他们自己固定队出状况倒是好解决，但是以后如果打大型团队副本，再出现这种状况就不太好了。

第二十三章

魔化变色龙死后，它居住的洞窟后面的一面墙突然坍塌，露出了一个向下的通道。

这条通道黑暗而狭窄，顺着斜坡一直向下，就来到了矿洞的第二层，这里的怪物比上一层更加难以应付。

到处都是硕大的蜂巢，一个个拳头一样大的魔化蜜蜂围着蜂巢盘旋飞舞，尾部足有牙签粗细的蜂刺闪烁着光芒。

"开始了。"

夜枭的话音刚落，就抬手丢出一个火球，直接将离他们最近的一个蜂巢给点燃了。蜜蜂顿时被激怒，势如潮水朝着他们飞扑而来。

看见这么多蜜蜂朝着自己直冲而来，顾乐只觉得头皮发麻，感觉自己的密集恐惧症都快要犯了。只不过他终究还记得自己的责任，咬着牙举起盾牌迎了上去，然后用回环剑将蜜蜂都拉了过来。

蜜蜂撅着屁股一个劲地想要用蜂刺扎死他，只可惜都被他挥舞着巨大的盾牌给挡了下来，有些蜜蜂甚至还被他的盾牌给拍到了地上。

"哈哈，让你们也看看我的厉害！"顾乐把它们当成了练习使用盾牌的对象，把一块盾牌挥舞得威武生风。

其他人也一拥而上，帮着顾乐一起，将蜜蜂全都杀死了。

这些蜜蜂掉了不少东西，除了铜币，还有锐利的蜂刺和蜂蜜。

小白看到这些立刻就来了精神，快速地飞过去，一样不落地全部给捡了起来。

冉骐看着包裹里的东西，满意地点了点头。蜂刺是不错的炼金材料，可以用来制作魔法卷轴，而蜂蜜则是非常好的食材，做食物的时候可以用到。

可惜夜枭的火球威力太大，把蜂巢给烧毁了，刚才小白绕着那蜂巢的残骸飞了一圈，什么也没能捡到。

冉骐蹲下身，翻了翻那差不多被烧成了焦炭的蜂巢，十分可惜地摇了摇头。蜂巢内有好多烧焦了的蜂蛹，还有烤干了的蜂胶，那么大一个，实在是太浪费了……

穿越之前，冉骐受云南室友的影响，也喜欢上了吃虫子，这些看起来丑了吧唧的虫子，经过油炸之后都会变得特别香。尤其是油炸蜂蛹，外脆里嫩，还能爆浆，自带一股清甜的味儿，油炸之后不管是放豆瓣酱爆炒，还是放酱油红烧，抑或是放糖和醋做成酸甜口味的，那味道都是一等一的好。

光是想一想，他就忍不住想要流口水了。

"夜枭，等一会儿不要用火球打蜂巢，里面有很珍贵的食材。"冉骐对夜枭说道。

夜枭只以为他是要收集蜂蜜，便也没多想，直接答应了下来。

之后夜枭就都用魔法弹去把蜂巢打落，尽量保证蜂巢的完整性。不过冉骐考虑到队友们的心理承受能力，没有当场把蜂巢打开掏里面的蜂蛹，只把蜂巢整个收进了包裹内。

通过了遍布魔化蜜蜂的通道，他们来到了一个布满寒冰的洞穴，里面有着这个副本的另外一个BOSS——寒冰蜥蜴。

这只BOSS有点像科莫多巨蜥，除了锋利的牙齿和爪子，它还拥有坚硬的鳞片赋予的强大防御力和操控寒冰将敌人冰封的能力，可以说是集攻击、防御、控制为一体的怪物，非常难以对付。

也就是夜枭他们队伍战斗力强，否则换了普通玩家，基本上打到这里就会直接放弃这个BOSS转而出副本了。

夜枭说："这个BOSS的血很多，我们估计要做好耗时间的准备了。BOSS施放冰封技能的时候，翎墨就尽量用三连射打断，其他人如果看到BOSS跳起来就立刻后撤。"

冉骐一听，就知道夜枭他们并没有发现这个BOSS的正确打法。寒冰蜥蜴的防御力非常高，如果按照夜枭说的打法，估计没有20分钟是无法杀死这个BOSS的。

不过这也难怪，他们打的每一个副本都是在一切未知的情况下进行的，而且内测时间太短，他们没有太多的时间去研究每一个BOSS的打法。因此为了稳妥，他们采取了最笨的办法——和BOSS慢慢周旋。

但冉骐是职业玩家，他上辈子几乎天天都泡在游戏副本里，开金团①带老板，所以他对所有副本 BOSS 的打法都知之甚详。

这大概算得上是他开的另一个外挂吧……

冉骐道："我补充一下，其实这个 BOSS 的弱点是它的脖子和肚子，它施放冰封技能的时候会仰头，所有人一起攻击它的脖子，每一击都会是暴击。还有它跳起来攻击的时候，不要想着躲，要第一时间攻击它的腹部，可以把它直接打翻过去，争取更多的攻击时间。"

"原来如此！还有这种打法！"几人都露出恍然大悟的表情，怪不得他们内测的时候打得那么艰难，原来是因为他们没有掌握正确的打法。

"这也是你哥告诉你的吗？你哥可真是厉害啊，能那么敏锐地察觉到 BOSS 的弱点！"

"还好还好……"冉骐有些心虚地挠了挠脸。

接下来打 BOSS 的过程就变得很顺利了，寒冰蜥蜴几乎被他们一面倒地压着打。只要掌握了它的弱点，想要压制还是很容易的。

当它想要发动冰封技能的时候，只要攻击它的脖子，就有 80% 的概率打断技能。它跳起来的时候，集中攻击它的肚子，它就会失去平衡，整个蜥蜴像是翻了的乌龟一样，使劲挣扎着想要翻身。

这样的画面，莫名有一些好笑。这一次他们只用了 5 分钟不到的时间，就把 BOSS 给解决了。

【系统公告】恭喜玩家 [夜枭][追魂][翎墨][剑指流年][可乐][白染] 在 30 分钟内通关黑石矿洞经验副本，达成极限速度成就，获得称号 [谁与争锋]。

【世界】钱多多：我的天，是我眼花吗？居然有人能在半小时之内打通黑石矿洞副本？不是说那个副本的最后那个 BOSS 的血超级多，超级难打的吗？

【世界】菜鸡想要飞：朋友们，和我一起把牛×打在公屏上！

【世界】九月天：我怀疑夜枭大佬又发现了什么新的打法。

【世界】六月雪：亲爱的，自信一点，把怀疑两个字去掉……

风波江南也发来了消息，询问他们能够这么快通关的办法。

剑指流年问道："老大，染哥，江南问我们为什么能这么快通关，是不是有什么诀窍？我能不能告诉他？"

因为之前论坛的副本攻略都是他写的，所以风波江南就把消息发到了他这边。

夜枭看向冉骐，见他点头同意后才道："告诉他吧，让他快点升级，争取今天

_____

① 指有偿带人打游戏。

全员都到 30 级，一起去打深渊副本。"

现在已经是早上 6 点多了，等 8 点 CD 刷新之后，就又要开始新一轮的副本之旅了。

"好！"

GM 承诺 8 点之前要给他们的奖励，在 7 点 51 分通过邮箱发了过来。

"GM 把答应给我们的实物兑换券发过来了，不过他都一起发到我邮箱了，我重新交易给你们。"剑指流年查看了邮件之后说道。

"好的。"

剑指流年挨个给队伍里的人发送交易请求，然后交易给他们 4 张兑换券。

"居然有 4 张券？！"顾乐惊喜道，有种天上突然掉了馅饼的感觉，要知道 4 张券可以换不少好东西呢！

"是啊，GM 答应，我写一个攻略给我们队伍里的每个人奖励 2 张，我发了两个攻略，当然要给我们 4 张了。"剑指流年的脸上也满是喜悦的表情，"等会儿 CD 刷新之后，我们把森林墓场和黑石矿洞挑战副本的首杀拿了，然后我再写两份攻略出来，GM 又能给我们每个人 4 张券。"

"我看可以！"

剑指流年的提议得到了大家的积极赞同，毕竟实物兑换券这种好东西当然多多益善。

顾乐拿到兑换券后，第一时间去商城兑换了草莓、杧果、葡萄和苹果等水果，他这次一定要吃个痛快。

【系统】恭喜玩家成功兑换草莓、杧果、葡萄、苹果各 500 克，扣除 4 张实物兑换券。

"冉冉！我换了好多新鲜的水果了！这次换我请你吃好吃的！"

"行啊，那我这次就不换水果了，换点别的吧。"冉骐在兑换商城里翻了半天，最后换了猪肉、番茄和鸡蛋。

【系统】恭喜玩家成功兑换猪肉、番茄、鸡蛋各 500 克，共扣除 6 张实物兑换券。

猪肉需要 3 张券才能换，虽然比较贵，但还是很值得的。鸡蛋需要 2 张券。香煎五花肉放一点点盐就很好吃，再做个番茄鸡蛋汤，今天他和顾乐可以好好吃上一顿了。

"老大，GM 又问直播的事情了，你考虑得怎么样了？"剑指流年询问夜枭。

"急什么？深渊碎片还没集齐呢，到时候再说吧。"反正夜枭是一点也不着急的。

"行吧……"剑指流年便也就这样回复给了GM。

等到8点副本的CD重置之后，几人又把黑石矿洞副本给打了5次，夜枭升到了35级，追魂和翎墨是34级，剑指流年33级，顾乐31级，冉骐30级，这下子他们终于全员都升到了30级。

夜枭说道："等会儿我们去把30级以下的挑战副本都打了，拿到深渊碎片之后，我们就可以去下一个主城，准备组团下深渊副本了。"

深渊副本是《魔域》中难度最高的一种副本，如果说经验副本是简单模式，挑战副本是困难模式，那么深渊副本就是地狱模式。

虽然深渊副本的难度很高，且具有一定危险性，但是能够得到的奖励和回报同样也是非常丰厚的。除去掉落制造A级套装的稀有材料，还会掉落许多30级的A级装备散件，以及职业技能书和公会召集令这样的珍稀道具，可以说通关深渊副本是玩家们快速变强和致富的最佳途径。

《魔域》越到后期升级越难，无论是野怪还是副本怪的战斗力都在提升，所以他们必须通过深渊副本把装备和技能都给提升起来。

"我们要下线去上课了……挑战副本等我们上完课再去吧。"冉骐有些不好意思地开口，因为系统又给他发健康提示了。

夜枭回道："没关系，刚好我们也要下线训练。"

"啊？老大你是认真的吗？"追魂闻言不敢置信地看向了夜枭，他还以为昨天夜枭只是吓唬他们而已……

"我当然是认真的，下个月就是对抗赛了，不能因为玩游戏就荒废训练。"夜枭认真道，"反正你们每个人和我对战半小时就行了。"

"啊……不要啊！"

顾乐和冉骐就在追魂他们的一片哀号声中下了线。

第二十四章

冉骐从游戏舱里出来，要做的第一件事就是去洗澡。毕竟游戏舱里充满了营养液，就算在开舱的时候，游戏舱会自动把营养液抽干，但是身上还有种黏附感，总是要洗个澡才会觉得舒服。

他洗完澡出来后，光脑显示章鱼快递也同时到达了。

机械小章鱼认真地验证了他的身份后，就打开肚子，把一箱东西交给了他。冉骐打开一看，里面果然装着一大块猪肉、一袋子番茄和七八个鸡蛋。

冉骐刚把东西拿出来放到桌子上，顾乐就发了视讯请求过来。

"冉小骐！我收到快递了！好多水果呀！"顾乐一脸兴奋，脸上像是冒起了红光，看得冉骐直想笑。

冉骐问道："嗯，我也收到了，我等会儿准备做饭，你要不要来我这里吃？"

"要要要！我马上来！"顾乐忙不迭地答应，急匆匆地挂了视讯准备过来。

结束了和顾乐的通话之后，冉骐又通过光脑打开了星网购物商城，买了烤肉专用的烤盘和电动节能炒锅，还有餐盘和调味料等东西。宿舍客厅的桌子够大，直接购买厨具后，在桌子上就可以做一些简单的食物了。

在等待厨具送达的时候，冉骐的光脑又响了起来，一看来电人的名字，他就立刻放下手里的东西，接了视讯，紧接着就看到一张漂亮精致却又带了点柔弱气质的美人脸出现在了画面中，眉眼与冉骐有七八分相似。

"妈妈！"冉骐微笑着冲她招了招手。

"小骐，刚才你爸的账户有扣款提醒，你买厨具了？"瞿清皱着眉，担忧地说道，"厨具多危险啊，你可从来没有自己做过饭，万一爆炸了可怎么办呢？你可是我们的宝贝，不能这么冒险啊。"

冉骐顿时满脸尴尬，他的妈妈什么都好，就是太过担心他了。

豪门是非多，当初瞿清怀着原主①的时候，遭遇了绑架袭击，瞿清受了伤，差点流产。原主的身体也因此受了影响，所以冉骐资质才会是双 E。

本来这也没什么，就算资质差一点，也是能正常生活的，他家里又有钱，完全可以躺着当个快乐的"寄生虫"。偏偏原主是个叛逆又爱作死的，处处要和自己优秀的两个哥哥比较，越不让他干什么，他越要干什么。开不了机甲，他就去开轻型战甲，结果也没有好好学习准备，第一次尝试就操作失误发生了意外。

从报废的战甲里被救出来的时候，原主整个人已经几乎没有生命体征了，出车祸发生意外的现主冉骐就是那个时候穿越过来的。

冉骐穿越过来之后在医疗舱里躺了整整三个月，又在家被瞿清当成易碎的娃娃一样爱护了两个月，恢复之后才得以重新获得上学的权利。冉绍钧怕他又作死，想方设法地让他进了第一军校的勤务系，军校纪律严格，他是没有机会再接触那些危险的东西了。

可惜冉骐是来自21世纪的人，学校教导的知识对他来说过于深奥，就像是强迫普通小学生去读硕士研究生一样，他压根学不会。入学两年时间，他一直都是"学渣界"无法被超越的王者。

在学业不顺的同时，他还要面对张烁的欺凌、同学的排挤，冉骐的校园生活绝对称不上愉快，还好他认识了与他性格相投的顾乐，两人很快成了好友，不然冉骐

---

① 身体原本的主人。

恐怕都要抑郁了。

"妈妈，我没事的，安叔叔每次上门做饭的时候，我不是经常在边上看吗？我都学会了，就是没机会展示。"

自从原主作死出了意外后，瞿清就一直很担心他的身体，觉得自然食物对身体更好，便会偶尔地请一位姓安的星厨上门做饭给他吃，冉骐也的确是会过去看星厨做饭的。

用这个当借口，瞿清果然信了："那你一定要小心啊。"

"好的，妈妈，有机会我也做给你吃。"冉骐笑眯眯的。

瞿清闻言，眼睛一下子就亮了起来，又是期待又是激动地道："好的，那妈妈等着！"

冉骐见状忍不住在心底叹了口气，原主太过叛逆，对家人一直都十分冷漠。发生意外之后，家人生怕他又出什么事，所以对他的态度越发小心翼翼，甚至可以说是有些讨好了。

如今他只是简单的一句话，就能让瞿清那么高兴，这不免让他觉得有些心酸和愧疚。

养伤期间的相处，让他对冉家人有非常好的印象，他上辈子是个孤儿，从来没有感受过家庭的温暖。严肃的父亲、温柔的母亲、亲近的兄弟，这样的家庭简直是他梦寐以求的。

只不过有些事，还是要慢慢来才行。

他陪瞿清聊了一会儿，直到门外响起了敲门声。

应该是顾乐到了。

冉骐道："妈，我同学来找我了，我先挂了，等放假了我就回去看您。"

"好好好！"瞿清连连答应，这才依依不舍地结束了通话。

冉骐走过去把门打开，看到顾乐抱了两个大碗站在门口。

"怎么这么久才来开门，我都快抱不住了。"顾乐抱怨道。

"和我妈视讯呢。"冉骐接过顾乐手里的一个碗，和他一起进了屋子。

"今天的草莓比昨天的还要甜！还有这个葡萄，也特别好吃，你快来尝尝！"顾乐进屋之后，就自觉地坐到沙发上坐下了，"对了，那个叫杧果的怎么会那么难吃啊？我刚才咬了一口，感觉又酸又涩，难吃得很！"

冉骐忍不住失笑："笨蛋，杧果的皮不能吃。"

《魔域》官方寄来的杧果是那种小杧果，一共4个，差不多巴掌大，颜色偏深，看起来就是熟了的，应该很甜。只是其中一个被顾乐咬了一口，看起来可怜兮兮的。

"这样吃才对。"冉骐拿起一个杧果演示，麻利地扒了皮，然后对着橙黄色的果肉咬了一大口，满足地眯起了眼睛。

"你这家伙，也不说帮我剥一个！"顾乐一见冉骐吃就急了，连忙拿起自己咬了一口的那个杧果，有些笨拙地开始剥皮。

就在这个时候，小章鱼快递又来了，这次送来的是冉骐订购的厨具。

"你先吃，我把饭做了。"冉骐对他说了一声，就去拆快递了。

顾乐一边啃水果，一边走过去看着好友利落地安装好了烤肉盘和各种厨具。他现在对冉骐的厨艺已经没有任何怀疑，就等着一会儿吃好吃的了。

"对了，之前下线的时候，夜枭他们提到对抗赛，我才想起来，咱们学校下个月好像也要举办对抗赛了吧？时间上是不是太巧了？你说夜枭他们会不会是咱们学校的？"顾乐突然问道。

帝国境内所有军校每年都会举办一次全国性的联赛，但并不是所有学生都能参加，只有经过校内对抗赛选拔出来的前十名精英学生，才有资格参加军校联赛，像他们勤务系的人，顶多就当个观众。

冉骐摇了摇头："应该不是，夜枭他们长得好看，又那么厉害，如果是在我们学校，我们不可能没有听说过的。"

"你说得对！"顾乐想了想，深以为然地点了点头，然后又问道，"那他们会不会是其他学校的？他们那么强，对抗赛肯定能进前十！"

"这和我们有什么关系？"冉骐挑眉看向顾乐，"你干吗对他们这么关注？"

"我这不是好奇吗？"顾乐撇了撇嘴，然后把这个话题给跳了过去，"你准备做什么啊？"

"做个烤肉，再做一个番茄鸡蛋汤。"

"烤肉我看过直播，味道特别好！"顾乐眼睛一亮，忍不住咽了咽口水，"但是这个番茄鸡蛋汤我就不知道了。"

偶尔会有网红在星网上直播吃烤肉，只要砸100星币的礼物，就可以开启味觉共享，所以顾乐也算是尝过味道了。

但是番茄和鸡蛋这类自然食材，大多数人见都没见过，所以顾乐完全不知道这个汤是什么东西。

"没关系，一会儿你就知道了。"冉骐笑着说道。

冉骐把五花肉切成薄薄的肉片，在表面抹上少许盐，然后把它们一片一片地铺在了已经抹了油的烤盘上。烤肉很快在烤盘上发出了声响，肉片渐渐染上了金黄的色泽，属于烤肉的香气也开始在房间内蔓延开来。

"好香啊！就是这个味！"顾乐陶醉地吸了吸鼻子。

星际时代的调味料比较单调，所以烤肉酱什么的就不要想了，好在送来的肉品质极高，哪怕是只经过简单调味的五花肉，也已经足够美味。

124

"来，尝尝。"冉骐拿筷子给顾乐夹了一片已经烤好的肉。

烤好的五花肉外侧的表皮有点焦，吃起来焦香酥脆。整片肉柔软中带着嚼劲，肥肉中的油脂都被烤化了，随着咀嚼，肉汁不断地溢出来，整个口腔都充满了烤肉的绝美香气，这绝对是直播时的味觉共享无法给予的满足感！

"太好吃了！"顾乐几乎要流下幸福的泪水。

冉骐也尝了一片，满意地点了点头，味道确实很不错，不过对他来说，偏清淡了。

冉骐想了想，拿起炒锅，往里面放了点醋和白糖，用低温慢慢加热，做了一个简单的糖醋汁。

"你用烤肉蘸这个试试。"冉骐把糖醋汁盛出来装在小碗里，递到了顾乐的面前。

糖醋的香味闻着就让人特别有食欲，顾乐也没犹豫，直接把整块肉都放了进去，然后放进了嘴里。

"嗯……"烤肉还有些烫，让舌头都微微发疼，但顾乐连嘴都舍不得张开，一边努力咀嚼，一边捧着脸夸张地做了一个要晕倒的表情，完美地表达了他对烤肉和糖醋汁的喜爱。

一斤肉其实也没有多少，两人很快就吃完了。

"下次我不换水果了！一定要多换几块肉吃！"对顾乐来说，玩游戏的目标已经转换为努力攒兑换券换好吃的了。

一斤肉根本不经吃，但是一斤番茄和七八个鸡蛋，却是够做一大锅番茄鸡蛋汤了。

冉骐一点没剩地把所有的材料全部用了，番茄用热水烫了皮，然后切成片，下锅熬出浓稠的汁水来，再加清水开始烧汤。剩下的鸡蛋全部倒进大碗里打成蛋液，等水开了以后，再慢慢地加进去，煮了满满一大锅番茄鸡蛋汤。

"给。"冉骐给自己和顾乐一人盛了一碗。

虽然也只是简单的调味，但这样做出来的番茄鸡蛋汤味道极其浓郁，汤汁酸酸甜甜的，又带了点鲜味，鸡蛋嫩滑清香，热腾腾的一大碗下肚，真是让人满足得无法用语言来形容。

"再来一碗！"顾乐意犹未尽。

冉骐又给自己和顾乐各盛了一碗，剩下的则全部倒出来，用保鲜盒装了，然后通过光脑下单了小章鱼快递。

"你这是要寄到哪儿去？"顾乐好奇地问道。

"是给家里寄的。"刚才和妈妈的通话，让他觉得有点心酸，希望这碗汤能让妈妈的心情好一些。

吃饱喝足，两人休息了一会儿就又进入了游戏。

因为六个人全部下线了，所以他们的队伍自动解散了。冉骐刚打开好友列表，打算给夜枭发消息，就看到他在世界频道上活跃。

【世界】夜枭：高价收购 25 级以上法师蓝装，中午 12 点以前，带图带价。

【世界】阡陌：我倒是想卖，我也得有啊！

【世界】九月天：高价收购 25 级以上紫装，带价！

【世界】六月雪：嗯？我看你是想死……

【世界】追魂：高价收购 25 级以上弓箭手蓝装，中午 12 点以前，带图带价。

冉骐："……"

很显然，夜枭他们是在为深渊副本做准备，每个人的装备评分都在 3500 以上才足够稳妥，这也代表着他们必须全身蓝装才行。

但是他们升级的速度实在太快了，几乎全员都在等级排行榜前列，现在整个游戏里 25 级以上的玩家都不算多，他们都弄不到的装备，别人又怎么可能弄得到？

生活玩家就不用指望了，就算有专门培养的职业生活玩家，技能等级也是受角色等级限制的，所以除非这些玩家的等级升到 25 级，否则熟练度再高，也是没有办法做出 25 级的装备来的。

而副本打到的装备是拾取绑定的，野外打小怪掉的装备很少有品质好的，除非是像冉骐这样运气超好的玩家，才有可能从小怪的身上拿到 25 级蓝装。可就算真的有人拿到了蓝装，在装备这么紧缺的情况下，也肯定是要留着自己用的。

冉骐觉得他们注定是要失望的……

【私聊】冉骐：我们来了，你们别收装备了，多收点材料，我直接给你们做，别买了。

【私聊】夜枭：好……

【系统】玩家［夜枭］向您发来组队邀请。

冉骐和顾乐进队之后，夜枭就让冉骐到生活技能区，然后交易给冉骐一大堆锻造材料。

冉骐："你这是把交易行搬空了？"

夜枭："不是，我听说做装备的品质还有属性都与熟练度有关，所以给你多准备了一些材料练手。"

"好的，谢谢……"

冉骐总不能说自己的熟练度全满，根本不需要练手吧？只能尽力帮他们把装备给做好一些了。

"我们要不然先去把挑战副本打了，休息的时候，我再来做装备？"做装备还是需要点时间的，与其这么多人在这里一起等着，倒不如先去把副本打了。

"行。"夜枭也想早点把剩下的两个挑战副本的首杀给拿了，便让大家集合，一起前往了森林墓场的副本。

进了副本之后，冉骐和顾乐注意到追魂他们几个都是一副蔫头耷脑没什么精神的样子。

"你们这是咋了？"顾乐拿胳膊捅了捅追魂，"不就是下线训练一会儿吗？怎么一个个都跟脱了层皮似的？"

追魂皮笑肉不笑地回答："要不你去和我们老大练练？"

"不了不了！"顾乐当即认怂，兢兢业业地拉怪去了。

接着他们就发现，原本还蔫巴的追魂几人看到怪的时候都跟吃了兴奋剂一样，发了狠一样地打怪，最后居然不到 20 分钟就把食人花 BOSS 给解决了。

【系统公告】恭喜玩家［夜枭］［追魂］［翎墨］［剑指流年］［可乐］［白染］以 19 分 11 秒 07 的成绩通关森林墓场挑战副本，并获 SSS 级评价，额外奖励［黄金宝箱］一个。

第二十五章

这条首杀公告，再次让世界频道沸腾起来。

【世界】该隐：什么玩意？这是把挑战副本当经验副本在打啊？经验副本极限速度也才 20 分钟，结果挑战副本也用差不多的时间拿了首杀？

【世界】雾里看花：队友问我为什么突然跪下……我让她看公告之后，她和我一起跪下了……

【世界】晴空万里：你们会不会太夸张了？他们队伍比副本高出 10 级，有等级压制，打起来当然快了。

【世界】安之若素：你说的有一定的道理，但是你信不信，就算是同样等级的其他玩家进去，也没有办法那么快通关？

【世界】一叶孤舟：我信！乖巧坐等大佬分享攻略。

【世界】伽途：怪不得大佬们突然要收 25 级以上的装备，应该是准备去深渊副本了吧？

【世界】阡陌：我记得深渊副本要 15 人！我要赶紧升级了！万一大佬的团队

缺人，我还能及时补上！

【世界】不夜天：我去，兄弟你很有想法啊！高输出刺客，森林墓场经验副本求组队啊！

而此时的副本内，追魂和翎墨正围着宝箱转圈，口中还念念有词。

"天灵灵，地灵灵，保佑染哥抽个紫装！"

"天灵灵，地灵灵，保佑染哥抽到技能书！"

冉骐："……"

大兄弟，这都星际历三千年了，你们怎么还在搞封建迷信？

小白倒是觉得他们的行为很有趣，也拍打着小翅膀，跟在他们身后一边飞一边叫。

几人神神道道地转了半天，追魂看向冉骐，一脸认真道："染哥！到你发挥的时候了！"

冉骐好笑地摇了摇头，然后上前打开了第一个宝箱。

【系统】恭喜您获得 [圣光术 · 技能书] 和特殊道具 [深渊碎片]。

圣光术 · 技能书

可学等级：30 级以上

限制职业：牧师

使用说明：打开即可学会技能 [圣光术]。吟唱 3 秒，冷却时间 5 分钟，召唤神圣之力，充斥周身 3 米范围，所有进入施法范围的玩家均可快速回复生命值，持续时间 15 秒（施法者移动或死亡，则圣光治疗效果消失）。

"哈哈哈，真的出技能书了！还是范围性群体治疗的技能！进深渊副本的时候可就有大用处了！"翎墨高兴极了，只觉得自己的祷告灵得不行。

"我们染哥又变得更强了，肯定是目前为止第一个学会四个技能的牧师！奶遍天下无敌手啊！"追魂也来了一个马屁。

冉骐作为全队唯一的牧师，这本技能书毫无疑问被分给了他。

其实冉骐的技能树是全满的状态，他根本不需要技能书，只要等级达到要求之后，相应的技能就会直接自动点亮。但是他与夜枭等人组成了固定队之后，几乎一直都在一起，根本找不到获得新技能的理由，所以就算他已经激活了圣光术，也没有办法使用。

现在得到了技能书，他终于可以光明正大地使用这个新技能了，至于这本技能书，他是不想浪费的，还是先留着，等以后找机会送给奉天好了。

然后冉骐很自觉地给队伍交了 10 金币辛苦费。

夜枭："不用给那么多。"

"没事，我有钱。"冉骐看了他一眼，又调皮地补充道，"我捡破烂挣的。"

夜枭："……"

冉骐随便一句话，差点把夜枭噎个半死。

接着，冉骐又开启了第二个宝箱。

【系统】恭喜您获得高级材料［食人花的毒藤］和特殊道具［最高级攻击魔纹·配方］。

食人花的毒藤

等级： A级

说明： 高级材料，可用于制作武器，并附带毒性伤害。

最高级攻击魔纹·配方

等级： A级

说明： 强化类魔纹配方，使用后可学会最高级攻击魔纹的制作方法，可以为武器增加基础攻击力20%。

"这两样东西算好还是不好？"追魂和翎墨凑上来问道。

"当然是好东西！染哥开出来的东西能是不好的吗？"剑指流年没好气地白了他们两个一眼，"这个毒藤是做武器的主要材料，攻击魔纹更是附魔物品中最难获得的一种，都是可遇不可求的好东西。"

"这个我当然知道啊！但是制作A级武器不是对技能熟练度要求很高吗？材料可就只有那么一份！感觉虽然厉害但是用不上……"

"就是啊！魔纹是个好东西我当然知道啊！但前提是必须学会炼金术啊！炼金术可是所有生活技能里公认的最难学的一种了！"

冉骐把他们的对话都听了进去，此时便笑着说道："这个就不用你们担心了，东西交给我，你们等着换新装备就行了。"

"染哥万岁！"几人顿时欢呼起来。

"走吧！趁着状态好，我们去把黑石矿洞的挑战副本首杀也拿下来！"

确实如世界频道上玩家们所说的那样，他们打森林墓场的时候是有等级压制的优势，所以打得才那么轻松。但黑石矿洞就不一样了，毕竟是25级的副本，连小怪的攻击力都高得离谱，要是不打起精神认真对待的话，还真有可能发生意外。

不过他们仗着冉骐有了圣光术，依然采取了和经验副本同样的打法，让翎墨和剑指流年两个跑得快的去引怪，然后追魂和顾乐两个有群攻技能的负责接应。

当然，他们不可能作死地一次性把所有的小怪都引过来，而是分批次地引来十几个。

他们把小怪引到一起之后，冉骐就施放群疗（群体治疗）技能，其他人一拥而上，如同砍瓜切菜一样将这些小怪全部消灭。等冉骐的圣光术 CD 结束，第二拨小怪就又拉了过来，他们就这样保持着引一批清剿一批的速度，很快来到了变色龙 BOSS 的面前。

打 BOSS 的时候，几人尤为谨慎，因为这个 BOSS 的范围性攻击技能不少，尤其是喷毒技能的杀伤力，比起经验副本又提高了不少。虽然冉骐有了群疗能力，但是圣光术只能回复生命值，并不能去除所有人的中毒状态，一旦有两人以上同时中毒，依然会完蛋，所以看到 BOSS 肚子鼓起来的时候，大家还是拼命地跑了起来。

也不知道这个 BOSS 是不是和冉骐有仇，冉骐明明看它的脑袋是朝着右边的，所以他才往左边跑，谁知道这个该死的变色龙突然来了个"神龙摆头"，又对着他喷毒了。

还好因为有了上一次的经验，这一次大家都特别关注 BOSS 的情况，第一时间就使用技能给冉骐争取时间。离冉骐比较近的顾乐更是举着硕大的盾牌冲到了他的面前，用盾牌抵挡着 BOSS 喷出的毒液，带着他来到了安全区域。

"啊，我的盾牌啊！耐久度只剩 30 了！还在不停地掉啊！"顾乐突然大声哀号起来。

由于顾乐全程用自己的身体和盾牌帮冉骐挡着，所以冉骐并没有沾到毒，顾乐的身上稍微沾到了一些，用净化术净化一下就解决了，但是他承担了大部分伤害的盾牌的耐久度却开始疯狂下降。

装备的耐久度清零的话，是会直接报废的，也难怪顾乐的反应会那么大了。

"没关系……坏了的话，出去我再给你做一块……"

"行吧！一定要做一块更好的！"顾乐强调。

"没问题……"

冉骐也很心酸，关键时刻总是被牧师的速度给拖累。他想着等出副本之后，一定要去做一堆加速药水，然后再给鞋子附上个加速度的疾风魔纹。

他要做牧师中速度最快的那个！

"唧唧！"仿佛被 BOSS 攻击冉骐的行为激怒，之前一直乖乖趴在夜枭肩头安静睡觉的小黑怒了，发出了凶凶的叫声，然后腾空而起，疾速飞向 BOSS，张嘴喷出一团黑色不祥的雾气。

与此同时，夜枭收到了一条系统提示。

【系统】您的宠物成功触发厄运诅咒技能，技能等级提升。

他抬头一看，变色龙 BOSS 的动作明显变得迟缓，攻击伤害也下降了。

"快！小黑触发了诅咒技能！BOSS 的攻击力下降了 10%！大家集火！"

"好嘞！"众人立刻拼命地用起了技能。

变色龙 BOSS 见势不妙，又开始使用保命绝招，将身体颜色调整为与周围环境一致，悄然隐匿了起来。

然而不等众人寻找 BOSS 的位置，小白就已经拍打着翅膀飞到了一块黑色的石头上，用短短的小爪子狠狠地踹了几下。

夜枭会意，甩出一个火球，果然把 BOSS 给重新打了出来。

变色龙狼狈地恢复了身形，只能说这个 BOSS 太倒霉，遇上了两个小克星。

BOSS 倒地之后，小黑再次以迅雷不及掩耳之势将掉落的装备给捡了起来。还好夜枭提前改了拾取设置，那件装备直接进了团队的包裹里。

【系统公告】玩家［夜枭］一顿猛揍，魔化变色龙不甘地丢下了［骑士之刃］狼狈逃走。

骑士之刃

限制等级： 25 级以上

职业要求： 刺客

物品等级： A 级

耐久度： 200/200

属性： 基础攻击力 +75，敏捷 +22，体质 +19，致命一击 +10

"紫色匕首！"剑指流年的眼中发出激动的光芒，他可算要有一件紫装了，而且还是极为难得的紫色武器！

不光剑指流年自己激动，世界频道上的玩家们也跟着一起激动。

【世界】山河不破：又是他们……又是他们……每次系统公告都是他们！我怀疑这是官方测试人员！

【世界】九月天：看不惯又能咋的？你还能打他们咋的？

【世界】六月雪：看你那个作死的样子！小心大佬们悬赏你！

【世界】该隐：刺客紫色武器！我嫉妒了！

【世界】无欢：刚打 BOSS 拿到的蓝色武器突然不香了……

剑指流年兴高采烈地往队伍里交了 5 金币辛苦费，然后就换上了新匕首。匕首通体漆黑，上面还绘着鲜红色的花纹，别说还真是挺好看的。

有了紫色武器激励，几人都兴奋起来，又马不停蹄地朝下一个 BOSS 杀去，路上的那些蜂窝也一点没浪费，小白全都帮冉骐给收了起来。

最后一个 BOSS 本该是最难的，但是夜枭他们已经知道了它的弱点，因此打起来毫不费力，又成功拿下了一个首杀。

【系统公告】恭喜玩家 [夜枭][追魂][翎墨][剑指流年][可乐][白染] 以 29 分 01 秒 95 的成绩通关黑石矿洞挑战副本，并获 SSS 级评价，额外奖励 [黄金宝箱] 一个。

【世界】伽途：这速度真是太不寻常了吧？最后的 BOSS 不打上半小时根本打不死啊！挑战副本居然也这么快？

【世界】头毛卷卷：你忘了他们经验副本就已经拿了极限速度成就了？肯定有什么我们不知道的速通诀窍！

【世界】一叶孤舟：还是那句话——等大佬的攻略！

【世界】三言两语：对对对，求大佬分享一下攻略吧！好人一生平安！

【世界】暮光：好人一生发财！求大佬救救孩子们吧！

然而夜枭他们的注意力根本不在世界频道上，他们都眼巴巴地盯着那两个金灿灿的宝箱呢。

"天灵灵，地灵灵……"两个迷信的家伙又开始了。

【系统】恭喜您获得首饰 [骑士戒指] 和特殊道具 [深渊碎片]。

骑士戒指

限制等级： 25 级以上

职业要求： 法师

物品等级： A 级

耐久度： 200/200

属性： 基础攻击力 +70，智力 +25，体质 +19，基础防御力 +66

冉骐开出了紫色戒指，而且是只有法师能用的，于是这枚属性极佳的戒指就归了夜枭。

"快快快！下一个宝箱！"追魂等人满眼期盼地催促道。

【系统】恭喜您获得 [冰河·技能书]。

冉骐的运气实在太好，居然又被他给开出来了一本技能书，还是法师专用的群攻技能。

冰河·技能书

可学等级： 30 级以上

限制职业：法师

使用说明：打开即可学会技能［冰河］。吟唱 3 秒，冷却时间 1 分钟，凝聚寒冰之力，覆盖周身 4 米范围，形成寒冰地带，造成魔法伤害 110%＋智力点数，受到攻击的敌人在 6 秒内移动速度下降并进入迟钝状态。

"牛 ×！染哥牛 ×！"

夜枭攻击力虽然高，但是一直没有群攻技能，不论是在野外打怪，还是在副本内打怪，他都只能一个一个地打，效率实在太低。现在有了这个技能，他终于算是得偿所愿了。

之前提到过，30 级是《魔域》游戏的一个重要分水岭。玩家到达 30 级后，可以前往新的主城，进行转职并拓展技能树。转职有两个分支选择，各分支都有不同的侧重点。

比如牧师可以转职成为神圣牧师或者神殿祭司，神圣牧师有治疗加成，治疗量更高，而神殿祭司则是偏攻击辅助。

弓箭手可以转职成为箭神或者游侠，箭神使用长弓进行远程攻击，而游侠则是使用短弓配合敏捷的身法进行中近距离的攻击。

刺客可以转职成神影或者毒牙，神影是潜伏于黑暗中的暗杀者，以速度和敏捷为主，而毒牙则偏重用毒攻击。

战士可以转职成为战神或剑客，战神相当于狂战士，具有很强的攻击力，剑客则是偏重防御，拥有许多大范围的拉怪技能。

法师则可以转职为战斗法师和元素法师，战斗法师精通近身格斗，以元素法术为辅，元素法师利用冰、火、水、木、土等自然属性的力量进行战斗。

虽然火球术和冰河是两种性质完全相反的魔法，但是只要转职成了元素法师，就可以自由拓展技能树了。

"啊！怎么都是法师的东西！"追魂气恼不已。

翎墨忍不住道："我也嫉妒了……"

"行了，给你们辛苦费总行了吧？"夜枭很自觉地往队伍里交了 15 金币，总算是安抚住了几人嫉妒的情绪。

"刚好副本都打完了，我们一起去纳西城转职吧！"

"好的，走吧！"

全员都到了 30 级，是应该去新的主城转职了，深渊副本的入口也在纳西城外。

"等等……"剑指流年突然开口叫住了大家，"刚才 GM 又给我发消息了，问我们能不能把刚才通关的两个挑战副本的攻略写出来，另外直播的事情老大你考虑得怎么样了？"

在他们接连又拿下了两个首杀之后，GM 再次发消息和他们联系，希望他们能够继续在论坛上分享攻略，另外又提了一下直播深渊副本的事情，而且再次加码，如果他们同意进行直播的话，到时候官方会给他们队伍每个人 8 张实物兑换券。

"你问他能不能给我们每个人 10 张，毕竟还有江南他们。"到时候副本是大家一起打，不可能好处只有他们队伍的人拿。

剑指流年点了点头："好的，我问问！"

没过一会儿，GM 就给了回应。

"GM 同意了！不过他问我们准备什么时候打深渊副本，他好配合在官网宣传。"

夜枭道："行，我们还要做点准备，等确定了时间再告诉他。"

江南他们队伍的人还没有全部到 30 级，而且装备和技能还得想办法升级，这些都需要时间来准备。深渊副本的难度实在太高，内测的时候他们也只打过了第一个 BOSS 而已，做足了准备再去，才有可能成功。

"好。"

第二十六章

穿过了游戏里的两张地图，夜枭一行人来到了 30 级准入的主城——纳西城。

纳西城坐落在海边，这里的风景极美，有着澄澈的天空、碧蓝的大海、白色的沙滩、清凉的海风，听着海浪拍打礁石的声音，只让人觉得心旷神怡。

这里的街道上都铺满了漂亮的鹅卵石，街道两边的房子都是漂亮的小矮房，马卡龙色系的墙壁，让人觉得好像进了童话世界一般。街道上目前就只有他们几个玩家，NPC 们正在各自的区域内忙碌着。

餐厅的老板正站在门口，热情地招呼着行人。

总觉得这里不像是个游戏主城，而是什么度假胜地。

目前为止等级达到 30 级以上的玩家一共才十几个，大部分还留在塞隆城那边和挑战副本死磕，所以西纳城这里除他们之外，没有别的玩家。

"难得餐厅不用排队！我要过去看看有什么好吃的！"顾乐双眼一亮，就要往餐厅跑。

"走走走！一起去！"追魂附和道。

塞隆城的餐厅几乎一天到晚都在排队，他们队伍天天都忙着练级，根本没空去吃东西。

难得今天有空，当然是应该好好放松一下了。

冉骓也跟着一起进去了，他们选了靠窗的位置，这里可以看到大海，风景特别好。

只能说不愧是30级主城的餐厅，这里的食物比起塞隆城的餐厅要更丰富一些，多了意大利面、水果派和小蛋糕。

反正这是游戏，吃多了也不会撑死，所以顾乐他们几个干脆把菜单上所有的东西都点了一份。

有钱人就是这么任性！

冉骐点了一份牛排，味道挺不错的，牛肉非常鲜嫩，虽然只加了盐和黑胡椒粉，但也有一种鲜美感。

"这里真漂亮！"追魂看着窗外的景色感叹道。

"对对对！"翎墨深以为然地点了点头，然后转头看向夜枭，"老大，等咱们打到公会召集令之后，公会驻地不如就选在这里吧？"

"我也支持，冉冉手艺这么好，到时候在公会驻地开个餐厅，绝对能吸引一大批玩家，赚得盆满钵满。"顾乐也举双手赞成。

玩家等级达到30级之后，就可以建立公会，而公会驻地也可以自由进行选择。公会驻地建立之后，可以进行扩张并升级成公会城市，公会成员可以在驻地内开设店铺、购买田地，吸引其他玩家来自己的公会城市消费。如果经营得好的话，完全可以将其发展成一个不逊色于主城的繁荣城市。

夜枭道："行，不过我们还是先拿到公会召集令再考虑这些吧。"

其他人："你说得对……"

现在开启深渊副本所需的五块深渊碎片他们已经集齐了，森林墓场和黑石矿洞的挑战副本首杀也都拿到了，他们现在只需要一边做转职任务，一边等着江南他们过来就行了。

转职任务也不复杂，就是被本职业负责转职的NPC指派去打几次怪，完成任务就可以直接转职了。

不过转职任务都是只能由单人完成的任务，所以他们的队伍不得不暂时解散。

"走吧，去做任务！"

"等一等，染哥怎么办啊？"翎墨突然皱眉。

"对呀，转职要打好几拨怪，染哥一个牧师，可没办法打怪啊！"

"没事，牧师的转职任务不是打怪，而是收集物品，我去交易行买就行了。"毕竟牧师可没有什么攻击力，有的牧师甚至到现在还只有一个技能，让他们去打怪真的是太不合理了，所以牧师的转职任务就只是收集小怪掉落的物品。

翎墨闻言，露出了一副欲言又止的表情。

冉骐："怎么了？"

"转职任务要打的怪都是30级，要收集的东西肯定也是30级小怪掉落的，但是现在主城里绝大部分 30 级的玩家都站在你面前，你觉得交易行会有你要的东西卖吗？"

冉骐："……"

他忘了，这已经不是上辈子他玩游戏的时候了……现在 30 级的玩家太少，做转职任务的就只有他们几个，根本不会有人去收集 30 级小怪掉落的东西，交易行里也就更不会有这些东西卖了。

冉骐莫名觉得脸有点疼……

"没事，你去做，缺什么东西和我说一声，我给你寄。"夜枭及时开口保住了冉骐作为"大佬"的脸面。

"好的好的，麻烦你了！"

"不麻烦，反正有小黑。"夜枭说着，伸出手指点了点趴在自己肩膀上睡觉的小黑龙。

小黑迷迷糊糊地睁开眼睛，一脸呆萌地歪了歪脑袋。

"好可爱！"冉骐的心瞬间被击中，他伸出手挠了挠它的小下巴，"那就麻烦我们小黑了哟。"

"唧唧！"小黑仿佛回应一般叫了一下。

夜枭的刷怪能力大家都是有目共睹的，有他帮忙就肯定没问题了，于是众人就此分开，各自去做转职任务了。

冉骐去找了负责牧师转职引导的 NPC 帕特里克，那是一个长相英俊的牧师，他看着大海的方向，眼里透着悲悯的哀愁："尊敬的勇者啊，最近魔物越来越猖狂了，请帮我去海边收集一些没有被魔气污染的海草回来吧，不过要小心沙滩上的那些魔化蟹，它们隐藏在沙砾之下，随时准备攻击进入它们猎食范围的任何生物。"

说了那么长一段，实际上就是一个收集海草的任务。接完任务之后，冉骐就把任务发给了夜枭。

【私聊】白染：需要 10 个没有被魔气污染的海草，要先打沙滩上的魔化蟹。

【私聊】夜枭：没问题，刚好我的任务也是在那片区域。

冉骐很放心地将任务交给了夜枭，然后就径直去了生活技能区，之前夜枭给了他许多制作材料，刚好可以趁着现在做成装备。现在纳西城根本没什么人，他也就不需要遮遮掩掩的了。

冉骐询问过队友们的转职方向。既然要做装备，当然是要根据他们的转职方向来量身打造了。

夜枭打算转职为元素法师，冉骐觉得这完全在他意料之中，因为他还没转职就已经可以算是很强悍的战斗法师了。作为职业"肉盾"的顾乐当然是转职做剑客，性格比较冲动的追魂要转职成为游侠，翎墨则是箭神，剑指流年打算转职成为毒牙。

至于冉骐自己，当然是和上辈子一样转职成神圣牧师了，否则岂不是浪费了自己全部学满了的技能树？

冉骐现在到了30级，所以他可以直接做30级的装备，而且凭着冉骐满级的熟练度，他做出来的装备全部都是B级以上，并且属性都不差，完全不用担心浪费材料。

他先挨个给队伍里的每个人都做了一套防具，只不过受到材料的限制，这些防具都是散件，没有办法组合成套装，但是用来应对深渊副本是已经足够了的。

深渊副本会掉很多好东西，比如A级的武器、首饰和散件装备，以及制作深渊套装的材料和配方，到时候再帮他们做成套装就是了。30级深渊副本掉落的材料做的A级套装，强化后可以一直用到45级，不用担心做了之后用不了多久。

剑指流年和夜枭都已经有了紫色武器，所以不需要给他们额外做武器了。

刚才从副本中得到的A级材料"食人花的毒藤"，就用来给追魂做武器了，因为他有群攻技能，加上毒素伤害的话，攻击伤害能够变得更高。给追魂的是一把连弩，射速比短弓要快，冉骐觉得更适合游侠。

但其他人因为A级材料欠缺，暂时只能给他们做B级的武器了。给翎墨的是一把加命中率的长弓，让他进行远距离攻击时更容易命中目标的要害；给顾乐的是一把长剑和一块盾牌；另外他也给自己做了一把法杖，之前那把虽然也还能用，但等级有点低了。

然后他又去炼金区，买了一大堆的材料，给追魂他们的装备都一一绘制上了最高级攻击魔纹。至于他自己和顾乐的装备，也都绘制上了最高级生命魔纹和最高级防御魔纹，简直可以说是把每个人都"武装到了牙齿"。

很快，夜枭把冉骐需要的海草给他寄了过来。

【私聊】夜枭：海草收集好了，发到你邮箱了。

【私聊】夜枭：还有一些青蟹、海虾、花蛤，你看看要不要？

【私聊】白染：啊？这些是你收集的？

【私聊】夜枭：不是，我刚才打怪的时候，小黑在沙滩上玩，无意间捡了几个，我看上面写着是食材，就留下了，你要是不需要，我就丢掉。

【私聊】白染：别别别！我都要！我都要！

这可都是美味的海鲜啊！当然要全部都带回来！

【私聊】夜枭：行，都给你留着。

此时的夜枭正站在沙滩上，他戳了戳懒洋洋翻着小肚皮晒太阳的小龙崽："你白染哥哥说他要这些食材，去捡起来吧。"

小黑龙这才不情不愿地飞起来，以极快的速度绕着沙滩飞了一圈，地上那些海鲜就全部都被它给捡了起来，填满了夜枭的包裹。

冉骐飞快地交了任务，然后又给夜枭发来了新的需求。

【私聊】白染：还需要 10 颗珍珠，要找海里的贝壳类生物。

【私聊】白染：如果有扇贝啥的，都给我带回来啊！

【私聊】夜枭：知道了。

想着即将到手的海鲜，冉骐美滋滋地去了烹饪区，开始烹饪那堆蜂巢里的蜂蛹了。

他先用清水将蜂蛹洗干净，然后沥干水分放在了大碗里，在灶台边上摆了一排，看起来密密麻麻一片，让人毛骨悚然。

烹饪技艺师 NPC 站在不远处，用一种看怪物的眼神看着他……

冉骐买了一大锅油，慢慢将锅烧热，然后用小火慢慢地炸着蜂蛹，等到蜂蛹炸成金黄色后，就可以出锅了。再撒上一点盐和胡椒粉，就完成了。

【系统】恭喜玩家自主开发出新类型的食物，请进行命名。

冉骐本来想直接起名叫油炸蜂蛹，可一想到大家对吃虫子的接受度，又临时改了口："金灿灿。"

【系统】命名成功，[金灿灿]配方已添加，玩家享有配方所有权，可将配方导出进行售卖，稍后将发布系统公告，是否需要匿名？

"是。"

【系统公告】恭喜玩家[匿名]开发出新品种食物[金灿灿]，获得世界声望100 点，以及[实物兑换券×1]。

【世界】头毛卷卷：啊，大佬又出新品种了！

【世界】小手微凉：看到缩略图就是金黄色的，一个个圆滚滚的超级可爱，看起来就很好吃的样子！

【世界】嘟嘟：不光是看着好，属性看起来更好啊！我已经迫不及待想要尝尝味道了……

【世界】阡陌：我已经在交易行门口蹲着了，大佬你快点挂上吧！！！

金灿灿

等级：B 级

说明：食用后敏捷提高 18 点，持续 15 分钟。

看到油炸蜂蛹的属性，冉骐满意地点了点头，然后挑了一个丢到嘴里，果然和他想象的一样美味，外脆里嫩，还带着微微的甜味，真是美妙极了。

他用简易制作功能生成了几十份，每份 20 个，留下 20 份自己吃，剩下的全都挂到交易行。由于制作方法很简单，材料也很容易获得，所以冉骐只标价 50 银币。

冉骐这边才挂上去不到两分钟，东西就已经全部卖出了。

和以往抢购到了美食之后，大家迫不及待发在世界频道得意扬扬地炫耀不同，这一次收到"金灿灿"的玩家们，都在世界频道发出了一排排的省略号。

【世界】阡陌：金灿灿……

【世界】雾里看花：金灿灿……

【世界】安之若素：这是咋了？不好吃？

【世界】不夜天：好吃是好吃，但是……

【世界】大橘子：但是什么啊？你倒是说啊！

【世界】暮光：这个真不好说……你们下次买到就知道了……

【世界】夕阳红：卖什么关子呢？谁知道大佬下次卖是什么时候啊？

【世界】阡陌：没啥不好说的，东西很好吃，大佬依然是大佬，知道这些就行了！

【世界】伽途：虽然是在夸大佬和金灿灿，但总觉得哪里怪怪的。

第二十七章

大概是知道冉骐又做出了新的好吃的，追魂他们几个做任务的速度明显加快，没用多少时间就完成了转职任务并回到了主城，然后就一起急急匆匆地过来找冉骐了。

也就夜枭要做双份任务，顺便还要在海边帮冉骐打海鲜，所以没和其他队友一起过来。

"染哥！金灿灿！快让我尝尝！"翎墨迫不及待地冲到了冉骐的面前。

"别急，都给你们留着呢！"冉骐无奈地笑着，给他们挨个发送交易请求，将装备和食物一起交给了他们，"不过有件事，得先和你们说一下……"

翎墨他们几个的注意力已经完全被"金灿灿"吸引了，快速地拿出一份之后，他们直接用手拿起来就往嘴里送，还口齿不清地称赞道："好吃……好好吃……"

鲜香的味道在口腔中绽放，几人都露出了陶醉的表情。

冉骐本来想先给他们"打个预防针"的，只可惜他们的动作太快，没能给他这个机会。

飞快地吃完了一份之后，顾乐这才重新将注意力放到了冉骐的身上："对了，你刚才想说什么啊？"

冉骐笑眯眯地问："好吃吗？"

顾乐有些疑惑地答："好吃啊！"

"那就行了。"冉骐拍了拍他的肩膀，"我去交任务，先走了。"

"哦……"顾乐看着好友疾步远去的背影，总觉得哪里怪怪的。

"那个……"此时，沉浸于美食中的翎墨也终于回过神来，有些迟疑地开口。

"嗯？"

"你们看这个'金灿灿'的样子……这一头怎么黑乎乎的？"翎墨拿起一个油炸蜂蛹凑近看了看。

"呃……还有这个透明的东西……不会是……翅膀……吧？"剑指流年也有些不敢置信地开口。

"所以……这是虫子吗？"

"啥？"追魂是吃得最香的一个，这会儿一听几人的话，顿时就觉得嘴里的东西不香了。

三人面面相觑。

经历了长时间的沉默之后，几人最终还是选择向美食妥协。

嗐，虫子又怎么样？好吃不就行了？反正是游戏里，又吃不死人！

大家很快就战胜了心理障碍，又开始大快朵颐起来。

而非常机智提前偷溜的冉骐已经和带着大批海鲜凯旋的夜枭接头了，并且顺利完成了交易，然后各自去交任务了。

帕特里克牧师用带着慈爱的目光看向冉骐："尊敬的勇者，你已经用你的行动证明了你的实力，请选择你的进阶之路吧。"

冉骐没有丝毫犹豫地选择了神圣牧师，神圣牧师虽然是治疗系的，但也是拥有几个辅助技能的，最重要的是神圣牧师拥有一个神殿祭司所没有的技能——"复活术"。

复活术

可学等级：30级以上
限制职业：神圣牧师

使用说明： 吟唱 5 秒，冷却时间 30 秒。可复活一个角色，并恢复其 20% 生命值，对于高等级目标的复活成功率大幅下降。

复活术，顾名思义当然是能够起死回生了，不过每次都需要消耗一颗魔石，魔石也产自深渊副本，每个 BOSS 都有概率掉落。初期魔石价格可能会昂贵一些，后期会越来越便宜。不过这都和冉骐没关系，他仓库里足足有好几千颗魔石，怎么都是够用的，真是要感谢他的囤货习惯。

牧师的复活术在副本里是非常重要的一个能力，拿难度极高的深渊副本来说，玩家不可避免地会面临死亡的风险，如果同队的牧师没有复活技能，玩家就只能选择回主城复活。装备耐久度大量损耗不说，还需要大老远地从主城跑回副本，传送进副本后，再从副本门口跑到队员们所在的地方。

传统网游都嫌费劲的事情，放到全息网游里，那可就更是浪费时间了。

虽然不知道被复活的玩家还会不会受死亡 3 次下线 7 天的强制规则限制，但总归是比回主城复活强。在进深渊副本之前，有了这个技能，他们通关的成功率可就变得更高了。

帕特里克牧师依依不舍地与他道别："尊敬的勇者，请继续你的冒险之路吧！愿神的爱一直伴随你左右！"

所有人都完成了转职任务后，大家重新组起了队伍，再次回到餐厅集合。

顾乐看到冉骐和夜枭一起过来，本想小小教训一下好友，但是在看到夜枭之后，突然问道："夜枭大佬，那个金灿灿，你吃了吗？好吃吗？"

他很想知道夜枭吃到金灿灿之后会有什么反应。

冉骐一下子有些心虚，但也忍不住好奇地朝夜枭看了过来。

夜枭唇角上扬，轻笑着道："还不错。"

"那你知道那是用什么做的吗？"顾乐接着追问。

"知道，是蜂巢里的东西。"夜枭虽然不知道蜂蛹的称呼，但他已经猜到了金灿灿的来源。

"原来是那个！"几人这才恍然大悟，看向冉骐的目光都带上了强烈的谴责，"下次可千万不能让染哥再乱捡东西了！"

虽然很好吃，但是吃虫子还是太挑战他们的心理承受能力了！

没过多久，风波江南的队伍也终于全员达到了 30 级，一起来到了纳西城。

"哎呀！你们可算来了！"追魂等人过去和江南他们打招呼。

"兄弟！"而奉天看到冉骐之后，也立刻兴奋地跑了过来。

两支队伍互相介绍了一下，很快就熟悉了起来。

身为队长的风波江南是战士，身材高大，看起来非常沉稳，在队伍里很有威信，与夜枭是好友。

无欢是个刺客，年纪看起来很小，还有点孩子气。仿佛生怕人家看不出来他是个刺客，他特意搞了一身黑色的装备，还不知道从哪里弄来了一个面罩，遮住了半边脸，仿佛在玩 COSPLAY。不过他性格倒是挺开朗的，是除奉天之外，第一个凑上来和冉骐打招呼的人。

四时冷暖也同样是战士，队伍里真正的"肉盾"是他来担当的，风波江南是全加力量的狂战士，显然是要走战神路线的。

拉斐尔是弓箭手，长相看起来非常西方化，有种欧式男模般的俊美。

烟箬是个女法师，长相令人惊艳，一头火红色的波浪长发为她增添了无限的风情。她看起来像是热情如火的性格，不过实际接触下来，冉骐发现她其实非常温柔内敛。她和四时冷暖似乎是情侣，尽管两个人进来的时候没有手牵手，但亲密的姿态和眉眼间的情意是骗不了人的。

"白染大佬！终于见到你真人了！你长得可真好看！"无欢一过来，立即就是一顿马屁。

"大佬！你还记得我吗？你给我寄过葱油饼！"拉斐尔也凑过来说道。

冉骐只能一一回复他们："记得……"

烟箬也微笑着道："上次悬赏我都没有出什么力，你还给我寄了两个葱油饼，真是谢谢你。"

因为葱油饼的关系，一瞬间，冉骐就成了所有人的焦点，只有夜枭和风波江南在认真地讨论接下来的安排。

风波江南："深渊碎片已经齐了，我们的转职任务最多一小时就能解决，不过去深渊副本之前，我需要想办法收几件装备。"

夜枭："你们先去转职，装备的话，你们准备好材料，白染可以帮你们做。"

"白染连这个都会？"风波江南吃了一惊，不由得眼神艳羡地看向夜枭，"这么好的辅助，你是从哪里找来的？"

夜枭唇角上扬："捡的。"

风波江南顿时十分嫉妒："行，那装备解决了，我们最好再准备一些加状态的食物和药剂。"

"没问题，这些交给我。"

风波江南微微挑眉："那剩下的三个人呢？"

30 级深渊副本是 15 人副本，他们两支队伍加起来也只有 12 个人，剩下的三个人要去哪里找？

"我已经联系了修罗、荼蘼花开和千机，他们都很愿意过来帮忙。"这三人都是 33 级，位于等级排行榜前十，装备和实力都很不错。在内测的时候，夜枭与他们合作过，对他们的技术还是比较认可的。

　　但是由于内测时间太短，深渊副本根本就没有人通关，除第一个BOSS之外，后面几个BOSS的打法都得靠玩家慢慢摸索。跟着玩家公认实力最强的夜枭团队一起打副本，是个学习并掌握BOSS打法的好机会，三人自然是不会拒绝的。

　　"行，他们什么时候过来？"

　　"应该在来的路上了，晚上8点，所有人在深渊副本门口集合。"

　　"好的。"

　　两人这就把今晚打深渊副本的事情给定了下来。

　　"流年，你和GM联系一下，今晚8点打副本。"

　　"好的。"

　　现在是下午2点，距离晚上8点还有6小时，虽然时间紧了点，但对GM来说应该问题不算太大……吧……

副本

第二十八章

接下来，风波江南他们就先去做转职任务，顺便收做装备的材料去了。

现在距离晚上 8 点还有 6 小时，虽然准备工作都已经做好了，但大家也不可能就这么闲着，练级狂人夜枭又拉着队伍去野外打怪练级了。他如今有了群攻技能，一个人就能应付一群怪，更不用说还有追魂和顾乐了。他们的打怪效率高到离谱，到后来连怪都来不及刷新了。

冉骐其实有点不太好意思，他就是一个蹭经验的，除了给大家加个回复术的状态，基本上也帮不上什么忙。

不过夜枭他们说一起打怪得经验是为了提高队伍的整体实力，如果去深渊副本之前，大家的等级都能有所提升的话，打起副本来会更轻松一些。而且冉骐作为主力牧师，他的存在尤为重要。

既然大家都这么说了，冉骐也就只能安心享受这种经验飞涨的快感了。

在他们忙着打怪的时候，论坛上和世界频道上都已经沸腾了，全都在讨论今天晚上的直播。

在收到剑指流年的消息后，GM 已经用最快的速度，在论坛发了置顶公告，宣布今天晚上夜枭的团队将要去挑战深渊副本，并且进行直播，玩家可以在游戏中开启直播控件后进行观看，也可以登录游戏官网的直播平台，在线进行观看。

下午 5 点多的时候，风波江南发来消息，他们的队伍已经做完了转职任务，并且收了一批用来制作装备的材料，需要麻烦一下白染。

夜枭道："那我们一起回城吧。"

"不用，我一个人就行了。"冉骐急忙劝阻，没必要因为他一个人耽误团队升级，"我做装备很快的，一会儿就回来了。"

见他态度坚定，夜枭也就没再说什么，只道："好吧。"

冉骐就先一个人回城了，他来到生活技能区与风波江南进行了交易。

"这些材料不知道够不够，我们已经尽量多收一些了，如果不够的话，你告诉我，我们再去收。"风波江南话不是很多，看起来很沉稳。

冉骐扫了一眼他交易过来的材料，又看了看他给的装备需求单，心里估算了一下，觉得应该差不多。

"行，那我去做，一会儿你再过来拿。"

"行。"

冉骐说的"一会儿"，还真就是一会儿，不到 20 分钟，他就给风波江南发了消息过去。

【私聊】白染：做好了，来拿吧。

【私聊】风波江南：这么快？

饶是风波江南是个淡定沉稳的性子，此时也不免被冉骐的速度给震惊到了。

不是说做装备很难吗？是很容易失败的吗？

怎么到了白染这里，就跟吃饭喝水一样简单？这可是他们整个队伍的装备啊，20 分钟就全都做完了？

该不会是……失败了好几次？

风波江南心中惴惴不安，担心要再一次去收材料了……

【私聊】白染：之前帮夜枭他们做装备的时候，把熟练度练起来了。

【私聊】风波江南：好的，马上来。

不管心里多么担忧，风波江南也没有表现出来，只是飞快地赶往生活技能区。

一到地方，冉骐就立刻向他发起了交易请求。风波江南屏住呼吸，然后就看到交易栏里被一件件地放上各种蓝装，最后甚至还有两件紫装，品质全部都非常高，属性也相当好！

风波江南："天啊！"

风波江南是战神，奉天是神殿祭司，无欢是神影，四时冷暖是剑客，拉斐尔是箭神，烟箸是元素法师，冉骐做装备的时候，都是尽量按照他们的职业需求做的。冉骐做出来的大多数都是蓝装，但其中也有两件紫装，反正质量比起风波江南想象的要好太多了。

一时间他看向白染的眼神都有些复杂，这么好的一个辅助，怎么就被夜枭给捡到了呢？

不过转念一想，以后他们肯定是一个公会的，有好事夜枭肯定不能忘了自己，风波江南也就淡定了。

"谢谢，这是给你的手工费。"

"不用了，大家都是朋友，再说也不费什么事。"

风波江南见他真不是客套，也就没有再坚持，只拍了拍他的肩膀道："多谢，以后有事需要帮忙，尽管开口。"

"好。"

搞定了这边，冉骐就又回去找夜枭他们蹭经验了。

七点半的时候，众人一起回城准备集合。三位外援也已经到了，修罗是33级神影，同样穿着一身黑，但比起无欢来要有气势多了。荼蘼花开是个33级女元素法师，是个很有气质的性感御姐，手里的法杖也是紫色武器。千机是33级游侠，身上的装备看起来也很不错。

冉骐把包裹清理了一下，然后从交易行买了材料，做了一些食物和药剂，交给了夜枭，由他去分发给众人。

可以加防御力的鲜肉馅饼，可以加基础攻击力的南瓜馅饼，可以快速回复法力值的韭菜鸡蛋馅饼，可以提升法术攻击力的蜜汁肋排，可以提升物理攻击力的蘑菇烧仔鸡，可以提升治疗效果的番茄炖牛腩，可以提升移动速度的辣椒炒肉……一拿出来就是香味扑鼻。

当然其中也有可以提升敏捷度的新产品金灿灿，就是不如其他的食物受欢迎罢了……

看着品种多样的食物，众人全都两眼发光。

这次是为了打副本做准备，所以大家都是按需求分配，想要把每样东西都拿一份是不可能的，但即便如此，这也让他们觉得幸福得有点不真实了……

"夜枭，你是不是认识那个做食物的大佬？能不能介绍一下？"修罗第一个按捺不住地询问。

"不行。"夜枭直接冷漠拒绝。

"哼，大佬的光芒你是藏不住的，迟早我们都会知道。"

"那就到时候再说。"

夜枭两句话，就把修罗给噎了个半死。

夜枭："我们先说一下物品分配的方法。"

30级深渊副本的名称是猫妖巢穴，一共有6个关卡，8个BOSS，需要杀死前面7个BOSS，才能见到最终的大BOSS猫妖。这个副本BOSS多，装备的掉落率也高，是积攒装备、增强实力的好地方。

大家都是冲着装备和材料来的，所以需要先把物品的分配方法给说清楚，免得之后发生什么矛盾。

"同职业的优先按DPS（每秒输出伤害）和治疗量来分，没意见吧？"团队副本中，会有输出伤害和治疗量的统计，谁在努力输出，或者谁在偷懒，是一目了然的。

"没意见！"对开荒①团来说，这是很公平的分配方法，付出的多，收获自然也多。

"行，接下来说一下打法。"夜枭继续道，"内测的时候，我们打了第一个和第二个 BOSS，虽然第二个 BOSS 没能打过，但我们也有了一定的了解。"

第一个关卡有两个 BOSS，是一黑一白两头巨型魔化野猪。白色的野猪是法术系，可以用嘴喷吐大范围的气波进行攻击，法术防御力非常高。黑色的野猪是物理系，外露的獠牙锋利无比，跺脚时的气浪可以把周围玩家震晕在地 3 秒，奔跑时的冲撞力也是不可小觑的。

最麻烦的一点是，这两头野猪必须同时被杀死，误差最多不能超过 10 秒。如果说白猪被杀，黑猪却没死，10 秒后白猪就会满血复活，所以输出时的控制是非常重要的。

"进副本之后可乐负责拉白猪，小四负责拉黑猪，白染和奉天负责加血，物理系职业攻击白猪，法术系职业攻击黑猪，密切关注两头野猪的血量，让你们停手的时候都马上停手。"

"明白！"

第二个 BOSS 是魔化猎豹，它的攻击力非常高，不仅能用锋利的爪子和牙齿进行攻击，还能够发出巨大的风刃，并且会不停地召唤小怪。内测的时候他们因为装备不够齐全，团队配合也不够默契，牧师也没有那么强，才导致团灭，这一次应该能比上次好很多。

"走吧，差不多快到时间了，进去吧。"

"好。"

晚上 8 点整，15 个人一起传送进了副本。

进入了副本之后，夜枭就开启了直播控件，观众们可以以他的第一视角观看。

但是为了不耽误打怪，夜枭直接把直播弹幕和一些花里胡哨的提醒功能全部关掉了，而且他也不打算做什么讲解，反正 GM 只要求他进行直播，又没规定他必须讲解。

尽管夜枭的这个直播显得极其不专业，但在线观看的人数依然在飙升，很快就突破了九位数。因为夜枭关闭了直播弹幕，观众们只能在世界频道发泄他们的激动。

【世界】雾里看花：哇，全部都是 30 级以上的大佬，巅峰配置啊！

【世界】维纳斯：大佬们都长得好好看啊！又帅又厉害，羡慕！

---

① 指挑战未挑战过的 BOSS。

知道今天要直播，在进入副本之前，冉骐就穿上了自己的隐匿斗篷，顾乐也戴上了一个可以遮掩容貌的面具。其他人只以为他们是想要低调，但实际上他们是为了不让张烁和他的那群小弟看到，免得那群家伙又跑来找他们的麻烦。

"检查一下状态！准备开打了！"

两头差不多有三米高的巨大野猪发出愤怒的咆哮，朝着众人飞奔而来。

众人立即朝两边散开，只有顾乐和四时冷暖迎了上去，吸引住了两头野猪的仇恨。

"分开！把它们拉到两个方向！"

顾乐和四时冷暖立刻将 BOSS 拉到了指定的位置，随后一行人开始有条不紊地输出。

夜枭紧盯着两头野猪，看到白猪一抬头，就知道它准备发出气波攻击了，他立即开口："白猪要咆哮了，所有人绕到背后！"

白色野猪的气波攻击是正面呈扇形输出，只要绕到背后，就能完美避开它的攻击。

大家都是战斗意识非常好的人，听到夜枭的指挥立即行动，全部都第一时间绕到了白猪的背后，成功避开了它的气波攻击。

看到野猪后脚蹬地，他就知道它是要冲撞攻击了："黑猪冲撞，所有人闪开。"

次数一多，大家也就都掌握了诀窍，不需要夜枭出声提醒，他们就会自动躲开了。

夜枭："报血量！"

顾乐："黑猪 38%！"

四时冷暖："白猪 24%！"

团队中只有 3 个法师，而物理系职业却有 10 个，法术系职业明显比物理职业要少得多，所以尽管有夜枭这个大佬在，黑猪那边伤害量还是有点跟不上。

夜枭："白猪那边停手！先不要打了！"

负责攻击白猪的人立刻停手，而黑猪这边则加紧输出，等到把黑猪的血量压到了 20% 左右，夜枭才让他们继续打白猪。

在众人的控制下，很快，黑猪和白猪就同时叫一声，在众人面前轰然倒地了，同时还掉落了一件紫色装备和一个 A 级材料，都被小黑以迅雷不及掩耳之势捡了起来。

【系统公告】不鸣则已，一鸣惊人！恭喜玩家 [夜枭][追魂][翎墨][剑指流年][可乐][白染][风波江南][奉天][无欢][四时冷暖][拉斐尔][烟箬][修罗][荼蘼花开][千机] 完成猫妖巢穴深渊副本一号 BOSS 魔化野猪首杀！获得称号［野猪杀手］，以及［实物兑换券×1］。

【系统公告】玩家［夜枭］手起刀落，魔化野猪丢下［猪牙项链］狼狈逃走。

猪牙项链

限制等级： 30 级以上

职业要求： 战士

物品等级： A 级

耐久度： 200/200

属性： 基础攻击力 +80，基础防御力 +40，体质 +19，力量 +44

【世界】该隐：我去，怎么打得这么轻松？前后不过 15 分钟吧？

【世界】阡陌：太牛了真的！

【世界】九月天：刚才飞过去的是个啥？我还没看清地上掉的是啥装备就没了……

【世界】六月雪：是龙！夜枭大佬的宠物！好羡慕……我也想要……

【世界】晴空万里：羡慕死了也不会归你的，还是多看两眼紫色项链吧！属性超好的！

队伍里有三个战士，这条项链加攻击力和力量比较多，顾乐和四时冷暖还有风波江南商量了一下，最后决定把这条项链分给风波江南。

掉落的材料是猫妖的指甲，这是制作猫妖套装的主要材料，单单是卖到商店就值 2 金币，因此夜枭没有立即分配，而是先把它继续放在团队包裹里，等到副本结束，看谁没有拿到装备，就分个材料给他，也算是个安慰了。

"休息一下，准备去第二个关卡。"

其他人都非常淡定，纷纷坐下进行休息，补状态的补状态，回蓝的回蓝，回血的回血……看得修罗、荼蘼花开和千机咋舌不已。

他们来之前就已经对夜枭团队的强大有所了解，但没想到夜枭团队居然会这么强，不仅所有人的装备全部是蓝装及以上，就说那超强的行动力还有团队凝聚力，都非常令人惊讶。

最重要的是，队伍的两个牧师，看起来不声不响的，治疗能力却是强得惊人，尤其是那个叫白染的牧师，他居然有 4 个技能，不仅治疗量大，还能群体疗伤和去除负面状态，出手更是及时。

刚才千机不小心被黑猪震了一下，还以为要被震晕 3 秒，结果瞬间就被一个净化术给解除了眩晕状态。

只能说，真不愧是夜枭的团队啊！

第二十九章

很快，众人就一起来到了第二关。

一头足有四五米高的黑色猎豹正趴在地上，它庞大的身躯挡住了山谷入口。在看到有人入侵它的领地时，它睁开了那双血红色的眼睛，喉间发出低沉的咆哮声，仿佛在恐吓猎物。随着它慢慢站起身，高度更是翻了一倍，给人一种强烈的压迫感。

更不用说它身后的山上还站着许许多多小型猎犬，一双双血红色的眼睛，密密麻麻的一大片，光是看着就让人感觉到毛骨悚然。

【世界】夏日烟火：天啊，这么多怪……也太吓人了吧？

【世界】归海：那豹子趴着就那么大，站起来要有七八米了吧？

【世界】拾年：这豹子的爪子比我的脑袋都要大……被它拍一下一定特别疼……

【世界】阡陌：大佬们加油，你们一定可以的！

"小四主T，可乐副T，其他人控制输出慢慢打，千万不要OT，一定要小心BOSS的风刃。还有，BOSS召唤小怪的时候，所有人都聚拢到白染的身边，白染第一时间开群疗。"夜枭根据之前的经验，决定了打法。

四时冷暖的装备不一定比可乐强，但是他的身体素质和反应速度绝对不是可乐能比的，所以由他来当主T，扛住这只BOSS更为合适。而作为副T的可乐，拥有群攻拉仇恨的技能，当BOSS召唤小怪的时候，他能够更快地接过小怪的仇恨，避免其他队员伤亡。

白染的圣光术能够持续15秒，只要他们能够在15秒内把小怪打完，就有希望杀死这个BOSS。

众人："明白！"

众人迅速补好状态，美味的食物拿在手里也没有工夫品尝，狼吞虎咽地吃完，就做好了攻击准备。

随着夜枭一声令下，四时冷暖率先冲了上去，他手中的长剑在猎豹BOSS的身上划开了一道口子。

猎豹BOSS被激怒，当即一爪子抓向了他，四时冷暖举起盾牌抵挡，可还是不可避免地被猎豹的力量给震退了几步。

其他人都没有动，必须等四时冷暖把BOSS的仇恨拉稳了才行。游戏中的职业都讲究平衡，攻击力越高，防御力也就越低，一旦仇恨乱了，那些攻击力高的职业恐怕都扛不过BOSS的一爪子。牧师的防御力稍微比他们高那么一点，但最多也是两爪子的事。

四时冷暖："可以了！"

夜枭："上！"

各种各样的技能瞬间发出，朝着BOSS的身体疯狂飞了过去。

被激怒的BOSS立起，然后向前一扑，地面剧烈地震动着的同时，掀起的气浪将没有防备的众人掀翻，众人的血量也同步下滑了一大截。

不过众人都很快地爬了起来，稍稍后退了一点，方便牧师加血。

冉骐和奉天用治疗术迅速将他们的血补满了，两人商量好了分工，并没有发生同时给同一个人重复加血的状况。虽然在这种情况下，一个圣光术就能把大家的血补满，但是圣光术的冷却时间是5分钟，谁也不能保证5分钟内BOSS不会突然召唤小怪，所以群疗技能还是要留到关键时候用。

夜枭一边攻击，一边在脑中仔细地进行着分析和记录，多亏了冉骐在前面副本提供的关于BOSS机制的信息，他才想到BOSS的技能可能与血量有关，而且每次发出技能的时候，应该会有一个前兆，只要掌握BOSS的机制，就能够避开它的高伤害技能，团队的存活率必然大大提高。

回想BOSS刚才发出技能前直立起的动作，之前黑石矿洞的魔化变色龙也曾经使用过差不多的技能，当时他们集体跳了起来，避开了它的攻击，也许这一次也可以试试看能不能避免中招。

夜枭："下次看到它用后脚站起来，应该就是要发气波攻击了，到时候所有人看准时机跳起来，或许可以避免被击倒。"

"好。"

当BOSS的血量下降到80%的时候，它突然弓起脊背，仿佛在蓄力一般，过了两秒，周身突然喷射出八道巨大的扇形风刃，带着要将众人切成两半的威势朝众人疾射而来。

"快躲开！"夜枭看准风刃袭来的路线，一把拽过身旁不远处的冉骐，带着他险而又险地避开了风刃的攻击。

风刃与他们擦肩而过，带起的风吹在人脸上，有种钝刀刮脸般的痛感。

夜枭的提醒其实很及时，但还是难免会有人中招，比如距离BOSS最近的四时冷暖和顾乐，还有一些近战职业。毕竟BOSS的风刃是呈扇形发射出去的，距离远的人，只要看清风刃行进的轨道，就能及时避开攻击，但距离BOSS越近，风刃越密集，反而无处可躲，只能硬扛。

还好没有出现暴击，牧师迅速给众人补满了血，他们又开始继续输出了。

终于，当BOSS血量降到75%的时候，它开始召唤小怪了。

大量猎犬咆哮着从山脊上冲了下来，扑向众人。

"快速杀死小怪！"别看这些猎犬只有半米长，个头也不算太大，但一口利齿还有尖锐的爪子都不是摆设，攻击力还是相当高的，尤其是它们数量非常多，一旦被围攻，就麻烦了。

接下来四时冷暖继续拖住 BOSS，顾乐则举着盾牌迎向猎犬群，不停地用着回环剑，吸引猎犬的注意。但是猎犬数量实在太多，顾乐一次技能最多攻击 8 个目标，因此还是有不少漏网之鱼，恶狠狠地扑向其他人。

不过众人倒也不慌，夜枭使用了冰河，他周围 4 米距离内的地面顿时覆盖上了一层冰霜，进入冰霜范围的猎犬身体迅速被覆盖上了一层厚厚的冰，然后连同身体一起碎裂开来。

其实这个技能是控制技能，但是由于夜枭的攻击力实在太高，这些小怪刚被冻住就死了。

追魂的爆裂箭、烟筲的荆棘之刺、荼蘼花开的地震术也紧跟而上，迅速将剩下的小怪给干掉了。

一切都比想象中的要顺利太多，毕竟他们比起内测的时候，技能要更多，装备也更齐全，也许他们真的能一口气冲过两关！

众人继续有条不紊地输出，渐渐掌握了这个 BOSS 的攻击机制，攻击效率也就更高了。

没多久，猎豹 BOSS 也倒下了。

【系统公告】不鸣则已，一鸣惊人！恭喜玩家［夜枭］［追魂］［翎墨］［剑指流年］［可乐］［白染］［风波江南］［奉天］［无欢］［四时冷暖］［拉斐尔］［烟筲］［修罗］［荼蘼花开］［千机］完成猫妖巢穴深渊副本二号 BOSS 魔化黑豹首杀！获得称号［猎豹杀手］，以及［实物兑换券 ×1］。

【系统公告】玩家［夜枭］手起刀落，魔化黑豹丢下珍藏已久的［黑豹戒指］和［踢射·技能书］狼狈逃走。

黑豹戒指

限制等级：30 级以上

职业要求：弓箭手

物品等级：A 级

耐久度：200/200

属性：敏捷 +44，致命一击 +41，体质 +19，力量 +22

踢射·技能书

可学等级：30 级以上

限制职业：游侠

使用说明： 瞬发，用踢腿将敌人踢到空中后，向空中的敌人发射箭矢，造成物理伤害 110%+ 力量点数。

这掉落的戒指和技能书简直都是为弓箭手量身定做的，队伍里的几个弓箭手都看着两件东西双眼发光。

夜枭："弓箭手中 DPS 第一的拿技能书，第二拿戒指，没意见吧？"

技能书的掉落率实在太低了，戒指可以以后再打副本或者用其他的代替，但技能书不行，所以两样物品中，价值更高的肯定是技能书。

"没有！"这是最公平的分配方式，大家都没有意见。

这次弓箭手中 DPS 第一的是追魂，他毕竟比别人多了一个爆裂箭的群攻技能，在打小怪的时候能够多出许多伤害量，而且他刚好也是游侠，技能书正适合他用。第二名出乎意料是千机，他应该也有什么能增加伤害量的技能。翎墨和拉斐尔就只比千机低那么一点点，实在可惜了。

【世界】一叶孤舟：帅啊！又拿下一个首杀！夜枭大佬实在是太帅了！

【世界】九月天：深渊副本每个 BOSS 都掉好东西，真是让人蠢蠢欲动！

【世界】六月雪：你先升到 30 级再说好吧？掉的东西再好和你又有什么关系？

【世界】山河不破：希望夜枭大佬能快点把这个副本打通关，说不定以后可以开老板团！我愿意花钱啊！

【世界】夕阳红：我觉得夜枭大佬不像是会向金钱低头的人……

【世界】伽途：也许可以期待夜枭大佬的公会，自己公会的话，肯定会带着下副本的吧？

【世界】雾里看花：有道理，希望大佬这一次能够得到公会召集令，我已经迫不及待想要加入了！

进入魔化黑豹驻守的山谷，就可以看到山谷深处有四个神秘的祭坛，祭坛上是四块黑色的石头，并没有看到第三关 BOSS 的踪影。

夜枭思考了一会儿后说道："应该是要把这四块石头打破，BOSS 才会出现。"

风波江南问道："是一下子都打破吗？"

夜枭："不，一个一个打破，也许会有怪出来。"

"好。"

听了夜枭的话，冉骐微不可察地松了一口气，他还真怕他们会一下子把四块石头都打破，否则扑面而来的小怪和精英怪恐怕会把他们淹没。

他们从左边第一块黑色的石头开始打，然而这个石头并不怎么经打，三两下就破碎了。

下一刻，果然就像夜枭所猜测的那样，石头碎裂后，立即就有骷髅战士从地底钻了出来。它们行动缓慢，但骨骼坚硬，防御力很高，杀起来颇为费力。

好不容易杀了四拨小怪，第三关的 BOSS 终于出现了。

那是一个浑身漆黑的骷髅，一双空洞的眼眶中燃烧着幽绿色的鬼火，就像是从恐怖片里走出来的鬼怪一样。它的手中握有一把骷髅法杖，可以施放黑暗魔法。

只要知道这个骷髅 BOSS 的攻击机制的话，其实并不难打，它一共有三个技能：召唤具有腐蚀作用的黑雨，瞬间移动到仇恨值最高的人身边放一个会爆炸的黑暗能量球，以及复活骷髅小怪攻击。

召唤黑雨有范围限制，看它举起法杖立刻撤退就行了，它施法过程中是不会移动的。它施放完黑雨之后就会立即瞬移到它仇恨值最高的人身边，所以在它召唤黑雨的时候，除了战士，其他人千万不要攻击它，只有战士凭借盾牌和高血量，才有可能扛下黑色能量球爆炸时的一击。

复活小怪就更容易对付了，让一个战士拖住那些小怪，只要 BOSS 死了，小怪就不足为惧了。

冉骐很清楚这个 BOSS 的打法，但是他不能说，因为他根本没有办法解释他是怎么知道这些的。

只能等到开打之后，再想办法提醒大家了。

然而，骷髅 BOSS 根本没有给他们反应的时间，直接对着众人冲了上来，可能是看到自己的小弟们都被杀死了，所以感到愤怒吧。

四时冷暖立即上前拖住了它，其他人等他拉稳了仇恨后开始发动攻击。

骷髅 BOSS 一上来就开始召唤黑雨，冉骐装作抬头看天的样子，然后出声提醒："快跑，天上有黑云，可能是 BOSS 的技能。"

夜枭当机立断："跑！"

众人立即散开，刚跑出了黑云的范围，就看到黑色的雨水落下，在地上留下了一个个深坑，可以想见，如果这种大范围黑雨落在他们身上，会造成非常大的伤害值。

修罗有些庆幸地开口道："还好白染观察够仔细。"

"那可不！我们染哥就是这么棒！"翎墨熟练地拍起了马屁。

冉骐回了他一个笑容，然后紧盯着四时冷暖，可能是刚才 BOSS 召唤黑雨的时候，四时冷暖正好施放了拉仇恨的技能，导致他的仇恨值现在是所有人里最高的。

还好四时冷暖是个血厚防高的战士，再加上盾牌的防护，被 BOSS 能量球炸一下肯定是炸不死的，但问题是四时冷暖现在正好站在人群里，BOSS 的能量球爆炸的时候，难免会波及周围的人。

用什么理由才能让四时冷暖离开人群呢？

第三十章

只是不等冉骐想出一个办法，BOSS 就已经瞬移过来了，并在放了能量球后又瞬移离开了。

"快散开！小四把盾牌举起来！"不等冉骐开口提醒，夜枭过人的直觉就已经率先发挥了作用，BOSS 突然瞬移，还丢下了这么大一个黑色的球，肯定不会是什么好东西。

众人本来看到 BOSS 瞬移到面前的时候，就已经下意识地后退了，在听到夜枭的命令后，又跑得更快了一些。

在能量球延迟两秒爆炸的时间内，基本上大部分人都已经跑出了爆炸的中心范围，四时冷暖高举盾牌，挡下了大部分的伤害，冉骐这边也及时开启了圣光术，将大家下滑的血条又重新补了回来。

经过这一次，大家虽然没有发现仇恨转移的问题，但也意识到了 BOSS 会在召唤黑雨后瞬移到人群中，并留下一个会自动爆炸的能量球。因此他们每次看到BOSS 瞬移并留下能量球，就立刻用最快的速度离开能量球的爆炸范围，倒还真是被他们有惊无险地全都躲过了。

骷髅 BOSS 的攻击一再失败，它终于怒了，空洞眼眶中燃着的幽绿色火焰渐渐变成了血色的暗红，一道黑红色的光波以它为中心荡漾开来。下一刻，地上那些断裂的骨头，又重新拼接到了一起，就是那些之前被他们杀死的骷髅战士……

众人都很是无奈："怪不得这些骷髅战士被我们打死之后，尸体没有直接消失，只是变成了碎裂的骨头，原来是在这里等着呢！"

这么多小怪突然进入战场，对他们来说可不是一件好事，夜枭微微蹙眉："可乐拖住！追魂过去帮他，其他人继续打 BOSS！"

这就和阴影森林那只会召唤小怪的蜘蛛 BOSS 有点像了，只要想办法拖住小怪，把大 BOSS 解决，小怪也就死了。而且骷髅战士的骨头坚硬，防御力极高，杀起来非常费劲，加上这些骷髅战士是可以被复活的，打小怪就相当于在做无用功，所以夜枭只派了有群攻的顾乐和追魂两个人去拉怪，其他人继续打 BOSS。

冉骐忍不住看了夜枭一眼，眼里有着惊讶和欣赏，这个人可真是厉害啊，真不愧是高级玩家，太懂得举一反三了。

"唧唧！"夜枭肩膀上的小黑龙突然振翅而起，朝着骷髅 BOSS 来了一口诅咒黑气。

【系统】您的宠物成功触发厄运诅咒技能，技能等级提升。

夜枭顿时眼前一亮，小黑龙的厄运诅咒技能上一次触发后升级了，已经可以将目标的攻击力降低 15%，并且还会强制让对方进入迟钝状态 10 秒，也就是说，现在是集火攻击 BOSS 的最佳时机！

"所有人！集火 BOSS！全力输出！"因为正在直播的关系，这一次他并没有点明自己宠物的技能，只让大家全力打 BOSS。

众人没有丝毫犹豫，立即加快了输出的速度，也不吝啬法力值，拼了命地攻击 BOSS。

BOSS 倒下的同时，掉了两件东西，但是不等众人看清，就被小黑给捡走了。还好这两样东西都上了公告，大家可以在公告上看到物品的信息。

【系统公告】不鸣则已，一鸣惊人！恭喜玩家［夜枭］［追魂］［翎墨］［剑指流年］［可乐］［白染］［风波江南］［奉天］［无欢］［四时冷暖］［拉斐尔］［烟箬］［修罗］［荼蘼花开］［千机］完成猫妖巢穴深渊副本三号 BOSS 骷髅法师首杀！获得称号［骷髅杀手］，以及［实物兑换券 ×1］。

【系统公告】玩家［夜枭］手起刀落，骷髅法师狼狈地丢下了［破虚法杖］和［破甲·技能书］狼狈逃走。

破虚法杖

限制等级：30 级以上

职业要求：法师

物品等级：A 级

耐久度：200/200

属性：基础攻击力 +81，智力 +56，体质 +24，致命一击 +22

破甲·技能书

可学等级：30 级以上

限制职业：神殿祭司

使用说明：打开即可学会技能［破甲］。吟唱 0.5 秒，冷却时间 20 秒，对目标使用可使目标进入 1 级破甲状态，物理防御力下降 10%，技能等级提升，破甲效果提高。

【世界】三言两语：无话可说，只有一个大写的服字。

【世界】头毛卷卷：按照 DPS 分的话，这把法杖肯定是夜枭大佬的了……

【世界】暮光：夜枭大佬这下子真的要变成行走的炮台了！

【世界】安之若素：这大概就是大佬的世界吧！

【世界】大橘子：好想要那本技能书呀……不愧是大佬的队伍，连牧师都那么厉害！

"这把法杖……"

夜枭的话还没说完，烟箬和荼蘼花开就已经迫不及待地开口。

"给你给你！"

"你 DPS 最高，给你了！"

夜枭："……"

这两人忙着推让的样子，简直像是要甩掉什么垃圾一样……

不过也难怪，这把破虚法杖不愧是骷髅法师掉落的法杖，杖身通体漆黑，顶上是一颗白色的骷髅头，眼眶里还镶嵌着两颗红宝石，对女孩子来说，实在是太丑了。就算属性再好，她们也不想要。

至于那本技能书，当然是分给了奉天，因为团队中只有他一个人是神殿祭司。

像他们团队这样，两个类型的牧师都有，可以说是非常全面了。

"走走走！继续下一个！"一连顺利地打过了三个 BOSS，大家都兴高采烈，想要一鼓作气地把副本给彻底打通。

冉骐却没有他们这么乐观，第四关的难度极高，根本没有任何捷径可以走，如果只有他一个能够群疗的牧师，肯定是打不过的。

第四关是一个封闭的训练场，有四扇门里会不断出怪物，从四个方向对他们进行围攻，杀死一拨又来一拨。到后来怪物会越来越强，直到出现八个精英级的怪物，最后还有两个 BOSS，对玩家们来说，简直是噩梦般的存在。

圣光术的 CD 太长了，光靠他一个人，肯定是加不了所有人的血的。

就在这个时候，奉天走了过来。

奉天有些不好意思地开口说道："嗜，兄弟，我本来还想着如果我们这次得到牧师技能书或者牧师的装备，就全部让给你，可偏偏这本技能书是神殿祭司的……"

冉骐看了奉天一眼，然后道："看私聊。"

奉天："啊？"

【私聊】白染：圣光术的技能书要吗？

【私聊】奉天：当然要！！！但是我不够钱买……

【私聊】白染：先欠着，以后慢慢还！

【私聊】奉天：不行，我不能收，回复术也是你给我的，到现在我也没能还上呢！

这可是牧师最想要的群疗技能书，没有个 500 金币，根本想都别想。

【私聊】白染：这技能书我放着也没用，挂到交易行也没人买得起，倒不如先给你学着。而且我觉得下一关一定会很难，你也有群疗的话，我们过关的可能性才更大。

奉天沉默了半晌，才终于答应了下来。

【私聊】奉天：我一定会还的！

奉天把自己身上所有的钱都转给了白染，这才收下了这本技能书。

【私聊】奉天：兄弟，你太让我感动了，我无以为报，只能以身相许了！
【私聊】白染：大可不必……

没有人发现两人暗中的交易，大家很快穿过了山谷，来到了第四关。

【世界】阡陌：哇，这地方好大！
【世界】雾里看花：怎么有四个门？我突然有一种不太好的预感……
【世界】伽途：快闭嘴，你这个乌鸦嘴！

队伍中的众人看到位于场地四个方向的黑暗之门，都是脸色一沉，显然也意识到了什么。

夜枭低声道："大家千万小心，不要离牧师太远。"

"好。"

众人谨慎地踏入了面前空旷的场地，然后下一刻，他们的耳边响起了冲锋的号角声，那四扇巨大的黑暗之门缓缓打开，门后的怪物们吼叫着蜂拥而出。

第三十一章

"怎么这么多？"所有人都被从眼前四扇门里跑出的怪物数量给震惊到了，每扇门里至少冲出来了 20 只小怪，而且等级都不低，绝对不会好打。

冉骐看到夜枭眉头紧皱，显然也是在想应对的办法，只是这一关的机制实在太复杂，一拨接一拨像是没有尽头，所以这一关还有个名字，叫"无尽的深渊"。

冉骐必须把知道的信息说出来，等到怪物逼近，大家打起来再说就来不及了。

冉骐不再犹豫，快步走到了夜枭的面前，压低声音用极快的语速说道："我觉得这些怪一定不止一拨，但是第一拨小怪一定是最弱的，我建议让可乐和四时冷暖先拖住另外三扇门的怪物，我们剩下的人全力攻击其中一扇门的小怪。"

夜枭仅仅思索了两秒，就相信了冉骐的判断，然后开口问道："江南，你的盾牌还在吗？"

风波江南愣了愣，随后点头："在，怎么了？"

夜枭："四时冷暖拉住我们面前这扇门的小怪，江南和可乐一起，去把其他三扇门里出来的怪物都拉住，你们两个人慢慢杀，不要把这些小怪全部杀死，每扇门的小怪至少留三个，明白吗？"

"明白！"大家都是打过很多副本的人，很快就想通了其中的窍门。

冉骐双眼发亮地看着夜枭，对他实在是佩服。夜枭的解决方法比自己的要好，自己差点都忘了队伍里还有一个战士。虽然风波江南是个战神，但是他的基础防御力也比其他人要高出许多，让他和顾乐一起去拉怪，既能杀怪又能扛怪，而且只要把每扇门出来的小怪留上几个，就能一直拖到他们这边的这扇门战斗结束。

"开打！"

幸好从四扇门里跑出的小怪都长得不太一样，虽然都是矮小的地精，但有背着弓箭的，有穿着斗篷的，有拿着匕首的，有拿着炸弹的。

夜枭判断拿着炸弹的地精攻击力最高，因此就先从这扇门的小怪开始杀。

四时冷暖上前拉住了这些小怪，其他人奋力输出，很快就把第一拨小怪杀死了。

冉骐和奉天站在训练场最中心的位置，方便给两头作战的人加血。顾乐和风波江南这边只需要偶尔加一下血，重点加血的目标还是四时冷暖这一边。

几乎是第一拨小怪倒下的同时，黑色大门再度开启，第二拨小怪又闯了出来。这一次是比较高大的兽人战士，它们手里拿着狼牙棒和盾牌，防御力和攻击力都比第一拨的地精要高。

不过在众人有条不紊的输出之下，这第二拨小怪还是很快被他们给解决了。

第三拨小怪变得更强了，是披着铁甲的猎犬，它们的防御力更高，更加难以应付。

第四拨小怪是骷髅士兵，第五拨小怪是敏捷度非常高的黑暗精灵……

"这要杀到什么时候去？"众人都有些累了，不是身体上的疲惫，而是精神上的，层出不穷的小怪，完全看不到尽头的战斗，难免令人感到焦躁。

夜枭安抚道："应该快了，再坚持一下。"

随着他话音落下，第六拨怪物也出现了，这一次是两只精英怪——两头巨大的犀牛。

这两头犀牛就像是疯了一样，它们的攻击方式是野蛮冲撞，一旦被它们撞到，就会被撞飞出去老远，并受到极大的伤害。而且当它们奔跑的时候，连地面都在剧烈震颤，众人都被震得东倒西歪，攻击瞄准都成了问题。

夜枭："暂停攻击！全都闪开！"

夜枭的选择是非常正确的，这两头犀牛一开始的野蛮冲撞最多也就六次，之后它们就会停下来使用常规攻击方式，那时候才是他们反击的最佳时机。

然而犀牛冲撞的路线完全是无序的，它们想往哪里撞就往哪里撞，其中一头刚好奔着顾乐和风波江南去了。

"乐乐！江南！小心！"冉骐立即高声提醒道。

只是两人拉着十来只怪，移动速度难免会受到影响，即便听到冉骐的提醒后已经在努力地想要躲开，可是被一群小怪围着行动受限，终究还是没能避开犀牛的冲撞攻击，两人同时被撞飞了十几米。

风波江南凭借着极强的身体素质，在半空中调整了姿势，以一个利落的"燕子翻身"稳稳地落在了地上。但顾乐就惨了，他被直接撞上了山，剧烈的疼痛让他眼前发黑，然后身体中的力气仿佛全部被抽走一般，眼前的画面瞬间变成了黑色。

他死了……

"乐乐！"冉骐不敢置信地瞪大了眼睛。

虽然知道这只是游戏，但眼睁睁看着好友被杀死，对冉骐来说，冲击还是太大了。

【当前】可乐：嘻，原来死亡的感觉是这样的，真疼啊……怪不得死3次要下线休息7天呢！

【当前】可乐：老大，我现在咋办啊？是复活还是就这么躺着啊？

【当前】可乐：怎么死了就只能打字了呢？真费劲！不能让我的灵魂飘出来吗？

冉骐："……"

刚才涌上心头的那点悲痛，都跟泡沫似的一下爆开并消失了。

"夜枭，怎么办？我这边顶不了多久了！"风波江南看着自己快速下滑的血条，急忙灌下了一瓶红药。

夜枭的眉头紧皱了起来，可乐的死是大家都始料未及的，没有了可乐，光靠风波江南一个，肯定是扛不住那么多小怪的，但是这些小怪又不能杀……

就在此时，冉骐突然开口说道："我去救他，奉天你顶一下，看好大家的血！"

冉骐说完就用最快的速度朝顾乐跑了过去。

追魂茫然地问道："染哥是啥意思？"

"不知道。"

冉骐跑到顾乐和风波江南那一边之后，先给被十来只小怪围攻的风波江南加满了血又补了回血回蓝的状态，然后就立即开始施放复活术。

柔和的白色光芒照耀着顾乐角色的尸体，一个白色的六芒星法阵出现在顾乐的身体下方，发出耀眼的光芒，下一刻顾乐就从地上爬了起来。

"嘿！冉冉你居然还会复活术呢？牛啊！"顾乐一爬起来就忍不住怪叫，看起来很想扑过来给冉骐一个爱的拥抱。

"废什么话！拉你的怪去！"冉骐没好气地瞪顾乐一眼，给他加了状态并加满血之后，就又快步跑回了夜枭那一边。

荼蘼花开羡慕地看了夜枭一眼："想不到夜枭你还藏着这么一个撒手锏呢？真是深藏不露啊。"

夜枭冷静应道："有备无患。"

任谁也看不出来，其实他对这件事也是一无所知。

犀牛发狂一样的野蛮冲撞终于停了下来，四时冷暖拉住两只怪的仇恨，大家一起拼命输出，总算是把这两只精英怪给解决了。

这一次，黑色大门紧闭，总算是没有新的怪出来了……

夜枭微微点头："看来一扇门一共会出来六拨怪，只要撑过去，就能通关。"

众人同时松了一口气，六拨怪而已，他们可以的！

"可乐，江南，杀死地精弓箭手，然后换位置！"

"好。"两人立即把一直拖着的三只地精弓箭手给杀死了，从另一扇门后出来了兽人战士。

"谁还有蓝药！给我一瓶！"千机问道。

因为怪物实在太多了，每个人的法力值消耗非常大，他们几乎一直都在不停地灌蓝药，但还是赶不上消耗的快。千机进副本的时候带了一组 20 个蓝药，但现在都消耗一空了。

"我有！"冉骐立刻交易给了他 5 个。

拉斐尔见状，也开口问道："还有吗？我也需要！"

"有，我带了很多！"冉骐的大包裹可不是摆设，他足足带了十多组蓝药和红药，还有大量可以加状态的食物，除了进副本之前分给队友的那些，现在还有不少，"我这里还有能加状态的食物，有人要吗？"

"我！"

夜枭微微蹙眉："一个个来！不要打乱攻击节奏！"

众人依次从冉骐这边补充了一些药剂，终于是度过了快要空蓝的窘境。

又打了十几拨小怪，他们终于把四扇门的小怪都给消灭了，而时间也已经过去四十多分钟了。

四扇门剧烈震颤着，最后同时粉碎，巨大的身影出现在了众人面前。那是两条巨大的蛇怪，身长足有四五米左右，身体上布满了黑黄色的条纹，脑袋足有一辆小汽车那么大。两条蛇黄绿色的竖瞳冷冰冰地盯着众人，发出咝咝的声音，让人连呼吸都停滞了一瞬。

烟箸倒吸了一口气，搓了搓手臂上冒出来的鸡皮疙瘩："太吓人了……"

再吓人，该打也得打。

夜枭开口道："顾乐和小四一人拉一只，其他人都小心！注意闪避！"

他们对这两条蛇怪的技能一无所知，只能谨慎再谨慎。

冉骐看着眼前的蛇怪，忍不住咽了咽口水，隔着屏幕看和现场近距离地看，区别还是非常大的。他其实有点怕这种滑溜溜的动物，被这蛇怪的眼睛盯着看的时候，他就忍不住浑身僵硬。

"白染？"夜枭注意到了他的异样。

"我没事。"冉骐握紧了拳头，强迫自己冷静下来，跟着大家一起跑了起来。

这两条大蛇实在太难打了，一条蛇会喷火，另一条则是喷冰，真是让众人体会了一把什么叫作冰火两重天，大家只能在两条蛇的夹击中狼狈地躲闪着。

偏偏这两条蛇不仅会法术攻击，还会物理攻击，它们的尾巴甩起来，当真是横扫千军，范围极广，直接把众人都摔了个七荤八素。

尽管如此，大家还是第一时间爬了起来，继续进行攻击。

因为拿不准这两条蛇是不是也要同时杀死，所以他们不敢先集火一条蛇，打起来分外狼狈。

不过他们也渐渐掌握了节奏，夜枭先用冰河让其中一条蛇的动作慢下来，然后所有人集中攻击另一条蛇，等到它血条下滑 5% ~ 6% 的时候，再转移目标。

这样打虽然麻烦一点，但胜在安全，只要牧师加血及时，就不会有问题。

如今奉天也有了群体治疗技能，两个人可以轮流在人群里放技能，大大保障了众人的生命安全。

他们通过第四关的时候，花了足足一个半小时的时间，高强度连续不断地战斗，让所有人一结束战斗就都同时坐在了地上，只想好好休息一会儿。

【系统公告】不鸣则已，一鸣惊人！恭喜玩家［夜枭］［追魂］［翎墨］［剑指流年］［可乐］［白染］［风波江南］［奉天］［无欢］［四时冷暖］［拉斐尔］［烟箸］［修罗］［荼蘼花开］［千机］完成猫妖巢穴深渊副本四号 BOSS 蛇妖首杀！获得称号［蛇妖杀手］，以及［实物兑换券 ×1］。

只可惜，这一次他们打得那么累，居然没有掉装备，只掉了两件 A 级材料"猫妖骨头"和"猫妖皮毛"。不过这些材料都是用来制作 A 级猫妖套装的主要材料，还是很有用处的。

夜枭依旧把它们留在团队包裹中，等到副本打完了，最后再进行分配。

【世界】一叶孤舟：太不容易了！太不容易了！终于过关了！

【世界】伽途：那么多怪都扛过来了，夜枭大佬的团队真是牛×啊！

【世界】阡陌：当中战士还死了一次，我真担心他们扛不住……

【世界】山河不破：那个穿斗篷的牧师好厉害！还好他有复活术，要不然剩下的那个战士也挂了他们就完蛋了！绝对是被小怪淹没的地狱……

【世界】大橘子：对啊！那个牧师居然还会群疗，技能也太多了吧，我羡慕了……而且之前大家缺蓝的时候也是他给的药，简直像是个移动弹药库！这哪是牧师啊，这是女娲啊！

【世界】该隐：那是白染大佬，大佬的朋友，当然也是大佬！一样那么牛！

第三十二章

大家在原地休息了近二十分钟，才继续前进，来到了第五关。

这一关的 BOSS 是一只烈焰三头鸟，它的体形和鸵鸟有些相似，但是比鸵鸟要大上好几倍。那巨大的身体上，长着三个脑袋，身上长满了火红色的羽毛。

当这只烈焰三头鸟发现了入侵它领地的人类之后，它拍打着翅膀，怪叫着朝玩家们飞了过来。

只是一个照面，三个脑袋就开始朝他们喷火。

"所有人散开！小四拉住！"

四时冷暖立即上前，想要像之前那样拉住 BOSS 的仇恨，可是 BOSS 飞得太快了，以他的速度根本就追不上。

倒是顾乐趁着 BOSS 低空飞过的时候，用盾牌攻击了下，暂时吸引了它。

只是 BOSS 根本不给他继续巩固仇恨的机会，受到攻击后第一时间就又飞到高空，开始朝顾乐发出火球。

冉骐刚给顾乐加了血，BOSS 就立刻改变了仇恨目标，冲着冉骐飞了过来，抬手就给了他两爪子，把他抓得只剩一点血。

奉天急忙给冉骐加血，BOSS 的仇恨就又转移到了奉天的身上。

夜枭见这样不行，赶紧一个火球扔到了 BOSS 的身上，把仇恨引了过来，然后施放冰河，让 BOSS 的攻速慢下来。

风波江南立即冲了过来，举起盾牌帮夜枭挡住了 BOSS 的火焰攻击，承担了大部分的伤害。

夜枭见状，心里有了主意，于是开口道："这个 BOSS 的仇恨太混乱，所有人都散开，可乐和四时冷暖把统计列表打开，保护 DPS 最高的两个人！"

既然仇恨拉不稳，干脆就不拉了，反正 BOSS 的仇恨肯定是在输出最高的人身上，只要两个战士在旁边保护，用盾牌帮他们分担伤害就行了。

事实证明，夜枭的决策是非常正确的，众人散开之后，受到连带伤害的可能性大大下降，而其他人也可以尽情输出。反正就算 DPS 过高把仇恨抢过来了，也会有战士过来帮忙挡住 BOSS 的攻击，只要他们不被秒杀，就绝对死不了。

经过了大半个副本，整个团队的人对他们的牧师都非常信任——两个牧师加血都非常给力，从来不会让他们空血，血量只要降到 50% 以下就会立刻帮他们补满，再加上有自动回血回蓝的状态，真是安全感十足。

虽然说这个 BOSS 对近战职业非常不友好，但队伍里的远程职业还是很多的，大家全力输出，加上有战士分担伤害，这个 BOSS 居然还真的被他们给打死了。

【系统公告】不鸣则已，一鸣惊人！恭喜玩家［夜枭］［追魂］［翎墨］［剑指流年］［可乐］［白染］［风波江南］［奉天］［无欢］［四时冷暖］［拉斐尔］［烟箸］［修罗］［荼蘼花开］［千机］完成猫妖巢穴深渊副本五号 BOSS 烈焰三头鸟首杀！获得称号［火鸟杀手］，以及［实物兑换券 ×1］。

【系统公告】玩家［夜枭］手起刀落，烈焰三头鸟丢下了［火鸟项链］狼狈逃走。

直到 BOSS 倒下去，又看到公告的时候，冉骐都还有点不敢相信自己的眼睛。他以前打副本，可都是要组上好几个控制系的法师，冰河、冰墙、霜冻术、暴风雪、沼泽术、石化术、缠绕术等控制技能轮流使用，才能把 BOSS 慢慢打死，结果夜枭现在用了那么简单粗暴的方法，竟然也行得通。

真是太厉害了……

还好 BOSS 没有辜负他们的一番辛苦，掉了一条紫色项链，属性非常不错。

火鸟项链

限制等级：30 级以上

职业要求：神影

物品等级：A 级

耐久度：200/200

属性：力量 +72，致命一击 +39，敏捷 +27，体质 +16

队伍里也就无欢和修罗是神影，所以项链只有他们两个人可以竞争。有了这条项链，他们的攻击力就能再上一层楼。

夜枭看了一眼统计列表，DPS 是无欢更高一些。虽然修罗的等级比无欢高，但无欢有个技能"投掷"，可以把匕首当回旋镖一样投掷出去。这个 BOSS 总是飞来飞去的，修罗全程只能追着跑，无欢倒是凭借"投掷"这个技能，多打出了一些伤害，这才使得最后统计出来，他的伤害量比修罗的高。

"修罗，那这条项链就给无欢了，你没意见吧？"

"当然没有。"修罗摇了摇头，心态很平稳，虽然这条项链的属性很好，但以后肯定还有机会，他也不着急。

"咦？怎么还有一颗石头？"分完了项链之后，追魂注意到团队包裹中多出来了一颗蓝色的石头。

"只写了是含有魔力的矿石，不知道干吗用的……"翎墨查看了一下物品信息，发现上面的信息写得很含糊，他有点看不明白。

魔石

等级：B级

说明：含有魔力的矿石，使用法术时可以代替施法者承受法术的反作用力。

冉骐开口道："这是我用的，我用复活术的时候，需要消耗一颗魔石。"

剑指流年问道："那岂不是没有魔石就不能复活了？"

"没错，我之前偶然得到了几块，要不然也没办法复活可乐。"

"嘻，还以为有复活术，通关概率能更大一些呢，想不到居然还有限制，游戏真是坑………"无欢低声抱怨。

"行了。"拉斐尔上前拍了无欢的脑袋一下，让他少说几句。

队伍里只有冉骐一个人有复活术，这颗魔石当然毫无疑问地被分给了冉骐。

【世界】酒中仙：这条项链的属性可真好啊！我馋了我馋了我馋了！

【世界】梦蝶：这副本也太难了，一打就是三小时……我边做任务边看都累了，真不知道之后自己过的时候会怎么样。

【世界】钻石星河：还好啦，马上就是最后一个BOSS了！激动！

【世界】绝代风华：原来复活术也是有限制的，没有魔石就没办法复活了！

【世界】伽途：我总觉得下一关一定超级难……

【世界】该隐：少乌鸦嘴！

经过了三个多小时的苦战，他们一行十五人，终于来到了最后一关，见到了最后的一个BOSS——暗夜猫妖。

作为30级深渊副本的最终大BOSS，这只猫妖的挑战难度绝对是最高的。

光是它的身躯就和小山一样高，更不用说它还有飞扑、爪击、空气炮、冰箭、火箭、闪电、火焰风暴和暴风雪这足足八个攻击技能了，近战远攻全都有，玩家一不小心就会死掉。

回想起上辈子在30级深渊副本开荒的时候，团队在猫妖BOSS面前受尽折磨的画面，冉骐就忍不住头疼。

不过他们这一次过来，也是做好了失败的准备的，毕竟他们能够一路那么顺利地来到这最后一关，已经是非常出人意料了。

"等一会儿小四先上去拉住BOSS的仇恨，可乐随时准备接应。"夜枭顿了顿又道，"如果可乐也倒了……就江南顶上。"

夜枭显然也知道这个BOSS的厉害，因此已经做好了最坏的打算。

【私聊】夜枭：你那儿魔石还有几块？

之前冉骐说得含糊，夜枭需要搞清楚他们有几次复活机会。

当然，能不用是最好的了。

【私聊】白染：一共有……23块。

冉骐犹豫了一下，还是对夜枭说了实话。以防万一，他特意多带了一些魔石在身上。

【私聊】夜枭：够了，如果战士倒了，马上救起来，我感觉这个BOSS非常危险。

【私聊】白染：好。

只能说夜枭的直觉实在太准确了，这个猫妖BOSS绝对不是一般的厉害，哪怕是以他们现在的等级和装备，能通关的概率恐怕也不足四成。

"大家把状态都补好，准备开打了！"夜枭高声道，"大家都小心一些，千万不要离牧师太远！"

"明白！"

四时冷暖刚冲上去，猫妖就从沉睡中苏醒了，一双血红色的猫瞳闪着诡异的光芒，然后毫不留情地一爪子拍向靠近的人。四时冷暖立刻举起盾牌挡了一下，但手还是被震得发麻，血条也直接掉了一大半。

虽然前期仇恨不稳，但冉骐也不能就这么干看着不加血，毕竟以四时冷暖的剩余血量，是绝对扛不住BOSS的第二下的。

圣洁的白光笼罩了四时冷暖，将他岌岌可危的血条重新补满，但同时BOSS的仇恨也转移到了冉骐的身上。

猫妖发出一声低吼，整个身体高高地弓了起来。

冉骐一看就知道猫妖要扑过来了，以他的速度，跑肯定是来不及了。

"快散开！"

冉骐的话音刚落，猫妖就后腿一蹬，庞大的身体腾空而起，如同泰山压顶一般朝冉骐的头顶落下。

冉骐对 BOSS 的攻击力心中有数，除了战士，任何一个职业都没有办法扛过它的哪怕一次攻击。

猫妖的速度实在太快，他是绝对躲不开的，在巨大的危机面前，冉骐只是下意识地闭上了眼睛。下一刻，他感觉到腰部一紧，接着自己就突然落入了一个温暖的怀抱。

"砰！"

冉骐感觉到了被重物碾压的痛感，但是他似乎并没有死，血条只下滑了一小截。

紧接着，猫妖的仇恨又被别人引走了，庞大的身体挪开，冉骐这才有些愣地坐起身，然后发现他的身上还压着一个人。那个人随着他起身的动作而滑到了地上，那是夜枭……的尸体……

冉骐这才意识到，刚才是夜枭冲过来护住了他，替他挡住了 BOSS 的攻击。

【当前】夜枭：白染，快复活我！

【当前】夜枭：奉天加血！可乐随时准备接应！修罗快绕背！

死亡都不能阻止夜枭指挥……

冉骐一时心情复杂，咬了咬牙，快速吟唱起了法术，将夜枭给复活了，并给他加满了血又补好了状态。

"战士的加血让奉天来！你保护好自己！谁都能死，只有你不能！"夜枭起身后，认真地对冉骐说道。

"好……"

"哈哈，老大，你这话说得真肉麻！"追魂也是胆大，一边被 BOSS 的火箭追得到处跑，一边还在不怕死地撩老虎的胡须。

"就你话多！"夜枭没好气地反驳，然后朝着 BOSS 冲了过去，用冰河降低它的速度，继续指挥其他人战斗。

【世界】阡陌：夜枭大佬英雄救美！简直威武霸气！

【世界】软绵绵：那个牧师哪里美了？从头到脚被黑斗篷裹着，谁知道长成什么样子啊？夜枭大佬救他，肯定是因为他是队伍里唯一会复活术的牧师，不得不救他而已！

【世界】一叶孤舟：哎哟，这话说得酸溜溜的呀，你想被夜枭大佬救，人家还不想救你呢！我就觉得这个牧师很不错，如果他愿意和我组队，我愿意以身相许！

第三十三章

夜枭的冰河形成的冰冻区域成功让BOSS的动作变得迟钝起来，四时冷暖立即趁机将仇恨给拉了回来，顾乐也在一旁拼命抢第二仇恨。

小黑龙的厄运诅咒再次触发，猫妖BOSS进入了虚弱状态，血条一下子就少了百分之二。

别看只是百分之二，这猫妖BOSS足有将近十几万的血量，比起之前几关的BOSS不知道多了多少，更是他们玩家血量的近百倍。要知道玩家现在30级并且装备齐全的情况下，血量才只有一千左右。

"这个BOSS怕控制技能！"冉骐终于找到机会开口提醒，"刚才我看到翎墨的三连射打断了BOSS的技能。BOSS刚才身上冒火光，应该是要放火箭，但是被翎墨的三连射给打断了！"

"啊？"因为需要一边打怪，一边躲避猫妖BOSS的攻击，所以翎墨自己也没有注意到刚才自己的技能打断了BOSS的技能。

夜枭却是眼前一亮，如果BOSS怕控制技能的话，那就好办了！

他快速在脑海中搜索了一下队员们的技能，除了少部分运气特别差的，他的团队里大部分人都通过技能书掌握了新的技能，而其中有不少都带有控制效果。

比如他自己的"冰河"，带有减速效果，能让BOSS的速度变得迟缓；比如烟箸的"飞沙"，带有致盲效果，能让BOSS变得混乱；比如荼蘼花开的"水雾术"，一样带有致盲效果；比如翎墨的"三连射"，效果是击倒敌人，但那么大个的BOSS显然是不可能被击倒的，所以弱化后的效果表现为击退。

还有追魂的"踢射"，效果是将敌人踢到空中进行攻击，但猫妖BOSS也是不可能被踢到空中的，所以弱化效果表现为僵硬；风波江南的"凌空暴击"，效果是跳跃后，用力挥砍，附带击退效果；而拉斐尔和千机，也都有"三连射"。

这样一算，翎墨、追魂、风波江南、拉斐尔和千机他们的技能，都是瞬发且冷却时间比较短的，完全可以达到无缝衔接，有非常高的概率可以打断BOSS的技能。

而夜枭他们几个法师的控制技能，因为施法需要吟唱，用来牵制住BOSS的物理攻击，比如飞扑和爪击，会比较有效果。

夜枭的"冰河"减速效果为6秒，冷却时间1分钟；烟箸的"飞沙"致盲效果为5秒，冷却时间40秒；荼蘼花开的"水雾术"致盲效果为3秒，冷却时间30秒。虽然不可能达到无缝衔接的程度，但只要搭配好，还是能起到很大作用的。

夜枭："所有人听指挥！接下来都不要随便使用控制技能，听我口令！"

"好！"

"奉天，你的破甲，只要 CD 一好，就马上丢给 BOSS。"破甲能降低 BOSS 的物理防御力，说不定也能提高物理职业打断它技能的概率。

"没问题！"

和其他的 BOSS 一样，猫妖在施放技能之前，也是有预兆的。

只要它身体前倾，就是要用爪击，那时候用冰河延缓它的动作，大家就能迅速逃离它的攻击范围。它弓起腰，后爪蹬地，就是要飞扑，飞扑的攻击伤害和范围都比较大，必须立即用技能打断，如果打断不成功，再用飞沙或者水雾术减缓它的行动，给大家留出逃离的时间。

它仰头吸气的时候，就是要使用空气炮；身上冒白光、火光、雷光，就是要放冰箭、火箭、闪电，这种同样都需要直接打断。

"飞扑，翎墨、拉斐尔快速打断！"夜枭每次都安排两个人同时打断，提高打断成功的概率。

"空气炮，江南、追魂打断！"

在夜枭的指挥下，大家渐渐掌握了攻击节奏，BOSS 的技能几乎发不出来几个，这大大降低了众人的防御压力，而在他们持续的控制和输出下，猫妖 BOSS 的血条开始持续不断地减少，很快就少了一大半。

只是前期 BOSS 的那些小技能还能够被顺利地打断，后期 BOSS 血量降到了 30% 以下，开始放火焰风暴和暴风雪等大范围攻击技能，就很难被打断了。

一开始猫妖 BOSS 第一次放火焰风暴的时候，大家还试图逃跑，可是它的攻击范围实在太大，还带有灼烧效果，他们就算满场跑也跑不了，反倒是可能跑着跑着就因为持续掉血而死掉。就比如追魂和修罗，就因为跑得太快，结果跑出了牧师的加血范围，各死了一次。

还好冉骐有复活技能，赶紧把两个人给救了起来。

跑不了，还不如干脆就不跑了。

大家扎堆输出，靠着两个牧师轮流使用圣光术，硬生生一次又一次地扛过了 BOSS 的攻击。但总有那么一两个倒霉的，会因为受到伤害和加血之间出现时间差而死掉。

不过每一次，大家都把冉骐围在最中间，想方设法地帮他分担伤害，就像夜枭之前说的，队伍里谁都可以死，只有冉骐不可以。一旦冉骐死了，队伍里少了一个强力治疗者不说，再有人死亡也没有办法复活了，那他们在持续减员的情况下想要再扛过猫妖 BOSS 的攻击，就无异于痴人说梦了。

所有人这样站着硬扛伤害，看起来竟然有些悲壮。但是都已经到这个时候了，再难也必须坚持下去，绝对不能在最后关头功亏一篑！

终于，猫妖 BOSS 的血条清零，它发出了一声不甘的咆哮后，倒了下去，一个黄金宝箱出现在猫妖 BOSS 的尸体上。

【系统公告】不鸣则已，一鸣惊人！恭喜玩家［夜枭］［追魂］［翎墨］［剑指流年］［可乐］［白染］［风波江南］［奉天］［无欢］［四时冷暖］［拉斐尔］［烟箸］［修罗］［荼蘼花开］［千机］完成猫妖巢穴深渊副本最终 BOSS 暗夜猫妖首杀！获得称号［猫妖杀手］，以及［实物兑换券 ×2］。

【系统公告】恭喜玩家［夜枭］［追魂］［翎墨］［剑指流年］［可乐］［白染］［风波江南］［奉天］［无欢］［四时冷暖］［拉斐尔］［烟箸］［修罗］［荼蘼花开］［千机］以 5 小时 21 分 08 秒 43 的成绩通关猫妖巢穴深渊副本，获得 S 级评价。

"太好了！我们通关了！"众人抱在一起发出了欢呼。

将近五个半小时的奋战，他们终于把这个该死的副本给打通关了！不过估计是因为他们最后死了不少人，所以把评分给拉低了，只拿到了 S 级评价，但是他们的运气还可以，至少系统奖励了他们一个黄金宝箱。

【世界】一叶孤舟：太不容易了！真的太不容易了！

【世界】晴空万里：打猫妖 BOSS 的时候，我都差点看哭了！太热血了吧！兄弟们，把泪奔打在公屏上！

【世界】伽途：泪奔！虽然知道这应该是热血战斗的场景，可我为什么觉得那个黑袍牧师拿了偶像剧女主角的剧本？前仆后继，不惜牺牲自己，也要保护你什么的……

【世界】大橘子：够了，你别说了，要有画面了！这种感动的时刻，气氛都被你破坏了！

【世界】山河不破：怎么猫妖 BOSS 没有掉装备吗？不是说最终 BOSS 必掉的吗？

【世界】不夜天：猫妖 BOSS 的尸体没有消失，应该是需要搜尸体吧？能拿到什么装备，都得看运气……

修罗忍不住催促道："队长，快去搜装备！"

"让染哥去！"追魂大声反驳道。

"不让队长去吗？"荼蘼花开有些意外，一般都是默认让队长去搜的。

"我们染哥可是超级幸运星！"翎墨还是知道要在外人面前给自己老大保留一点面子的，没有抖落出夜枭的非酋特质，不过也不能真的让夜枭去，不然在全服直播里面搜出个白装，还怪丢人的。

夜枭："让白染去吧。"

众人见夜枭没有反对，显然也是认可白染的运气的，于是也就没有人再提反对意见了。

"去吧！冉冉！该你发挥的时候了！"顾乐笑着拍了拍冉骐的肩膀。

冉骐没有辜负大家的期望，从猫妖 BOSS 的身上，成功搜出了一把紫色武器和一个 S 级材料"猫妖的獠牙"。

【系统公告】玩家［夜枭］率领众勇者打败了作恶多端的暗夜猫妖，夺得了［爆裂长弓］。

爆裂长弓

限制等级：30 级以上

职业要求：箭神

物品等级：A 级

耐久度：200/200

属性：命中 +81，力量 +66，致命一击 +40，体质 +22

直播到这里差不多就可以结束了，开箱子出来的东西是不会上系统公告的，因此夜枭果断关闭了直播控件，以后会开放公会战和竞技场，有些信息还是不要让别人知道得太清楚为好。

【世界】三言两语：啊！怎么关了呢？！还是在这种最关键的时候啊……

【世界】暮光：哭了，我想知道还能出什么好东西啊……

装备依然是按照 DPS 进行分配，箭神里翎墨是第一，所以这把长弓就归了他。

冉骐接着又去开黄金宝箱，这一次又出了一把紫色武器还有一本毒牙的技能书。

烈焰刀

限制等级：30 级以上

职业要求：战神

物品等级：A 级

耐久度：200/200

属性：力量 +88，敏捷 +41，致命一击 +30，体质 +30

毒刃·技能书

可学等级：30

限制职业：毒牙

使用说明：打开即可学会技能［毒刃］。在武器表面涂抹致命毒素，攻击敌人可使敌人陷入中毒状态，并有概率使其进入眩晕状态。毒素攻击伤害增加30%，技能等级提升，攻击伤害随之提升。

连续开出两把紫色武器和一本技能书，这个情况让所有人都目瞪口呆，就连千机都忍不住怀疑道："你这手是开过光吗？"

"哈哈哈，见识到我们染哥的厉害了吧？"

团队里战神只有风波江南一个，所以他拿到了那把烈焰刀。毒牙也是只有剑指流年一个，所以技能书给了他。

这一次副本，大家都收获颇丰，就算有人没能拿到装备，他们也同样很满足，因为他们拿到了首杀，还得到了最为难得的实物兑换券。

接下来就是要分配材料的时候了，在得知白染学习了锻造的生活技能后，所有人都一致同意把材料全部都给他，因为他才是这一次能够顺利通关的大功臣。

"期待下次还有合作的机会。"修罗、荼蘼花开和千机都主动加了冉骐为好友，然后才退队出了副本。

等到外人走了，其他人一拥而上，纷纷跟冉骐进行交易，主动把这次副本得到的7张实物兑换券全部给了他。

冉骐："你们这是干吗？我不能收！"

剑指流年认真道："这次如果不是你，我们根本没有办法通关，你还给我们提供了那么多东西，如果你不收的话，我们以后也不会再收你的东西了。"

"对！你一定要收下！"连风波江南的队伍也是同样的态度。

冉骐有些无奈地看向夜枭。

"收下吧，我们还有直播给的兑换券呢。"夜枭伸手揉了揉他的头，"多买点好吃的。"

冉骐在他们的坚持下，只能无奈地收了下来，心中却满是感动。

他的这群队友，真的挺好的。

"走吧，出副本了！"

然而冉骐刚刚离开副本，就又收到了系统的健康提示。

【系统】检测到您的精神力波动过大，为了您的身体健康，请于30分钟内下线休息。

冉骐："……"

他该庆幸游戏没有强制让他在打副本时下线吗？

其实他也不算太意外……毕竟深渊的强度太大了，他的精神几乎一直处于紧绷状态，这会儿突然放松下来，不禁有一股疲惫感涌了上来，确实应该下线休息一下了。

"那个……我想下线休息一下。"现在才午夜1点多，借口说要去上课显然不现实，冉骐就干脆直说了。

"行，好好休息。"大家都非常理解，深渊副本打起来真的是太累了。

"对了，我的复活术对你们的死亡次数有没有影响？"之前冉骐一直都忘了问他们，被复活术救起来之后，是不是还受死亡次数的限制。

"有，我被复活之后，死亡次数就只计0.5次了。"夜枭轻笑着回答，"而且系统还发了提示，只要7天内不再死亡，就可以抵消掉1次。"

游戏制定的死亡次数限制为的是保证玩家们的身体健康，倒不会那么不知变通。

"那真是太好了。"冉骐放下心，下线休息去了。

第三十四章

冉骐刚下线就感觉到了一阵头晕，太阳穴更是鼓胀发疼，游戏的健康提示果然不是开玩笑的，应该是检测到他快要到达极限了。

他强撑起身体，摇摇晃晃地进浴室洗了一个澡，然后就直接穿上睡衣去了床上。他现在的情况看着严重，但实际上只需要好好睡上一觉，养足精神就好了。

之前每次从模拟对战室里出来，他都会出现这种不适感，所以他对处理这种情况的方法早已烂熟于心。

手腕上的光脑发出轻轻的"嘀"的一声，是有人给他发了消息，他点开一看，发来消息的人是顾乐。顾乐因为担心他的情况，也跟着下线来看看，之所以选择发消息而不是打视讯，就是怕打扰他休息。

冉骐忍不住笑了起来，好友的关心让他非常受用，他马上给顾乐回复了消息，表示自己没什么问题，只是有点头晕，睡一觉就行了。

顾乐那边也很快回复，让他好好休息，他也准备睡上一觉。

两人互道晚安，便准备睡觉了，不过冉骐注意到光脑上还有未读消息的提示，于是便点了开来。

他发现在游戏期间错过了好几个视讯通话，都是他妈妈瞿清来的，估计是收到了他寄过去的番茄鸡蛋汤。

冉骐很想给妈妈回个视讯过去，但是考虑到现在已经午夜2点多了，家里人估计早就睡了，这才作罢。

收件箱里还有好几条妈妈的语音留言，冉骐一一点开听了听。

"小骐怎么不接电话？是在忙吗？你寄过来的汤我收到了，我偷偷尝了一口，特别好喝，我留着等你爸和你哥回来了一起喝。"瞿清的语调微微上扬，显然心情非常好。

冉骐也跟着笑了起来，妈妈喜欢就好。

"你爸回来了，他也尝了你的汤，说非常好喝。"这条语音里满是笑意，还带了一点点甜蜜。

冉骐忍不住笑起来，他的父母感情极好，这种甜蜜的感情，也是很让人羡慕的。

"你爸把汤抢走了！说是要拿去改进营养液的口味！"第三条语音消息里的语气突然就变了，瞿清气呼呼的，一迭声抱怨起了冉绍钧吃独食的行为，"小凯和小辉还没尝到呢，回来肯定又要吵起来了……"

"你别生气，你爸拿走汤，虽然是有想要开发新口味营养液的原因，但更多的还是想要留住这个味道，这可是你第一次做的食物，还特意寄到家里来了……"瞿清压低了声音，像是偷偷和他说悄悄话一样，"你爸刚回来的时候，那表情你是没看到，我说是你做的之后，他就一脸想要英勇就义的样子把汤喝下去了，我敢保证，他的眼眶还有点红呢！"

瞿清毫不留情地把冉绍钧的老底都给揭了，他一贯的威严老父亲形象在冉骐的心里开始坍塌。

不过，他莫名觉得有点开心是怎么回事呢？

"你大哥回来啦……果然生气了……去训练场了……"断断续续地听着瞿清的念叨，冉骐不知不觉便陷入了梦乡。

一觉醒来已经快到中午了，光脑上又多出了三条转账信息，分别来自另外三位家人。

老父亲冉绍钧向他转账100万星币，附言：不够就说。

大哥冉凯向他转账20万星币，附言：多买点好吃的。

二哥冉辉向他转账10万星币，附言：下次再做好吃的，先给我寄一份。

给他打这么多钱，是以为他的这些食材都是花钱买的吗？

冉骐忍不住笑着摇了摇头，不过被他们这么一说，他的肚子还真是有点饿了，打开冰箱看了看，里面除了营养液什么东西也没有……

这两天在游戏里和现实里都吃多了美食，冉骐彻底被养刁了胃口，实在不想再喝营养液了。

他想了想，打开光脑，登录了《魔域》的官网，想试试能不能线下用实物兑换券兑换一些食材。

事实证明，游戏官方还是非常人性化的，一方面是为了吸引更多的玩家加入游戏，另一方面也是为了方便那些被迫下线休息以及不便上线的玩家，因此开启了线下兑换功能。光脑也是与使用者的生物信息绑定的，不可能发生冒用的情况，所以冉骐很顺利地就兑换到了自己想要的食材。

感谢队友们的慷慨赠予，他现在账户里已经有近百张兑换券了，换起食材来也就一点都不心疼了。

冉骐一下子就花了十几张券，直接换了2斤大米、3斤猪肉和2斤土豆，猪肉是可以选部位的，他要的都是五花肉。

他今天准备做一个五花肉土豆焖饭，一锅饭有肉又有菜，而且焖饭可以一次性焖一大锅，完全可以分出足够的分量给家里寄过去，这样哥哥们就也都能尝到了。

切成小块的土豆口感软糯，能够完美吸收肉的鲜味和各种调料的咸香，然后完美地与清香的米饭融合，绝对是比肉还香的存在。

焖五花肉和做红烧肉有点相似，由于缺少一些调料，味道肯定是有些变化的，但应该问题不大，反正一直以来只能以营养液维生的蓝星人吃什么都会觉得好吃，冉骐对这点没有丝毫怀疑。

没多久，小章鱼快递就来了，给他带来了满满一箱子新鲜的食材。

他在房间里忙活了近一个小时，把所有食材都整理好，放进锅里焖着，这才给顾乐发了视讯，让他过来吃饭。

顾乐这会儿还没睡醒，头发还乱糟糟地翘着，眼睛都没完全睁开，含含糊糊道："冉冉你起这么早啊……"

"我做了好吃的，过来吃吗？还是你要再睡一会儿？"

"来来来！我马上来！"一听有好吃的，顾乐立刻就来了精神，眼睛一睁，飞快地冲进浴室洗漱去了。

"也不用那么急……饭还没好……"冉骐的话还来不及说完，顾乐就挂断了视讯。

食物给予吃货力量，顾乐只用了五分钟，就已经干净整洁地出现在冉骐宿舍的门口了。

门一开，顾乐就闻到了扑鼻的香气，他跟小狗崽似的伸长了脖子嗅了嗅："冉冉，你又做什么好吃的了？"

冉骐憨笑："做了个焖饭，不过现在还没好，要稍微等一下，你先进来坐吧。"

顾乐忍不住心中的好奇，看着正在冒烟的大锅子，伸手就想要揭开锅盖看一看，但是被冉骐给阻止了："现在不行，气放了，饭就焖不好了。"

这下子顾乐可不敢折腾了，乖乖窝到沙发上等吃的。

无聊的时候，当然会忍不住玩光脑，看看学校的论坛，再看看班级群，有没有什么有趣的消息，顾乐很快就看到了他感兴趣的东西。

"群里说我们学校的对抗赛选拔已经可以报名了！"

"哦……"冉骐干巴巴地应了一声，反正对抗赛什么的和他没有半毛钱的关系，他也没兴趣当啦啦队，不如玩游戏。

"张烁那个家伙也去报名了，希望他进不了前十！"顾乐气鼓鼓地说道。

为了安全考虑，学校的对抗赛是禁止刚入学的新生参加的，他们现在也才刚刚够格进行申请，张烁报名参加这个比赛，自然也是想夺个好名次，出出风头的。

冉骐摇了摇头："不好说啊，今年高年级的不是都不参加吗？"

虽然张烁的人品低劣，但这人的实力还是可以的，在机甲系的考核成绩也都挺高的，今年高年级的学生都入军队实习了，争夺荣誉的责任就落在了他们这些三年级的学生身上，张烁说不定还真能在前十中占有一席之地。

顾乐显然也知道这一点，只是还有些不甘心："也对……哼，真不想看他出风头。"

"没事，还有其他学校呢，他最多也就是前十名，到联赛里，肯定要被淘汰的。"冉骐毫不在意地说道，"我哥说帝星军校的机甲系首席这次也会参加。"

"哈哈，听说他是你的偶像？特别厉害吧？"顾乐非常八卦地问道。

冉骐的脸顿时就涨红了："你听谁说的？"

"好像是……张烁？他说你为了那人还跟家里闹了脾气，非要学什么开机甲，差点把命……"顾乐说着说着就突然停下了，生怕自己戳到了好友的伤心事。

"别听他瞎说！根本没有的事！"冉骐当然不承认了，那是原主的偶像，和他有什么关系？他才不喜欢机甲，他只想玩游戏，吃好吃的，当个敬业的"寄生虫"！

"对对对，没有的事！都是张烁那个狗贼瞎造谣！"顾乐非常配合地点头。

"饭差不多好了……"冉骐懒得戳穿顾乐浮夸的演技，算着时间也差不多了，就去盛饭了。

一掀开锅盖，扑鼻的浓香就冲了出来，锅里的焖饭色泽鲜艳，看着就特别好吃。冉骐用勺子将饭给拌了拌，将肉、菜还有米饭拌得更加均匀，然后才给自己和顾乐各盛了一碗。

顾乐迫不及待地先舀了一块五花肉放到口中。五花肉焖得非常好，六分瘦四分肥，经过小火焖煮，油脂被充分地逼了出来，然后尽数被大米和土豆所吸收，皮糯肉嫩，咸鲜中带着淡淡的甜味，真是美味极了。

米饭和土豆也同样入味，米饭饱满油亮，口感松软但又不失韧性，土豆软糯，入口即化，两者结合得极其完美，丰富了味道的层次，怎么吃都不会腻。

"真是太好吃了……"顾乐露出感动的神色，"我觉得我能把这一大锅都吃下去！"

"行啊，剩下的你就都吃了吧。"冉骐早就拿出了保鲜盒，装了半锅焖饭进去，并给小章鱼快递下了单，剩下的，要是顾乐真吃得下，那就都吃了吧。

吃货的力量果然不容小觑，顾乐使出了"洪荒之力"，硬是把剩下的饭全部吃完了，撑得忍不住一个劲地打饱嗝。

吃饱睡足，两人现在的精神好极了，都迫不及待地想要登录游戏了。

冉骐直接进游戏舱登录了游戏，顾乐还需要先回自己的房间，所以冉骐比他先进游戏。

进入游戏后，冉骐就看到一条五彩缤纷的消息跳了出来——儿童节特别活动。

"啊？"冉骐顿时十分疑惑。

什么时候星际人也开始过儿童节了啊？

第三十五章

【系统公告】【儿童节特别活动】今天中午 12 点到明天中午 12 点，将开放特殊副本［宝藏洞］，宝藏洞内藏着大量宝箱，里面装着调皮的精灵们为勇者准备的特殊礼物，有可能是珍贵的道具、装备、材料以及整蛊用的小陷阱，全看勇者们的运气了。玩家们可以在特殊地图［游乐园］内，通过参加游戏项目获得开启宝箱的钥匙。祝大家儿童节快乐！

宝藏洞是个六人副本，限时一小时，并且每人限入一次，所以进入副本之前，一定要先在游乐园里收集足够多的钥匙才行。游乐园是个特殊地图，仅开放一天，其他倒是没有什么限制，玩家们可以随意进出。

这倒是挺有意思的，冉骐上辈子在孤儿院长大，游乐园什么的，也就只有上大学之后和同学们一起去玩过两三次，非常有趣。不知道游戏里构筑的游乐园和他上辈子去过的游乐园是不是一样的。

莫名有些期待呢……

"染哥！你上线啦？快来游乐园！我们一起收集钥匙啊！"翎墨注意到冉骐上线了，就赶紧在队伍频道里喊他。

"好，我等一下可乐，一会儿和他一起来。"

"好的，我们在鬼屋门口等你们！"追魂大声道。

冉骐在原地等了一会儿，等顾乐上线之后，就拉着他一起去了游乐园。

游乐园里人山人海，简直比冉骐在电视里看到的还要热闹，到处挂着五颜六色的小旗子和气球，看起来充满了节日的氛围。

一进门就有 NPC 给他们发礼物——一个精美的礼物袋，里面装着两颗水果味的硬糖，还有一张小地图，上面标明了所有的游乐设施，以及通过游戏能够获得的钥匙数量。

越是惊险刺激的项目，给予的钥匙数量越多，比如非常经典的云霄飞车和尖叫鬼屋等，都是给 3 把钥匙；像是稍微刺激一点的海盗船和旋转飞碟是给 2 把钥匙；碰碰车和旋转木马之类的休闲项目，就只给 1 把钥匙了。而且处于组队状态的话，每通关 3 个游戏项目，系统就会额外赠送 1 把钥匙，可以说是非常慷慨了。

"染哥！你们到哪儿了？快点！要轮到我们了！"翎墨催促道。

"来了，来了，我们已经进游乐园了，马上到！"冉骐和顾乐赶紧加快脚步朝鬼屋的方向跑去。

游戏官方也是很有想法，将鬼屋入口弄成了一个鬼怪大张着嘴的造型，就好像大家都在排着队往鬼怪的嘴巴里送。

玩家们在鬼屋门口排成了一条看不到尽头的长龙，但是他们前进的速度很快，毕竟是全息游戏，系统只需要创建一个新副本，然后将玩家们传送进去就行了，不用等到上一批玩家玩完之后才能进。

夜枭他们就在队伍的最前面，因为是组队状态，在鬼屋外维持秩序的 NPC 不仅没有阻拦冉骐和顾乐的插队行为，甚至还主动把他们带到了前排的位置。

"染哥，你们来了！就快轮到我们了！"翎墨笑着说道。

"嗯。"冉骐应了一声后，感觉到了一丝异样。

所有在鬼屋外面排队的人，都是一脸的平静，就好像是要排队去打副本一样，完全没有一点该有的紧张感和期待感。还有人在拿着食物补状态，一副准备打架的样子。

"你们知道鬼屋是干吗的吗？"冉骐忍不住开口问道。

"不知道！"追魂相当耿直地回答。

"估计也是一种副本吧？可能就是搞很多奇形怪状的小怪出来让我们打？"剑指流年摸着下巴分析道，"不过既然是活动副本，难度应该不大，不用担心。"

冉骐："……"

没有童年的星际人真可怕。

不过没关系，玩一次就知道了……

很快就轮到了他们，六个人一起走进了黑漆漆的入口，然后就看到面前出来了一个半透明的选择面板。

【系统】您可以在以下 6 个场景中任意选择一个进行体验，成功通关任意场景均能得到 3 把宝箱钥匙，每个场景仅限体验一次。

"哇，好像很不错啊！一个场景3把，6个场景下来就是18把钥匙啊！"几人都露出了跃跃欲试的表情。

夜枭看着六个场景选项问道："那我们选哪个场景？"

"好像都很普通啊，随便选一个吧！"追魂无所谓地说道。

六个场景分别是医院、学校、鬼宅、小镇、城堡、荒野，每个都是恐怖鬼屋的经典场景，绝对不是追魂口中的"普通"。

"不行，不能随便选……"

可惜冉骐说得有点迟，作为队长的夜枭已经伸手在光屏上随便点了一个场景——医院。

冉骐心里一惊，几人都用诧异的表情看着冉骐，仿佛不懂他为什么那么激动。

顾乐安慰道："没事啦，什么场景都一样，打就是了。别怕，我扛怪，怪不会追你的。"

冉骐："……"

是你们等会儿最好不要怕。

【系统】场景转换中，请稍候……

众人眼前一花，就被传送到了一个又破又旧的废弃医院中。

"怎么回事？我的武器和装备呢？这穿的是啥？"追魂一脸茫然地看着自己身上的衣服。

"技能也不能用了！"翎墨也诧异地道，"怎么回事？要肉搏吗？"

"我的天，这放的什么音乐？怎么听起来这么瘆人呢？"顾乐捂着耳朵发抖。

他们此时都穿上了统一的制服，看起来像是一个团队，身上的装备和武器全部都不见了，并且连技能都被封禁了。偏偏周围还在放着诡异的音乐，制造恐怖的氛围。

【系统】这里是一家废弃的医院，听说这里的医生会拿病人做一些血腥的实验，枉死的病人成了索命的恶灵，开启了无尽的杀戮，医院里所有人一夜之间全部死亡。你们是误入的冒险者，请想办法找出逃离这里的方法。请尽力逃亡，不要攻击鬼怪，如果想要放弃，可以随时退出副本。（注意：违规三次，将会被请出副本。）

和他以前玩过的鬼屋规则一模一样——禁止攻击NPC，尽力逃跑，随时可以选择放弃。

就是这种感觉！冉骐其实很喜欢玩这些刺激的东西，此时不禁有些兴奋，他已经迫不及待地想要去探索这个医院了！

然而追魂他们还有些不在状态，这个副本和他们想象的完全不一样，他们从打怪的人，突然转变为被怪追的人，实在是有些难以适应。

"走吧，要逃出去，肯定得先下楼。"夜枭率先回过神冷静道。

他们所在的区域一片漆黑，只能透过一扇被木板封起来的窗户的缝隙，大概看清外面的场景。外面下着雨，时不时有电闪雷鸣，他们应该是在医院的顶层，距离地面有十几米高的样子，从他们的位置能够清楚地看到医院的大门，那边醒目的红色标牌上写着"出口"两个字。

"嘁，想下去还不容易吗？直接把木板拆了，从窗口跳下去不就好了？"追魂直接走过去，想要拆除窗户上的木板，然后从这里跳下去。十几米的高度，对他们来说根本算不了什么，他们做机甲实操训练的时候，几十米的高度也是照样往下跳的。

然而，系统是不会让他走这种捷径的。

【系统】玩家［追魂］违规一次。

追魂："……"
夜枭："行了，我们分成两组，往两个方向去找路，总有向下的通道。"

冉骐其实很想说人群分开是恐怖片里的大忌，不过想想这只是游戏，大家被吓唬几次，也就明白鬼屋真正的意义了，于是他保持了沉默。

追魂、翎墨还有剑指流年去了右边，夜枭、冉骐和顾乐去了左边。

走廊很长，又特别黑，走廊里回响着他们的脚步声，感觉特别恐怖，顾乐已经开始紧紧地贴着冉骐了。

冉骐他们一直走到了左边走廊的尽头，也没有看到楼梯或者电梯，只找到了一个门上写着档案室的房间。

"我们是直接进去，还是等他们过来？"冉骐问道。

"我问问他们到哪里了……"夜枭说着，声音却是一顿，"队伍频道不能用了。"

顾乐道："那我们喊喊看吧？这里这么安静，他们肯定能听见。"

"行。"

于是几人便大声喊着追魂他们的名字，但是一直毫无回应。

"要不然，我们去找他们试试？"

正说着，又一条系统提示跳了出来。

【系统】玩家［追魂］［翎墨］［剑指流年］违规一次。

冉骐顿时十分无语，他们这又是有了什么奇怪的操作？而且追魂都违规两次了，再违规就要被踢出副本了……

"走吧，我们去看看。"夜枭叹了口气，显然对那三人的行为非常无奈。

三人又一路朝着右边的走廊走去，一路上都在喊追魂他们的名字，但始终没有得到回应。

走着走着，他们居然又回到了之前的那个档案室。

"看来没别的路了，我们进去吧。"游戏估计就是故意把他们分成两个组，让他们分头行动的。

"行。"

三人轻轻地推开门，看清了屋里乱七八糟的样子，所有的地方都蒙上了厚厚的一层灰，地上铺满了发黄的纸张。屋子的角落里居然还亮着一盏灯，只是灯泡显然有点问题，一直在闪，反而比全黑的情况还要吓人。

"四处看看，说不定有机关。"冉骐很懂行地说道。

夜枭打开一个柜子的时候，突然有一个黑影从天花板上跳了下来，朝他们扑了过来，配合着一声惊雷和闪电的亮光，他们清楚地看到了黑影那完全凹陷的枯骨般的脸。

"啊！"顾乐发出尖叫鸡一般的惨叫，整个人都扑到冉骐的身上，跟个树袋熊一样紧紧抱在冉骐的身上。

冉骐无奈："放开，我要被你勒死了。"

在夜枭的帮助下，冉骐总算是把顾乐从他的身上给撕了下来，但是顾乐被吓得太厉害，紧紧抓住了冉骐的一条胳膊，就跟抓住救命稻草似的。

冉骐无奈地保持着胳膊上吊着个人的姿势，继续探索起了房间。能够设置机关的地方其实也是有一定的规律的，冉骐盯着这些地方着重找，很快就在推开一个柜子后，找到了一条狭窄阴暗的通道。

穿过通道来到了停尸间，又走过了手术室、病房等吓人的区域，一路上经历了无数次的开门杀、转角杀、夺命追杀等等，两组人总算在一楼会合了。只不过追魂那个家伙因为看到鬼怪的时候，总是下意识地反击，导致违规三次被踢出了副本，最后顺利通关这副本的只有他们五个人。

最后走出医院大门的时候，冉骐还意犹未尽，但顾乐整个人都好像要虚脱了一样，翎墨和剑指流年也是面色惨白，只有夜枭依旧平心静气，优雅淡然。

顾乐哭丧着脸："这个副本怎么是这样的……"

其他人也纷纷心有余悸地附和，看得冉骐直想笑。

【系统】恭喜您成功通关医院场景，奖励宝箱钥匙3把。是否需要继续下一个场景？

"再换个场景？"夜枭看向几人。

"不了不了！"顾乐等人齐声道。

翎墨说道:"我们还是去玩别的项目吧,云霄飞车也挺好的,也给3把钥匙呢!"

冉骐:"好吧……"

剩下5个场景没玩……有点遗憾……

夜枭注意到了冉骐的神情,便开口道:"回头我们两个单独再来一次。"

"好啊!"冉骐高兴地应道。

他就知道,这么刺激的游戏,不可能只有他一个人喜欢!

第三十六章

一行人又去坐云霄飞车的地方排队。云霄飞车馆也是同样的设计,入口被做成了一个飞车的造型,大家排着队往车门的方向走。

尽管外面排着长长的队伍,但是前进的速度非常快。里面估计也是单独开一个副本给一个队伍的玩家玩,所以云霄飞车馆的外围相对比较安静,听不到尖叫声,还真是让人有些不习惯。

此时顾乐他们已经都从之前的惊吓中缓过来了,重新打起了精神,开始兴致勃勃地讨论起云霄飞车会是什么样子的了。

"既然是叫'云霄飞车',肯定是在天上飞的车,应该就和咱们的星轨差不多吧?"剑指流年摸着下巴又开始分析。

"我想也是,介绍上不是写着是体验速度与激情的项目吗?说不定就和星轨差不多,能让我们在高速疾驰下观赏整个城市。"翎墨点头附和。

"我也觉得是这样!"顾乐深以为然地点头,"上个鬼屋那么可怕,这个副本应该是让我们平缓心情用的。冉冉你说呢?"

冉骐露出尴尬又不失礼貌的微笑:"不好说,反正进去就知道了。"

"你说得对!"

他们来得比较晚,前面少说也有几千人,哪怕前进速度很快,也依旧排了大概二三十分钟的队,才轮到他们。

六个人走进了入口,就又看到一个半透明的选择面板出现在他们面前。

【系统】您可以在以下3个场景中任意选择一个进行体验,成功通关任意场景均能得到3把宝箱钥匙,每个场景仅限体验一次。

三个场景分别是山崩地裂、星兽来袭、暗夜追逐。

这似曾相识的感觉……

顾乐的脸色瞬间就变了，连声音都有些发颤："怎么玩个飞车，还要选场景啊？而且场景的名字看起来还奇奇怪怪的……"

"不知道。"夜枭淡淡地问道，"还是随便选吗？"

"别别别！"这次换追魂出声阻止了。

夜枭微微挑眉："那你们说选哪个？"

顾乐道："暗夜追逐肯定不能选，我现在对黑暗都有心理阴影了，鬼知道是什么东西要和我们追逐呢！"

"对对对，山崩地裂也不能选！一看就知道肯定很危险！"剑指流年补充道。

于是最后他们选择了看起来最不危险的"星兽来袭"场景，因为他们都很清楚星兽是什么，所以觉得心里有底。不就是战斗吗？这个他们熟！

冉骐已经大概猜到了这是那种沉浸体验式的飞车项目，他上辈子去环球影城玩的时候，就体验过一次，4D放映技术结合各种特效镜头，会给人一种身临其境的感觉。

全息模式下，应该会更加刺激吧？突然就有点激动了呢！

不过追魂他们所想的"你要战那便战"的副本模式肯定是不可能出现的了，儿童节的活动副本，怎么可能让他们打打怪就过了呢？看着几人明显松了一口气的样子，冉骐竟然不厚道地有点想笑。

旁边的夜枭看了冉骐一眼，眼中闪过一丝疑虑，不过并没有拆穿他，只淡淡道："进了。"

【系统】场景转换中，请稍候……

片刻后，他们一行六人出现在了一个封闭式的站台上，面前是一个六人座的流线型子弹头小火车，两个人一排，一共三排，排与排之间的空隙挺大的，座位看起来也非常舒适。但是由于站台是封闭的，完全看不到沿着轨道出去会是什么地方。

追魂慌乱："啊！衣服又被换了！"

翎墨着急："技能还是不能用！"

夜枭揉了揉眉心："玩个观光车，你们要装备和技能干什么？"

"也对啊……"几人这才安下心，"反正这次都坐在一辆车里，总不能再把我们分开了！"

冉骐："……"

兄弟，没有人告诉过你，没事不要乱立 FLAG① 吗？

【系统】请玩家尽快入座。

----

① 网络用语，指说的某些话，做的某件事预示了或好或坏的事发生。

"我不坐前面！"

"对对对，我也不坐前面。"

几个大男人一个赛一个怂，最后只能是冉骐和夜枭一起坐在了第一排，胆小的顾乐和比较暴躁的追魂坐第二排，表面镇定但其实内心还是有点慌的翎墨和剑指流年坐最后一排。座椅的固定装置自动降了下来，将他们的身体牢牢地固定在了座椅上。

【系统】你们是来到新城市观光的游客，但是星兽突然出现，对城市造成了巨大的破坏，你们只能驾车狼狈奔逃，不过不必担心，战神会来拯救你们的！请尽情享受速度与激情带来的感官体验！请不要试图挣脱座椅的固定装置，如果想要放弃，可以随时退出副本。（注意：违规3次，将会被请出副本。）

系统播报完后，车子就缓缓启动，站台在一秒内消失不见，他们出现在了熟悉的城市街头，周围是鳞次栉比的高楼和形形色色的飞行工具。

"这里是首都星吧？"他们已经认出了周围的环境。

"应该是，我都已经看到政府大楼了！"

"哈哈哈，真的和星轨一样呢！"他们乘坐的车子果然变成了观光式的星轨，内部环境有点像是迷你版的高铁，只不过是悬浮式的，观光的客人可以通过旁边的窗户观赏首都星的景色。

就在他们逐渐放松下来的时候，耳边突然响起了警报声——一头星兽突破了首都星的防护罩冲了进来。在宇宙中生活着许多庞大的星际怪兽，简称为"星兽"。因为受到宇宙射线的影响，它们的性格十分狂暴，极具攻击性，但肉是可以吃的，是星际人为数不多的食用肉类的来源。

冉骐还没有见过活的星兽，此时不禁睁大了眼睛去看。这头突破了防护罩的星兽，长得有点像他以前看过的电影《哥斯拉》里的怪兽，身体上长满了坚硬的鳞片，背部长着锐利的尖刺，巨大的嘴巴里有锋利的牙齿，一看就非常危险。

它出现的位置非常巧妙，刚好在他们乘坐的星轨的必经之路上。它伸出爪子，毫不费力地抓住了他们的车子。它先是将那双凶恶的眼睛贴在了车子的窗户上，对着里面张望，然后张大嘴巴，一口咬了下来。

原本平缓舒适的观光之旅，刹那间变得刺激起来。他们甚至能够清楚地看到怪物嘴里的样子，闻到怪物嘴里腥臭的味道，听见怪物牙齿与观光车金属外壁摩擦的刺耳声音，可偏偏现在的他们所有技能和装备被禁用了，甚至连一点反击之力都没有。

然而为了保证观光客人的安全，观光车的硬度惊人，那星兽无论如何都咬不开车子，只把车子的窗户给弄碎了一扇，它试图将锋利的爪子从窗户探进来。虽然窗户很小，但也足够星兽将爪子塞进来，锋利的爪子在每个人的脸前扫过。

【系统】玩家［可乐］［追魂］违规一次。

刚才星兽的爪子擦着他们两人的身体过去，吓得顾乐拼命挣扎起来，追魂更是下意识地直接伸脚去踹，双双触发了违规警告。

星兽无论如何也没有办法把他们从车里抓出去，最后它只能用力地摇晃起车子来，似乎想要把车里的他们给摇出去。

小小的观光车在星兽的爪子中上下翻飞，如果他们不是被固定在了座椅上，这会儿恐怕早就已经不省人事了。

"啊！"在这种情况下，尖叫大概是人类的本能，不管他们是不是军校的学生，又或者是不是机甲系的精英，驾驶机甲战斗的感觉和这种手无寸铁地被装在大铁盒里无力反抗的感觉是完全不一样的。

在无论如何也没有办法把他们从车厢里弄出去之后，星兽就直接把他们给丢了出去。

车子直接做起了自由落体运动，从几百米的高空，朝着地面坠落。

"啊！"尽管知道这都是游戏场景，但在无比逼真的效果下，他们体会到了最真实的、恐怖的失重感，无法控制地再次尖叫出声。

就像那些玩过山车的游客，明知道那只是个游戏，身上绑着安全绳，甚至已经不止一次玩过这种项目了，但每次都还是会控制不住地想要尖叫一样。

就在他们快要和地面亲密接触的时候，一只手接住了他们。更确切地说，是一只机械手。

那是一台几十米高的黑色机甲，机甲表面绘制了海蓝色的复杂花纹，看起来充满了神秘的力量，在阳光的照射下，反射出耀眼的光芒。

"是雷神！"顾乐忍不住激动地叫了起来，他一眼就认出了这是帝国元帅的座驾，也就只有这台代表帝国最高战力的机甲，才配被称为"雷神"。

冉骐也发出了赞叹的声音，但他赞叹的是与顾乐全然不同的方面。他赞叹的是游戏的巧思——用全民偶像来演一出"英雄救美"，这样的体验恐怕是所有星际人都梦寐以求的，效果堪比在银行遭遇抢劫的时候蜘蛛侠从天而降。

接下来就是星兽与雷神之间的战斗，冉骐他们就像个玩具一样，弱小可怜又无助地不断地被甩来甩去，天上地下，各种急速上升下坠，甚至中途车厢终于承受不住这种强度的甩来甩去，直接在半空中解体，三排座椅朝着不同方向被抛飞了出去。

就说不要乱立 FLAG 了啊！

"啊！"冉骐也不禁尖叫了起来。

因为一排的座椅连在一起，所以夜枭和冉骐两个人是一起被甩出去的。

"别怕。"夜枭伸手抓住了冉骐的手，刚想开口安慰两句，就看到冉骐虽然在尖叫，但双眼睁得圆圆的，眼眸发亮，脸颊微红，看起来不像是害怕，更像是兴奋……

雷神及时出手接住了他们，并且找回了他们只剩下半截车身的车厢，将他们放了回去。

最后，雷神用一发电光炮杀死了星兽，获得了战斗的胜利，然后非常体贴地将他们送回了出发的站台。

【系统】恭喜您成功通关星兽来袭场景，奖励宝箱钥匙3把。是否需要继续下一个场景？

直到系统发出通关提示的时候，几人都还有些回不过神来。

将他们死死固定在座位上的安全装置终于升起，冉骐这才发现自己的手和夜枭的手一直紧紧地握着……

他就是太兴奋了，一时都忘了自己还抓着别人……

夜枭轻笑着问道："还继续下一个场景吗？"

"好啊……"

"不了不了！"顾乐他们几个齐声道。

冉骐的声音一下子就被盖了过去，想也知道是不能继续玩了……

冉骐微微撇了撇嘴，整个人都蔫了，夜枭仿佛看到了他头顶耷拉下来的兔子耳朵。

"要不然我们分开玩吧。"夜枭开口道，"云霄飞车和鬼屋每次都给3把钥匙，不拿到太可惜了，我和白染组队去拿，你们几个去拿其他游戏项目的钥匙吧。"

"好啊！"他的提议立刻得到了其他人的强烈支持——他们的心脏这会儿都有些承受不住了。

"真的吗？"冉骐闻言，立即双眼发亮地看着夜枭。刚才激烈的情绪过去了，现在回味起来，还有些意犹未尽，真的是特别特别想再来一次啊！

冉骐本就长得好看，一双眼睛特别圆，游戏里是漂亮的蓝色，像是水晶一般亮晶晶的，这会儿闪着光看过来的样子，特别特别乖，一头银色的柔顺长发，让人很想伸手摸上一把。

"当然是真的。"夜枭掌心有些发痒，他一本正经地对追魂他们几个说道，"剩下的钥匙一定要拿全了。"

"好的好的，没有问题！就放心地交给我们吧！"追魂拍着胸口信誓旦旦地保证道。他刚才已经仔细看过游戏介绍了，最刺激的就数云霄飞车和鬼屋两个项目，剩下的项目肯定要好很多，他们肯定能行！

顾乐催促："没错！你们快去！"

第三十七章

夜枭说道："你们四个退队吧，省得我们还要重新排队。"

"好的，没问题！"追魂他们四个立马毫不迟疑地退出了队伍，生怕晚了一秒又被夜枭给拉着继续玩云霄飞车。

这两个家伙根本不是人！

碍事的家伙们走了，冉骐和夜枭便直接选择了继续下一个场景。

他们这一次选了"山崩地裂"，应该是灾难型的背景，光听名字就觉得刺激！

【系统】场景转换中，请稍候……

他们再次出现在了一个封闭式的站台中，只是这一次他们要坐的车变成了一辆非常漂亮的明黄色敞篷跑车，不光颜色拉风，造型也十分别致，比起冉骐上辈子只在杂志上见过的那些豪车都毫不逊色。

"你坐哪边？"夜枭看向冉骐。

"我可以坐驾驶位吗？"冉骐跃跃欲试，他觉得驾驶位的视角肯定更刺激。

"当然。"

两人入座后，再次被固定在了座位上。

【系统】你们是正常出门的上班族，但是突然遭遇强烈地震，你们只能驾车试图逃离，一路有惊无险，请尽情享受速度与激情带来的感官体验！请不要试图挣脱座椅，如果想要放弃，可以随时退出副本。（注意：违规 3 次，将会被请出副本。）

系统播报完成后，场景再次转换。

明媚的阳光下，他们的车子行驶在宽敞的马路上，道路两边是漂亮的小房子，远远地还能够看到几座高耸的办公大楼，非常有蓝星时代的风格，估计是走的怀旧风。

游戏将细节做得很到位，路上不止他们一辆车，正值上班时间，不断地有车从他们身边驶过，里面的人似乎都有着自己的角色。冉骐看到有辆小车里坐着一家三口，他能清楚看到小孩脸上喜悦的笑容，有的车里则坐着一只大狗，正兴奋地吐着舌头，任由舌头被风吹得抖动不止。

不过这样平静的场景只持续了很短的时间，他们刚刚行驶出一段距离，地震就开始了。

地面剧烈震颤，裂出一道巨大的口子，周围的房子在他们的眼前坍塌，地震引起的气浪扑面而来，冉骐甚至能够感受到灰尘和碎石飞溅到自己的身上。

"啊！"

也不知道是谁的尖叫声响了起来，仿佛是一个信号，所有的车辆都掉转车头，朝着出城的方向飞驰而去。城里太危险了，楼房坍塌，道路狭窄，一旦被困，就只有死路一条。

夜枭他们自然也不例外，冉骐仿佛瞬间化身顶级赛车手，熟练地抄近路，并且避开仓皇之下朝他们撞来的车辆，操纵着整辆车子像一尾游鱼一般在车流中穿梭。

但实际上，冉骐虽然坐在驾驶位，手也摆在了方向盘上，可是车子其实有着自己的想法，根本就不听他的指挥，不过这也足够让冉骐过一把瘾了。

坐在副驾驶位的夜枭目光深沉地扫过冉骐牢牢抓着方向盘的双手，微微抿了抿唇。

地裂在身后紧追不舍，张开的巨大裂缝如同一张贪吃的嘴巴，毫不留情地吞噬着一切。当他们的车子行驶到办公大楼底下的时候，大楼骤然坍塌，好在这时他们的车子突然来了一个急速侧滑，险之又险地避开了坍塌的大楼，逃过了被埋的危险。

他们有惊无险地来到了跨海大桥，在大桥断裂开来的时候，惊险又刺激地来了一个"空中转体三周半"，最后安全落地。

【系统】恭喜您成功通关 [山崩地裂] 场景，奖励宝箱钥匙 3 把。是否需要继续下一个场景？

等到体验结束的时候，冉骐只觉得自己的心怦怦直跳，刚才他仿佛近距离观看了一场 5D 版的电影大片，简直不能更有趣！

夜枭问道："还继续吗？"

"继续继续！"冉骐满脸兴奋地用力点头，他正玩到兴头上呢。

于是两人又进入了最后一个场景——暗夜追逐。

这次更加刺激，他们成了星际海盗，在星舰被帝国军队摧毁后，乘坐小型飞艇逃离，然后被帝国军队追逐，连激光炮什么的都用上了，各种绚烂的光效在黑暗的宇宙中闪过。

也许对星际人来说，这才是最稀松平常的一个场景，但对冉骐这个换了身体的蓝星古人来说，简直不能更刺激。

他时不时兴奋地尖叫和欢呼，手又下意识地抓住了距离自己最近的东西——夜枭的手。

不过因为他们的角色是反派，所以最后还是被帝国军队给追上了，他们的小型飞艇被击中时的剧烈震颤和爆炸效果，相当令人震撼。

等到从车上下来的时候，冉骐才后知后觉地松开了手。

"不……不好意思啊……我刚才太激动了……"

"没关系，都是正常反应。"夜枭一脸平静地说道，"走吧，我们去把鬼屋给通关了。"

"好！"

两人又重新回到了鬼屋，此时在鬼屋门口排队的队伍已经肉眼可见地变少了许多，甚至有许多玩家都是一副恨不得绕着走的模样。

"听说鬼屋很恐怖啊，好多人都在论坛发帖说千万不要去……"排在夜枭和冉骐前面的一个女玩家有些忐忑地说道。

"鬼屋能有什么吓人的？不就是场景奇怪了一点？咱们平时打的那些副本难道不吓人吗？你放心，有我在，肯定能保护好你的，要是有怪物出现，看我不把它揍趴下！"一个人高马大的男玩家拍着胸脯说道。

冉骐仿佛从他的身上看到了追魂的影子，忍不住捂着嘴偷笑了起来，因为怕被人看到，他还往夜枭的身后藏了藏。

夜枭猜到了他偷笑的原因，有些好笑地看他一眼，侧身帮他挡住了前面玩家好奇的视线。

就在这个时候，有两个脸色惨白、身体抖如筛糠的玩家从旁边走过，嘴里还不停嘀咕："太可怕了，太可怕了……"

一看就知道他们是刚从鬼屋里出来的。

排在冉骐和夜枭前面的那个女玩家顿时也变了脸色，有些紧张不安地道："要不然我们还是去玩云霄飞车吧……"

"来都来了，马上就要轮到我们了。"男玩家却是不想走，信誓旦旦地安慰道，"放心吧，有我在！"

可能是男玩家的保证起了作用，女玩家怀着忐忑不安的心情，终究和他一起走了进去。

冉骐默默地在心里给他们点上了一根蜡烛。

【系统】检测到您已经通关过一个场景，您可以继续在以下5个场景中任意选择一个进行体验，成功通关任意场景均能得到3把宝箱钥匙，每个场景仅限体验一次。

"想选哪个场景？"夜枭看向冉骐。

他们已经玩过了医院场景，可供选择的还有学校、鬼宅、小镇、城堡和荒野五个场景。

"城堡吧？"除电影之外，冉骐还从来没有见过城堡，因此对城堡有着很大的兴趣。

"行。"夜枭没有任何异议。

【系统】场景转换中，请稍候……

很快，两人就出现在了一座废弃的古堡中，到处都是蜘蛛网，所有的家具都被灰色的布给遮住了。整座古堡死气沉沉的，仿佛没有一个活人，透过窗户能看到城堡花园里的花草树木都已经枯萎，只有几只黑黢黢的乌鸦发出令人毛骨悚然的叫声，恐怖的气氛铺垫得非常到位。

【系统】这里是一座有着恐怖传说的古堡，任何进入古堡的人，都会神秘失踪。你们是误入古堡的冒险者，请想办法找到逃离这里的方法。请尽力逃亡，不要攻击鬼怪，如果想要放弃，可以随时退出副本。（注意：违规3次，将会被请出副本。）

系统的提示宣告着副本的开始，天色渐渐变得暗沉，微风徐徐吹过，阴森的感觉蔓延开来，仿佛连骨头缝里都渗出湿寒的凉意。

冉骐双眼闪闪发亮，兴奋地看向了夜枭："我们走吧？"

"嗯。"夜枭轻笑着说道，"就只有我们两个人，最好不要分开。"

"嗯嗯！"冉骐用力点头，伸手抓住了夜枭的衣角，"绝对不能分开！"

虽然冉骐很喜欢玩鬼屋，可一个人玩也是会有点怂的，而且恐怖片里分开行动等同于提前"领盒饭"，他绝对不能干这种蠢事。

"还是这样保险一点。"夜枭伸手握住了冉骐的手，对着他微微一笑。

两人在古堡里探索起来，古堡里有很多机关和密室，墙壁上挂着的画像会突然动起来，一双双诡异的眼睛在黑暗中窥视着他们，让人如芒在背。

两人经历了被骷髅追、被蝙蝠追、被黑影追、掉下陷阱、惨遭箭射、遇到滚石和险些被活埋等重重危险，这才终于成功通关了。

剩下四个场景也差不多都是这种沉浸情景体验模式，鬼宅和城堡差不多，就是恐怖氛围更加浓厚一些，主要是依靠音效和各种"开门杀"来制造恐怖气氛，算是比较轻松的。

荒野场景中，他们是车子抛锚的游客，想要寻找走出荒野的办法，但是那里生活着许多猛兽，比如猎豹、狮子、蟒蛇，他们在各种猛兽的追逐下，需要不断地爬树、跳崖、下河，好不容易才逃出，真是非常考验体力……

学校里，他们是作死去闹鬼学校夜探的学生，遇上了笔仙、花子等各种校园常见的鬼怪，拼了老命才逃离了学校。

小镇应该是冉骐最喜欢的一个场景了，不知名的病毒在小镇蔓延，几乎所有小镇居民都变成了活死人，只有他们是活人。

简直就跟亲自出演恐怖片一样，场景一个比一个惊险刺激，把所有场景都通关之后，就算是胆大如冉骐，也有些吃不消了。

"我们去找追魂他们吧。"找人的同时，顺便可以休息休息。

"好。"

两人看了一下好友位置，确定追魂他们没有在副本里后，就解散了队伍，申请加入追魂他们的队伍。反正冉骐和夜枭已经过了9个副本了，保持组队状态额外给的3把钥匙已经拿到了，解散队伍也没有损失。

两人的入队申请很快就通过了，并且追魂很自觉地把队长的位置让给了夜枭。

夜枭在队伍频道里问道："你们拿到几把钥匙了？"

结果队伍频道里安静一片。

冉骐："怎么了？"

过了半晌，追魂才支支吾吾道："还行吧。"

"还行是多少？"夜枭眯起了眼睛。

追魂继续支支吾吾："就……就不是很多。"

夜枭的声音冷了下来："到底是多少？"

追魂这才不情不愿地回答："3把。"

冉骐不敢置信地睁圆了眼睛，他们这效率未免也太低了吧？和他们分开之后，他和夜枭两个人一连通关了7个场景，拿到了21把钥匙啊！这还不算他和夜枭保持组队状态通关9个副本，额外给的3把钥匙。

结果追魂他们就只拿到了3把？

光是海盗船和旋转飞碟两个项目就可以拿到4把了啊！

夜枭沉声问道："你们现在在哪里？"

沉默片刻，最后还是剑指流年开口回答："我们在……旋转木马这里排队……"

语气里透着浓浓的心虚。

冉骐："就这？"

说好的你们可以呢？结果就是去玩碰碰车和旋转木马了吗？

第三十八章

几人在云霄飞车那里分开之后，追魂他们就打算去玩海盗船了，但是这一次他们多了一个心眼，先跑去论坛上看了一下那些玩过海盗船项目的玩家的评价。

结果所有玩过海盗船的玩家都表示超级恐怖，说是让他们登上一艘船扮演海员，然后一路上遭遇了海啸、狂风，甚至还有海怪的袭击，有些人从船上下来之后还吐了。

追魂他们看了这个帖子顿时就厌了，没有任何挣扎就选择了放弃，然后又想着要去玩旋转飞碟。结果旋转飞碟也是差评如潮，玩家们纷纷表示简直像是把人装进了一个罐头里，死命摇晃了 5 分钟，从里面出来走路都没有办法走直线了。

倒是有一个叫龙卷风的项目，评价说游戏时间短，与其他项目比起来也要更温和一些。冲着奖励给的 2 把钥匙，几个人壮了壮胆子就一起去了。

然而他们还是太天真了，系统把他们传送到了一个纯白的空间里，然后让他们坐进一个个透明的圆球里，等座椅上的固定装置再次出现的时候，他们的心里就有了不祥的预感。

下一刻，他们就被卷进了龙卷风里，忽上忽下地高速旋转，同时也亲眼见证了龙卷风强大的破坏力，简直像是亲身体验了一次灾难大片。

从龙卷风里出来之后，他们就果断放弃了 2 把钥匙的项目，去玩只给 1 把钥匙的轻松游戏了，所以他们刚刚结束了碰碰车，现在正准备玩旋转木马，非常有少女心。

冉骐听完他们的心路历程，不由得嘴角抽搐。

那你们还真是不容易啊！

"真不是我们不想玩，实在是这些游戏项目太恐怖了！简直不是给人玩的！"顾乐委屈巴巴。

"对啊！我怀疑游戏官方搞这次活动根本不是想要给我们玩，而是想要玩我们！"翎墨义愤填膺道。

夜枭冷声问道："那你们就想带着这么点钥匙去宝藏洞？然后坐在一边看我和白染开箱子？"

活动奖励的钥匙都是拾取绑定的，没有办法进行交易。夜枭和白染通关了鬼屋和云霄飞车一共 9 个场景，再加上组队奖励的 3 把钥匙，现在身上一共有 30 把钥匙。

但翎墨他们就只有一开始通关的两个场景给的 6 把钥匙和他们自己后来玩龙卷风和碰碰车拿到的 3 把钥匙，一共 9 把……

之前玩鬼屋的时候，追魂被踢出过副本一次，所以他的钥匙是所有人里最少的，只有6把。

"反正我们运气也不太好……开宝箱也不一定能得到什么好东西……看着你们开箱子感觉也不错啊……"追魂自我安慰道。

"是啊是啊，其实钥匙也不用太多，有个十几把就不错了。"顾乐非常有阿Q精神地说道。

夜枭抿唇，深深地看了追魂一眼。

追魂立刻就是一个激灵，顿时改变了态度："其实2把钥匙的项目，我们还是可以努力一下的……"

夜枭这才满意地道："嗯，玩了旋转木马，我们就去玩海盗船。"

"好的……"三人欲哭无泪。

冉骐没插话，正看着旋转木马的入口方向，眼里满是期待。

他虽然很喜欢鬼屋之类刺激的项目，但像旋转木马这种他没有尝试过的项目，他也很感兴趣。以前去游乐园，旋转木马的人气一直都很高，每次都大排长龙，晚上也是旋转木马这边灯光和音乐最漂亮。只可惜，玩旋转木马的一般都是女孩子，要么就是情侣一起，他一个大男人，还是"单身狗"，实在不好意思过去排队，现在就不需要顾忌这些了，反正有这么多人陪他一起。

没多久就轮到了他们，旋转木马一开始是和冉骐记忆中的相同，在一个会旋转的大平台上，五彩缤纷的可爱木马乖巧地站立着，等待玩家们乘坐。

只是当他们坐上去并且开始旋转之后，这些木马就从冷冰冰的木头，变成了充满生命力的彩虹小马驹，一个个脑袋圆滚滚的，看起来特别可爱，连手感都特别好！

五颜六色的彩虹小马驹带着他们一圈一圈慢悠悠地转着，时不时还活泼地蹦跳两下。等到结束的时候，还会拿小脑袋蹭蹭他们，实在是与之前那些游戏项目的风格完全不同。

追魂满脸微笑地从副本里出来，依依不舍地看着又恢复成木马样子的彩虹小马，不满地抱怨道："啊，为什么这个项目只能玩一次！这么有趣的项目，应该让我们多玩几次啊！"

夜枭淡淡地瞥了他一眼："然后你在这里悠闲地玩三次旋转木马，就能拿到和我们玩鬼屋一样的钥匙数量？"

追魂一噎，顿时不说话了。

夜枭道："走吧，去海盗船。"

等众人把游乐园里剩下的项目全部玩了一遍之后，已经是十几个小时之后的事情了。

夜枭和白染两个人把所有能拿的钥匙都拿了，追魂他们在夜枭的鞭策下，总算也都拿到了 40 多把钥匙，只是脸色都不太好看。

众人这才一起去了宝藏洞，准备开宝箱。

宝藏洞的副本门口已经挤满了人，全都是想要进去碰碰运气，大捞一笔的。

冉骐他们之前忙着玩游戏项目，一直没有关注世界频道，现在一看才发现，几乎每一个进入宝藏洞的玩家，都收获颇丰。有得到紫装的，有得到技能书的，有得到实物兑换券的，那些人里，最差的也能收获一两件蓝装。

这就吸引了更多的玩家过来，有些人还在捶胸顿足，后悔没有多玩几个游戏项目，多拿几把钥匙。

看着这些人的样子，追魂他们就感觉之前被夜枭逼着去玩了一堆"危险"游戏的事情，似乎也不是那么难以接受了。

"开了。"夜枭上前，开启了副本。

宝藏洞里就和溶洞差不多，通道窄小不说，光线还非常昏暗。六个人明明是一起进入副本的，结果却被传送到了副本的不同位置。

追魂现在对于黑暗的环境和单独冒险，都有了很大的心理阴影，此时忍不住颤着声音开口问道："你们人呢？"

翎墨也很焦急地道："我也没看到你们！"

"看地图，我们是被分开了，不过这也更方便我们寻找宝箱。"剑指流年此时已经淡定了许多，"装备都在身上，技能也没有冻结，就算有怪也是可以打的，不要慌。"

冉骐看了一眼地图，宝藏洞的地形非常复杂，岔道极多，很难与队友会面，大概是要让他们各自寻找，于是他也就安心自己一个人摸索了。

"流年说得对！我已经找到一个宝箱啦！"顾乐兴奋的声音传来，"让我来打开它！"

追魂问道："开到什么好东西了？"

"什么好东西也没有！从箱子里蹦出来一个骷髅兵！我好不容易才砍死它！"顾乐气喘吁吁地说道，"冉冉你要小心一点啊！"

毕竟冉骐是他们之中战力最低的那一个，个人安全肯定不会有问题，但是打怪的话，多少会有点费劲。

追魂不以为然地道："担心谁也不需要担心染哥啊，他运气那么好，肯定都是好东西。"

"你说的好像有点道理……"

冉骐此时也忍不住开口问道："你们看到宝箱了吗？我怎么都没找到？"

他刚才顺着通道走了好长一段，都没有看到宝箱的影子，说好的宝藏洞到处都是宝箱的呢？

顾乐回答道："你注意看看脚底下和墙壁上有没有凸起，系统故意把宝箱藏得特别深，要仔细找才能找到。我刚才也是找了半天，要不是被地上的宝箱给绊了一下，还不知道要找到什么时候去呢！"

"原来如此。"

冉骐还以为宝藏洞的宝箱会跟以前打副本一样，就明晃晃地摆在地面上，没想到会藏得那么深，还需要仔细观察才能发现。

他按照顾乐说的，仔细注意脚下和墙壁上的凸起，很快就看到不远处有个什么东西在反光。他走近一看，果然是一个半埋在地下的宝箱，只露出了宝箱的一个角。

还好宝藏洞的地面非常松软，随便一挖就把宝箱给挖出来了。这个宝箱和平时他们副本里打到的那些金银铜铁宝箱不太一样，宝藏洞的宝箱是通体黑色的，非常具有神秘感，然后宝箱的顶部还镶嵌着几块硕大的宝石，来彰显它的华贵。刚才反光的就是宝箱顶端的宝石，要不然还真是非常难发现。

他将系统包裹里的钥匙拿出来，塞进宝箱上的锁孔，顺利地将宝箱给打开了，然后就得到了一本"火墙·技能书"。

火墙·技能书

可学等级：30 级以上

限制职业：元素法师

使用说明：打开即可学会技能［火墙］。吟唱 3 秒，冷却时间 1 分钟，召唤 4 根火柱组成一面火墙，能有效阻断敌人的接近，触碰到火墙的敌人将会进入灼烧状态。

冉骐满意地将技能书收起，晚点可以给夜枭用。

走上一段，他又在洞穴的墙壁上发现了一处凸起，挖开一看，果然又是一个宝箱。

这一次他得到了一个魔法卷轴的配方，他将配方收了起来，准备回头挂到交易行里卖。

宝藏洞果然不负这个名字，几乎遍地都是宝箱，先前是冉骐犯了经验主义的错误，根本没朝两边看，其实只要稍微注意一下，很容易就能找到。

【系统公告】玩家［白染］击败了宝藏守护者，从宝藏守护者手中夺走了［公会召集令］。

顾乐看到公告之后，控制不住爆了粗口："我去！"

全游戏第一块公会令横空出世，不只世界频道的玩家们震惊，队伍里的追魂等人更是激动得差点蹦起来。

"公会令！我们终于可以建公会啦！"

"染哥万岁！"

"不愧是超级幸运星啊！"

众人疯狂地拍起了冉骐的马屁，这时候翎墨突然觉得有点不对劲："等等……为什么老大一直没有说话？"

追魂小声地说道："有点想知道老大开出了什么……"

"不想死就快闭嘴！"

公会

第三十九章

夜枭其实也已经开了十几个宝箱了，但是他打开的宝箱，无一例外都会有各种怪物跳出来，被他无情杀死之后，只掉下一两件类似于"遮羞布"那样不值钱的垃圾道具。

他甚至还把小黑放了出来，让小黑去挑选宝箱，试图转转运，然而开出来的东西，依旧一言难尽。到最后小黑直接罢了工，拿肉乎乎的小屁股对着他，不愿意再帮他开宝箱了……

夜枭也没了开宝箱的心情，直接找了一个地方坐下休息。

一人一龙在溶洞之中排排坐，虽然夜枭神情冷峻，却莫名有一股"被无情的生活抛弃"的悲凉。

夜枭："……"

就在这个时候，一阵脚步声传来，由远及近，他抬眼望去，就见一只白色的小胖龙正扑扇着翅膀飞在前边，后面跟着漂亮的白发小牧师。

看到白染，夜枭微微错愕，正欲开口询问，却见白染将食指竖到了嘴唇前，做了一个噤声的手势。

【当前】白染：别说话，用当前频道打字。

当前频道是游戏中的一个近距离交流的频道，在这个频道中发言，只有在距离人物 25 米范围内的人才能看到。

显然白染是不想让队伍里的其他人发现他来找夜枭的事情，虽然不太明白原因，但夜枭还是听他的，将聊天频道切换到了当前频道。

【当前】夜枭：你怎么来了？

大家进入副本的时候，就被随机传送到了宝藏洞的不同位置，他记得之前看地图的时候，白染是在离他很远的地方。

【当前】白染：刚好就朝这个方向走，看到你在附近就过来了……

冉骐挠了挠脸颊，赶紧转移了话题。

【当前】白染：你宝箱开得怎么样了？
【当前】夜枭：……

不必多说，看夜枭的表情，冉骐就能猜到他的收获情况了……
冉骐忍住笑意，继续打字。

【当前】白染：我有个想法，不如试一试？
【当前】夜枭：什么想法？

冉骐左右张望了一下，然后走了几步，从墙壁上抠了一个小巧的宝箱出来。

【当前】白染：你开一下试试？

夜枭微微抿唇，拿出了钥匙，塞进宝箱的锁孔里。
清脆的"咔嗒"一声后，宝箱就被打开了，从里面掉出来一块白色的大毛皮。

【系统】恭喜您获得了材料［巨兽毛皮］。

巨兽毛皮
等级：B 级
说明：材料，可用于制作防具。

这种材料挂到交易行的话，也能卖个几十银币，虽然不是什么特别值钱的东西，但已经比他之前开箱遇怪，打怪出垃圾的情况好太多了。
不过冉骐好像还是不太满意的样子，他又继续向前走，再次挖出了一个宝箱。

【当前】白染：再试一次。

夜枭点了点头，又拿出了一把钥匙，正准备塞进宝箱上的钥匙孔里的时候，冉骐抓住了他的手，一起握住了那把钥匙，然后将钥匙塞进了孔里，把宝箱给打开了。

【系统】恭喜您获得防具［骑士长裤］。

骑士长裤
限制等级：30 级以上

职业要求：战士

物品等级：B 级

耐久度：100/100

属性：基础防御力 +60，力量 +45，体质 +21

这一次开出来了一件蓝装，虽然不是本职业的，但属性还是挺不错的。

开宝箱得到的物品都是能够交易的，所以这件蓝装夜枭虽然自己不能用，但还是能够挂到交易行卖钱的。

现在玩家的等级已经慢慢提升了，30 级左右的装备正是最稀缺的，绝对能够卖出不错的价钱。

有了冉骐的帮助，夜枭开宝箱越开越顺，就算偶尔出了怪，把它打败也能够得到不错的道具。

【系统公告】玩家［夜枭］击败了宝藏守护者，从宝藏守护者手中夺走了［公会升级券］。

公会升级券

等级：A 级

说明：使用后，可直接将公会等级提升 1 级。

"嗯？不会吧？老大突然转运了？"追魂看到公告后，立即惊呼出声。

翎墨也嘟囔着："不应该啊……难道非酋也会有春天？"

还是剑指流年眼睛最尖，一下子就发现了问题所在："染哥，你怎么和老大在一起？"

"嗯？"其他人赶紧打开了地图，果然看到代表白染和夜枭的两个小蓝点正叠在一起。

"这是咋回事？感觉有情况啊！"

"我就说老大那个万年非酋，不可能这么走运！一定是染哥帮忙代开的！"

"钥匙不是绑定的吗？怎么能代开啊？"

"其实我就只是路过……"冉骐弱弱地道。

"呵呵，你猜我们信不信？"

"这路过未免也太远了吧？你差不多是横穿了半个地图了吧？"顾乐毫不留情地拆穿了好友，他进地图之后，是留意过好友位置的。担心冉骐开宝箱遇到怪物要打半天，顾乐还想过要过去找他，不过后来私聊发现冉骐几乎没遇到怪之后，他才没过去。

冉骐这下不说话了，脸红得跟猴子屁股似的。

夜枭见状，便开口道："是我路过行了吧？"

"行行行，那可真是太行了……"

夜枭一开口，队伍频道里就没人敢再说什么了，但他们私下里在私聊频道怎么嚼舌就不知道了。

【世界】阡陌：我的天，我快要嫉妒死了，我们公会十几个人，一共开了一千多个宝箱，也没开出一块公会召集令！怎么夜枭和白染，一个两个的运气都这么好啊？

【世界】雾里看花：夜枭大佬的运气一向很好啊，每次下副本都能出好东西，习惯就好了……

【世界】不夜天：也就是这种珍贵道具才能上系统公告，实际上他们说不定得了不少好东西呢……反正嫉妒就对了……

【世界】山河不破：现在大家应该都在开箱子吧？这么久了，也只有夜枭和白染开出了公会令和公会升级券，我有点怀疑他们是游戏官方请来的托儿……

【世界】一叶孤舟：托你个头啊，这么厉害的托儿，你去找一个给我看看！我们夜枭大佬就是这么牛！

【世界】绮罗：蹭蹭欧皇大佬的运气，保佑我也开出珍贵道具啊！

世界频道的玩家们，此时都快要得"眼红病"了，有叽叽歪歪说酸话的，有疯狂拍马屁的，但谁也不知道，他们眼里的欧皇夜枭其实是个超级倒霉的非酋……

既然已经被发现了，冉骐和夜枭也就不遮遮掩掩的了，直接将剩下的宝箱一口气开了，收获了一背包的好东西。

不管怎么样，这一次官方搞的儿童节活动大获成功，市面上的装备以及流通的材料开始变多。那些实力没有那么强，苦于无法通关挑战副本的玩家，终于有了得到好装备的机会，还有不少玩家也第一次拿到了实物兑换券。

几乎所有拿到实物兑换券的人，都第一时间去商城兑换了水果和其他食材，也美美地享受了一回。

要知道自然食物是非常难以获得的，不少人都拍照上传到了星网，《魔域》游戏再次冲上了话题榜第一的位置，游戏玩家的数量再次大量增加。

而且夜枭之前深渊副本的直播和剑指流年写的副本攻略，也调动了现有玩家打副本的积极性，并提高了通关效率。

GM心情大好，给他们奖励的时候，也就特别大方。之前说好的直播奖励，是给夜枭的六人小队每个人10张实物兑换券，再由夜枭他们自己分一半给江南的小队。这次GM直接按12人的标准，给他们每人发了10张，还有剑指流年后面写的森林墓场和黑石矿洞两个副本的攻略奖励也翻了个倍，几人现在简直称得上是富得流油。

******

夜枭他们离开宝藏洞之后做的第一件事，就是回到主城，去找冒险公会的会长，申请建立公会。

公会的名字他们早就已经想好了，就叫战无不胜。

【系统公告】玩家［夜枭］成功建立公会［战无不胜］，并将位于纳西城西南方向的珍珠岛设为公会领地，欢迎冒险者的加入。

【系统公告】公会［战无不胜］在成员们的不断努力下，成功升至2级。

公会刚成立的时候，只有最低等的1级，因为他们的公会是第一个成立的，所有主城城郊的所有区域都是可供选择的。

由于小队的成员们都表示纳西城的海边特别漂亮，希望能够将这里设为公会领地，夜枭也就听从了他们的意见。不过他没有随便地选择一块城郊的区域，而是选择了唯一的海岛——珍珠岛。

以后的公会会变得越来越多，但能够设为领地的区域是有限的，所以公会战将是不可避免的。公会战一个月进行一次，在公会战中获得胜利的一方，才能继续占领这片领地。

海岛的位置易守难攻，如果没有船和飞行坐骑，想要登岛就只能通过NPC进行传送，而传送出口就那么一个，夜枭他们到时候只要守着就行了。

公会建立之后，无数的玩家都递交了申请，一打开公会界面，大量的入会申请就跳个不停，夜枭不得不暂时将公会改为禁止任何人加入。然后通过会长的权限，把白染和风波江南他们全都拉了进来，给这些队友权限，冉骐、风波江南和剑指流年是副会长，其他人都是管理员。

【公会】夜枭：公会令是白染开到的，他的贡献最大，给他一个副会长，大家都没意见吧？

【公会】追魂：没有！染哥最棒！

【公会】翎墨：老大，你就算把会长给染哥，我们也不会有意见的，嘿嘿……

【公会】风波江南：没有。

大家对此都没有意见，夜枭便再次开放了入会申请，并且把申请加入的条件改为28级。

【公会】夜枭：人员管理方面的事，流年负责审核，内部事务就由江南和白染负责，入会审核你们都严格一点。

夜枭对几人都非常信任，直接将权限给了他们。

【公会】剑指流年：明白!

【公会】风波江南：好。

【公会】白染：没问题。

现在30级以上的玩家数量不算多，但28级左右的已经有不少了，因此公会面板入会申请的图标仍是一直在跳。

几人对于入会的人审核还是挺严格的，不仅要看等级，还要看职业、生活技能和装备评分。

1级公会最多可以容纳30人，2级公会可以容纳80人，他们利用公会升级券，建立公会之后就直接升到了2级，除去他们自己人，也还能招将近70人。

然而，只不过半个小时，他们的公会就已经快要招满了。

"留几个位置给生活玩家吧。"白染开口道。

生活玩家会将更多的时间放在提高生活技能的熟练度上，因此升级速度会比一般玩家要慢一些，28级的入会标准恐怕是很难达到的。

夜枭道："行，那就留5个位置，你负责考核吧。"

"好的。"冉骐也没有推托，爽快地答应了下来。

第四十章

战无不胜公会的号召力惊人，除了为招募职业生活玩家而特意留出来的5个位置，剩下的位置很快就满员了，公会顿时变得热闹了起来，里面还有不少都是经常出现在世界频道上的熟面孔。

【公会】该隐：哇哈哈哈，各位大佬，多多指教啊!

【公会】一叶孤舟：哈哈哈，终于进来了!

【公会】雾里看花：太不容易了，还好我这几天都在拼命练级，总算是勉勉强强达到了入会的最低标准!

【公会】伽途：不过能进来就很好了! 跟着大佬有前途!

【公会】爱丽丝：有没有人去25级黑石矿洞的挑战副本啊? 28级牧师，有3个技能!

【公会】山河不破：有有有! 美女组一个呗? 29级战士，双技能，能扛能打，安全度高!

【公会】该隐：带我一个！

【公会】剑指流年：鼓励大家组队一起下副本，如果遇上难题可以随时在公会频道找我问。

【公会】风波江南：如果有副本打不过，或者需要人帮忙的就找我。

【公会】白染：生活职业类的问题可以找我。

【公会】小桥流水：好的好的，三位副会长威武！

【公会】爱丽丝：副会长威武！

…………

公会里的事情，三个副会长都安排得很好，剑指流年负责回答成员问题，协调成员之间的关系；风波江南负责组织公会成员下副本，让公会成员尽快熟悉起来，并组成固定的练级队伍；冉骐就负责公会内部的事务，比如领地建设、物资分配等等。

至于夜枭他们这几个练级狂人，当然是又跑到野外打怪去了……

不过他们也说了，有事随叫随到。

冉骐拉着顾乐给自己帮忙，两人一起去主城，找到冒险公会NPC，传送到了珍珠岛上。

珍珠岛的风景非常漂亮，四面环海，中央建城，在城里甚至还隐隐能听到海浪声。不过因为他们是初级城，现在除了城墙和塔楼，其他的位置都是空白一片。

夜枭给冉骐和顾乐开放了领地的管理权限，他们可以直接打开面板，进行新建建筑的操作。

公会基础资金有1000金币，建一个初级建筑需要消耗100金币，所以选择建筑的时候需要精打细算，尽量将利用率最大化。

存放物品的公会仓库肯定要有，最重要的公会大厅也得有，然后是商业区、种植区以及畜牧区，一下子公会资金就扣掉了一半。可以选择的建筑中还有一个是鱼塘，不过他们的领地就在海边，靠海吃海，也就省不少事了。

领地信息

所属：战无不胜公会

等级：2级

成员：75/80

资金：500金币

建筑：仓库（1级）可储存空间200；大厅（1级）可招募公会成员人数5/80，可发布公会任务；商业区（1级）可建立商铺4/4；种植区（1级）可进行种植区域10/10；畜牧区（1级）可蓄养10只动物。

冉骐选择以品字形摆放各个建筑，正对领地入口的区域是公会大厅和仓库，左边是种植区，右边是畜牧区，中间的大片空位都是商业区。

他把布置公会大厅的事情交给了顾乐，自己则去了商业区，准备建一些商用建筑，比如锻造工坊、裁缝铺、炼金店、食品店等等。

这些建筑都自带系统NPC，管理员可以设置NPC生产特定的物品，除了NPC自带的基础配方，管理员还可以给NPC导入新的配方，只要提供足够的材料，NPC就能够直接自动生产，然后放在店铺中售卖。

当材料不足时，NPC还会在公会大厅发布需求任务，成员们提交材料就能获得贡献点。管理员一般会拿一些装备或者珍贵道具作为公会福利，放到公会仓库里，设置成用贡献点兑换。

这样就形成了一个能够激励公会成员积极做任务，建立一个给公会提供贡献度和资金的良性循环了。

不过由于公会的基础资金有限，冉骐暂时只先建了一个锻造工坊和一个食品店。装备现在是成员们最急需的东西，而美味的食物不仅能加属性也能满足人们的食欲。而且这些配方冉骐有很多，随便拿出几张来，也就足够供应给公会成员了。

冉骐这边刚给两个店铺的NPC导入完配方，任务大厅那边就立即刷新出了好几个需求任务。

顾乐那边也一直没有闲着，他把任务大厅从里到外都好好捣饬了一番，进门的主路铺上了大理石和红色的地毯，门口的任务公告板也换成了红木的材质，看起来大气又好看。从墙壁的颜色到墙上挂的画，再到梁上挂的红绳，还有窗户的形状和颜色，冉骐全部都精心挑选，力求用最便宜的价格，打造出最好的效果。

等到把领地建设得差不多了，他们就发消息给夜枭。

夜枭他们动作也很快，直接把在宝藏洞里得到的那些用不到的装备放进了仓库，一连串的放入提示，让公会的新成员们都看傻了眼。

【公会】该隐：[瞪眼表情]

【公会】一叶孤舟：哇！这么多好东西呀？看着自己的包裹忍不住流下了贫穷的泪水……

【公会】剑指流年：公会仓库已经开通了，大家都能看得到里面的东西，我们的管理员已经将公会领地建设得差不多了，大家有空的话可以去公会大厅领取任务，获取贡献点。仓库里的这些东西将会全部作为奖励，供大家用贡献点兑换，我们大家一起努力把公会发展起来！

【公会】伽途：福利这么好的吗？大佬们万岁！

【公会】爱丽丝：那真是太好了，我囤了好多材料，正好可以拿来换贡献点！

装备们我来了!

【公会】一叶孤舟：美女真是机智，不过你囤那么多材料干什么呢？

【公会】爱丽丝：当然是为了卖钱啊！以后学生活技能的人肯定不少，为了增加熟练度，肯定需要大量材料，那我不是就能趁机挣好多钱了吗？

【公会】伽途：哈哈哈哈，太有生意头脑了！不过美女现在怎么又打算用来换贡献点了？

【公会】爱丽丝：因为眼馋仓库里的好东西呗！现在钱好挣，极品装备难找，我已经看中了仓库里的那把牧师用的法杖啦！

…………

冉骐看着公会频道里的对话，觉得这个爱丽丝可能是个不错的商人苗子，以后可以好好培养培养。

公会频道立即沸腾了起来，那些没有打副本的人，都立即跑去主城找 NPC 进行传送。

【公会】长剑在手：公会大厅好气派啊！

【公会】生人勿进：是谁动作这么快？铜矿任务居然已经完成了？一个任务不是要交 100 个吗？

【公会】爱丽丝：嘿嘿，是我，我一口气抢了 3 个任务！得了 600 贡献点，刚好可以换一把法杖了！

【公会】一叶孤舟：嗯？美女你不是去打副本吗？这么快就出来了？

【公会】爱丽丝：对呀！无欢长老和我们一起去了！有大佬带，打起来贼快！

【公会】一叶孤舟：羡慕……早知道刚才我也去了！

【公会】该隐：哈哈哈，你们猜我发现了什么？惊天大 **！

【公会】该隐：什么？惊天大秘密。这屏蔽词也太严了吧！

【公会】伽途：哈哈哈笑死，你猜我猜不猜？

【公会】该隐：哼，指路商业区，谁慢谁哭，到时候别怪我没提醒你们！

【公会】不夜天：啊啊啊！商业区！快来！手快有手慢无！

【公会】暮光：到底是什么啊？急死我了！我在副本里！

【公会】该隐：那你恐怕就无缘了……

【公会】爱丽丝：哈哈哈，我抢到了！感谢该隐指路！

【公会】晴空万里：我觉得我应该改名叫晴空霹雳，穷鬼没有那个脸站在这里……

商业区仅有的两间店铺外围着十几个公会成员，并且还有越来越多的人正在往这里赶来。

NPC 的脸上挂着客气的微笑："很抱歉，目前商品已经售罄，还请大家晚些时候再来。"

"啊……晚些时候是什么时候啊？"来晚的人不甘地追问道。

NPC 依旧微笑着回答："等材料齐了就有了。"

"走走走！赶紧去公会大厅，提交材料去！"

"哎呀，我来晚了，这家店里到底卖点什么好东西啊？"

"这个锻造工坊，出售好几种项链！虽然是蓝色品质，但属性还不错，打副本很难得到，买来过渡一下还是很不错的！"有人热心地回答，"还有那个食品店，除了常见的那些三明治和牛排，还卖葱油饼和韭菜鸡蛋馅饼！价格特别便宜，买到就是赚到！"

"什么？真的吗？走走走！赶紧去做公会任务去！"

因为公会成员们出乎意料地踊跃，公会贡献度一直在猛涨，相信用不了多久，公会就可以升到 3 级了。到时候不仅能够招募更多的成员，还能够解锁更多的新功能。

等到公会达到 5 级之后，公会成员就可以在商业区开设自己的私人店铺了。每个月只需要缴纳 10 金币的租金，玩家进入店铺，就可以在货架上看到出售的商品和价格，比起在交易行里的众多物品中翻找要方便得多。

到那个时候，公会成员可以达到 300 人，差不多是中型公会的规模了，公会领地也可以在规定时段对外开放，不必担心客流量的问题。

【私聊】夜枭：你给商铺 NPC 送配方了？送了几张？

【私聊】白染：嗯，3 张。

【私聊】夜枭：回头我把钱给你。

【私聊】白染：不用啦……本来公会管理员就应该支持公会建设嘛，而且项链配方是我在宝藏洞开出来的，两张食物配方都是我自创的，都没花钱。

【私聊】夜枭：不行，必须给，等以后游戏开通充值通道，连以前少你的钱也一并补上。

【私聊】白染：不用啦！上次你们给了我那么多实物兑换券，早就够了！

但夜枭还是不由分说地通过邮箱给他寄了 30 金币，弄得冉骐既无奈又暖心。

说起来实物兑换券比起游戏金币要值钱太多，游戏金币打打怪卖卖装备就能得到，但实物兑换券的获取途径，几乎只有达成游戏成就这一种。上次从深渊副本出来之后，除他之外，队伍里所有人包括顾乐，每个人都把通关副本得到的 7 张兑换券给了他，总共 77 张。

而他给团队做的那些装备，材料都是夜枭和江南他们给的，他就只是通过系统面板快速生成一下。别人以为多么困难的事情，在他这里真的是不值一提，所以他总觉得受之有愧。

如果他没有遇到夜枭他们，光凭他和顾乐两个人，现在说不定还在20多级挣扎，混野队很容易遇到月娜和八哥那样的人，糟心事一大堆，想要获得兑换券，就只能天天蹲在那里做各种食物，还要担心会被居心不良的人盯上。

游戏里聪明人很多，总能发现一些蛛丝马迹，怀疑白染就是那些自创食物的制作者的人不少。但是就凭他是夜枭团队的牧师这一点，那些人知道也只能装作不知道。

像夜枭他们这样靠谱的固定队伍，简直是可遇而不可求的，更不用说团队中的人都非常好相处，冉骐真的很喜欢。

第四十一章

【系统】您已持续在线25小时，为了您的身体健康，请于30分钟内下线休息。

刚弄完领地建设没多久，就又到了冉骐应该下线休息的时候。这一次系统发来的健康提示居然延迟了一小时，这让他觉得有些奇怪。

不过他也没有时间多想，和夜枭他们打了声招呼之后就下线了。

舒舒服服地洗了个热水澡之后，他看了一眼自己的光脑，果不其然又收到了十几条未读消息。

但是让他感到意外的是，除了一开始的三条消息是瞿清发来的，后面的七八条消息全部都是冉绍钧发来的。

他逐一点开看了看，瞿清的消息和之前一样，先是大大夸奖了他的手艺一番，然后又关心了一下他的身体情况。而冉绍钧的消息内容大同小异，主要是询问他的这些食材都是哪里弄的，还让他看到消息之后，尽快给家里回消息，语气非常急切的样子。

冉骐就直接给冉绍钧发了视讯，现在是中午，不用担心会打扰家人休息。

视讯的铃声只响了两下就被接了起来，冉绍钧那张严肃的脸就出现在了画面之中，看他身后的背景，应该是在公司里。

"爸……"冉骐和冉绍钧说话的时候就没有和瞿清说话时那么放松了，他正襟危坐，"爸你找我有什么事啊？我给家里寄的焖饭你吃了吗？"

"吃了，我找你就是为了这个事。"冉绍钧的表情越发严肃，"你做饭的食材是从哪里弄来的？"

"网上买的啊……"看到冉绍钧的神情，冉骐不自觉地有些紧张，"怎么了？"

"哪个网上？花了多少钱？怎么买到的？"

"就星网买的啊，没花钱……其实就是我最近玩的一款全息游戏送的，叫《魔域》，这段时间很红的，每天都在星网的话题榜上，爸你应该听过吧？"

"就是上次你哄着你妈给你买了一台游戏舱的那个游戏？"冉绍钧挑眉道。

自从冉骐那次玩战甲发生意外之后，冉绍钧对他的管束就严格了许多，家里一切有可能危害到他身体健康的电子产品全部都被拆掉了，给他买游戏舱就更不可能了。他还是找了大哥担保，又找心软的瞿清软磨硬泡了好几天，才买到了这台游戏舱。

冉骐有些心虚地摸了摸鼻子："对，那些食材就是这款游戏送的，不过这款游戏不是机甲战斗型的，而且有健康监控模式，绝对不会对身体造成负担！"

"玩游戏，给你送自然食材？"冉绍钧皱起了眉，这个说法怎么听着不靠谱呢？

"是啊……游戏官方给很多奖励呢！"冉骐丝毫没觉得有什么不对，怕冉绍钧不相信，他快速在光脑的光屏上开了一个小窗口，进入了游戏的官方网站，然后将那些吸引人眼球的奖励，截图出来给冉绍钧看，"而且大哥和二哥也去玩了！大哥还参加了内测呢！"

冉骐非常机灵地把自己的两个哥哥一起拉出来当挡箭牌——亲兄弟不就是应该有福同享有难同当吗？

"嗯？他们在军队里，还有时间玩游戏？"冉绍钧的眉头一下子皱得更紧了。

"嗐，总有休息的时候嘛……放松一下也没什么问题吧……"冉骐见势不妙，赶紧转移话题，"爸，你问这些干吗啊？是这些食材有什么问题吗？"

"是有问题。"

冉骐顿时瞪大了眼睛，一脸不敢置信的表情。

冉绍钧见状，眉头舒展了一点，开口补充道："不是不好的问题。"

"啊？"冉骐不明白冉绍钧这话到底是什么意思。

"前些天你不是寄了一碗汤到家里吗？我尝了觉得味道不错，可以开发成新口味的营养液，就拿了一些来公司。"冉绍钧想了想，还是没有隐瞒地将自己发现的事情全部告诉了冉骐，"然后研发部门检验成分的时候，发现里面有一种未知的微量活性元素，活性非常大，而且有能量反应。研发组那边进行了多次实验，目前能确认的是，这种微量活性元素是对人体有益的，有一定的促进细胞活性和改善体质的作用。"

冉绍钧的公司作为全帝国规模最大的民营营养液生产商，研发部门的专家水平堪比帝国科学院，所以研发部门给出的判断可信度是非常高的。

冉骐依然有些不敢相信："真的吗？"

《魔域》这款游戏奇妙地从前世的端游版变成了星际的全息版就算了，连提供的兑换奖励都有这么厉害的效用？不管怎么想，这也太不可思议了……

"当然，所以我才需要知道你到底是从哪里弄到的这些东西。"这些食材在市面上是没有流通的，冉绍钧担心儿子是被什么人给算计了，这才急急忙忙地联系冉骐。只不过冉绍钧再怎么想，也绝对没有想到这些价值不菲的食材居然会是一款游戏送的。而且这款游戏的背后似乎有政府的推动，难道是政府方面要有什么新动作了？

冉骐这边还在惊讶，不知怎么就突然想到了自己刚才下线时，系统健康提醒延迟了一小时……

"爸，我突然想到一件事。"

"什么事？"

"我玩的这款游戏不是有健康监控吗？"

"对。"要不是知道游戏有健康监控，冉绍钧也不会对冉骐买游戏舱的事情睁一只眼闭一只眼了。

"我前几天都是满24小时必须下线休息一次，系统会每天准时跳出来提醒我，但是今天下线的时候，健康提示却晚了一小时。"冉骐挠了挠头，"我不知道是不是我多想了。"

"是不是多想了，测一测就知道了。"冉绍钧立即说道，"你马上去一趟医务处，做完检测之后再和我联系。"

"好。"冉骐也迫不及待地想要知道答案，虽然他的猜想似乎有点不靠谱，怎么可能吃点东西就能改变体质呢？但是连穿越这种事都能发生，又有什么是不可能的呢？

联想到在游戏内测之前，官方放出的强化剂的消息，他就觉得其实有可能。

冉骐赶紧换了一套衣服，急匆匆地就要出门，结果门一开就看到顾乐正抱着一盆草莓，抬着手打算按门铃。

"你这是去哪儿？"顾乐很蒙。

"一会儿再跟你解释，你先跟我走！"冉骐想到顾乐吃的那些食物也不比自己少，便从他手里抢过草莓放到了屋里的桌上，然后拽着他就往楼下走。

"哎，我的草莓！"顾乐被冉骐给拽着走了，"你这是干吗？到底要去哪儿啊？"

"去医务处！到了你就知道了！"

"怎么了？你不舒服吗？走走走，快点走！"顾乐见状还以为冉骐是身体出了问题，比他还要着急地拉着他走，两人一下子换了个位置。

这时候正是上课的时间，校园里没什么人，两人很快就来到了医务处。

将光脑放在门口的感应器上之后，门就自动打开了，两人一起走了进去。

然而办公室里空无一人，医生应该是去午休了。

"医生不在，可能是去休息了，你等会儿，我给他发个消息过去。"顾乐打开光脑，打算通过校园系统，给校医发个消息，请他过来一趟。

"不用，用机器就行了。"冉骐阻止了顾乐的动作，"你帮我看着门口，别让人进来。"

校医的办公室里有一台智能检测仪，除了能够检测学生身上的伤势，还能够检测体质和精神力的等级。毕竟人的资质也不是一成不变的，经过长时间刻苦努力的锻炼，也是有可能提升的，只是过程艰苦且需要花很长时间，能够坚持下来的人不多罢了。

"啊？哦……"顾乐晕晕乎乎地被推到了门口，完全没搞清楚冉骐到底要做什么。

冉骐依旧是用光脑感应，开启了智能检测仪。

"勤务系三年级二班冉骐，学员 ID3054188，申请进行体质检测。请站到绿色光圈的位置。"温和的电子音响起。

冉骐站到了地上绿色光圈的位置，然后智能检测仪发出了一束红色的光，开始从头到脚将他扫描了一遍，扫描结束的同时，也给出了检测结果。

"体质检测结束，恭喜您的体质达到了 D-，较上一次有所提升，请继续努力。"

"D-？"站在门口的顾乐也听到了检测仪的声音，顿时惊讶地瞪大了眼睛。

虽然只是半个等级的提升，但那也是提升啊！要知道体质等级的提升，需要从细胞到肌肉再到骨骼全部进行强化，E 级和 A 级的提升是最难的。A 级是因为门槛高差距大，E 级则是基础太差。

但是现在冉骐居然成功提升了半级？这怎么可能？

平时也没有看到冉骐在做什么艰苦训练，这几天就只是在打游戏而已……

"你是不是背着我偷偷训练了？"顾乐用一副看负心汉的表情盯着冉骐。

"你看我像是会训练的人吗？"冉骐无奈地翻了个白眼，然后把顾乐拉了进来，"你也试试。"

"不不不，我不用……"顾乐知道自己，他做咸鱼①做惯了，从来不做什么训练，做检测只是浪费时间而已。

不过他终究还是拗不过冉骐的坚持，只得也做了一次检测，但他打心底里认定

---

① 网络用语，比喻不想动的人。

自己是不可能有提升的。

因此在听到检测结果的时候，他惊得连话都不会说了。

"体质检测结束，恭喜您的体质达到了 D+，较上一次有所提升，请继续努力。"

"你的体质也提升了！"冉骐笑着拍了拍好友的肩膀。

"这……这怎么可能呢？"顾乐一脸自己在做梦的表情，盯着检测仪前前后后地绕了几圈，"这个检测仪是不是坏了？"

"走，我们先回去！"冉骐又拽着顾乐往回跑，同时给他爸发了个消息，告诉他爸检测结果，他真的提升了半个等级。

第四十二章

冉骐拉着仍旧张大嘴巴震惊不已的顾乐回了宿舍，然后把他们体质提升的原因告诉了顾乐。

"真的啊？"顾乐瞬间双眼发光，捧着脸幸福地说道，"只要吃吃东西就能够提升体质，未免太幸福了吧？那我马上把账号上所有的实物兑换券全部换成食物！"

"你不打算攒够 500 张券换强化药剂吗？"冉骐虽然也会用兑换券换吃的，但基本上每次都是赚了好多张之后，才会拿一点零头犒劳一下自己。就跟上辈子许多人总是省吃俭用地攒钱买房，但偶尔也会拿一部分钱出来去买点好东西，来犒劳犒劳自己是一样的。

反正 500 张要攒好久，早一点晚一点的，区别也不大的嘛……

"嗐，我才不想要呢，把自己弄得那么强有什么用呢？万一体质一不小心被提升到了 A 级以上，我岂不是必须转专业去机甲系？到时候又要从头开始学，多麻烦啊？还不如先这样混到毕业好了。"顾乐理直气壮地说道，"等毕业之后再把资质提起来，到时候找工作也就更方便了。"

"哈哈……这样啊……"冉骐露出尴尬而不失礼貌的微笑，比起顾乐的乐观，他还是挺想快点把体质提升上去的，毕竟体质差太不方便了，连稍微快一点的车都不能坐。

星际时代交通已经非常发达了，许多悬浮车都是有音速模式的，相当于上辈子的豪华超跑，而他只能开最普通的款式，还是带安全监护系统的……

难得这辈子穿越成了一个幸福的富二代，却没有任何享受刺激的机会，叫人怎么能甘心？

这时候，冉绍钧又发了视讯过来，冉骐立刻接了。

冉绍钧直接问道："小骐，你有没有办法再弄到一些新鲜的食材？"

"可以的，我手里的兑换券还有不少，爸你需要多少？"

"不用太多，一两斤就行了，水果和肉类都要，我需要确定一下这种微量活性元素的来源。"

冉骐痛快地答应了下来："好的，没问题。"

"对了。"冉绍钧嘱咐道，"在我这边得出更确切的结果之前，你暂时不要把这个消息透露出去。"

"明白。"冉骐并不傻，他也大概能猜到这些食材的来源或许有点问题，要不然政府和游戏官方没有道理将这个消息藏着掖着不进行公布，其中肯定是有原因的。

结束了通话之后，冉骐就打开光脑，登录游戏官网，用实物兑换券，兑换了一斤草莓、两斤猪肉还有一斤土豆，全部寄给了冉绍钧。

"冉冉，那我们还能继续吃吗？"顾乐捧着自己的那盆草莓，眼巴巴地看着他。

刚才冉骐和他爸爸之间的通话，顾乐也都听见了，冉骐的爸爸还要对这些食材进行进一步的分析，顾乐担心在得出结果之前，他们不能继续吃这些东西了。

那他可真是受不了……虽然在游戏里也能尝到味道，但肯定和现实里亲口吃到并且吃到肚子里的感觉还是不一样的。

他才刚刚爱上这种享受美食的感觉，难道这就要被剥夺了吗？

"可以的，我们适量地吃，不要吃太多，应该问题不大。"冉骐笑着说道，他对他爸的公司研发部门有信心，那里面的研发人员都是他爸高薪聘请来的科研专家，水平比起帝国科学院的专家也差不到哪里去，他们既然说了这种微量活性元素是对身体有益的，那么肯定就是可以食用的。

"那就好！我们快来吃吧！别浪费了！"顾乐如释重负，当即欢快地往嘴里又塞了一个草莓。

下线休息了一小时之后，冉骐和顾乐重新登上了游戏。

冉骐这边刚上线，就看到了夜枭发来的私聊信息。

【私聊】夜枭：你来得正好，公会里有队伍打黑石矿洞的挑战副本过不去，需要有人去帮忙，你有空和我一起去吗？

【私聊】白染：当然。

帮助会员打副本，是公会管理员们的责任，江南他们的队伍已经全部打散，带队下副本去了，这会儿连夜枭都要亲自上阵了。

【私聊】夜枭：我拉你进组。

【系统】好友［夜枭］邀请你加入组队，是否同意？

冉骐选择了同意之后，就进入了一个新的队伍，除了夜枭和他，其他人都是新加入公会的成员。

队伍的主 T 山河不破是个 29 级的战士，队伍里还有 28 级弓箭手伽途，30 级刺客该隐，29 级法师不夜天。

有一个牧师和一个刺客退队让位了，是爱丽丝和暮光。爱丽丝其实加血技术还是不错的，就是技能里少了一个净化术，遇上变色龙的喷毒就无计可施，整个队伍都团灭了一次。而且他们伤害量不够，BOSS 总是会回血，这对他们来说非常棘手。他们非常需要一个强力牧师和一个更强力的输出者，所以爱丽丝和暮光才会主动退组让位。

"会长，副会长，麻烦你们了。"

冉骐："不麻烦。"

夜枭："我们马上到。"

两人一起朝着黑石矿洞副本的位置赶去，冉骐给顾乐发了个消息，把情况和他说了一下，让他不用等自己。

他们只需要帮山河不破小队打过变色龙 BOSS 就行了，最多 20 分钟的事情。

两人一起进入了副本，就看到山河不破他们几个已经都在门口等着了。

冉骐看了一眼主 T 的装备，评分在 3400 以上，算是挺不错的了，扛住 BOSS 应该问题不大。

"攻略你们都看过了吗？"夜枭问道。

"看过了！我们特意准备了很多驱散药剂，但是 BOSS 的毒性太强了，攻击范围又大，再加上驱散药剂冷却时间也比较长，我们实在是没办法了……"山河不破非常不好意思地说道。

"没事，一会儿听我指挥，没问题的。"

"好的！"几人一起大声回答，看向夜枭的眼神里充满了崇拜之情，简直像一群追星的小粉丝。

冉骐见状，忍不住有些想笑。

"白染大佬，也辛苦您特意跑一趟了！"他们也没有忽视白染，上一次的深渊副本直播他们都看了，对白染这位最后力挽狂澜的强力牧师也是佩服得五体投地。现在《魔域》的牧师中，白染称第二，就绝对没有人敢称第一。

冉骐突然被叫到，忍不住也僵了一下，然后才摇头道："没事，一会儿都好好打，不要紧张。"

"好！"

很快，众人重新回到了变色龙 BOSS 的面前。

夜枭："开打吧。"

不必他多说，山河不破就很自觉地上前拉 BOSS 的仇恨去了，等他拉稳了仇恨之后，夜枭就开始疯狂输出了。

魔法弹、火球、冰河、火墙等技能轮流施放，BOSS 的血条快速下滑，好几次都差点 OT。倒也不是夜枭故意想要 OT，而是有等级压制，他的伤害量过大导致的。

不过还好有冰河和火墙的阻挡，BOSS 无法靠近夜枭。

夜枭适时停手，让山河不破把仇恨重新拉回去。

该隐他们虽然知道夜枭的战斗力非常强悍，却没有想到会强到这个地步，都忍不住有点心潮澎湃。

"喷毒了，全部绕背！"看到 BOSS 的肚子鼓胀起来的时候，夜枭立即出声。

BOSS 的喷毒大概是最令他们头疼的技能了，上一次冉骐也差点中招。不过这一次冉骐特意准备了加速药水，绕背的速度比上次快了很多，他还有富余的时间，给身上沾染到毒素的法师不夜天用了一个净化术。

变色龙 BOSS 很快就被打得再次开启隐匿技能，然后被夜枭用火墙给烧出来了，只能发出无能为力的咆哮声。

"只剩 10% 的血了，大家集火！"夜枭说完朝冉骐看了一眼。

冉骐立刻会意，当即开了圣光术，众人沐浴在圣光中，不管 BOSS 怎么攻击，他们的血量都能够快速被加满。

打到最后，众人不闪不避，就站在圣光的中心全力输出，很快就把 BOSS 给干掉了。

山河不破等人都看得目瞪口呆，他们打得实在太顺利，整个过程估计连 10 分钟都没到，仿佛和之前打的完全不是同一个 BOSS……

"会长和副会长太牛了！"几人看着夜枭和冉骐时的眼神都快要溢出光芒来了。

夜枭的 DPS 一个人就能顶他们三个，白染的加血又稳又准，他们的血条几乎没有低于 80%。而且白染净化术放得特别及时，有时候他们甚至自己都没有意识到沾到了毒素，毒素就已经被驱散了。

更重要的是他们两个人的配合非常默契，走位和技能施放什么的，仿佛都不需要开口沟通，他们就能够领略对方的意思。

真不愧是黄金搭档！

因为队伍之前被团灭了一次，最后通关的评分只有 A 级，给了一个白银宝箱，这让大家稍微有点失望。

"会长，宝箱你去开吧！你的手气超好！"该隐提议道，两眼亮晶晶的，显然非常想近距离看一下欧皇。

他可没忘记夜枭每次上系统公告，都能开出好东西，那手气真是没话说！他也希望这一次夜枭能帮他们开出好东西来。

夜枭："……"

冉骐用手掩住了上扬的唇角，开口帮夜枭解围道："不如我来开吧？我的运气也蛮不错的。"

"好啊！"其他人当然没有意见，两位大佬谁开都行。

冉骐再次发挥了作用，居然从白银宝箱里开出了一把紫色品质的骑士之刃和深渊碎片，可把该隐高兴坏了。

"太棒了！副会长万岁！"

他们也没私吞，直接把深渊碎片上交到了公会仓库，他们要是能够快点到达30级，说不定下周的深渊副本能够有他们的位置。

夜枭道："那我们走了。"

"好的！"

两人退队之后，又重新回到了原来的队伍。

冉骐问道："我们现在干吗去？"

"你想打黑石矿洞的经验副本还是打黑暗牢笼？"

冉骐想了想后说道："黑暗牢笼吧。"

黑石矿洞是 25 级副本，以夜枭他们的等级，去打也已经拿不到经验了，没必要再去浪费时间。黑暗牢笼是 30 级的副本，给的经验更高，而且拿下挑战副本的首杀，又可以多几张实物兑换券，那正是冉骐现在最需要的东西。

第四十三章

黑暗牢笼是个有故事背景的副本。这里就如同它的名字一样，是一个非常黑暗的地牢，里面原本关押着许多凶恶的魔物，光明神殿派遣了五位勇士专门负责看守它们，但是魔物们实在太狡猾，一次偶然的机会它们逃了出来，现在反而是那些勇士被关押了起来，魔物们将这个地牢当成了它们的一处据点。

所以在进入副本之后，冉骐他们就接到了一个任务，要求他们杀死所有的魔物，并且将被关押的骑士安全地解救出来。如果任务成功，他们就能够得到骑士队长的感谢，任务失败，就什么都没有了。

骑士的感谢是随机的，他有可能给你一个钱袋子，里面能开出多少钱，都得看运气，也有可能给你一个 BUFF，或者一件装备，甚至是一个道具。

如果只想要经验，可以放弃任务，采取速通战术，直接一路杀进去，不去管NPC。

夜枭他们都是第一次进这个副本，看了一小段动画之后，也就大概搞清楚了这个副本的情况，现在的问题就是，他们要不要接这个任务？

任务中写得很清楚，被解救的 NPC 最后会帮助他们一起打 BOSS，但是如果有一个 NPC 牺牲，他们的任务就失败了。

这么想想，失败的概率还是很大的。

夜枭问道："你们觉得要不要接？"

"我们还是接一下吧，我有点想看骑士队长会给我们什么奖励。"冉骐率先开口道。

对游戏知之甚详的冉骐其实很清楚，接受任务的结果肯定是利大于弊的。

等他们的等级达到了 45 级以上，去了奥托城，游戏的设定背景就会逐步展现，他们将会成为光明神殿的一员，与黑暗势力斗争。而这些骑士都是来自光明神殿的，成功完成任务，有利于增加光明神的好感，以后能得到的好处肯定是少不了的。

况且这些 NPC 的战斗力还是不错的，有他们帮忙，打怪速度都会更快一些。只是牧师会特别辛苦，相当于一个人要加十个人的血。

不过冉骐对自己有信心，他现在的治疗量非常高，小怪造成的伤害只要一个回复术就能搞定了，再加上治疗术和圣光术，肯定不会轻易死人的。

翎墨道："哈哈，有染哥你在，NPC 肯定会给我们很好的奖励！"

剑指流年也点头赞同："我也同意接任务，反正是经验副本，先打一次摸摸规律，就是失败了也没什么。"

"行，那我们就接任务。"既然大家都同意，夜枭就上前接受了任务。

任务自动同步到每个队员的任务列表，可以看到现在的完成度是 0%。

"走吧，进去的时候小心一些。"

之前内测的时候，由于内测时间太短，他们一路只顾着飞快升级，达到 30 级之后，就直接去深渊副本了，所以并没有人来过这个黑暗牢笼，他们对这个副本的情况一无所知，对于未知的副本，态度难免要更加谨慎一些。

"好。"众人齐声应下。

进入地牢之后，就是一条长长的幽暗通道，墙壁上隔一段距离插着一个火把，勉强照亮了阴暗地牢。

可以看到有几个背着弓箭的小地精，正拿着灯笼在地牢内四处巡逻，如果仔细看的话，就能注意到它们的胸前还挂着一把骨哨。可想而知，如果被这些小怪发现，就会引来一大批小怪。

不过他们来这个副本就是来打怪的，当然不需要担心会引到小怪，真是恨不得让这些怪都主动送上门来才好呢。

于是夜枭直接一个火球砸了过去，地精果然被激怒了，吹响了胸前的骨哨，引来了一大帮奇形怪状的魔物。

夜枭不紧不慢地放了一个冰河在前面，小怪们冲锋的速度顿时慢了下来，众人一起输出，没多久就把这些小怪给解决了。

接下来他们一路如法炮制，很快就来到了地牢深处，可以清楚地看到有五个木头囚笼被悬挂在高处，里面关着的就是他们需要拯救的NPC。

囚笼是用绳子绑着拴在高处的，下方是五个转盘机关，需要有人过去启动机关，慢慢地把这些囚笼一个个地放下来。

但是他们只要一碰机关，马上就会有小怪冲出来，它们手上都举着火把，一旦它们靠近机关，它们就会用火把烧断绳子，而关押着NPC的囚笼也会立即从高空坠落，他们的任务就失败了。

其实五个人同时开启机关是最节约时间的，但是危险性也很大，一旦漏掉一个小怪，就容易导致任务失败。所以最稳妥的方式，就是派一个人去转机关，其他人负责阻拦小怪。

这个幸运的任务就落在了剑指流年的身上，因为他是队伍里除顾乐之外唯一的近战职业。

以前玩的时候，冉骐觉得这个任务并不算太难，只要在机关旁等着进度条结束就行了。可是现在变成了全息模式之后，剑指流年就需要亲自用手去转机关了，转得慢就不说了，重要的是真的很累，更不用说还得连续转五个了……

在剑指流年努力地转动机关的时候，其他人也在不停地战斗，小怪们就和潮水一样，毫不停歇地一拨接着一拨，一个个就跟火炬手似的，跑得贼快。要不是夜枭有冰河和火墙可以阻挡，说不定真的会漏掉那么一两个小怪。

转完五个转盘，剑指流年当即灌了一瓶体力药剂下去，实在是太累了。

随着五个NPC成功被解救，牢房的深处很快就传来了一声怒吼，显然是BOSS被激怒了。

下一刻，地面剧烈震颤起来，庞大的巨灵魔出现在他们的面前。

这只巨灵魔就是他们需要消灭的一号BOSS了。它的手中握着一把狼牙棒，力大无穷，虽然攻击方式非常单一，就是挥动狼牙棒横扫，但每一次都是大范围攻击，能够造成很大的伤害，也是非常棘手的。

而被救下来的NPC们也第一时间就从小怪的身上抢了武器，一起加入了战斗。十个人同时攻击一个BOSS，效率确实提高了不少。只不过NPC都是近战，每一次都会被BOSS的横扫击中，所以冉骐加血的压力就变大了。

还好他们队伍里，远程职业更多，能稍微帮他减轻一点负担。

在众人的齐心协力之下，巨灵魔很快就被杀死了。

而随着巨灵魔的倒下，最后的大BOSS，一只黑暗血精灵也同时出现了。它长得和正常人类差不多，就是身高稍微高一些，耳朵尖尖的，头发是纯黑色，看起来很好看。但它有血红的眼睛、跟吸血鬼一样的獠牙，还有锋利的指甲，一看就不是什么好人。

黑暗血精灵嗜血如命，它的牙齿和指甲都是武器，并且它速度极快，被它伤到之后会进入失血状态。这种状态也会叠加，叠高了就容易死，非常难对付，也就只有净化术可以抗衡。

而且这个 BOSS 还有个非常让人头疼的技能，就是自爆。当它的血量低于 20% 时，它就会开始自爆，打算和冒险者们同归于尽。所以要么在第一时间打断它的自爆，要么就在三秒内撤出它自爆的范围。

但是由于他们接受了拯救 NPC 的任务，NPC 可不会听他们的指挥，所以他们只有选择第一种方法了。

冉骐虽然紧张，但也不能提前开口提醒，只能等待机会。

他一直紧紧地盯着 BOSS 的血条，在 BOSS 突然浑身冒起红光来的时候，立刻大喊道："BOSS 好像要放大招了！追魂用踢射！翎墨三连射！"

弓箭手的技能都是瞬发的，踢射可以将目标踢到空中，三连射附加的击倒状态，都能够打断 BOSS 的技能。两个人同时出手，成功打断的概率更高。

他们队伍的战斗意识都很强，几乎是冉骐的话刚出口，两人的攻击就立刻发了出来，冉骐也同时开启了圣光术以防万一。

好在两人成功打断了黑暗血精灵的自爆，这下就没什么问题了，BOSS 发出不甘的嘶吼声，挣扎了几分钟后，终于倒下了。

被拯救的 NPC 中，那位金发碧眼的英俊骑士队长缓缓地走到夜枭的前面，用充满磁性的声音开口说道："亲爱的勇者，在你们的帮助下，我们杀死了所有的魔物，这是我们的感谢，请你们务必收下。"

他把一个布袋子递到了夜枭的面前，看不到里面究竟装了些什么。

"等等！还是让染哥来吧！"追魂开口道。

不过 NPC 的设定就是要将奖励给队长，现在再改队长已经来不及了……

最后，还是夜枭伸手接过了袋子。

"老大！快打开看看是什么好东西！"

由于袋子是拾取绑定，所以不能进行交易，当着追魂他们几个的面，夜枭也做不出"蹭"冉骐好运的行为，最后只能自己把袋子给打开了。

然后，他得到了 10 个铜币……

"哈哈哈！"追魂拍着大腿，笑得眼泪都快要出来了。

"再来一次。"夜枭抿了抿唇，直接退出了副本。

只不过，这一次，夜枭把队长让给了冉骐。

第四十四章

刚才因为是第一次打，夜枭他们对副本机制不太熟悉，打的时候有点保守了，所以并没有能够拿到极限速度成就，但是这一次应该能够拿到了。

"一会儿进去我们抓紧时间，前面打巡逻小怪的时候，都快一些。后面开机关的时候，两个人一起开，效率更高一点。"开打之前，夜枭开口说道。

"对对对，来个人帮我一起开。"那个机关转盘很重，转起来真的很费劲，剑指流年刚才那一次，一口气转了五个，实在是累得够呛。

"那我帮你吧。"翎墨笑着说道。

安排妥当之后，几人再次进入副本，这次是作为队长的冉骐上前领取了任务。

"扑哧。"

也不知道是谁偷偷笑了一声，冉骐偷偷用余光看了一眼夜枭，发现他的嘴唇抿得死紧。

冉骐也忍不住有些想笑，这个副本实在是对非酋太不友好了。

有了上一次的经验，他们对小怪的攻击力也有所了解，拉怪的时候，就直接把两只巡逻的地精一起拉上，将它们召唤来的两批怪合在一起打，效率果然高了不少。

等到了机关那边的时候，翎墨和剑指流年一起跑过去开机关，夜枭和顾乐负责拦截小怪，加上追魂的群攻，众人很快就把NPC们给救下来了，至少节约了一半的时间。

【系统公告】恭喜玩家［夜枭］［追魂］［翎墨］［剑指流年］［可乐］［白染］在20分钟内通关黑暗牢笼经验副本，达成极限速度成就，获得称号［风驰电掣］。

金发碧眼的NPC再次来到了众人面前，同样拿出了一个布袋子交到了冉骐的手中。

追魂兴奋地搓了搓手："哈哈哈，看看我们染哥这一次能开出什么！"

"也别太期待了，又不是宝箱。"冉骐无奈地摇了摇头，将布袋子给打开了。

【系统】恭喜玩家获得［中级强化晶石］一颗。

强化晶石是能够用来强化装备的道具，通常是通过拆分装备来获得的，装备经过强化之后，能够使装备的属性在原本的基础上增强。

初级的强化晶石最高可以将装备强化到6-7级，中级为12-13级，高级为20级。初级强化晶石需要拆分B级以上的装备才能获得，中级的为A级，高级的更是只有拆S级的装备才能得到，可以说越高级的强化晶石越难获得。

所以这块中级强化晶石的价值相当于一件紫装了，冉骐的好运气可见一斑。

"真不愧是我们染哥！牛×啊！"

几人都有点兴奋，但东西是好东西，不过他们现在等级还不高，装备更新换代太快，没必要使用强化晶石，所以冉骐先把这块晶石收了起来。

五次经验副本很快打完了，只是等级越高，升级需要的经验也越多。以前打五次经验副本差不多能升四五级，现在只能升两三级了。

冉骐这会儿刚刚升到了33级，顾乐也和他一样是33级，不过只差20%就能够升到34级了。剑指流年35级，翎墨和追魂36级。夜枭38级，依然保持了全服第一的位置。

他们紧接着一鼓作气把挑战副本也打了，又拿了一个副本首杀和SSS级评价。

【系统公告】不鸣则已，一鸣惊人！恭喜玩家 [夜枭] [追魂] [翎墨] [剑指流年] [可乐] [白染] 完成黑暗牢笼挑战副本首杀！获得称号 [勇敢的心]，以及 [实物兑换券 ×2]。

【系统公告】恭喜玩家 [夜枭] [追魂] [翎墨] [剑指流年] [可乐] [白染] 以19分42秒17的成绩通关黑暗牢笼挑战副本，并获 SSS 级评价，额外奖励 [黄金宝箱] 一个。

可能是剧情副本的关系，他们不仅成功通关，还出色地完成了营救任务，因此给的实物兑换券数量直接翻了个倍，这才是让冉骐和顾乐最高兴的事情。

毫无疑问又是冉骐负责开宝箱，他从黄金宝箱里又拿到了一本"剑气护体·技能书"、一张"大列巴·配方"和一块深渊碎片。

剑气护体·技能书

可学等级： 30 级以上

限制职业：战神

使用说明： 打开即可学会技能 [剑气护体]。被动技能，受到敌人攻击的时候，用长剑进行格挡，可以瞬间发出强烈剑气，将周围的敌人弹开，并造成 110% 的物理伤害。

大列巴·配方

等级： B 级

说明： 使用后可学会大列巴的制作方法，食用大列巴后可增加基础防御力30%，持续 15 分钟。

技能书是战神才能使用的，因此众人决定留给风波江南。大列巴的配方，肯定是给冉骐的。至于深渊碎片，就直接放进了公会仓库，到下周可以试着开两个团，一起去打。

"这个大列巴是什么东西？"技能书虽然好，不过吃货们的注意力显然是放在了吃上，顾乐第一个凑了过来问道。

"是一种面包。"冉骐回答，"味道还不错。"

大列巴是一种具有异域风味的面包，浓郁的奶香包裹着甘甜的葡萄干和酥脆的核桃仁，不过特别硬。后来有不少面包店都对此进行了改良，让面包的里面变得酥软，使口感变得更加丰富。

"那一会儿做来尝尝呗？"几人口水都要流下来了。

"我看看吧，做大列巴需要的食材不少，我这里没有，得去交易行看看。"葡萄干和核桃仁，还有牛奶之类的材料，都是要采集才能获得的，交易行还不一定有。

看到顾乐的脸一下子就垮了下来，冉骐又道："上次夜枭给我弄了不少海鲜，我回去研究研究做一些吃的出来，做完了我喊你们。"

今天的副本都已经打完了，他又不太想去打怪练级，刚好上一次夜枭给他弄了好多海鲜回来，正好可以去做一个海鲜大餐，大家一起放松一把。反正食材都是夜枭打怪得到的，没花一分钱，打打牙祭也不算浪费，顺便还能多得几张兑换券，真是一举两得。

"好啊好啊！"顾乐顿时又恢复了精神。

于是众人分开，夜枭他们几个练级狂魔直奔野外地图打怪去了，冉骐则用回城卷轴返回了主城。

他去交易行看了看，找到了葡萄干和牛奶，但没有核桃仁，想着一会儿就用葡萄干做个牛奶吐司算了，说不定还能混个自创食物的名头，再得 1 张兑换券。

他把大列巴的配方，标价 2 金币挂到了交易行里。虽然制作大列巴需要的材料不太好找，但总归是 B 级的配方，这个价格其实还是挺合适的。

买完了东西，冉骐就直接去了烹饪区，再次找了烹饪技艺师 NPC 租了厨房。现在大家的等级也都渐渐升上来了，主城里人多得很，而且这次他要做的东西有点多，得避免被人发现。

他从背包里把夜枭上次给他的那些鱼虾蟹还有各种贝壳都拿了出来，因为是游戏物品，哪怕放到现在也依然是最新鲜的状态，那些鱼还会时不时动两下尾巴，证明一下自己还活着。

海鲜最方便的做法当然是烧烤了，处理干净，刷上油，淋上调好的酱汁，再撒上胡椒粉和孜然，那味道别提有多香了。还可以做成刺身或者海鲜汤，总之烹饪方法多种多样，这一次肯定能赚不少实物兑换券。

他正在忙活的时候，突然有一条公告蹦了出来。

【系统公告】恭喜玩家［月娜］开发出新品种食物［蔬菜煎饼］，获得世界声望100 点，以及［实物兑换券 ×1］。

冉骐："……"

这个熟悉的名字又勾起了冉骐不太美妙的记忆，而且这个蔬菜煎饼，怎么看都像是在冉骐的葱油饼基础上改进而来的。

他又看了一下蔬菜煎饼的属性，系统的评价只有 C 级，食用后体质增加 10 点，力量增加 8 点，持续时间 10 分钟。

可以说是低配版的葱油饼了，不仅属性下降，就连持续时间也缩短了不少。

【世界】临渊：我去，这次大佬不匿名了？

【世界】九死一生：看起来和葱油饼像是一个系列的，难道是同一个大佬吗？

【世界】一步三回头：我觉得不太像，上次的葱油饼好像是一个牧师做的。

【世界】达维斯：但这个制作者也是牧师啊！

月娜还真是挺会抓住时机的，趁着因为制作蔬菜煎饼上了系统公告，引来无数人关注的时候，她立刻就在世界频道上发消息。

【世界】月娜：月影公会诚招 25 级以上的玩家，一起升级一起打拼，本人专业牧师兼职生活玩家，烹饪技能已达 20 级，加入团队享受顶级待遇！有意者联系［八哥］［月影］。

【世界】八哥：已有固定队，已经通关 25 级以下所有挑战副本，技术过硬，下周打深渊副本，诚招 25 级以上强力玩家。

【世界】月影：月影公会招人，下周打深渊副本。

31 级的月影也是等级排行榜上有名的人了，虽然不是前十，但也是前三十名了，还是有一定知名度的。

【世界】九水：月影大佬的公会，那肯定要去啊！不过已经得到公会召集令了吗？

【世界】临渊：那不要紧，只要把固定队组起来，之后得到了召集令不就可以直接建公会了吗？

【世界】九死一生：说得也对！有点心动呢！

【世界】拉斐尔：哈哈，我说月娜这个名字怎么这么眼熟呢？以前不是被我杀过一次了吗？

【世界】无欢：多日不见又出来蹦跶了？耍赖抢配方，之后又倒打一耙的人，建的公会谁敢进啊？

【世界】烟箸：那个蔬菜煎饼一看就是根据葱油饼改的，属性差了一大截，技术还不够到位啊……

冉骐这边还没说什么，无欢他们倒是已经按捺不住，直接在世界频道呛声了。

第四十五章

不过月娜没有回应无欢他们的嘲讽，反而靠做食物又刷新出了两条系统公告。

【系统公告】恭喜玩家［月娜］开发出新品种食物［韭菜煎饼］，获得世界声望100点，以及［实物兑换券×1］。

【系统公告】恭喜玩家［月娜］开发出新品种食物［蜂蜜煎肉］，获得世界声望100点，以及［实物兑换券×1］。

【世界】柒夏：厉害！一下子自创三种食物，真是牛！

【世界】九死一生：好像是有点厉害……是不是那个自创了好多种馅饼的大佬啊？

【世界】临渊：大佬！鲜肉馅饼真好吃，什么时候能再做一批啊？

【世界】阎摩：希望大佬快点上架新食物！已经等不及想要尝尝了！

…………

由于月娜一下子制作出了三种自创食物，好多人都把月娜当成了之前匿名自创食物的大佬，一拥而上地拍起了马屁，无欢他们的消息立刻就被淹没了。

偏偏月娜丝毫不回应，既不承认，也不否认，只一个劲地发她的那条招人公告。

【世界】月娜：月影公会诚招25级以上的玩家，一起升级一起打拼，本人专业牧师兼职生活玩家，烹饪技能已达20级，加入团队享受顶级待遇！有意者联系［八哥］［月影］。

月娜的人气顿时爆表，世界频道上求加公会的、求交往的、求包养的、求抱大腿的，各种消息满天飞，简直令人目不暇接。

不过无欢、烟箸和拉斐尔都是风波江南固定队的成员，也是战无不胜公会的管理员，他们在世界频道的发言，自然吸引了刚加入公会不久的成员们的注意。

【公会】不夜天：你们看世界频道了吗？这是怎么了？怎么大佬们突然组团出现？

【公会】一叶孤舟：不太清楚啊，是不是和那个月影公会有什么矛盾啊？

刚开服的那几天大家都忙着练级，也就休息的时候才会抽空看一眼世界频道，而且因为玩家众多，世界频道的消息更新得也特别快，所以还是有很多人并不知道当初抢配方的那件事。

【公会】该隐：嘿，这个我还真知道！

【公会】伽途：知道你就快说啊！卖什么关子啊？

【公会】该隐：嘿，催什么催，你们去论坛看帖子吧，发帖人的ID是风无痕。

【公会】不夜天：嘁，就不能直接说吗？还非要我们自己去看……

大家虽然嘴上抱怨，手却将论坛给打开了。

没多久大家就找到了风无痕之前发的那个录屏帖子，里面把事情的来龙去脉解释得清清楚楚。

【公会】不夜天：我去！从未见过如此厚颜无耻之人！

【公会】一叶孤舟：我们白染大佬招谁惹谁了啊？凭什么悬赏他？欺负他是个牧师吗？

【公会】烽火连天：我看到交易行里已经挂上了，[蔬菜煎饼] 20银币，[韭菜煎饼] 40银币，还有 [蜂蜜煎肉] 要80银币……我本来想买一个尝尝，不过很快就被抢走了……

【公会】山河不破：这个月娜不会真的就是那个会做好多食物的匿名大佬吧？

【公会】该隐：肯定不是啦，要是愿意公开的话，人家大佬一开始就不需要匿名了！

【公会】不夜天：好像有点道理……

正在野外练级的追魂，也看到了公会频道的消息，出于好奇就点进了那个帖子，然后整个人一下子就气炸了！

"我的天！你们看到公会消息了吗？居然有人臭不要脸地欺负我们染哥，还悬赏追杀他！我们染哥那时候还刚出新手村没多久！"追魂脾气火暴，现在已经完全将白染和可乐当成自己人了，看到有人欺负白染，哪里还忍得住？

虽然为了更高的经验，他们几个都是分开打怪的，但并没有解散队伍，所以还是能够在队伍频道内进行交流的。追魂生气归生气，倒还算知道分寸，没有在公会频道直接嚷嚷开来。

"真的假的？染哥，你吃亏了没有？"翎墨关切地问道。

"冉冉，你怎么不告诉我们啊？我们也好去给你报仇啊！"顾乐一听也急了。

"对！我们去给你报仇！"追魂那语气显得杀气腾腾的，仿佛只要白染一句话，他就会立刻杀回主城，把那两个欺负白染的人给找出来杀上几个来回。

"不用了，他们之前被拉斐尔和无欢给杀了两次，仇已经报过了。"冉骐急忙阻止，月娜和八哥已经付出了代价，那件事在他这里早就已经过去了，实在没有必要再翻旧账了。

"好吧……"

既然当事人都这么说了，其他人也不能揪着不放了。

"不过那个月娜做的那些东西一看就是根据你做的东西改的！人家问她是不是那个匿名大佬的时候，她也不回应，居然还把烹饪技能当成吸引人入会的资本了！"顾乐气呼呼地说道。

"这些食物的做法本来就很简单，多试几次就学会了，也没什么……"冉骐不甚在意地说道。

毕竟在上辈子这种事多了去了，不过是学会了葱油饼、馅饼和煎肉，又在它们的基础上进行了改版而已，没什么大不了的……最多只是心里有一点不舒服罢了……

【私聊】夜枭：那个时候追杀你的人，就是他们委托的？

夜枭和冉骐初次相遇的时候，就正好帮冉骐解决了被追杀的麻烦，当时冉骐给他简单地解释了一下被人悬赏的事情，但也没有说得太详细，如今看了帖子，夜枭才知道这件事的来龙去脉。

【私聊】白染：是的，多亏了你，要不然我说不定还真要吃个大亏。

【私聊】夜枭：嗯，下次再有这种事，一定要第一时间告诉我。

【私聊】白染：好的。

【私聊】夜枭：东西做得怎么样了？

【私聊】白染：前期准备都差不多了，再过一会儿就好了。

【私聊】夜枭：多做几样吧。

【私聊】白染：行！

冉骐这时候也没有多想，只以为夜枭是想多吃几种新食物。除了原本定好的烧烤和海鲜汤，他准备再做些鱼饼、鱼丸、油爆虾、蛤蜊炖蛋和蒜蓉扇贝。

【系统公告】恭喜玩家［匿名］开发出新品种食物［香煎鱼饼］，获得世界声望100点，以及［实物兑换券 ×1］。

【系统公告】恭喜玩家［匿名］开发出新品种食物［油爆虾］，获得世界声望

100 点，以及［实物兑换券 ×1］。

…………

整整十七条公告，原本热闹不已的世界频道，都被惊得停滞了。这十七条公告霸占屏幕好几分钟，世界频道才重新滚动起来，一众潜水党[①]都被炸了出来，消息刷新得简直跟井喷一样。

【世界】九月天：我仿佛在做梦？刚才好像过去了十几条公告？

【世界】六月雪：你没在做梦，是真的。

【世界】阡陌：我现在可以肯定，这位匿名大佬一定不是月娜了。

【世界】该隐：哈哈哈，你说得太对了！

【世界】修罗：十步杀一人公会，诚招职业生活玩家，待遇从优！

【世界】干机：盛世王朝公会，诚招擅长烹饪技能的玩家，公会建立之后，给副会长职位！

【世界】荼蘼花开：琉璃月公会，愿意以三万星币高薪聘请这位匿名烹饪大师！若对薪资不满意，还可以详谈！

【世界】八卦小能手：天啊，三位大佬都出现了，这位匿名大佬可真是抢手啊！

【世界】小机灵：这些食材都是产自海边，可以判断，这位大师现在应该就在靠海的纳西城。

【世界】艳骨：小兄弟，有点东西嘛！

…………

"冉冉！这些不会都是你做的吧？"顾乐忍不住在队伍频道内问道。

"对，我把所有类型的材料都用了。你们现在回来吗？"

"回来！我们马上回来！"几人异口同声说道。

美食当前，哪还有心思练级？先回城再说！

夜枭开口道："回公会领地交易吧。"

冉骐："好的。"

东西太多，香味太浓，在已经有人注意到纳西城的情况下，显然不适合在纳西城进行交易，还是回公会领地比较好。

冉骐快速把所有食物都复刻了几十份，然后通过 NPC 传送回了公会领地。

然而他刚走出传送阵，就看到夜枭和剑指流年已经在那里等着了。

冉骐有些惊讶："你们怎么这么快？"

---

① 指只看帖子而不说话的人。

"嗯，先把我们的给我们。"

"好。"冉骐也没多想，就把东西交易给了夜枭和剑指流年。

【世界】夜枭：[鲜肉馅饼][蜜汁肋排][蘑菇烧仔鸡][番茄炖牛腩][烤虾串][烤鱼][香煎鱼饼][油爆虾]……战无不胜公会，诚招职业生活玩家，公会福利待遇好，凭贡献点可兑换美食和装备，可带下副本，有意者联系[剑指流年]。

【世界】剑指流年：[鲜肉馅饼][蜜汁肋排][蘑菇烧仔鸡][番茄炖牛腩][烤虾鱼][烤鱼][香煎鱼饼][油爆虾]……战无不胜公会，诚招职业生活玩家，公会福利待遇好，凭贡献点可兑换美食和装备，可带下副本，有意者直接联系我。

【世界】该隐：什么？匿名大佬难道是我们公会的？

【世界】六月雪：让你练级你不好好练！让你报名战无不胜公会你不去报名！说什么以后还会招人的！给老娘滚蛋！

【世界】九月天：老婆我错了！

【世界】艳骨：我我我！炼金技能18级！锻造技能16级！求大佬看看我！

第四十六章

尽管月娜制作出了三款食物，但无论是从味道还是属性上，都是无法和匿名大佬制作的食物相提并论的。而且玩家们也不傻，都能看出来，她做的这几样食物，其实是根据匿名大佬之前制作的成品改的，多少有点投机取巧的意思。

之前这些玩家以为月娜是匿名大佬，才会对她那么热情，而她一直也没有否认，反而利用这个热度趁机招人。

然而现在，连续出来的十七条系统公告，就像是十七个耳光，狠狠地甩在了月娜的脸上。夜枭和剑指流年在世界频道的发言，更是彻底地将月影公会的风头给抢了过去。

现在所有人都知道，那位匿名大佬就在战无不胜公会，但是因为有夜枭在，没有一个人敢去探究那位大佬的身份。他们都将注意力放在了这十七款光听名字就感觉特别美味的食物上，再也没有人去关注月娜和月影公会了。

不管是符合条件的玩家，还是不符合条件的玩家，全都一股脑地给剑指流年发私聊，希望能够加入战无不胜公会，弄得他的私聊频道都快要爆炸了，根本看不过来。

他只得在世界频道再次发言，让大家将个人信息和生活技能界面截图，以邮件的形式发给他，他稍后再进行筛选。

夜枭看到冉骐还是一副没有回过神的样子，忍不住伸手揉了揉他的脑袋，低声问道："高兴点了吗？"

冉骐这才反应过来——怪不得刚才夜枭特意让他多做一些菜品，又突然跑到世界频道发了那么一条消息，原来是特意为他出气。

他心里顿时像冒出泡泡一般，嘴角忍不住上扬，嘴里却还是嘟嘟囔囔的："其实……也没有不高兴……"

"行吧，你没有不高兴。"夜枭轻笑着摇头，又伸手揉了揉他的头。

冉骐摸了摸被揉了的脑袋，心里的小泡泡似乎冒得更多了，他赶紧转移话题："我今天做了好多好吃的，要不然叫上咱们公会的人一起来吃吧？就当是公会福利！"

反正食材都是现成的，没什么成本，拿来给大家发福利，也更有利于公会的凝聚力提升。

"行啊。"夜枭答应得很爽快，"不过公会人太多，估计是不够分的，还是让大家用贡献点来换吧。"

冉骐点头："好的。"

"流年，你去通知吧。"夜枭看向了一直安静地站在旁边的剑指流年。

剑指流年："好。"

【公会】剑指流年：半小时后在公会领地大厅发放公会福利，所有成员都可以凭公会贡献点兑换任意美食，20贡献点可兑换一道菜。

【公会】该隐：天啊！会长万岁！副会长万岁！

【公会】一叶孤舟：刚才系统公告的十七道菜，都可以选吗？！

【公会】爱丽丝：啊啊啊，我好后悔啊，早知道我就不换武器了啊！我的手为什么这么快！

【公会】山河不破：哈哈哈，我已经攒了四百多贡献点了，我要把所有美食都换一遍！

【公会】爱丽丝：没关系，我现在马上去郊外采矿，立刻就能把贡献点重新加回来！

通过完成公会需求任务，公会成员可以获得贡献点。NPC需要的材料都是日常打怪掉落的或者是采集来的，基本上交一个低级材料就可以得到2个贡献点，并不算难，所以大家都完成得非常积极。

半小时后，公会大厅内已经挤满了人。

长长的会议桌现在已经变成了餐桌，几十个人手里捧着饭菜，或站或坐，大快朵颐。

"好吃，这个烤鳕鱼真是太好吃了！"一个扎着丸子头的女牧师正坐在桌边，用叉子小心叉着鳕鱼块慢慢咀嚼。

雪白晶莹的鱼肉，取用的是鳕鱼最丰腴的部位，鱼皮含着少许油脂，表面被火焰炙烤得染上漂亮的金黄色。尽管只放了些许的盐调味，却已经足够鲜美，有种入口即化的感觉，完全没有一根鱼刺，只要用舌头轻巧地拨开，就能毫无阻碍地吞咽下去。

"这个香煎鱼饼才好吃呢！"她旁边一个战士不以为然地说道。

鱼饼是将鱼肉捣碎，做成鱼蓉，加上香葱和胡萝卜丁，摊成饼状，放在油里小火慢煎，边缘香香脆脆，内里松软，充满鱼肉的香味，再加上胡萝卜丁的爽脆，口感很丰富，真是美味极了。

"不不不，海鲜汤最好喝！汤喝起来超级鲜，里面的材料也超丰富，不但有鱼有虾还有鱼丸和扇贝肉！"一个穿着黑色法袍的法师，正端着一碗海鲜汤小口啜饮，享受着海鲜的鲜味充斥整个口腔的感觉。

"我觉得油爆虾才好吃呢！"又一个刺客跳出来说道。

油爆虾被炒出了虾油，不仅颜色鲜艳，味道也非常鲜美。虾皮又酥又脆，根本就不需要剥皮就能直接嚼几下咽下去，酥脆的虾皮和鲜嫩多汁的虾肉完美地结合到了一起，让人吃得根本停不下来。

"明明是这个蛤蜊炖蛋最好吃！蛋太嫩了，蛤蜊肉又鲜，恨不得连舌头也一起吞下去！"

"争什么争？都好吃不行啊！"扎着丸子头的女牧师没好气地瞪了他们一眼，"我劝你们赶紧多换一点，别一会儿想要的品种没了！"

几个人这才回过神来，三口两口把食物给咽下去，然后赶紧去找无欢和拉斐尔，多兑换一些食物。

因为是游戏，食物不能直接放在桌上，任人取用，放在仓库里直接让人兑换又没有那种公会活动的氛围了，于是最后只能通过交易的方式，人工进行发放。

公会的管理员们轮流上阵，这会儿轮到了无欢和拉斐尔，其他人一过来，看到无欢的样子就笑喷了。

无欢正用非常别扭的姿势握着一双竹子做成的筷子，在吃一条糖醋鱼，头都恨不得埋进盘子里，两只眼也几乎成了斗鸡眼。

"你要不然还是用叉子吧……"拉斐尔看着他别扭劲，实在是很无语。

"不行！染哥和夜枭哥都可以，没道理我不行！"无欢算是和筷子较上劲了，把嘴巴凑到盘子边，使劲拿筷子扒拉鱼肉。

一直喝营养液的星际人当然是不会用筷子的，最多也就是会用用刀叉，但是鱼肉用刀叉吃容易松散。刚才他们看到冉骐用筷子灵活地吃鱼肉的时候，所有人都惊呆了，也要跟着学，可是只有夜枭一个人学会了，其他人握着筷子的姿势都非常别扭，根本夹不住东西。

冉骐看他们这努力的样子就想笑，坏心眼地没有指导，任他们自己摸索。

拉斐尔直接选择放弃，用叉子叉鱼丸吃，一口一个相当爽快，只有无欢还在不服输地和筷子较劲。

而夜枭他们则是都聚集在了会长室里，这里是只有公会管理员才有权限进入的地方，他们就不像普通成员那样受限制了，每个人都是想吃哪道吃哪道。这种管理员集体开小灶的画面，就不太适合让成员们看到了，所以他们才会躲进会长室。

不过会长室内的情况和公会大厅几乎没有区别，也是一个个都在埋头大吃，间或还互相交流几句感想，想着下一道菜吃什么。

十七道新菜，光是就这样一道道吃过来，也要不少时间。

"嗤，这样吃可真不爽，要是能把所有的菜放一桌，大家一起分着吃就好了……"追魂皱着眉说道。

明明大家坐在一起，但是只能各吃各的，总觉得少了点意思。

"是啊，要是能大家一起吃，那该多热闹啊……"翎墨也附和道。

冉骐心里一动，便开口问道："你们没有用兑换券换过食物吃吗？"

"没有呢……我想攒兑换券，换一台新的机甲。"追魂咬着叉子回答。

"我也没有，换了也不会料理，有什么用呢？"翎墨说着好奇地看向冉骐，"你已经换过了？"

冉骐点了点头，直接回答道："是啊，兑换商城的水果都是能直接吃的，味道很好，我和乐乐每次都一起分着吃。"

"是啊，我们换过好多东西，而且冉冉会做菜，上次做了个五花肉土豆焖饭，超级好吃！我吃了半锅！"顾乐也附和道，一副回味不已的样子。

"好啊！你们居然线下吃独食！"追魂立刻哇哇大叫起来，馋得心痒痒，"老大，下次休息，我们也换一点水果吃吃吧？"

"嗯。"夜枭没怎么考虑就同意了，反正水果1斤只要1张兑换券，便宜得很。

翎墨立刻抗议起来："那个什么焖饭听名字就很好吃，染哥你怎么不给我们做啊？"

"十七道菜还不够你们吃吗？"冉骐诧异问道。

"不够！"几人异口同声道。

冉骐顿时语塞，只得答应他们下次再给他们做。

"对啦，老大，你们在哪个星球啊？"顾乐突然开口问道。

夜枭："首都星。"

冉骐手里的筷子停了一下，抬头愣愣地看向了夜枭。

"我们也是！"顾乐没有发现好友的异样，一个激灵，兴奋地坐直了身体，"我们学校也快要举办对抗赛了！说不定区域赛的时候，能见到你们！到时候让冉冉给你们做好吃的！"

帝国军校一年一度的对抗赛是全帝国的盛事，帝国境内 140 颗星球的军校全部参与，能够在这场比赛中得到名次的选手，都是帝国的精英级人才。

对抗赛的初赛将在校内进行，前十名会被挑选出来，再一起参加区域赛。

冉骐和顾乐虽然是不能参加比赛的，但是比赛的时候，学校都会组织学生去现场助威，毕竟是代表了学校的脸面，一定的排场还是要有的。

既然他们都在首都星，区域赛的时候，肯定也是在同一个地方。

说不准还真的有机会见面！

"真的啊？那可真是太好了！到时候食材我们出！一起吃顿好的！"追魂和翎墨立即兴奋道。

"带上我们！带上我们！"无欢和拉斐尔也急忙开口道，"我们都是一个学校的！"

"嗯，我们也去。"烟箸、风波江南和四时冷暖也朝冉骐和顾乐看了过来，都是一副十分期待的样子。

冉骐只是一个愣神，他们甚至连到时候要买什么食材做什么菜都讨论出来了，俨然是网友即将见面的现场……

第四十七章

这次公会活动举办得特别成功，每个人都吃得非常尽兴，并且表示希望能将这个优质活动继续举办下去。他们还自发组织拍了一张大合照，每个人手里都拿着一种美食，一边吃，一边不由自主地就露出了陶醉的样子，让人一看就知道他们手中的美食有多么美味。

剑指流年甚至还跑去论坛发了一个招募职业生活玩家的帖子，然后用那张合照镇楼，并将十七道美食的超大特写，一股脑发到了游戏论坛这个帖子里，引来了无数玩家的哀号。

1L：太过分了！居然公然放毒！

2L：你有本事放图片，你有本事把这些东西都挂到交易行啊！以为我们没有钱是不是？

3L：跪求交易行上架啊！我说怎么这次交易行一个新品种都看不到，还以为是我手慢了，原来是都被你们内部消化了！

4L：我的口水真的要流下来了，光看图片就知道味道一定很好！为什么我没能加入……恨！

7L：怎么？就不许星厨有点个人爱好了？

…………

383L：还有人记得这是一个招人帖吗？

384L：记得啊，但记得有什么用？我又不会生活技能……

385L：嗐，我也是……早知道我就去随便学一点了……现在就只能水水帖看看谁这么幸运罢了。

386L：你以为人家是瞎吗？肯定是有技能等级要求的！希望战无不胜公会能快点升到3级！再给我一次机会啊！

387L：我倒是希望夜枭大佬的公会能慢点升级……我真的已经很努力在练级了，但我真的跟不上。

…………

趁着这次热度，战无不胜公会最后顺利招到了五位新成员，全都是职业的生活玩家。

剑指流年根据玩家们发来的截图信息，进行了前期的筛选，然后由冉骐和夜枭再进行一次筛选。

冉骐负责检验的是他们在生活技能方面的专业度，而夜枭就是负责看人了。

现在战无不胜公会名气大了，容易混进一些其他公会安排来打探底细或者混好处的人。职业生活玩家如果要培养起来，需要耗费的公会资源还是挺多的，谁也不希望费尽心思，最后给别人做了嫁衣。

夜枭看人的眼光还是很准的，性格浮躁或者看着就像是小心思多的，他都直接排除了。他情愿要技术稍微差一些的，也不要那种一看就是来混日子的。

最后成功加入公会的五个人，角色等级和生活技能等级基本上只是中等偏上的水平，但人品都是过关的。巧的是这五个新成员都是他们眼熟的人——大声在世界频道自荐的艳骨，六月雪和九月天这对欢喜冤家，以及花鸢和风无痕。

艳骨是26级的法师，擅长的是炼金术和锻造术，技能等级分别是18级和16级。

六月雪是28级的牧师，九月天则是29级的战士，两个人现实中是一对情侣，默契是绝对没有问题的，下副本只需要叫上四个能输出的就行了，所以练级还是很快的。六月雪学的是缝纫，技能等级22级，而九月天的锻造技能已经24级了，都相当不错。

花鸢和风无痕同样是现实中的情侣，冉骐和奉天就是在与他们一起下副本的时候，遇上了月娜和八哥，当初引起争执的那张薯饼配方，最后冉骐给了花鸢，论坛上澄清的帖子，是风无痕发的，所以冉骐对花鸢和风无痕两个人的印象是很不错的。

花鸢现在的烹饪技能是 25 级，她学会了很多配方；风无痕学的是药剂，技能等级是所有人里最高的，已经达到了 27 级。两人虽然都是强力输出，但可能把时间更多地花在了提升生活技能的熟练度上，导致练级速度变慢，现在只有 27 级。

当初风无痕的等级比冉骐高，如今却被冉骐甩开一段距离了。上一次战无不胜公会招人的时候，他们就想要报名了，只可惜等级不够，这次总算是成功进来了。

多了五个生活玩家，以后公会再组织下副本或者公会战的时候，冉骐的压力就小多了，生活玩家的加入也能起到转移注意力的作用。

冉骐就是那个传说中的匿名大佬的事情，其实不少人都能猜到，只是碍于他的背后站着夜枭，没有人会那么不识相地挑明罢了。但冉骐除了擅长烹饪技能，其他类型的生活技能也全部都很擅长这件事，除了夜枭和江南的团队，就没有人知道了。

******

冉骐再次下线休息的时候，收到了来自冉绍钧的视讯请求。

"爸，是有新的消息了吗？"视讯刚一接通，冉骐就迫不及待地问道。

"是的，研发部门把你寄过来的几种食材全部都检验了一遍，确认了这些食材中都含有那种神秘的微量活性元素，肉类中的含量最为丰富，差不多是水果和蔬菜中含量的三倍。而且通过进一步的试验，可以确定这种微量活性元素对人体细胞有着一定的强化作用，体质越差，强化的效果就越明显。"

"这就是你的体质等级这么快就有所提升的主要原因，如果换成体质等级比较高的人，就需要长时间地大量摄入这种微量活性元素，才能有一点效果。"说到这里，冉绍钧停顿了一下，转而问道："对了，你们那个游戏，有多少人用券兑换了食材？"

"这种兑换券其实很难得到，有兑换券的人估计不超过 20 个。"冉骐有些不好意思地摸了摸鼻子。其实兑换券大部分都被他们的团队给包揽了，从他们这边看起来好像兑换券很容易得到，但事实上整个游戏里这么多玩家，除了他们根本没几个人有机会得到兑换券。"我问了我朋友，他们都没有使用过兑换券，想要多攒一些，兑换机甲之类的东西。"

"那就好。"冉绍钧点了点头。

"是不希望他们换吗？"冉骐有些迟疑地问道，毕竟他昨天还让夜枭他们去换食材来着……

"那倒没有，游戏官方和政府既然敢把这些东西拿出来，肯定是已经做好了曝光的准备，你们想换就换，没什么关系，顺其自然就是了。"冉绍钧微微皱起了眉道，"那个兑换券很难弄到？你是不是快没有了？"

"不不不，其实对我来说还是挺容易的……"冉骐有点不好意思，毕竟他有特殊的拿券方法。只是这样说出来，总有种在显摆的感觉……

"真的？"看到冉骐认真点头之后，冉绍钧才松了口气，有些不好意思地开口道，"你妈妈挺喜欢吃你上次做的焖饭，你下次再做东西的时候，顺便也给你妈妈寄一点。"

"没问题！我今天刚好准备做两个新菜，等会儿做好就给妈妈寄过去。"冉骐笑着回答。

他父母之间的感情，可真是很不错呢……

冉绍钧干咳一声，快速转移了话题："研发部门的负责人已经被这种新元素给迷住了，他认为这种元素一定还有更多的秘密可以探索，这几天都恨不得住在实验室里了，相信很快就会有新的发现，等有了新的消息，我再通知你。"

"好的。"冉骐乖巧点头。

结束了和冉绍钧的视讯之后，冉骐打开光脑，从游戏官网上兑换了土豆、青椒、五花肉和大米，准备多做几种菜，让家人们都尝一尝。

土豆能做的食物太多了，他特意多换了几斤，今天除了炒菜，他还准备做个土豆泥和薯条。把剩下的土豆、青椒和五花肉切片之后一起下锅炒一炒，就是一道非常美味的下饭菜了，配着米饭一起吃，别提有多香了。

冉骐打开了星网购物商城，想要看看有没有可以用来油炸的锅，结果惊讶地发现他之前买的那个电动节能炒锅其实还有许多其他功能，有烧烤、烘焙、焖炖、蒸煮、煎炸和爆炒等多种功能，并且可以通过光脑联网切换模式，非常方便。其中那个煎炸功能，即使是在没有油的情况下，也可以使用，原理大概就和他穿越之前用的空气炸锅差不多，那是蓝星早就已经有的"黑科技"，可以用空气来进行"油炸"。

难怪这个锅的定价那么高，原来是内藏玄机。

冉骐把土豆去皮之后，切成条状，放到锅里加盐煮沸，把水沥干，然后直接切换到煎炸模式，很快就得到了一锅金黄酥脆的薯条。

冉骐把薯条倒出来装进盘子里，又拿了两个去皮的土豆，切成片放到锅里用蒸煮模式快速蒸熟，然后放到碗里捣成泥状，浇上他自己调的黑胡椒酱汁，味道就和上辈子吃过的肯德基土豆泥差不多。

最后再切换到爆炒模式，把准备好的土豆片、青椒片和五花肉片一起翻炒，一道色香味俱全的土豆青椒炒肉就做好了。

刚刚发现的锅子的新功能，大大节约了他的做饭时间，他做完了三个菜，又焖好了一锅饭，一共才只用了一小时左右。

他分出一部分，用保鲜盒装好，在章鱼快递下了单，给妈妈寄了过去，然后又给顾乐发了消息，让他过来一起吃饭。

"今天怎么现在才过来？还得我发消息来请你……"

"哈哈哈，我刚才在和班长通话啊，校内对抗赛的报名已经截止了，后天就要正式开始比赛了！班长通知我们别忘了去观赛，等校内赛结束，就是区域赛了！"顾乐兴奋不已地说，"真想快点见到追魂他们啊！"

会面

第四十八章

"嗯？班长怎么没给我发消息？"冉骐疑惑地问道。

"当然发了，不过你当时显示在通话中，他就先联系了我，反正我俩关系好，大家都很清楚嘛！通知我就等于通知你了！"顾乐笑着勾住了冉骐的肩膀。

"那倒是，哈哈哈。"冉骐拿碗把锅里煮好的米饭给盛出来，"对了，班长说的校内赛大概要持续几天？会不会耽误我们玩游戏啊？"

班长肯定不会闲得没事组织什么观赛活动，肯定是学校和老师的要求，既然如此，他们到时候肯定是不能缺席的。

一想到参赛者里还有张烁那个讨人厌的家伙，冉骐就觉得心烦，更何况这一次高年级的学生不会参与校内赛，出线难度大大下降，他实在不太想看到张烁得意扬扬的模样。有那工夫，还不如花在游戏上，争取快点升级，拿到更多的实物兑换券。

"这个倒是没说，不过五六天总是要的吧？"顾乐的注意力已经完全被桌上的菜给吸引了，含糊地答了一句，然后用力地咽了一下口水，"好香啊，今天这做的都是什么菜啊？"

五六天不算太久，大不了到时候露个面之后找机会偷溜就是了，反正全校那么多人，少了一两个人也不会被发现的。

冉骐放下心之后，也将注意力转移到了美食上，笑着说道："我今天做的是薯条、土豆泥还有土豆青椒炒肉，你尝尝吧。"

刚炸出来的薯条色泽金黄，还冒着热气，看起来非常诱人，顾乐迫不及待地伸出手，拿起一根薯条放进了嘴里。

薯条表皮酥脆，里面却是软烂的口感，尽管只放了一点点的盐，却也足够美味。

"这个好吃！"顾乐眼睛一亮，又伸手拿了一根。

薯条这种东西，吃起来就跟有瘾一样，一根接着一根，不知不觉顾乐就已经吃了小半盘了。

"别光吃薯条啊，再试试土豆泥！"冉骐将装着土豆泥的盘子和一个小勺子递到了顾乐的手里，让他挖着吃。

土豆泥是放在小碗里在锅里蒸的，倒出来放在盘子上之后，就是一个漂亮的圆形，再浇上调制好的黑胡椒汁，虽然没有牛奶和黄油增香，但味道也是非常不错的，非常鲜甜。

顾乐接过勺子舀了一大勺，放进了嘴里，然后又是一阵猛夸："这个也好好吃啊！"

"喜欢就多吃点。"冉骐笑眯眯地说，然后就飞快地开始吃起了土豆青椒炒肉，因为加了酱油，这道菜染上了漂亮的褐色，加上猪油的光泽，看着就让人特别有食欲。

出锅之前冉骐还刻意焖了一下，这道菜里的土豆口感软烂，并且吸满了酱汁，十分入味。青椒的味道带着些许的辣和微微的清甜，薄薄的五花肉片才是最出色的，肉汁浓郁，肥肉和瘦肉完美结合，迸发出不一样的魅力。可惜没有豆瓣酱，要不然这道菜的味道还能更浓郁一些。

不过现在这样也已经很不错了，这道咸鲜可口的菜非常下饭，他一口菜一口饭，吃得不亦乐乎。

等顾乐从土豆泥的美味中挣脱出来的时候，冉骐的饭都已经下去半碗了。

"喂喂喂！你怎么可以偷吃！"顾乐瞪了他一眼，也急忙端起饭碗，大口吃了起来。

******

一晃两天时间就过去了，校内选拔赛正式开始，一共有 246 名学生报名参与。

今天举行的是一对一淘汰赛，将一口气淘汰掉一半的选手。比赛双方是由智脑进行匹配的，保证双方的战斗力不会相差很多，能否获胜取决于他们的实力是否足够强大。不同专业的选手比拼的项目也不一样，比拼项目主要分为三类——机甲、战甲和指挥。

机甲自然不必多说了，是星际战争中最常见的战斗工具——钛合金的机身具有强大的防御力，并且装备有数百种不同功能的武器，战斗力非常强。能够进入机甲系的，都是体质在 A 级以上的精英学员。

当然，机甲造价昂贵，全星际每人一台是不可能的，所以高速轻型战甲就应运而生了。战甲相当于小型单兵机甲，在人体外附加一层机械外骨骼，配备各种轻型武器，也能起到加强战斗力的作用。不过使用战甲非常考验使用者自身的战斗力，不仅体质必须达到 B 级以上，使用者还需要进行近距离搏斗的体术学习。

当初原主会发生意外，就是因为他违反学校规定偷偷潜入战甲系的对战训练室，违规使用战甲，导致战甲发生爆炸，他的身体也险些无法复原。

大规模的星际战争当然少不了指挥官，当局者迷旁观者清，必须有人站在旁观者的角度，从大局上掌握战斗的走向，所以指挥系的比拼虽然更偏向于智斗，但同样也是非常精彩的。

比赛将从上午10点一直进行到下午4点，参赛选手将在虚拟战斗室内分组进行模拟对战，现场观众可以在超大的高清屏幕上观看每一场战斗。而当参赛选手拼尽全力获得胜利，从对战台上走下来时，观众的欢呼声就是对他最好的奖励。

经过激烈的角逐之后，足足一半的人都会被淘汰，而剩下的人还要在第二天再次进行比赛，最终只有十名优胜者能够脱颖而出，代表学校参加区域赛。

与夜枭他们打过招呼之后，冉骐和顾乐准时在上午9点半下了线。他们洗了个澡，换上了学校的制服，用最快的速度赶去教学楼门口集合。

班长通知他们9点45集合，他们就是正好9点45到的，没有迟到，但也没有早到一分钟。

班长面无表情地点完了名，确认所有人都到齐了之后，就带着浩浩荡荡的队伍朝学校的训练馆走去。

还真就是这么不巧，进入训练馆的时候，他们遇到了机甲系的队伍，作为参赛者的张烁昂首挺胸地走在队伍的最前面。

冉骐默默地翻了个白眼，移开视线当作看不到。

可是他想装看不见，张烁却不给他这个机会，趁着两支队伍擦身而过的时候，狠狠撞了他一下。

冉骐的身体素质哪里能和张烁相比？要不是顾乐及时拉住了他，恐怕他整个人都要给张烁撞飞了。

"张烁！你太过分了！"顾乐气愤地对着张烁吼道。

张烁却是故意装出一脸茫然的样子，回身道："怎么了？我做什么了吗？"

"你故意撞人！"

"啊？我没有啊。"张烁顿了一下，露出恍悟的表情，用非常欠揍的语气说道，"原来我刚才是撞到什么东西了吗？我怎么都没有感觉到呢？还以为只是碰到个小虫子呢。"

"你……"

"乐乐。"冉骐揉了揉酸疼的肩膀，拉住了气愤不已的顾乐，"张烁，道歉。"

"道歉？我凭什么给你道歉？"张烁像是听到了什么有趣的笑话一样，带着几个小跟班笑得前仰后合。

冉骐冷眼看着张烁："不道歉吗？"

"想要我道歉？做梦去吧！"

"哦。"冉骐才懒得理张烁，转头看向班长，"班长，我觉得张烁同学是故意撞我的，请你叫老师过来，我要申请调取监控。"

"现在？"班长诧异地问道，现在距离比赛开始已经只剩5分钟了，如果要调查的话，恐怕要耽搁不少时间，而且涉事的另一方张烁也是不能离开的，势必会耽误比赛。

"对，就是现在。"冉骐冷冷地说道，"你要是不方便，我就给我爸发个消息，请我爸联系校长。"

人的忍耐都是有限度的，平时的一些小打小闹，冉骐可以不计较，反正不是一个系的，最多只是言语冲突而已，当成狗吠也就罢了。但是这一次张烁的行为实在是有些过分了，大概是这段时间所有人都把他当作种子选手，马屁听多了，整个人都飘飘然了吧？若是冉骐再不反击，只会被当作软柿子，让张烁变本加厉。

"这……这……"班长的汗都要下来了。冉骐现在明显就是要把这件事闹大，耽误比赛时间不算，如果张烁真的是故意撞人，并且确实导致冉骐受伤，那么学校是绝对不会包庇张烁的，说不定到时候会直接取消他的参赛资格，再另行给予处分。

以前冉骐不怎么计较，张烁也就觉得他好欺负，现在想来，冉骐的背后还站着冉绍钧呢，那可是帝国十大富豪之一！真的闹到校长那儿去的话，事情就更加难以收场了！

"张烁同学，我看这可能就是一场误会，要不然你道个歉吧……"班长踌躇着，还是看向了张烁。

"冉骐！"张烁咬牙切齿地看向冉骐。

"嗯，喊我干什么？"冉骐平静地看了回去。

张烁的脸顿时一阵青，一阵红，跟个霓虹灯似的变来变去。他努力回想着刚才撞冉骐的动作是不是很明显，会不会真的被监控拍下来……

时间一分一秒地过去，周围所有的人都注视着他们。在训练馆内的老师一直不见自己班级的学生进来，已经开始朝门口的方向走来了。

在种种压力之下，张烁最终还是被迫低下了高傲的头颅："对不起！"

"你说什么？我没听清。"

张烁抬头怒视冉骐，拳头抬了几次，最终还是不甘地低下了头，瓮声瓮气道："我说对不起！"

冉骐问道："对不起我什么？"

"冉骐！你不要太过分了！"张烁愤怒地瞪着冉骐。

"到底是谁过分？"冉骐冷笑挑眉，"是我请你撞我的吗？"

张烁顿时语塞，咬着牙说道："对不起……刚才不小心撞到你了！"

"行吧，下次小心一点。"冉骐说完，再次看向了班长。"班长，我肩膀还是挺痛的，我去一趟医务处，比赛就不看了，麻烦你帮我和老师说一声。"

"好……好的……"他都这样说了，班长还能说什么？只能答应了下来。

第四十九章

顾乐开口道："班长，我陪冉骐去医务处。"

"行吧。"班长摆了摆手，让顾乐赶紧带着冉骐离开。

冉骐便在顾乐的搀扶下，离开了训练馆，朝医务处走去。

"冉冉，你没事吧？"等周围没人之后，顾乐低声问道。

刚才张烁撞得那么用力，冉骐的体质和张烁相差太多，顾乐忍不住有些担心。

"没事，就是有点疼而已，如果真的有事，我肯定不会那么轻易放过他的。"冉骐刚才揉过肩膀了，确定自己的骨头没有什么问题，最多就是一点皮肉伤。

"那就好。"顾乐松了口气，"不过还是去医务处看一看为好。"

"嗯。"

做戏做全套，他们既然和班长说了要去医务处，那肯定不能不去，万一老师心血来潮，到医务处这边来找校医核实就麻烦了。

现在是上课时间，校医自然是在办公室里的，看到顾乐扶着冉骐进来之后，校医连忙站了起来："怎么了这是？"

"被撞了一下。"冉骐开口说道，"应该不要紧，就是有点疼。"

"要不要紧不是你说了算的。"校医一脸严肃。他对冉骐印象还是挺深的，毕竟冉骐长着一张不是那么容易让人遗忘的漂亮脸蛋，而且他们学校里双 E 资质的学生也就只有冉骐一个，更不用说冉骐的父亲冉绍钧还私下里和老师们都打过招呼，让多多关照一下冉骐。

别人被撞一下，或许就只是一件不值一提的事，但是对冉骐来说，却是可大可小。毕竟学校里体质强悍的学生太多了，体质达到 S 级的人，能够承受 1 吨以上的重物的压迫，甚至能够在短时间内达到刀枪不入的程度。如果 E 级体质的冉骐是被一个 S 级体质的学生给撞了，那么伤筋动骨就是必然的了。

"把衣服拉开一点我看看。"

冉骐拉开制服拉链，将被撞到的右肩露了出来，雪白的皮肤上，那一片青紫色的伤痕看起来格外醒目。

校医皱着眉，伸手轻轻地在冉骐的伤处按了按，见冉骐只是微微皱眉，没有表现出太大的痛苦，这才松了一口气。

"应该只是瘀青，不过保险起见，还是仔细检查一下为好。"校医打开智能检测仪，开启了全身扫描模式。这东西可比什么 X 光什么核磁共振都要高级，只需要 5 秒钟，就能把被检测者从头到脚从里到外，每一个脏器，每一根血管的情况都给扫描出来，并以 3D 的形式将扫描结果呈现出来。

所幸冉骐的肩膀处除了皮下出血，没有出现其他的问题。但是如果仔细看的话，还是能注意到冉骐的腿部和后脑勺的骨骼上都有几道不是很明显的伤口，那是当初原主发生意外后留下来的。

"没事，喷点药就好了，你回去好好休息一下。"校医说着就拿出了一瓶镇痛化瘀的喷雾，对着冉骐的肩膀一顿猛喷，然后就看到他伤口处的瘀青以肉眼可见的速度渐渐消退。

冉骐动了动胳膊，感觉不到一丝痛意，便起身向校医道谢："好的，谢谢您。"

"不用，以后走路小心些就好。"

既然校医说让他回去好好休息，那他当然要遵守医嘱了。

于是他回到了寝室，钻进游戏舱"好好休息"去了。

＊＊＊＊＊＊

夜枭他们正在野外练级，看到冉骐和顾乐上线的时候，都忍不住在队伍频道发出了一串问号。

追魂疑惑地问道："染哥，可乐，你们不是去看校内对抗赛了吗？怎么这么快就回来了？"

"没什么好看的，趁机溜回来了。"冉骐随便找了个借口，不想再提刚才发生的糟心事。

"哈哈哈，那是你们学校的人太弱了，比赛才会那么没有看头，等区域赛的时候，让你们看看什么叫高手！"追魂大笑着说道，语气里明显带着嚣张。

张烁就算在对抗赛中出线了又怎么样？夜枭他们那么强，到时候一定会在赛场上教张烁做人的吧？

这么一想，突然就有点期待区域赛的到来了呢！

"你们怎么天天在线？不需要参加对抗赛吗？"顾乐终于忍不住将自己的疑惑问出了口。

"哈哈哈，因为我们太强了啊！"追魂再次嚣张地回答。

顾乐："……"

"我们已经不是第一次参赛了，每一次都是小组第一出线，为了不打击到新生们，老师特许我们直接进入决赛，所以等到决赛那一天再下线就行了。"

冉骐和顾乐："……"

行吧，是实力限制了他们的想象……

夜枭问道："去打黑白世界副本吗？"

两天过去，夜枭已经突破了40级，冉骐和顾乐也已经达到35级，可以去新的副本了。

"去！"众人积极回应，只有冉骐微微皱起了眉。

黑白世界是35级副本，就像它的名字一样，是一个非黑即白的世界。这个副本的机制和以前的副本都不一样。副本的空间不大，却像迷宫一样绕来绕去，地上布满了黑白两色的格子，小怪都是幽灵，而BOSS是个长着一黑一白两个脑袋的大号幽灵，这两个脑袋是互相敌对的，只是碍于使用着同一具身体，无法互相伤害。

但是两个脑袋可以借助玩家的力量，吞噬另一方的力量。

玩家进入副本之后，踩到的第一个格子的颜色就决定了他们的阵营。如果是白色，那么他们之后就只能走白色的格子，打黑色的幽灵，如果踩错了格子或者打了白色的幽灵的话，黑色脑袋的实力就会增强，下一批出现的黑色小怪也会变得更加难以对付。他们犯的错误越多，黑色的脑袋就越能占据主导地位。

在BOSS战的时候，黑色的脑袋会在最后一刻吞噬掉白色的脑袋，然后瞬间恢复满血状态，并且攻击力翻倍，等于拥有了两个BOSS的实力，让简单模式的副本瞬间上升为困难模式。

但如果玩家们一路上都没有犯错，随着黑色的幽灵小怪不断被击杀，黑色脑袋就会变得虚弱，BOSS战的时候，白色脑袋会帮助玩家们，反过来吞噬掉黑色脑袋，令他们轻松通关。

所以只要清楚副本的机制，其实这个副本是很容易通关的。

可问题就是……冉骐不能说……

只能和之前一样，进副本之后，再找机会提醒大家了。

几人来到副本门口，照例由夜枭去开启副本。

传送进副本之后，他们就看到了满眼的黑白格子，不管是地面还是墙壁，全都被分割成了一个个正方形的格子，黑白交错，看久了容易眼晕。

"我的天，这个副本怎么是这种鬼样子？真是太难受了！"追魂捂着眼睛哀号。

夜枭说道："看地面，不要看墙壁，就会好很多。"

"但是只看地面，怎么走路啊？而且也看不到怪了……"

"没事，跟着我走就行了。"夜枭率先踏出第一步，正踩在了黑色的格子上，代表着他们现在被分到了黑色阵营。

立刻就有幽灵小怪出来，黑色白色一边五个，分布相当均匀。

夜枭看到小怪的颜色也是黑白两色之后，眉头就微微皱了起来，直觉告诉他似乎有哪里不太对。只是没等他想清楚，顾乐就已经习惯性地挥舞着长刀和盾牌冲了上去。

等顾乐拉稳了仇恨，追魂他们也立即出手，很快就把这一批小怪都给杀死了。

"怎么回事？这群小怪好像很弱的样子。"剑指流年也露出了疑惑的神色。

"也许是福利副本？给我们加经验的？"翎墨十分乐观地说道。

"不太可能吧？游戏官方会这么好心吗？"

"管他呢，继续继续！"追魂说着快速向前，一脚踩在了白色的格子上。

冉骐眼睁睁地看着他们几个连续踩错了好几次格子，表面上不动声色，其实心里都快着急死了。

很快，第二批小怪出现，可以看到白色幽灵的身体变得清晰了许多，而黑色幽灵的身体则变得越发透明。

然而不等冉骐开口提醒，夜枭就十分警觉地注意到了问题所在："等一下！小怪的血条有问题！白色小怪的血变多了，黑色小怪的血变少了。"

几人闻言，赶紧停手，仔细观察小怪的血条，果然发现白色小怪的血量至少上涨了20%，攻击伤害也变高了，而黑色小怪被削弱了。

"这是怎么回事？"几个人都有些摸不着头脑。

夜枭想了想之后说道："你们先不要用群攻技能，先杀白色小怪，不要碰黑色小怪。"

"好的。"

将白色小怪逐一杀死之后，他们发现黑色小怪并没有对他们发起攻击，反而钻入墙壁中消失不见了。

"黑色小怪好像不会攻击我们，看来我们打怪的时候应当尽量只攻击白色小怪，避开黑色小怪。"虽然还没有完全了解副本机制，但夜枭已经做出了初步的判断。

"明白！"

虽然他们看出了怪物的问题，却没有注意脚下，看着他们继续踩错了几次，冉骐还是忍着没有开口。

等到第三批小怪出现的时候，白色小怪又变强了一些。不过由于这只是经验副本，小怪就算变强了他们也还是能够轻松解决的，只是这个趋势有些不容乐观。

夜枭皱眉思索的时候，冉骐赶紧开口提醒道："会不会和我们脚下的格子有关？我们可以试试只走黑色的格子。"

"有道理，我们可以试试。"

按照冉骐说的方法，他们接下来只走黑色的格子，看到白色的格子都想办法跨过去或者跳过去。之后出现的白色小怪就没有再变强了，反而因为被他们不断击杀变得越来越弱。

掌握了规律之后，他们便一路通畅，顺顺利利地来到了最终 BOSS 的面前。

第五十章

大号幽灵的身体上顶着两颗硕大的脑袋，一黑一白，形成了鲜明的对比。如果仔细看的话，会发现白色脑袋比黑色脑袋要稍微大一些，说明他们一开始的失误，还是给白色脑袋的 BOSS 增加了一点实力，不过问题不大，现在的白色脑袋还没强大到能够直接吞噬黑色脑袋的程度。

无须冉骐提醒，夜枭就已经率先开口叮嘱众人道："一会儿打 BOSS 的时候都注意一点，不要打黑色的脑袋！"

"明白！"

幽灵 BOSS 的移动速度很快，忽左忽右，让人很难抓住它。两个脑袋的口中会分别喷出黑色和白色的泡泡，黑色的泡泡碰到了没事，但如果碰到了白色的泡泡，白泡泡就会直接炸开，在造成伤害的同时，还会变成像强力胶水一样的白色黏液，覆盖在玩家的身上，将玩家牢牢地粘在地上。

他们一群人就跟玩躲避球一样，疯狂地躲避着白色的泡泡，还要注意着脚下，不能踩到白色的格子，都少见地有些狼狈。

但是白色泡泡的数量实在太多了，BOSS 又喜欢到处窜，远程职业还好，近战职业难免会中招。

"啊，我被粘住了！救命！"顾乐高声喊道，他刚才不小心碰到了一个白色的泡泡，被炸掉了 10% 的血不说，浑身还被强力黏液覆盖，动弹不得。

眼看着又有几个白色泡泡朝他飘来，而他连躲都不能躲，只能干着急。

"等一下，还有 3 秒！"冉骐也很着急，他的净化术虽然也能净化这种黏液，但是技能 CD 有点长，无法连续使用。他刚刚才对剑指流年使用过一次，想要再次使用的话，必须等上 5 秒钟。

"啊，又炸了一个！"在这 3 秒钟的时间里，又有一个白色泡泡撞到了顾乐的身上，直接爆炸，又炸掉了他 20% 的血——这种泡泡造成的伤害是递增的，一旦引起连环爆炸，造成的伤害值是相当可怕的。

"好了！"冉骐的技能 CD 结束，他立刻对着顾乐使用了净化术，总算是把顾乐从动弹不得的状态里解救了出来。

还好他队伍大部分都是远程职业，不管 BOSS 怎么逃，夜枭他们几人的攻击总是连续不断，很快就把 BOSS 的血量打到了 20% 以下。

到了这时候，白色脑袋显然急躁了起来，双眼变得通红，张开长满利齿的大嘴，扭头狠狠地咬向了黑色脑袋。

黑色脑袋也不甘示弱，同样咬了回去，双方互相攻击并吞噬着对方的力量，画面看起来极为恐怖怪异。

"别停下！继续攻击白色的脑袋！"夜枭高声道。

火球和箭矢不断砸向白色的脑袋，就连剑指流年也投掷出了匕首进行攻击，很快白色脑袋就在他们的攻击之下变得越来越虚弱，终于被黑色的脑袋所吞噬。

双头幽灵 BOSS 终于变成了完整的黑色幽灵，它飘浮在空中，朝众人微微点了点头，然后钻进了黑色的墙壁，消失不见了。

【系统】恭喜您帮助黑色幽灵击败了白色幽灵，您得到了黑色幽灵的谢礼，获得经验值 30 万。

不愧是 35 级的 BOSS，给的经验奖励非常丰厚，在场众人几乎都当场升了1 级。

追魂说道："走吧，再来一次，这次我们一定要拿到极限速度成就！"

第一遍因为对副本不熟悉，影响了通关效率，没能达成极限速度成就，但第二次他们肯定能行！

这一次他们有了上次的经验，进门就直接找黑色的格子踩，稳稳地站在了黑色阵营里，一路上只杀白色小幽灵，来到双头 BOSS 面前的时候，就能感觉到白色脑袋明显比上一次的时候变弱了许多。不仅喷出来的白色泡泡的数量变少，身体偶尔还会出现僵直状态——那是黑色脑袋在和白色脑袋争夺身体控制权。

众人抓住机会，对着那颗白色的脑袋发起了猛烈的攻击。

【系统公告】恭喜玩家 [夜枭] [追魂] [翎墨] [剑指流年] [可乐] [白染] 在20 分钟内通关黑白世界经验副本，达成极限速度成就，获得称号 [幽灵杀手]。

连续打了 5 次，他们每一次都是直接进入黑色阵营，结果最后一次黑色幽灵变成完全体之后，没有直接转身离开，而是向他们每个人赠送了一个小小的宝箱。

【系统】由于您始终坚定不移地选择帮助黑色幽灵击败白色幽灵，您得到了黑色幽灵的谢礼，获得 [神秘宝箱]。

"嗯？看系统提示的意思，我们还可以选白色阵营？"剑指流年反应过来。

"哈哈，有什么关系？反正我们达成了激活隐藏福利的条件啊！"追魂看到宝箱就双眼发亮。夜枭和他相反，看到宝箱就脸色发黑。

冉骐也是第一次知道这个副本居然还有这样的隐藏福利，倒还真是一场意外之喜。

"来来来！我先来开！"顾乐迫不及待地打开了自己的宝箱。

【系统】恭喜您获得特殊道具 [幽灵面罩]。

幽灵面罩

等级：A 级

说明：特殊装备，黑色幽灵的宝物，佩戴后可隐藏个人信息，并降低使用者的存在感。

这是一个和隐匿斗篷功能差不多的特殊装备，虽然没有属性加成，但是外观还是很好看的。

顾乐立刻戴上了面罩。面罩是纯黑色的，也不知道融入了什么金属，闪烁着星星点点的微光，遮掩住他的上半张脸后，为他增添了几分神秘感。本来大大咧咧的吃货居然摇身一变，成了神秘优雅的暗夜骑士。

"居然还挺帅……"冉骐的语气里有些羡慕，这玩意儿可比他的隐匿斗篷要轻便多了。

"哈哈哈，我才不跟你换！"顾乐得意扬扬地说道，显然满意得很。

"到我了！到我了！"追魂也迫不及待地将自己的宝箱打开了。

【系统】恭喜您获得时装 [幽灵礼服（7 天）]。

幽灵礼服没有任何属性，只是一件有时间限制的时装而已，可以把装备的外观变成燕尾服，非常好看。

"行吧，礼服也不错。"追魂二话没说就给换上了，一下子从一个高大强壮的弓箭手变为一个翩翩公子。

换上礼服之后，他还特别臭美地开启了全景截图功能，给自己 360 度地截了好几张图，准备一会儿发到论坛上去。

这说不定是游戏里的第一套时装呢！

接下来轮到了翎墨，他得到了一件特殊道具"幽灵附身"。

幽灵附身

等级：A 级

说明：特殊道具，使用后可切换为幽灵状态，无法被攻击锁定，持续 10 分钟。

这是一件很实用的一次性变身道具，不管是在野外战斗的时候，还是在副本打怪的时候，都可以使用，能切换为没有实体的幽灵状态，等于多了 10 分钟的无敌状态，算是目前开出来的最好的东西了。

再接下来轮到了剑指流年，他开到的也是一次性道具——"幽灵泡泡"，就和他们在打 BOSS 时候遇到的那些泡泡一样，一旦碰触到了就会爆炸，并且会变成黏液减弱敌人的行动能力。

"看来这次大家得到的东西都差不多，应该再差也差不到哪里去！老大你就放心地开吧！"追魂笑着对夜枭说道，觉得这次应该很有把握。

夜枭淡淡地看了追魂一眼，然后面无表情地开启了自己的宝箱。

【系统】恭喜您获得特殊道具 [神奇烟花]。

神奇烟花

等级：C 级

说明：特殊道具，使用后可放出漂亮的烟花。

众人："……"

就这？

真是好神奇的烟花呀……

翎墨干笑两声，看向了冉骐："染哥，到你了！"

冉骐叹了口气，同样打开了自己的宝箱，但是令人吃惊的是，箱子里居然什么都没有。

"嗯？这不符合科学！"众人顿时瞪大了眼睛。

欧皇难道也有不走运的时候吗？

【系统公告】玩家 [白染] 获得黑白世界幽灵的馈赠，全属性上升 2 点。

众人："……"

这都行？

不愧是欧皇……是我们输了……

【公会】不夜天：哇，副会长的运气好好啊！

【公会】无欢：我们也通关了黑白世界，怎么不给我们馈赠？我不服！

【公会】追魂：哟？你们动作还挺快啊？通关几次了？

【公会】拉斐尔：三次，有点不好打。

【公会】剑指流年：要连续选择同一个阵营才行，BOSS 给了我们每人一个神秘宝箱。

【公会】该隐：这是全队都有的隐藏福利吗？好奇其他人拿到了什么好东西！

【公会】翎墨：嘻，还行，就是一次性道具什么的……毕竟不是系统宝箱嘛……

【公会】山河不破：大佬们加油！拿下黑白世界的首杀！

******

与此同时，首都星第一军校训练馆内。

张烁阴沉着脸从虚拟战斗室里走了出来，明明战胜了对手，他却丝毫没有喜悦之情。

"烁哥，恭喜你晋级了！"张烁的小弟们一脸欢喜地迎了上来。

"嗯。"张烁冷冷地应了一声。

几个小弟一看就知道不妙，张烁肯定还在为之前在外面向冉骐低头道歉的事情而生气。

"烁哥，不需要把那种小人物放在心上，只要咱们顺利出线，就能狠狠打他的脸！"小弟一号说道。

"怎么打？赢了又怎么样？他又不参赛！"张烁咬牙切齿地道。

"这……"小弟一号顿时哑口无言。

冉骐这个双E废物肯定是没有办法参赛的，张烁就算得了冠军，也教训不了冉骐，这口恶气根本就没地方可以出。

"没事，老大，还有游戏啊！"小弟二号一拍脑袋，兴奋地说道，"你不是和他约好在游戏里一决高下吗？到时候把他来来回回杀个几次，杀到他没法上线，好好教他怎么做人！"

"你说得对！"张烁微微眯起眼睛，眼里闪过一抹凶狠，"你打听到他的游戏ID了吗？"

他们说好了是一对一对战，冉骐就算有帮手也没有用。

游戏里虽然能把痛觉下调，但最多也只能下调50%，到时候他一定要用控制技能控制住冉骐，狠狠地折磨冉骐，逼得冉骐跪地求饶，等自己玩够了，才会给冉骐一个痛快！

"没……他们班级的人好像和他关系都不咋样，那个顾乐应该知道，不过他应该不会愿意告诉我们的……"小弟二号支支吾吾地说道。

"哼，没关系，他一个废物，基础属性一定超级差，说不定现在还在20多级挣扎呢！"张烁满是鄙夷地说道。

"哈哈哈，烁哥说得对！咱们烁哥可是已经28级了！"小弟二号用力点头，一脸骄傲地说道。

张烁得意扬扬地点了点头。虽然28级上不了等级排行榜，但也算是第二梯队前列的水平了。越到后期，升级速度就越慢，他根本就不着急——他迟早能追上第一梯队的那些人！

第五十一章

一大早，冉骐和顾乐就带着行李箱来到了星港，他们将在这里乘坐星际飞船，前往位于另一半球的中心城。

首都星是一颗完整的星球，体积比起蓝星都毫不逊色，从他们的学校去中心城，就跟蓝星上从亚洲飞往欧洲差不多。只是星际飞船比飞机要快很多宽敞很多，全程只需要3小时，乘客还能躺着玩光脑，十分方便和舒适。

冉骐一开始甚至还嫌弃过这速度，比起蓝星的飞机也没有快得太多，没有他想象里虫洞穿梭、转瞬即至的那样厉害，后来他才发现，星际不是没有这些速度极快的交通工具，而是以他的身体素质，就只能坐这个慢但平稳的星际飞船……

其实区域赛后天下午2点才开始，他们就算是后天早上出发也是来得及的，还能省下一天的酒店住宿费，但这样就很容易遇到同校的师生。

他们完全不想见到张烁，也不想找借口向老师解释为什么他们不跟学校的队伍一起走。因此他们特意提前了一天出发，反正冉骐和顾乐都不是差钱的人，不在乎多出一晚上的酒店住宿费。

他们订的酒店距离区域赛的举办场地很近，而且附近还有一家大型的游戏网吧，不用担心没法玩游戏。

星际世界也是有游戏网吧存在的，还有个很好听的名字，叫星游吧。毕竟游戏舱价格昂贵，并不是所有人都买得起，因此很多人都很愿意花点小钱，去星游吧过把瘾。而且遇上出差或者旅行之类的，星游吧也是他们最好的选择，总不能让他们带着游戏舱一起出门吧？

自从《魔域》正式发行后，星游吧的生意更是蒸蒸日上，几乎是遍地开花。

反正他们的游戏账号是与他们的个人生物信息绑定的，到时候可以直接登录他们自己的账号，下线的时候也会自动清除信息，还是非常方便的，不用像蓝星网吧那样，还要担心个人隐私泄露的问题。

冉骐和顾乐轻装出行，就只带了一个小行李箱，里面装了几件换洗衣物，其他的东西，酒店都会提供的，实在有缺的，到时候再买就行了。

星港就和机场差不多，前来乘坐星际飞船的乘客众多，人头攒动，不过前进的速度也很快，在入口处只要刷光脑并且同步进行安全扫描，就可以直接进入，非常节省时间，不至于大排长龙。

两人来到飞船等候大厅里的时候，出众的长相就引起了不少人的关注，尤其是女孩子，几乎每个人路过都要看他们两眼。

别看顾乐是个吃货，但身材比例很不错，加上性格开朗，一看就是个非常阳光的大男孩，很容易让人产生好感。

而冉骐年纪不大，五官精致漂亮，今天虽然没有穿学校制服，身上还是带着点学生气，头发也因为刚洗过，看起来蓬松柔软，显得整个人格外乖巧。

依稀能听到周围有人时不时发出"好可爱""好乖"之类的感叹，甚至还有一些胆子大的人，会过来搭讪，想要和他们交换联系方式。

只不过找冉骐搭讪的都是男生，找顾乐的倒是有几个漂亮女生，这种差别待遇让冉骐有些不爽。

难道是他看起来不够 MAN 吗？

这就过分了。

好不容易到了登船的时间，两人提着行李上了飞船，才算是摆脱了那些视线。他们订的是豪华舱，位置在飞船的顶层，有独立的包厢，里面是两张可以放下来当床的沙发椅，跟以前飞机的头等舱差不多。

只不过吃的喝的就不要想了，飞船上除了营养液和纯净水，啥也没有。

飞船的反重力系统做得非常好，驾驶平稳，如履平地，乘客根本就感觉不到任何震动，甚至连安全带都不需要绑。

冉骐本打算上飞船就睡觉，不过可能是在游戏舱里躺多了，他根本就睡不着，干脆打开光脑，调出一部电影看看。

冉骐选了一部恐怖片，津津有味地看了起来。

另一边的顾乐也睡不着，想要和冉骐说说话，结果一凑过来就正对上一张狰狞恐怖的鬼脸，吓得差点一屁股坐在地上。

冉骐听到动静，扭头一看，不由得轻笑出声，最后在顾乐带着谴责的目光下，赶紧把电影给关上了。

"这可不能怪我，是你自己凑过来的。"冉骐耸肩。

"行吧。"顾乐撇了撇嘴，也只得自认倒霉，又说起本来想问的事情，"你说夜枭他们到了没有啊？"

"不知道啊……他们是代表学校出战的，肯定是跟学校的队伍一起走，说不定明天早上才出发呢。"冉骐摇了摇头。

"嗯？我们好像忘了问他们是哪个学校的！明天去了赛场都不知道要怎么找他们啊！"顾乐顿时大惊失色。

冉骐看着顾乐这个样子，不由得好笑道："没事……等到了酒店，把东西放好，我们就去星游吧，他们如果上线游戏，我们就可以问问他们。"

"不过明天就要比赛了，他们还会玩游戏吗？"顾乐有些迟疑地问道。

答案是——会。

对普通人来说，明天就要参加全国性质的大型比赛，肯定会抓紧时间好好训练，争取在比赛时获得好成绩。但是对夜枭他们似乎并不能用常理来揣度，作为练级狂人，他们只会利用一切可利用的时间来练级。

至于全国赛……拿第一难道还需要特别训练？

冉骐和顾乐到酒店办理好入住手续，然后就去附近的星游吧登录了游戏，一上线，就看到好友列表里的几人全都在线。

夜枭显然也注意到他们上线了，很快发来了组队邀请。

"哈哈哈，猜猜我们在哪里？"顾乐卖关子一般地在队伍频道问。

"你们已经到中心城了吧？我记得你们昨天说买的是今天的票。"剑指流年记性非常好，一下子就猜了出来。

"啧，被你发现了……"顾乐稍微有些挫败，"你们在哪儿呢？什么时候过来啊？"

翎墨说道："我们离中心城很近，两小时就能到，明天早上出发。"

果然就像冉骐猜测的那样，他们还在学校里，没有动身。

"那行吧，对了，你们是哪个学校的？明天我们算好时间过去。"区域赛会有几十所学校参加，几百名参赛选手分组进行比拼，哪怕可以多组同时进行，也需要整整一天时间才能结束第一轮比赛。

并不是所有人都有时间可以一直看一整天，他们可以在星网上查到对战时间表，反正他们离赛场很近，等到时候看快要轮到夜枭等人的时候，就可以直接过去，给他们加油助威，不用一直守在赛场。

夜枭："帝星。"

"什么？帝星！"顾乐差点跳起来，"你们居然是帝星的学生啊？还能代表学校参赛，不愧是大佬！"

"哪里哪里，过奖了！"追魂看似谦虚，实则嘚瑟地说道。

"太厉害了！冉冉的偶像也在帝星！"顾乐一激动，就给秃噜出去了。

"嗯？染哥还有偶像？是谁啊？"追魂几人顿时都来了兴趣，急忙追问。

"别听他瞎说！没有的事！"冉骐反应极快，一把捂住了顾乐的嘴巴。

为了偶像不顾生死挑战战甲，结果差点死掉的"黑历史"他是再也不想提起了！他才不追星！这个锅他可不背！

"行吧行吧……你说没有就没有吧……"几人嘴上虽然这么说着，心里却想着，等见面之后，一定要找机会好好问问顾乐。

虽然他们是很高冷没错，但是谁能抵抗八卦新闻的魅力呢！

"好了好了，是我乱说，我们冉冉没有偶像！"顾乐好不容易从冉骐的魔爪中挣脱，赶紧转移话题，"要不然交换一下联系方式吧？明天会场人太多了，估计不好找。"

"行。"

几人交换了联系方式，互相加了好友。

"祝你们旗开得胜！拿到最终的胜利！"顾乐说道，"明天你们快上场的时候告诉我们一声，我们去赛场给你们加油！"

"哈哈哈，你们不去为自己的学校加油吗？"追魂诧异道。

"嗐，我们学校这次高年级生都进军队实习去了，参赛的都是低年级的学生，优胜就不用想了……能进八强都是老天保佑！"顾乐还真不是长他人志气灭自己威风，他只是实事求是罢了。毕竟他们学校的水平就是那样，历年最优成绩也不过是区域赛四强而已。

而且这一次代表学校出战的十个学生里，有张烁那个混蛋，以及他的两个小弟，他们实在是不想给这种人加油助威。

有这工夫，还不如在游戏里多打两个怪呢！

第五十二章

六人又一起去打了五次黑白世界的副本，把今天能打的副本给打完了，夜枭他们才下了线，那个时候距离他们集合出发只剩不到两小时的时间了。

惦记着即将见面的事情，冉骐和顾乐也没心情继续玩游戏了，直接下线准备回酒店了。

星游吧的游戏舱里是没有营养液的，所以这会儿他们从游戏舱里爬出来，通过光脑结账之后，就可以直接走了。

他们是下午进的星游吧，离开的时候已经是第二天早上了，两个人都饿得前胸贴后背，只得找了台自动贩卖机，买了两支营养液。

从自动贩卖机里掉出来两支浅粉色的营养液，顾乐拿出来仔细看了看，发现是冉骐家生产的，而且营养液的外壳上还用红色的大字标着"新口味"。

"嘿，运气这么好，居然买到了你家公司刚上市的新口味营养液？这颜色看着还怪好看的！"顾乐看了一眼就笑着说道。

"是吗？"冉骐也是一愣，从顾乐手里把营养液拿过来喝了一口。虽然上面没有具体写是什么口味，但一喝就能尝到番茄酸甜的味道，有点像是比较浓稠的番茄奶昔，虽然口味还是有点单调，但比起没滋没味的混合营养液已经要好喝太多了。

之前冉绍钧拿走番茄鸡蛋汤的时候，虽然提过是想要开发新品种，但是后来研发部门发现了食材中隐藏的神秘微量元素，他还以为他爸的公司会把精力放在微量元素的研究上，没有时间去开发新品种了。

没有想到他们不仅把新口味的品种研发出来了，并且还那么快就将新产品上市了。

"这味道可真不错，我都想再买一支了！"顾乐一口气把营养液给喝了个干干净净，还有点意犹未尽的感觉。

冉骐忍不住笑着瞪了他一眼："你还是留点肚子，晚上吃好吃的吧。"

"哈哈，你说得对！"

两人说说笑笑地往酒店走去，路上明显能够感觉到人流量增加了，许多人都在朝场馆的方向走去，悬浮飞车的数量也开始变多了。虽然参与这次比赛的都是在校学生，但他们未来都会加入军队，成为国之栋梁，因此就算是普通民众，对这次比赛也是相当感兴趣的——谁知道他们会不会见证下一个战神的诞生呢！

顾乐道："我们要不要早点去赛场？我怕去晚了，前排没位置了……"

"也行。"冉骐同意了，反正参赛者入场的通道和他们观众入场的通道肯定不是在一起的，而且现场人肯定超多，也不用担心会被老师和同学们看到。

两人回去酒店洗了个澡，换了一套干净的衣服，就去了赛场。因为酒店离得比较近，他们干脆就走过去了。

会场里的人果然超级多，检查也要更加严格一些。他们在门口通过光脑录入了个人信息并做了全身安全扫描后才得以入场。

他们来得还算是早的，成功选到了看台前排靠近左侧通道的位置。他们是从右侧通道入场的，那么左侧通道应该就是选手入场的位置了，坐在这里，应该能够在夜枭他们入场的时候第一时间看到他们。

随着时间的推移，场馆内的人越来越多，还没到预定的开场时间，足可容纳百万人的场馆内已经差不多坐了一半了。

"哇，今天来看比赛的人可真不少啊！我还以为要等决赛人才会多起来呢……"顾乐环视一圈，忍不住感叹道。

"今天开场嘛，应该有很多都是其他学校组织来帮忙加油助威的，等淘汰得多了，观众就少了。"冉骐倒是不觉得奇怪。

这一次的区域赛，有 70 多所学校，700 多名选手参加，每个学校组织来现场鼓舞士气的队伍，应该也不会少于 100 人，再加上选手的家人朋友，还有帝国对抗赛的忠实观众，人数自然不会少。

"哈哈，你说得有道理，我给追魂发消息，问问他们到哪里了！"顾乐和追魂性格差不多，都是"单细胞生物"，因此他们的关系非常不错。

【可乐：你们到哪里了？】

【追魂：我们已经到了，正在换制服，准备入场。】

【可乐：太好了！我们已经在比赛的场馆里了，一会儿见！】

【追魂：一会儿见！】

没多久，会场中就响起了激昂的音乐，主持人做了一个简单的开场白之后，就邀请来自首都星各个军校的精英们入场了。

帝星军校作为首都星军校中综合实力排行第一的学校，自然是走在最前面的。十名来自帝星军校的参赛选手，全都穿着学校的制服，黑色与金色的组合显得大气又优雅，他们从看台的左侧通道进入了场馆，距离冉骐和顾乐的位置并不远。

冉骐一眼就注意到了那个举着帝星军校校旗的人，他长得实在是太好看了，合体的黑金制服衬得他身高腿长，他举手投足都带着一股说不出来的高贵气质，像是一个倜傥非凡的贵公子，简直让人根本就移不开眼。

"我的天，那个打头的大帅哥就是夜枭老大吧！"顾乐认出了夜枭，顿时激动地抓住了冉骐的手臂，"真人比游戏里还要帅啊！"

"嗯……"冉骐含糊地应了一声，他目不转睛地盯着赛场内的那个人。

"帝星！帝星！勇夺第一！"就在他们不远处的观众席上，同样穿着黑金制服的学生们一下子站了起来，扯着嗓子大声给自己的学校加油鼓劲。

听到声音，帝星的选手们都转过了头，对着自己的校友们招了招手。

夜枭的视线在扫过左边看台的时候，与冉骐的视线对上了。

然后，夜枭的嘴角缓缓上扬，似乎是笑了一下。

周围顿时响起了刺耳的尖叫声，有不少观众都看到了那个微笑。

"哇，夜枭老大是不是看到我们了？他刚才好像是朝我们的方向笑了一下？"

"可能是……"冉骐看似镇定，实际上耳尖已经悄悄地红了。

在茫茫人海之中，被从未真正见过的人一眼认出……怎么想都叫人觉得，似乎心跳声大一点，也是理所当然的。

一支队伍接一支队伍地入场，冉骐他们的学校排在第42位，也不知道这个入场顺序是随机的还是按实力排的……

毕竟是自己的学校，登场的时候，冉骐和顾乐也难得很给面子地一起喊了几声"加油"。

入场仪式结束之后，稍微休息一下，就要开始比赛了。

规则依然和以前一样，选手们将被智脑随机配对，进行一对一的对战，胜利者能够直接晋级下一轮。不过由于参赛选手众多，为了节约大家的时间，每一场将同时有20组进行对战。

从场地的中心区域，缓缓升起了20个模拟对战台，场面相当壮观。

每一个对战台上，都有两个虚拟对战舱，现场的光屏上跳出了选手们的对战场次和对战台的序号，选手们只要按时去自己的对战台就可以了。

"嘻，忘了问他们的名字，光看对战时间表都不知道谁是谁……"顾乐有些苦恼地挠了挠后脑勺。

"没事，反正只要是帝星的我们都帮忙加油就行了。"

"有道理，他们几个可都是全部入选了的！"

每一场都有20组选手同时进行比赛，所以光屏的播放也是分区域的，观众们可以移动到自己喜欢的选手附近的看台进行观看，没轮到的选手则直接下去休息了。

第一场比赛里就有一个帝星的选手，名字叫林瀚，分在了12号对战台，所以冉骐和顾乐就起身移动到了正对着12号对战台的看台区域。

看到登台的人时，两人立刻就认了出来，这人不就是追魂吗？他的样子和游戏里差不多，高大俊朗，只是眉眼间多了几分桀骜不驯的感觉。

原来他现实里的名字叫林瀚！

等到所有选手都到位后，裁判便让他们一起进入模拟对战舱。

第五十三章

追魂和他的对手进入对战舱后，光屏就自动开启了，观众们可以通过光屏实时观看模拟对战台上的战斗场面。

他们这一场是机甲对战，追魂选择了一台近战型的高攻击力机甲，而他的对手则选择了一台远程速度型的机甲。从机甲的选择上来看，追魂似乎是比较吃亏的。

任何事物都讲究一个平衡，机甲的攻击力、防御力和行动力是一个三角形，如果想要提高其中任何一项或者两项的数值，那么就必然会大幅降低其他项的数值。

追魂的机甲提高了攻击力，那么行动力和防御力必然下降。追魂对手的机甲提升了行动力，保留了一部分攻击力，牺牲了大部分的防御力，但是由于那人配备了远程攻击型武器，所以那人会比追魂更具有优势。

虚拟战场的地图是随机的，他们这一次分到的地图是一张废墟地图。

一般近战对远程，最好的办法就是在进入地图之初，趁着双方的距离还没有拉开的时候，就发起攻击。

冉骐和顾乐还以为追魂也会这样做，却没想到他反而是一上场就借助虚拟战场的环境，将自己给隐藏了起来。他就像一头隐藏在暗处守株待兔的猛兽，等待着给予猎物致命一击。

由于是双人对战，因此虚拟战场的地图并不大，仔细搜索的话，其实很快就能发现追魂的藏身之处。

他的对手非常谨慎，没有靠近废墟，而是切换能量炮，对准了追魂的方向。

随着一声"轰隆"的巨响，追魂藏身的废墟被轰了个粉碎，扬起了巨大的烟尘。

就在冉骐和顾乐为他捏一把汗的时候，黑色的机甲冲破烟尘，如同鬼魅一般突然出现在对手的身前，将手中的激光剑对准对手机甲的能源舱刺了下去。

但追魂的对手也不弱，速度非常快，不仅灵活地躲开了追魂的攻击，还同时调整空气炮的炮口，对准追魂的机甲毫不犹豫地发动了攻击。

空气炮之所以是强力武器，就是因为它的炮弹爆炸时的威力非常大，两人隔着如此近的距离，同时承受了空气炮炮弹爆炸的冲击，双方的机甲必然都会有不同程度的损伤，很有可能同归于尽。

然而就在爆炸的光芒散去时，光屏中突然出现了"林瀚 WIN"的字样。

观战的众人都是一头雾水——空气炮的炮弹近距离爆炸，就算双方同时受到冲击，那也应该是作为攻击目标的林瀚承受的伤害更大才对，怎么反倒是他赢了呢？

还好比赛结束后会进行战斗回放，在慢动作回放中，众人才发现，林瀚趁着烟雾弥漫的时候，将一枚微型炸弹贴到了对手空气炮的炮管上，他刺激光剑的动作根本只是一个假动作罢了。

在对手发射空气炮炮弹的同时，林瀚也启动了微型炸弹，双重爆炸让对手的机甲遭受了严重的损伤，完全失去了战斗能力。而林瀚的机甲虽然也被爆炸波及了，但只是轻度受损罢了。

众人回过神来，都同时为林瀚鼓起了掌。看他的样子，还以为他会是和对手直接正面对抗的类型，没想到他居然还会使用战术，更有如此精准的预判能力，真不愧是帝星的十强选手！

"帝星！帝星！"

"林瀚！林瀚！"

叫好声此起彼伏，冉骐和顾乐也被这种气氛所感染，站起身用力鼓掌。

刚才的对战，真的是太精彩了！

追魂和他的对手都退出了对战舱，两人握了握手。败者低垂着脑袋离开了对战台，追魂则站在台上，享受着观众们的欢呼声和掌声。

追魂朝看台的方向看了过去，下一刻，所有人就看见这个像狼一样桀骜的男生突然露出了一个堪称傻气的笑容。

他一下子就从两米高的对战台上跳了下来，大步流星地朝着看台的方向走了过去。

"染哥？乐乐？"追魂一眼就认出了他们，笑着与他们打招呼，"我是追魂，真名叫林瀚。"

"对对对，就是我们！我的真名叫顾乐！林瀚，你刚才真是太帅了！"顾乐已经化身追魂的粉丝，激动地不停蹦跶。

"真的吗？"追魂脸上的笑容又扩大了几分。

追魂参赛经验丰富，其实早就习惯了掌声和夸奖，但是被顾乐和冉骐夸奖的感觉还是有点不一样的。

"是啊，你刚才真的很厉害！"冉骐笑着向他伸出了手，"追……哦不，林瀚，我是冉骐。"

"哈哈，追魂和林瀚都是我，你们觉得怎么顺口就怎么喊吧！"

"好的！"顾乐应道。

"对了，其他人呢？"冉骐问道。

"他们去后面的选手休息室休息了，下一场是战甲比赛，有翎墨和无欢，老大是第五场，估计要到后面才会出来了。"

"让我看看！"顾乐急忙打开光脑，查看对战时间表，很快找到了下一场里的两个帝星选手。翎墨在现实里的名字叫"林墨"，看来真的和追魂是兄弟。无欢的真名叫"乌桓"，他的游戏名字也是自己真名的谐声。

他们一个在 5 号台，另一个在 6 号台，虽然是同时进行，但是离得很近，刚好可以一起看。

距离下一场开始还有 15 分钟，他们三个人就一起移动到了 5 号看台和 6 号看台中间的位置，这样两边的画面都能够看到。

翎墨的长相和游戏里一样，是很有亲和力、让人非常容易产生好感的长相。无欢也是一样，一张娃娃脸，就是总像睡不醒似的，连制服的扣子都扣错了一颗。

两个人看起来都是温和的样子，但是一旦开始战斗，就好像变了个人一样。

翎墨非常擅长远攻，并且准头极佳，他的对手连他的人影都没有看到，就直接死了，这样的远攻能力，怪不得他会玩弓箭手这个职业了。

无欢则是速度快，他穿上战甲，就跟插上了翅膀一样，对手根本都没碰到他，就被他用光刃给结果了。也不知道是不是因为他在游戏里玩多了刺客，很多攻击方式都似乎带了点游戏里的影子，但这无疑让他变得更强了。

"林墨！乌桓！这里！"比赛一结束，追魂立刻站起身，用大嗓门对着对战台上喊了起来。

两人认出了追魂的声音，原本还有些不耐烦地想要看看他在搞什么幺蛾子，结果转头朝看台的方向一看，就注意到了冉骐和顾乐，脸上立刻带了笑，跳下对战台飞快地跑了过来。

"染哥！"翎墨给了冉骐一个大大的拥抱，"哈哈哈，你现实里看起来年纪好小啊，我感觉我亏了，应该你叫我哥才对！"

冉骐哭笑不得地摇了摇头，又不是他逼着他们喊哥的。

可能是游戏里天天在一起玩，几人并没有初次见面的那种陌生感，很快就变得热络起来。

一边看比赛，一边大声叫好，这种感觉和以前看世界杯的感觉差不多。可惜没有可乐和爆米花，要不然肯定会更爽。

"染哥今天晚上打算给我们做点什么好吃的？要不然我们现在就把东西买起来吧？"吃货们的关注点还是非常明确的。

"等比赛结束了再买也来得及。"冉骐笑着说道，"你们晚上住哪里？"

"选手这边是赛事主办方统一安排了住宿的，反正就在会场附近。"他们从星港出来，就直接来了会场，还没有去住宿的地方看过。

"那行，一会儿你们先回去放行李，我把我们酒店的地址发给你们，你们到时候直接过来就行了。"

"行李这种东西，让老师帮我们带回去就行了，我们跟你们一起走！"追魂不以为意地说道。

他才不想错过冉骐烹饪美食的过程呢！

"那行吧……"

冉骐一边和他们讨论着菜单，一边看光脑上的时间。

终于，到了第五场开始的时间，韩啸要上场了。

二号对战台前的位置满满当当，坐不下的人，都已经挤到了隔壁看台，还在扭着头朝他们这边的光屏张望。

韩啸登台的时候，周围充满了尖叫声，不知道的还以为是误闯了哪个明星的演唱会现场……

在裁判介绍双方的时候，韩啸的目光却在看台的人群中搜寻，很快他就看到了一群熟面孔——怪不得一个个从休息室出去后就不见人影了，原来都在这里。

当他看到被追魂等人围在中心的人时，他的嘴角就忍不住上扬了起来。现实中的白染和游戏里的样子有很大的不同，游戏里白发蓝眸的造型，漂亮是漂亮，但总有种不似真人的虚幻感，但换成了蓬松柔软的短发，配上一双乌溜溜的大眼睛，整个人就变得鲜活了许多，也更符合他想象中的样子。

冉骐看到韩啸嘴角噙着笑意看过来的样子，耳朵就莫名地开始发烫。

第五十四章

韩啸很快解决了战斗，过来和冉骐他们会合。

冉骐还是第一次看韩啸比赛，他知道韩啸很厉害，但没想到会那么厉害，韩啸的对手完全被压着打，甚至从头到尾连出手的机会都没有就结束了。

"老大，这边这边！"追魂再次使出大嗓门，用力朝着夜枭挥手。

韩啸迈着大长腿，缓步走到了他们所在的看台。

"白染。"韩啸微笑着看向冉骐，"我是韩啸，你也可以叫我夜枭。"

冉骐也笑了起来，眉眼弯弯地笑着说道："我是冉骐。"

接下来，冉骐又见到了风波江南、烟箸、拉斐尔和四时冷暖，他们团队中的主力几乎都来齐了，只差一个奉天。所有人里只有奉天不在首都星，所以他没有办法赶来，只能等全国联赛的时候再见面了。

帝星全员的比赛都结束了，夜枭他们把行李交给了老师和剩下的队友后，就和冉骐以及顾乐一起离开了会场。

"真是好饿啊，我现在特别需要吃点好吃的回回血！"追魂语气很是夸张地说道。

"行，想吃什么都可以，回去就给你们做！"冉骐被他们逗得失笑。

"需要什么食材，你直接告诉我。"夜枭打开光脑，直接进入了游戏官方网站的兑换商城。

"对对对！兑换券管够！"翎墨他们也非常豪放地说道。

"好。"既然是聚餐，当然要吃点好的，所以冉骐也不和他们客气，让他们每个人都兑换了一部分的食材，而冉骐自己则是去星网购物商城，又买了一个和宿舍里那个一样的多功能锅。

冉骐和顾乐这次订的酒店房间是双人高级套房，价格虽然高昂，但设施齐全，是难得有厨房的酒店房间。

只不过套房原本很大的空间，在多了好几个人的情况下，还是显得有点挤。

章鱼快递的速度那是一等一的快，他们前脚进门，后脚东西就全部送到了。

众人一一签收之后，冉骐就拿着东西进了厨房。

"我们来给你帮忙吧！"追魂他们自告奋勇道。

冉骐摇摇头，强烈怀疑他们不是想帮忙，而是想趁机偷吃，只摇头道："不用了，厨房地方小，挤不下那么多人，我自己来就行了。"

"那好吧！需要帮忙就喊一声啊！"追魂依依不舍地说。

"好。"

"烟烟，你一个女孩子，也不去帮忙吗？"翎墨跟着打趣烟箸，"跟着学点厨艺也好啊。"

烟箬冷笑："呵呵，你要是不怕我把厨房连着食材一起给炸了，那我就去。"

翎墨一噎，顿时讪讪道："那还是算了……"

厨房内，冉骐刚把多功能锅给拆出来，一转身就看到厨房里多了个人。

"你……你怎么进来了……我自己可以的……"冉骐也不知道自己到底在紧张什么，只连忙转回去摆弄食材，不敢看夜枭。

"放心，我不会帮倒忙的。"夜枭笑了笑，走上前帮着冉骐一起拆起了箱子，并且把食材都一一分类，摆在了料理台上。

"需要什么就和我说。"夜枭知道，在现实里做饭和在游戏里做食物是完全不一样的，工序要更加复杂，有个人帮忙多少能好些。他虽然不会做饭，但是洗菜递东西这类事情，还是完全没问题的。

夜枭的记忆力相当不错，有些食材和调料他根本不知道是什么，但只是看了一眼包装盒上面贴着的标签，就把名字记了下来，能在冉骐需要这些东西的时候，及时递给冉骐。

因为要做的东西比较多，所以冉骐就想着先做点小零食出来给大家垫垫肚子。于是他拿了几根玉米出来，准备把玉米脱粒，做个爆米花。

夜枭看他动作有点吃力，就从他的手里接过了玉米，抓住玉米用力一撸，就把上面的玉米粒全都给撸了下来。只能说，力气大，真的挺了不起。

利用多功能锅的空气油炸功能，可以轻松将玉米粒变成爆米花，做完之后，再用白糖和水煮出黏稠的焦糖，将爆米花倒入锅中，搅拌均匀，清香甘甜的爆米花就做好了。

除此之外，冉骐还把里脊肉切成小块，裹上面粉，做了一盘香酥可口的小酥肉，让夜枭把小酥肉和爆米花一起端了出去。

"啊，这太好吃了吧！"

"染哥牛啊！这绝对是星厨水平了吧！"

东西一端出去，外面的人立刻就咋咋呼呼起来，明明是一堆成年人，还跟小孩子一样抢了起来，大概就是抢着吃的东西更香吧。

得亏星际时代的隔音设施做得非常好，一点声音也传不出去，要是放在上辈子，这会儿肯定已经有人投诉了。

冉骐一边拿出西瓜来榨汁，一边忍不住唇角上扬。

突然，有什么东西贴到了他的唇边。

冉骐抬头一看，就看见夜枭的手里拿着一个小碗，里面装着小半碗的小酥肉，此时夜枭正一块小酥肉递到冉骐的嘴边。

"这群家伙都是属饿狼的，我只抢到了这么一点。"夜枭笑着说道，"总不能让做的人，一口也吃不到吧。"

"谢谢……"冉骐有些不好意思地张口，尝到了酥脆又香嫩的小酥肉。明明是放了胡椒粉和盐的咸鲜口味，他却不知道为什么硬是吃出了甜味来。

"好吃吗？"夜枭低声问道。

"好吃……"

"那我也尝尝。"夜枭说着，直接舀了一勺放进了自己的嘴里，"嗯，确实很好吃。"

夜枭的动作不快，慢条斯理地将勺子放进嘴里，冉骐的整张脸一下子就红了，再不敢看他，只埋头切起了菜。

难得的聚会，冉骐想要让大家吃点新鲜的，适合人多一起吃的，火锅当然是最合适的。

不过由于星际时代的调料种类比较少，更不用说香料了，所以想要吃到上辈子那样鲜香麻辣的火锅是不太可能了。冉骐只能退而求其次，做个骨头汤底的火锅了。

汤底是用猪大骨和猪蹄熬制出的鲜汤，多功能锅的炖煮功能非常强大，将猪大骨里的骨髓也全都煮了出来，为汤底增添了几分鲜香。奶白色的汤汁，满满都是胶原蛋白，将蔬菜、肉类全部切片，放进去涮着吃，味道一定非常好。

除了火锅，冉骐还做了几道硬菜——蜜汁肋排、蘑菇炖鸡和红烧肉。

最后，他还用几个又大又圆的西瓜，榨了两大壶西瓜汁，这下子吃的喝的全都齐了。

"过来帮忙端菜！"夜枭把外面聊得火热的众人给叫了进来，让他们帮忙一起端菜。

"天啊，太香了！"众人一进厨房，就被扑鼻的香味给吸引了，一边端菜，一边忍不住咽口水。

"这几盘生的肉和菜也要端出去啊？"追魂看到那几盘切了片的火锅食材，露出了疑惑的表情。

"是啊，生吃味道好。"冉骐故意逗他。

"不不不，我不要，生的不好吃。"追魂连连拒绝。

"那行，你可记住了，一会儿千万别吃！"顾乐立刻接了一句，他对自己好友的厨艺是无条件信任的，就算是生的，那也一定是最美味的！

几人说说笑笑间就把东西都给端了出去，将不大的餐桌摆了个满满当当。

双人套房没有那么多椅子，大家干脆都站着吃，反正他们的体质都很强，稍微站一会儿根本不会觉得累，而且站着抢菜更方便。只不过大部分的人都不太会用筷子，只能拿勺子和叉子吃。别的菜还好，但是用勺子和叉子吃火锅，那可就太难了。

冉骐用两根筷子，轻松地夹着肉片，在汤里涮熟了之后，就直接放入口中，完全不需要担心肉突然掉进锅里，或者勺子放在汤里被煮得太烫……

其他人里也就只有夜枭已经熟练地掌握使用筷子的技巧，一边涮一边吃，速度快得让人羡慕。

"冉冉，你也太厉害了吧？居然还能想出这种吃法！"翎墨朝着冉骐连连竖大拇指，已经完全被火锅的美味给征服了。

浓郁的汤底，喝上一口，就能尝到醇香的鲜味，胃里热腾腾的，整个人有种无法言说的舒适感。任何食材，往汤里一涮，就能立刻变得鲜美，带着汤汁一起吃，或者是蘸一些冉骐用酱油和蒜末调制出的蘸酱，那味道别提多香了。

肥瘦相间的五花肉片，入口细腻滑嫩，与鲜美的汤汁完美交融。带皮的脱骨鸡肉，皮滑肉嫩，涮着吃也别有一番滋味。黄瓜片、土豆片、青菜、蘑菇等，也颇受欢迎。

"追魂，你不是说不吃这些吗？结果就你吃得最多！"盘子里最后一片五花肉被追魂抢走，慢了一步的翎墨气愤地挤对起了兄弟。

"哼，我只是说我不吃生的，这些放锅里煮熟了当然就可以吃了！"追魂不甘示弱，又叉走了一片蘑菇，气得翎墨也加快了抢食的速度。

大家都忙着抢肉吃，倒是没有人注意到用来熬汤的大骨头，冉骐夹了一根，用力吸了一口，口腔顿时被醇香的肉味充满，真是幸福极了。再来一块猪蹄，炖到软烂的蹄筋，口感有弹性，实在是好吃。

一顿饭足足吃了三个多小时，十几个人敞开了肚子吃，硬生生把所有的菜都给吃完了，连火锅的汤底也没有剩下一滴。

"嗝，太好吃了……"众人"瘫"在了沙发上和床上，捧着肚子满脸餍足。游戏里吃东西和现实里吃东西的感觉，真的是很不一样。游戏里只能过过嘴瘾，现实里却是从头到脚的舒适。

"我以后一定要更加努力地打副本！多攒一点兑换券！"无欢握拳说道。

"对对对，流年你去和GM再谈谈，看能不能多弄到点兑换券！不管是直播还是写攻略，我们都可以啊！"拉斐尔也笑着说道。

只可惜券到用时方恨少，比赛还要持续好几天，他们真恨不得能够每天都吃到美味的食物，可是之前看着还挺多的券，这会儿也就只够用来打打牙祭了。

一时间，所有人心里竟然不约而同地生起勃勃的战意……

第五十五章

吃饱喝足的追魂等人也没有回宿舍的意思，反而拉着冉骐和顾乐，直奔星游吧去了，完全是一副网瘾少年的样子。用他们的话来说，反正回去也是睡觉，在游戏舱里也一样能休息。

冉骐他们刚登录游戏，就看到世界频道的消息刷新得飞快，不断有人在互相对骂，还有人在实时报点，颇有一种世界大战的架势。

公会里有不少人也在"吃瓜"[①]，顾乐忍不住好奇地在公会频道进行询问。

【公会】可乐：今天世界频道怎么这么热闹？有人知道发生什么事了吗？

【公会】爱丽丝：我知道！今天有人组队去打深渊副本，结果打到公会召集令了，那个队长居然直接黑了令牌跑路了，现在好多人都在满世界追杀他呢！

【公会】该隐：看这个帖子［挂月影公会！黑公会召集令的垃圾！］

该隐真不愧是永远都活跃在"吃瓜"第一线的人，立刻发了一个内容详细的帖子出来。

"怎么又是这个月影公会啊？"冉骐等人都是微微皱眉，然后点进了那个帖子。

要知道除了上次的儿童节活动，公会召集令只有打深渊副本才会掉落，而现在有实力通关深渊副本的公会只有战无不胜一家而已。通关深渊副本难度太大，普通玩家目前根本做不到，但是如果只是打一号和二号BOSS的话，还是可以挑战一下的。每个BOSS都是100%有物品掉落的，运气好的话，还有可能得到紫装或者一些珍贵道具。

这几天陆陆续续又有一些人达到了30级，为了不浪费本周的深渊副本CD，有不少人通过世界频道组了队，准备去深渊副本碰碰运气。

今天得到公会召集令的这支队伍，就是一支野队，除了队长是34级的战士，其他的队员全部都是刚满30级的号，打得真的挺辛苦的，中间还有好几个人都死了一次，才总算是打过了两个BOSS。

第一个BOSS出了一件紫色品质的防具，队伍里有需求的人出钱买，其他人拿点辛苦费，一般野队都是这样的，一切看起来也都还正常。

但是第二个BOSS掉了公会召集令，这就非常令人震惊了，现在不知道多少公会都眼巴巴地在等着这么一块令牌，价格自然极高。

当时系统公告一出，就立刻有人在世界频道报价，想要购买这块公会召集令。现在的玩家普遍没有太多钱，因此那些财大气粗的公会，都表示愿意直接出星

---

① 形容看热闹。

币购买，价格一度被炒到了 60000 星币！

那队伍里的人一开始还挺高兴的，都盘算着要把这块公会召集令卖出一个好价钱，60000 星币 15 个人分，每个人能有 4000 星币，也能够买不少好东西了。那个队长一开始没说话的时候，其他人还以为他是在和买家谈价钱，但是后来这个队长突然就退队下线了。

那支队伍里的人全都愣住了，现在这个时代，可不存在什么掉线断网的情况，所以这个队长突然下线，肯定是他自己主动自发的行为。

当时这些人就已经有了不好的预感了，但是又抱着一丝希望，想着也许他是现实里有事，才会突然下线的，但是后来论坛发布的一个匿名爆料帖，彻底打破了他们的幻想。

那个帖子的主人匿名发布了一个不到 15 秒的短视频，视频中有人正得意扬扬地拿着一块公会召集令，跟队伍里的人说等公会成立之后，公会会向成员们提供什么什么样的公会福利。

众所周知，公会召集令这种极其稀有的珍贵道具，不管是通过什么渠道获得，都是会上系统公告的。但是游戏开服到现在，系统公告的除了战无不胜的那块令牌，就只有这支野队刚刚得到的这一块，所以这个人手里拿的那块令牌，百分之百就是之前的那一块。

立刻有人扒出来这个拿着公会召集令滔滔不绝的人，就是月影公会的高层管理人员。辛辛苦苦打了副本结果却被坑了的玩家们顿时火冒三丈，在世界频道对月影公会的人喊话，让他们给一个解释。

虽然月影公会的人解释说，他们是花钱购买的，但是愿意出高价购买的公会比比皆是，没道理非要卖给月影公会。就比如琉璃月公会当时开价 60000 星币，还说了价格可以谈，说明还有提高价格的空间。琉璃月公会的会长特别有钱，连生活玩家都愿意花钱招揽，又哪里会舍不得钱买一块公会召集令呢？

而且那个黑了令牌的队长退队之后就火速下线了，连个交易的过程都没有，那个人肯定是通过邮件的方式，把令牌寄给月影公会的人，但星币并不能在游戏里交易，那么月影公会的人又是怎么把星币交易给那个人的呢？

所以这些玩家判断，那个黑了令牌的队长，很有可能就是月影公会的人，甚至应该是公会高层，要不然绝对不可能做这种吃力不讨好的事情。

还好现在混野队时，大家都有一定的警惕心了，所以队伍里有好几个人全程都开了录屏，将打副本的整个过程全都录制了下来，这会儿刚好可以作为证据，发到论坛上去。

黑装备是游戏里最可耻的一种行为，更不用说黑的是极其珍贵的公会召集令了。这个突然下线的队长和月影公会顿时就成了众人讨论的焦点，"吃瓜"群众很快就扒出了这个月影公会的许多"黑料"①。

比如那个短视频里得意扬扬拿着公会召集令嘚瑟的人，就是有抢配方黑历史的人——八哥。就因为这个，风无痕当初那个澄清的帖子，再次有了热度。

那些被坑了的人，好歹也都是30级的玩家，而且操作都不错，要不然也不会敢去挑战深渊副本了。他们找不到那个下线的坑人队长，那么只能找月影公会发泄怒气了。

他们把月影公会的那些管理员全部都给悬赏了，所以这会儿世界频道才会那么热闹。

冉骐摇了摇头，觉得还真是狗改不了吃屎。

月影公会的人拿到了公会召集令也不敢立刻去建立公会，生怕被人发现，却没想到八哥会拿出来嘚瑟，还被人录了视频，证据确凿，这可真是一点洗白的余地都没有了。

不过话说回来，明天深渊副本的CD就刷新了，冉骐他们又可以去打一次了。

众人很快就把注意力转移到了深渊副本上，如今他们的等级比起上次全都有所提升了，尤其是夜枭这个练级狂人已经42级了，打30级的深渊副本，绝对会比上次轻松许多。装备对他们来说已经是次要的了，他们现在更想要的是职业技能书。

这一次他们可以不用请外援了，夜枭准备直接从公会里面找三个技术和人品都不错的成员，重点培养一下。以后除了他们的主力队伍，还要培养出能够独立下副本的其他队伍，这样他们的公会才能继续发展壮大起来。

于是夜枭便让风波江南、剑指流年和冉骐各自推荐一个成员。他们是公会的副会长，平时与公会成员接触比较多，由他们来推荐是最合适不过的了。

"我觉得爱丽丝不错，做公会任务最积极的就是她了，公会贡献度她一直都是第一，而且我之前下副本的时候带过她，战斗意识挺不错的，加血很稳，是可以培养的好苗子。"风波江南开口说道。

"我觉得该隐也很不错，虽然有一点八卦，但人很热心，公会里有什么事，他都是第一个出来响应的。"剑指流年也进行了推荐。

"我推荐九月天。"冉骐这个副会长主要是负责管生活技能这一块的，与五个新加入的生活玩家接触比较多。其实这五个人都很不错，但他们这一次想要带三个人是为了培养以后独立下副本的团队。爱丽丝是牧师，该隐是刺客，再加上九月天这个战士，配置就很齐全了。

"好，那就这么定了。"夜枭点头同意，"流年你去联系一下他们，如果有人不愿意去，我们再找替补。"

---

① 形容负面消息或记录。

其实公会里优秀和有潜力的成员有很多，但他们团队的空位只有三个，这次就只能先依据这个标准来选人了。

"好。"剑指流年当即答应了下来。

不过，像这种等同于天上掉馅饼的好事，应该不会有人拒绝吧？

第五十六章

他们今天的副本早上就已经打完了，这会儿干脆一起组队去野外打怪升级去。冉骐和顾乐还差 30% 左右的经验，就可以升到 40 级了，今天估计就能升上去，明天等夜枭他们比完区域赛第二轮，就可以去挑战新的副本了。

风波江南他们的效率没有夜枭团队那么高，还需要继续去把经验副本给打完。

"我记得主城有个除害的循环任务，我们接个任务再去打吧？"冉骐提议道。

"会不会太麻烦了……"追魂他们几个有点看不上任务给的经验，有那个来回跑路的时间，他们都可以打好几拨怪了，得到的经验绝对比那什么循环任务给的要高得多。

"不麻烦的，我有定向传送卷轴，我们把位置定在主城 NPC 那里和怪物刷新点就行了。"冉骐坚持道。

定向传送卷轴可以记录指定位置信息，下次使用的时候就可以直接传送到指定地点，一张初级卷轴可以使用 3 次，中级卷轴可以使用 5 次，高级卷轴是 7 次。以冉骐现在的等级，已经可以做中级卷轴了。

冉骐对这个循环任务的印象非常深刻，因为任务要求杀死的怪物数量多，奖励却很少，一开始都没有玩家注意到这个任务。后来还是一个无聊喜欢接任务做成就的玩家，在浏览任务的时候扫到了这个任务。那个人耐着性子慢慢做，结果发现这个任务给的经验和金币奖励一次比一次多，到后面已经累积到非常丰厚的程度，那人才到论坛去发了个帖子。

有不少人按照那人说的去做了任务，有几个还触发了隐藏任务。只不过那个时候，冉骐早就满级了，所以看到那个帖子的时候，就只是匆匆看过，完全不记得具体是怎么触发隐藏任务的，现在想来还有点后悔。

不管怎么说，他这个跟着队伍蹭经验的人，好歹也能用卷轴做点贡献，反正一张初级卷轴的成本才 10 银币，绝对是划算的。

"那行！走走走！染哥带咱们去接任务！"追魂瞬间改变了态度，既然不需要靠双腿跑路，他自然是乐意接任务的，回城的时候还能顺便清理一下包裹，真是棒极了。

冉骐带着他们去了冒险公会，从公会门口的公告板上，可以接一些 NPC 发布的任务。冉骐仔细寻找，才在一个不起眼的角落里，撕下了一张发黄的纸张，因为时间太久，上面的字迹大部分都有些看不清楚了，只能依稀判断出是想要委托冒险者帮忙消灭魔兽。

冉骐将纸张收进背包，队伍里的众人就同时收到了任务提示。

【系统】您已成功接受了悬赏任务，请去寻找任务的发布者 [巴克]。

发布任务的 NPC 巴克是个落魄的猎户，开着一家出售野兽毛皮的店铺，店铺位于主城的一个最不起眼的小角落里。几人按照地图一路摸索过去，本来热闹的街道渐渐冷清起来，一直走到一个偏僻的巷子里，才看到了巴克的店铺。

这里实在是很破旧了，地面上铺着的青石砖块，也有了开裂的痕迹，一进门就能闻到一股不知道什么药的怪味。柜子上摆满了各式各样的毛皮，墙壁上还挂着各种用猛兽头颅制作成的标本。

"您好，有人在吗？"冉骐礼貌地询问。

"来了。"浑厚的声音响起，一个虎背熊腰留着满脸络腮胡的大个子掀开内室的门帘，一瘸一拐地走了出来。他穿着用兽皮做成的马甲，裸露在外的皮肤上，布满了各种各样的伤痕，其中最显眼的就要数左眼位置的三道爪痕，显然是曾经与猛兽战斗的时候留下的。

"你们是什么人？"巴克微微皱眉看向他们。

他们一行人的穿着打扮都很不错，应该是条件很好的冒险者，显然不太像是会来他这种店铺里买普通野兽毛皮的人。

"我们是从冒险公会来的，您之前曾经在公会门口的公告板上发布了任务，我们刚好看见，就过来看一看。"冉骐说着，把那张发黄的纸给拿了出来。

"你们……愿意接受任务吗？"巴克仅剩的一只右眼瞬间亮了起来，语气中还带着点不敢置信。

"当然。"冉骐斩钉截铁地回答。

"太好了！"巴克明显兴奋起来，"那就拜托你们了！"

【系统】您已成功接受任务 [巴克的委托 1]，任务目标：消灭 1000 只魔化黑熊。任务奖励：经验 20000，金钱 10 银币。当前任务完成度（0/1000）。

循环任务算是特殊任务，难度是按照队伍的平均等级来定的，所以任务要求他们去杀 40 级的魔化黑熊。

"怎么才给这么点奖励？"顾乐看到任务面板的时候，忍不住露出惊讶的表情，黑熊可是 40 级的魔兽，杀起来并不容易，何况还要杀死 1000 只那么多，经验值少也就算了，怎么钱也只给 10 银币？不知道的还以为是打发叫花子呢……

"后面会越来越多的，走吧走吧！"冉骐安抚地说道，"熊掌特别好吃的哟！"

虽然在21世纪的地球，熊成了保护动物，已经没什么人吃熊掌了，但是红烧熊掌作为古代宫廷菜，做法还是流传了下来。冉骐以前无聊的时候，看过做法，正好能趁着这次机会，在游戏里尝尝味道。

"好的！我们走！"一听到吃的，顾乐瞬间变脸，恨不得马上就飞到黑山脚下，去杀黑熊了。

由于没有坐骑，他们只能走着过去，还好冉骐有加速药水，总算能加快一点速度。他们穿过了两张地图，走了大概十几分钟，才按照地图坐标来到了任务地点。

数十只黑熊正在树林里转着圈，一看到冉骐他们，立刻就冲了过来。

他们队伍打怪绝对是专业级别的，顾乐举着盾牌，上去稳稳拉住了黑熊的仇恨，其他人则默契地用起了技能，很快就把黑熊给杀死了。

看着一拨又一拨的黑熊倒下，冉骐赶紧把捡东西小能手小白给从宠物空间里放了出来。每次人物下线的时候，系统都会自动将宠物收回宠物空间里，这次因为去看比赛和聚餐，下线的时间长了点，冉骐都差点忘了要把它给放出来了。

小龙崽一出来，先是奶声奶气地叫了一会儿，似乎是在发泄被主人关在宠物空间里不能出来玩的怨念。然后它很快就拍打着小翅膀，积极地捡起了东西。

夜枭见状，也把小黑放了出来，只不过小黑对"捡垃圾"这种行为一如既往地不感兴趣，它占据了夜枭肩膀的位置，同往常一样趴着睡觉。

小黑和小白现在已经9级了，它们在主人通关副本时可以获得相应经验值的奖励，而且宠物之所以受欢迎，就在于它们除了能捡东西，对主人的个人属性也有加成作用。

夜枭本来基础属性就很高，加上完成各种首杀和等级成就时候获得的称号属性，属性面板上的数值已经变成了非常惊人的数字。现在有了小黑的加成，伤害值又达到了一个新高度，几乎是一个火墙就能秒杀掉一片小怪，他们杀怪的速度都快超过怪物刷新的速度了。

冉骐也没闲着，他拿着小刀，趁着怪物尸体还没消失，赶紧把黑熊身上的皮给剥下来。黑熊皮相当坚韧，颜色也好看，是用来制作防具的好材料。熊掌当然也没落下，全都砍下来收着。游戏里可没有动物保护法，也不用担心细菌之类食物安全性的问题，总算是可以尝尝熊掌的味道了。

不过他忙着分解熊尸的时候，也没忘记关注队友们的血条，时不时地给他们用一个回复术，让他们能够快速回复气血。

1000只黑熊看似很多，但他们不到半个小时就打完了。用定向传送卷轴回城之后，他们很快又领取了第二个任务。

【系统】您已成功接受任务 [巴克的委托 2]，任务目标：消灭 1000 只魔化老虎。任务奖励：经验 40000，金钱 20 银币。当前任务完成度（ 0/1000 ）。

果然第二次的任务奖励翻了个倍，虽然还是挺少的，但至少能让大家看到希望的曙光。

魔化老虎的地盘距离魔化黑熊的位置不远，他们领取完任务，重新传送之后，稍微走两步就到了。

老虎也一样浑身是宝，虎骨可以用来做武器，虎胆和虎鞭都可以作为药剂材料。老虎皮也很好看，做出来的防具颜色更丰富，冉骐甚至想做一个齐天大圣同款的虎皮裙出来玩玩。

他盘算着回去之后，可以用这些皮毛给大家再做一套新的防具，大家都 40 多级了，总不能还是穿着 30 多级的装备。

他们一个任务接一个任务地进行，进行到第八个之后，任务奖励的经验和金钱就变得非常丰厚了，大家打怪的热情也就越发高涨起来。

在这样惊人的打怪效率下，冉骐和顾乐很快就升到了 40 级，成功跻身等级排行榜前 50 名，这 50 人里冉骐是唯一的牧师。奉天虽然也已经 38 级了，但一级之差，就已经足够拉开很多名的距离了。

三个多小时的时间，他们几乎把黑山山脚下的魔兽全都打了个遍。如果这些魔兽有智力的话，恐怕早就吓得逃跑了。

就在他们打怪打得不亦乐乎的时候，山林里突然响起一声愤怒的咆哮，掀起了一片巨大气浪，甚至连周围的树枝都跟着抖动了一下。

几人抬头看去，就见一只足有四五米高的白色巨虎突然从山顶跃下，落地的时候，让地面都剧烈震颤起来，那双拳头大的红色瞳孔中，满是血腥的戾气。

这是 45 级野外 BOSS——白虎王，大概是看他们在它的地盘大肆杀戮它的小弟，终于忍不住要出手了吧……

不过这足以让普通玩家吓得掉头就跑的大 BOSS，在夜枭他们面前却完全没有这种待遇。他们不仅没有感觉到害怕或是想要逃跑，反而一个个都摩拳擦掌，准备打 BOSS 分装备。

就连冉骐也立即收起了小刀，拿出了法杖，做好了战斗准备，同时他心里的小算盘也打得噼啪作响。

他一向喜欢白色，这只 BOSS 那么大，完全可以再做个套装了，刚好能把他身上的这套猪皮套装给换下来。

光是"白虎套装"这个名字，听起来都要更加威风一些。

第五十七章

可惜这只白虎王并没有感受到眼前的人对它虎皮的觊觎，只威风凛凛地再次发出了震天的咆哮声，然后弓起身体，朝众人飞扑而来。

顾乐立刻举着盾牌迎击，但白虎王的力量实在惊人，只是一个照面，他整个人就被撞飞了，撞在了一棵粗壮的大树上，直接掉了 300 多点血。

"这只老虎也太厉害了吧！"顾乐龇牙咧嘴地从地上爬起来，抓着盾牌的左手甚至有些发麻，可见这只 BOSS 的力量有多强了。

话虽如此，他还是再次冲了上去，毕竟如果连他都扛不住的话，其他人更是不可能扛得住了。他一刀砍在了白虎王的身上，造成了 34 点伤害，然后再次被白虎王一爪子拍飞。

看来这只 BOSS 不只是攻击力高，连物理防御力也很高，尤其 BOSS 的等级要比顾乐高 5 级，等级压制还是非常厉害的。

这个过程重复了好几次，冉骐想要给顾乐加血都被他给拒绝了，他宁愿自己喝红药。

仇恨没拉稳的情况下，冉骐给顾乐加血很有可能会 OT，到时候白虎王说不定会直接掉转头冲冉骐去了。就牧师那可怜巴巴的防御力，恐怕根本挨不了白虎王的一爪子。

好在打了几个来回，顾乐就渐渐掌握了 BOSS 的攻击机制。他并不和 BOSS 正面冲突，而是用灵活的走位，加上盾牌的防御，牵制住对方，再时不时发动技能朝 BOSS 的身上砍上一刀，总算是把白虎王的仇恨给拉住了。

其他人等的就是这一刻，在他拉稳仇恨的瞬间立刻加入围攻，各种技能铺天盖地地往 BOSS 的身上放。冉骐的治疗术也瞬间用到了顾乐身上，拉回了他岌岌可危的血条。

只不过 BOSS 的防御力实在太高，就算是夜枭，也很难对它造成巨大伤害，众人只能选择慢慢地耗。

还好夜枭的火墙和冰河都很好地限制住了 BOSS 的行动，白虎王再如何不甘，也只能发出咆哮声，对众人能够造成的伤害非常有限。

而它自己的血条则以肉眼可见的速度下降，终于在半小时之后，BOSS 发出一声怒吼，不甘地倒下了。除了丰厚的经验奖励，它的尸体上还出现了一个金色的宝箱。

开箱子这种事，当然是由冉骐负责了。

【系统】恭喜玩家获得特殊装扮［白虎王冠］和［白虎兜帽］。

白虎王冠

等级：S 级

说明：百兽之王的王冠，佩戴后可激活隐藏属性 [白虎之威]，对动物类魔兽具有震慑作用，进行战斗时，5 分钟内攻击伤害翻倍。

白虎兜帽

等级：S 级

说明：百兽之王幼崽的玩具，佩戴后可激活隐藏属性 [白虎护佑]，受到攻击时，自动在周身形成透明护盾，5 分钟内所受到的伤害减少 50%，同时对动物类魔兽亲和力增加，动物类魔兽不会对佩戴者主动发起攻击。

一开始大家看到冉骐开出来的东西只是两件装扮用的饰品时，都有点失望，毕竟他们都是实用主义者，外观再看好，对他们来说也没什么用。

不过在看清楚物品说明之后，众人的眼睛一下子就亮了。

"我的天，真是好东西啊！"追魂看得口水都快下来了，这两个饰品，一个能让攻击力翻倍，另一个能直接减少一半的伤害，可比什么套装、技能都厉害！不愧是 S 级的物品啊！

"染哥的手气从来就没有让我们失望过！"翎墨也笑着说道，眼神充满艳羡。

"你们谁想要？"夜枭看向众人，东西是大家一起打到的，大家都有分东西的权利。

"从效用最大化的角度，我觉得老大你拿王冠，染哥拿兜帽比较好。"剑指流年开口说道。

"我同意！"追魂高举双手，"王冠这种东西当然是最适合我们老大了！"

王冠的属性真的非常好，说不想要肯定是假的，但队伍中夜枭的战斗力是最强的，王冠由夜枭拿着，才能发挥最大的效用。白染是牧师，他对队伍来说是不可或缺的，兜帽的减伤效果能够更好地保证他在副本中的存活率，同样是非他莫属。

"流年说得对！"翎墨和顾乐也同样这样认为。

物品的分配就这样定了下来，金色的王冠在黑暗的环境中熠熠生辉，戴上王冠的夜枭，就像是一个真正的王子，由内而外地散发着一种难以用言语来形容的高雅气质。

其他人纷纷献上马屁。

"帅！老大本来就很帅了！再戴上这个王冠，就更帅了！"

"哈哈，没错没错！"

"染哥，你快点试试那个兜帽！"追魂看向冉骐。

在众人期待的目光下，冉骐把兜帽给戴上了。

他银白色的长发如同丝绸一般顺滑披散在肩头，原本是漂亮圣洁的牧师，但是在戴上兜帽之后，整个人的气质都变了。虽然依旧是那样清冷的脸，但是兜帽上的白色绒毛，为他增添了一股可爱的感觉，加上他那双漂亮的冰蓝色眼眸，看起来像是一只布偶猫成精了一般，造成了高冷和软萌的强烈反差。

"好看吗？"冉骐戴好以后就看向队友们。

"好看！特别好看！"追魂一把捂住了鼻子。

"好看好看，真是不能更好看了！"顾乐一边哈哈大笑，一边用力点头。

冉骐总觉得他们的反应奇奇怪怪的，于是看向夜枭："夜枭，你觉得呢？"

"咳。"夜枭干咳一声，抬手遮住了嘴角的笑意，"很好看。"

冉骐："……"

你真以为我看不到你在偷笑吗？

冉骐当即调出游戏面板，开启了全景模式，然后就看到了自己现在的样子。

白虎兜帽的外观很好看，用完全雪白的皮毛制成，纯白而柔软，但是兜帽的脑袋顶上，居然有两个圆圆的白色毛茸茸的小耳朵。

也不知道游戏策划是个什么心态，这白白软软的小圆耳朵竟然还会随着他的动作微微抖动……

好看是好看，就是太萌了，如果换成女孩子，肯定会很喜欢的，但是……他可是个男生啊！

冉骐被这造型羞耻得头都抬不起来，而那双要命的小耳朵随着他的动作又晃动起来，一弹一弹像果冻一样，充满了让人想狠狠摸一把的诱惑。

小龙崽看到主人的新造型，也非常喜欢，拍打着小翅膀飞到了他的脑袋顶上，将小肚皮贴在了软乎乎的兜帽上，眼睛微微眯起，一副很舒服的样子。

"哈哈哈，小白也很喜欢呢！"顾乐再次忍不住笑了起来。

夜枭的视线也集中在了冉骐的脑袋上，手指不自觉地动了动，有种伸手摸上一把的冲动。

冉骐绷着脸，迅速把黑色的隐匿斗篷又给穿了起来，整个人从头到脚全都被包了起来，这下别说毛耳朵了，连脸都看不见了。

众人顿时都露出了有些可惜的神色，不过算算时间，差不多也到了该下线的时候了。

"8点多了，我们该下线了。"

夜枭他们还需要回去休整一下，总不能等比赛都要开始了，他们才刚刚从游戏舱里爬出来，哪怕他们实力很强，但轻敌绝对不是一个合格的战士应该有的素质。

而且他们还没有去赛事主办方为他们安排的宿舍看过呢，从昨天早上到现在，他们也都没有换过衣服，所以他们打算回去洗个澡，换一身衣服，再去参加比赛。

"好啊，我去叫江南他们。"剑指流年立刻给风波江南等人发消息，叫上他们一起下线。

不过冉骐和顾乐就没办法去夜枭他们的宿舍了，毕竟那是参赛选手才能进入的地方。

"那我们直接去赛场了，一会儿见。"冉骐说道。

"行，一会儿见。"

几人一起从游戏舱出来，结账之后朝星游吧的大门口走去，路过贩卖机的时候，就看到里面原本装得满满当当的存货几乎已经快空了，还有几个人在贩卖机前排队。

"嗯？这里怎么买个营养液还要排队？"追魂随口嘀咕了一句。

"因为出新口味的营养液了，味道特别好！你们还没有尝过吗？"顾乐一提这个就来劲了，兴致勃勃地看向几人，"番茄味！酸酸甜甜的！"

"还没有。"几人面面相觑，但没有任何犹豫就兴奋道，"要不然我们买一点试试吧！"

虽然昨天的晚饭吃得很饱，但玩了一个晚上的游戏，这会儿还是有点饿的，刚好可以买一支新口味的营养液尝尝。

他们人多，一个个过去买太麻烦了，所以夜枭排了队之后，干脆一下子买了20支。

新鲜的番茄味，给口腔带来了完全不一样的新奇感觉，几人都露出了惊喜的表情。

"味道确实很不错，要是以后营养液都变成这种味道的就好了。"追魂喝完了营养液之后，就马上打开了星网商城，想要从网上购买一批等回学校之后喝，却发现商家不仅搞限购，货品还已经全部售罄了，不由得愤愤地抱怨道："怎么又是限购又是售罄的啊？商家想搞饥饿营销吗？真是奸商！"

"应该是原材料不多的缘故……"冉骐闻言，不由得开口替商家解释了一句，毕竟是他自己家的生意，肯定不能任由别人误会。

"那倒也是。"追魂也没有多想，只把商品添加了关注，等到商家将货品上架之后，就会自动进行购买。

与几人告别之后，冉骐和顾乐就直接去比赛场馆了。

区域赛的第二轮，差不多就是半决赛的性质了，今天将要淘汰掉四分之三的选手，因此来观看比赛的观众比昨天更多了。冉骐他们以为自己来得已经算早的了，却没想到门口已经有人开始排队了。

第五十八章

虽然会场外排队的人很多，但入场速度依旧非常快，观众们只需要扫描光脑确认身份并通过安全检查就可以入内。

今天的比赛采取的依然是一对一淘汰赛的赛制，由智脑进行匹配，败者自动淘汰，胜者继续进行下一轮的比赛。今天一共要进行两轮比拼，将会淘汰掉四分之三的选手，所以今天的比赛绝对比昨天的要激烈得多。幸好这次的比赛是以学校为单位的，不会有同校选手相残的情况出现。

今天的选手数量比起昨天少了许多，而且今天的第一轮比赛只有四场，所以大家出场的时间都比昨天要早得多。

"啊，对战台都被分得好远啊，我们去看哪边的比赛啊？"第一场就有三个帝星选手同时上场，顾乐犹豫不决地看向冉骐。

"先去看流年的吧！"第一场的帝星选手有四时冷暖、拉斐尔和剑指流年，虽然都是朋友，但肯定还是分亲疏远近的。他们和剑指流年是同队的队友，接触的时间更长一些，所以更想去给他加油。

"哈哈，我也这么想。"

两人一拍即合。

剑指流年的比赛在 3 号对战台，于是他们两个就移动到了 3 号对战台前的位置，等着比赛开始。

很快，选手们就开始入场，顾乐一眼就看到了剑指流年身后不远处的张烁……

"我去，冉冉你快看！是张烁啊！"

张烁虽然不是剑指流年这一轮的对手，但他被分配到的对战台就是旁边的 4 号。

冉骐微微皱眉，看向旁边的看台，果然看到了许多熟人。

虽然他们昨天没有看自己学校选手的比赛，但是也关心了一下比赛结果。与帝星十人全部晋级不同，他们学校的选手昨天一上来就被淘汰了六人，只剩下了四个人。

这一次他们学校高年级的学生都没有来，来的都是初次参赛的新生，战斗经验不足，能够拿到的成绩自然不是很理想。张烁的实力在剩下的四个人里还算靠前的，如果运气好的话，说不定能闯进决赛。

所以今天他们学校的学生和老师还有昨天淘汰的选手，一大群人全部都来给张烁加油助威了。

"张烁加油！张烁加油！"张烁登台之后，4 号看台就响起了响亮的加油声。

冉骐："……"

"要不然咱们遮着点脸吧？"顾乐小声说道。

"我们只是来看比赛，又不是做贼，干吗要遮脸？"冉骐拍了拍顾乐的肩膀，"放心，没事的。"他们和张烁之间的矛盾，认识他们的人都知道，就算看到他们出现在这里，也会自己想到原因，不会那么不识趣还要特意过来问上一句。

"好的。"冉骐这么说了之后，顾乐果然放松了许多。

"刘年！刘年！"

这边的看台上被带动，也立刻响起了加油声，遮过了那边的声音，两人也忍不住跟着叫起来。

剑指流年在现实里的名字就叫"刘年"，斯文的长相，有种别样的温柔，帝星的制服衬托出他的身材优势，整个人的俊美程度更是直线上升，因此特意来给他加油的人也有不少。

剑指流年听到有人喊自己的名字，就朝看台的方向看了过来，然后就看到了冉骐和顾乐。他脸上的笑意顿时加深了许多，还朝着冉骐顾乐挥了挥手，再次引起了一连串的尖叫。

"刘年是不是看我了？是不是在看我？"

"才不是看你！明明是看我！他还冲我挥手了！"

坐在冉骐和顾乐身后的两个女孩子差点当场吵起来，弄得冉骐和顾乐都十分尴尬。

剑指流年是技术型的选手，他选择的机甲是各项数值都比较均衡的，而他的对手则是选择了一台攻击力和防御力都极强的机甲，一上来就朝着剑指流年发动了攻击，显然是想要速战速决。

剑指流年却是不慌不忙，一次又一次与对手拉开距离。他有着很强的预判能力，总是能够准确避开对手的攻击，并且给予精准的回击。如果仔细看的话，就能注意到，他每一次攻击都落在了同一个点上。

他就像是一个猎手，不断引诱着猎物，伺机给予猎物致命一击。

当对方的机甲因为破损度达到50%而失去行动力的时候，剑指流年的机甲依旧是完好无损。他抬手一枪，打爆了对方的机甲能量舱，结束了这场战斗。

"哈哈，流年赢了！他果然超厉害的！"顾乐兴奋地站了起来。

与此同时，隔壁看台也响起了雷鸣般的掌声，原来是张烁也赢了。

冉骐不得不承认，这个人讨厌归讨厌，还是有一点实力的……

第二场有夜枭的比赛，在18号对战台，要走上一段距离，所以冉骐和顾乐得赶紧换个位置。于是两人起身朝看台下走去，顺便和剑指流年打个招呼。

"刚才的比赛真是太精彩了！继续加油啊！"顾乐激动地道。

"没问题！我后面还有比赛，得回休息室，不能和你们一起看比赛了。"剑指流年有些抱歉地说。

"好的，比赛结束见！"冉骐笑着说道。

就在这个时候，剑指流年脸上的笑容突然收起，左手将冉骐往身后一拉，右手牢牢抓住了一只不知从哪里冒出来的手。

"这位先生，你想干什么？"剑指流年语气依然温和，手上的力道却是出奇的大。

张烁的脸因为疼痛而扭曲，他咬着牙回答："我只是看到同校的同学，想要打个招呼罢了。"

"你所说的打招呼，就是在别人站在台阶上的时候，从背后狠狠推一把吗？"剑指流年冷声质问道。

刚才冉骐和顾乐站在看台的台阶上，冉骐站在左边，顾乐站在右边，剑指流年和顾乐是面对面站着的，跟冉骐是侧对着的，所以他很清楚地看到张烁走到冉骐身后，趁着旁边有人遮挡的时候，突然悄悄伸出手推冉骐。

要不是剑指流年的眼睛尖，恐怕真的要被张烁得手了。

看台的台阶还是有一定的高度的，要是毫无防备地被推个正着，肯定会狠狠摔在地上的。虽然剑指流年不清楚冉骐的体质等级，但也能够猜到个大概，所以如果冉骐真的摔倒，是肯定会受伤的。

这根本就是蓄意伤人！

"我没有！我只是想要打个招呼！我不知道你在说什么！"张烁极力否认，甚至还疯狂叫嚣，"你再不放手，我要叫裁判来了！"

冉骐的神色也有点冷峻，他可以肯定张烁刚才一定是故意的，这个时候大家都在起身准备换位置，人多眼杂，张烁估计就是想趁着没人注意到的时候下黑手。

比赛场馆内可不像学校里那样到处都安装着高精度的监控设备，最多只有几个高空监控覆盖看台区域，有人群的遮挡，根本看不清楚具体的情况，就算真的出事，张烁也只要说是不小心碰撞到的就行了。

"流年……算了……"眼看着两人就要起冲突，冉骐拉住剑指流年开口道，他不想因为这件事情影响剑指流年的比赛。

"第一军校的张烁是吧？你最好祈祷后面的比赛，不要遇到我们帝星的人。"剑指流年冷声说完，才放了张烁的手。

张烁的手腕位置留下了几个发白的指印，可见刚才剑指流年有多么用力了。

"我怕你不成！"张烁丢下一句狠话，就捧着手腕匆匆跑去选手休息室。

休息室里有医疗箱，他手腕上的伤用喷雾稍微喷一下就行了。

"冉骐，刚才怎么回事啊？"4号看台上冉骐的同学们也注意到了这边的动静，便走过来询问。

"没事，张烁过来和我打个招呼。"

"和你打招呼？"冉骐的同学们都露出怀疑的表情，显然他们也不认为张烁会和冉骐打什么招呼，说是找碴儿还差不多。

"嗯，张烁是这么说的。"冉骐保持着礼貌而又疏离的微笑，"没事的话，我们先走了。"

"哦……好……"这些同学和冉骐也不是很熟，自然没什么话说。

"张烁那个狗贼！他肯定是因为上次的事情怀恨在心，故意想要报复你！他胆子未免也太大了，大庭广众都敢动手！"顾乐已经气得像鼓鼓的河豚，要不是打不过张烁，他刚才早就扑上去了。

"就是因为人多，他才敢动手的。"冉骐拍了拍气鼓鼓的好友，"算了，就当被狗咬了呗，我们还是快去 18 号看台找位置吧，晚了就来不及了。"

冉骐和顾乐来到 18 号看台的时候，靠前排的位置都已经差不多被观众坐满了，他们只能选了靠后的位置。

"都怪张烁那个狗贼！"顾乐气得牙痒痒，"害我们只能坐这么后面！"

"没事，能看清就行了。"冉骐拍了拍好友的肩膀。

第五十九章

很快就轮到韩啸上场了。

只是当韩啸从选手通道走出来的时候，他的脸上没有丝毫笑容，整个人的气场似乎都变得冷峻起来。

他的对手本想和他打个招呼，但是看到他的样子之后，顿时连大气都不敢出。

冉骐忍不住想——他的变化，会不会是因为自己？是不是剑指流年把刚才发生的事情告诉了他？

"老大加油！"神经比较大条的顾乐倒是没有察觉到韩啸的异样，激动地站起来给他加油助威。

韩啸听见声音后，朝着他们看了过来，冉骐也下意识地站起身，做了一个握拳的动作，努力大声道："加油！"

韩啸紧绷的脸这才算放松了一些，朝着冉骐的方向点了点头，那一身生人勿近的凌厉气场也稍微缓和了点。

"你好，我是帝星的韩啸。"韩啸主动朝对手伸出了手。

"你好你好，我是武陵的崔宇超。"崔宇超颇为受宠若惊地握住了韩啸的手，"我看过你的比赛，你很厉害，我很期待能和你对战。"

"谢谢。"

短暂地打过招呼后，两人没有任何停顿就进入了对战舱。

毫无意外，韩啸取得了这场比赛的胜利，对手虽然非常积极地迎战了，但还是难以抵挡韩啸的猛攻。整场比赛，只用了3分钟而已。

"哇，老大也太不留情面了吧？那个崔宇超看起来还是老大的粉丝呢，居然被打得那么惨……"顾乐不由得咋舌。

"全力以赴才是对对手最大的尊重。"冉骐忍不住反驳道。

"也对，哈哈。"顾乐摸着后脑勺憨憨地笑了笑。

崔宇超显然也有同样的想法，虽然输得很惨，但他没有一点失落或者不高兴的意思，反而双眼发亮地看着韩啸，向他询问一些战斗技巧，就连下了台之后都还在一个劲地和自己的同学说韩啸有多厉害，俨然一副小粉丝的样子。

韩啸从对战台上下来的时候，看台前排的观众们立刻一拥而上，围着韩啸七嘴八舌地说着加油鼓励的话，还有女生红着脸送他一些小礼物，但都被韩啸礼貌地谢绝了。

冉骐和顾乐的位置靠后，可算是吃了大亏了，被人群挤在最后头，只能在那里干着急。

韩啸向支持自己的观众们认真道谢，然后从人群里挤出来找到了冉骐他们。

"恭喜获胜！下一轮也要加油啊！"冉骐笑着说道。

"嗯，我会的。"韩啸点了点头，随后开口问道，"刚才的事，流年和我说了，那个人是故意针对你的吗？"

冉骐没想到他会突然问起这件事，一时间有点不知道该怎么解释自己和张烁之间的恩怨，反倒是顾乐立马告起了张烁的状来："张烁那家伙就是个神经病，就喜欢在比他弱的人身上找存在感，三天两头找冉冉的麻烦，我们出发那天他还故意撞了冉冉一下，被冉冉逼着道了歉，估计是心里憋着气，才找机会暗中下黑手！"

"希望第二轮你们能遇上那家伙！好好教教他做人！"顾乐越说越气，"不就是个校内对抗赛的十强吗？那得意劲简直和拿了帝国联赛冠军一样！"

"嗯，这一轮遇不到也没事，迟早会遇见的。"韩啸说话的时候，声音轻轻的，但语气中透着一股冷意。

看着韩啸认真的神色，冉骐的心跳又莫名地开始加快。

虽然此时场上大部分的比赛还没有结束，但获胜选手还需要参加下一轮比赛。韩啸在看台前逗留的时间有点长了，于是18号对战台的裁判开口提醒道："请获胜选手尽快返回休息室，准备参加第二轮的比赛。"

"你快回去吧！"冉骐担心影响韩啸的下一场比赛，赶紧催他回去。

"嗯，那我先走了，一会儿见。"

"嗯……"

看着韩啸离开的背影，顾乐摸了摸脑壳道："我怎么感觉你们两个刚才有点怪怪的？"

"胡说什么呢你！"冉骐故作镇定地说道，"快点看下一轮的分组名单！"

"这一轮还没比完呢，上哪里去看下一轮的分组名单啊？"顾乐有些疑惑地看向好友，"你今天真的有点奇怪啊！"

"我忘记了不行啊！找地方坐着等吧！"冉骐没好气地瞪顾乐一眼，转头快步走回了看台区域。

"我也没说什么啊，你生什么气嘛！你这是不是就叫恼羞成怒啊？"顾乐跟在冉骐身后继续嘀嘀咕咕。

"再说，晚上就不给你做好吃的了。"冉骐拿出撒手锏威胁道。

"我不说了我不说了！"顾乐立刻做了一个闭嘴的手势，总算是安静了下来。

没过多久，第一轮的比赛全部结束，获胜的选手们将要进行第二轮的比拼，再次淘汰半数的选手。

智脑分组完毕后，顾乐第一时间打开光脑，查看分组的情况，然后就露出了一脸震惊的表情。

"怎么了？"冉骐疑惑地问道。

"我去，冉冉，你绝对不敢相信我看到了什么！"顾乐将光脑的屏幕放大，拉到了冉骐的面前，"你快看这一轮老大的对手是谁！"

冉骐凑过去一看，然后也震惊地瞪大了眼睛："怎么会是张烁？"

"哈哈哈！我也不知道啊！我刚才只是随口一说！没想到智脑居然真的把他和老大分到了一组！真是太巧了！这次他输定了！哈哈哈！"顾乐叉着腰，夸张地大笑出声。

冉骐也觉得有些不可思议："不知道为什么，突然就很期待比赛开始了呢……"

"哈哈哈，我也是！希望老大狠狠教训张烁一顿，千万不要让他输得太痛快！"

****

选手休息室内，张烁在看到第二轮比赛的分组名单之后，脸色顿时变得非常难看。

刚才他莫名其妙地就因为冉骐那个家伙和帝星军校的人对上了，那个叫刘年的还放话说让他祈祷不要遇到帝星的人。

其实张烁刚才看着硬气，心里虚得很。他很清楚地知道自己与帝星的人实力存在着差距，毕竟帝星的综合实力一直都是首都星排名第一的，能从帝星校内选拔赛中脱颖而出的十强选手，自然也不是等闲之辈。

他安慰自己，只要能顺利进入决赛，在区域赛四十强中占有一席之地，也就足够了，毕竟他们学校往届的最好成绩也就是这样罢了。

但他万万没有想到，居然真的就这么不巧，智脑把他和帝星的人分在了同一组！而且还是帝星的那个领队韩啸！

韩啸虽然只是帝星军校四年级的学生，但韩啸还是一年级新生的时候，就已经成了帝星军校的机甲系首席，之后一直蝉联这个称号，每一届的帝国军校联赛，也都是由他作为领队带领队伍参加比赛。据说他的体质和精神力等级都是S级，不管是机甲还是战甲抑或是指挥，他都很擅长，被许多人视为下一个战神。

张烁出于好奇也看过韩啸的一两场比赛，知道韩啸的强大是名副其实的。

遇上韩啸，那他的胜算就真的是微乎其微了……他现在只求到时候不要输得太难看就好。

他们学校除他之外的选手，已经全都被淘汰了，下一场比赛，他们学校的所有人肯定都会来给他加油的，说不定连冉骐那个家伙也会来，他可不能让对方看笑话！

也不知道冉骐到底是怎么和帝星的人认识的，难不成是什么远房亲戚？不过韩啸那种等级的人，肯定不会和冉骐认识，说不定根本就不屑于管冉骐的事……

张烁一边安慰着自己，一边在选手休息室内来回踱步。偏偏刘年之前的话，在他的脑海中变得越发清晰起来——"你最好祈祷后面的比赛，不要遇到我们帝星的人"。

"哼！帝星有什么了不起！比赛只是模拟对战而已！难不成还能杀了我？"

张烁心中发狠地想着，这才昂首挺胸，从选手通道向对战台的方向走去。

只是当他站在了韩啸的对面时，他刚刚做好的心理准备，几乎转瞬间就土崩瓦解了。

韩啸长得一点也不吓人，反而是非常好看的，尤其是嘴角带一点笑的时候，就像是从画里走出来的人一样，分外气宇轩昂。

"我是韩啸，请多指教。"韩啸的声音很轻，仿佛很有礼貌地在自我介绍。

但站在韩啸对面的张烁却是浑身僵硬。韩啸的眼睛直直地看向他，眸色暗沉，透着一股戾气，就像是什么狰狞恐怖的凶兽在盯着自己的猎物一般。

张烁猝不及防之下，直面韩啸的这股威慑的气势，后背汗毛直竖。

"请……多……指……教……"张烁的这句话，几乎是从牙缝里给挤出来的。他完全没有想到，这个世界上，真的有"气势"这种东西存在。

只是一个照面，他就已经丧失了战意。

"请双方进入对战舱。"裁判开口说道。

张烁挑选机甲一向是偏爱高攻击力型的，他喜欢一上来就将对手打个措手不及，彻底占据上风。但是这一次，他却选择了高防御力的X3机甲。

而韩啸，也非常出乎意料地选择了更偏重速度和灵活性的 Y17 机甲。

"这是怎么回事？"对双方战斗风格比较熟悉的观众，此时都是一脸茫然。

他们怎么突然都换机甲了？

第六十章

这一次他们被分配到的是黄沙漫天的虚拟战场，荒芜的沙漠里没有可以供人躲藏的地方，但漫天的风沙也会对视线造成一定的阻碍。

韩啸的机甲明明并不具备隐形功能，可是在进入了虚拟战场之后，他就直接消失在了所有人的眼前。人的肉眼无法识别他的位置，但机器可以——他的移动速度太快，加上风沙的遮挡，这才造成了他近乎隐身的状态。

张烁开启了机甲的扫描雷达，试图锁定韩啸的位置，但韩啸的速度实在太快，雷达每一次扫描出的位置，都与上一次扫描出的位置相距甚远，别说韩啸的确切位置，就连他的行动路线都是无法确定的。

张烁坐在机甲中，第一次感觉到了令人窒息的恐惧，就好像头顶悬挂着一把锋利的刀刃，却不知道它什么时候会落下。

张烁当即发射了 3 枚热能感应导弹，X3 由于侧重于防御，所以配备的武器和弹药并不多，这种能够感应热能并自动锁定跟踪敌人的导弹总共也只有 3 枚，如今全部被他发射了出去。

倒不是张烁莽撞，而是在雷达无法锁定韩啸位置的情况下，张烁也并不能保证一枚热能感应导弹就能起作用，3 枚同时攻击的话，至少能够降低对方避开攻击的概率。

韩啸再次提速，带着 3 枚热能感应导弹绕了一圈，然后直直地朝着张烁冲了过来。

张烁猜到了韩啸的想法，这个荒漠地图中没有任何可以利用的障碍物，韩啸一定是想要利用自己当那个障碍物，来抵挡导弹。

可是张烁怎么会愿意坐以待毙呢？他立即开启了震荡器，震荡器会通过空气产生强力震荡波，对一定范围内的物体造成极大的破坏。

张烁知道韩啸的速度极快，担心如果震荡的范围不够大，会让对方躲过攻击。于是他将震荡器的功率开到了最大，把攻击范围扩大到 500 米，这样一来以韩啸现在的移动速度，绝对无法逃过震荡波的攻击。

尽管这样的大范围攻击会消耗机甲将近 45% 的能源，但只要能击败韩啸，就绝对是值得的。

强力的震荡波发动后，周围的黄沙全都被震荡开去，连风都似乎停滞了一瞬。3枚热能感应导弹在与震荡波接触的时候就爆炸了，可韩啸却似乎失去了踪影。

正在张烁疑惑不解的时候，他的视野突然翻转，整个机甲狼狈地摔在了地上。

现场观众们都看到了韩啸不可思议的极限操作——他再次提速，带着三枚导弹冲到了距离张烁250米左右的位置，然后又突然反身往外飞，似乎是算准了震荡波的传播速度。在震荡波与3枚导弹接触而发生爆炸的时候，韩啸借着爆炸产生的火光和黑烟，钻进了地下，潜行到了张烁的身后，用光能炮对张烁发动了攻击。

韩啸的Y17机甲侧重于速度，所以舍弃了大部分的重型武器和防御设备，韩啸更是为了将速度提到最高，又卸了许多武器，使得他现在能够使用的武器只有光能炮一种。

光能炮的攻击距离比较短，杀伤力中等，而X3机甲的防御力极强，光能炮并不能将X3的机甲外壳击穿，但能对机甲造成极大的冲击。

张烁虽然坐在机甲中心的控制舱中，身体被固定装置固定在操作位上，但机甲突然被掀翻，他依然承受了不小的冲击力，肩膀和腰部等被固定装置固定着的位置都在隐隐作痛。

虽然是模拟对战，但是在战斗中受到的伤害，依然会通过模拟对战舱传递给操作者。也就是说，在这一刻，张烁感受到的痛楚，都是无比真实的。

张烁虽然不明白韩啸是怎么躲过他的攻击的，但好不容易发现了韩啸的机甲行踪，张烁缓过神来之后，立即想要起身反击，却只听到了刺耳的警报声。

"警告！警告！推进器被破坏！推进器被破坏！"

也不知道韩啸是什么时候动的手，居然将张烁的机甲推进器给破坏掉了。

机甲没有了推进器，就像是人类被砍掉了双腿，难以行动，尤其是像X3这类因为加强了防御而使得自身重量加倍的机甲。

张烁也没有坐以待毙，趁着韩啸还在自己周围的时候，再次发动了震荡波的攻击，只是将攻击范围缩小到了周围100米。

震荡波是以张烁的机甲为中心向外辐射的，按道理来说是避无可避的，但有一个地方是绝对安全的——那就是张烁自己所处的位置。

韩啸的反应实在是太快，只见他再次以极快的速度钻进了张烁机甲的底下，又一次让张烁的攻击落了空。

显然韩啸对X3机甲的性能也非常熟悉，已经预判到了张烁在这种情况下会采取什么样的行动，然后找到了那唯一安全的位置。

这一次的攻击又消耗了张烁机甲15%的能源，他现在只剩下40%的能源可用了。

韩啸的机甲就好像一个大型的靶子一样，明显地飞在半空，明明没有发出任何声音，却极富挑衅之意。

张烁知道震荡波不会对韩啸再起作用了，转而开启了光能枪、激光炮等一切X3可以调动的武器，疯狂地对着韩啸的机甲发动了攻击。

但这些对韩啸都不起作用，他在空中闪避着张烁的所有攻击，动作轻盈得好像在半空中跳舞一般，无比轻松自在。

躲避攻击的同时，韩啸也会用光能炮对张烁发起反击，偏偏张烁的推进器被破坏，无法躲避光能炮的攻击，然后大家就看到了有点可笑的一幕——张烁的X3机甲一次又一次被光能炮击中，就好像一个球一样，在地上疯狂地翻滚。

机甲控制舱内的张烁被摔了个晕头转向，头上脸上都磕破了，他甚至怀疑自己的肋骨也受了伤。可偏偏这样的伤并不致命，机甲实际受损的也只有推进器而已，远远没有到智脑会判定他输了的地步。

"警告！警告！机甲左翼受损！机甲双轨受损！机甲平衡系统受损！"

"警告！警告！剩余能源低于15%！"

机甲的智能警报装置一直发出尖锐的警报声，吵得张烁脑袋疼。

他失去了推进器，失去了平衡系统，失去了左翼，他的机甲就和被砍掉了手脚的王八一样，只剩下了躯干完好无损。他的机甲被韩啸的光能炮轰得满场滚，却根本连翻身的能力都没有。

他都能够猜到现在外面观众看到的是怎样一个可笑的画面，他现在无比后悔，早知道还不如和以前一样，选一台高攻击力的机甲，就算输了，至少也是轰轰烈烈的。而不是像现在这样，毫无招架之力，只能被动挨打。

可偏偏他还没有办法指责韩啸是故意的，毕竟Y17机甲只有光能炮一个攻击武器，他不用光能炮攻击，还能用什么？

但韩啸真的不是故意的吗？

张烁不信，刚才他和韩啸在对战台上打照面的时候，就已经从韩啸的身上感受到了强烈的敌意。

韩啸一定就是故意的！故意选的Y17机甲！故意卸了其他的攻击装备，连光刃都没有留一把，只留下了一个光能炮！光能炮对其他的机甲或许能够造成一定的伤害，但是对他的X3机甲来说，只能将他的机甲击飞，却并不能造成致命的伤害。

然而这样一来，倒霉的就是坐在控制舱中的张烁了。因为完全是战时模拟，所以在虚拟战场上所发生的一切都是无比真实的，他现在真的是头破血流，全身挫伤的状况，甚至可能还有骨裂。在比赛结束之前，这些身体上的疼痛都会一直伴随着他。

想要结束眼下这个令他受尽折磨的状况，张烁能做的似乎只有认输了……

可是一想到要向韩啸低头，他就好像又回到了他被迫着冉骐道歉的那一天。

上一次被迫道歉，就让他的颜面扫地，这一次当着那么多现场观众的面认输，这让他的脸面往哪里搁？等比赛结束，比赛的录像还会被上传到星网上，到时候全帝国的人都能看到！这怎么可以？

张烁深吸了一口气，按下了控制面板上的一个红色按钮，那是机甲的自爆装置。

智脑毕竟不是人，判定输赢的方式非常严苛，必须是在机甲重度受损，或者操控者本人重伤，无法继续战斗的情况下，才会强制结束比赛。

虽然机甲有自爆装置，但是在模拟对战的时候，很少有人使用，因为智脑会在爆炸发生后，机甲和人员均丧失战斗能力的情况下才结束比赛。在爆炸那一刻，操作者会感受到真实的濒死痛苦。

像张烁这样，机甲破损度只有30%，人也只有轻伤，却死也不愿意认输，而选择自爆的情况，还是第一次发生。

"张烁选手的机甲自爆，比赛结束，韩啸选手获胜。"裁判宣布道。

韩啸几乎可以说是完胜，他的机甲连一点擦伤的痕迹也没有留下。

场下响起了热烈的欢呼声，都在为胜者喝彩。

张烁阴沉着脸从模拟对战舱里走出来，看向韩啸的目光充满了恨意。不过在看到观众们欢呼着朝对战台的方向拥来，他又及时低下头，掩去了眸中的情绪。

与热情的观众们一一打过了招呼，韩啸才来到了看台边，笑着看向了冉骐："我赢了。"

"嗯……恭喜……"冉骐的脸颊莫名地微微发红。

"晚上做点好吃的庆祝一下？"

"没问题……"

看着他们有说有笑的样子，张烁眼里几乎要喷出火来。

第六十一章

看着冉骐和韩啸两人说话的样子，张烁觉得自己什么都明白了！

怪不得冉骐明明说对比赛不感兴趣，却大老远地跑来了中心城，还为了不被人发现，故意不跟学校的观赛队伍一起出发，而是自己掏钱偷偷买飞船票过来，肯定就是为了来见韩啸的！

也不知道韩啸是什么眼光，居然会看上冉骐这种除了一张脸一无是处的废物！还为了帮冉骐，故意针对他，害得他如此丢脸！

看着冉骐和韩啸说笑的样子，张烁越看越觉得刺眼，他实在咽不下这口气，快步冲到了两人的面前，恶狠狠地说道："冉骐！这下你高兴了？这下你满意了？"

冉骐疑惑地看向张烁，显然不太明白他的意思。

"你少给我装，我告诉你，我已经看透你的险恶用心了！今天我是输了，但我就算输了也是输给了韩啸，和你一点关系也没有！我们两个之间的账，到游戏里算个清楚！我的战神已经 30 级了，马上就能转职了，只要 5 天时间，我就能够冲到45 级！到时候 PK 可别说我欺负你！"张烁一口气说完，就头也不回地离开了。

冉骐："……"

"那人是什么意思？他输给我们老大，和染哥有什么关系？"刚好也结束了比赛，过来找韩啸他们集合的追魂，一脸茫然地问道，"还有，他说要在游戏里和染哥 PK？就凭他一个 30 级的战神？"

"这人脑子有病！"顾乐毫不客气地翻了个白眼，把当初冉骐和张烁之间的矛盾还有那场约战给简单地说了一下。

"这人怕是个傻子吧？染哥已经 40 级了，今天回去打个经验副本，再去野外继续做那个循环任务，两天都不用就能升到 45 级。"追魂十分无奈，"到底是谁欺负谁啊？"

"管他呢！我们还是想想今天晚上吃点什么好吃的吧！"顾乐翻了个白眼，一秒就把张烁那个不重要的人给甩到脑后去了。

"对对对！昨天那个红烧肉好好吃啊，我还想吃！还有那个鸡肉也特别嫩！那个叫火锅的也超级美味！最好能再吃上一顿……"追魂说着说着，喉结都忍不住动了一下。

冉骐无奈地开口打断他的话："昨天是我们第一次见面，吃好一点是正常的，今天再这么吃的话，你们的实物兑换券就要不够用了……"

"没关系，我等一下就把黑白世界挑战副本的攻略给写了，明天去深渊副本的时候，再开一次直播就行了！"剑指流年不以为意地说道，很有为美食一掷千金的豪爽。

"是的，券我们这里也有！"无欢也附和道。

"今天我们好不容易晋级了，也很需要吃顿大餐庆祝一下啊！"翎墨义正词严。

冉骐："……"

他还真没看出来他们有什么不容易的……明明是很轻松就获胜了好不好？

不过他最后还是妥协了："行吧行吧，今天还是吃火锅。"

反正食材切片之后，还是很经吃的，再买点大米或面粉，做点填肚子的主食，尽量做到少花兑换券，又保证让他们吃饱吃好。

昨天是大骨汤做的汤底，今天冉骐就想着干脆做个鱼火锅，兑换一条大肥鱼，用鱼头和鱼骨熬上一锅香浓的鱼汤，等汤底熬好之后，再把切成薄片的鱼肉铺在锅里即可。

蔬菜可以多买一点，反正切片之后，分量看起来会多很多。肉可以稍微少买一点，他会多做点主食，让他们察觉不到肉变少了。

主食的话，他打算做馅饼。他们在游戏里吃过了，但现实中可还没有尝过，刚好能配着汤一起，既顶饱又美味。

冉骐这边定下了今天晚上的菜单之后，韩啸他们立刻就着手购买了食材，依旧是让章鱼快递送去了冉骐的酒店房间。

众人结束了今天的比赛，悠然自得地往回走。顾乐和追魂热火朝天地聊着美食，翎墨和剑指流年似乎在聊游戏副本攻略，江南他们也聚在一起聊着明天的比赛，韩啸和冉骐两个人不知不觉地就并排走在了一起。

冉骐冷不防听见韩啸开口问道："刚才那个张烁，他游戏 ID 叫什么？"

"我不知道……"冉骐老实回答。

韩啸："不知道？"

"他还没说就走了。"冉骐挠了挠后脑勺，"我怕他提前找我麻烦，所以也没告诉他，反正等到了 45 级再说也来得及……"

韩啸说道："知道了之后，告诉我。"

"嗯……"

韩啸继续说道："我去帮你收一点魔法卷轴，你一个牧师，和战士对上总是有些吃亏。"

"不用不用，魔法卷轴我有很多……"冉骐有些心虚地补充道，"我也防着他呢。"

"那你抽时间把自己身上的装备升级一下，材料不够的话就告诉我。"夜枭语气郑重，俨然是一个担心自家孩子出去打架受伤的老父亲。

冉骐心里有点羞愧，又有点暗爽，他挠挠头，还是乖乖地回答了："今天早上打的老虎 BOSS，皮毛刚好可以用来做一套新的套装。"

"那就好。"

说完这个，两人又陷入了沉默。冉骐心里莫名有些着急，可又不知道该聊点什么话题。他很想问问今天韩啸突然改变了惯常的打法，把张烁打得那么惨，是不是因为自己……

但他又怕是自己想太多，问出口反而自讨没趣。

"抓紧升级吧。"韩啸突然压低了声音说道，"对你有好处。"

冉骐顿时愕然地看向韩啸，却见韩啸迈开了大长腿，直接几步就走到了翎墨他们那边，显然是不准备继续聊刚才的话题了。

难道韩啸也发现了游戏隐藏的秘密？

在冉骐说兑换食材之前，韩啸他们的兑换券都一直留着，应该是没有发现这些食材里所蕴含的那种神秘元素。

所以韩啸为什么会提醒他要努力升级？而且韩啸所说的好处到底是什么？是和他知道的一样，还是有其他更多的好处？

联想到韩啸进入游戏以来，宛如升级狂魔一般的表现，冉骐总觉得自己似乎猜到了什么……

不过现在想也想不出来什么，冉骐干脆就不想了。反正他跟着韩啸他们，升级就跟坐了火箭一样，等以后等级高了，应该自然就知道了吧。

一行人回到酒店，小章鱼快递已经等候多时了，又是满满当当好几箱子的食物，冉骐把它们全都拆出来之后，拿进了厨房。

韩啸照例进厨房帮忙，两人经过了昨天的合作，越发有默契。韩啸洗菜切菜的动作也越发熟练，简直如同行云流水一般顺畅，大大提升了做饭的效率，厨房里很快飘出了饭菜的香味。

******

张烁回到自己的宿舍里，依然是一腔怒意无处发泄，他拖着自己的几个小弟，进训练场狠狠打了几场，这才算舒服了一点。

被揍得惨兮兮的小弟们敢怒不敢言，一个小弟忐忑开口道："烁哥，别不开心了，您的成绩已经是我们全校最好的了，论实力韩啸绝对是这次比赛的第一，您输给他也没什么丢人的……"

"闭嘴！"张烁好不容易消退下去一点的怒火，又一下子燃烧了起来，他暴跳如雷地吼道，"你知道什么？韩啸和冉骐那小子有关系！这次比赛是故意要手段想要让我丢脸！"

"什么？"小弟先是不敢置信，而后便是义愤填膺，"冉骐那个小白脸也太不要脸了！居然连这种招数都想得出来！真是太无耻了！"

"就是就是，韩啸也是瞎了眼，居然看上了那么个废物！"

听着小弟们对两人的讨伐，张烁的那股怒火可算是发泄出去了一些。

张烁闷哼一声，说道："走！去星游吧！我今天晚上要打一晚上的副本，一定要把等级尽快练上来，到时候让冉骐那小子好看！他今天怎么羞辱我，我就要怎么还回去！"

虽然他们学校剩余的其他选手在今天的比赛中全部惨遭淘汰，但他们也不可能像丧家之犬那样，立刻打包行李灰溜溜地回学校去。所以老师让他们今天晚上好好休息放松一下，明天中午才集合返回他们的学校。

"没问题烁哥！"一个小弟屁颠屁颠地说道，"离我们这里最近的星游吧我昨天已经去过了，那边地方大，机器也多。"

"行，走吧。"

"烁哥，但我们还没吃饭……"小弟看了他一眼，犹豫道。

宿舍这边是包饭的，虽然只是给营养液罢了，不过他们一直也都是这么进食的，现在还没到时间，所以营养液还没有送来，他们都有点饿了。

"星游吧那儿肯定有卖的，去那边我买给你们。"张烁没好气地道。

他财大气粗，还真不在乎这么点小钱。

"好的烁哥！"

几人走得很快，没多久就来到了星游吧的门口，一眼就看到了门口的营养液贩卖机那里大排长龙。

"怎么买个营养液还要排队？"张烁有些不爽地皱眉。

"好像是出了什么新口味的营养液吧？昨天过来就看到有人在排队，味道应该挺好的。"

"新口味的营养液？"张烁的眼皮莫名跳了两下，他立刻转了2000星币到小弟的账户上，"你去买5支过来。"

"好的！"那个小弟立刻跑过去，排了一会儿队，就买了5支营养液回来。

张烁拿过一支，仰头喝了一口，酸酸甜甜的，味道果然很不错。

张烁立刻将这件事通知了自己的父亲，这才和小弟们一起进入了星游吧。

今天练级，他必定全力以赴，好让冉骐知道他的厉害！让他知道什么人是不能招惹的！

张烁心中充满了怨气和动力。只是如果让他知道自己刚才放的狠话已经完全被冉骐抛诸脑后，冉骐不仅没有如他所想的那般焦虑不安，反而正在美滋滋地享受大餐，他估计会被直接气死吧……

第六十二章

网瘾少年们又美美地吃了一顿大餐，吃饱喝足之后，才一起离开了酒店，前往星游吧。

他们的目标非常明确，那就是升级和赚取实物兑换券。只不过他们现在的目标，都已经从各种战甲和强化药剂统一换成了美食。

众人再次一起上线的时候，公会里的成员们已经见怪不怪了，虽然具体的细节不太清楚，但也知道大佬们是一起去见面了。

白天夜枭他们去比赛的时候，战无不胜公会在线的管理员就只剩奉天一个，不过剑指流年和风波江南基本上每次都是把公会事务给处理完才下线的，所以奉天在线的时候，只需要组织大家积极下副本，偶尔回答一些成员的问题就行了，也不算太辛苦。

【公会】不夜天：老大老大，你们什么时候去打深渊副本啊？

【公会】山河不破：这次会不会直播啊？

之前剑指流年已经在公会里说过，这次去深渊副本，会带爱丽丝、该隐和九月天三个公会成员一起去，也开诚布公地将选择他们三个人的理由告诉了大家，以免有成员心理不平衡。

虽然大家都很想跟着主力团队一起打副本，但他们也很能理解管理员们的做法，毕竟主力团队的空位就只有 3 个，当然是要择优入队了。主力团队的等级都非常高，基本上对 30 级深渊副本的装备需求不大了，所以能跟着他们去下副本，就等同于是去捡装备的，简直不能更幸福！

不过不要紧，反正又不是固定队员，下一次还会换人的，公会的成员每个人都有机会。公会管理员们把选择标准告诉了他们，他们也就有了努力的方向，只要努力升级，努力为公会做贡献，就有机会成为下一个被选中的幸运儿。也正因如此，现在整个公会里的练级氛围都空前高涨，基本上随时都有人在下副本。

不过这并不影响大家想要看直播的心情，毕竟现在整个游戏，除了他们公会，还没有一支队伍能够成功通关深渊副本。上一次直播的盛况还历历在目，现在整个游戏几乎没有人不知道夜枭他们。

这一次他们是纯粹的公会队伍，没有一个外援，所以这次通关的意义是不一样的！

【公会】剑指流年：我们先去打经验副本，打完了再去深渊副本。至于是不是要开直播，我这边暂时还不确定，晚点告诉你们。

他们今天白天都没有上线，得抓紧时间把经验副本给打了，必须把等级优势给保持住了。等把等级再提升一些，打深渊副本的时候，也会更有把握。但是否直播还需要和 GM 那边商量，看看能不能再从 GM 那边要点好处。

【公会】该隐：好的好的！激动地搓手，我已经准备好了！随时待命！

【公会】爱丽丝：我也是！我也是！

【公会】九月天：亲爱的，虽然我即将离你而去，但是我的心依然与你同在！

【公会】六月雪：请你圆润地滚开，我不需要你的同在！

【公会】剑指流年：你们先去打副本或者练级吧，我们应该没有那么快。

【公会】该隐：嗯嗯，我就在野外打怪呢，你们好了直接叫我就行。

【公会】爱丽丝：我在练生活技能的熟练度，也随时待命！

【公会】九月天：我在陪我媳妇儿下副本，你们快好了告诉我一声就行。

【公会】剑指流年：好。

冉骐他们也没有耽误时间，快速分为两组，各自去打经验副本。

黑白世界是35级的副本，夜枭去已经没有经验了，其他人能获得的经验也非常有限，所以他们干脆放弃这个副本，直接去挑战40级的万虫洞窟。

光是凭着"万虫洞窟"这个名字，就能大概猜到这个副本的类型了。

这就是一个虫子的老巢，一共有两个BOSS——毒蝎子和毒蜈蚣。洞窟里也布满了它们的小弟，都是含有剧毒的种类，所以冉骐特意多带了一些驱散药剂。虽然他的净化术可以净化负面状态，但是有冷却时间的限制，所以还是有备无患为好。

六人很快来到了副本门口，按照惯例吃了食物补状态，然后由夜枭开启了副本。

不出所料，洞穴内一片漆黑，他们能够清楚地听到虫子移动时发出的窸窸窣窣的声音。

当众人踏出安全区之后，小虫子们就一拨接一拨地冲了上来，顾乐上前拉怪的同时，夜枭也放出火墙进行阻挡。火光照亮了黑暗的洞穴，墙壁上和地面上全都是密密麻麻的虫子，让人不禁毛骨悚然，可以想见等之后大家等级都提升了，这个副本会得到多少女玩家的唾弃和吐槽。

小虫子的数量太多，就算大家万分小心，也还是难免会出现被虫子咬伤的情况。还好经验副本的小虫子毒性稍弱，只要不叠加到重度中毒，就没有太大的危险。

"我带了一些驱散药剂，你们都拿一些，以防万一。"解决了又一拨小怪后，冉骐对众人说道。

"多谢。"见识到了这些小虫子的厉害，众人都没有拒绝冉骐的好意。

一路高歌猛进，众人很快来到了第一个BOSS魔化毒蝎的面前。

BOSS的体形一向非常庞大，这只蝎子目测有四五米高，它的身上覆盖着坚硬的外壳，浑身呈深紫色，一看毒性就特别强。除了锋利的钳子，它还有着锐利的牙齿和粗壮有力的蝎尾，蝎尾尖端的毒针散发着不祥的幽蓝色光芒。

"大家小心，千万不要被它的毒针扎到！"夜枭高声提醒。

"明白！"众人齐声应道。

顾乐一马当先，举着盾牌就冲了上去，也不知道是不是盾牌的耐久度较低的原因，盾牌居然一下子就被蝎子的尾巴给扎了一个洞。看着那根幽蓝色的毒针与自己的脑袋只有几厘米的距离，顾乐的脸色顿时变得非常难看。

"乐乐，把这瓶药洒在盾牌上，小心一些！"冉骐立即丢给了顾乐一瓶护甲药剂。多亏了他的囤积物品的习惯，他之前去炼制卷轴的时候，顺便拿多余的材料炼制了一些炼金产品，准备挂到交易行去卖，后来给忙忘了，就一直带在身上，现在刚好就派上了用场。

护甲药剂的作用就是提高护甲 50% 的防御力，持续时间 20 分钟，应该足够应付这个 BOSS 了。

顾乐接过药水，二话没说就给倒在了盾牌上，这一次总算成功抵挡下了毒蝎子的毒针攻击。

不用再担心盾牌的防御问题，顾乐很快拉稳了仇恨，大家也都开始输出了。夜枭因为有了白虎王冠，攻击力变得非常高，好几次都险些 OT。

还好夜枭的战斗意识非常强，每次看到 BOSS 有要 OT 的苗头之后，就会立刻停止攻击，只偶尔甩几个小魔法火球。就算他如此收敛，也依然稳坐队伍 DPS 第一的宝座。

他们原本以为只要不被毒蝎子的毒针扎到就行了，却没想到这是一个不走寻常路的 BOSS。它浑身上下都带毒，连被打出的血也有毒，甚至还会因为火烧变成有毒气体，更加无孔不入，弄得夜枭都不敢放火系技能了。

冉骐也是累得不行，他的净化术几乎没停过，每次 CD 一结束就立刻用给中毒的人，足足用空了三组蓝药，非常艰难地才把 BOSS 给打倒了。

不过有了这一次的经验，相信下一次打的时候，就能轻松许多。

众人稍微休息了一下，又向下一个 BOSS 进发。

第二个 BOSS 是体形巨大的变异蜈蚣，背部和足部呈黑色，外壳非常坚硬不说，每个节肢的连接部位还长满了尖刺。这些尖刺都是带毒的，而且它还会钻到地底进行攻击，非常棘手。

不过它也有弱点，那就是它的腹部，只要集中攻击它的腹部就能对它造成暴击。但它只要一受到攻击就会往地下钻，这一点非常麻烦，想要让它老老实实地被打，那是绝对不可能的。

还好大家都有控制技能，夜枭用冰河减缓它的速度，翎墨和追魂分别用三连射、踢射和爆裂箭等技能，让它无法逃脱，再趁机攻击它的腹部，就很快将它给击杀了，比起蝎子倒是好杀许多。

【系统公告】恭喜玩家 [夜枭][追魂][翎墨][剑指流年][可乐][白染] 在 20 分钟内通关万虫洞窟经验副本，达成极限速度成就，获得称号 [虫子克星]。

众人再次获得了一个新的称号，属性叠加后变得更强。

打完剩下的四次副本，也只不过花了一小时多一点的时间。

剑指流年一边下副本，一边没忘记与 GM 沟通，这会儿已经得到了答复。

"如果我们今天打深渊副本继续直播的话，GM 同意给我们 30 张实物兑换券。"

如今夜枭他们的等级都提升了，再去下 30 级的深渊副本，就差不多能够碾压了，肯定不如第一次打有看头。不过到现在为止游戏里还没有第二个通关的队伍，所以他们这次的直播也是有一定激励作用的。

剑指流年在经过与 GM 激烈讨价还价之后，终于拿到了 30 张实物兑换券的好处，不过不是每个人，而是一次性打包 30 张，相当于团队里的每个人都可以拿到2 张，对他们来说也是很不错的条件了。

第六十三章

在去副本之前，所有人都打算回城整理一下包裹和身上的装备，冉骐需要把那张白虎王的皮给做成套装，而顾乐那块被蝎子戳了一个洞的盾牌也该换了。

冉骐把包裹里之前在野外打怪时候捡到的那些东西整理了一下，没用的就挂到交易行或者卖给商店，有用的就留着，然后又从交易行里购买了一些制作装备需要用到的材料，就风风火火地朝着生活技能区去了。

【系统】玩家［白染］成功制作［白虎法袍］，缝纫熟练度 +0。

白虎法袍

限制等级：40 级以上

职业要求：牧师

物品等级：A 级

耐久度：200/200

属性：基础防御力 +120，智力 +70，体质 +32，治疗效果 +10%

白虎王的等级比野猪王要高出许多，因此做出来的装备的属性也就更好，而且冉骐在制作装备的时候，还特意加了一块能够增加治疗量的宝石，让自己的治疗效果变得更好。

【系统】玩家［白染］成功制作［白虎护手］，缝纫熟练度 +0。

【系统】玩家［白染］成功制作［白虎长靴］，缝纫熟练度 +0。

…………

【系统】恭喜您成功制作六件白虎皮防具，是否组成套装？

"是。"冉骐毫不犹豫地回答。

【系统】套装组合成功，稍后将发布系统公告，是否需要匿名？

"是。"

【系统公告】恭喜玩家［匿名］成功制作出 40 级 A 级防具套装，获得世界声望 100 点，以及［实物兑换券 ×2］。

估计是因为套装等级比较高，所以给予的奖励翻了个倍，套装附加的属性也都提升了不少。

套装属性
（2 件）额外提高生命值上限 200 点
（4 件）额外提高基础防御力 240 点
（6 件）额外提高基础攻击力 120 点

套装组合完毕，冉骐立刻把套装给换上了，他的装备评分也一下子从 3600 多分，变成了 4800 分，一跃成为装备排行榜的第一名。还好他一直都是匿名的状态，不用担心被人注意到。

他开启了全景模式，想要看看自己换上套装之后是什么样子的。然而一打开，他就陷入了沉默。

纯白色的白虎套装看起来特别漂亮，与他的那顶毛茸茸软乎乎的白虎兜帽相辅相成，使得他看起来就像是一只成了精的老虎——哦不对，波斯猫……

冉骐："……"

都怪那顶毛茸茸的兜帽太可爱了，破坏了他的气质！

不过兜帽的属性太好，让他拿掉是不可能的……

所以他就只能继续穿上自己的隐匿斗篷，把自己从头到脚都包裹起来，绝对不能让任何人看到他的样子！

世界频道因为这条公告而炸了锅，各种消息刷新。

【世界】靳雪年：厉害了啊，哪个大神那么牛？自己的等级高不说，连生活技能的等级也都练到那么高了？

要知道《魔域》的生活技能是出了名的难练，不仅受到玩家角色自身等级的限制，技能熟练度还必须通过不停地做装备来增加，能做出 40 级的套装，就说明这个制作者不仅角色等级达到了 40 级，连技能熟练度也达到了同样的程度。

【世界】荼蘼花开：求定制装备，自备材料，愿意支付手工费，请大佬看看我!

【世界】千机:自备材料,手工费随意开价,星币也可!

【世界】修罗:不管他们出多少,我都愿意多出一倍!诚心求套装!

【世界】百里晚秋:大神实在是深藏不露!不知道有没有公会了啊?我们琉璃月非常不错,大神考虑考虑?

【世界】琉璃月:琉璃月公会,诚招职业生活玩家,游戏可带练级,材料全报销,星币工资 30000 起,价格好谈!

【世界】白首见花枝:琉璃月还是那么财大气粗……

…………

冉骐看得不禁咋舌,游戏里的有钱人可真是多,一个比一个财大气粗……估计他们也是想要为深渊副本做准备,毕竟深渊副本里的紫装都是非常不错的,完全足够他们撑到 45 级了。

可惜,他并不缺钱。

冉骐默默地把世界频道给关了,然后继续做起了新的装备。他们遇到的这个白虎王的体形比起野猪王来要大了不少,所以剥下来的毛皮也要更大,做完了一整套的套装之后,剩余的部分还够再做一件除衣服之外的防具。

他考虑了一会儿,决定做一顶帽子送给夜枭,于是加了能增加攻击力和火属性的材料进去。

【系统】玩家[白染]成功制作[白虎皮帽],缝纫熟练度 +0。

白虎皮帽

限制等级:40 级以上

职业要求:法师

物品等级:A 级

耐久度:200/200

属性:基础攻击力 +120,智力 +70,体质 +45,火系重击 +66

最后得到的成品属性果然非常不错,而且可能是加了火属性宝石的缘故,白色里还带了一些红色,像是火焰的纹路,看起来非常酷炫。

冉骐也不知道怎么回事,心里突然就有点不爽,一下子来了兴致,居然用边角料给这顶帽子也加了两个毛茸茸的圆耳朵。

有些心虚地把帽子收进包裹,冉骐又去给顾乐做了一块盾牌。由于手上没有太好的 A 级材料,冉骐只能给他做了一块 40 级的 B 级盾牌,还好属性还算过得去,打个深渊副本是绰绰有余的了。

另外，他还做了一些食物和药剂备着。

"我弄完了，你们好了吗？"冉骐在队伍频道里说道。

"我也准备好了，随时可以出发。"翎墨回答。

追魂道："我也是！"

看大家都准备好了，夜枭便开口说道："江南他们马上出副本，流年通知一下爱丽丝他们。"

剑指流年道："没问题。"

夜枭将队伍模式改成团队模式，然后其他人就陆续加入了队伍。

"人齐了，都来副本门口集合。"

"好！"

冉骐来到副本门口的时候，就看到夜枭他们几个已经到了，地上躺了不少怪物的尸体，显然他们还在副本门口附近打了一会儿怪。

冉骐把做好的盾牌交易给了顾乐，顾乐高兴地冲上来给了冉骐一个熊抱："冉冉，你太棒了，爱死你了！对了，新套装做好了吗？快给我看看！"

"对对对！我们也要看！"追魂立刻附和道。

"没什么好看的……"冉骐当然是拒绝，他才不想让人看到他那个样子，一点气势也没有！

"看看嘛！我的好冉冉，给我看看嘛！"顾乐却是缠着冉骐不放。

最后冉骐实在被缠得没有办法，只能妥协："就看一眼啊！"

"行行行，就看一眼！"顾乐点头如捣蒜。

冉骐这才很不情愿地把斗篷脱了下来。

"哇！好可爱！"顾乐忍不住大叫一声，立刻扑上去抱住冉骐一顿蹭。

"喂！你够了！"冉骐被他搞得满脸通红，没好气地将他推开，立刻重新把斗篷给穿了起来，并且把自己从头到脚都给包得严严实实的，坚决不让一根毛露出来。

"唉……"追魂他们也都叹着气，露出了遗憾的表情。虽然他们不好意思也上手摸摸或蹭蹭，但是能看看也是很好的啊！

冉骐咬了一下唇，想起包里如出一辙的帽子，立刻给夜枭发送了一个交易请求，把那顶刚做好的"白虎皮帽"塞给了他。

看到这顶帽子的造型，夜枭不由得挑了挑眉。

冉骐有些心虚地摸了摸鼻子，视线闪躲着，不敢去看夜枭。

这顶帽子做出来就是这个样子，跟他一点关系也没有……

夜枭却是毫不介意地将帽子给换上了，一样是白色带圆耳朵的帽子，戴到了夜枭的头上，效果却是完全不一样。

只见夜枭用修长的手指按着白色的帽檐，黑色的长发与白色的帽子形成了鲜明的对比，微微侧着的脸部线条完美，眼神锐利而清亮地向着前方看来，帽子上火焰状的纹路为他增添了一丝神秘的气息，加上那顶金色王冠，让他整个人看起来像是刚刚完成加冕的王子。

"我去，老大，你戴这个新帽子未免太帅了吧？"追魂注意到了夜枭外观上的变化，顿时忍不住说道。

"是吗？"夜枭微微勾唇看向了冉骐，眼神里带了些促狭，"那要多谢做帽子的人了。"

冉骐："……"

好气啊！

谁知顾乐突然像发现新大陆一样惊呼起来："我的天，这难道就是传说中的情侣装？可惜冉冉不愿意把那个黑斗篷给脱了，要不然看起来多配啊！"

"哈哈哈，对对对！要是老大把衣服也换成白色的，那可就是真正的情侣装啦！"追魂也跟着哈哈大笑起来。

"瞎说什么呢！"冉骐顿时从脖子红到了耳根，还好穿着斗篷没人看得到，要不然真是要丢死人了。

然而他听到夜枭突然说道："嗯，我的这件法袍好像该换了，回头去交易行看看有没有白色的。"

冉骐："嗯？"

获 胜

第六十四章

一回生二回熟，这次速通深渊副本根本没花多少时间，夜枭他们通关之后，就一起下了线。

偏偏就这么巧，张烁他们几个也是差不多同时下的线。

"烁哥，夜枭他们的团队可真是厉害啊！"张烁的小弟一边从游戏舱里往外爬，一边说道。

他们几个刚刚也看了直播。

张烁勉强点了点头道："要不然怎么叫全服第一团队呢？他们团队这么默契，肯定是互相认识的！要不是我们人不够多，我们也可以搞个公会！"

"就是！对了，烁哥，战甲系那边不是说想要集体搞公会吗？结果等级还没我们高，哈哈哈！"

"战甲系那群人不行。"张烁嗤笑道，"不过勤务系的水平更烂，冉骐那个家伙，不知道有没有满25级呢！"

"哈哈哈！"几人顿时哄笑起来。

突然，其中一人的声音戛然而止，那人不可置信地瞪大了眼睛："烁……烁哥……"

"干吗？说话就说话，怎么还结巴上了呢？"

"前面……那个人……好像是冉骐……"

"哦？冉骐那个废物也来了？"张烁一点也不觉得奇怪，毕竟这里是附近最大的一个星游吧，想玩游戏肯定得过来，"看到个废物有什么可大惊小怪的？"

"还……还有……韩啸和其他帝星的人……"那小弟艰难地咽了咽口水。

帝星的十强可是夺冠热门，韩啸更是带队蝉联好几次冠军了，只要是参赛者就不可能不认识他们。

"哼，我就知道冉骐和韩啸他们肯定有一腿！"张烁顿时暴怒。

"烁哥，我们要过去吗？"一个小弟弱弱地问道。

每次张烁看到冉骐，都肯定会去找他麻烦的，他们几个跟班都已经形成条件反射了。

"去你个头啊！没看到他们那么多人呢？"张烁没好气地说道。

有韩啸护着，他过去能干吗？而且听说韩啸是双S级资质，身体素质极好，真的打起来，他肯定占不了便宜！

于是几人只能憋屈地选择战术性撤退，安静地在游戏舱里坐了一会儿，等韩啸他们离开之后，这才出来。

"烁哥……刚才我看到韩啸他们队伍里的几个人……"一个小弟犹犹豫豫地开口。

"那几个人怎么了？有话你就说，吞吞吐吐的干吗？"张烁不耐烦地说道。

"里面有一个人，昨天对战的时候，就在我旁边的那个台子上。我当时看着只觉得眼熟，不知道是在哪儿见过，这会儿我想起来了！"那个小弟用力咽了咽口水，"那人好像是游戏里，夜枭团队里的那个翎墨！直播的时候我看到他了，打得特别好……他们的脸特别像！"

《魔域》游戏角色的长相都是根据本人现实中的长相生成的，最多进行一点点的调整，大致的长相还是不会变的。夜枭的直播因为是第一视角，看不到夜枭本人的脸，但是可以看到其他人的……

"你这么一说……我也觉得他们有几个人的脸看着眼熟……"另一个小弟顿时也是一脸震惊。

而且刚才张烁还说了，他们肯定是现实里认识的……

冉骐这个和韩啸八竿子打不着的人，会突然和韩啸他们混在一起，说不定就是游戏里认识的！

细想下来十分恐怖！

"不可能！"张烁怎么都不相信，"少自己吓自己！冉骐那种废物，像是能进夜枭团队的人吗？你们回去之后和我一起好好升级，我一定要狠狠教训冉骐一顿！"

"好的，烁哥！"

******

冉骐和顾乐第二天就乘坐飞船返回了学校。

只是怕什么来什么，冉骐刚从飞船上下来，就接到了妈妈瞿清的视讯通话请求。

不知道为什么，冉骐突然就有些心虚，赶紧把手上提着的行李塞给了顾乐，然后才接通了视讯。

"妈妈！"

"小骐啊，你从中心城回来啦？"瞿清关切地问道。

"妈妈……你怎么知道我去了中心城？"冉骐吃了一惊。

"你在中心城又买了一套餐具，扣款信息发到你爸那里了。"瞿清面带笑容地说道，"该买就买，千万别省省，身体重要，知道了吗？"

感受到瞿清的关心，冉骐觉得心里暖乎乎的："嗯……"

"小骐现在长大了，会照顾自己了。"瞿清很是欣慰地说道，"这次是和学校的队伍一起去中心城看比赛了吗？你们学校这次虽然没能出线，但能进半决赛也很不错了。"

"是啊……"冉骐干巴巴地应道，越发心虚。他去中心城可不是为了去看自己学校队伍的比赛，而是为了和网友见面……他甚至还另外买了飞船票，就为了不和自己学校的队伍一起走……

因为隔着屏幕，加上冉骐正在外面，周围的环境嘈杂，因此瞿清没有发现他的异样，温和地继续道："多出去走走也好，不要总是一个人闷在房间里打游戏。"

"好的，我知道了。"冉骐乖巧点头。

"还有……"

"嗯？什么？"冉骐疑惑地看向屏幕。

瞿清欲言又止，片刻后笑着说道："没什么，回去好好休息。"

"好的。"

结束了和小儿子的通话之后，瞿清这才露出了如释重负的表情，身体放松地向后靠在了冉绍钧结实宽厚的胸膛上："小骐没事。"

"他跟着学校队伍一起去，能有什么事？他已经长大了，这段时间都很懂事，你别总是那么担心。"冉绍钧低头吻了吻爱人的眉心。

"可是这次帝星的人也去参赛了……我实在是担心……"瞿清叹了口气道。

冉骐的那个"偶像"就是帝星军校的，当初冉骐为了那个"偶像"把自己折腾得差点没了命，实在是让瞿清到现在都心有余悸。

"医生不是说了吗？那时小骐年纪小，正值叛逆期，容易冲动，所以才会出事，和人家帝星的学生没关系。"冉绍钧虽然也心疼自己的小儿子，但也不会随便把锅往别人的头上扣，这件事和那个帝星的学生没什么关系。

"嗯……"瞿清低声应道，她心里也清楚这个道理，但多少还是有点疙瘩，并且她还担心冉骐这次去中心城观看比赛的时候，会遇上那个"偶像"，又兴起什么不得了的念头。

瞿清在发现冉骐去了中心城的时候，就几次忍不住想要跟他发视讯，但是都被冉绍钧阻止了——这次比赛只是虚拟对战，冉骐根本接触不到机甲或者战甲，再加上有学校的老师监督，肯定不会有危险的，他们这样草木皆兵，只会给冉骐带来压力。

孩子难得出去玩一次，还是让他玩得高兴一点吧。

瞿清这才勉强忍耐到了比赛结束，直到今天才给冉骐发了视讯请求，确认他安全无虞之后，才松了一口气。

冉骐和顾乐回到宿舍之后，就迫不及待地钻进了游戏舱，将近一天一夜没有上线了，他们得抓紧时间，把耽误的练级进度重新追回来。

帝星军校比冉骐他们的学校离中心城更近一些，因此冉骐和顾乐登录的时候，韩啸他们早就已经开始在野外练级了。

冉骐看了一眼等级排行榜，排行榜第一的位置依然被韩啸稳稳地占据着，团队的其他人也保持在前五十的位置，并没有因为耽误了这两天就被其他人追上，看来他们和普通玩家之间的实力差距还是非常大的。

韩啸注意到冉骐他们上线了，立刻发了一个组队邀请过来。

【系统】玩家［白染］［可乐］加入了队伍。

【队伍】夜枭：你们去万虫洞窟门口等着，我们马上来。

【队伍】白染：好的。

虽然他们在野外打怪的效率很高，但还是经验副本给的经验更为丰厚，等把今天经验副本和挑战副本的 CD 用完了，再去野外打怪升级就行了。

传承

7

第六十五章

打完了副本之后，众人就去野外疯狂打怪，靠着那个奖励越来越丰厚的循环任务，终于在一天之内帮冉骐和顾乐把等级升到了45级，而夜枭更是直接冲到了50级。

【系统公告】恭喜玩家［夜枭］第一个到达50级，获得称号［威震四方］，以及［实物兑换券×1］。

【世界】夏日烟火：大神不愧是大神，真是牛啊！

【世界】流霜：真是令人绝望，我刚刚升到40级，还没来得及高兴，大神居然已经50级了……

【世界】修罗：嘻，我看夜枭这几天上线时间少了，还以为有机会超越他呢！

【世界】千机：那你真是想太多了，你怕是没看过大神的属性表吧？

…………

夜枭的属性可以说是全游戏第一，毕竟他自身的身体素质就决定了他的基础属性绝对不会差，之后他又一直保持在等级排行榜第一的位置，得到了不知道多少次的称号奖励，属性叠加之后再叠加。别说他的攻击力有多恐怖了，就光看血量，他都比普通的战士要多得多。

对普通玩家来说，夜枭简直可以说是BOSS级别的怪物了。

夜枭说道："走吧，我们该去奥托城了。"

玩家的等级达到45级之后，就可以去下一个主城了，第三个主城就是奥托城。

"我的天，奥托城好远啊！"顾乐打开了世界地图，然后惊呼了起来。

"真的？让我看看！"追魂打开了世界地图后，也忍不住惊呼起来，"居然要穿过4个地图！"

去奥托城需要穿过4个地图，全息游戏中的地图都放大了许多倍，在没有坐骑的情况下，靠他们的双腿走路，那真的是要走上很长一段时间的。

"没事！我知道一个能快速去奥托城的方法！"冉骐笑着说道。

"什么方法？"众人立刻齐刷刷地看向他。

"跟我来吧！"

冉骐带着他们回到了纳西城，找到了之前那位帮他推进转职任务的帕特里克牧师。

"像我这样和他对话就行了。"

冉骐说着，率先上前，对帕特里克牧师打了一个招呼："帕特里克牧师，好久不见。"

"尊敬的勇者啊，一段时间不见，你终于成长起来了！"帕特里克牧师用慈爱的目光看着冉骐，语气悲悯地说道，"魔气不断蔓延，黑暗的力量开始笼罩这片大陆，这里已经不再安全了，你们还是快点离开吧！"

与此同时，冉骐这边的系统提示就跳了出来。

【系统】帕特里克牧师将要送你离开纳西城前往下一个主城，是否同意？是or否。

冉骐立刻选择了"是"，然后帕特里克牧师就给了他一个令牌："请带着我的令牌，去城东找丽塔，她会指引你离开！愿神的爱一直伴随你左右！"

其他人见状，也如法炮制，顺利拿到了令牌，然后根据地图指引，去城东找到了那个叫丽塔的 NPC。

丽塔是个驯养师，在城东的郊外圈了一块地，驯养了许多动物，当他们出示了手中的令牌后，丽塔便领出了自己驯养的金雕，刚好有 6 只。

"既然是帕特里克牧师让你来的，那么我就让我的金雕送你们一程吧！"丽塔拍了拍金雕的后背。

冉骐以前隔着屏幕乘坐过无数次金雕，没什么特别的感觉，如今换了全息模式，巨大的金雕看起来无比威武，身上的羽毛散发着金色的光泽，实在是漂亮极了。

"金雕的飞行速度非常快，它会把你们送到安全的地方，放心吧！"丽塔说着又拍了拍金雕的脑袋，金雕便扑扇着翅膀，掀起了阵阵狂风，随后腾空而起，瞬间远离了地面。

"哇，这只金雕也太帅了吧？"追魂看得双眼发亮，"不知道以后我能不能也拥有这样一只坐骑？"

没想到他的话音刚落，丽塔脸上的表情一变，语气苦涩地说道："如今魔气侵袭的情况越来越严重了，我不知道还能护住它们多久，你们要是愿意，就将它们带走吧。"

然后，追魂的面前就跳出了一个系统提示框。

【系统】丽塔愿意以 300 金币的价格，将她的金雕出售，是否想要购买？是或否。

追魂："……"

他当然想要啊！问题是他没有那么多钱啊！

现在游戏币和现实货币之间的转换尚未开启，目前的游戏币还是非常值钱的，300 金币的价格，真的是相当贵了。追魂身上总共只有 100 多金币，就这还是因为他经常野外打怪，打到材料后卖钱，渐渐积累下来的。至于其他普通玩家，存款能有个几十金币都已经算傲视群雄了。

"天啊！300 金币！买不起买不起！"其他人也同样收到了提示，大家都很想要，但都没有那么多钱，就连夜枭的钱也不够。

但他们又不愿意离开，生怕过了这个村没了这个店。

冉骐也没有想到他们居然能够这么快触发坐骑任务，而且坐骑还是高级飞行骑兽金雕。要知道《魔域》的游戏坐骑任务要等到 50 级以后做完主线任务才会触发，而且给的还只是能在陆地上行走的角马和风行兽之类的低级骑兽，想要高级飞行骑兽，是必须充值开箱子才能获得的。

这样的机会，实在是可遇不可求，如果就这么放过了，再想要得到飞行骑兽，就不知要等到什么时候了。

冉骐想了想之后说道："我身上的钱只够买两只，要不然你们在这里等我一下，我回去卖点东西，一会儿再回来。"

冉骐靠着卖食物和卖装备，赚了不少钱，如今可是财富榜第一的人，几乎比全小队的人加起来还富有。当然，由于他一直是匿名状态，所以没多少人知道这件事。

"行吧……麻烦你了……"

冉骐撕开回城卷轴，迅速回到了主城，到交易行买下了一堆材料，然后制作了一堆食物和装备挂到了交易行。

现在大家等级上来了，打怪、做任务、卖材料、做手工都能赚钱，玩家们身上多多少少都有个十几金币，因此来交易行蹲守的玩家就变得更多了。冉骐做的东西属性都非常好，几乎是刚刚上架就被抢走了。看到还有不少同样优质的装备和道具不断上架，这些买到了东西的玩家还呼朋引伴，叫来了更多人加入抢购的行列。

这么多人一起来，很快就把冉骐挂着的东西抢购一空，冉骐没多久就赚到了1500 金币，加上他原本就有的金币，携带的钱直接突破了 2000 金币，顺便完成了一个"富甲天下"的成就。

他带着钱回去之后，直接一口气把 6 只金雕都买了下来。

【系统公告】玩家［夜枭］［追魂］［翎墨］［剑指流年］［白染］［可乐］成功触发隐藏任务［骑兽］，获得高级骑兽，坐骑系统开放，玩家们可以至各大主城的骑兽驯养师 NPC 处进行骑兽的购买。

看了提示他们才知道，原来是他们触发了隐藏任务。这个任务的要求还挺苛刻，先要在纳西城的声望达到"敬重"，之后是获得 NPC 的好感，还有达成满员的组队状态，等等，几个条件缺一不可。

他们为了升级，做了数不清多少次的循环任务，不知不觉就把声望给提了上来，在 NPC 这边好感度自然不低，加上他们是帕特里克牧师推荐来的，所以就这么莫名其妙地达到了任务的基本要求……

"多亏了染哥，要不然我们根本不知道要接循环任务，也就买不到这么好的坐骑了！"众人一阵欢呼。

"是啊！染哥万岁！"

"没什么啦……"冉骐有些不好意思地说道。

【世界】流霜：我去，又是大神的队伍！骑兽啊！我太想要了！

【世界】夏日烟火：牛 × 牛 ×！不愧是大神！

【世界】归海：我正好在主城，立刻去 NPC 那里看了一眼，一只最低等的骑兽居然就要 100 金币，中级的 200 金币，高级的 300 金币！

【世界】拾年：穷鬼流下了贫穷的眼泪……

第六十六章

"勇敢的冒险者们，你们现在骑上金雕就可以出发了。"丽塔微笑着对众人说道。

此时夜枭忽然开口问道："请问一下，您这里还有金雕可以购买吗？我们还有几个朋友，之后也要前往奥托城。"

丽塔好奇地看向他："你们的那几位朋友也认识帕特里克牧师吗？"

"是的。"夜枭所说的朋友当然就是指风波江南他们了，既然是同一个团队的，那么循环任务的消息，当然也是共享给他们的，所以风波江南他们的小队在纳西城的 NPC 处的好感度也是很高的，应该也能够拿到帕特里克牧师的信物。

闻言，丽塔回答道："金雕数量稀少，而且驯养不易，我驯养的所有金雕都在这里了。不过我这里还有几只蓝翅鸟，外形虽然比不上金雕好看，但飞行速度也慢不了多少，也是难得的飞行坐骑了。"

"那就好。"夜枭对这个答案非常满意。团队中每个人都能够得到一只飞行坐骑的话，能够节约很多在路上的时间，以后无论是升级还是做任务都会方便许多。

向丽塔告辞之后，众人便坐到了金雕的背上，金雕直起身，双翅舒展，只轻轻拍打几下便高高地腾空而起，朝着奥托城的方向飞去。

金雕的飞行速度非常快，不到十分钟的时间，他们就已经飞抵目的地。

奥托城比纳西城更大，外围是高耸的城墙，内部到处是古罗马风格的建筑，其中最显眼的就是光明神殿，看起来特别恢宏壮观。

飞行坐骑在城内是有专门的降落区域的，金雕看起来并不是第一次来了，因此轻车熟路地降落在了指定的位置。

只是当夜枭从金雕的背上下来后，周身突然就冒出了一股不祥的黑气。

"老大，你这是怎么了？"追魂见状吓了一跳，急忙开口问道。

"是诅咒……"夜枭微微皱眉，发现自己的身上突然多了一个负面状态，名为"亡灵法师的诅咒"，然后就开始飞快地掉血，每2秒减少20点血量。

夜枭现在已经50级了，血量和45级的顾乐差不多，但也禁不住这样持续不断地掉血。别看每2秒只掉20点血，但一分钟就要掉足足600点。如果身边没有牧师帮忙加血，10分钟不到，夜枭就会直接因为掉血而死。

也是这个时候，夜枭才想起来，之前他和冉骐一起在龙魂秘境中接到了一个隐藏任务，要求他们两个前往奥托城，寻找光明祭司莱斯利帮忙解除他身上的诅咒。

之前因为等级不够，这个任务就一直放着没有管，NPC给他的白水晶似乎对诅咒有压制作用，因此诅咒并没有对他的身体造成什么影响，使他差点忘了这个任务。但没想到他现在来到了奥托城，这个诅咒就仿佛被激活了一般，而那块他一直贴身携带着的白水晶，也突然出现了许多裂纹，看起来像是随时都要碎裂，怪不得诅咒又冒了出来。大概是他们来到这里以后任务被激活，白水晶才会压制不住了。

冉骐显然也想起了这件事，他先试着对夜枭使用了净化术，但是没有起作用，他只能又给夜枭套了一个持续回复血量的状态，随后皱眉说道："走，我们赶紧去光明神殿，找光明祭司莱斯利！"

"对对对！快走！"众人急忙簇拥着夜枭朝光明神殿走去。

光明神殿的地位在奥托城显然非常高，入口处有许多身穿银白色盔甲的光明骑士镇守。

看到夜枭他们一行人过来，这些光明骑士顿时警惕地拔出了手中的长剑，厉声喝道："站住！你们是什么人？"

也难怪他们的反应会那么大，毕竟夜枭这会儿正浑身冒着黑气，任谁都能一眼看出不对劲来。

"我们是从纳西城来的勇者，想要求见光明祭司莱斯利大人。"冉骐上前一步，开口说道，"我的朋友中了亡灵法师的诅咒，需要莱斯利大人的帮助。"

"什么？亡灵法师的诅咒？"这些光明骑士的脸上都露出了难以置信的表情，"亡灵法师数千年前就已经消失在这片大陆上了，你们是在哪里遇到的亡灵法师？"

他们倒是没有怀疑冉骐的话，因为夜枭身上的黑气看起来的确和亡灵法师的诅咒气息非常相似。

冉骐只得将他们找到了藏宝图之后进入龙魂秘境的事情简单地说了一遍，听得那几名光明骑士都一愣一愣的。为了证明自己所言非虚，冉骐还把自己的小白龙给召唤了出来。

这下子，不由得这些光明骑士不信了。

"快！快去请莱斯利大人！"

一位光明骑士飞奔着进了光明神殿，没过多久，就有人过来请夜枭和冉骐他们进去。

追魂他们也想跟着，但是被光明骑士们给拦了下来："不好意思，莱斯利大人只请了他们两位。"

追魂他们没法子，只得在外面等着了。

冉骐连忙和夜枭一起跟着光明骑士进入了光明神殿，一路上都维持着夜枭身上持续回复的状态，免得他"求救未半而中道崩殂"。

光明神殿的内部就和外围看到的一样宽阔，进入大门之后，迎面就能看到漂亮的花园和喷泉，还有几块漂亮的龙形巨石浮雕，显然龙对光明神殿来说意义非凡。

穿过了花园，又经过了两处偏殿，他们终于来到了主殿。

门口有穿着白色长袍的侍女垂手站立着，看到几人来到便迎了上去。

"你们跟着娜塔莎进去就行了。"负责给他们带路的光明骑士说道。

"谢谢你。"

"不必客气，职责所在。"那名光明骑士说完后，便转身离开了。

"请两位勇者随我来。"那名叫作娜塔莎的侍女朝两人微微躬身，随后带着他们继续朝主殿走去。

很快，他们就见到了光明祭司莱斯利。

那位光明祭司看起来是个四十多岁的中年美大叔，金发碧眼，身穿红白相间、花纹繁复的牧师长袍，头戴镶嵌着宝石的冠冕，看起来有点像是古罗马教廷的红衣大主教，充满了圣洁感。

侍女将人带到后就退了下去，等到主殿内只剩下他们三个人之后，莱斯利才缓缓开口道："我已经等两位很久了。"

他的声音非常沉稳，有种安定人心的力量，冉骐原本焦急的心情，似乎也平复了许多。

"您知道我们要来？"冉骐忍不住问道。

"没错，我还知道你们之中有人中了亡灵法师的诅咒。"

冉骐顿时眼睛一亮："您有办法解除他的诅咒吗？"

"办法是有，但是非常困难和危险。"

"没关系，我们不怕！"冉骐斩钉截铁地说道，而夜枭也是同样的态度。

莱斯利叹了口气道："你们需要进入被封闭的亡灵之域，找到亡灵法师的骸骨，带回来给我。不过亡灵之域中弥漫着浓郁的死气，普通人沾染死气就会直接被同化成亡灵。你朋友的身上有亡灵法师的诅咒之力，比那些死气还要厉害，倒是不用担心会被死气侵蚀，但是亡灵之域实在太大了，诅咒的力量会不断吞噬他的气血，光靠他一个人收集，是非常困难的，所以你也要跟着一起去。我可以请求光明神将他的力量借给你，光明之力会为你阻挡死气的侵蚀，但是只能持续3小时。"

"没问题，我要和他一起去！"冉骐算是听明白了，这其实就是一个限时闯关收集材料的任务，并不算复杂。

莱斯利看向他们："孩子，你们真的想清楚了吗？如果没有及时从亡灵之域里出来，你们也许会永远被留在里面。"

"想清楚了！"冉骐和夜枭异口同声道。

"行吧，你们跟我来。"莱斯利带着他们来到了后殿，挪动了书架上的一本书后，打开了隐藏在书架背后的机关，一个十分隐秘的地下室入口出现了，所谓亡灵之域原来就被封印在光明神殿之内。

"好吧，愿光明神的力量与你同在。"莱斯利说着，将手按在了冉骐的头顶，下一刻冉骐的身上就出现了一个名为"光明神的祝福"的BUFF，可以在3小时内抵抗死气的侵袭，"去吧，一定要平安归来！"

莱斯利的话音刚落，冉骐和夜枭的面前就跳出了系统提示。

【系统】您已经接受隐藏任务，请在3小时内找齐亡灵法师的骸骨。完成度（0/10）。任务奖励：未知。

第六十七章

接受了任务之后，冉骐和夜枭便进入了"亡灵之域"。

"亡灵之域"就像它的名字一样，是充满死气的不祥之地，到处都是漆黑一片，只有绿色的鬼火燃起的微光，能让人隐约看到所处之地的样子。

泥泞的地面上铺满了白骨，白骨上萦绕着黑色的死气。这些死气非常危险，一旦有活人的气息出现，它们就会迅速缠上活人的身体，抽取他们的所有气血，几乎只要几秒，就可以杀死一个强壮的成年男人，所以莱斯利牧师才会对这些死气如此忌惮。

当冉骐和夜枭进入亡灵之域后，这些死气便如同活过来一般，迅速地朝他们扑了过来。只是冉骐的身上有着"光明神的祝福"的BUFF，那些死气刚靠近，就被光明之力给驱散了。在这3小时之内，他都不需要担心自己的安全。

而夜枭身上有着来自亡灵法师的诅咒之力，比起这些死气要更凶残，那些死气一接近，就会直接被吞噬殆尽。

只是吞噬的死气多了，诅咒的力量也变得更强，夜枭掉血的速度开始加快，从每2秒掉20点血，变为每2秒掉25点血。

很显然，他们必须尽快完成任务，将诅咒解除，否则他们在这里待的时间越久，夜枭掉血的情况就会越严重，很有可能会发展到连冉骐都保不住的地步。

"看来我们得加快速度了。"夜枭微微皱眉道。

冉骐深以为然地点了点头，只是看着这满地白骨，他们一时间还真不知道该怎么从其中找出那属于亡灵法师的骸骨。

就在他们无从下手之际，冉骐眼尖地注意到地上的鬼火似乎有些异样。顺着鬼火延伸的方向望过去，就发觉那一团团的鬼火似乎组成了一条线，在为他们指引前进的方向。

"快看！那鬼火指引的方向，是不是好像一条路？"冉骐立刻眼睛一亮，指着前方说道。

夜枭顺着他指的方向看了过去，果然也注意到了鬼火的异样。

"应该就是那边，我们过去看看。"

亡灵之域的光线十分昏暗，加上地面泥泞不堪，并有许多白骨，非常难以行走，所以两人只能互相搀扶着前进。阴森的环境和压抑的氛围，让人感觉非常不舒服，两人不知不觉间贴得更近了。

走了不知道多远，两人来到了一片废墟前面，到处都是残垣断壁，似乎已荒废许久。鬼火指引他们到这里之后就消失了，夜枭随手捡起木棍，用火球将木棍点燃，做成了照明用的简易火把。

两人通过一段狭长幽深的通道，终于来到了一个隐藏在地底的方形空间。这里似乎是一个祭祀用的神殿，只是祭祀的应该并不是什么正经神明，反而邪气蔚然，叫人心生恐怖。

神殿的中央绘制着五芒星阵，五个角以及每条线的交会处都摆放着一个个骷髅头。只是这些骷髅头上已经布满了灰尘和蛛网，看起来已经许多年没有人进入过这里。

但是当冉骐和夜枭进入这里的时候，这个五芒星阵突然亮了起来，而这些骷髅头空洞的双眼中，都突然出现蓝色的火焰。

"是谁！胆敢闯入我的领地？"一个苍老的声音遽然响起，"既然来了，那便不要走了。"

随着他的话音落下，五芒星阵的光芒越发强烈，那些个摆放在阵中的骷髅都突然破土而出，变成了一个个衣着破烂的骷髅战士。这些骷髅战士都是50级的精英怪，血量非常多，不过对夜枭来说，并不算难对付。

当这些骷髅咆哮着朝他们冲过来时，夜枭不慌不忙地将冉骐挡在了身后，随后施放出冰河减慢它们的速度，再用火墙阻拦住它们前进的脚步，最后用火焰风暴给予它们致命一击。

夜枭虽然中了诅咒，但是他的实力并未受到影响，攻击力还是一如既往地高，他一连串的技能施放，让骷髅战士甚至根本没能靠近他们，就已经只剩下一丝血。最终，它们只能在不甘的咆哮声中化成了灰烬。

"没用的废物！"那个苍老的声音再度响起，"出来吧，我的宠物！"

五芒星阵的光芒霎时大亮，照得整个神殿顿时亮如白昼。地面开始剧烈地震颤起来，并裂开了一条巨大的缝隙，一只巨大的白骨利爪从缝隙中伸了出来，足足有两人高，而且上面还萦绕着浓浓的黑色的死气，看起来非常危险。

"杀死他们！"

被那苍老的声音操控，那只利爪狠狠地抓向了冉骐和夜枭，动作之快甚至带出阵阵破风之声。

夜枭一把揽住冉骐，带着他急速后退，正好避开了那凌厉的一爪。

那一爪抓空，在墙壁上留下了极深的痕迹。

从地底传来了沉闷的咆哮声，就和他们进入洞口之前听到的声音一样。

"走！"夜枭当机立断，拉起冉骐朝着来时的通道狂奔。

他们的身后再次剧烈震颤起来，那震动的幅度简直像是地震了一般，通道的顶部开裂，石块和泥土纷纷坠落，似乎有什么庞然大物正在破土而出。

牧师的奔跑速度实在太慢了，就算有夜枭拉着，冉骐也根本跑不快。

"上来，我背着你跑！"夜枭在冉骐的面前弯下了腰。

冉骐咬了咬牙，一下跳上了夜枭的后背。

夜枭把人往上推了推，然后快速地冲了出去。别看他只是个法师，但他的基础敏捷数值可一点也不比刺客和弓箭手低，这会儿全力奔跑之下，简直快要跑出风一般的速度来了。

夜枭背着冉骐一路狂奔，总算是在通道完全崩坏前冲了出去，但他没有立刻停下，而是继续跑出了很长一段距离，确认安全后才停了下来。

再回头看去，之前的那处废墟已经完全坍塌，从坍陷的地缝中，钻出了一只巨大的骨龙。

只剩骨头的龙看起来可不像小胖龙那么可爱，也不像童话中那么威风凛凛，这只骨龙给人的感觉只是极度的危险。

这只骨龙同样是50级，但一看就知道是BOSS级别的怪物，它的血条可是之前的那些骷髅战士的好几十倍。

不过夜枭并没有退缩，把冉骐放下以后，就直接挥舞着法杖与骨龙战斗了起来。

骨龙的战斗力极强，哪怕夜枭施放了减速的技能，也并未对骨龙造成太大的影响，反而是夜枭自己，只是被骨龙抓到一下，就直接去了半管血。

好在有冉骐在旁边及时地加血，随着时间推移，夜枭也渐渐发现了骨龙的弱点。骨龙的攻击力非常高，但它只是物理攻击，依靠的是它的力量和锋利的爪子。所以夜枭只要和它保持距离，利用法师的远程技能进行攻击就行了。

这种"放风筝"的打法，说起来简单，实际操作起来其实是相当困难的，也就只有夜枭这样反应迅速且移动速度快的法师才能够做到。

冉骐借着亡灵之域的黑暗环境，悄悄地躲在了一边，在夜枭跑过身边时，对他用了两个回血技能，并时不时给他补上一个持续回复的状态。

骨龙似乎没有什么智商，并没有发现冉骐的存在，只一个劲地追着夜枭打，但除了自己的血量在一直下降，它没能再碰到夜枭一下。

那个声音苍老的人注意到了夜枭的血条，很快就发现了在旁边给夜枭加血的冉骐，声音瞬间变得暴怒："哪里来的小虫子，干掉他！"

第六十八章

骨龙得到指令，立刻掉转了方向，朝着冉骐冲了过去。

夜枭原本正引着骨龙往远处跑，突然发现骨龙转头朝着冉骐去了，便立刻丢出火球砸向骨龙，想要把骨龙的注意力重新引回来。他的这一个火球打出了伤害值2000的暴击，但骨龙根本就不搭理他，只一心一意地朝冉骐冲去，显然是受到那个声音的控制，无论那个声音的命令是什么，它都会全力以赴地完成。

夜枭又接连对着骨龙施放冰河和火墙，但也只是暂时阻挡一下骨龙的脚步，它的攻击目标依然是冉骐。

冉骐也察觉到了不妙，转头就想跑，但是骨龙的速度哪里是他可以比的？他刚跑出两步，就被骨龙给追上了，巨大的利爪直直朝他的头顶拍了下来。

"小心！"夜枭看到这一幕时目瞪口呆，他离得实在太远，就算拼了命跑，也没有办法及时赶到冉骐的身边。

冉骐也顾不上其他，当即掏出包里的魔法卷轴，撕开之后就朝着骨龙丢了过去。

那是一张封印着石化术的魔法卷轴，可以使得目标变得像石雕一样僵硬，在10秒内无法动弹。

骨龙的爪子就这么硬生生地停在了冉骐的头顶，画面一时间看着有点滑稽。

冉骐连忙跑出骨龙的攻击范围，在石化术失效之前，再次掏出一张魔法卷轴丢了过去。

这次他使用的是"魔法卷轴·缠绕术"，从地下瞬间冒出了大量的藤蔓，将骨龙从头到脚给捆了个严严实实，将骨龙的行动给限制住了。

"继续攻击！我有很多控制类的魔法卷轴！"冉骐对着夜枭大声喊道。

以防万一，他的包裹里一直放着大量的魔法卷轴，这会儿终于可以派上用场了。他包里的魔法卷轴全都是中高级的，对付这只50级的骨龙绝对是绰绰有余的。

情势的突然反转，让一向冷静的夜枭也难得露出了一点茫然的神色来，幸好他很快就反应了过来，继续对着骨龙发起攻击。

夜枭的攻击力高得惊人，并且他命中率极高，每一下都精准地落在骨龙的关节等要害处，打出一次又一次的暴击。而冉骐用的是魔法卷轴，连个CD都没有，一张接一张往外丢，竟凭借一己之力，硬生生把骨龙给困在了原地，连动弹一下都不行。

骨龙是BOSS级别的怪，血条非常厚，大约有十万左右的血量，一般六个人的队伍都要打半天，但现在他们只有两个人，却在默契配合之下，一点一点把这只骨龙给打死了。

不过这种方法也就只有冉骐这样的土豪才能使用了，毕竟制作魔法卷轴的材料非常昂贵，并且这些魔法卷轴都是一次性消耗品，使用魔法卷轴就和烧钱没什么两样，何况他用的还都是中高级的魔法卷轴，价格更是昂贵。

看着骨龙轰然倒地，夜枭和冉骐却没有丝毫放松，他们警惕地看向四周，等待着下一拨怪物的到来。他们很清楚，那个操控骨龙的人，还没有现身，肯定不会就这样放他们离开的。

果然，下一刻，那人便愤怒地低吼出声："废物！都是废物！"

随后那人便开始念起了一段长长的咒语，地面再次开始剧烈震颤，浓郁的黑色死气冲天而起，化作无数飞虫朝着冉骐和夜枭两人冲了过来。

飞虫的数量极多，几乎达到了遮天蔽日的地步，虫群俯冲而下时的画面简直像是灾难片一样。

夜枭将冉骐护在了身后，然后施放了群攻大招火焰风暴。火焰的确是虫子的克星，但是火焰风暴这个技能的持续时间只有10秒，只能暂时让那些虫子无法靠近，10秒之后他们要迎来的就是漫天的虫子的攻击。

冉骐咬着牙，又撕开了一张魔法卷轴丢了出去，这一次他使用的是攻击型的高级魔法卷轴，使用的都是范围性的大招。以冉骐现在的等级，根本无法制作，因此这样的魔法卷轴是用一张少一张。

只是虫子的数量实在太多，就算他把身上的魔法卷轴全用完，恐怕也没有办法将这些虫子全都消灭干净。

很快，就有许多虫子突破了火焰的重围，朝着两人扑了过来。

夜枭再次将冉骐护在了身后，只是预想中的疼痛并没有传来，那些虫子刚一落到夜枭的身上，他的身上就升起了一道黑烟，将那些虫子吞噬掉了。

那道黑烟就是夜枭身上的诅咒之力，诅咒之力能够吞噬死气，这些虫子就是由骨龙体内的死气凝聚而成的，所以诅咒之力才能够将它们吞噬。只是这样一来，夜枭身上的诅咒再次加重，掉血的情况也越发严重。

"哈哈哈，真是令人熟悉的味道呢！"剩下的虫子在半空中凝聚成了一张恐怖的鬼脸，然后那人发出了诡异的笑声，"既然喜欢，那就多吃一点吧！"

伴随着那怪笑的声音，虫子们卷土重来，并且将夜枭当作它们的攻击目标。

冉骐觉得不能再这样下去了，夜枭吞噬的死气越多，所需要承受的诅咒越重，哪怕不会被虫子吞噬，也很有可能会直接掉血而死。而且这种诅咒可不是普通的负面状态，不会因为玩家的死亡而消失，要不然莱斯利也不会让他们这样大费周章地过来寻找亡灵法师的骸骨了。

冉骐想起了莱斯利对自己说过的话，他的身上有着"光明神的祝福"，可以在3小时内抵抗死气的侵袭，说不定对这些由死气凝聚成的虫子也能起作用。

这一次他挡在了夜枭的身前，在接触到那些虫子的那一刻，他的周身亮起了一道耀眼的白色光芒，那些虫子仿佛被烧焦了，瞬间化作青烟消失不见了。

那张鬼脸再次出现，他不再发出怪笑，而是忌惮地开口："你们是光明神殿的人？"

冉骐和夜枭并未回答，只是警惕地看向那人。

"哼，不管你们是不是，既然来了，就别走了！"随着那人的话音落下，浓郁的死气再次聚集，一股脑地汇聚到了之前倒下的那只骨龙的骨架当中，将那白色的龙骨染成了黑色。被打散的骨头重组，骨龙慢慢地重新站了起来。

"这是犯规吧！"冉骐忍不住骂道。

要是这骨龙每一次被打死了又很快活过来，那他们岂不是完蛋了？他背包里的魔法卷轴可撑不了那么久！

但不管怎么样，该打还是得打。

这一次的骨龙变得更强了，为了战胜骨龙，冉骐和夜枭同时将两只小龙崽给召唤了出来。在战斗时，宠物对玩家的属性有加成，而且小黑龙的技能非常好用，可以大大减轻他们的压力。

"唧唧！"小龙崽与主人心意相通，很快明白主人的意思，拍打着小翅膀，冲着骨龙发出稚嫩的叫声。

而本来气势汹汹的骨龙身体突然僵立，也不知道是因为小龙崽的叫声，还是因为冉骐魔法卷轴的控制。

小黑丝毫不惧怕死气，飞到了骨龙的身上，张嘴就咬，竟将那些浓郁的黑色死气硬生生从骨龙的身上咬下来吞进了肚子里。

小白倒是没有去吞噬骨龙身上的死气，而是飞到了冉骐的头顶，扬起小脑袋发出稚嫩的叫声，随后冉骐身上的白光变得更加耀眼起来。

【系统】您的宠物成功触发光之祝福技能，技能等级提升。

小黑在之前的副本中，已多次触发了厄运诅咒技能，为他们打倒 BOSS 帮了很大的忙。但小白的技能是被动技，一直没有触发过，冉骐怎么也没想到竟会在今天这种情况下突然触发。

第六十九章

冉骐身上的"光明神的祝福"，在小白的技能帮助下，变得更加耀眼夺目，几乎是一瞬间，就将周围的黑暗死气给全部驱散了，连夜枭身上一直笼罩着的死气似乎也减轻了一些。

"唧唧！"小黑停在骨龙的身上，吞吃着它身上的死气，就好像在吃什么美味的食物一样，吃得非常欢乐，没有半点不适。

而更奇怪的是，骨龙在小黑飞到它身上之后，就没有再动弹过，仿佛任由小黑为所欲为。

"杀了他们！"那个苍老的声音似乎被眼前的这一幕给触怒了，再次吟诵起了长长的咒语，更多的死气从地底出来，不断地聚到骨龙的身上。

浓郁的黑色死气让骨龙的身躯变大了一圈，它的外层由死气汇集，凝结出了一层黑黢黢的鳞甲，以及狰狞的长角和锋利的獠牙，让它看起来像是一条真正的龙。

骨龙缓缓睁开了眼睛，猩红色的眼眸充满了凶暴的气息，令它看起来更加狰狞恐怖。

它周身的死气已经浓郁到连小黑也没有办法再继续吞噬了，它只能拍打着翅膀围绕着骨龙飞翔，并发出"唧唧"的叫声。

"小黑，回来！"夜枭担心小黑受伤，立刻召唤它回来。

小黑受到主人的召唤，便转身打算往回飞，却没想到骨龙突然抬起爪子，一把抓住了小黑。

"小黑！"夜枭和冉骐都被这一幕吓了一跳。

小黑挣扎着从骨龙的爪缝中探出了小脑袋，朝着夜枭他们发出稚嫩的求救声。

夜枭当即朝着骨龙丢出了一连串技能，只是骨龙现在的等级再次上升了，直接变成了60级的超级BOSS，巨大的等级压制，使得他的攻击都无法对骨龙造成太大的伤害。

"哈哈哈，杀了他们！快杀了他们！"那个苍老的声音越发激动起来。

只是骨龙并没有听从那人的命令，而是依旧沉默地站着。

"米切尔森！你是想要违抗我的命令吗？"苍老的声音陡然高昂。

骨龙似乎对这个名字有了反应，终于慢慢站直了身体，庞大的身躯给人巨大的压迫感，犹如一座深黑的峰峦。

冉骐不自觉地抓住了身旁的夜枭，夜枭低声安慰道："没事的，大不了就是任务失败而已。"

"嗯……"冉骐微微点头。

不过"米切尔森"这个名字……他总觉得似乎在哪里听过。

不管那人如何暴怒，骨龙依然只是站着。

"索耶·卢卡斯。"低沉的声音，从骨龙的身体中发出。

那个苍老的声音突然沉默，周围霎时静谧到让人感觉到不适。

冉骐和夜枭对视一眼，都意识到事态发生了转变。

骨龙缓缓转身，将爪子里的小龙崽交还到了夜枭和冉骐的手中，然后迈着沉重的步伐走向了之前坍塌的那片废墟。

"住手！你快给我住手！"似乎意识到了骨龙想要做什么，那人愤怒地低吼出声。

但是骨龙并没有搭理他，依然坚定地一步步走向了那处废墟，用锋利的爪子开始挖掘坚硬的地面。

那人再度念起了咒语，骨龙身上的黑色死气突然被剥离了下来，翻涌着变成了无数尖刺，狠狠地扎向了骨龙的骨架。冉骐和夜枭甚至能够看到雪白的龙骨上出现的裂痕，但骨龙依然继续着挖掘的动作，就算身体开始颤抖了，也没有停下。

就在骨龙的身体彻底溃散之前，它从地底挖出了一个黑色的棺材，棺材被更加浓郁的黑色死气笼罩着，在被挖出来的那一刻，大量死气冲向了骨龙，将它好不容易拼起来的身体，再次击散。

"南方……消灭他……龙族的……希望……"骨龙的骨架溃散时，冉骐和夜枭只能依稀听见几个字。

虽然情势再次急转直下，但两人很快反应了过来，眼前的一幕应该就是剧情的安排，那个棺材里装着的，一定就是他们的任务目标——亡灵法师的骸骨。

两人对视一眼，然后一起朝着黑色棺材跑了过去，黑色的死气立即卷土重来，变作尖刺，朝着两人扎了过来。

小白龙蹲在冉骐的头顶，扬起了小脑袋，又一次发动了技能，白色的光芒瞬间让死气消散了不少。小黑龙也蹲在夜枭的头顶，张嘴就吞吃起了那些死气。

两人有惊无险地冲到了黑色棺材前，却找不到开启棺材的方法。

"要不然我们放火烧一烧？"冉骐提议道。

夜枭点了点头，就对准黑色棺材施放了大招火焰风暴，漫天火焰将黑色棺材笼罩其中，隐约能听见远处传来的哀号声。

他们这一烧，黑色棺材的血条便显现了出来，夜枭的这一个大招只烧掉了棺材10%的血量，并不算很多，但反正有作用就是好事。

不过那个一直躲在暗处的人却不会给他们这样的机会，又操控着亡灵之域中的死气对他们发起了攻击。

死气如同黑云一般铺天盖地，冉骐身上有"光明神的祝福"倒是还好，但夜枭身上的诅咒一旦碰触到死气，就会瞬间进行吞噬，然后使得诅咒之力变得越来越强。操控死气的那人显然也发现了这一点，对准夜枭进行了攻击。

冉骐把所有的治疗技能全都给夜枭用上了，其中也包括了范围性治疗的圣光术。也不知道是"光明神的祝福"加成，还是小白的光属性加成，总之这一次的圣光术变得与以前完全不同，像是一道光柱冲天而起，直接撕裂了这个空间里的黑暗。

夜枭只觉得一股暖意包裹全身，将那种阴冷的感觉从体内驱散，虽然没有办法彻底去除诅咒，但也能将诅咒控制在他能够承受的范围内了。而刚才还气势汹汹的死气，就像是遇到天敌一样疯狂溃逃，连那个黑色棺材的血条也跟着下滑了一小截。

冉骐见状，顿时眼前一亮，光明果然是黑暗的克星！

他尝试着对黑色棺材使用了治疗术，白色的光芒一接触到黑色棺材，黑色棺材的血条就开始迅速下降。有了光明之力的帮助，冉骐原本只能用于治疗的技能对亡灵系的怪物来说，顿时充满了攻击力，甚至比夜枭的伤害还要强。

冉骐高兴极了，再接再厉，只要技能的CD一好，就立刻施放，夜枭也不断地施放技能，两人合力终于将黑色棺材的保护层给打破了。

黑色棺材碎裂开来，露出里面的黑色骨架。不愧是亡灵法师的骨架，居然连骨头都是黑色的，只是不知道为什么居然没有头颅。

【系统】请在 3 小时内收集亡灵法师的骸骨，完成度（8/10），剩余时间 00：25:29。

很显然，根据系统的提示，那个失踪的头颅，就是任务缺少的那部分，而他们所剩的时间已经不多了。

夜枭想起了骨龙倒下的时候，提到的"南方"两个字，很有可能是在告诉他们亡灵法师头颅所藏匿的地方。

"走，去南边看看。"夜枭将黑色棺材中的骸骨收进了包裹里，然后和冉骐一起朝着亡灵之域的南方走去。

一路上，不断有骷髅从地上爬起来对他们发动攻击，但这些骷髅的实力显然是没有办法与骨龙相比的，很快就都被夜枭和冉骐给解决了。夜枭的攻击力自然不必多说，冉骐此时也有了光明之力，对那些骷髅和亡灵来说，是更为可怕的存在。

很快，他们发现了一棵枯树，孤零零地生长在黑暗的沼泽之中，显得非常突兀。他们每靠近一点，都会受到猛烈攻击，就仿佛是亡灵法师在垂死挣扎。

不必多说，两人就已经明白这棵枯树绝对有问题，他们朝着枯树使出了火焰风暴和圣光术的技能，烈火和带着光明之力的光芒将枯树整个笼罩了起来。

随后他们就听到了震耳欲聋的哀号声，那棵树好像活了过来一般，疯狂地抖动挣扎起来，却无论如何也没有办法将根系从地底拔出来逃跑，只能被迫留在原地，被烧成了一堆焦炭。从焦炭中，依稀能够看到露出的一点头盖骨。

夜枭伸手扒拉了一下，很快从焦炭中扒拉出了一个黑色的头骨，收进了背包里。

【系统】恭喜您完成隐藏任务，将在 30 秒后将您传送回光明神殿。

30 秒后，两人再次回到了光明神殿中，光明祭司莱斯利焦急地看向他们："你们成功回来了！是不是找到了亡灵法师的骸骨？"

两人点了点头，夜枭从包裹中将骸骨取出交给了莱斯利。

"终于等到了这一天……"莱斯利的脸上露出了释然的微笑，"我这就为你解除诅咒。"

他将骸骨摆上了早就准备好的法阵之中，一张狰狞的鬼脸突然从骸骨中冲了出来，呼啸着扑向了夜枭。

然而莱斯利早有准备，一道白色的光罩将三人笼罩其中，让那鬼脸扑了个空。

鬼脸立刻掉转方向，想要逃出光明神殿，可是莱斯利根本不会给他这样的机会。

莱斯利的口中吟诵咒语，法阵光芒大盛，白色的光明之力中夹杂着蓝色的雷霆，闪着光劈在了那具骸骨上，将那具黑色骸骨生生劈成了黑灰，然后消散在了光明之中。

在亡灵法师的骸骨被彻底毁去的同时，夜枭身上的诅咒也自动解除了。

第七十章

两人将在亡灵之域中所发生的事情告诉了莱斯利，在听到那条受到亡灵法师控制的骨龙时，莱斯利沉默了一下，随后给他们讲述了一个故事。

数千年前，曾经发生过一场神魔大战，就是冉骐和夜枭在龙魂秘境中所见到的那个画面。

亡灵法师率领着他的亡灵军团进攻了这片美丽的国度，国王亲自率领骑士们与亡灵军团战斗，不幸战死，只留下一位公主。公主在年幼的时候曾经捡到了一颗龙蛋，龙蛋孵出了一条真正的龙，龙与公主一起长大，双方建立了深厚的感情。

在亡灵军团进攻光明国度的时候，也是那条龙带着公主逃了出来。公主请求光明神的庇佑，成了一位强大的光明法师，与巨龙一起重新回到了她的王国，从亡灵法师的手中夺回了她的家园，成了一名女王。

巨龙与女王感情深厚，就算女王最终死去，它也一直守护着她的坟墓。

然而亡灵法师当初并未彻底死去，当初龙魂秘境中的那个黑袍法师只是被他操控的傀儡，真正的亡灵法师早就已经逃走了。只是经此一战，他的实力大大受损，只得暂时隐藏起来。

在巨龙也死去之后，亡灵法师不知道用什么办法偷走了巨龙的尸骨，将它制作成了傀儡，操控着它再度掀起了腥风血雨。

幸好那位女王早就防备着这一天，她在生前成立了光明神殿，利用光明神的神力，将亡灵法师封印在了亡灵之域中。杀死亡灵法师的唯一方法，就是找到他的骸骨，并且用光明之力将他彻底净化。

只是这个方法说起来简单，做起来却非常困难。光明神殿曾经派遣过无数勇士进入亡灵之域，但都是有去无回，他们的尸骨和灵魂之力，甚至还有可能反过来壮大亡灵法师的力量。

无奈之下，光明神殿只得将亡灵之域的入口彻底封印了起来，但就在不久前，光明神给出了神谕，能够彻底杀死亡灵法师的真正勇士，即将到来。

很显然，冉骐和夜枭就是光明神所说的勇士，夜枭身上的诅咒就是当初那场大战中亡灵法师留下的，也可以说夜枭和冉骐就是当初破坏了亡灵法师计划的人。既然他们可以破坏亡灵法师的计划一次，就可以破坏第二次。

他们只要将亡灵法师杀死，那么夜枭身上的诅咒自然就会消除了。

莱斯利认为，之前的那些勇者应该都是死在了由亡灵法师操控的骨龙手中，亡灵之域那么大，他们总不能把每一寸土地都掘地三尺吧？若是没有骨龙的帮助，他们根本不可能找到亡灵法师的骸骨。

夜枭和冉骐在龙魂秘境中得到的两只小龙起到了至关重要的作用，同族之间的感应，让骨龙的灵魂苏醒并摆脱了亡灵法师的控制，帮助他们找到了亡灵法师的骸骨。

"非常感谢你们的帮助，光明神会给你们馈赠。"莱斯利朝着两人行了一个礼。

在莱利斯的话音落下的同时，冉骐和夜枭的面前都同时弹出了一条系统提示。

【系统公告】恭喜玩家［夜枭］［白染］完成了隐藏任务，传承任务正式开启，将会随机进行触发。

两人面面相觑，有些疑惑这个所谓传承任务到底是什么东西。

"请随我来。"莱斯利带着他们来到光明神殿的后殿，非常神秘地拿出了一颗刻满了魔法铭文的白色水晶球。"请把手放到水晶球上。"

冉骐和夜枭对视一眼，最后还是夜枭先上前，将手放到了水晶球上。

水晶球很快发生了变化，漂亮的透明水晶球，突然被黑色和蓝色充斥，两种颜色强烈翻滚和碰撞，最后化作闪电和霹雳的样子，看起来就像是有人在渡劫一般。

【系统】恭喜您获得了雷霆之力的传承。

夜枭发现自己的技能面板正在闪闪发光，打开一看，就发现原本的技能树下多了一个新的分支，得到了三个新的技能"雷击术""雷暴术""雷球术"，其中雷击术是单体攻击，雷暴术和雷球术都是群攻的技能。很显然，他将会因为这三个技能，变得更加强大。

冉骐见状，也将手放到了水晶球上，水晶球渐渐被漂亮的白色所充斥。

【系统】恭喜您获得了光明之力的传承。

冉骐也看了看自己的技能面板，果然也多了三个新的技能"极光术""光耀术""光雨"。"极光术"是单体攻击技能，能够对单体目标造成光系伤害。"光耀术"和"光雨"都是群攻技能，可以范围性地造成光系伤害。

这些技能都是光系法术，对黑暗系和不死系的魔物伤害直接翻倍，仿佛是多给了他一个光明系的法师身份。再加上冉骐宠物小白龙的技能加成，攻击力还能再加强一些。

这三个技能就仿佛及时雨一般，让冉骐顿时惊喜不已。要知道牧师最让人头疼的地方就在于没有攻击技能，现在通过隐藏任务，他也终于拥有了攻击力。

这下子和张烁的约战，他是更加有信心了。

此时的世界频道也早就陷入了沸腾之中，谁也没有想到，这个游戏居然还有隐藏的传承任务，而且又是被游戏大神夜枭给开启的。虽然白染的名字也上了公告，但白染的存在感肯定不如夜枭那么强，众人的目光还是更多聚集在夜枭身上。

传承任务，光是听名字就特别厉害，能够得到隐藏的传承力量，实力绝对能够大幅提升。

【世界】归海：夜枭大神本来攻击力就很高了，这下岂不是更厉害了？

【世界】阡陌：夜枭大神真不愧是大神，就连触发一个传承任务都那么与众不同！

只是之前系统公告的详情页也提到了，这个传承任务的触发是非常具有随机性的，而且最终能不能成功获得传承，还得看运气。

有了这个激励，大量玩家都一窝蜂地冲进了主城，开始接各种他们平时根本看不上的那些经验少奖励少的任务，试图也能触发一个传承任务。

别说，还真有几个成功的，他们上论坛把触发的经过进行了分享，但是其他人试图复制他们的成功之路却都失败了。

后来他们才得知，这些传承任务都是一次性的，一旦被触发了，想要用同样的方法再次触发是绝对不可能的了。

只是其他人触发传承任务，通常都只能得到一个技能，而且是辅助类技能偏多，运气最好的几个玩家也才得到了两个技能，像夜枭和冉骐这样一次性得到三个强力技能的，那绝对是一个也没有的。

第七十一章

不管怎么样，冉骐和夜枭多了三个技能之后，战斗力都有了大幅提升。

夜枭原本就已经像是一个移动炮台了，现在又有了新技能，完全就是一个移动轰炸机了，野外打怪几乎都是秒杀，简直不能更有效率。

冉骐也同样从一个单纯的治疗辅助者，变成了拥有攻击技能的强力牧师，而且因为他的智力加成比较高，攻击力居然也能和一般的同级法师持平。尤其是在面对不死系和黑暗系的怪物时，他的光系魔法造成的伤害更是会直接翻倍，完全可以当作一个强力输出来用了。

他们打副本的效率也因此提高了许多，连同级别的挑战副本，都能够轻松打过。

于是，剑指流年干脆提议道："要不然我们明天就去试试 45 级的深渊副本吧？"

45 级以后，升级的速度会变得越来越慢，升级所需的经验是之前的好几倍，再想要像以前那样一天之内飞快地升几级是不可能的了，所以通关 45 级深渊副本得到的装备能够用上很长一段时间。

45 级深渊副本和 30 级的深渊副本完全不是一个量级的，45 级的深渊副本会掉落可交易的紫色套装和制作橙色套装的材料，集齐套装后激活的属性更是非常好用，完全不逊于自制装备。

正好趁着现在其他玩家的等级还没有起来，他们率先去深渊副本多囤积些装备和材料，除了自己装备上，多余的材料还能放到仓库里，用来增强公会的整体实力。

夜枭稍微考虑了一下，就答应了下来："行，你顺便联系一下管理员。"

"好的，没问题！"剑指流年闻言，立刻懂了，如今深渊副本的直播已经成了他们获取实物兑换券的一大捷径了，分分钟就能凑够一份火锅食材所需的券。"对了老大，我们公会差不多可以升 3 级了，你觉得什么时候升级公会比较合适？"

剑指流年无奈地说道："每天都有好多人私聊问我什么时候可以加公会。"

"不用急，等这次深渊副本打完之后再升级吧。"

到目前为止，游戏内的公会就只有他们"战无不胜"和财大气粗的"琉璃月"两个。

这段时间，一直没有新的公会召集令出现，可见这玩意儿的掉落率是真的低。"琉璃月"用来建立公会的那块公会召集令，是从月影公会那边收来的。

月影公会因为之前黑令牌的事情，名声彻底臭了，加上管理层都被悬赏，最后公会直接解散了，而那块令牌就被转手卖给了"琉璃月"。

"琉璃月"的会长财大气粗，公会成立之后，立刻就满员了。公会里的成员基本上都是会长花大价钱招揽来的高级玩家，公会的实力不弱，但是和"战无不胜"还是没有办法相比的。

而且由于"琉璃月"没有公会升级券，所以他们公会现在还只是 1 级，最多容纳 30 人。想要把公会从 1 级升到 2 级，肯定还需要一段时间。

因此夜枭并不着急招人，反正也不会有公会和他们抢人，倒不如先慢慢发展，补充一下实力和资源，再进行扩张。

"好的。"

这时候，差不多又到了冉骐和顾乐下线休息的时间了，他们和夜枭打了声招呼之后，就下线了。

这次他们没有再找什么上课的借口，反正前几天见面的时候，他们就说过他们是勤务系的学生，也坦承了他们是因为体质等级不够，才会每天都需要下线休息的事情，这会儿也就不需要再隐瞒了。

从游戏舱里爬出来，冉骐就去洗了个澡，然后打开光脑，打算从商城里兑换一点食材。这些食材对身体有好处，那自然是要坚持吃才行。

他正在浏览商城，突然光脑显示有人发视讯请求过来了。

冉骐一看，发送视讯请求的人是瞿清，他立马就接了起来。

"妈妈！"冉骐高兴地和瞿清打了个招呼。

"昨晚休息得怎么样？"瞿清见到儿子也很高兴，立刻关切地问道。毕竟儿子可是刚看完比赛回来，以他的体质等级，估计会很累。

"我休息得很好。"冉骐笑着回答。

他这也不算说谎，虽然说是打了一整晚的游戏，但是躺在游戏舱里，和躺着睡觉也没什么两样，现在他的精神状态还是很不错的。

"那就好。"瞿清这下终于安心了，"去看比赛，玩得开心吗？"

"挺开心的，看到了很多很厉害的高手！"冉骐没敢说自己是去见网友的，就只能装作是单纯去看比赛的。

"那就好，就快期末了吧？什么时候放假？"瞿清又问道。

"啊，对的，但是放假日期还没出来，等日期出来了我再告诉您吧。"期末考试这种事，冉骐还是不会忘记的，不过一般都是要等考试结束，才会公布放假的时间，所以冉骐现在也不知道什么时候才放假。

"那等放假日期定下来，记得告诉我，我好让小凯和小辉一起请假回来，我们全家好久没一起聚聚了。"瞿清说着，忍不住叹了一口气。

冉骐见状，心里莫名酸了一下，连忙说道："好的，等放假时间定下来，我一定第一时间告诉您！"

"好。"想到很快能见到小儿子，瞿清的脸上终于露出了一点笑容。

"对了妈妈，我今天打算做吃的，一会儿做好之后，就给您寄回去，记得收快递呀！"

"好的！"瞿清脸上的笑容又加深了一些，显然对儿子的关心她感觉非常受用。

结束了和瞿清的通话之后，冉骐就赶紧到商城下单去了。他买了一些面粉、猪肉、青菜还有香菇，准备做包子。

包子的做法不算复杂，一次性可以包好多个，而且味道好又管饱，馅料和口味也丰富，放到保鲜柜里，可以存放好些天，刚好可以多做一些寄回去给妈妈，让妈妈的心情能够好一些。

他今天准备做两种口味的包子，鲜肉馅的和香菇青菜馅的，荤素搭配，营养更均衡，不至于一直吃肉馅吃得腻了。

冉骐很舍得放馅料，包好的每一个包子都是白白胖胖的，皮薄馅大。放到多功能锅里一蒸，很快就蒸好了，白白胖胖的一屉，看着不知道多可爱。

他拿了一个鲜肉包尝了尝，味道出乎意料地好。他特意用五花肉调的馅，肥瘦相间的肉馅分量十足，口感更柔软，高温蒸熟之后，涌出不少汤汁，肥肉的油脂更是被面皮吸收，面皮既带着甜味又带着肉的鲜味，每一口都让人感觉分外满足。

他又拿起香菇青菜馅的包子咬了一口，味道同样非常不错。

他一口气包了50个包子，全部上锅蒸熟了，除了刚才吃掉的两个，他还留下了8个，准备和顾乐一起分享。剩下的40个包子直接分成两半，一半寄回家，一半寄到帝星，让韩啸他们几个也一起尝尝。

海域

第七十二章

等到一切都准备好了之后，冉骐才给顾乐发消息，让他赶紧上来吃包子，顾乐那边挂了后就飞快地跑了过来。

"冉冉，我来啦！今天有什么好吃的？"顾乐一进门就双眼发亮地问道。

"今天吃包子，有鲜肉馅的和香菇青菜馅的，你想吃哪个？"

"先来个肉的！"虽然还不知道包子到底是个什么东西，但顾乐想都没想就直接选了肉馅的。

冉骐把锅里的包子拿了一个出来，放在盘子里递到了顾乐的手里。

刚蒸好的包子又白又胖，还热气腾腾的，看着就特别好吃。顾乐根本顾不得烫手，直接抓起来就咬了一口。

柔软的外皮咬开之后，里面的肉汁立刻渗了出来，加上结结实实的一大坨肉馅，吃起来别提多香了。

"好吃，好吃！真好吃！"顾乐一边吸气，一边快速咀嚼着。

"再试试菜包子。"冉骐又拿了一个素的给他。

顾乐也没拒绝，拿过来咬了一大口。面皮同样柔软，带着甜香，馅料是非常新鲜的青菜和香菇，带着淡淡的甜味，味道不像肉包这么浓郁，但也非常鲜美，而且还解腻。

"好吃吗？"冉骐笑着问道。

"好吃，不过我感觉还是大口吃肉比较舒服。"顾乐舔了舔嘴唇，忍不住又拿起了一个肉包子咬了一口。

"我也知道大口吃肉舒服，但是纯肉太贵了，我们手里的兑换券还是要省着点用。"

"你说得对！"顾乐深以为然地点了点头，然后像是突然想到了什么，又开口问道："对了，你说这些商城里兑换的肉和蔬菜，都是哪里来的？"

"我也不知道，也许是政府或者官方开发了一个新的资源星吧？"冉骐猜测道。

"哈哈，很有可能。"顾乐把这个话题丢开，专心地吃包子，一口气吃了四个包子，撑得实在吃不下了才停下。"不过你也不用担心，我们明天晚上就要去打45级深渊副本，很快又能有一大笔兑换券入账，想想还有点激动呢！"

"是啊，我得多做点准备。"冉骐很清楚明天的深渊副本难度有多高，就算现在他和夜枭的实力都得到了增强，也不能掉以轻心，药剂和食物这些对打副本有帮助的辅助物品，都要趁早准备起来。

"那就靠你了！冉冉！"

******

45级深渊副本比起30级深渊副本难了不止一点半点，除了夜枭的团队，根本没有其他玩家有这个实力进行挑战，因此剑指流年和管理员商谈得非常顺利，为每个人争取到了10张实物兑换券的奖励，整个团队加起来，可就是整整150张，够他们美美地吃上好几顿了！

"等到副本结束，这些兑换券全都给染哥，让染哥给我们做好吃的！"追魂立刻提议道。

"我同意！"其他人立即附和。他们收到了冉骐寄来的包子，实在美味极了，他们希望以后也能经常吃到这样的美味。

冉骐拿这群吃货没有办法，只得答应下来。

夜枭的固定团队是12人，还有3个空位需要填补。他们原本是想要从自己公会选人的，但是目前除了他们，他们公会还没有人达到45级，看来只能找外援了。

不过修罗、荼蘼花开还有千机主动联络了他们，想要加入这一次的新副本挑战活动。

而且三人还表明了，这次直播给的兑换券奖励，他们都不要，甚至还愿意倒贴两张，只希望能够加入他们的开荒团队，毕竟观看直播得到的副本信息跟亲身经历得到经验是完全不同的。

众人讨论了一下，最后还是同意了三人的合作请求。他们之前有过一次合作，三人的技术和战斗意识都相当不错，不用担心会被拖后腿，也省得他们再去另外找新的合作对象了。

众人也将这个消息告诉了公会的成员们，这次开荒不能带他们公会自己的人了，不过等CD刷新之后，下一次肯定会带上他们的。

成员们也表示非常理解，谁让他们升级太慢，跟不上大佬的脚步呢？

直播的时间依然定在了晚上8点，管理员早上就把消息发在论坛并置顶了，所以这会儿基本上所有的玩家都知道了。

晚上8点，众人一起在深渊副本的入口处集合，夜枭就把直播给打开了，他直播间里的在线人数立刻以一个非常惊人的速度开始迅速攀升。

夜枭开启副本之后，众人就一起被传送了进去。

他们只觉得眼前一花，就出现在了一艘小船上，周围是浩瀚的大海，他们的鼻子都能闻到空气中独属于海水的咸腥味。

顾乐有点蒙地开口问道："这次的副本怎么是在船上？这么小一艘船，怎么打啊？"

"副本应该不是这艘船……"夜枭的话还没说完，就被突然刮起的狂风给打断了。

原本平静的大海在这一刻突然掀起了汹涌的波涛，周围的雾气也越来越浓，他们乘坐的小船在这样的风浪里就像是一片飘零的叶子一样，只能无奈地随波逐流。

风浪越来越大，船里很快进了水，众人的身上也被海浪弄得湿漉漉的，十分狼狈。

突然，一个巨浪朝着小船拍了过来，众人全都下意识地抓住了船的边缘，来稳住自己的身体。夜枭更是将冉骐牢牢地护住，用身体替他挡住海浪的冲击。

下一秒，众人所处的场景又再次变换，他们出现在了一座荒岛的礁石滩上，小岛上荒芜一片，除了荒山和礁石，能看见的就只有漫无边际的大海。海面上散落着小船破碎的残骸，显然无法继续行驶，摆在他们面前的，就只有一个深不见底的山洞。

原来刚才他们在海上所经历的画面，只是一个片头 CG 动画，他们的副本之旅现在才真正开启。

"看来这个山洞才是真正的副本，我们进去吧。"修罗说着就带头朝着山洞走去，但是刚走两步，就感觉到一阵头晕目眩，然后一看系统面板，才发现他的体力值被清空，出现了虚弱的状态。

很显然，根据游戏剧情的安排，他们应该是遭遇了海难，非常艰难地才漂流到了这座孤岛上，体力耗尽是非常正常的事情，这也是深渊副本给他们准备的第一个挑战。

"你们谁带了体力药剂？"修罗连忙询问其他人。

他来之前，也是做足了准备的，蓝药和红药还有能够加状态的食物都带了一些，但由于包裹空间有限，他选择在外面把体力值补充满了之后再进副本。正常情况下，全满的体力可以支撑一天的活动，因此他根本没有带体力药剂。

然而其他人的想法也都和他差不多，一时间众人都面面相觑，场面略显尴尬。

还好冉骐及时站了出来："我带了，大家过来拿吧。"

冉骐早就知道这个副本的情况，因此提前做好了准备，带了好几组体力药剂，另外还有可以拿来照明的夜明珠。这些夜明珠还是冉骐上一次从龙魂秘境洞窟的墙壁上给撬下来的，这会儿刚好派上用场。

他把体力药剂还有夜明珠分发给了大家，让大家恢复了体力的同时，也有了可以照明的工具。

"走吧，进去看看。"

本来为了安全起见，应该由血多防高的战士负责打头阵，但是由于顾乐实在怕黑，最后只能由四时冷暖走在了最前面，风波江南走在最后。

山洞里的风很大，好像四面八方都在漏风似的，却没有半点光线透进来，洞内伸手不见五指，漆黑非常。幸好他们用来照明的工具是夜明珠而不是火把，不然早就被吹灭了，不过夜明珠的照明范围有限，只能让他们看清三米内的范围。

他们身上都被海水给打湿了，这会儿吹着风非常冷，一个个身体都不由自主地颤抖起来。

夜枭见状，便召唤出了火墙，想让大家的身体暖和起来。

谁知道火墙耀眼的光芒让整个山洞内顿时亮如白昼，他们顺势也看到了他们头顶倒悬着的一大群红眼蝙蝠。这群蝙蝠布满整个山洞，密密麻麻的，让人看得密集恐惧症都要犯了。

没有留给他们任何尖叫的机会，火光一亮，红眼蝙蝠立即对众人发起了攻击。这些蝙蝠的数量惊人，爪子锐利，速度也非常快，被它们抓伤或者咬伤，就会有流血的负面状态，血流不止。

还好众人实力强悍，加上牧师治疗很厉害，很快就将这群蝙蝠给消灭掉了。

第七十三章

众人稍微休息了一下，就继续朝洞穴的深处走去，越往里走通道越狭窄，走到最后，路已经消失了，他们面前只剩一个幽静的水潭，除此之外再也没有别的路了。

很显然，这是要让他们下水了。

说是水潭，实际上与外面的海相连，呈现深蓝色。

夜枭盯着水面看了一会儿，开口道："也许需要下水，大家多带一点体力药剂在身上。"

潜水和游泳都需要消耗大量的体力，谁也不知道这水下有多深，如果有通道的话，又有多长，所以多准备一些体力药剂肯定是没错的。

还好冉骐早有准备，带的体力药剂足够多，他给每个人发了两支，保证他们能够在水下拥有充足的体力，另外他还带了不少加速药剂，也同样分发给了队友。

"加速药剂能够加快移动速度，下水游泳的时候也用得上。"

"这……怎么好意思白拿你的，市价多少钱，我们就给多少！"修罗他们都是明白人，别人一个团队的可以共享资源，可他们又不是夜枭团队的，怎么好意思白拿冉骐的药剂，于是硬是要按照市价付钱。

冉骐连忙推辞，但是在修罗他们的坚持下，最后只得收了下来。

"别急着下水，小四和小乐先下去探路，没问题我们再下。"夜枭非常谨慎。

众人当然没有意见，四时冷暖和顾乐便一起下了水。

事实证明，夜枭的决定是非常正确的，两人刚下水，就遭到了鱼群的攻击。

那是一群剑鱼，剑鱼的外形呈流线型，体表光滑，长着一把剑一样的吻部，体形庞大且在水中的速度惊人，它们会用长而尖的吻部当武器，对敌人发动攻击。

它们速度极快，坚硬的吻部就像是疾射而来的长矛一般，每一次的攻击都非常迅猛，就算顾乐和四时冷暖有盾牌可以用来抵挡，也抵挡得有些吃力。

"小心！水下有小怪！"两人立即在队伍频道中提醒大家。

众人对视一眼，看来水下的战斗是无法避免了。

水下的环境就像真正的海里一样，只不过因为是游戏的关系，众人在水中不需要考虑水压和氧气的问题，只要体力值没有清零，他们就可以在水下自由地行动，当然也包括战斗。

尽管众人的心里已经有了准备，但是在下水之后，看到那么多数量的鱼朝着他们冲来的时候，他们依然被吓了一跳。

还好他们经历的各种副本也不少了，很快就调整了状态，一起开始对着鱼群发起攻击。

只是由于是水下战斗，火系法术的攻击力大打折扣，夜枭试着用了一下"雷击术"，水能导电，电击鱼群的效果非常不错，不少剑鱼都被电得翻起了肚皮，但同样身处水中的众人也体验了一把触电的感觉。虽然组队状态下，队友之间可以互相免疫技能伤害，但他们的体感依然被保留，被电的时候，也会感觉到手脚发麻。

这种触电的感觉实在不怎么美妙，所以在水中的时候，夜枭暂时就不使用雷系技能了。

但是冉骐的新技能并不受影响，他的技能是光系伤害，使用的时候，就好像在水底放烟花，对鱼群造成大量伤害的同时，又非常美丽绚烂，连原本幽暗的海底，似乎都变得明亮瑰丽了许多。

"染哥，你这新技能真是帅炸了！"追魂咂舌道。

"是啊，我们啥时候也能接到传承任务就好了……我要求也不高，老大和染哥的技能随便给我来一个就行……"翎墨点头附和。

"哈哈哈，没错没错！"众人一边聊天，一边轻轻松松地将这群剑鱼给消灭了。

他们顺着水道继续向前，然后就遇到了这个副本的第一个 BOSS。

那是一条非常丑陋的鱼，头大尾巴细，身上覆盖着细密的灰色鳞片，一张巨大的嘴里长满了细长的尖刺形利齿，头部上方有个灯笼状的突出物体，在幽暗的水底散发着黄绿色的光芒，看起来有点诡异。

"我的天，这到底是什么鱼啊？长得也太丑了吧！"游在队伍最前方的顾乐被这条突然出现的大鱼给吓了一跳。

"这应该就是灯笼鱼吧，我记得我在历史资料里看到过，不过看起来比资料里的图片更丑……"剑指流年也觉得这条鱼实在有点"污染"眼睛。

世界频道的观众显然也同样受到了冲击，开始疯狂吐槽起了游戏官方的审美。

"所有人把状态补一下，小四主 T，可乐副 T，准备上了。"夜枭沉声道。

不管这 BOSS 长成啥样，反正都得杀。

"我觉得这条鱼的技能不简单，大家都小心一点，加速状态快要消失的时候，记得及时补上。"冉骐适时提醒了一声。

这条鱼的技能非常讨人厌，它头顶的灯笼一亮，就会放各种技能，范围减速和晕眩是最常用的，除此之外还会变色和潜行，就和海底的变色龙一样，稍微一眨眼就找不到了，得用群攻技能把它打出来，要不然被这鱼咬上一口，说不定就得重伤。

水底可是鱼类的主场，他们必须全程使用加速药剂，才能勉强应对过去。

"好。"众人立刻拿出加速药剂喝了下去，加速药剂的时效是 10 分钟，从刚才下水到消灭鱼群，差不多用了 8 分钟，现在的加速状态也快要到时间了。

四时冷暖补完了加速状态后，立刻举着盾牌冲了上去，一刀砍在灯笼鱼的身上。

灯笼鱼的鱼眼一瞪，头顶那个灯笼立刻亮了一下，然后四时冷暖就感觉身体突然就变得沉重起来，而眼前庞大的灯笼鱼已经失去了踪影。

"小心！"顾乐是副 T，就是要在主 T 出什么问题的时候，能够及时顶上，所以他一直紧紧跟在四时冷暖的旁边。这时候他就看到周围的水荡起了波纹，有一个巨大的影子在四时冷暖的身后若隐若现。

顾乐立刻就猜到是刚才突然消失的灯笼鱼，于是反应极快地将人往身后一拉，同时举起了手里的盾牌。

只听咔嚓一声，顾乐手里的盾牌就被灯笼鱼给死死地咬住了，多亏他的盾牌又厚又大，这才没有被咬穿。

四时冷暖近距离看着那一口锋利的牙齿，顿时感觉浑身发毛。

这要是被这条鱼咬个正着，不知道得多疼呢！

要知道游戏的痛觉最多只能屏蔽 50%，被这么咬上一口，肯定得受罪。

四时冷暖胆战心惊之余，手上的动作也没停，一个"盾击"，将灯笼鱼的仇恨重新拉了过来。

其他人见他将灯笼鱼的仇恨拉稳了，便一起对它发起了攻击。

第七十四章

这个BOSS的减速技能真的非常讨厌。冉骐和奉天的"净化术"虽然能消除负面状态，但是只能作用于单体，需要他们一个个地进行驱散，而且技能施放还有冷却的时间，等到他们把全团的减速状态驱散完了，估计BOSS又该放下一个技能了，根本起不到什么作用。

还好冉骐给大家都准备了加速药剂，能够增加20%的移动速度，刚好能抵消一部分的减速效果，虽然做动作时还是有点迟滞感，但至少不会对行动产生太大的影响。

减速状态没能起效，灯笼鱼BOSS的血量很快在大家的集火攻击下开始下降，低于50%后，灯笼鱼脑袋顶上的那个灯笼骤然亮了一下，随后众人就看到它整条鱼突然之间变得透明，一下子消失不见了。

"怎么回事？"众人顿时一惊，怎么也没想到BOSS打着打着还能消失不见了，难道这就是深渊副本的特色？要他们换个地方接着打？

冉骐却知道，这BOSS其实是通过变色能力，彻底与周围的环境融为一体，制造出一种突然消失的错觉，实际上它还在他们的周围虎视眈眈。而且因为BOSS本身是一条鱼，在水中有着得天独厚的速度优势，万一被它偷袭，出现暴击，就很可能会出现伤亡。

"快放群攻，小心BOSS偷袭！"冉骐急忙出声提醒。

夜枭反应极快地施放了雷暴术，瞬间十几条蓝紫色的雷电充斥在周围五米的范围，而且因为水能导电，雷电波及的范围就更广了，一下子便将灯笼鱼BOSS给电了出来。

BOSS不知道什么时候已经悄无声息地潜伏到了修罗的身后，正张开那张满口利齿的大嘴，对准修罗的脑袋就要咬下去了，幸好及时被夜枭的雷暴术给电了出来。整条鱼身上都缠绕着雷电，因为电击产生的麻痹效果而身体僵直，猩红的小眼睛里闪着凶光，仍旧不错眼珠地盯着修罗。

直面BOSS的血盆大口，修罗这会儿额头上的冷汗都要下来了，赶紧趁着BOSS僵直的时候与它拉开距离，然后对着灯笼鱼BOSS的脑袋就连射了好几箭。

其他人也趁着这个机会，攻击BOSS，一时间各种技能特效落在BOSS的身上，在海底呈现出缤纷的色彩，意外地还挺好看的。

但是 BOSS 很快恢复了行动力，再次发动技能消失在了众人眼前。

此时的夜枭也顾不得雷系技能会电到同伴了，随即再次施放了雷暴术。

只是这一次，BOSS 没有在雷暴范围内显现出身形，可见它已经利用在水中极快的移动速度，离开了雷暴的攻击范围。

"群攻，快用群攻技能！"冉骐一边施放群攻技能光雨，一边高声提醒其他人。

只不过他提醒得还是慢了一些，灯笼鱼已经悄无声息地出现在了无欢的身后，并且一口咬向了他。

无欢反应非常迅捷，在感受到水波变化的时候就立刻侧身躲避，但依旧被 BOSS 咬到了左肩。

还好游戏虽然是全息模式，但并非完全写实，否则就凭 BOSS 的这个体形，这么一大口，恐怕要直接把他的半个身体给咬掉。

无欢疼得闷哼一声，右手举起匕首狠狠扎向了灯笼鱼的眼睛，伴随着大量的鲜血涌出，灯笼鱼再次消失。

这次不需要任何人提醒，但凡有群攻技能的队员，全都立即施放了技能，成功地把 BOSS 又给打了出来。

夜枭立刻对准 BOSS 使用了雷击术，虽然是单体技能，但雷击术产生的麻痹效果更强，使得 BOSS 的僵直时间也更长。

"没事吧？"冉骐立刻对无欢使用了治疗术。

"我没事。"无欢笑了笑。他的运气不错，BOSS 的攻击没有触发暴击，他身上的伤口很快在治疗术柔和的光芒下愈合了，只在他的衣服上留下了一摊血迹。等他们离开副本的时候，数据刷新，血迹就会消失。

其他人则抓住这个机会攻击 BOSS，这样重复数次，他们总算是把这个灯笼鱼 BOSS 给打死了。

【系统公告】不鸣则已，一鸣惊人！恭喜玩家［夜枭］［追魂］［翎墨］［剑指流年］［可乐］［白染］［风波江南］［奉天］［无欢］［四时冷暖］［拉斐尔］［烟箬］［修罗］［荼蘼花开］［千机］完成海域深渊副本一号 BOSS 魔化灯笼鱼首杀！获得称号［鱼怪杀手］，以及［实物兑换券 ×1］。

【系统公告】玩家［夜枭］手起刀落，魔化灯笼鱼丢下［鱼眼戒指］后狼狈逃走。

鱼眼戒指

限制等级：45 级以上

职业要求：弓箭手

物品等级：S 级

耐久度：500/500

属性：基础防御力 +210，基础攻击力 +100，力量 +77，敏捷 +55，致命一击 +24

别看这戒指的名字那么难听，但外形还是相当好看的，戒指上镶嵌着一枚莹白如玉的珠子，与其说是鱼眼，不如说是珍珠，更不用说这枚戒指还是 S 级的橙色装备了。

【世界】晴空万里：大佬的团队就是不一样，打怪的效率也太高了吧？换成我们队不知道要死多少次……

【世界】无所谓：我去！居然是 S 级的戒指！

【世界】风雨同舟：才第一个 BOSS 就出了橙装，嫉妒使我质壁分离……

【世界】流霜：这 BOSS 打起来好像不是很难，虽然减速技能有点恶心人，但是准备好足够的加速药剂好像也能挑战一下？

【世界】拾年：只是大佬的团队打起来才比较容易吧，BOSS 的隐身技能还是很麻烦的，必须得组好几个有群攻技能的人才行，要不然 BOSS 的隐身技能根本破不了，只能被动挨打。

【世界】伽途：就是，站着说话不腰疼，群攻技能是很难获得的！

在他们讨论的时候，其他人也已经快速地看完了数据统计，最后，这枚难得的 S 级戒指被分给了职业为弓箭手的人中 DPS 最高的追魂。

没人对此有异议，毕竟他们团队的分配方式一向都是如此，就连修罗、荼蘼花开还有千机这三个外援也很清楚这一点。

按道理他们此时应该坐下休息一下，可惜他们在水里，没有着力点，只能继续向前游。

他们很快通过一段狭窄的水道进入了第二个溶洞。这个溶洞两边有不少礁石，礁石的缝隙中隐约能看到一些青灰色的蛋，这让他们意识到他们已经进入了第二个 BOSS 的巢穴。

"大家小心，不要碰那些蛋。"这些蛋的颜色看着就有些诡异，于是夜枭谨慎地开口提醒。

众人小心翼翼地上了岸，顺着溶洞的边缘朝里走，很快就看到了一条盘踞在溶洞中央的黑色巨蛇。它的体表漆黑光滑，而脑袋是扁扁的三角形，显然是一条毒性非常强的蛇，肯定就是二号 BOSS 了。

第七十五章

黑蛇 BOSS 也同样注意到了他们，它警惕地扬起了头，一对金色的竖瞳冷冷地看向他们，口中咝咝吐着芯子。

"这个 BOSS 应该是毒系攻击，近战都注意一些，尽量绕背进行攻击，千万不要站在它的正面，远程输出的时候注意控制安全距离。"夜枭沉声说道，"还是由小四主 T，可乐副 T，注意配合。"

"好。"众人齐声应道，一个个都迫不及待地准备应战了。

第一个 BOSS 掉落了珍稀的橙色装备，这让他们对第二个 BOSS 掉落的东西越发期待起来，但是冉骐并没有那么乐观，他很清楚深渊副本的 BOSS 往往都是难度一个比一个高。

这个黑蛇 BOSS 一共有三个主要技能——首先是毒液喷射，这个技能会对正面两米范围内造成扇形伤害，中毒状态会对玩家造成持续伤害，并附带一个虚弱的DEBUFF（减益状态），后续再受到攻击时，伤害会加倍，因此牧师必须及时为队友们净化这些负面状态，否则可能造成团灭。

其次是缠绕攻击，要知道黑蛇 BOSS 十分庞大，身长至少有近 8 米，堪比大型蟒蛇，因此除了毒液，它自身也极具攻击性，在战斗时它会摆动它的尾巴，扫向远处的玩家。溶洞一共就那么大，可供大家躲避的范围并不大，一旦被它的尾巴扫中，就会被抽飞撞击到墙上，当它收回尾巴的时候，它也会随机选择一个玩家，用它的尾巴进行缠绕。被它的尾巴缠住的结果，只需要稍微想象一下猎物被蟒蛇缠绕的画面就知道大概的情况了。

最后是召唤小蛇进行攻击，之前他们进入溶洞时看到的那些青灰色的蛋，的确就是这条黑蛇的蛋，当它的血量持续下滑时，它就会召唤它的孩子们出来战斗。

这些小蛇的毒性和攻击力都不如黑蛇，但是数量非常多，而且它们的毒素有麻痹效果，会让被咬到的玩家丧失 3 秒的行动能力，增加伤亡的可能性。

总而言之，就是这个 BOSS 非常危险，他们在应对的时候必须小心再小心。

"小心不要碰到那些蛋。"开打之前，冉骐适时开口提醒。

BOSS 等到血量降到 50% 以下的时候，才会召唤小蛇，而且召唤小蛇之后，BOSS 的攻击力就会减弱一些，众人集火输出还是能够轻松应对小蛇的。但是如果提前将这些蛋给打破，他们就需要同时应付小蛇和黑蛇 BOSS，那无异于自找罪受。

"明白。"经过多次配合，众人对他的话早就不会再有丝毫怀疑。

战斗很快开始了，四时冷暖率先冲上去拉稳了黑蛇的仇恨，其他人则趁机输出。被激怒的黑蛇 BOSS 口中喷出大量的毒液，将身前两米的范围都喷上了墨绿色的毒液，稍微碰触一下，就会沾染毒素。远程职业还好，近战职业就比较危险了。

还好开打之前，夜枭提醒了近战绕背，让他们成功躲过了毒液的攻击。只有四时冷暖和顾乐两个，他们两个始终站在 BOSS 的正面，以保证 BOSS 始终背对着夜枭等人，给夜枭他们制造安全的输出环境。也因此，第一轮的毒液喷射过后，中毒的也只有他们两个人。

冉骐和奉天立即用净化术为他们解除了中毒的状态，并马上给他们加满了血。

黑蛇 BOSS 的第二次攻击很快到来，它摆动着粗壮的蛇尾，狠狠地一扫，几乎是将整个溶洞给扫了一圈。受到溶洞面积的限制，就算大家反应再快，也很难躲开 BOSS 的攻击。

队员们被蛇尾狠狠地甩了出去，撞到墙上，再落到了地上。

如果换成现实里，那绝对是要伤筋动骨的，但在游戏里就要好多了，他们只是感觉到一阵钝痛，并不影响行动。

只不过修罗和荼蘼花开落地的时候，刚好砸到了蛇蛋，从蛇蛋里爬出来好几条小蛇，对着两人就咬了过去。

他们的身体顿时处于麻痹状态，一边中毒掉血，一边无法动弹，要是这个时候 BOSS 再发动一次攻击，他们可就太危险了。

"加血！快加血！"两人看到自己迅速下滑的血条，立刻惊慌地大声喊道。

"你们带红药了吗？等麻痹时间过了赶紧喝一瓶！"千机几箭射死了那些小蛇，"现在没空管你们！"

修罗和荼蘼花开这才发现，刚才奉天被黑蛇 BOSS 的蛇尾给卷走了，这会儿被粗壮的蛇尾紧紧缠绕住，巨大的压力施加在他的身上，甚至还能听到他骨骼发出的声音。

奉天整张脸都憋得通红，血条猛降，他那边的情况显然比起修罗他们危急一些。

所有人都在对着蛇身发动攻击，试图让黑蛇松开奉天，冉骐也抽不出空给其他人加血，对着人群施放了一个群疗技能之后，就专注地给奉天加起了血。

他们团队只有两个牧师，固然冉骐的治疗实力很强，也没有强到能够一个人保全团的地步，所以奉天是一定要救下来的。

修罗和荼蘼花开也很清楚这个道理，所以他们没有再说什么，只紧张地盯着自己的血条，等到麻痹效果消失的那一刻，立即就喝了一瓶红药，总算是解除了危机。

那边，在众人的不断攻击下，黑蛇 BOSS 终于将奉天给松开了，但是这个时候 BOSS 的仇恨已经乱了，对着攻击伤害最高的夜枭一口咬去。

夜枭速度再快，也没有快到能够瞬移的程度。锋利的蛇牙刺进了他的身体，大量掉血的同时，身上还叠了两层中毒的 DEBUFF，要不是他的血足够多，堪比一般的战士，估计直接就死了。

还好冉骐的治疗术和净化术紧接着就到了，迅速帮他补满了血并去除了中毒的负面状态。

四时冷暖和顾乐也第一时间冲了过来，用技能强制将黑蛇 BOSS 的仇恨给拉了回去。

刚才那一下确实惊险，还好没有出现伤亡。大家有了经验，第二次黑蛇 BOSS 再次用尾巴横扫的时候大家都刻意地站在了远离蛇蛋的位置，这样就算被扫飞出去，也不会砸破蛇蛋了。

看着夜枭团队的众人掌握了技巧，开始从容地应对起黑蛇 BOSS，世界频道的玩家们都忍不住聊起了天。

【世界】池言：我的天，你们看到刚才 BOSS 的群攻伤害了吗？暴击好几千！换成我估计早就没了……

【世界】归海：对的，如果换成我们团队，估计就要翻车了！这谁能扛得住啊？

【世界】忘川秋枯：大神的团队当然不是我们能比的！我觉得最厉害的是那个黑袍牧师，刚才那么危险的情况，他不但第一时间进行群体治疗，还稳稳地保住了另一个牧师。

【世界】九月天：开玩笑，那可是全服第一牧师，他的实力可完全不输夜枭大神的！

【世界】万年星光：所以这个第一牧师为什么要从头到脚包得那么严实？是哪里见不得人吗？

【世界】伽途：阴阳怪气的干吗？不能让人保留点隐私吗？我们白染大佬长得可好看了！

第七十六章

众人此时已经完全掌握了攻击节奏，彼此之间的配合也越发默契，基本上已经能够有惊无险地避开黑蛇 BOSS 的范围攻击技能，偶尔有那么一两个人不巧被扫飞或中毒的，两个牧师也能及时给他们加血，保证他们的安全。

"我觉得这个 BOSS 说不定会召唤小怪，我们有空的时候，最好把周围的蛇蛋清理一下。"冉骐适时提醒道。

"嗯，很有可能。"夜枭深以为然地点了点头，随后对追魂和翎墨说道："追魂，翎墨，你们两个负责清理蛇蛋，注意安全，不要靠近。"

这个洞窟中的蛇蛋数量不少，里面的小怪万一真的同时被 BOSS 召唤出来，一拥而上也是非常令人头疼的，确实应该及时清理。小蛇的血量虽然不多，但速度极快，又能够发射出使人麻痹的毒素，所以清理的时候，还是远程的高攻击力职业比较适合。

"没问题。"

两人应了一声，边打边清理蛇蛋，出来小蛇就及时处理掉，还是很轻松的。

不过洞窟中的蛇蛋数量比他们想象的要多得多，许多边边角角，甚至连石头的夹缝中，都藏有蛇蛋，可想而知要是真的一下子全部被放出来，恐怕整个洞穴都要被蛇群占据。

"这蛇可真能下蛋啊……"翎墨忍不住吐槽道。

"哈哈，毕竟是 BOSS 嘛。"追魂笑着朝洞窟的深处探寻，"这边还有几个。"

发现蛇蛋之后，他没有靠近，而是先拉弓将蛇蛋击破，紧接着再使用群攻技能，将刚从蛇蛋里爬出来的小蛇全部都给射死了，绝对不给小蛇任何攻击他们的机会。

等到黑蛇 BOSS 的血量下降到 20% 的时候，它突然扬起了蛇头，黑色的波纹从它的身体周围一圈圈荡开，一看就是在放什么大招。

下一刻，洞窟内剩余的蛇蛋全部在同一时间裂开，变成细小的蛇朝众人爬了过来。所幸他们之前已经陆续解决了不少，此时也并不慌乱。

"小四继续拉住 BOSS，其他人攻击小怪！"

夜枭和荼蘼花开两个法师，轮流施放"火墙"和"冰河"，阻挡这些小蛇靠近。其他人也趁机使用群攻技能，各种各样的技能特效在洞窟中闪耀，效果完全不输冉骐上辈子看过的那些科幻特效大片。

解决完了小蛇，众人继续专心输出 BOSS，很快成功将其击杀了。

【系统公告】不鸣则已，一鸣惊人！恭喜玩家［夜枭］［追魂］［翎墨］［剑指流年］［可乐］［白染］［风波江南］［奉天］［无欢］［四时冷暖］［拉斐尔］［烟箬］［修罗］［荼蘼花开］［千机］完成海域深渊副本二号 BOSS 魔化黑蛇首杀！获得称号［蛇怪杀手］，以及［实物兑换券 ×1］。

【系统公告】玩家［夜枭］手起刀落，魔化黑蛇丢下［蛇皮铠甲］后狼狈逃走。

蛇皮铠甲

限制等级： 45 级以上

职业要求： 战士

物品等级： A 级

耐久度： 200/200

属性：基础防御力 +180，力量 +68，体质 +50，化毒 +30（对毒素有化解功能，减少伤害）

蛇皮铠甲的防御力非常强，而且还多了一个化毒属性，能够加强对毒素的防御力，再遇到毒系 BOSS，生存力大大提升，可以说是一件很不错的装备。

他们团队里一共有三个战士，顾乐和四时冷暖是走坦克路线的，风波江南是走狂战士路线的，这件铠甲他们三个都能用。如果按主 T 和副 T 的分工来看，这件铠甲应该给四时冷暖，但是从 DPS 来看，风波江南也是有权参与分配的。

所幸大家都是自己人，商量一下怎么分就是了。

"我身上的铠甲是新买的，还能穿，你们两个分吧。"四时冷暖率先开口。

"我也不用，我的装备冉冉包了。"顾乐也立刻说道。

"你们负责扛怪的，更需要好的装备。"风波江南沉声道。

"都别谦让了，这副本我们又不是只打一次，后面还有机会拿到的。这副本难度不低，我觉得还是应该先加强主 T 的防御力。"夜枭适时开口说道。

众人闻言，都点了点头。进副本到现在，两个 BOSS 一个比一个难缠，接下来还不知道会遇到什么样的危险，加强主 T 的装备确实更为合适，而且就像夜枭说的那样，这个副本又不是只打一次，以后有的是机会搞装备。

于是这件蛇皮铠甲被分配给了四时冷暖，等他穿上之后，众人才发现这件铠甲也非常好看，银色的蛇鳞看起来有种金属质感，但手感很轻薄有弹性，透气性相当不错，比起那些用矿石打造的重甲要轻便不少。

直播间里选战士职业的玩家都心动不已，想着也要搞一件来穿穿。

"这里好像没有其他路，我们还是得下水。"众人绕着洞窟转了一圈，没有找到其他的出路，还好他们身上都有冉骐之前给他们的加速药剂，这会儿喝了药剂再下水，一个个都在水里游得飞快。

很快他们来到了第三个洞窟，一眼就看到两只巨大的螃蟹，一只红色，一只白色，正安静地趴在两块大石头上。

"这一关有两只 BOSS？该不会又是要分两边打，然后同时杀死吧？"追魂想到了猫妖巢穴中第一关的黑白魔化野猪。

"我也觉得很有可能！"翎墨也点了点头。

见他们这样猜测，冉骐稍稍放心了一些。事实就像他们所猜测的那样，这两只螃蟹怪分为一公一母：公蟹是火系 BOSS，能够施放大范围的火系技能，攻击伤害非常高；而母蟹是冰系 BOSS，施放的冰系技能具有极强的控制力，一旦中招，不仅会被限制行动，还会持续掉血。

而且这两只 BOSS 不仅要同时杀死，它们的血量还必须保持相近，否则双方会因为伴侣的伤势过重，变得狂暴。狂暴后的 BOSS 攻击力和防御力都会直接翻倍，到时候就只有团灭一条路了。

不过夜枭他们可没有办法凭借外表看出这两只螃蟹是公是母，只是单纯地感觉到了危险，于是夜枭思考了一会儿后说道："保险起见，我们最好分开打两个 BOSS，然后观察一下它们都有些什么技能。小四去拉那只红色的螃蟹，可乐去拉白色的，远程职业打红的，近战职业打白的，记得都躲好技能。"

夜枭打的副本多了，光从这两只 BOSS 的外表上来看，就能猜到它们的技能类型。火系 BOSS 的攻击力非常强，一旦被命中，出暴击就容易死人，而且灼烧的状态会导致持续掉血，除了血多防高的战士职业，其他职业靠近，很容易出现伤亡，所以由远程职业去打比较合适，他们只需要远距离输出，躲好技能就行了。

冰系的攻击力没有火系那么强，主要是会使玩家中一些控制类的 DEBUFF，他们队伍的两个牧师都有净化术，可以及时驱散这些负面状态，等到熟悉 BOSS 攻击机制之后，大家只要躲好技能就能给牧师减轻压力。

"最好控制一下两只 BOSS 的血量，不要相差太远。"夜枭沉吟片刻，补充道，"虽然这两个 BOSS 不一定要同时杀死，但我们还是小心一点比较好。"

"好的，没问题！"众人齐声应道。

听夜枭这么一说，再骐也放心了。夜枭的战斗意识真的很强，方方面面都想到了，很多时候根本用不着自己操心。

第七十七章

"准备开，记得每少 5% 就报一次血量。"

有血量关联机制的双 BOSS 他们之前就接触过，夜枭虽然不知道这两只 BOSS 会因血量差导致狂暴，但并不妨碍他提前做好相应的准备。

"明白！"

随着夜枭的一声令下，四时冷暖和顾乐就立刻一左一右冲了上去，分别拉住了一只螃蟹 BOSS。

红色的螃蟹怪受到攻击后，立刻浑身一震，放出了一个直径 5 米的圆形火圈，所有在火圈范围内的人都能感受到炙热火焰的灼烧感，并且获得一个长达 10 秒的灼烧掉血 DEBUFF。

但是就像夜枭所安排的那样，除了负责拉怪的四时冷暖，其余被分去攻击这只红色螃蟹怪的人都是远程职业，他们看到火圈后都用最快的速度避了开来，只有四时冷暖一个人被技能打中。还好战士血多防高，再骐一个治疗术加一个净化术，就将他的血补了回来，并去除了他的灼烧状态。

另一边的白色螃蟹怪同样放了一个差不多大小的冰圈，极寒的温度让人有种连血液都被冻结的感觉，手指都有些发麻，所有的动作都变得缓慢。这边负责攻击的都是近战职业，顿时全部中招，还好近战职业的攻击技能都是瞬发的，除了动作迟缓，倒是没有太大的影响。

虽然冰圈也会对玩家造成一定的伤害，但是伤害程度肯定是无法与火圈相比的，牧师只需要使用群疗技能，就能将他们的血补满。但是极寒的负面状态还是对玩家们造成了影响，而牧师的净化术都是作用于单体的，每次使用技能都有 CD，这也使得近战职业这边的打怪速度比另一组要慢上许多。

"95%。"四时冷暖按照开打之前夜枭的吩咐，在红色螃蟹的血量下降 5% 之后立刻报了出来。

"98%。"顾乐这边也立刻报出了白色螃蟹的血量。

"远程继续输出，到 90% 停手等一下近战这边。"夜枭说着，转而抽身去帮忙攻击白色的螃蟹。

夜枭的攻击力是整个团队中最强的，几乎是普通玩家的两倍，有了他的加入，白色螃蟹怪这边的血量下降的速度就差不多和红色螃蟹那边齐平了，而且夜枭的攻击技能非常多，又是远程，完全不需要担心会受到冰圈的影响，顿时就成了白色螃蟹这边的输出主力。

由于血量控制得好，两只 BOSS 一直没有出现狂暴的情况，除了牧师的压力稍微大一些，可以说是打得非常顺利。

【世界】夏日烟火：这个 BOSS 为什么看着这么容易？难道就只有火圈和冰圈两个技能吗？

【世界】三言两语：也就是看大佬打怪才那么容易，轮到自己上的时候就不一定了！

【世界】归海：我觉得这两个 BOSS 肯定不会那么简单，估计是有什么血量相关的机制，但是大佬把血量控制得太好了，BOSS 的大招根本都放不出来。

【世界】安之若素：楼上说得太对了，毕竟是深渊级的 BOSS，大佬团队的攻击力那么高，但 BOSS 的血量下降却很慢，可见这两个 BOSS 的防御力有多么惊人了，换成我们自己不知道要耗上多久了！

不过当众人以为这两只螃蟹怪也就如此而已的时候，它们又突然放出了冰盾和火盾。红色螃蟹的火盾能够吸收 50% 的伤害，转化为自己的血量；而白色螃蟹的冰盾，则是可以在 10 秒内反弹所有受到的伤害。

这两个技能都相当棘手，火盾会让红色螃蟹回血，容易出现血量差而引起

BOSS 的狂暴，冰盾则是 100% 反弹所有伤害，让人根本无法攻击。

尽管众人的战斗意识都非常强，在意识到 BOSS 的技能特性后，全都第一时间停手了，但红色螃蟹这边还是回了 4% 的血，而近战这边更是遭受了反弹伤害，尤其是高爆发的刺客职业，几乎被反弹得只剩一丝血了。这个时候要是 BOSS 再来个火圈或者冰圈，他们可能就只有死路一条了。

还好冉骐早有准备，已经预判到了会出现反弹掉血的伤害，提前开始施放圣光术，在反弹伤害开始的同时，温暖闪耀的圣光也开始为他们进行治疗，迅速为他们补满了血，险之又险地避免了伤亡。

当然，不幸遭到反弹伤害的还有夜枭，还好他为了控制 BOSS 的血量，只使用了最初级的技能"火球"，但因为角色属性太强，也反弹了上千的伤害量。

在冉骐用圣光术加血的时候，奉天也迅速用治疗术把夜枭的血量给补满了。

"大家控制输出，大招暂时留着，等 BOSS 放火圈或者冰圈的时候再用。"夜枭提醒道。

BOSS 不可能同时施放两个技能，因此在火圈和冰圈出现的时候，反而是他们最安全的输出时间。其他时间还是用一些较为初级的输出技能，免得打出太高的伤害，让 BOSS 大量回血或把自己给反弹死了。

由于控制输出，打怪速度变得更慢，足足打了 20 多分钟，才算是将它们给打死了。

【系统公告】不鸣则已，一鸣惊人！恭喜玩家 [夜枭][追魂][翎墨][剑指流年][可乐][白染][风波江南][奉天][无欢][四时冷暖][拉斐尔][烟箬][修罗][荼蘼花开][千机] 完成海域深渊副本三号 BOSS 冰火螃蟹首杀！获得称号 [蟹怪杀手]，以及 [实物兑换券 ×1]。

【系统公告】玩家 [夜枭] 手起刀落，冰火螃蟹丢下了 [蟹壳盾牌] 后狼狈逃走。

蟹壳盾牌
限制等级：45 级以上

职业要求：剑客

物品等级：A 级

耐久度：200/200

属性：基础防御力 +200，力量 +72，体质 +48，火抗性 +30

这 BOSS 掉落了一块红色的盾牌，属性看起来相当不错，由于职业限定为剑客，能够参与分配的就只有四时冷暖和顾乐了。之前的铠甲给了四时冷暖，那么这块盾牌毫无疑问地就给了顾乐。

盾牌似乎就是用螃蟹壳做的，不像金属盾牌那么沉重，但是非常坚硬，表面光滑，十分具有质感，加上火红的颜色，意外地有些好看，顾乐立刻装备上了新的盾牌，心里美得冒泡。

【世界】流星雨：这个BOSS的技能看起来简单，但还真有点棘手，感觉稍不注意就得团灭。

【世界】拾年：是啊，大佬的团队都要打那么久，换成我们不知道要打多长时间了……

【世界】枫叶：你们先练到45级再来考虑这个副本怎么打的问题吧……

第七十八章

此时洞窟的一处墙壁突然倒塌，露出一个仅容一人通过的狭窄通道来，显然这就是去往下一个关卡的路。

"大家体力药剂还有吗？有的话都把体力给补一下。"洞口黑黢黢的看不清，不知道里面会是什么样的情况，因此夜枭提醒大家把体力都给补上。毕竟开头几关都是水路，对体力的消耗实在太大了，洞口里大概率也是水道，他可不希望一会儿大家游到一半体力值告罄，没死在BOSS的手里，反而手软脚软地被淹死在水里。

"只剩最后一瓶了，希望后面不要再让我们游泳了……"众人叹着气拿出最后的体力药剂服下。

"没事，我这边还有十几瓶，应该够用了。"冉骐微笑着说道。

上辈子海域深渊副本冉骐打了不知道多少遍，早就对各种诀窍稔熟于心，准备了足够的体力药剂，尽管全息游戏和传统游戏有些差异，但也是绝对够用了的。

"白染，这次真是多亏你了。"众人纷纷表示感谢，他们都没有想到这个副本会有这么多需要消耗体力的地方，因此根本就没有准备体力药剂，要不是白染带了足够多的体力药剂，他们根本坚持不到现在。

"你们也太客气了，又不是没有给钱，而且我做这些药剂本来就是要拿去卖的。"冉骐连忙摆手。

大家补充完了体力之后，就一起进入了那个狭窄的通道，通道里说不定有什么小怪潜伏着，四时冷暖作为主T自然是要负责带头的。

这条通道初时狭窄，但渐渐就变得宽敞起来，只是积水也变得更多。通道两边的墙体上覆盖着青色的苔藓，又厚又滑，脚底也是黏糊糊的一片，要不是那一股子咸腥味，冉骐恐怕会以为自己是不小心进到了下水道里。

他们往前走了很长一段距离，越走水越深，通道内的积水渐渐从小腿肚子升到了膝盖以上，越走越觉得辛苦。

“这通道到底还有多长啊？还不如干脆深一点，让我们游泳过去呢，好歹我还能喝个加速药水什么的。”顾乐忍不住抱怨道。

“可不是吗，而且黑漆漆的，总觉得提心吊胆的。”追魂也对这种阴暗的环境没什么好感，之前儿童节活动的副本给他留下了深深的阴影，这会儿他满脑子都提防着会从哪里突然蹦出来一只小鬼。

“走快点，尽量靠边走，不要站在深水里。”夜枭开口提醒道。水道是类似于两边浅中间深的圆弧形，靠边沿走的话，就不会出现下半身全都浸泡在水里的情况。

黑暗阴森的水道给他一种非常不好的感觉，尤其是联想到这个深渊副本处处与水有关，他觉得这么长的水道里很可能有怪物潜伏在水底，随时准备出来进行偷袭。

果然就像夜枭所猜测的那样，大家又向前走了一段，就有人突然说道：“前面好像有东西漂在水面上。”

“什么东西？”

众人探头去看，但是水道内的光线实在太暗了，举高了夜明珠也看不清楚，只能隐约看到有什么黑色的物体漂浮在水面上。

“看不清，不知道是什么，要不然我过去看看？”四时冷暖说道。

就在这个时候，不远处的那黑色物体突然动了起来，它一下子从水里冲了出来，像一张巨大的黑幕，瞬间铺展开来，张大了嘴朝离它最近的烟箬扑了过去。

一瞬间，所有人都看清了那张深渊般的巨口，以及满口锐利的牙齿。

“烟箬！”

四时冷暖立刻朝着她的方向跑去，可是他的动作到底是不如那怪物的速度快，眼看着那张血盆大口就要咬中烟箬。不过烟箬也不是傻站着被咬的人，她直接用水龙术将那怪物的大嘴给打偏了，给自己的逃脱争取了时间。

四时冷暖及时赶到，一把将烟箬拉到了身后，用盾牌挡住了它的大嘴。

那怪物的牙齿一下子咬在了四时冷暖的盾牌上，竟是发出了类似于金属摩擦的刺耳声响，在他的盾牌上留下了两个深深的牙印。

那怪物一击不成，迅速又逃回了水中，激起了巨大的水花。

不过刚才那一幕也足够让众人看清那东西的样子了：“是鳄鱼！大家都小心一些，注意脚下！”

鳄鱼在水中游速极快，而且咬合力惊人，稍不注意，就有可能会受伤。

众人的视线仔细地在水中搜索，所有法师都召唤出火球，照亮了周围的水域。

很快，他们就发现了鳄鱼的踪迹："鳄鱼在这里！"

众人锁定了鳄鱼的位置，然后用各种技能朝那鳄鱼砸了过去。

水道中的鳄鱼并不是BOSS，只是小怪，在众人的全力输出下，鳄鱼很快就被他们成功解决掉了。

"不要放松，这里的鳄鱼肯定不止这一只。"夜枭依然保持警惕。

其实这一点根本不需要他提醒，团队中的众人打过的副本不少，知道小怪都是成群结队出现，这么长的水道中不可能只出现那么一只鳄鱼。

他们继续前进，一路上接连又遇到了好几只鳄鱼，全都一一清理，终于来到了一个更大的圆形空间。

这里像是地下水道的连接处，除了他们来时的那条水道，还有好几条同样的水道通往未知的方向。

而更大的空间往往代表着BOSS的出现。在他们进入这个圆形空间后，一头体形比之前那几只鳄鱼大出不知道多少倍的巨鳄缓缓浮出水面，露出了那张长满了利齿的大嘴，黄绿色竖瞳散发着嗜血的光芒，光是看着就令人胆寒。

这只BOSS的鳞甲坚硬，能够抵消50%的伤害，想要破它的防御都不太容易；它的牙齿锋利，轻易就能对玩家造成巨大的伤害；最可怕的要数它的尾巴，横扫时就如同一块巨大的钢板，将人狠狠地拍飞出去，那种感觉简直就和被卡车撞了似的，瞬间就能将一些低防御职业打得只剩一丝血。

"大家小心，远离BOSS输出！不要站在它的背后！"

吃了几次亏之后，众人慢慢掌握了攻击技巧。所有远程职业都尽量在最远距离进行输出，但是近战职业就要累得多，必须边打边跑，以避开BOSS的攻击。

但是巨鳄的防御力实在太高，他们打了十来分钟，才勉强将鳄鱼BOSS的血量压到了75%。而此时巨鳄突然抬头发出咆哮声，周身发出一道红光，十几条鳄鱼从各个水道中钻了出来，从四面八方聚拢过来。

召唤小怪是很多BOSS都有的技能，但是这些鳄鱼的攻击力他们来的路上就已经见识过了，一只两只还能对付，数量多的话，除了战士，其他职业很难抵御它们的攻击。

"可乐！你去尽量多拉一些小怪！江南你去帮他一下！"夜枭当即说道。

四时冷暖要拉住BOSS分身乏术，那么去牵制这些小怪的事情，就只能交给副T顾乐了，而风波江南虽然是战神，但他的防御力总是比其他职业要高的，所以夜枭才会让他帮忙辅助。

只是顾乐和风波江南毕竟只有两个人，而这些鳄鱼足有十几条，就算他们拼尽全力也没有办法拉住所有的小怪，接连有好几只突破了他们的防线。

"闪开，快闪开！"与血多防高的战士相比，其他职业可经不住鳄鱼咬上一口，见状全都立即四散躲避。

然而这些鳄鱼却并未向他们发动攻击，而是快速朝着BOSS爬了过去，然后被巨鳄张嘴给吞了下去。

没错，吞了下去。

随后，巨鳄BOSS的血条就以肉眼可见的速度被补满了。

第七十九章

"这个BOSS能够通过吞吃小怪来回血！"风波江南皱眉说道。巨鳄BOSS的防御力惊人，纵使他们的攻击力都很高，也打得很辛苦，先前好不容易才把它的血量给压了下去，这下全都成了无用功。

夜枭沉吟片刻，迅速做出了部署："必须阻止它吞吃小怪，等会儿BOSS血量压到75%的时候，所有人分散开，小四拉住BOSS，其他人用控制技能拉住小怪，然后用最快的速度将它们全部消灭掉。"

"好的，明白。"

有了上一次的经验，这一次当BOSS再次召唤小怪之后，众人都迅速做出了反应，目标明确地用控制技能将那些小鳄鱼打晕或减速，然后用最快的速度逐一将这些小怪全都杀死，这下子总算不必再担心BOSS的回血问题了。

"谁那里还有蓝药？卖给我几瓶！"荼蘼花开急道。

此时距离开打已经过去了二十多分钟了，小怪都打了两拨，每个人都使用了大量的技能，法力值早就不够用了，还好大家都是打副本熟手，身上总是会备上不少蓝药和红药以防万一。

荼蘼花开进副本之前也是做足了准备的，身上带了足足二十多瓶回蓝和回血的药剂，但她和夜枭同是法师，在全网直播的情况下，她不想在输出上和夜枭差得太远，因此打怪的时候能用大招就用大招，法力值损耗超出预计，这会儿她身上的蓝药已经所剩不多了。

"我有。"冉骐迅速拿出了四瓶蓝药以及两个韭菜鸡蛋馅饼递了过去，"这韭菜鸡蛋馅饼可以加快回蓝速度，和蓝药一样好用。"

荼蘼花开闻言眼前一亮："太谢谢了！多少钱？"

"收你一个金币吧。"冉骐粗略算了算价格，抹掉了零头。

"你也太客气了。"荼蘼花开摇了摇头，交易了两个金币过去。她可不是那种喜欢占小便宜的人，白染拿出来的增益食品都是买不到的，不仅增益效果好，味道也特别棒，很多人哪怕不需要增益效果也想过过嘴瘾。

还在打怪途中，冉骐也没浪费时间在推拒上，便朝着荼蘼花开点了点头，快速回到了自己的位置上，继续给队友们加血。毕竟巨鳄 BOSS 这么大块头，光是扑咬的伤害也是非常高的，众人的掉血速度都很快。

等到巨鳄 BOSS 的血量下滑到 50% 的时候，它突然张开大嘴，喷出了大量的血红色雾气，玩家一旦被血雾沾染，就会中一个长达 10 秒的"化血"DEBUFF，令玩家每秒钟损失 20% 的血量，并转化到巨鳄 BOSS 的身上进行回血。

"啊，我们怎么在掉血？"果然，在毫无准备的情况下，有几个近战职业没能躲开血雾，在看到自己的血量开始快速下滑后，顿时都变了脸色。

"中了血雾的都进光圈！"冉骐高声提醒的同时，施放了能够群体治疗的圣光术。

"白染，他们的掉血 DEBUFF 净化不掉！"奉天惶然地看向冉骐。

"没事，我给他们用了持续回血，再加上群疗应该能顶住，你给他们加好血就行！"

这种血雾和之前他们遇到的毒雾不同，是无法用净化术驱散的，所以玩家必须要躲好技能，如果实在没有躲开的话，就必须靠牧师强行加血了。这也就代表着牧师必须在 10 秒内为玩家恢复 200% 的血量，否则中招的玩家必死无疑。

冉骐熟知 BOSS 技能，早已提前做好了准备，在 BOSS 施放"化血"之前，就已经给团队所有人都上了持续回血回蓝的"回复术"，现在又第一时间在人群中间的位置施放了能够群疗的圣光术，然后给血量岌岌可危的队友补上一个治疗术。他是神圣牧师，治疗量比起偏辅助系的神殿祭司更高，连续三个技能下来，基本上把队友血量给稳住了，再加上奉天从旁辅助，总算是有惊无险地度过了那要命的 10 秒时间。

不过巨鳄 BOSS 成功用"化血"技能将玩家的血量转化为自己的血量，血条再次回升到了 60% 左右，玩家们不得不再一次疯狂用技能，将它的血量重新压回 50%。这一次玩家们都有了准备，第一时间绕到了 BOSS 的身后，避开了血雾的喷射。

之后他们没让 BOSS 再拥有回血的机会，一鼓作气把 BOSS 给杀了。

【系统公告】不鸣则已，一鸣惊人！恭喜玩家 [夜枭][追魂][翎墨][剑指流年][可乐][白染][风波江南][奉天][无欢][四时冷暖][拉斐尔][烟箬][修罗][荼蘼花开][干机] 完成海域深渊副本四号 BOSS 嗜血巨鳄首杀！获得称号 [鳄鱼杀手]，以及 [实物兑换券 ×1]。

【系统公告】玩家 [夜枭] 手起刀落，嗜血巨鳄丢下了 [鳄皮护靴] 和 [虚弱·技能书] 后狼狈逃走。

这个 BOSS 他们足足打了 40 多分钟，相当于两个小副本的时间了。所幸收获颇丰，掉了一件橙色装备和一本技能书。

鳄皮护靴

限制等级：45 级以上

职业要求：神影

物品等级：S 级

耐久度：500/500

属性：力量 +100，敏捷 +72，致命一击 +45，体质 +28，加速 10%

虚弱·技能书

可学等级：45

限制职业：神殿祭司

使用说明：打开即可学会技能 [虚弱]。吟唱 0.5 秒，冷却时间 20 秒，对目标使用可使目标进入 1 级虚弱状态，法术防御力下降 10%，随技能等级提升，虚弱效果提高。

这件橙色的鞋子对以速度见长的神影来说，简直是极品中的极品，团队里只有无欢和修罗是神影。两人的 DPS 十分接近，但修罗要略高一些，毕竟修罗的等级比无欢高出了两级，装备又都是加的力量和暴击，所以这双鞋子最后被分给了修罗。

修罗高兴坏了，恨不得当场跳起来欢呼两声，不过顾忌无欢的心情，他还是勉强克制住了自己的激动，只是脸上的笑容怎么也压不下去。

错过了那么极品的鞋子，无欢难免会有些失落，不过想到之后他们每周都能来打，机会多的是，也就释怀了。毕竟目前整个游戏，有实力通关这个深渊副本的，也就只有他们的团队了。

至于那本"虚弱"技能书，当然是分给了团队唯一的神殿祭司奉天了。奉天除了加血，也没忘记一直给 BOSS 用降低物理防御力的"破甲"，对于团队的贡献也是非常大的，现在有了能够降低 BOSS 法术防御力的"虚弱"，双管齐下，他们团队打 BOSS 也就能更轻松了。

观看直播的观众们也是激动不已。

【世界】头毛卷卷：这个叫白染的牧师也太厉害了吧？这么轻松就把团队的血给补回来了！每秒掉 20% 血量，那得是加了多少血啊！

【世界】暮光：200%！要不人家是排行榜第一的牧师呢？换成其他任何一个牧师都不会有他那么快的反应和那么高的治疗量！

【世界】流星雨：真可惜，这辅助技能书神圣牧师不能用！不然岂不是如虎添翼？

【世界】阡陌：也没什么可惜的，你们忘了白染大佬还有特殊传承了吗？你见过哪个牧师能攻击的？人家进可攻，退可加血硬扛，根本用不着去辅助呢！

【世界】枫叶：这就是大佬的世界吗？如果换成我们团队去打，不知道要死多少次……估计副本没打到一半就得强制下线 7 天了……

【世界】拾年：该说不愧是 45 级深渊副本吗？这难度简直是魔鬼级别的啊！

【世界】归海：我也好想要橙装啊……我也是神影，我想进大佬的队伍……

【世界】七零八落：谁不想呢？呜呜呜，不知道大佬需要吉祥物吗？会卖萌会喊爸爸的那种！

第八十章

不知道是不是战斗时太过激烈，巨鳄 BOSS 尸首周围的岩壁上出现了许多裂痕，然后有水流顺着裂缝渗了进来，并且有愈演愈烈的趋势。

本来只到膝弯的水位一下子涨到了胸口，他们现在处于封闭的水道中，一旦水漫起来，他们恐怕都会被淹。尽管知道这只是游戏而已，但逼真的程度还是让大家慌乱了起来。

"别慌，淹不死的。"夜枭要淡定许多，他大概猜到了这是通往下一关的方式。

水位越来越高，渐渐没过了众人的头顶，所幸游戏设定他们在体力充沛的情况下并不会溺水。只是让他们没有想到的是，水中不知道从哪里涌来了一股非常湍急的水流，竟然一下子将他们给卷向了水底。

一群人跟被卷进了滚筒洗衣机中一样，晕头转向的，不知道被冲出了多远。等到他们回过神来的时候，他们已经漂浮在了广阔无垠的大海上，之前那座布满礁石的荒岛，已经被远远甩在了身后。

骤然见到光明，让人顿生劫后余生之感。而往前看去，隐约能看到一艘大船的轮廓，船上还有人朝他们挥舞着红色的旗子，似乎是看到了他们。

看来他们已经脱离了之前的困境，想来只要登上那艘大船，就能离这个海域副本了。

"这就结束了吗？"众人还有些回不过神来。

"恐怕没有那么简单。"夜枭摇了摇头，深渊副本的最终 BOSS 都是非常强的，刚才那个巨鳄虽然难缠了些，但还没有达到最终 BOSS 的水准，副本不可能就这么轻松放他们出去。

那艘船越来越近，NPC 水手们放下了绳索，将他们拉了上去。

他们还来不及道谢，平静的海面上突然掀起了波澜，一个巨大的黑影，缓缓从水下浮了上来。

"我的天！这是什么？怎么这么大？"众人都愣愣地看着从水里浮出来的庞然大物。

冉骐也不由得深吸一口气，尽管他早就知道了海域深渊副本的最终BOSS是什么，但亲眼在全息模式下看到，还是会觉得震撼。

这是一条极其庞大的巨齿鲨，身长15米，重达50吨，一口锋利的锯齿状牙齿，咬合力堪比霸王龙，能够轻松咬碎一条鲸鱼的骨头，无论是攻击力还是防御力都远超之前的BOSS，更不用说它还有着非常复杂的战斗机制，哪怕是提前知道它的技能，也很难做出有效的应对，只能靠强横的战斗力和团队配合硬扛，可以想见，他们必然要面对一场苦战。

而不等他们做好准备，巨齿鲨已经以极快的速度朝船只冲了过来，狠狠地撞在了船身上，船只发生了剧烈的倾斜。有NPC没有站稳，被甩下了船，然后被巨齿鲨一口吞了进去，鲜血染红了湛蓝的大海，也让剩下的NPC惊慌失措，全都一股脑地躲进了船舱。

夜枭他们当然不可能躲进去，巨齿鲨是他们必须面对的最终BOSS。

在巨齿鲨出现之后，他们所在的这艘大船突然出现了一个破损进度条，每分钟将会增加1%的进度。当进度条达到百分之百之后，船只会沉没，而玩家们也会团灭，因此他们必须在船体完全破损之前，将巨齿鲨击杀。

作为主T，四时冷暖第一时间冲上了甲板，使用技能"盾击"，将手中的盾牌狠狠地甩了出去，击中了巨齿鲨的头部，一下子就将巨齿鲨的仇恨给拉住了。

巨齿鲨被激怒了，用尾巴狠狠拍打海面，掀起了惊涛骇浪，朝着船只扑来。

"抓住栏杆！不要掉下去！"夜枭高声提醒。

这么高的海浪劈头盖脸砸下来，就和被钢筋水泥做成的石板砸到身上没什么区别，掉血也就罢了，但若是不牢牢抓住栏杆，被海浪冲下甲板，恐怕就要和之前那个落水的NPC一样葬身鱼腹了。

冉骐抓住身边栏杆的同时，立刻用群疗技能给大家加血，这一个海浪可是让团员们掉了不少血。

"奉天！这个BOSS会给T叠加虚弱状态！你和我一起盯着，一旦虚弱状态叠到三层，必须马上净化！一定不能倒T[①]！"冉骐提醒奉天道。

身为主T的四时冷暖距离BOSS最近，受到的冲击自然也是最强的，一下子就掉了将近60%的血。BOSS的直接攻击还会给玩家叠一层虚弱的DEBUFF，使玩家受到的伤害提高10%。一旦叠加到三层以上，受到的伤害将呈指数级增长，不需要

---

① 团队中承担伤害的角色倒下。

暴击，都有可能直接送命，必须及时净化才行。

"没问题！"奉天点头答应。

"是 DPS 统计出问题了？怎么一直是 0？难道是我的准头有问题？技能没有打中 BOSS？"烟箬疑惑地问道。

"我也是 0！"荼蘼花开也发现了异样。

夜枭看了一眼 DPS 统计，果然连他也是 0，但是除了法术类职业，近战的战士们倒是都产生了一定量的伤害。他微微蹙眉，安排着物理类职业和法术类职业分别攻击了几次，终于得出了结论——当巨齿鲨的大半个身体都隐藏在海水中的时候，它可以免疫法术伤害，只有物理攻击才能对它造成伤害。但是当它将大半个身体露出水面的时候，就又免疫物理伤害，只能用法术攻击了。

还好 BOSS 的行动是有规律的，每次掀起海浪，都要先潜入水中，攻击船只的时候，又大部分身体露在水面外，法术系和物理系的职业轮流进行攻击，渐渐掌握了攻击节奏。

只是 BOSS 的攻击力实在太强，冉骐和奉天两个人一边加血一边还要及时为大家去除负面状态，几乎根本没有停下来的时候。

一般这种情况，最好是法术系 DPS 和物理系 DPS 尽量均衡，效率才最高。不过他们的队伍里虽然只有三个法师，但有夜枭这个人形炮台在，法系输出这边倒是也没有太落后。

只是随着巨齿鲨的血量不断下降，它的攻击也越发猛烈起来，先是对随机目标进行扑咬猛击，再是撞船和甩尾，一副不把船弄散架决不罢休的架势。

队员血量几乎在不停地波动着，要不是两个牧师给力，早就已经出现伤亡了。

当巨齿鲨的血量降到 50% 的时候，巨齿鲨就开始放大招了。它像鲸鱼一样狂吸海水，巨大的吸力强制牵引着所有玩家朝它的方向不断滑去，并且不断地掉血。

甲板上因为海浪的冲击到处都是水，非常湿滑，船只更是因为巨齿鲨的撞击而破损严重，栏杆都断了好几根，能够让他们抓住固定自己的地方不多了。

冉骐滑倒了好几次，要不是夜枭一直注意着冉骐这边的情况，始终护着他，他大概早就掉到海里去了。

奉天也被追魂他们几个护着，问题不大。倒是荼蘼花开，她本来就是女孩子，又不像烟箬的体质那么强，这会儿手滑了一下，整个人被巨大的吸力给牵制着，竟是跟跄几步，一头扎进了海里。

"拉住她！"

"谁有绳子？"

只是不等众人去救，荼蘼花开就已经被卷进了海底，连一点踪影都看不到了。

不过两三秒钟后，系统就发了荼蘼花开死亡的提示，估计她是受到了巨齿鲨的攻击。

"能救吗？"夜枭看向冉骐，他们团队一共就只有三个法师，必须尽快把荼蘼花开给复活才行。

"可以。"

冉骐抿唇点头，让本来都有些紧张的队友顿时都稍稍安心下来。

还好冉骐有复活术，能够将死亡的队友复活。这个 BOSS 的攻击力着实有些超乎想象，船上的环境更是对他们造成了极大的影响，若是没有复活术，恐怕再来这么几次，他们很快就会被逐个击破。

根据游戏的设定，荼蘼花开的尸体不会被巨齿鲨直接吃掉，而是在死亡之后，漂浮在了水上，倒是方便了冉骐使用复活术。

冉骐吟唱复活术，柔和的白色光芒笼罩住了她的身体，白色的六芒法阵出现，爆发出耀眼的光芒，很快荼蘼花开就重新站在了甲板上。

"大家都小心些！"夜枭叮嘱道。

第八十一章

在成功击杀了一个玩家之后，巨齿鲨 BOSS 多了一层"坚韧"的 BUFF，能够化解 20% 的伤害，这也使得本就非常难以对付的 BOSS 变得更加难打。

冉骐知道这样下去不行，如果他们打得太慢，等 BOSS 放大招的时候，肯定又要有人牺牲，此消彼长之下，团灭也只是迟早的事情。于是他转头对奉天说道："小天，你不停地给 BOSS 用"破甲"和"虚弱"，有空的时候给主 T 驱散一下负面状态，给其他人加血的事情就交给我了。"

奉天拥有两个破防技能，"破甲"能够降低 BOSS 的物理防御力，"虚弱"能够降低 BOSS 的法术防御力，只要不停地给 BOSS 用上 DEBUFF，其他人的输出环境就能好很多。

"这怎么行？你一个人怎么加得过来？"奉天下意识地想要反对，但被夜枭给阻止了。

"听他的。"夜枭说道。

一个牧师给十五人组成的大型团队加血，对普通的牧师来说那是完全不可能的任务，但对冉骐来说，却只是有点困难罢了。

他的基础治疗量就是普通牧师的两到三倍，光是一个持续回血的状态，每秒钟回复的血量就快赶得上普通牧师的"治疗术"了，只要不是秒杀，他直接一个"治疗术"就能将他们的血量给提上来，更不用说他还有能够群疗的"圣光术"了。

"好。"既然队长也这么说了，奉天便自然不会再多说什么，他想要反对也不是对冉骐不信任，而是怕他太累了。在给BOSS上好DEBUFF之后，他就迅速切换目标，给其他人加血，尽量帮冉骐分担一部分的加血压力。

这样一来，众人的攻击效率立刻就快了许多，只不过冉骐却是快要忙死了，他几乎没有喘息的时间，必须卡着所有技能的CD，无缝给所有人加血，真是恨不得长出八只手来。

其他人也表现出了对冉骐的充分信任，铆足了劲输出BOSS，蓝药跟不要钱一样往下灌。他们都很清楚，成败就看这一次了，如果不能一鼓作气把BOSS干掉，那么等待他们的就只有团灭一个下场了。

在他们的共同努力下，巨齿鲨的血量越来越少，在它的血量下降到20%的时候，它又发动了一次虹吸的技能，巨大的吸力拉扯着一切朝着它大张的巨口而去。

"都抓紧自己周围的人，不要再有人被吸进去了！"夜枭高声提醒之后，就将冉骐牢牢地护在了怀里。

追魂和翎墨一起保护着奉天，其他人也互相照应着，抓住船上一切可以抓牢的东西，将自己固定在甲板上。巨齿鲨BOSS只剩20%的血了，他们再坚持一下就能成功了！

扛过了这一次巨齿鲨的"虹吸"，大家都松了一口气，但冉骐知道还有一道坎等着他们。

当BOSS濒死的时候，会发动终极技能"殊死一搏"，疯狂搅动海水。扑面而来的海浪会对全团造成大量伤害，持续时间30秒，刚好是两个圣光术的时间，因此冉骐提醒奉天，把圣光术留着，接下来加血都只用治疗术，否则一旦圣光术需要冷却，没能衔接上，可能会造成大量伤亡，他可不想在最后的时候翻车。

事实证明冉骐的决定是没有错的，在巨齿鲨的血量只剩4%的时候，它发动了"殊死一搏"技能。巨齿鲨巨大的身体在海水中疯狂翻腾，掀起的巨浪足有两三米高，劈头盖脸地朝着船砸了下来，并且层层叠叠，一波未平一波又起，在这样可怖的海浪冲击下，全团都开始疯狂掉血。

冉骐的圣光术起到了决定性的作用，在全团掉血的情况下，迅速将血给补了回来，但是圣光术的群疗也是一阵一阵的，每3秒加一次血，能够补上大部分人的血。只是难免有那么一两个倒霉的，会因为受到伤害和圣光术加血出现时间差而死掉。不过有冉骐在，队友都能很快复活，然后继续加入战斗。

巨齿鲨的"殊死一搏"只持续30秒，夜枭团队伤亡的情况比起第一次打猫妖巢穴的时候，已经好太多了。

在全团成员的努力下，他们成功扛过了这一波伤害，将巨齿鲨给杀死了。

【系统公告】不鸣则已，一鸣惊人！恭喜玩家［夜枭］［追魂］［翎墨］［剑指流年］［可乐］［白染］［风波江南］［奉天］［无欢］［四时冷暖］［拉斐尔］［烟筶］［修罗］［荼蘼花开］［千机］完成海域深渊副本最终 BOSS 狂暴巨齿鲨首杀！获得称号［鲨鱼杀手］，以及［实物兑换券 ×3］。

【系统公告】恭喜玩家［夜枭］［追魂］［翎墨］［剑指流年］［可乐］［白染］［风波江南］［奉天］［无欢］［四时冷暖］［拉斐尔］［烟筶］［修罗］［荼蘼花开］［千机］以 6 小时 33 分 08 秒 43 的成绩通关海域深渊副本，获得 SS 级评价。

万万没想到，这个副本他们居然打了 6 小时多，比猫妖巢穴耗费的时间还要久，可见这个副本的难度有多高。而且因为有人死过，导致评分下降，不过他们并不在意，反正下周再来打的时候，评分一定会有所提升的。而且这次通关给的实物兑换券奖励居然是每人 3 张，这对他们来说是个更好的消息。

【世界】山海乘梦：天啊，终于通关了，这个副本的难度也太高了吧？估计除了大神的团队，没什么人能通关……

【世界】俞摧城：是啊，这最后一个 BOSS 的难度未免也太高了，要不是那个牧师给力，根本就不行！可我们上哪儿找这么强力的牧师啊？

【世界】拾年：不愧是第一牧师，你们看治疗统计了吗？他这治疗量都快赶上人家三个牧师了！

【世界】七上八下：你们先升到 45 级再考虑打副本的事情好不好？我现在只想知道会开出什么装备来！

【世界】不夜天：对对对！摸装备！激动地搓手手！

巨齿鲨庞大的尸体并没有消失，此时肚皮朝上浮在了海面上，就跟一座小山似的，等待众人去拾取它掉落的物品。

这一次几乎不需要多说什么，大家就集体向后一步，将摸尸体的任务交给了冉骐。

冉骐："……"

冉骐依旧好运爆棚，摸出了一把紫色法杖和可以用于锻造的海皓石。

【系统公告】玩家［夜枭］率领众勇者打败了作恶多端的狂暴巨齿鲨，夺得了［水纹法杖］。

水纹法杖

限制等级：45 级以上

职业要求：法师

物品等级：A 级

耐久度：200/200

属性：基础攻击力 +175，智力 +65，体质 +40，水系重击 +40

"这是水系法杖，我用不上，你们分吧。"夜枭开口说道。

按照原本的分配规则，这把法杖毫无疑问应该归夜枭所有，但这是一把水系法杖，夜枭的技能偏向火系和暗系，这把水系法杖对他来说作用不大，还不如冉骐给他锻造的法杖，因此他选择了放弃。

团里包括夜枭在内，一共只有三个法师，但荼蘼花开的等级比烟筝更高，DPS 更胜一筹，因此最后这把法杖归了荼蘼花开。

接下来就该开箱子了，由于他们这次没能达到 SSS 级，无法得到额外奖励，所以他们只得到了一个黄金宝箱。

开箱子的内容是不会上系统公告的，为以后做打算，夜枭不想让人摸清他们团队的实力，于是他毫不留情地关闭了直播控件，根本不去理会观众们的鬼哭狼嚎。

"染哥加油！"众人都双眼发亮地盯着黄金宝箱，希望白染能从里面开出好东西，就连荼蘼花开和千机他们三个编外成员也是一样，他们都已经对白染的运气服气了。

冉骐保持了一直以来的好运气，又摸出了一本"护盾·技能书"和一双紫色的"鲨皮长靴"。

护盾·技能书

可学等级：45 级以上

限制职业：牧师

使用说明：打开即可学会技能 [护盾]。瞬间施放，冷却时间 5 秒，可以给目标套上一个护盾，当目标受到攻击时，护盾可吸收 25% 的伤害量，并转化为目标的气血值。受到攻击后，护盾破裂，20 秒内不能再获得护盾状态。

鲨皮长靴

限制等级：45 级以上

职业要求：游侠

物品等级：A 级

耐久度：200/200

属性：命中 +147，力量 +72，致命一击 +50，体质 +42

这个"护盾"技能实在是太实用了，既能达到保护队友的目的，又能帮队友回血，而且 CD 还短，蓝够用的情况下，可以给全团都套上一个护盾。

这本技能书虽然牧师都能使用，但冉骐的团队贡献大家有目共睹，因此这本书毫无疑问是他的。

冉骐也没有推辞，他达到45级之后，他的"护盾"技能其实就点亮了，只是没有合理的技能书来源可以解释，所以一直没办法用这个技能，这次拿到了技能书他就可以随心所欲地使用技能了。

至于那双靴子，他直接给了队伍里唯一的游侠追魂。

"多谢了，下次再缺人，我们随叫随到。"副本结束，千机他们就要离开了，走之前都表示希望还有下一次合作的可能。

"嗯，有机会一定找你们。"夜枭点头答应。两次合作都很顺利，如果下周公会里的其他人没有升到45级的话，他会考虑再找千机等人合作的。

等三人离开之后，所有人都把他们得到的实物兑换券给了冉骐，这已经是他们的习惯了。

这次冉骐也没有推辞，反正他拿了兑换券之后，也不会乱花，都攒着给大家买食材做好吃的，完全称得上是物尽其用了。

但同时，冉骐又收到了系统的强制下线通知。虽然说如今他的体质比起之前已经增强了一些，可深渊副本的强度实在太高了，对他来说负担还是很大的，他必须下线休息了。

约战

第八十二章

冉骐下线后才发现已经是凌晨了，在游戏里还不觉得，等到退出游戏，疲乏感立刻如潮水般涌来。冉骐只觉得又累又困，干脆直接洗洗睡了。

等冉骐再次醒来已经是下午了，他肚子叽里咕噜一阵叫唤，前胸直贴着后背，叫人只觉得胃部似乎都禁不住啃食起自己了。

冉骐揉了揉肚子，起身从保鲜柜里找出一瓶营养液喝了两口，稍稍缓解了腹中的饥饿后，才打开光脑开始选购食材，同时也给顾乐发了一个消息过去，让他一会儿过来一起吃点东西。

下线之前他和夜枭等人约好了晚上一起打副本，因此为了节省点时间，他今天只买了一点鸡肉、蘑菇和大米，准备简单地做个蘑菇鸡肉炒饭，方便又饱腹。

顾乐那边也刚醒没多久，收到消息之后立马就赶了过来。

"冉冉！你看游戏官网公告了没有？明天早上8点游戏要更新新版本了！开通了游戏币和星币的兑换渠道！"顾乐光脑都还没来得及关，刚坐下就立马激动地跟冉骐分享起了这个消息。

"哦？可以用星币换游戏币了？"冉骐微微挑眉。

《魔域》的游戏币可是非常难以获得的，只有通过任务、打怪或者玩家之间的交易才能得到，那是完完全全不掺一丝水分的，所以大部分人玩到现在，其实都还没多少钱，也就冉骐这样开了挂的赚钱小能手，才能稳稳占据财富排行榜第一的位置。

同样也是因为游戏币和装备难得，游戏前期的升级才会那么艰难。之前虽然也有人通过游戏论坛私下进行游戏币和星币的交易，但因为游戏币难得，交易量并不大。可一旦开通了货币兑换，那些氪金玩家能够买到好用的装备，等级就很快能追上来了，现在的榜单必然会迎来一次大换血。

"是啊！不过兑换价格很高。"顾乐用光脑打开游戏官网界面，通过光屏投影到了冉骐面前。

冉骐凑过去看了看，官方定下的兑换价格是 1000 比 1，也就是说 1000 星币才能换 1 金币，1000 星币差不多是正常人一天的收入了，不过对土豪来说，就不算什么了。

可以预见，短暂的调整期之后，高等级玩家和高级公会很快就会如雨后春笋般冒出来，游戏里真正的比拼也要正式开始。那么随之而来的公会战，也就必须提早开始准备起来了。

还有张烁那个家伙，估计也快要来找他了。

果然就像冉骐所猜测的那样，游戏更新后没几天，张烁就带着他的小弟们找上门来了，把他的宿舍门敲得震天响，就算冉骐正躺在游戏舱里也能听得一清二楚。冉骐不得不临时下线，匆匆冲洗过后，前去开门。

门一开，就见张烁他们几个跟上门讨债的混混似的，面色颇为不善地站着，把本应从门口照进来的光挡得严严实实。

"怎么现在才开门？让我们烁哥等了这么久！是不是怕了不敢应战？！"张烁的小弟立刻叫嚣道。

"我刚从游戏舱里出来，总要先冲洗一下，再说又不是我请你们来的，等不及你们就走好了！"冉骐也毫不客气地顶了回去。

"你……"

"好了！"张烁开口阻止了小弟的叫嚣，他看着冉骐，脸上露出一点快意的神色，"你也就这张嘴厉害一点罢了！我们当初的约定你没忘吧？"

"当然没忘。"不仅没忘，冉骐甚至已经等了很久了，"说吧，什么时候？"

"没忘就好，明天下午 2 点！我们奥托城北城门外见！"

"不选竞技场？"冉骐微微挑了挑眉毛。

"呵，竞技场？你想得美！"张烁冷笑道。

竞技场 PK 与野外 PK 不同，竞技场相当于切磋，点到为止，不会出现死亡的情况。但野外 PK 就不同了，死亡 3 次就会被强制下线，7 天不能登录，还必须承受死亡的痛楚。虽然游戏能够屏蔽 50% 的痛觉，但承受剩下的 50% 也不是那么轻松的。

张烁故意将 PK 地点约在了野外，他的目的已经昭然若揭。

"行，那就北城门外见。"冉骐答应得非常干脆，"说一下你的 ID 吧。"

见冉骐这么干脆地答应了下来，张烁顿时心头一跳，防备道："告诉你好让你提前暗算我吗？少废话，明天下午 2 点北城门外准时见，看到开着屠戮模式的人就是我！"

真是以小人之心度君子之腹！

冉骐颇为无奈地道："行了，知道了，没事就快走吧。"

目的达成，张烁自然是要走的，但冉骐这好似逐客令的话语，还是让他感觉非常不爽，于是他又恶狠狠地放话道："你可别想逃，这件事我早就在学校论坛里说了，而且明天 PK 还会开直播！你要是不敢来赴约，你以后在整个学校里都会抬不起头来的！"

这下冉骐更加无语了，也不知道张烁是哪里来的自信觉得自己一定能赢的，居然还敢开直播？是怕面子丢得不够，连"里子"也要一起丢了吗？

不过既然是他自己做的决定，那冉骐也就不用客气了。

"同样的话，还给你。"冉骐语气平淡地说道。

张烁只觉得怒气上涌，真是恨不得照着冉骐的脸上来上一拳，只是碍于校内各处都是监控，只能忍了下来。

"你也就只能逞一时口舌之快了！明天一定让你好看！"张烁放完狠话，转身就走。

他们离开的时候，正好遇上担心冉骐而匆匆赶来的顾乐。

顾乐正欲上前质问，张烁却是看都没看顾乐，直接就带着人走了。看着冉骐那副有恃无恐的样子，鬼知道是不是他那个夜枭给他支了什么招。他今晚回去好好准备一下，明天一定要叫他什么花招都使不出，只能跪在地上叫爷爷！

"冉冉！你没事吧？"顾乐跑过来，关切地上下打量他，生怕他被那小人暗算了，"他来干吗？"

冉骐摇了摇头："我没事，他就是来约战的。"

"啊……"顾乐的眼神一时复杂起来，"他终于 45 级了？"

"是啊。"冉骐也忍不住勾了勾唇角，"估计是花钱雇人带他打副本了吧。"

游戏已经开通了游戏币和星币的兑换功能，有钱的玩家可以通过充值购买金币，然后用金币去购买装备，或者是雇用高等级玩家带他们打副本，看看等级排行榜就看得出来，这几天游戏玩家的等级上升速度明显变快了许多。

顾乐撇了撇嘴道："我想也是，他这人也就是有点臭钱了。"

毕竟他们上次见面的时候，张烁还只有 30 多级，在开通兑换功能之后，这么快就升到了 45 级，肯定不是靠他自己。

"那时间地点呢？"

"明天下午 2 点，在奥托城北城门外。"

"什么？约在了野外？"顾乐皱起了眉，"这个混蛋，果然不怀好意！"

"没事，到时候输的人还不一定是谁呢！"冉骐语带嘲讽。

顾乐闻言，脸上也露出了一个坏笑："嘿嘿，你说得对，我都有点期待明天你们的 PK 了。"

"好了，咱们快上线吧，副本还没打完呢。"张烁来的时候，冉骐正和夜枭他们在打 50 级的经验副本，打到一半下线开门，现在得赶快回去才行。

"好的，那我也回去了！"顾乐本就是担心冉骐才下线来看看，现在既然确认了他没事，当然也要回去了。

他们现在已经是 52 级了，打完 5 次经验副本估计能升到 53 级，冉骐第一牧师的名头可不是白来的，明天绝对能够给张烁一个大大的"惊喜"！

第八十三章

第二天下午 1 点 50 分，张烁就已经带着他的小弟在奥托城的北城门外等着了。

"烁哥，冉骐那小子怎么还没来？不会真的放我们鸽子了吧？"一个法师小弟说道。

"呵，他要是不来，在学校里可真就要抬不起头了！连游戏内都不敢应战，简直就是个尿包！"另一名刺客小弟接话道。

"管他来不来，反正到时间了就把直播打开，让大家看看这小子有多尿！"张烁听着他们的话，心里越发得意起来，觉得是冉骐知道他的厉害不敢过来。

反正无论冉骐过不过来，他今天都肯定要在全校人面前狠狠地出一口气，让这个不知天高地厚的小子在学校里再也抬不起头！

"烁哥说得对！不过，昨天应该问那小子的 ID 的！要不然咱们还能发布个悬赏，让那小子无路可逃！"另一个同样玩战士的小弟愤愤道，"我看他是知道自己打不过，已经吓跑了！孬种！"

"问题不大，如果他真敢不来，我们就把他的照片发到论坛去。"张烁听到有人骂冉骐就很高兴，但只露出点得意的样子，淡淡地安抚小弟。

反正游戏建模的样貌和真人是非常相似的，到时候开个高价来发动玩家帮忙，一定能把冉骐给揪出来！

"没错！"

张烁得意扬扬地将直播给打开了，他的小弟们早就将直播间的链接发到了学校论坛上。张烁不管怎么说也是机甲系的高才生，之前还代表学校出去比赛，家里又有钱，人长得也不错，在学校里的人气一向很高。而冉骐这个双 E"废柴"也是废得前无古人，从某种方面来说，在学校里也算是"风云人物"了。

他们两个人要在最火爆的全息游戏《魔域》中进行 PK 的消息，瞬间燃起了"吃瓜群众"的兴趣。因此这会儿直播一开，就不断有人进来，弹幕刷新得飞快。

【终于开直播了！都等好久了！】
【先给张烁学长砸几个火箭，学长加油！】

【哇！学长这一身紫装，闪得我眼睛都要瞎了！太强了吧！】

【这就是氪金大佬吗？这一套得不少钱吧？】

【啊啊啊，紫色的猫妖套装啊！我的天，这得多少钱啊？】

张烁看着发弹幕的观众都被他身上的套装所吸引，不由得嘴角微微上扬。为了能够在大家的面前从形象上到实力上都彻底碾压冉骐，他可是特意花重金收购了大量猫妖巢穴的材料并请人制作成了套装，A 级套装自带光效，虽然不如 S 级装备那样闪亮夺目，但也镶嵌了一些宝石，让人一看就知道非比寻常。

别看猫妖巢穴的套装只有 30 级，但毕竟是 A 级的装备，再加上套装属性，比起 45 级的 B 级装备都不算差，想要集齐一整套可是非常不容易的。

倒不是他不想要 45 级的紫装，实在是现在能够通关 45 级深渊副本的人除夜枭的团队之外压根没有，想要从他们手上买到那些用来制作装备的珍稀材料根本不可能，而普通副本又只能打到普通的装备，还不如他身上的猫妖套装呢。

而且据他了解，除了琉璃月的那个土豪会长，全服也就只有他有这全套的猫妖套装了。

现在他要的效果已经达到了，几乎所有人都被他身上的紫色套装给吸引了，疯狂地拍着马屁，让他觉得心里舒坦极了。

【对了，今天的另外一个主角呢？怎么还没来？】

【该不会是害怕了，不敢来了吧？】

【哎哟喂，这都 1 点 58 分了，真的是要放鸽子吗？】

【平时模拟对战不能参与也就算了，怎么连个游戏 PK 都不敢来？真不愧是废物啊！】

"大家别急，这不是还有两分钟吗？"张烁轻笑着开口说道。看似是替冉骐解释，可语气中的嘲讽意味却是怎么也掩盖不住。

"对啊，这不是还有两分钟吗？"另一个毫不客气的声音突然响起。

"谁在说话？"张烁眼睛一眯，朝周围看去。

他的小弟们连连摆手，表示不是自己说的。

"好像是从上面……"一个小弟有些犹豫地朝天空看去，然后震惊地瞪大了眼睛。

只见一个穿着黑色斗篷的玩家骑着一只金灿灿的大雕缓缓从天而降，然后利落地一个轻跃，就站在了几人的面前。

那人轻轻地拍了拍没有灰尘的衣摆，淡淡开口道："如果我没记错的话，我们是一对一 PK，用不着带这么多人吧？"

"你是……冉骐？"张烁看着眼前的人，面露警惕之色。

这人穿着的斗篷应该是什么隐藏个人属性的装备，让人完全看不到他的个人信息，但他是骑着金雕出现的，这可是非常罕见的高级骑兽，只有通过任务奖励才能获得，目前只有夜枭的团队才有。虽然花钱也能买到高级骑兽，但只能购买到蓝翅鸟，而且价格还非常昂贵，每一只需要300金币，兑换成星币那可就是30万啊！

他的心头，蓦然涌上了一股不祥的预感。

"对，就是我。"冉骐微笑着脱下了隐匿斗篷，露出了自己的真容以及个人信息。

"白染？"张烁看到冉骐的ID和等级后，顿时震惊得瞪大了眼睛，不敢置信地吼道，"不可能！这不可能！"

白染是游戏排行榜第一的牧师，更是夜枭的御用搭档，在之前的深渊副本直播中，表现非常亮眼，在游戏里的名声可不比夜枭差到哪里去，甚至有小道消息说他还会做高级食物和装备，比夜枭还要受高级玩家的追捧！

更不用说白染如今已经55级了，比起张烁要足足高出10级。

张烁慌了，弹幕也炸开了锅。

【我去！我看到了什么？】

【这个游戏应该不能重名吧？所以这真的是白染？】

【游戏有生物信息绑定的，所以不可能是代开……那么白染真的就是冉骐了？】

【我的天啊！这就跟做梦一样啊！冉骐不是废柴吗？他居然是白染大佬？】

"老大，不要慌！他一个牧师，就算55级也打不过你的！"

"就是啊老大，他的等级都是靠着大佬带上去的，没什么了不起的！现在夜枭不在，他肯定就露出真面目了！"

"他的装备也没多好，只有两件紫装，根本比不过老大你！"

"除了加血他还能干吗，烁哥你几刀就能送他去死。"

张烁的小弟们从震惊中回过神来之后，马上给张烁打气道。

"你们说得没错！"张烁握紧了手中的紫色长刀深吸了一口气。等级高又怎么样？牧师可是出了名的防御力低，而且除了加血什么都不会，难不成冉骐还能加血把他加死吗？

他一个45级战神，要是打不过一个只会加血的牧师，那他玩这么久的游戏岂不是白玩了？

他朝周围看了看，确定了冉骐没有带夜枭那群人过来，心里也终于安定下来，便放心地开启了屠戮模式，让他的小弟们退到一边，然后冷笑着说道："来吧，我让你先出招。"

"你确定？"冉骐微微挑眉。

"当然！"张烁斩钉截铁地回答。

"行啊，那我就不客气了。"冉骐也看出了张烁对自己的轻视，也懒得多说什么，拿出自己的法杖，对着他就使用了一个极光术。

张烁根本来不及反应，就被一道炫目的光束穿透了肩膀，一个硕大的"-600"出现在他的头上。

"我去！他伤了老大？"

"这怎么可能？他一个牧师怎么会有攻击技能？"

这意料之外的一击，顿时让众人都慌乱起来，张烁更是受到震撼，被伤到肩膀的那一边手臂忍不住疯狂颤抖起来。

怎么可能？冉骐一个牧师……怎么会有这么大威力的攻击技能？

"好像也不是完全不可能……你们还记得夜枭和白染之前曾经接受过传承任务吗？"

张烁的小弟们后知后觉，想起之前的全服公告，只是那个时候公告说得很模糊，只说他们两个人完成了传承任务，但并没有提到具体的内容，他们也无从得知两人究竟获得了什么样的传承。但是前不久夜枭在海域深渊副本直播的时候，使用了雷系法术，因此论坛有不少人都猜测他是得到了新技能传承，如今看来这冉骐竟也是一样的。

当一个只会加血的牧师，突然拥有了攻击能力时，会发生什么事呢？

几人顿时心下一沉……

冉骐身上的护盾能够抵御25%的伤害，并且转化为他的气血，再加上牧师的加血技能，不管张烁的攻击多么凶猛，冉骐都能轻松地将自己的血加满，并且给予还击。而张烁既不会加血，又躲不开冉骐的攻击，几次下来，血条早就少了大半，只能靠喝红药勉强坚持着！

在张烁一次又一次狼狈的闪避中，直播间内弹幕的风向已经完全转变了。

【你们发现没有？冉骐的操作其实很不错啊，不管张烁怎么用盾牌去挡，他每一次都能精准地攻击到张烁！】

【是啊，盾牌虽然大，可也并不能将人遮挡得严严实实，冉骐只需要控制好技能的落点，就能精准地攻击到张烁了……】

【这样对比，张烁就弱好多了，他狼狈闪躲的样子，就像笨重的狗熊……我有点幻灭了……】

【也不能这么说吧？张烁毕竟是战士，身上的盔甲本来就重，移动时当然没有冉骐那么轻盈了，受点伤也很正常啊！】

【但是牧师是出了名的"短腿"，也没有速度加成啊，他怎么就每一次都能够避

开要害，根本不怎么掉血？某些人屁股不要太偏，承认别人技术好很难吗？】

【我感觉冉骐根本没有尽全力，他那个光系的技能目前还只用了一次！倒是张烁……这……】

【你们说……张烁该不会要输了吧？】

第八十四章

战斗很快陷入了胶着，张烁刚刚灌下最后一瓶红药，勉强将岌岌可危的血量拉回安全值，可即便如此，也依旧挽回不了血量的持续下滑。

他的眼睛渐渐变得通红，整个人在冉骐的攻击下变得狼狈不堪，特意换上的猫妖套装，已经损耗得厉害，而他甚至腾不出精力去心疼。

对面的冉骐跟没事似的，甚至连头发都没有乱上一根，血条更是满满的，任他攻击了这么久，都没几个技能能够打到冉骐身上，更不用说给冉骐造成什么威胁了！

这样的反差，只让张烁被羞耻和焦躁充斥——冉骐明明只是一个抱大腿的废物，难道今天颜面扫地的反而是自己这个天之骄子？

无论如何，张烁也无法接受这样的结局。

"烁哥！"张烁的小弟们也察觉到了不妙，心里焦急不已。

冉骐可不是普通的牧师，又能攻击又能加血，甚至能给自己套上吸收伤害的护盾，简直一个顶俩。除非张烁能够用一套连招把冉骐直接秒杀掉，否则无论张烁的攻击打掉冉骐多少血，冉骐都能立刻一个大招将自己的血条补满。

张烁显然也明白这一点，他完全能够想象到，他今天要是输给了冉骐这个废物，之后在学校里抬不起头的人就变成他了！说不定那些嘴碎的废物们会说，他除了体质比冉骐强，根本没什么了不起的！

张烁咬了咬牙，从游戏包裹内拿出了自己重金购来的魔法卷轴。

要知道魔法卷轴是需要炼金技能才能制作的珍贵道具，需要用到非常多的材料，价格更是昂贵。张烁买这几张魔法卷轴，本来是为了他自己组建的公会在之后深渊副本里用的，如今看来却是留不得了。

他的手上一共有三张中级卷轴，一张"沉默术"，一张"水牢术"，还有一张"野火燎原"。"沉默术"能让人无法使用技能，陷入沉默状态，"水牢术"顾名思义，就是将人禁锢在水牢中无法移动，"野火燎原"则是能召唤出足以燎原的烈火。

前两者是强力控制技能，后者则是强力攻击技能，趁着冉骐被技能控制住的时候，用"野火燎原"将他身上的护盾破掉，在他无法移动躲闪也无法使用技能加血和攻击的情况下，再用一套战神的连招，绝对能一下子干掉他！

心里做好了计划，张烁就毫不犹豫地撕开一张"沉默术"的卷轴，让冉骐陷入了"沉默"中。

冉骐游戏面板的技能图标立刻变得一片漆黑，完全无法使用，他下意识地想要后退，又被突然出现的水牢给限制住了行动，最后就是从天而降的熊熊烈火，一时间各种堪比大片的特效将直播间的画面填满。

【我去，这算不算作弊啊？ PK 还能用卷轴的吗？】

【为什么不行啊？野外 PK 本来就是生死决斗，又没人规定不能使用道具！冉骐也可以去买啊，他又不是没钱！】

【这又是水牢又是烈火的，屏幕都变得让人眼花缭乱的，啥也看不清了啊！】

【唉，我看冉骐是要输了，他的护盾再厉害，也挡不住那么大的烈火啊，现在被控制住了，没有办法加血和反击，就只能站着等死了……】

张烁嘴角噙着残忍的笑容，他举起手里的长刀，"斩刀""狂刀""飞盾""斩月劫"等连招全都毫不留情地朝着被困在水牢中的冉骐砸了下去。

只是想象中的"您击败了玩家白染"的系统提示并未出现，他自己的血反倒是迅速地往下掉，顿时便只剩下一丝血。他吓得赶紧停手后退，惊疑不定地看向冉骐。

"怎么回事？老大难道也被烈火烧了？"

"怎么可能呢？那是老大自己使用的技能啊，不可能伤到他自己啊！"

不但张烁震惊，他的小弟们也同样都瞪大了眼睛，一脸不敢置信的样子，就连直播弹幕也都是一连串的问号，大家完全搞不清楚到底发生了什么事。

此时卷轴技能的时间到了，水牢仿佛失去了支撑，突然溃散，化作点点水珠消失，熊熊烈火也转瞬熄灭，令人眼花缭乱的特效消失，冉骐的身形终于展现在了众人的面前。

只见他的身上笼罩着一层灰色的石甲，看上去像是一个石头人一般。

【我去，这是什么技能？】

【牧师还有这种技能？】

【啊！我知道了！这是剑客的高级技能"石肤"！不但能够提升防御力，还能反弹伤害，刚才张烁掉血那么厉害，肯定是因为反伤！等于他刚才是在自己打自己！】

【我的天，战士的高级技能？难道冉骐也弄到了魔法卷轴，还是高级魔法卷轴？】

【不愧是冉家小少爷，这就是金钱的力量吗？我连低级卷轴都没几张，人家都

在用高级卷轴了！】

【这样会不会不公平啊？高级卷轴的威力这么大，完全可以左右战局了，说好了是 PK，使用高级魔法卷轴未免胜之不武了吧？】

【你怎么不说是张烁先用卷轴的？他用的时候你怎么不说不公平？要不是冉骐还留了一手，这会儿倒下的还不知道是谁呢！张烁一下用了三张中级的，人家冉骐用一张高级的又怎么样了？】

【我只想知道高级魔法卷轴在哪里买啊？不知道是哪个大佬，居然已经能做高级卷轴了？这倾家荡产也得买啊！】

众人心里都十分激动。要知道魔法卷轴不仅对玩家有效，对 BOSS 也是一样有效的，要是打 BOSS 的时候也能使用"石肤"，不仅可以保命，还能反弹伤害给BOSS！堪称保命的绝佳手段！

【那可是高级魔法卷轴，有钱也没处买吧？冉骐能弄到这么一张也是厉害，可比张烁的那三张卷轴强多了！】

【这种东西，有钱也买不到吧？我有朋友在战无不胜公会，听说白染的运气超级好，说不定是开箱子开到的！】

【说不定是夜枭大佬给的！】

【管他呢……反正我觉得张烁要输了……这还是他主动开的直播，翻车成这样，他心里后悔死了吧？】

冉骐的"石肤"技能很快也到了时间，石甲消失，冉骐整个人完好无损地站在原地，脸上还挂着淡淡的笑容。

这个笑容在张烁的眼里，就是满满的嘲讽。

张烁现在只剩一丝血，身上的红药全部用完了，就连作为撒手锏的魔法卷轴也全都消耗一空，冉骐只要随便一个技能，就能将他杀死……

"真不好意思，魔法卷轴我也有。"冉骐故作悠闲地弹了弹身上不存在的灰尘。虽然刚才他在沉默状态下不能使用技能，同时也被水牢限制了行动，但这不影响他使用道具。

冉骐大概猜到了张烁打算先控制住他，再用高伤害技能将他一下子杀死，于是他直接拿出了高级魔法卷轴"石肤"，将伤害反弹到了张烁自己的身上。

那么现在……是时候结束这场比赛了。

冉骐笑了笑，手中的法杖轻轻一挥，一道炫目的光束射出，瞬间洞穿了张烁的胸口。

张烁眼中的景象变得黑白一片，整个人缓缓倒了下去。

【我去！真的反杀了！冉骐也太强了吧？】

【冉骐牛×啊！这么看来他也不是那么差嘛！感觉战斗意识和技巧都很厉害，就是现实里被体质拖了后腿……】

【其实也还好，现在都什么年代了，体质早就不会影响出路了。冉家又不比张家差，冉骐虽然资质差了一点，但他以后不入伍就没什么影响，说不定还能接班他爸的生意，做个大富豪呢！】

【哈哈哈，说得对，听说白染是烹饪大佬，战无不胜公会庆功宴都是他亲自下厨的，冉家新口味的营养液说不定就是他改良的！】

【对啊！那个新口味营养液味道真是不错，网上都卖断货了！真心跪求冉骐继承家业，多复原美食！】

直播间内的弹幕聊着聊着就歪了……

"烁哥！"张烁的小弟们呆愣过后，立刻飞奔上前，围在了张烁的"尸体"旁边。

一个小弟有些慌乱地叫道："烁哥你的武器和帽子掉了！"

红名PK是有死亡惩罚的，会随机掉落装备和道具，张烁特意打造的一身紫装，这会儿直接掉了两件，其中一件还是最为贵重的紫色武器！

"烁哥！我们捡不起来！"

小弟们徒劳地伸着手捞，几乎要急得哭出来。

【当前】烁金：杀了他！快杀了他！

红名玩家掉落的东西只有击杀红名的人才能拾取，除非这个人也被杀掉，地上的东西才能开放拾取。张烁在众目睽睽之下被冉骐杀了一次，已经丢尽了脸面，如果还被冉骐捡走两件装备，那张烁可就真的要被气死了！

张烁的游戏角色"死"了之后虽然说不了话，但他还是能够打字的，于是他立刻让他的小弟们帮他杀了冉骐。

哪怕其他人会骂他无耻，他今天也一定要让冉骐付出代价！

他的小弟们马上将冉骐团团围住，然后一起开启了屠戮模式。

冉骐虽然被一群红名包围，却丝毫没有慌张，他微微挑眉问道："这是单挑不过，要改群殴了吗？"

"少废话！去死吧！"

"我看谁敢动他！"就在张烁的小弟们要攻向冉骐的时候，突然从天空中传来一声暴喝。

众人只觉得光线一暗，地面上凭空出现了大片阴影，好像有什么东西遮挡了阳光一样。他们下意识地抬头看去，就见天上有一群飞行骑兽正浩浩荡荡朝着地面直扑而来，而且骑兽的背上还有人！

这个画面似乎有些眼熟，就和之前冉骐骑着金雕从天而降时差不多。

来的人，正是夜枭和顾乐等人。

"我倒要看看谁敢动他！"不等金雕落地，夜枭就从金雕的背上一跃而下，落在了冉骐的身边。

第八十五章

夜枭穿着一身黑色法师长袍，站在冉骐的身边，目光冷冷地扫过在场众人。

他的出现仿佛给一触即发的战事突然画了一个休止符，原本开着屠戮模式准备冲上前围剿冉骐的张烁的小弟们，此时都僵在了原地。

他们这么多人打冉骐一个，是有绝对能够获胜的把握的，可若是这个人换成了夜枭，他们就开始发怵了。倒不仅仅是因为夜枭是游戏里综合实力第一的玩家，更是因为他们认出了他就是当初在区域赛中完胜张烁的帝星军校首席韩啸。

之前他们跟随学校的队伍去首都星参加区域赛的时候，就在星游吧里遇见了在一起的冉骐和韩啸等人，他们也曾经怀疑过韩啸他们就是夜枭的团队，但是被张烁给否定了，如今看来这是无可争议的事实。

韩啸当时在台上全方位碾压张烁的画面，给他们留下了深刻的印象。游戏角色是可以继承玩家的身体素质和基本战斗素养的，也难怪在游戏中夜枭也能如此强悍。

光是冉骐一个牧师就已经非常难以对付了，现在再加上夜枭和他的团队，打他们几个还不跟砍瓜切菜一样？

他们开启屠戮模式，本是想给张烁报仇，狠狠杀上冉骐几次，但现在看来，恐怕不仅报不成仇，还会被直接反杀，几人一时间都萌生了退意。

"烁哥……要不然还是算了吧？"一个小弟犹豫着开口。

夜枭的队伍成员可都是等级排行榜前列的人物，不仅等级高、装备好，战斗实力更是超群，真打起来自己绝对讨不了好。

单挑打不过就改群殴已经够丢人的了，要是连群殴都打不过，还因为红名的死亡惩罚弄丢了好不容易购买到的装备，实在是有些得不偿失，几人忍不住打起了退堂鼓。

张烁自然也是明白这一点的，可是又实在咽不下这口气，憋在胸口，仿佛有一团火在烧！

他真的很想硬气一点，直接回复活点，然后杀回来和冉骐再打一次。

但是他心里也清楚，他根本不是冉骐的对手，再打一次，结果也并不会改变。

最终，他选择了原地下线。

看着趴在地上的张烁"尸体"突然消失，连带着好友列表里的头像也暗了下去，他的小弟们愣了一下，然后忙不迭地也跟着下线了。

"人呢？"顾乐惊讶地看向几人消失的位置，半响才反应过来他们是下线了，顿时气愤不已，"他们居然下线了？打不过就跑，还要不要脸了？"

冉骐轻笑着拍了拍顾乐的肩膀："没事，反正我赢了不是吗？"

"哈哈哈，这倒也是！我看了论坛，张烁那家伙还以为自己今天肯定能赢，所以在学校论坛开了直播，现在输得那么彻底，那群尿包以后肯定没脸见人了！看他们还敢不敢再来挑事！"顾乐也忍不住笑了起来。他和冉骐在学校里被张烁那个混蛋欺负了这么久，现在总算是出了这口恶气了。"走走走，咱们打副本去！"

"嗯，走吧。"

******

然而，让人没有想到的是，冉骐火了。

当初张烁为了让冉骐丢脸，不仅在学校的论坛进行了直播，甚至还特意将PK的地点定在了人来人往的奥托城北城门口，打的就是要让冉骐在校内和游戏里都颜面扫地的主意，只是如今冉骐赢了，这番安排反而成了冉骐大放异彩的舞台。

不少路人都看到了这场PK，为免被殃及，路人们一开始只是远远地扫上一眼，但是后来发现这场PK的主角之一竟然是排行第一的牧师白染，就立刻来了兴趣。

不仅有人呼朋引伴一起过来围观，还有不少人从各个角度录制视频。

当这些视频被发布，白染就在游戏论坛火了起来。

【讨论】全服第一牧师PK视频！操作逆天！

1L：我的天，这就是全服第一牧师的水平吗？未免也太牛了吧？

2L：白染的操作真的非常牛了，一边给自己套盾，一边发动攻击，那个战神根本连破防都做不到！全程都被压着打！之前还有人说白染只是运气好抱了大腿，这下子脸疼不疼啊？

3L：那个战神的装备你们看到没有？全套猫妖套装，我记得套装属性是加攻击力和致命一击的吧？像牧师这种低防御力的职业，一般绝对两三招之内就被秒杀，可惜他遇上了第一牧师白染！等级高不说，奇遇还多，他用的那些攻击技能，都是之前传承任务获得的，实在是太牛了！

4L：何止啊？那个战神还准备了三张中级卷轴你忘了吗？真是下了血本了！可惜……人菜用啥都救不了！

5L：只有我好奇那个战神为什么会在北城门和白染PK吗？难道是截杀？

6L：怎么会有人这么想不开，跑去截杀白染？不怕被大神他们追杀吗？

7L：不是截杀哟，我听到他们对话，应该是线下认识，特意约战的。

8L：约战？那为什么不去竞技场啊？非要在野外开屠戮？难道有仇？

…………

帖子一经发布就引发了热烈的讨论，很快就被顶到了论坛的第一页，并多了一个【HOT】的标签。张烁和冉骐他们学校的那些同样玩游戏的学生，也跑来凑热闹。

146L：确实是有仇，他们在学校里是死对头，学校不许打架，就到游戏里打了呗。

147L：对对对，他俩都是我学校的，两边家族是竞争关系，所以进了学校也是死对头！成天针锋相对！

148L：什么针锋相对啊？根本就是烁金单方面欺负白染啊！白染一个勤务系的到底要怎么才能欺负机甲系的高才生？我早就觉得烁金恃强凌弱的行径很是过分，今天这场PK看着真是大快人心！

149L：是呀是呀，烁金为了这次约战还特意开了直播，发到了我们学校的论坛里！可惜啊……最后小丑竟是他自己！

150L：哈哈哈，我听说他们当初是约好了45级时PK，结果人家白染早就55级了，烁金还是花钱找人带着打副本打怪，才好不容易升到45级的！这差距简直绝了！

151L：找人带升级……这就是有钱人的世界吗？酸了酸了……

…………

不过他们说归说，倒是没有泄露冉骐等人的现实信息，毕竟星际世界人们对个人隐私还是相当看重的，稍微透露一点信息没什么关系，但是要是泄露出现实中具体的个人信息，比如姓名和住址之类的，就是违法的了。

674L：只有我注意到白染长得很好看吗？小哥哥这颜值真是绝了！听说他还特别会做饭，战无不胜公会驻地的食品店里的东西不仅品种多，味道还特别棒，全都是他开发出来的！真的好想加入战无不胜公会啊……

675L：可不是吗，颜值就是王道啊！真是恨不得舔屏一百遍！

676L：长得帅有什么用？能当饭吃吗？还不是废柴一个？这个白染在学校里体质和精神力都是E级，连机甲都开不动！你们可别被他游戏里的样子骗了！

677L：楼上这是什么弱智言论？资质差怎么了？资质差没人权了？再说，人家白染家里那么有钱，毕业了也不会进军队，回家继承家业，躺着都有钱拿，不比辛辛苦苦上战场舒服？

678L：话说夜枭长得也好帅啊！在另一个视频里有拍到他的侧脸！（链接地址）虽然他在视频里只是最后出场了几秒钟，可是他的霸气出场，还有那个帅裂苍穹的无敌侧脸实在太戳我了！啊啊啊我死了！

679L：真的假的啊？我也赶紧去看看！

…………

1411L：我去，这是什么神仙颜值？白染和夜枭他们两个实在太帅了啊！

1412L：他俩总是形影不离的，名字也搭，说不定……嘿嘿嘿！

1413L：嘿嘿嘿……

1414L：你们还是快别乱说了，我认出夜枭大佬来了，人家可是帝星的首席！前不久的区域赛第一名啊！

…………

"有没有搞错，明明当时我也和大佬一起出场了啊！为什么没有我的姓名！"下线休息的顾乐也在看论坛帖子，看到大家讨论的内容后忍不住吐槽道。

"估计是你不如他帅吧。"冉骐笑着打趣道。

"好你个冉小骐！吃我一拳！"顾乐哇哇叫着扑向冉骐，两个人顿时打闹成一团。

玩闹过后，顾乐又趴回沙发上开开心心地看起了论坛帖子，只要看到有人批评张烁，他就立刻乐呵呵地过去给那人点上一个赞，顺便再吃一颗草莓。

真爽！

第八十六章

期末考试快要到了，不管勤务系平时上课是多么松散，但是考试还是必须参加的，于是接下来的几天，冉骐和顾乐两人开始按时上课，争取临时抱一下佛脚。

得益于官方和政府的大力推广，《魔域》现在几乎称得上是一款全民游戏了，学校里差不多人人都在玩。因此冉骐这一次也算是一战成名了，同班的同学们对待他们的态度都热切了起来，甚至还有人会主动过来询问冉骐一些打副本的诀窍和一些物品的制作方法。

冉骐也没有藏着掖着，把自己知道的东西都和他们说了，尤其是一些副本BOSS的机制，对他们来说帮助很大。

"冉骐，那个副本BOSS放的大招我们根本顶不住，有什么办法吗？"

"最好能在它放大招之前把它杀死，或者是用那些控制技能打断它的技能，然后集中火力输出，就能打过了。"冉骐想了想之后说道。

"好的好的，谢谢！"

"冉骐，那以后你做增益食物的时候，能卖给我们一点吗？交易行里的很快就没了，我们动作慢一些的根本抢不到……"有人犹豫着开口问道。

"可以啊。"

冉骐答应得那么爽快，那人反而不好意思起来，没有想到冉骐这么好说话。

"那……那真是太好了，谢谢你！"

见冉骐好脾气地和他们说话，顾乐却有些看不下去，忍不住小声抱怨道："你怎么脾气这么好？说什么你都答应，你忘了他们之前是怎么排挤咱们的吗？"

"游戏里的食物备齐材料之后都可以快速生成，卖他们一些也没什么，反正只是举手之劳罢了，卖给谁不是卖呢？"冉骐朝顾乐使了个眼色，压低声音说道，"而且我们公会很快又能升级了，到时候就可以对外开放公会驻地的商铺，趁着这个机会把这些人吸引过来，不就是一个最好的宣传途径吗？"

"嘿嘿嘿，你说得对！"顾乐听他这么一说，就又高兴起来了。

他们公会现在已经四级了，公会成员们为了贡献点每天都积极做任务，升级速度可以说是飞一样的，而且每次公会招人都不需要发广告，就已经有一堆人排队等着了。

等到公会升到五级之后，公会驻地的商业区就能够对外开放了，凭着他们的名气还有冉骐那些美食、装备，到时候肯定能吸引来不少玩家，一炮打响。

要知道自从游戏开放了游戏币和星币之间的兑换之后，除了开各种带人练级和获取材料的工作室，在游戏里做生意也是相当赚钱的了。

到时候公会成员们可以在商业区里租赁铺子，售卖自己制作的东西或者是打怪掉落的装备，而他们的公会驻地发展起来，说不定比起主城都是不差的，到时候他们还需要再担心钱的问题吗？

就拿顾乐自己来说，这段时间卖打高级副本得到的材料和装备，也能赚不少钱。他家里可不像冉骐家这么有钱，因此他巴不得能多挣点钱呢！

与冉骐这边的如鱼得水相比，另一边的张烁却是仿佛生活在水深火热之中。他不管走到哪里，都能够看到其他人在窃窃私语，时不时瞥向他的眼神，都充满了鄙夷。

向来是天之骄子的张烁哪里遭受过这样的对待？只觉得心头火起，借着训练课的机会，挑了几个人狠狠修理了一顿。

只是他这么做不仅没有抑止事态的发展，反而让事情愈演愈烈，甚至有越来越多的人开始对他指指点点。

他们都说他仗着体质强欺负人，如果没了体质这个天生的资本，他根本没什么可骄傲的。他的战术课和理论课的成绩都只是中等，这似乎也佐证了他是个头脑简单、四肢发达的家伙。

张烁的脸色一天比一天难看，他的小弟们想法子开解道："烁哥，没事的，冉骐也就只能嚣张这几天了，马上就要期末考试了，你别忘了他可是出了名的"学渣"，别说机甲实践课的成绩一直都是垫底，就连理论课的成绩都不高，只要总绩点达不到合格线，这次他说不定就要留级了！到时候看看到底是谁丢人！"

张烁一听，觉得他说得有些道理。冉骐成绩本来就差，这段时间又每天打游戏，根本就没怎么上课，估计等成绩出来，一定会被狠狠打脸。游戏玩得好又怎么样？还不是要留级？

这么一想，张烁就觉得心里舒服多了。

他倒要看看，冉骐这次期末考试会考出什么样丢人的成绩！

※※※※※※

复习的时间总是过得异常快，很快他们就迎来了期末考试。按照惯例，要先考理论再考实操。

由于勤务系的特殊性，他们是以理论成绩为主，实操课的成绩只是起个加分作用。因此勤务系的学生只需要理论成绩合格，实操课的成绩就算是零分也没关系。

不过冉骐的成绩是真的差，他又不是从小就穿越的，接受的教育与星际这边是完全不同的。转学过来以后，他每天上课都像是在听天书一样，只能靠着死记硬背，勉勉强强得一些分。

幸亏原主以前也是个学渣，他的表现倒也合乎常理。只是学校前两年上的都是基础课程，难度较低，而今年已经是第三学年了，上课的内容比起前两年要更加深奥，甚至还多了几门科目，难度可以说是加倍了的。偏偏这次的卷子还特别难，很多学生看到卷子的时候，心中一沉，考完出来的时候都是一副"生无可恋"的样子。

他们都是把卷子提交到智脑，由智脑来打分的，因此成绩出得非常快，几乎是他们这边刚考完，智脑就已经自动进行了批改和成绩排名。他们这边还没有离开教室，大家就已经收到了成绩单，顿时在走廊上一阵哭号。

出乎人们的意料，冉骐的成绩比起去年要进步了不少，虽然排名依旧靠后，但至少已经不是垫底的了。

大家虽然惊讶，但并没有人怀疑冉骐作弊，毕竟进入考场之后，他们的一举一动都在智脑的监控之下，绝对不存在作弊的可能性。

"冉冉你可真棒！咱们这次可不是垫底的了！等会儿实操考试也好好发挥，争取吓他们一跳！"顾乐看到成绩单之后难掩兴奋地说道。

"嗯！"冉骐也是一样高兴。这段时间他增强的不仅是体质，还有精神力，这让他的记忆力变得更强了。他不再是一味地死记硬背，勉强也能稍微理解一下各种理论的内涵，所以才能够拿到这个成绩。

对于接下来的实操课考试，他也是非常期待的，想要看看如今体质增强了的自己，在机甲对战时会不会也有所进步。

很快，实操课考试的成绩也出来了。这一次很多学生的成绩都有所进步，但其中进步最大的还是要数冉骐，毕竟他以前每次都只能拿十几分，这次居然一下子拿到了五十几分，只差一点点就能及格了。

"冉骐，你是怎么做到的？"有如此大的进步，少不了会有人来问上几句。

"我朋友给我特训过几次。"老爸让他暂时不要把游戏里兑换到的食物能够增强体质的事情往外说，所以冉骐只能这么回答。

"难道是……夜枭大佬吗？"那人的眼睛顿时亮了起来。他也是上过游戏论坛的，知道有人说夜枭是帝星机甲系的高才生，虽然没有说具体是哪一个，但光是出自帝星就已经足够说明他强悍的实力了。

冉骐轻笑着点了点头，算是默认了那人的猜测。

张烁那边考完试，却是脸色难看。他到底是受了影响，考试发挥不佳，比起之前要退步了许多。

"张烁，你这次考试的成绩有点不理想，不要让其他的事情影响到你的成绩。"老师特意叫住了张烁，教育了他几句。

张烁和冉骐之间的事情闹得很大，学校里几乎没有人不知道的。老师的这番话就好像小刀扎在了张烁的心口，但他还是只能强撑着点头应是。

应付完了老师，他就迫不及待地打开了勤务系的成绩排名，却没能在最后一位看到冉骐的名字，甚至连最后十名里都没有！

"怎么没有冉骐？他难道没有参加考试？"张烁皱眉问道。

"不可能吧？就是缺考也应该是零分才对啊。"张烁的小弟迟疑着说道。

"啊，我找到了，冉骐这次理论课考得还不错，就连实操课也考了五十几分，排名是……三十三。"另一个小弟越说声音越低。

张烁快要气疯了，他这次考试的成绩退步了不少，没道理冉骐却能进步，这岂不是证明了他就像那些人所说的那样，是个只会仗着体质优势欺负人的家伙？

冉骐若是不留级，他丢掉的面子又要从哪里找回来？

第八十七章

期末考试结束，就该放假回家了，老师也没给他们布置什么作业，只说了几句让他们假期不要玩得太疯，偶尔也要记得看看课本之类的话，就让他们回去收拾东西了。

学生们一个个都和放飞的小鸟一样，欢呼着跑了。不管勤务系上课多么松散，在学校里总归是不如在家舒服的，一个个早就都期盼着假期的到来。

这次的假期有两个多月的时间，不过只要有游戏，就算分开了也一样能每天见面，就连食物也能快递到家，所以冉骐和顾乐并没有什么与好朋友分别的愁绪。

男孩子也没有多少东西需要收拾的，除了一些换洗的衣服，需要带回去的就也只有那台游戏舱了。游戏舱的价格非常昂贵，实在没有必要再买一台，因此他们都直接把宿舍的这台游戏舱给快递回了家，然后乘坐当天下午的飞船回去。

冉骐想到妈妈应该会在家里等着他，但是当他打开门，看到客厅里整整齐齐坐着的一家人时，他还是不由得愣住了。

"小骐！"二哥冉辉速度最快，第一个上来将他给抱住了。

大哥冉凯笑眯眯地走过来，也给了两个弟弟一个拥抱，再加上瞿清和冉绍钧，一家人顿时抱成一团，看起来非常"团结"。

——也很不透气。

等到大家抱够了，冉骐才能透一口气。

他大大喘了口气，才来得及对众人露出一个惊魂甫定的笑。

刚才他被挤在最中间，实在是有点透不过气，但又不想破坏全家团聚的温馨时刻，于是只能忍着，这会儿小脸都憋得红通通的，看着傻气又可爱。

瞿清忍不住摸了摸他的头，拉着冉骐到沙发上坐下，仔细地将他上下打量了一番，叹息道："瘦了。"

冉骐顿时惊讶地看她。

他哪里瘦了？这段时间因为吃得好，整个人都胖了一圈，而且还长高了两厘米！连小肚子都出来了，他都开始考虑要运动减肥了……

"是啊，瘦了一大圈！"冉凯也点头附和，皱着眉说道，"这次回来一定要吃点好的！走走走，今天晚上我请客，去五星餐厅吃饭！"

冉骐："……"

行吧，有种瘦叫亲人觉得你瘦。

"出去吃就算了，难得大家都在，要不然今晚我做饭吧！"冉骐提议道。

"会不会太辛苦了？你才刚回家……"瞿清有点舍不得让小儿子一回来就忙碌。

"不辛苦，我就做点简单的。"冉骐摇摇头，"而且食材都是兑换的，又新鲜又好吃，绝对比外面餐厅里的强，自己做分量还足呢。"

不怪冉骐嫌弃，外面餐厅的菜真是又贵分量又少，除了尝鲜的或者摆阔的，真没多少人会去。他们几个人饭量可不容小觑，还不如自己在家，能多做几种菜，而且饭菜也管够。

"那好吧。"既然冉骐都这么说了，瞿清当然不会继续反对了，甚至还忍不住舔舔嘴唇，显然是想念小儿子做的饭的味道，"我来给你帮忙。"

"我们也来帮忙！"冉凯和冉辉也立刻站了起来。

"厨房地方小，用不着这么多人。"冉骐哭笑不得地摇了摇头，"有妈妈帮我就行了，哥哥你们去外面等着吧。"

做个饭是真的用不上这么多人，而且冉凯和冉辉都是军队精英，人高马大，虽然善于战斗，但他们这辈子恐怕都没有碰触过厨具这种东西，他还真担心他们会帮倒忙。

冉凯和冉辉摸了摸鼻子，只得去外面等着了，但脑袋还是时不时朝厨房张望。

冉骐打开光脑，和瞿清一起挑选食材。

瞿清一直对之前被冉绍钧抢走的番茄鸡蛋汤念念不忘，所以毫不犹豫地选择了番茄和鸡蛋，冉骐则是选了牛里脊、五花肉、土豆、茄子、青椒、卷心菜、大米等食材，中式料理就讲究荤素搭配和营养均衡。除此之外，他还买了一点水果，这样他们在做饭，家人在外面等着的时候就可以吃了。

章鱼快递还是一如既往地给力，不到半个小时就送达了。

把草莓清洗过后端了出去，冉骐就开始做起了晚饭。

除了瞿清心心念念的番茄蛋汤，他今天准备做一些下饭的菜，比如香炙牛肉、红烧肉、地三鲜和手撕包菜，是最经典的四菜一汤。米饭更是煮了一大锅，好让他的家人们敞开肚子好好吃一顿。

一开始冉绍钧和冉凯、冉辉在外面还能聊聊工作上的一些事情，但是很快就被从厨房里传出来的饭菜香气给吸引住了，就连一开始吃着的特别稀罕的草莓都似乎没有那么美味了。

"这也太香了吧？小骐到底做了点什么啊？"冉辉伸长了脖子朝着厨房的方向张望。

"谁知道呢……"冉凯也不复以往的沉着稳重，喉头滚动的次数都在增加。

冉绍钧作为父亲，倒是比他们更端得住，没有不顾形象地朝厨房张望，只是手不着痕迹地搓了搓胃部，似乎是想促进一下消化。

"开饭了。"

好不容易挨到了饭菜上桌，所有人都露出了惊讶的神情，先别说这些菜闻上去有多香了，光是这么看着，丰富的色彩搭配就已经特别让人垂涎了。

"别愣着了，都尝尝小骐的手艺。"瞿清笑着招呼大家开动，自己伸手先舀了一碗她心心念念的番茄鸡蛋汤。那次冉骐寄了汤回来，她只来得及偷喝了一小碗，就被冉绍钧给整锅端走了，弄得她一直念念不忘的。

今天的番茄鸡蛋汤冉骐特意多放了些鸡蛋，而且在打鸡蛋液的时候他还放了一勺水，这样能让鸡蛋的口感变得更嫩。番茄也是剥了皮又炖得酥烂，酸酸甜甜的滋味实在是太棒了。

不光汤好喝，那几道菜也都好吃得不得了。

浓油赤酱的红烧肉，肥而不腻，入口即化；香炙牛肉鲜嫩可口，还带着一点点香辣味，口感惊艳；地三鲜由土豆、茄子、青椒三种食材制作而成，先油炸过一遍，外表是微微焦脆的，里面却异常软嫩鲜香，十分下饭；手撕包菜则清脆爽口，放了少许肉片，为这道菜更添了一股肉香味。

总而言之，自从拿起勺子，这群人的手就没停过，狼吞虎咽的，根本不像是吃惯了各种美食的富豪，倒活像是八百年没吃过饭的流浪汉。

"别急，慢点吃，没人和你们抢。"冉骐忍不住眯了眯眼，有点不忍直视。

他做菜的时候担心不够吃，每道菜的分量都很足，一盘几乎相当于外面两盘了，绝对够他们一家人吃的。

"小骐，你的手艺真是绝了！你是怎么学会这种神技的？"冉辉忍不住问道。

"之前看安叔做过，进了游戏之后，就学了烹饪，没事就实验各种食材的做法，就这样学会了。"冉骐把之前用过的理由又给拿了出来。

"我看你做得比安叔好多了，要是你愿意接单给人做私厨，那就没安叔什么事了！"冉辉感叹道。

"二哥，别乱说了，我的厨艺哪能和安叔比呢？"冉骐觉得自己只是占了个掌握的菜色多的优势，也没有专业学过。如果真的比厨艺和基本功，倒是不一定比专业出身的星厨强。

冉凯则想了更多："爸，我觉得这些菜的味道也很不错，可以考虑再出点新口味的营养液啊！"

"对对对，红烧肉味的营养液想想就很好！"

虽然说这些菜的味道真的非常不错，但会做的人几乎没有，而且食材也不好搞，还是不如制作成营养液方便，那样能满足绝大部分人的需求。

冉绍钧想了想，觉得可行，不过营养液的味道不宜做得太复杂，地三鲜和手撕包菜这些多种食材混合炒制的口味就比较难制作，像红烧肉和香炙牛肉这样味道纯正浓郁的口味更为适合。

于是他便看向了冉骐："小骐啊，要不然你再做一份红烧肉和香炙牛肉给我带去公司？还有那个草莓，也再弄一点。"

得益于番茄味的营养液,他们家的营养液现在的市场覆盖率是全星际第一,冉绍钧甚至收购了一颗自然星球,在上面专门种植番茄。他觉得草莓味道也不错,可以试试能不能批量种植。至于红烧肉和香炙牛肉,成本太高,他打算用星兽肉做原材料,看看能不能制作出相似口味的营养液,大不了再买一个星球,用来豢养星兽,反正星兽本身并不贵,真要做出来,利润是远远超出饲养成本的。

冉骐当然是没有不答应的,当即又下厨多做了几份,顺便给他的好友们也寄了一些,让他们也能尝尝。

******

《冉氏营养液再出新口味!来看营养液的发展新方向!》

《3天5次脱销!回购频率最高的网红营养液!》

《一秒售罄50000000份!这款营养液到底有何魔力?》

连续两周,星际新闻的头版头条全部都是关于冉家的,冉家一下子成了民营营养液供应商中的龙头企业,市场覆盖率比起之前要翻了一倍不止,就算定价昂贵也没能阻止购买者的脚步,几乎所有人都在催促他们快点出货。

草莓味、红烧肉味和香炙牛肉味的营养液,简直让全体星际人民都为之疯狂,他们从来没有尝过这么独特的味道。一样都是填饱肚子,与其喝那种便宜又没味道的营养液,多花一点钱,享受更美味的营养液不好吗?虽然价格比起普通营养液是贵了一些,但总比去星际餐厅吃饭要便宜许多。

新口味营养液的销量如此火爆也是冉绍钧没有想到的,可是原材料实在不好弄,制作速度赶不上销售的速度。幸好番茄又成熟了一批,冉绍钧让人加班加点赶制番茄口味的营养液,总算是勉强应付了民众的需求。

只是短短两周,冉绍钧就赚了个盆满钵满。在有记者采访他的时候,他毫不掩饰地向公众宣布,他们家营养液的新口味都是由他的小儿子研发的。

以前不知道有多少人嘲笑过冉骐是个双E废物,现在让他们好好看看,到底谁才是废物!

难免会有人质疑这件事的真实性,但很快冉骐就是《魔域》游戏中的大神玩家白染的事被曝光了。随着网友扒出来他的灵感可能都是来源于游戏里的各种食物的制作,这下大家才算是心服口服了。

第八十八章

《魔域》这款游戏也因为这次的事情正式走到了主流媒体的眼前,许多人看到了其中隐藏的商机,开始高价收购起了实物兑换券。只可惜并不是所有人都像冉骐、夜枭他们队伍里的人一样，事实上拥有兑换券的人凤毛麟角，因此一张兑换券的价格一度被炒到了五位数的天价。

财帛动人心，一时间所有人都开始想方设法地弄到兑换券，要么就是通过生活技能的创新来获取，要么就是拿到副本BOSS的首杀或者是达到极速通关的极限成就。有夜枭他们这支顶级团队在，想要通过拿到新副本的首杀来获得实物兑换券是不太可能的了，但是极限成就还是可以努力一下的，只要打破之前的记录就行了。

一些已经通关了的低级副本，夜枭他们是不屑于浪费时间重新去打的，于是这些副本就成了游戏玩家们竞相挑战的内容。其中当然也包括了猫妖巢穴，只不过猫妖巢穴毕竟是深渊副本，难度还是非常高的，稍有不慎就容易翻车，不知道让多少过来挑战的人含恨折戟。

因为来争抢刷新纪录的玩家变多，这些副本的竞争几乎已经到了白热化的程度，甚至连副本门口都时常爆发战斗，可即便如此，能够获得的兑换券也很有限。

"一个星期了！你就弄到这么几张兑换券？"张烁的父亲正在房间里怒吼出声。

"没有人肯卖……琉璃月那个会长一直在和我抢，我这边涨价，她那边也涨价，我们收了一个星期也只能收到这么多……"张烁被骂得连头都不敢抬。

"你每天花这么多时间打游戏，时间都浪费到哪里去了？而且这个游戏的兑换券能换到这么多的好东西，你就不知道收集一点吗？你是傻子吗？外面都说那个冉骐手里握着几百张兑换券！你看看他们家的营养液，都快卖疯了！我们家的市场都被他们抢占了！营业额每天都在下滑！"张父简直是"咆哮帝"附体，整个人脸红脖子粗，显然是愤怒到了极点。

"冉骐都是靠大神带的……是帝星的韩啸！他们那群人都把通关副本拿到的兑换券给了他……"张烁低声辩驳道。

"难道那新口味营养液也是那个什么帝星的人做了给他的？"张父一针见血地问道。

"不……不是……"张烁的脑门上渗出细密的汗珠。

"就这你还好意思说人家是废物？我看你才是个废物！"张父越发恼怒起来，砸了手边好几件摆设，才勉强将怒火给压下去了一点，"马上用兑换券，兑换那些不需要配方制作的水果！另外马上让人去收购食物配方！越多越好！"

"好的……父亲……"张烁立刻仓皇地跑了出去。

张父深吸一口气，打开光脑，通知研发部门做好准备，尽快用兑换来的水果研制出一批新口味的营养液来。

不过他也很清楚，这只能够解一时的燃眉之急，必须想办法拿到更多的原材料才行。

他想方设法地与《魔域》游戏公司联系，想要知道他们游戏商城里的东西到底都是哪里来的，甚至不惜开出高价收购那些食材，可惜都被对方拒绝了。张父当然不会就此放弃，只是还不等他采取进一步的行动，帝国政府就先一步宣布《魔域》将由政府接管了。

帝国政府的介入让和张父同样有着各种小心思的商人不得不偃旗息鼓，他们只能学着冉家那样，收购资源星自己培植食材，毕竟光靠用兑换券兑换来的食材，是无论如何也不可能满足全帝国人民的需求的。

很快，各种新口味的营养液大量出现在市场上，但冉家口碑已经打出去了，人们几乎都认准了他们家的营养液。张家的产业开始不断地缩水，再也不复过去的辉煌。

******

两个月的假期一晃而过，在众多学生返校之后，又出现了一桩大新闻。

有一些制度比较严格的学校会在开学时给学生们进行一系列的测试，以确认他们在放假期间有坚持锻炼，没有偷懒，结果居然有不少学校都发现有一些学生出现了体质增强的情况。虽然增幅不大，基本上只上升了半级，但也足够让人惊讶。

偶尔一个两个出现体质增强的情况也还算正常，但是一下子出现了几十个以及上百个，就有点不同寻常了。

有嗅到不寻常气息的记者立刻对这些学生进行了调查，发现这些体质增强的学生背景、性情各异，仅有的共同点就是家庭条件几乎都不错，而且绝大部分人都在玩《魔域》。

根据他们所说，自己在假期并未做过特殊训练，甚至有些人还沉迷游戏，一整个暑假几乎都是在游戏舱里躺过去的。

而他们唯一和往常不同的地方，就是每天都会服用新口味的营养液，有兑换券的人还时不时会兑换一些水果之类的食材自己吃。

记者详细地记录了他们的话，并且在文末大胆地提出了猜想：

"众所周知，市面上现有的许多新口味营养液，都是用《魔域》游戏中兑换到的食材作为原材料的。那么，是否可以认为《魔域》游戏商城中的食材具有增强体质的功效呢？"

因为这条被绝大多数人赞同的猜想，《魔域》游戏顿时变得更加火爆，实物兑换券的价格也被炒得更高了。

冉骁的学校原本是只有新生入学才会做测试的，但因为越来越多的人出现了体质增强的情况，于是校方也召集学生们进行了一次集中测试。

轮到冉骁的时候，所有的学生都围拢了过来。要说《魔域》商城里的食材真的可以增强体质，那在场所有人吃的食材，恐怕加起来都不如他一个人多，毕竟人家家里就是做营养液生意的，手上的兑换券也被公认是最多的。

而且根据专家的分析，改善体质这种事，通常都是体质越差的人，改善效果越明显，因此大家都非常期待冉骐的检测结果。

倘若他的体质真的出现了大幅提高，那《魔域》食材能增强体质的事就真算是板上钉钉了！而且这更意味着，很多天生资质不好的人不用一辈子都只能被迫从事边缘性的无用职业，他们有了提升实力的途径，更有了改变人生的机会！

可以说，如果这件事是真的，必然会给帝国现有的社会制度带来翻天覆地的变化！

冉骐虽然预想过，游戏兑换到的食材有特殊作用的事迟早会被大家注意到，但他没有想到会这么快，而且他还这么尴尬地被围观……

尤其是一些低等级学生看他的目光，几乎像是在等待一个奇迹，让冉骐顿时压力山大。

他的小伙伴顾乐就站在他旁边的那台智能检测仪面前，两个人面面相觑，交换了一个无奈的眼神，然后走了进去。

"体质检测结束，恭喜您的体质达到了C-，较上一次有所提升，请继续努力。"两台机器的电子音同时响起，冉骐和顾乐的体质竟然都升到了C-级。

在场的所有人顿时变得疯狂，这可是足足提升了差不多两个大等级啊！

众多学生之中，体质增强的人当然不止冉骐和顾乐两个，但是其他人的增幅都没有他们那么夸张，小小半级或者不到半级的提升，哪怕说是营养好了身体强壮了也解释得通。

可两个大等级的差距，那就完全不是身体状态可以解释的了！

何况冉骐的体质原本比顾乐要低半级，但因为他放假在家吃得太好，导致体质增强的幅度更大一些，直接持平了，这不就更是《魔域》食材功效显著的佐证吗？

"啊！真的！网上说的是真的！"有人兴奋地大叫。

"这体质再增强下去，都可以转专业了……"有人羡慕嫉妒。

"还上什么课啊？去玩游戏打兑换券吧！"有人激动不已。

"说得好像你去打就能打到一样……"

现在兑换券越来越难得到了，以前的那些副本都被打了太多遍，很多纪录已经被刷新到了不可能被超越的地步了。现在生活类职业反倒成了最热门的职业，一堆人埋头研究打造各种新式装备，试图得到更多的兑换券。

"你们没看游戏论坛吗？听说马上就要开始公会战了，每周一次，获胜方都会获得一定数量的兑换券，到时候会按战斗贡献进行分配，就连战败方也能得到参与奖。"

"真的假的？那赶紧得找个公会加入啊！"公会召集令实在是不好获得，就算有钱也很难买到，现在整个游戏里的公会都不超过十个，而且等级有限，能够招募的成员自然也有限得很。

大家的关注点很快就歪了，一个个都聚拢到了冉骐的面前："冉骐啊，你们公会还招人吗？我虽然只有47级，但我学的是饰品制作，可以做漂亮又实用的戒指和项链。"

"可以的，但是招人的事情不是我负责，你们可以找剑指流年报名。"冉骐微笑着回答。

"唉，战无不胜肯定很难进的，我看还是去其他公会碰碰运气吧。"

"好像张烁之前也建了个公会？你说他会参加公会战吗？"

"这还用问？肯定会参加啊！而且说不定他会跑去挑战战无不胜。"

"不会吧？这不是找虐吗……"

"这可不好说……"

"好了，大家今天的测试结束了，都回宿舍休息吧。"老师没有让这群学生继续闲聊下去，他将所有体质有所增强的学生名单记录下来之后，就让学生们回去休息了。

第八十九章

学生们回去之后当然不会真的休息，而是一个个打开了光脑，查看起了游戏论坛。

根据游戏官方发布的公告，下周更新后就要开放公会战了，公会战一个月一次，每个月15号从晚上7点一直到晚上10点，持续整整3个小时，所有加入公会的玩家都可以参加。参战的公会之间可以进行无惩罚的PK，各公会玩家所见的红名，都是敌人，可以通过击杀其他公会的玩家，来赢得战绩。

公会战开始后，每个公会驻地中心位置将会出现一块带有公会标识的巨大水晶，摧毁对方的水晶后就能占据这片驻地，并且生成一块带有新标识的水晶。公会战结束后，成功占领一块以上驻地的公会将被视为获胜者，除了能够得到大量经验值奖励，还能获得包含实物兑换券在内的珍贵道具。这些奖励都会由系统根据参战成员各自的战绩来进行分配，战绩越高，获得的奖励自然也越丰厚。就连输掉的公会，也会视参与度获得一定的奖励。

而占据驻地数量最多的公会，还能够再额外获得30张实物兑换券！

整整30张实物兑换券，这简直是个会让人为之疯狂的数量。

消息一出，各大游戏公会都开始招募各类精英玩家，顺便把公会里不够优秀的成员清理出去，好为精英成员腾位置。

而那些实在挤不进大公会的玩家，也开始组团挑战深渊副本，希望抓住一切能够获得公会召集令的机会，尽快组建公会。

战无不胜公会当然也在积极备战，他们当初选择公会驻地的时候，就已经考虑到了公会战的因素，特意选择了一个易守难攻的海岛，除非有飞行坐骑或者船只，否则就只能选择通过 NPC 传送。各驻地之间的传送只有公会战期间才会开启，被攻击的公会只要能守住水晶，每个小时都能获得水晶赋予的增益状态，让他们的战斗力变得更强。

现在他们公会的平均等级是 55 级左右，可以说是游戏里的顶尖水平了，而已经 69 级的夜枭依旧牢牢占据着游戏等级榜第一的位置，距离 70 满级只有一步之遥了，基本上可以确定他将会是游戏中第一个满级的玩家。

面对即将到来的公会战，公会成员们有的激动，有的期待，但就是没有人感到害怕。有夜枭在，就像有了定海神针，每个人的心都非常安定。

所有生活玩家都在忙碌地制作各种装备和战斗消耗品，夜枭和风波江南他们这些公会管理员也全都分散开来，各自带队伍组织公会成员们去打副本。

在公会战开启之前，能够多升 1 级也是好的，能够多打一件高级装备或者高级材料也是好的，而且还能够当成是在练兵，让成员们互相之间更加熟悉，配合也更加默契。

******

【系统公告】公会战即将开始，各驻地传送阵限时开通，请大家做好战斗准备。

晚上 6 点 55 分，系统发布公会战预告。

战无不胜公会全体成员早早就在公会驻地中集合了，他们猜测今天应该会有不少公会选择攻打他们的公会驻地，毕竟他们公会是目前发展度最高的一个，只要占领了他们的驻地，就能直接接手他们已经建设完成的驻地，可比累死累活自己建设一个要来得轻松。

"大家都检查一下自己的装备和道具，确保没有遗漏的。"夜枭沉声说道。

"带好了！"众人齐声回答。

整个公会的主力都集中在传送阵附近，夜枭另外派了两支由刺客组成的小队看守城墙，以免有敌人从海上偷袭。刺客有着职业优势，跑得快，还能隐身，是偷袭和侦察的最佳人选。

晚上 7 点整，公会战开始。

系统页面闪过一连串的宣战提示，紧接着就是一大群红名玩家通过传送阵传送了进来，人数大大超过他们的预计，看起来像是好几个中小型公会联合起来的样子。

冉骐一眼就看到了为首的张烁，他依然穿着一身花重金打造的紫装，被一群人簇拥着站在中间，像是一个天然的发光体。

只可惜，他们一出现，就被早已等待许久的战无不胜公会的成员们给围攻了。战无不胜毕竟是五级公会，有足足 200 人，平均等级也遥遥领先，这几个小公会联合的队伍完全入不了他们的眼。

各种华丽的技能在人群中炸开，幸亏这是高科技的全息游戏，这要是换成 21 世纪的电脑，估计都要直接黑屏。

顾乐显然也看到了张烁，二话不说就举着长刀冲了上去，冉骐赶紧给他套了一个护盾，同时不停地给自己周围的公会成员加血。

夜枭组织起法师们，先用火墙阻挡这些人前进的道路，再用冰河进行减速，最后用大范围杀伤性技能收割残血，刷战绩刷到飞起。

只是倒下的人多，传送进来的人更多。

公会战免除死亡惩罚，这群人自然都不怕死。他们死亡后立刻选择返回复活点，但他们的复活点是在他们自己的驻地，他们先在传送 NPC 那里集合，然后再一起传送过来。应该也是事先安排好的，一个个悍不畏死，而且相当有组织，一进来就直接强攻这边的牧师和法师，快速击杀了一些血量比较少的。

【公会】六月雪：染哥，麻烦救一下。

【公会】爱丽丝：染哥，救救！

正在忙着给团队加血的冉骐这才发现，他们这边有好几个牧师倒下了。显然是张烁他们提前做好的计划，要把战无不胜公会这边的牧师都先杀掉。

公会战被杀之后是不能原地复活的，要么回复活点，要么就等人救。

他们的公会驻地很大，如果返回复活点，说不定在来这边的路上就被人给截杀了，毕竟不是每一个牧师都像冉骐这样强悍。

还好有冉骐这个最强牧师在，一个"复活术"就把他们给从地上拉了起来，加满血之后又是一条好汉。

这群人很快发现了只要白染不死，他们杀掉的人就会不断从地上爬起来。

"杀了白染！先杀白染！"也不知道是谁突然高声喊了一句，紧接着就有好几个玩家朝冉骐攻了过来，冉骐急忙闪身躲避，但立刻又有一个刺客迎面攻了过来，使用技能破开了他的护盾，紧接着他就感觉右肩一痛，不知道从哪里射来的一支箭洞穿了他的肩膀。

所幸有护盾的减伤和回复术的自动回血，这一次攻击之下冉骐根本没掉多少血，他抬手直接拔掉了肩膀上的箭矢，马上又给自己套了一个护盾，同时发动了范围攻击技能"光雨"。

绚烂耀眼的光束照亮了整个夜空，仿佛下雨一般对着人群快速落下，造成了大量伤害。有不少残血的玩家被这一个大招直接送走，反而让本来专心辅助的冉骐多了不少战绩。

打到后来，这群人甚至产生了一种他们是在打 BOSS 的错觉。冉骐这个人就像是一个血多防高的大 BOSS，旁边还有一群战力不俗的"小怪"阻挠，他们连想要破防都不容易。

几次车轮战下来，他们居然连传送阵的范围都没能突破！

而战无不胜公会成功守护了水晶一个小时，水晶给予了他们一个增加 20% 血上限的增益状态，让他们的存活能力变得更强了。

一个小时的高强度战斗把联合公会的人给打怕了，他们的指挥也感觉有些力不从心了，阵型散乱，连复活传送都不如之前有秩序了。

眼看着这些人想退缩，追魂忍不住蠢蠢欲动想要反击了："我带队伍过去他们老巢看看？"

夜枭想了想，同意了追魂的要求："行，你和翎墨带着二团三团，一起传送，只杀一拨，要是没能攻下来就马上回来，不要恋战。"

"好！"追魂跃跃欲试，"是时候让他们看看什么是真正的攻城了！"

"冲！"

追魂带着两支队伍，直接冲到了联合公会的驻地。虽然他们驻地里也留了一些人守着传送阵，但哪里是追魂他们的对手，不多时就被他们打得落荒而逃。

【系统公告】公会［战无不胜］成功击碎［九州］公会的水晶，驻地所属权转移至［战无不胜］。

【系统公告】公会［战无不胜］成功击碎［璀璨星辰］公会的水晶，驻地所属权转移至［战无不胜］。

【系统公告】公会［战无不胜］成功击碎［蜀山］公会的水晶，驻地所属权转移至［战无不胜］。

…………

追魂采取了闪电攻势，快准狠地将看守驻地的人给杀死，然后一口气摧毁了好几个公会的水晶。

联合公会的人见自己的老巢失守，立刻慌乱了起来，各自回防，好不容易联合起来的队伍顿时散了。

见大部队回防，追魂也见好就收，马上带着人溜了回来。

可能是知道战无不胜不好惹，接下来对他们驻地发动攻击的公会变少了许多，只彼此内部争斗。但是夜枭并没有放松警惕，他很清楚，真正的战斗将在最后的半个小时展开，那时候水晶一旦被摧毁，再想要夺回来就很难了，那才是真正决定胜负的时刻。

事实证明，夜枭的猜测并没有错。最后半个小时，不仅联合公会卷土重来，就连琉璃月公会的人也出现在了传送阵中。琉璃月公会财大气粗的会长，显然也对他们的驻地感兴趣。

琉璃月的会长就叫琉璃月，角色是个金发碧眼的美女牧师，她也和张烁一样穿着一身闪闪发光的紫装。她的公会能在短短两个月内升到四级，可见是下了血本的。她的团队中有不少高手，都是排行榜上熟悉的名字，能够招募到这些人，她应该没少花功夫。

不过战无不胜的人也不怕，毕竟游戏最强的战力都在他们这里，而且他们成功守护水晶两个小时了，双层 BUFF 在身上，一个个都像是开了挂一样，正是战意正盛的时候。

他们有条不紊地进行着反击——战士们挡在最前面，组成坚实的堡垒；法师和弓箭手等远程职业进行远距离攻击；牧师们站在后方给他们加血，能够群体加血的"圣光术"始终笼罩着他们；刺客们在人群中游走，见缝插针地收割人头。

琉璃月的人甚至连他们最前方的防线都无法突破，反倒是自己损失惨重。

久攻不下之后，也不知道琉璃月是怎么想的，突然将全部攻击转向了夜枭，似乎觉得只要杀死了夜枭就能扳回一城一样。

法师是比牧师还要脆皮的存在，攻击力高，防御力低，换成一般的法师，很有可能在他们的攻击下很快死亡，但夜枭并不是一个普通的法师，他是一个攻击力惊人的移动炮台，不仅攻击力惊人，就连防御力也高得离谱。

一连串称号的属性加成使得他的基础属性堪称逆天，他身上穿着白染给他打造的 60 级套装，套装属性和水晶增益，再加上小黑龙的宠物属性加成，他的攻击力已经到了近乎可怕的地步。

"火墙""火箭术""火焰风暴""冰河""暴风雪""雷击术""雷暴术"，一连串的范围技能砸了一通，场上几乎就没剩下几个活人了，就连下一批复活的人都赶不及传送，场中一时甚至出现了空场状态。

趁着琉璃月的人返回驻地复活点的时候，追魂和翎墨又带着队伍发动了闪电袭击。琉璃月的驻地很大，因此他们的复活点距离水晶有一段距离，等他们从驻守的人那儿得到消息再赶回水晶附近的时候，他们的水晶已经被摧毁了。

战无不胜公会几乎不会主动宣战，如果琉璃月最后没有过来试图抢夺水晶的话，追魂他们也不会去攻击他们的驻地。

所谓偷鸡不成蚀把米，说的大概就是这些人吧。

琉璃月的人当然想要把水晶再抢回来，可惜时间已经不够了。

【系统公告】公会战结束，奖励发放中。

这次公会战，战无不胜除了他们自己原本的驻地，还拿下了包括琉璃月在内的另外三个公会驻地，毫无悬念地拿下了那份额外奖励。

夜枭的战绩是 700 多，相当于 3 小时之内他拿了 700 多个人头，毫无疑问，他的战绩是全场最高的。根据战绩分配后，他所获得的丰厚经验值奖励让他瞬间满级了。

【系统公告】恭喜玩家 [夜枭] 第一个到达 70 满级，获得称号 [开拓者]，[实物兑换券 ×10]，以及星币奖励 100000000。

世界频道顿时炸锅了。

【世界】龙泉：这大概就是大佬的世界吧……

【世界】九溪：我的天，一亿星币啊！我长这么大就没有看到过这么多 0！

【世界】山河不破：我还以为一亿星币只是游戏公司拿来诱惑玩家的噱头，没想到是真的……

【世界】不夜天：难道只有我眼馋那 10 张兑换券吗？现在兑换券都卖出天价了，10 张兑换券都能卖上好几千万星币了！！

…………

"恭喜老大！"

"老大你可太棒了！"

战无不胜公会的人纷纷围在夜枭的身边，由衷地为他感到高兴。

夜枭也难得地露出了一丝笑意，朝着大家点了点头后，他才缓步走到冉骐的身边，低声问道："这次拿到了几张兑换券？"

"5 张。"冉骐老实地回答。

冉骐虽然基本都在辅助，但他的治疗量是全公会第一，再加上人头拿的也不少，因此战绩也进入了前十，同样获得了丰厚的经验奖励，除此之外还分到了 5 张实物兑换券，其中 2 张是参战奖励，另外 3 张则是从那作为占据驻地最多的公会分到的 30 张额外奖励的兑换券中分到的。

夜枭知道冉骐想要攒够 500 张兑换券，兑换强化药剂，于是二话没说就把自己手上的兑换券全部给了他，足足有 80 多张。

"怎么这么多？"冉骐露出了惊讶之色。

"知道你要用，从修罗他们那里收了一些。够了吗？"

“够了够了！”冉骐真是高兴极了。虽然说他有独特的得券技巧，可攒的速度和花的速度差不多，攒了这么久还没攒齐500张，但是有了夜枭给的这80多张券，一下子就凑够了兑换的数量。

　　开放公会战的事情成了游戏玩家们的头等大事，就连新闻媒体也对此非常关注，当天新闻的头版头条全都是关于公会战和第一个满级的玩家夜枭的。

　　不知道媒体从哪里搞到了一张游戏截图，高大英俊的黑发法师正低头与满脸笑意的俊美银发牧师相视而笑，也不知道是用了什么滤镜，这两个人站在一起仿佛是力与美、黑与白的完美结合，让人看了就忍不住想要赞叹一声。

（正文完）

番外：蓝星

　　公会战结束后，韩啸听到了系统提示，告知他收到了新的邮件。他打开了邮箱后，发现有两封新的未读邮件。

　　两封邮件的寄件人都是游戏管理员。第一封是恭喜他成了游戏第一位满级的玩家，请他登录邮件发来的链接，输入个人信息后，领取一亿星币的奖励；第二封则是官方的线下活动邀请函，邀请游戏等级排行榜前100名的玩家在下周一前往游戏公司总部，参加游戏官方举办的一次线下活动，每个参加者都能得到10张实物兑换券的奖励，之后在活动现场还有更丰厚的奖励在等着他们。

　　"你们收到邮件了吗？"夜枭询问自己的队友们。

　　"收到了！"夜枭的团队成员等级都很高，全部都是等级排行榜的前100名，所以他们同样都收到了邮件。

　　"这次的活动是要干什么的啊？我们要去吗？"翎墨看着邮件的内容，露出疑惑的表情。

　　"大概是线下玩家见面会吧！"未来人可能不太清楚，但冉骐作为来自21世纪的人，对线下玩家见面会可是非常熟悉的。这大概就是游戏官方给予玩家的福利，既能作为宣传的噱头，也能调动玩家的积极性，让玩家努力升级来参加下一次的活动。

　　"那我们一起去啊！10张兑换券呢！"追魂立刻说道。

　　奉天笑着附和道："是啊，说不定还有别的奖励呢！上次你们去首都星，我就没能赶上，这次我肯定不会错过的！"

　　"好啊，那就大家一起去吧！"顾乐也难掩兴奋地说道。

　　其他人也是跃跃欲试，都很想去现场看看，毕竟光是每人10张兑换券的到场奖励，就已经足够吸引人了！

　　"你呢？"夜枭看向冉骐。

　　"那我也去。"冉骐看过了这次活动的举办地点，是在23号星球，距离学校和家都比较远，但现在已经放假了，肯定是能抽出时间过去一趟的。

"行，那流年你去问一下公会里还有没有其他人收到了邮件，统计一下要去参加的人。这次的飞船往返票我包了，到时候我们公会的人一起行动，正好当成公会的一次线下活动了。"

"好啊，听说23号星球的风景不错，就当是去集体度假了呗！"

"那到时候我多准备一点好吃的，让大家饱餐一顿。"冉骐主动提议道。

"好啊好啊！"追魂他们都是眼前一亮。

"不用。"没想到夜枭提出了反对，"这次参加的人应该有很多，准备起来太麻烦了，不如来点新口味的营养液好了。"

"啊……"追魂等人闻言都露出了失望之色。

"其实……"冉骐还想再争取一下，但见到夜枭的眼神，便又将到嘴的话给咽了下去。他心里其实也清楚，夜枭才不是怕什么麻烦，其实是担心他累到而已。

冉骐决定等去了那边再看情况，如果主办方准备的都是营养液的话，那他到时候再想办法做点好吃的犒劳犒劳大家就是了，反正现在的快递业务方便极了，当场下单都来得及。而且领到奖励之后，大家也不差兑换券，到时候大家想吃的话，还能多兑换一些其他的食材。

【公会】剑指流年：大家看一下自己的邮箱，有没有收到邮件。游戏官方要举办线下活动，等级排行榜前100名都可以参加，还有丰厚的奖励，往返路费会长负责报销，你们收到邮件又打算去的话，就到我这里登记。

【公会】该隐：真的啊？我收到了我收到了！我一定去！

【公会】雾里看花：啊，我也收到了邮件，但是我下周要出差啊！游戏在哪里都能上，但见面会就不行了……真的好想去啊！

【公会】一叶孤舟：那把名额让给我啊！我有空啊！

【公会】雾里看花：我倒是想要让给你，但邮件里写了必须是本人，我们的账号可是都绑定了身份信息的，没有办法转让的……

【公会】一叶孤舟：我知道……我就是做做梦而已……

【公会】山河不破：我可以去！我可以去！

【公会】六月雪：太好了！23号星离我们太远了，飞船票特别贵，我本来还在犹豫要不要去呢，会长包路费那就必须去了！

【公会】九月天：好的，亲爱的，我这就去订票！

【公会】剑指流年：公会消息太多了，报名的话私聊我。

战无不胜公会作为游戏第一大公会，招收成员的标准非常严格，因此玩家的质量都很高，尤其是那些被培养来带领团队的骨干，是升级下副本最积极的，所以这次他们中很多人都收到了官方的邀请。

他们本来就对奖励非常心动，又听说会长包往返飞船票，便都表示要去。剑指流年统计下来，这次他们公会一共有 34 人去参加活动，几乎占了整个活动人数的三分之一，相信到时候一定会非常热闹。

因为订飞船票需要个人的身份信息，所以剑指流年让大家自己先订，之后再凭票到他这里报销费用。并且他还让大家尽量把抵达 23 号星球的时间都定在差不多的时间，到时候直接在星港那边集合，包一辆车去游戏公司的总部。

******

虽然说在游戏里答应得好好的，但冉骐刚回家没几天，突然又要跑去那么远的地方，还要和网友见面，他实在不确定他家爱操心的父母和哥哥会不会同意……毕竟从上次"他"发生意外差点死了之后，他们就特别担心他，要不然也不会非要把他转到绝对安全的军校去了……

真不知道该怎么开口啊……唉……

不过该面对的总是要面对的，距离下周一只有五天了，如果要去的话，必须提前把票订了，不然到时候买不到票就糟糕了。

总不能让公会的一大群人都等他一个吧？

冉骐下线之后冲了个澡，刚走出房间，就被瞿清给叫住了。

"小骐，你出来啦？晚饭就快好了，你等一下啊！"瞿清笑着招呼道。

瞿清是在家里办公的，空闲时间比较多，就跟着冉骐学了一点厨艺。

不过说是厨艺也比较勉强，其实她就只学会了煎东西而已，煎牛排、煎鸡排、煎鸡蛋什么的，然后稍微加一点调味料，就可以吃了。但与毫无味道的营养液相比，绝对算得上是美味了。

今天她也下厨，煎了块牛排和鸡蛋，冉骐出来得倒是刚刚好。

"好香啊！"冉骐跑到餐桌旁坐了下来，他吃东西并不挑剔，中餐西餐都能吃。

"你先吃着，不够的话，我再去做。"瞿清把吃的装盘后端了出来，她还无师自通地学会了摆盘，牛排的卖相还是非常不错的。

"谢谢妈妈！"冉骐拿起刀切了一块，然后毫不吝啬地称赞起了瞿清的厨艺，"妈妈，真好吃！你厨艺又进步啦！"

"就你嘴甜，我哪能和你比？"瞿清明知道儿子是在说好话哄自己，但她还是很高兴。

"才不是呢！煎牛排也是需要技巧的！"冉骐还真不是在无脑夸奖瞿清的手艺，毕竟能够掌握好火候，也是很不容易的事了，更何况瞿清把牛排煎得恰到好处，鲜嫩多汁，就连调味也不咸不淡，真的非常好吃。

瞿清见他说得认真，脸上的笑容也更柔和了几分："喜欢就多吃点。"

"好！"

冉骐一边吃一边开口问道："妈，爸爸和哥哥他们去上班了？"

"是啊，你爸特别忙，你大哥二哥的部门也离不开他们，当然要回去了，不过你放心，晚上他们一定会回来的。"

"哦……"冉骐眼珠转了转，犹豫地开口道，"妈妈，我……想出去玩……"

"好啊，想去哪里啊？"

"去……23号星球……"

"嗯？去那么远的地方啊？"瞿清微微挑眉，打开光脑看了看，"23号星球好像是充分开发的自然星，风景很不错，确实可以去玩玩。不过路上要大半天时间，一来一回加上玩的时间，至少要三四天，你要是真的很想去，那晚上你爸回来，我和他商量一下，安排一下假期，我们全家一起出去玩吧！"

"啊……其实是游戏举办的一次线下活动，每个到场的人会奖励10张兑换券，还有其他更丰厚的奖励。"冉骐没想到瞿清会打算全家一起去，为了不让线下聚会变成尴尬的"社会性死亡"现场，他最后还是选择实话实说。

"什么？线下活动？你想一个人去？"瞿清的眉头顿时就皱了起来。从上次意外发生之后，她就很担心冉骐的安全，不放心他参加任何危险的活动，更不用说让他单独跑到那么远的星球去了。

"顾乐也会去的……我可以和他一起……"冉骐小声说道。

顾乐是冉骐在学校最好的朋友，瞿清和冉绍钧之前送冉骐去学校的时候见过，对那孩子的印象还挺不错的。不过顾乐也只是个和冉骐差不多年纪的男孩，体质也不是太好，瞿清实在是放心不下。

"但是如果我没记错的话，顾乐的家是在74号星球，离我们也有一段距离，总不能让他先飞过来接你，再一起去23号星球吧？"瞿清很是不认同地说道。

"那我可以飞去74号星球找顾乐，再和顾乐一起过去。"

"不行，你一个人出门我们怎么能放心？"

冉骐有些失望，如果连家里最好说话的妈妈都不同意的话，估计就真的没戏了……

看到儿子瞬间暗淡下来的眼神，瞿清心头一酸，她突然开始反思，自己是不是不该把儿子管得那么严。

"等你爸回来，我和他商量一下。"瞿清叹了口气道。

"真的？"冉骐的眼睛顿时一亮。

"嗯。"瞿清笑着揉了揉儿子的脑袋。孩子长大了，做父母的总是要学会放手的。而且冉骐自从转校之后，性格也变得越来越沉稳懂事了，和以前叛逆冲动的样子完全不一样了，她觉得他们做父母的也应该学会改变。

晚上冉绍钧回来之后，就被瞿清给拉进了房间，也不知道她是怎么做到的，总之最后冉绍钧也同意了让冉骐去参加这次的线下活动。

"真的?!"听到冉绍钧同意让自己去参加活动,冉骐很是惊喜。

"嗯,不过我们先要约法三章。"

这次的线下活动,虽然是和陌生网友见面,但至少活动地点是游戏公司所在地,游戏官方有政府方面的背景,对于参加活动的成员的安全还是有一定保障的,如果换成别的游戏,瞿清还真不一定愿意让儿子过去。

"嗯嗯,您说!"

"第一,23号星球这么远,让你一个人去是不可能的,你长这么大可都没有一个人出过门,所以到时候让你二哥送你过去,等你回来的时候,让你大哥过去接你。"

"啊……不用那么麻烦吧?"冉骐撇了撇嘴,他都那么大的人了,居然还要被人接送。

"你要是不同意,那就别去了。"

"别啊,我同意,我同意还不行吗!"

"那第二,去了那边之后,每天晚上都要和家里视讯通话,确定你没有事才行。"

"没问题!"

"最后,你的光脑定位器要一直开着。"

"行吧!"

答应了父母的约法三章后,冉骐终于在四天后顺利地踏上了前往23号星球的路途。

※※※※※※

23号星球。

顾乐还没下飞船,就收到了冉骐的第六条信息,再次询问他到了哪里。

顾乐无奈地回复:"我快到了,飞船已经入港了,马上就下来,你别急啊!"

"你再不来,我就要被我二哥烦死了!"

冉骐觉得自己真是太难受了,他的飞船居然早到了……

由于大家是从帝国境内的不同地方出发的,所以抵达23号星球的时间也不一样,尽管大家已经尽量把抵达的时间安排到一起,但多少还是有些偏差的。冉骐阴差阳错地成了第一个抵达的人,而冉凯坚持要等顾乐他们过来,确定他的安全才肯离开,还不停地打听这次来参加活动的其他人的信息,简直和在警局录口供一样,冉骐真是苦不堪言,只能不断地给顾乐发消息,希望他能快点过来解救自己。

所幸顾乐还是很讲义气的,从飞船上下来就一路小跑着过来找他们了。

"冉冉我来啦!"

"哥，小乐来了，你可以走啦！"

"这么迫不及待赶我走啊？你们那个会长呢？我还想见见他呢！"

"我们会长住得比较远，还要四十多分钟才到呢……"虽然说冉凯是他的二哥，两人是同辈，可是他是受爸妈指派过来的，有他在旁边总有种被家长盯着的感觉，让人非常不自在。

"哦，没事啊，我不赶时间。"冉凯坏心眼地说道。

"哥！"

"染哥，小乐，我们来了！"还好就在这个时候，追魂和翎墨两兄弟也到了。

冉骐给大家做了个简单的介绍，然后看向了冉凯："哥，他们是我们游戏公会的管理员，有他们在，你可以放心走了吧？"

冉凯挑眉，打量了一下追魂和翎墨，以他在军部多年的眼力，一眼就看出他们的实力不凡，有他们陪在冉骐和顾乐身边，他确实也能放心不少，于是他妥协道："行吧，那我先回去了，你别忘了晚上和家里视讯通话，还有定位要全程开启。"

"好的，没问题！哥哥再见！"

"臭小子！玩得开心点！"

"知道啦知道啦！"

送走了冉凯，冉骐和顾乐都大大地松了一口气。

接着，大家陆陆续续地都到了，在星港的休息区聊得火热，等到人齐之后，一群人浩浩荡荡地走出了星港，上了提前预约好的车子，直接朝着游戏公司的总部去了。

《魔域》游戏公司的规模非常大，一整栋摩天大楼都是他们的产业，《魔域》的LOGO更是醒目地挂在大楼最显眼的位置。

大楼门口已经铺上了红毯，还有穿着统一服装的服务人员在现场负责接待。

众人从车上下来之后，逐一验证了自己收到的那封邀请函，就顺利入场了。他们被引导到了一个富丽堂皇的会议厅，中间是一个布置华丽的舞台，看来游戏官方为了这一次的活动真是颇为费心了。

"夜枭，你也来了！"在战无不胜公会的成员们入场后，就立刻有人上前来打招呼。

冉骐一看，就认出他就是和他们一起合作过好几次深渊副本的千机。

"千机，就你自己吗？"

"不是，我们公会也来了不少人，不过肯定没有你们公会那么多就是了。"

"哈哈，回头活动结束一起聚聚啊！"

"行啊！"

活动很快开始了，首先是歌舞表演开场，然后就是播放了一些直播的视频剪辑，都是从副本直播里剪辑出来的。专业团队的技术自然很厉害，这些视频让人看得热血沸腾，让在场的玩家们恨不得马上进副本大杀四方。

"感谢大家前来参加我们的活动，这些精挑细选出来的视频，全都是在场诸位贡献的精彩瞬间，这些视频会作为宣传视频放到游戏的官网上，所有入选的玩家请上台领取一份大奖。"主持人非常具有仪式感地让人推上来一个大型抽奖箱，"骑兽、奇宠、宝石、技能书、魔法卷轴，应有尽有，百分之百的中奖率，能抽到什么全看大家的手气了！"

主办方还真没有骗人，每个上台抽奖的人，都收获了丰厚的奖励，满脸笑容地回到了座位。

"在场的是我们游戏排行榜前100的玩家，个个都是高手中的高手，当然不能白来一趟，不如来一场现场PK赛，胜一场积1分，每个积分都能换2张兑换券。"

此言一出，顿时全场哗然。自从兑换商城的食材能够帮助提升体质的秘密被公布，现在兑换券的价格已经被炒到了五位数，可谓是供不应求。之前只要出席活动就奖励10张兑换券，现在又通过PK赛来发放奖励，简直是撒钱一样的行为了。

战无不胜公会的人当然也跃跃欲试，兑换券这种好东西，当然是越多越好了。

游戏方提供了十台坐卧式的游戏舱，有点类似于星游吧的那种机器，直接坐进去就可以登录他们自己的账号并使用了。

当玩家们登录之后，他们的游戏角色就出现在类似于竞技场的地方，两两随机配对，胜者继续挑战其他人，但连输三盘的人则视为失去资格，得出舱换人了。同时这些机器也连接了大屏幕，在场的其他人都能全方位地观看对战情况。

夜枭他们当然也参加了，以绝对的实力大杀四方，拿到了最多的连胜数。就连冉骐也拿到了12积分，毕竟他可不是一个普通的牧师。

"今天的活动就到这里结束了，感谢大家的参与，奖品已经全都发放到诸位的账号上了，我们已经为诸位提前安排好了我们公司旗下的酒店房间，如果想多玩两天的，可以找我们的服务人员登记一下，都是免费的。"

众人发出欢呼声，对于这一次的活动实在是再满意不过了。

"不过刚才PK赛获得前20名的玩家请留步，除兑换券之外，还有小礼品要给大家。"

夜枭他们的团队都进入了前20，于是就一起留了下来，正好他们也打算趁着人少的机会，向游戏官方打听一下商城食材的事情。

很快，他们一行人就被带到了另一个房间。他们以为出现在他们面前的会是游戏官方的工作人员，没想到出现的是一群军人，而且看那群人身上的制服，似乎还是帝国特殊部队的。

"这是怎么回事？"众人顿时窃窃私语起来，似乎看出了事情和他们预想的不太一样。

"感谢诸位的到来，诸位是《魔域》游戏中实力最为出众的一批玩家，你们与游戏的适配度很高，且具有很强的战斗意识，你们就是我们要找的人。"

"什么？到底是什么意思？"

为首那人缓缓开口，揭开了游戏背后的真正秘密。

原来帝国的科研团队几十年前寻找到了失落的蓝星，但是蓝星已经发生了翻天覆地的变化，整颗星球被不明的能量所笼罩，飞船都无法靠近。那种能量就是所谓魔力，蓝星上生长的植物和动物，全都受到了魔力的影响，变得强大而具有攻击性。寻回家园是整个帝国人民数千年来的心愿，但如果他们想要收回蓝星，首先就要想办法击败那些魔兽。

为了登上蓝星，他们花了几十年的时间，同时也牺牲了好几千名优秀的战士，才终于收集到了足够的资料和样本。

经过长期的研究和实验，他们终于推出了《魔域》这款全息游戏，完全模拟出了蓝星的环境，吸引玩家们进入游戏，熟悉战斗机制，并且通过游戏商城的食材，慢慢地改善着玩家们的体质。

"不久之后，我们就会派遣第一支队伍登陆蓝星，我希望你们能够加入我们。我们调查过，你们全都是军校的学生，如果你们同意的话，我们可以安排你们提前毕业进入我们的队伍，同时向各位提供强化药剂以及各种商城物品，增强你们的实力。"

所以这款游戏其实就是全民练兵，而他们就是通过游戏训练出来的第一批战士。

"我们能够回去考虑考虑吗？"这么大的事，他们当然不能当场就做出决定。

"当然，是不是要参与行动，都是你们的自由。但是这件事需要绝对保密，诸位在离开之前，要先签署一份保密协议，确保不向任何人透露这件事。"

"好。"

从游戏公司出来，每个人的心情都变得很复杂，他们完全没有想到事情的真相居然是这样，这对他们来说无疑是巨大的冲击。

无论他们将来是否会成为这个计划的一部分，帝国的历史无疑都将会开创一个新的篇章。

图书在版编目（CIP）数据

最强辅助 / 砚楚著 . -- 长沙：湖南文艺出版社，2021.9

ISBN 978-7-5404-9581-7

Ⅰ. ①最… Ⅱ. ①砚… Ⅲ. ①长篇小说－中国－当代 Ⅳ. ① I247.5

中国版本图书馆 CIP 数据核字（2021）第 165286 号

上架建议：畅销·青春文学

ZUI QIANG FUZHU
最强辅助

作　　者：	砚　楚
出 版 人：	曾赛丰
责任编辑：	匡杨乐
监　　制：	邢越超
策划编辑：	郭妙霞
特约编辑：	万江寒
营销支持：	文刀刀　周　茜
封面设计：	商块三　庄壮壮
版式设计：	李　洁
封面插图：	Pinfuyu
赠品插图：	水青山令　春念 YYT
内文排版：	百朗文化
出　　版：	湖南文艺出版社
	（长沙市雨花区东二环一段 508 号　邮编：410014）
网　　址：	www.hnwy.net
印　　刷：	三河市鑫金马印装有限公司
经　　销：	新华书店
开　　本：	680mm×955mm　1/16
字　　数：	501 千字
印　　张：	25
版　　次：	2021 年 9 月第 1 版
印　　次：	2021 年 9 月第 1 次印刷
书　　号：	ISBN 978-7-5404-9581-7
定　　价：	52.80 元

若有质量问题，请致电质量监督电话：010-59096394
团购电话：010-59320018